CATHERINE FRADIER

Née en 1958, Catherine Fradier s'est essayée à différents métiers – fonctionnaire de police et agent de sécurité entre autres – avant de consacrer tout son temps à sa véritable passion : l'écriture. Entre deux romans et la rédaction de scénarios de courts et longs métrages, elle anime des ateliers d'écriture. Elle est notamment l'auteur d'*Un poison nommé Rwanda* (Éditions Baleine, 1998), *Les carnassières* (Éditions Baleine, 1999), *La colère des enfants déchus* (Éditions Après la Lune, 2006), Grand prix de littérature policière 2006, et *Camino 999* (Éditions Après la Lune, 2007), prix SNCF du polar français 2008. Après *Cristal défense* (Au diable vauvert, 2010), qui a reçu le prix Michel Lebrun la même année, *La face cachée des miroirs* (Au diable vauvert) a paru en 2011. Catherine Fradier vit aujourd'hui dans la Drôme.

LA FACE CACHÉE
DES MIROIRS

DU MÊME AUTEUR
CHEZ POCKET

CATHERINE FRADIER

LA FACE CACHÉE DES MIROIRS

AU DIABLE VAUVERT

MIXTE
Papier issu de sources responsables
FSC® C003309

Pocket, une marque d'Univers Poche,
est un éditeur qui s'engage pour la préservation
de son environnement et qui utilise du papier fabriqué
à partir de bois provenant de forêts gérées
de manière responsable.

ISBN : 978-2-266-20249-7

À ma petite Maman,
Avec toute ma tendresse

Il y a dix-huit mois...

L'Agence de sécurité économique, mandatée par le gouvernement, était chargée d'enquêter sur une série d'attaques visant Aristee, le premier semencier mondial, une multinationale américaine dans laquelle l'État français avait des intérêts. Meurtres de ses cadres, piratage de ses réseaux informatiques, destruction de parcelles en cours d'étude, une vaste entreprise de déstabilisation la fragilisait.

Autour d'Éléonore de Coursange, directrice de l'ASE, les agents du premier cercle : Karl Saint-Léger, Éric Laville, Latifa Boubaker et Igor Sokolov. Ils finirent par démasquer les instigateurs commandités par la Chine.

L'enquête aurait dû s'arrêter là, mais c'était sans compter sur la sagacité et le professionnalisme des analystes de l'équipe de Léo. Désireux d'éclaircir des zones d'ombre qui entachaient l'affaire, ils découvrirent les terribles objectifs d'Aristee, parmi lesquels la mainmise sur tous les semenciers, la fabrication et la commercialisation de *Liquidator*, une semence modifiée génétiquement pour produire des graines stériles et ainsi obliger les agriculteurs à racheter des semences chaque année, avec pour moyen de contrainte l'agent doré, un composé chimique dérivé du phosphore blanc à la combustion sans flammes qui réduit en cendres toute matière organique.

Dans le même temps et contre toute attente, Aristee bascula dans le giron d'une entité opaque aux capitaux exclusivement européens : le puissant Institut européen d'analyse et de prospective, dirigé par Jean-Charles Gerbod, secrétaire général du Renseignement national. Son objectif : faire de l'Europe une forteresse et d'Aristee une arme contre la faim dans le but d'obtenir, aux meilleures conditions, matières premières, gaz et pétrole auprès des pays producteurs, et ce, à n'importe quel prix, même à celui des libertés fondamentales de ses citoyens.

Pour avoir voulu s'opposer à ce funeste projet, les membres du premier cercle de l'ASE ont payé au prix fort leur quête de vérité. Karl croupit à Fleury-Mérogis en attendant d'être jugé pour agression sexuelle à l'encontre d'un mineur ; les photos dans la chambre de l'hôtel, les témoignages de son ex-femme Belinda et du garçonnet, accablants, augurent d'un verdict sévère. Latifa a été mise au secret pour terrorisme, de même qu'Éric, accusé d'intelligence avec une puissance étrangère. Accusation similaire retenue contre le père de Léo dont elle n'a pas davantage de nouvelles.

En l'espace de quelques minutes, l'univers de Léo, resté précaire à la mort de son mari, s'est effondré ce 25 novembre au matin, quand les forces spéciales aux ordres de Gerbod ont investi les locaux de l'Agence de sécurité économique pour en prendre le contrôle.

La construction de l'immeuble était à peine achevée, comme en témoignaient les gravats, la terre battue d'où émergeaient des tuyaux gainés de couleurs vives, les vitres du hall encore couvertes d'un film protecteur. Léo leva la tête. Au deuxième étage, des stores filtraient de la lumière. Les autres appartements aux fenêtres noires et nues semblaient vides. Léo se tourna vers Shakila, le visage dans l'ombre de la visière de sa casquette.

— Vous êtes sûre qu'elle habite ici ?

— Oui, au sixième. C'est le seul appartement occupé à ce niveau.

Léo scruta les fenêtres du dernier étage. Pas de lumière, aucun signe d'activité.

— On dirait qu'il n'y a personne. Vous croyez qu'elle a déménagé ?

— On peut le vérifier, suggéra Shakila, inspectant la rue déserte.

Elle tendit une clé.

— Un pass. Corbier l'a récupéré dans le bureau du promoteur.

— Il est allé voir ?

— Non, il dit que ce n'est pas son job.

Corbier était un détective à qui Léo sous-traitait les filatures. I3S, pour Intelligence Stratégie Sécurité Sûreté, était le cabinet qu'elle avait créé un an plus tôt avec pour collaborateurs Shakila et Ziang. Les deux rescapés qui avaient été licenciés pour faute lourde au moment de l'implosion de l'Agence de sécurité économique. Shakila désigna la porte vitrée du hall plongé dans l'obscurité.

— Le pass ouvre aussi le bas.

Elles renoncèrent à l'ascenseur et gravirent les escaliers balisés par la lueur falote au-dessus des sorties de secours. Une odeur de peinture et de solvants stagnait dans l'immeuble silencieux.

Devant la porte métallique du dernier étage, elles marquèrent un temps d'arrêt avant d'ouvrir, à l'affût. Des veilleuses aux deux extrémités du couloir permettaient de se déplacer dans la pénombre. Pas de paillasson, aucun nom. À première vue, rien n'indiquait qu'un appartement était occupé.

— C'est ici, chuchota Léo à l'arrêt devant une porte.

Le faisceau de la Maglite révélait des éraflures sur le métal, signe d'ouvertures régulières. Elle introduisit la clé, la tourna et entra. L'odeur de neuf disparut aussitôt au profit d'une autre, confinée et vaguement fétide.

Sur ses pas, Shakila referma sans bruit. Léo promena sa torche autour d'elle. Un petit hall, avec pour seul aménagement une armoire encastrée, ouvrait sur une pièce où des ordinateurs portables, des écrans, des unités centrales, des disques durs étaient alignés sur des tables contre les murs. Suivie de Shakila, Léo poussa une porte entrouverte. La Maglite saisit aussitôt le corps inerte de la stagiaire chinoise pendue au bout d'une courte corde maintenue à un crochet pour luminaire. Sous ses pieds, un tabouret en plastique renversé. Léo le redressa et grimpa dessus.

Les joues de la fille étaient encore tièdes, la mort était récente.

— Faut appeler la police, murmura Shakila.

Elles avaient une bonne raison d'être dans les lieux. Le cabinet I3S était mandaté par la société Calbéo pour enquêter sur Wong Li Na, une stagiaire suspectée de détourner des données confidentielles d'un équipementier automobile. La stagiaire avait fourni une fausse adresse mais une filature avait permis de trouver la bonne. Elles s'étaient rendues à son domicile, avaient trouvé la porte ouverte et étaient entrées.

— Oui Shakila, on va appeler la police, mais d'abord on va vérifier les ordinateurs avant qu'ils soient mis sous séquestre.

— Je m'en occupe, répondit Shakila, visiblement soulagée de quitter la chambre de la pendue.

Léo ausculta la gorge de la Chinoise. Cinq centimètres au-dessous de la corde, la marque bleue d'un lien encerclait le cou gracile, comme si on l'avait étranglée avant la pendaison. Des griffures striaient sa gorge. Léo descendit du tabouret, saisit une main et éclaira les ongles. Des amas sombres en noircissaient l'extrémité. Quand on l'avait étranglée, elle s'était débattue et avait tenté d'arracher le lien qui l'étouffait. Le suicide ne tiendrait pas cinq minutes face aux experts de la Scientifique.

Comme Léo quittait la pièce, un voile mouillé l'enveloppa soudain. Elle braqua sa torche en direction du plafond. Un brouillard d'eau s'échappait des sprinklers. Elle chercha un interrupteur et alluma.

Tout comme elle, Shakila était trempée.

— C'est quoi cette odeur ?

Léo rénifla ses vêtements.

— Sans doute un additif qui contribue à éteindre le feu.

— Non, c'est autre chose !

Shakila leva la tête vers les gicleurs puis recula vers la porte, le corps raide. Elle humait l'air comme un chien.

— Je reconnais ce produit, il est inflammable. On nous asperge d'un produit inflammable.

Comme pour faire écho aux derniers mots criés par Shakila, un grondement sourd leur parvint des tréfonds de l'immeuble. L'ampoule du plafonnier clignota par intermittence tandis que les sprinklers continuaient à les arroser. Elles dégoulinaient de la tête aux pieds.

Des craquements accompagnèrent un ronflement. Shakila leva un doigt.

— Vous l'entendez ?

— Qui ?

À nouveau un grondement suivi d'un bruit de tôles qui s'entrechoquent.

— Écoutez-le, il arrive.

— Qui arrive, Shakila ?

Shakila posa les paumes sur le panneau de la porte, doigts écartés, puis les retira.

— Il sait que je suis là. Il revient. Il revient me chercher.

— Nom de Dieu ! De qui parlez-vous ? cria Léo qui refusait d'admettre ce qui montait vers elles.

— Le feu ! lâcha Shakila la voix rauque. Le feu. Il vient terminer ce qu'il a commencé.

Léo posa à son tour les mains sur la porte. Le panneau était tiède.

Comme un automate, Shakila pivota sur ses talons, marcha jusqu'à la fenêtre, l'ouvrit et entreprit de l'enjamber. Léo eut juste le temps de la saisir par la taille.

— Vous êtes folle ! Vous voulez vous tuer ?

Des spasmes secouaient la jeune femme. Sans la lâcher, Léo se pencha dehors. Aucune flamme ne s'échappait de l'immeuble, le feu n'était pas encore visible de l'extérieur. Pour l'instant, il avait entrepris le cœur du bâtiment. Personne dans la rue, pas de balcon, impossible de s'échapper par le toit deux mètres plus haut sans risquer de tomber dans le vide. Léo referma la fenêtre et sortit son portable, un œil vers Shakila toujours secouée de convulsions. Un filet de bave coulait sur son menton.

— J'appelle les secours.

Elle pianota. Échec. Elle renouvela la tentative avant de comprendre que le réseau n'était pas accessible. Un brouilleur. Il y avait un brouilleur qui empêchait de téléphoner. Une déflagration dans le couloir les fit sursauter. Léo attrapa le bras de son assistante et recula jusqu'à buter contre une porte. Elle l'ouvrit. La salle de bains. Elles s'y enfermèrent. Une baignoire équipée d'un flexible de douche et un lavabo. Deux sources d'eau. Léo ouvrit à fond les robinets, obstrua les bondes et attrapa des serviettes et un peignoir en éponge qu'elle jeta dans la baignoire qui se remplissait. Un fenestron à un mètre cinquante du sol ouvrait sur la rue. Léo se mit à crier au feu. Sa voix résonnait d'une étrange façon. En face, un long bâtiment à la façade trouée par des baies vitrées sur des bureaux vides. Les secours ne viendraient pas de ce côté-là. Léo cessa de s'égosiller et se tourna vers Shakila, figée, la bouche entrouverte. Son esprit était ailleurs, sans doute au cœur d'un autre brasier. Léo désigna la baignoire à moitié pleine.

— Les serviettes, mettez-les contre la porte.

Aucune réaction, le sang s'était retiré du visage de Shakila, donnant à la peau brûlée un relief particulier. Léo la secoua.

— Shakila, on est en pleine ville. Les secours vont arriver, c'est une question de minutes.

Shakila n'entendait pas. Léo l'écarta et plongea les bras dans la baignoire. Elle en ressortit les linges ruisselants qu'elle étala le long de la porte. L'eau débordait maintenant du lavabo, Léo avait coincé un gant dans le trop-plein. Elle cria à nouveau au feu. Au loin, une sirène. Elle se tut, le souffle court. La sirène s'éloigna. Dans son dos, Shakila s'agitait, tirait sur le loquet pour ouvrir la porte.

— Non ! Non, Shakila. On ne sort pas. C'est le feu, dehors.

Léo décrocha ses doigts de la poignée et du loquet.

— On est en sécurité, ici. On va nous sortir de là.

— Qui sait qu'on est là, hein ? Qui le sait ?

Léo jeta un œil dans la rue. Personne ne le savait. Sous la fenêtre, un radiateur. Léo prit un pyjama sur une patère, noua le haut et le bas et l'accrocha au robinet du radiateur pour le laisser pendre à la fenêtre. À peine trente centimètres de tissu flottaient dans le vide.

— Donnez-moi votre pantalon, dit Léo en baissant la glissière du sien, faut signaler qu'on est là.

Shakila en profita pour se jeter une nouvelle fois sur la porte. Léo la repoussa et reçut une gifle magistrale de son assistante qui s'acharna à nouveau sur le loquet. Sous le coup de la fureur, Léo la projeta avec une telle violence que Shakila tomba à la renverse. Sa tête rebondit contre le rebord du lavabo dans un bruit mat avant de heurter le sol. Haletante, Léo la fixa et se laissa tomber à genoux. Du sang se diluait sur le carrelage détrempé. Une rafale de craquements assourdissants la bouscula. Ses doigts glissèrent sur le cou de Shakila, le pouls était lent. Shakila était inconsciente, mais vivante. Pour combien de temps encore ?

Fébrile, Léo quitta son pantalon et noua une jambe au pyjama qu'elle laissa retomber à l'extérieur. Drapeau dérisoire le long de la façade. Elle se raccrocha à l'idée qu'un œil expert ne pourrait le manquer. La température dans la salle de bains avait grimpé de quelques degrés. Léo saisit Shakila par les épaules et la souleva. Comment pouvait-elle être aussi lourde ? Sa tête glissa contre la poitrine de Léo, barbouillant de sang son chemisier. Elle se raisonna en se souvenant qu'un médecin lui avait dit que la tête saignait toujours abondamment. La tache écarlate sur le coton blanc fut sa dernière vision, la lumière s'éteignit subitement. Subsista une lueur faiblarde provenant de la rue. Léo enjamba la baignoire. L'eau froide contrastait avec la chaleur ambiante, ce qui lui donna un supplément d'énergie pour entraîner le corps inerte. L'eau déborda en vagues. Elle s'agenouilla et immergea Shakila. Derrière la cloison, le feu gagnait bruyamment du terrain et les acculait. Elle le sentait. La tête de Shakila contre sa poitrine, Léo se contorsionna pour attraper le flexible de douche. À tâtons, ses doigts cherchèrent le mitigeur dans son dos. Le robinet enfoncé entre ses reins cessa soudain de couler, l'eau jaillit du pommeau de douche.

Malgré la fenêtre ouverte, l'air devenait irrespirable. Léo abandonna sa position à genoux et s'allongea sous Shakila, retenant sa tête d'une main. De l'autre, elle entreprit d'asperger le mur qui les protégeait de l'enfer. Combien de temps avant qu'il ne s'effondre avec le plafond et les ensevelisse ? L'eau dans la baignoire s'était réchauffée et ce n'était pas simplement dû à l'acclimatation de leur corps. Ne pas cesser d'arroser les murs, ne pas s'arrêter. Retarder la mort.

Léo embrassa le crâne de Shakila.

— Je te demande pardon, Shakila. Pardon ! Ce n'est pas juste que tu sois là, vraiment pas juste.

Des sirènes couvrirent soudain les grondements. Inattendues et inespérées, elles avaient surgi dans la nuit. D'un coup de reins, Léo se redressa et s'aspergea aussitôt le visage. La salle de bains était devenue un four. Elle voulut crier malgré le bruit des sirènes. Son cri s'étrangla dans la gorge. Une violente quinte de toux la secoua, des spasmes nauséeux contractèrent son estomac. Les sirènes se turent. La panique reflua au moment où une couleur bleue hachée se projeta contre les murs. Dans un souffle venu du ventre, elle se mit à hurler, un hurlement qui lui satura les tympans et lui brisa les cordes vocales. Ses autres tentatives se soldèrent par des grognements rauques qui ne franchirent pas le fenestron.

Des cris d'hommes, des grincements métalliques, des bruits qu'elle n'identifiait pas. Puis le silence. Un silence apaisant. Soudain, une lumière l'aveugla, elle releva la tête hors de l'eau, toussant et crachant. Un homme criait.

— Sortez de là !

— Elle est blessée, dit Léo, la voix cassée.

— Sortez de là ! répéta le pompier. Essayez de venir jusqu'à moi. La fenêtre est trop étroite pour nous, pour nos équipements. Levez-vous. Vite !

Puis il disparut pour resurgir quelques instants plus tard. Une lance projeta un jet puissant contre les murs, couvrant Léo d'une eau glacée.

Le pompier hurla.

— Vite, sortez ! Allez, nom de Dieu !

Il était à la fois si proche et si éloigné. Dans un sursaut, Léo s'arracha de la baignoire et l'enjamba. La manœuvre l'obligea à lâcher Shakila qui s'enfonça sous l'eau. Elle la saisit par les cheveux, puis sous les aisselles, et tira, tira jusqu'au mur. Une main l'effleura.

— On y est presque, Madame. C'est bien, bravo ! Encore un effort. C'est comment, votre nom ?

— Léo, je m'appelle Léo.

— Moi, c'est Thierry. Tournez-vous et levez-la. Oui, c'est ça. Plus haut, Léo, plus haut. C'est bon, je l'ai. Lâchez-la, maintenant. Lâchez-la, je la tiens. Ne bougez pas. Restez là, je reviens vous chercher.

La tête lui tournait, un voile lui obscurcissait le regard. Dans une pénombre orangée, Léo assista à l'extraction du corps de Shakila. Quand les pieds de son assistante disparurent, Léo crut qu'on l'avait oubliée. Ses jambes ne la soutenaient plus. Elle vacilla mais ne tomba pas, une poigne puissante venait de la retenir. Ses pieds quittèrent le carrelage brûlant. Le montant de la lucarne écorcha sa peau, ses seins. Puis cette impression de flotter dans l'air. Des mains happaient ses bras, ses jambes. Les sons s'aggloméraient et devenaient indistincts. Un cri parmi d'autres.

— Léo, restez avec nous. Léo !

Là, un souffle chaud lui balaya le visage. À travers l'entrebâillement de ses paupières, elle vit la langue de feu lécher le haut de l'échelle. Quelque chose s'embrasa et dégringola le long de la façade. Dans un accès de lucidité, elle devina son pantalon.

Un grincement léger la tira de sa torpeur. La luminosité et l'odeur d'un after-shave indiquaient un nouveau matin. Elle ouvrit les yeux.

— Vous cherchez quoi ? demanda-t-elle au type en chemise blanche et blouson de toile qui fouillait le tiroir du chevet en fer-blanc à côté de son lit dans la chambre d'hôpital.

— Je n'en sais rien.

Il referma le tiroir et la toisa. Sa stature massive lui rappela celle de Philippe. L'homme devait bien mesurer dans les 1,90 m. La cinquantaine, le cheveu souple et soyeux, les traits fins, il affichait une assurance teintée d'insolence qui ne pouvait appartenir qu'à un vendeur de voitures ou à un flic. Compte tenu des circonstances, elle opta pour la seconde possibilité.

— Vous êtes de quel service ?

Il posa une carte de visite sur le drap.

— Marc Deschamps, de la PJ.

Léo souffla malgré elle, rassurée qu'il ne soit pas de la DCRI. Deschamps n'était pas un homme de Gerbod.

— Vous avez eu chaud aux fesses, dit-il en lui

tendant un smartphone. J'y suis passé tout à l'heure avant de venir.

Léo regarda la photo sur l'iPhone. À travers les fenêtres noircies du dernier étage de l'immeuble, on apercevait des lambeaux de ciel bleu. Elle frissonna.

— Vous avez des nouvelles de mon assistante ?

— Traumatisme crânien. Elle est encore aux soins intensifs mais elle s'en sortira sans séquelles.

Même diagnostic que celui de l'urgentiste quelques heures plus tôt.

— C'est moi qui…

— Je sais. Le toubib m'a expliqué. Mais si j'ai bien compris, c'était ça ou on vous retrouvait carbonisées toutes les deux.

Il marqua un temps d'arrêt.

— Vous avez eu du cran.

— De l'avoir frappée ?

— Pas seulement, je parle du reste. La baignoire, l'eau, l'extraction. J'ai parlé aux pompiers.

Léo songea à Thierry. La voix de son sauveur lui parvint comme une musique lointaine. Elle se souvenait de sa voix, de ses mots qui lui avaient permis de surmonter son effroi, de dépasser sa certitude de rester dans le brasier. Plus bas dans la rue, il y avait eu son visage au-dessus du sien, la lueur de son regard dans l'ombre du casque où dansaient les feux follets orange et jaune, son sourire. Elle se demanda si elle le reverrait.

Les paupières légèrement affaissées, Marc Deschamps l'observait.

— On a retrouvé un cadavre, là-haut, la trachée écrasée et une corde en nylon fondue en travers de la gorge. Le légiste parle d'un suicide par pendaison.

— Et elle aurait mis le feu avant ou après s'être pendue ? demanda Léo un peu brutalement.

Un sourcil resta en suspens sur le front du policier, qui s'assit au bord du lit.

— Je vous écoute…

Léo raconta. Le film de leur intrusion dans l'appartement de la Chinoise avançait image par image, elle décrivit chacune d'elles avec précision, s'attardant sur chaque détail. La séquence de la clé fournie par le détective fut légèrement modifiée pour en rester à la porte entrouverte. Se contraindre à raconter pour exorciser sa terreur.

Marc Deschamps vérifia l'enregistreur qu'il avait actionné sans lui demander son avis et le reposa sur le drap.

— Qu'est-ce qui vous fait dire que la Chinoise a été étranglée avant d'être pendue ?

— Elle avait une marque très nette à cinq centimètres de la corde. Puis il y avait ces griffures sur sa gorge. Pendant qu'on l'étranglait, elle a tenté de se dégager. Du sang s'était incrusté sous ses ongles. Mais ses agresseurs s'en moquaient puisque tout allait disparaître dans l'incendie.

— Le produit inflammable, vous sauriez l'identifier ?

— Moi, non. Shakila peut-être, l'expert des pompiers certainement. Il en subsiste forcément des traces.

— Selon vous, qui est derrière tout ça ? Les Chinois ?

— Peut-être… ou peut-être pas…

Marc Deschamps arrêta l'enregistreur.

— Bien, je vais saisir votre déposition.

Léo ramassa sa carte et la lut. Il était capitaine. Avec précaution, elle se redressa pour descendre du lit. L'effort requis, pourtant faible, lui raccourcit le souffle et une brutale quinte de toux la secoua. Pliée en deux, elle se rendit dans la salle de bains pour cracher dans le lavabo. Un magma gluant et noirâtre glissa sur la faïence. Elle rinça le lavabo et se remémora le diagnostic du médecin. Elle moucherait et cracherait noir pendant quelque temps encore.

Pour tout vêtement, elle portait une chemise de nuit fournie par l'hôpital. Dans un sac-poubelle au fond du placard, elle trouva son chemisier mouillé et froissé ainsi que son soutien-gorge. Un pompier l'avait dégrafé, une infirmière l'avait enlevé. Dans une grande mansuétude, ils lui avaient laissé sa culotte. Elle tendit la main vers Marc Deschamps.

— Vous pouvez me prêter votre téléphone ?

Comme il hésitait, elle insista avec lassitude.

— Je dois appeler ma concierge pour qu'elle me fasse apporter des vêtements.

La concierge ne demanda pas d'explication, sans doute pour ne pas rendre les choses encore plus compliquées. Depuis la défenestration du mari de Léo, elle s'en tenait au minimum.

Après avoir raccroché, Léo composa un autre numéro.

— Je vais abuser, mais j'ai un autre coup de fil. Mon collaborateur…

— Abusez, je vous en prie. Abusez.

— Merci. Allô, Ziang ? C'est Léo.

Ziang ne posa qu'une question : « Vous êtes où ? » Elle exposa les faits dans les grandes lignes, répéta que Shakila restait en observation quarante-huit heures car il y avait eu commotion cérébrale. Mais pas de lésion, le scanner l'avait confirmé.

— Ziang, vous avez la clé de l'appartement de Shakila, n'est-ce pas ?

— Oui, elle me l'avait donnée quand…

— Il faut lui apporter des vêtements. Les nôtres sont un peu… mouillés.

Léo rendit le smartphone à Marc Deschamps qui attendait patiemment, attentif à ce qui s'était dit.

— Vous allez faire quoi, maintenant ?

— L'enquête relève désormais du judiciaire, non ?

— Mais elle reste étroitement liée à vos investigations. J'aurai besoin de votre aide.

— Vous me demandez de collaborer avec vous ?

— L'inverse est vrai aussi. J'imagine que votre client veut savoir ce qui se cache derrière le meurtre de sa stagiaire, vous ne croyez pas ?

Léo réfléchit quelques secondes.

— Je dois faire le point avec mes collaborateurs et mon client.

— Je passerai à votre cabinet pour vous faire signer la déposition. D'ici là, si autre chose vous revient, appelez-moi.

Il lui tendit la main.

— Au revoir, Léo. Je peux vous appeler Léo ?

— Comment vous…

Il tapota la poche où il avait rangé le smartphone. Elle sourit, se rappelant l'avoir indiqué au cours de sa conversation avec Ziang. L'usage de son surnom était réservé aux proches, aux intimes, quand elle l'avait décidé. Il aurait fallu le lui dire, mais quelque chose d'indéfinissable l'en empêcha. Avec un clin d'œil malicieux, Marc Deschamps quitta la chambre, la démarche légèrement dandinante.

Mince silhouette couverte d'un drap blanc, Shakila dormait. Le bip-bip régulier d'un cardiographe découpait le silence en pointillé. Léo s'assit dans un fauteuil près du lit. Une infirmière entra, vérifia la perfusion, l'écran, puis ressortit sans lui prêter attention.

Shakila, la douce Shakila, qui lui avait tant donné et qu'elle avait manqué tuer. Léo revoyait ce matin brumeux de décembre quand une voiture l'avait laissée sur le trottoir de son immeuble après onze jours de garde à vue. Shakila l'attendait. Dès sa descente du véhicule, elle lui avait pris le bras et l'avait entraînée dans le hall. Le regard fuyant, la concierge s'était engouffrée dans sa loge sans leur adresser un mot.

Son appartement était sens dessus dessous, tout avait été retourné. Shakila avait ramassé les coussins à la hâte, empilé les livres, redressé les chaises. Puis il y avait eu le bain chaud, le shampooing, le potage de pâtes et Shakila qui l'avait écartée de la fenêtre pour l'entraîner vers son lit. Avait succédé un long sommeil vide entrecoupé de retours dans le monde des vivants, perturbé par les incursions de Justine, la sœur de Philippe, qui avait fini par renoncer aux questions, comblant le silence de courts monologues où elle la serrait entre ses bras. Anéantie, mutique, Léo passa des nuits et des jours en position fœtale, dans le lit sous sa couette ou sur le canapé, alimentée et lavée par Shakila qui jamais ne la quittait des yeux, gardienne de son sommeil et de sa santé. Shakila lui décrivait le contenu de son assiette ou bien les quelques besognes de la vie courante à accomplir, des difficultés insurmontables pour Léo, incapable d'en prendre l'initiative. Elle se laissait alors faire, l'esprit vacant, le corps mou et docile. Les téléphones paraissaient avoir été coupés, et le silence était parfois troublé par des chuchotements en provenance du hall d'où revenait Shakila avec des sacs de courses. Ses pensées étaient alors un vinyle rayé passé en boucle. La reconstitution virtuelle du visage de Roxane, l'incompréhension des analystes quand les forces spéciales avaient investi l'Agence, l'interpellation de ses collaborateurs les plus proches. Et puis son interminable garde à vue où, pour la première fois de sa vie, le concept de dignité avait pris sens. L'objectif était de la soumettre, ils y étaient parvenus et depuis elle ruminait son impuissance et sa culpabilité.

Une nuit, Léo s'était réveillée, envahie par une angoisse qui lui écrasait la poitrine. En face du lit, Shakila, la tête renversée contre le dossier du fauteuil, les bras en croix et les paumes vers le plafond, était inerte. Aucun souffle ne sortait de sa bouche entrouverte, sa poitrine était figée. Léo s'était approchée du fauteuil, le cœur battant. Sur la commode, une boîte de médicaments avec une tablette vide. Elle s'était penchée au-dessus du visage mutilé, à la recherche d'un signe de vie. Dans un mouvement lent, l'unique paupière s'était soulevée sur l'œil sombre qui se perdit dans son regard. Un cri bref et aigu. Léo s'était écartée brutalement, la main sur la poitrine.

— Shakila, vous m'avez foutu une de ces trouilles !

Le sourcil froncé, Shakila s'était redressée.

— Et vous alors ! Je croyais… j'ai cru…

Léo l'avait prise dans ses bras. Une odeur de pomme épicée auréolait sa tignasse ébouriffée. Elle avait tâté son dos.

— Qu'avez-vous fait de vos cheveux, Shakila ? Où est passée votre tresse ?

— Je l'ai coupée.

— Pourquoi ?

— Elle m'encombrait. Il y a longtemps que je voulais le faire.

Léo lui avait caressé le visage avec tendresse.

— C'est pour mieux vous occuper de moi, n'est-ce pas ?

Shakila avait éludé la question, lissé ses vêtements d'un revers de main comme pour faire oublier son assoupissement.

— Vous voulez boire quelque chose ?

— Rien du tout. Il est 3 heures, vous devez vous reposer, avait dit Léo en tapotant l'oreiller sur le lit. Allongez-vous !

— Dans votre lit ?

L'analyste s'était glissée sous la couette que Léo lui avait remontée jusqu'au menton.

— On va reprendre pied, Shakila, on va s'en sortir. Je vous le promets.

L'analyste l'avait crue sur parole, un curieux sourire en avait attesté.

Léo s'était toujours demandé ce qu'elle serait devenue sans le soutien de Shakila. Après la mort de Philippe, Karl et son père étaient restés les deux piliers qui avaient supporté l'arche de sa vie, deux piliers qui s'étaient effondrés ce matin de novembre. Shakila avait assuré le relais et monté à la hâte un échafaudage plus fiable et plus solide qu'il n'y paraissait. Enfin sortie de son mutisme et de son atonie, Léo avait repris les rênes, stimulée par une colère qui ne l'avait plus quittée.

Comment avait-elle pu imaginer un instant que Gerbod ne mettrait pas ses menaces à exécution ? Au nom de l'affection, de l'amour qu'il lui portait ? Comment avait-elle pu se laisser abuser au point de provoquer l'anéantissement de la vie de son père, de son meilleur ami, de ses collaborateurs ? Des questions qui l'avaient assaillie dès sa première minute de garde à vue.

Si elle avait affronté les premières heures les épaules droites et la tête haute, la lumière crue et permanente des néons, la dilution du temps et, pire, l'absence totale d'intimité étaient rapidement venues à bout de sa ténacité.

Des hommes en costume sombre et chemise claire à col ouvert avaient enchaîné les interrogatoires. Rien dans leur attitude lisse et inexpressive ne trahissait une quelconque émotion, ils se contentaient de lire les questions. Le deuxième jour, ou peut-être le troisième, Léo refusa d'y répondre. Un petit jeu qu'elle cessa quand ils sous-entendirent que sa mauvaise volonté pourrait avoir des répercussions sur les conditions de détention de son père et de ses amis.

Pas d'horloge ni de montre, même les hommes

n'en portaient pas. Il lui était impossible de comptabiliser les heures. Une seule chose lui apparaissait clairement : ses temps de sommeil étaient brefs. Très vite, un épuisement permanent l'habita, annihilant ses derniers sursauts de résistance. Parfois elle s'endormait sur la chaise. Ils la réveillaient et reprenaient.

À chaque début d'interrogatoire, elle fixait la caméra.

— Je veux te parler, Gerbod. Tu ne t'en tireras pas comme ça !

Un rituel qui lui donnait l'illusion d'un reliquat de dignité.

Lors de ces interminables séances, elle finit par tout leur raconter. Son enfance, ses parents, sa fille, ses amants, son mari, ses amis, ses collaborateurs, l'Agence. L'impression d'avoir parlé pendant des jours et des mois.

Puis il y eut la dernière question, qu'elle leur fit répéter car elle ne la comprenait pas. L'homme la reformula une fois, deux fois. Incapable de lutter contre le sommeil, elle sombra.

Plus tard, une fragrance familière l'avait tirée de son rêve. Assis sur un tabouret, Gerbod la regardait dormir. Elle s'était redressée sans cesser de le fixer, essuyant le filet de bave sur sa joue. Il lui avait tendu un mouchoir blanc, propre et repassé, qu'elle avait ignoré.

— Comment va mon père ? Où est-il ?

— Plutôt bien, pour un homme qui a trahi son pays.

— Et…

— Les autres aussi vont bien. Tout le monde va bien. Jusqu'à présent.

Léo avait serré les mâchoires. Elle pressentait que

ce futur dépendrait aussi d'elle. Il avait consulté sa montre.

— Ta garde à vue prend fin dans deux heures. Tu es libre !

— C'est-à-dire…

— Aucune charge n'est retenue contre toi, hormis celles de négligence et de naïveté. Mais dans ton cas, le procureur a fait preuve de clémence.

— Mon père ?

— Le procès va être long, et la peine sera lourde. Les preuves sont accablantes.

Léo l'avait questionné sur le sort de ses collaborateurs.

— La justice suit son cours.

— Quelle justice ? Tout a été monté, fabriqué de toutes pièces. Tu nous as tous manipulés. Mais je te ferai tomber, Gerbod. Je te le jure !

Gerbod s'était penché et avait enfoui son visage dans les cheveux de Léo. Son souffle lui avait caressé l'oreille quand il avait chuchoté :

— Une seule déclaration, un seul acte qui me contrarie, Léo, et je ferai de leur détention un calvaire dont la seule échappatoire sera la mort. Tu es leur ange gardien, fais en sorte de ne pas devenir leur bourreau. Tiens-toi à carreau ! Au moindre faux pas, je lâche les chiens.

Une image plus réjouissante se superposa à celle de Gerbod. Shakila se réveillait. Elle lui sourit. Comment pouvait-elle lui sourire ? Léo allait lui rafraîchir la mémoire.

— Shakila, je suis tellement désolée, j'ai failli vous tuer et…

— Pourquoi êtes-vous en chemise de nuit ?

— On va m'apporter des vêtements. Vous comprenez, je n'ai pas senti ma force, j'ai paniqué.

Shakila la scrutait d'un air si étrange que Léo douta un moment de ses facultés mentales.

— Vous vous sentez comment ? Vous voulez que j'appelle quelqu'un ?

Comme elle ne répondait pas, Léo esquissa un geste vers le bouton d'appel, Shakila leva la main et se racla la gorge à plusieurs reprises avant de murmurer.

— Rajiv et moi, on habitait une petite maison à New Delhi, tout près de l'université Jawaharlal-Nehru où on était professeurs de langues. On s'y était connus en première année. Étudier, lire, enseigner, on vivait simplement, on était heureux.

Le bip-bip du cardiographe s'accéléra. Shakila déglutit et respira lentement, l'œil fixe en direction du mur. Le bip-bip reprit sa course régulière.

— Mais je n'en avais pas le droit, c'était un amour hérétique. Je suis une Rajput, une caste supérieure de tradition guerrière, soumise à un code social hindou très rigide. Rajiv, lui, ne savait même pas trop à quelle caste il appartenait. Sa famille était chrétienne, mais lui se définissait comme athée. Je savais que les miens étaient à ma recherche et nous avions tout organisé pour nous fondre dans la ville. Ça n'a pas empêché mes frères de nous retrouver. Un jour, ils ont fait irruption dans notre maison. Ekram, le plus jeune, portait un bidon d'essence. Avant même que Rajiv ne réagisse, il nous avait aspergés. C'est Om, mon frère aîné, qui a jeté le briquet.

Shakila tourna la tête vers Léo.

— Je ne sais pas s'il existe une douleur plus intense,

plus effroyable que celle du feu, mais il n'y a pas de mots assez justes pour la décrire. En tout cas, pas dans les langues que je connais. Vous nous avez sauvées, Léo. Mon traumatisme crânien n'est rien à côté de ce à quoi nous avons échappé. Mourir ne me fait plus peur, mais la façon dont ça arrivera me préoccupe davantage. Je ne supporte plus la douleur, j'ai trop souffert dans ma chair. Le feu, les greffes, je ne veux plus avoir mal.

Léo pressa doucement la main de Shakila.

— Et votre mari, qu'est-il devenu ?

— Il n'a pas survécu. Il est mort à son arrivée à l'hôpital. Nous avons défié l'ordre patriarcal, Rajiv a perdu la vie, j'ai été défigurée, mes parents ont été exclus de leur communauté, mes frères sont en prison. Un lourd tribut au nom de la tradition.

— Comment êtes-vous arrivée en France ?

— Les médias en ont beaucoup parlé. J'ai fait la connaissance d'une avocate qui travaillait pour une organisation de défense des droits des femmes. Ils avaient besoin d'une traductrice. La suite, vous la connaissez.

Oui, Léo la connaissait. Shakila avait été recrutée par un gros cabinet d'avocats d'affaires. Léo fréquentait l'un des associés, ils s'étaient connus à l'École de guerre économique où il enseignait lui aussi. Il lui avait recommandé Shakila au moment de la création de l'Agence.

À l'évocation de ce passé, Léo hocha pensivement la tête.

— Jamais je n'aurais dû vous débaucher. Je le regrette sincèrement, croyez-moi.

— Ne dites pas ça, Léo. J'ai beaucoup appris en

travaillant à vos côtés, que ce soit dans les réussites ou dans les épreuves.

Léo médita sur les épreuves qu'il lui restait à affronter, celles qui lui étaient connues, les autres dont elle ignorait encore la teneur. Elle devinait que Gerbod n'y serait pas étranger.

Shakila avait bravé les recommandations du neurologue pour se remettre au travail deux jours plus tard, dès sa sortie d'hôpital. Léo avait cessé de la surveiller du coin de l'œil lorsqu'elle avait vu Ziang s'occuper d'elle. Il la nourrissait de jus de fruits, de salades et de petits plats odorants. Il vidait sa corbeille, répondait au téléphone et avait élu domicile chez elle, le temps qu'elle perde son teint de chips à la crevette, comme il aimait à le répéter quand Shakila protestait.

Le téléphone de Léo sonna. Marc Deschamps.

— Alors, vous crachez toujours noir ?

— J'ignorais que les policiers étaient aussi romantiques.

— Vous avez eu Dordor, chez Calbéo ?

— Pas vous ?

— Si, mais je voulais savoir ce qu'il vous a dit.

— La même chose qu'à vous sans doute. Pour eux, l'affaire est close. Elle s'est suicidée quand on l'a repérée.

— Mouais…

— Vous n'avez pas l'air convaincu…

— La thèse du suicide n'est pas retenue, votre interprétation était la bonne. La trachée a été comprimée à deux endroits distants de quelques centimètres et la corde ne peut être à l'origine de la compression la plus basse dans le cou, le légiste est formel.

— Vous l'avez dit à Dordor ?

— Non, j'attendais de vous en parler. J'ai le PV à vous faire signer, je peux passer tout à l'heure ?

Après avoir raccroché, Léo invita Ziang et Shakila à s'installer autour de la table ronde de l'open space.

— On fait le point sur Calbéo.

Les locaux en profondeur se répartissaient sur trois niveaux. Au rez-de-chaussée, l'accueil, semblable à celui de n'importe quelle société de services et sur lequel donnait un bureau réservé aux entretiens. Une double porte séparait la partie publique de l'open space, une pièce spacieuse aux murs épais et sans fenêtre que se partageaient leurs trois bureaux, une table ronde dédiée au travail en commun et un espace avec quatre écrans calés en permanence sur des chaînes d'infos.

Au premier étage, une cuisine, une salle de bains et une salle de repos. Le dernier étage n'était pas aménagé. Quand elles avaient visité l'immeuble, Shakila avait jugé qu'il était bien trop grand pour eux trois mais Léo avait misé sur le confort, prévoyant qu'ils y passeraient de longues journées, et sur l'espace, persuadée que l'équipe s'agrandirait. Le mobilier, l'informatique, la bureautique et surtout les logiciels avaient nécessité plusieurs dizaines de milliers d'euros. Elle avait investi tout ce qu'elle possédait. En d'autres circonstances, son père l'aurait aidée mais tous ses biens avaient été gelés.

Léo ouvrit un dossier.

— Contrairement à ce que pense M. Dordor, l'opération Pluie d'été n'est pas terminée. Il s'agit bien d'un meurtre. Nous allons…

La sonnette de l'entrée l'interrompit. Ziang alla à l'interphone. Il hésitait.

— Enlevez votre casque, s'il vous plaît.

Léo le rejoignit devant l'écran de contrôle qui couvrait un bout de trottoir de la rue de Paris à Montreuil, à deux pas de la station Croix-de-Chavaux. Une enveloppe à la main, le coursier s'exécuta. Ziang l'autorisa à entrer et le retrouva à l'accueil. Il en revint avec l'enveloppe qu'il posa sur la table. Shakila y jeta un œil.

— Vous avez vu le nom de l'expéditeur ?

— Plus tard, Shakila. Ziang, reprenons le parcours de notre stagiaire. Après une maîtrise en sciences sociales, Wong Li Na est entrée à la DRH de Calbéo, c'est bien ça ?

— Pas tout à fait, répondit Ziang, le nez dans une note. J'ai fait des recherches et il apparaît que Wong est bien plus diplômée qu'elle ne l'a dit. Parallèlement à sa maîtrise, elle a obtenu un diplôme d'ingénieur.

— Quelle spécialité ?

— Électronique embarquée sur automobile.

Il leva un doigt.

— Et ce n'est pas tout. Notre stagiaire a suivi par ailleurs une formation de haut niveau sur la sécurité des systèmes à l'ESIEA, à Paris.

— Très astucieux, fit Léo. Elle était apte à apprécier la valeur des informations à prélever.

— Tout en ayant la capacité de déjouer la protection du système informatique, continua Shakila. Comment ont-ils pu sacrifier un élément aussi brillant ? Parce qu'on l'avait découverte ? Il suffisait de la rapatrier en Chine.

— Ou bien, suggéra Ziang, son pseudo-suicide fait partie d'une stratégie.

— Laquelle ?

— Masquer un poisson en eaux profondes.

Les poissons, ces milliers d'agents immergés dans les tréfonds des entités économiques, scientifiques ou militaires du pays cible.

Léo eut un mouvement de recul.

— Vous voulez dire que quelqu'un d'autre était déjà dans la place avant Wong ? Un autre Chinois ?

— Pas forcément un Chinois, il peut s'agir de n'importe quel employé de l'entreprise.

— Alors pourquoi prendre le risque d'infiltrer quelqu'un d'autre ? La preuve, nous l'avons repérée.

— Peut-être parce que notre poisson en eaux profondes a des compétences limitées, et que Wong Li Na lui permettait de les repousser.

— Cela reste une hypothèse. Qu'est-ce qui va dans ce sens ?

— Les deux tentatives de dump de données constatées par le RSSI[1]. Elles sont antérieures à l'arrivée de Wong chez Calbéo.

— Elles avaient été attribuées à un salarié qui envisageait de les négocier avec le journaliste d'un mag auto. Des éléments avaient conforté cette thèse.

— Et qu'on a pris pour argent comptant après une vérification sommaire. C'est vrai, le poste informatique d'où sont parties les tentatives a bien été identifié, mais le salarié suspecté a toujours nié. Hormis ses antécédents qui ne plaidaient pas en sa faveur, rien ne l'accusait formellement. Cette affaire est bien

1. Responsable de la sécurité et des systèmes d'information.

plus complexe qu'il n'y paraît et nous l'aurions traitée comme telle du temps de l'Agence.

Surprise par le propos, Léo jeta un regard vers Shakila qui semblait l'être autant. Ces reproches exprimés clair et fort ne s'adressaient qu'à lui-même. Ziang possédait un sixième sens ciselé par des facultés d'analyse et d'observation qui lui permettaient de se projeter bien au-delà des apparences. Son raisonnement le menait à admettre qu'il n'avait pas été à la hauteur.

— Bien, reprit Léo. Admettons l'existence de ce poisson en eaux profondes, qui cela pourrait-il être ?

— Celui qui a facilité l'embauche de Wong ? proposa Shakila.

Léo pensa à Françoise Calistrio, directrice des ressources humaines dans l'entreprise depuis sa création. Simple sténodactylo, elle avait gravi un à un les échelons jusqu'à se retrouver dans le cercle restreint de la direction. Une femme au-dessus de tout soupçon.

— Qui à la DRH s'occupe des stagiaires ?

Ziang consulta une note.

— Françoise Calistrio uniquement

— La décision lui revient seule ?

— Oui, des stagiaires aux employés. Pour la maîtrise et l'encadrement, la décision est collégiale. Mais les stagiaires, elle seule s'en occupe.

— Nous allons donc nous concentrer sur Françoise Calistrio, même si je doute qu'elle puisse travailler pour les Chinois. Voyez les conditions d'embauche de Wong, les entretiens, la convention de stage, puis établissez le profil de la DRH : état civil, scolarité, parcours professionnel, banque, impôts, la totale. Sans attirer son attention, naturellement.

— Et Dordor ?

— On va l'informer, d'autant qu'on aura besoin de fouiller le bureau de sa DRH, d'ausculter tous les postes informatiques qu'elle utilise. Ziang, appelez Dordor pour un rendez-vous ici, je vous prie.

— Je peux m'en charger, répliqua aussitôt Shakila. Habituellement…

Léo se rassit et lui prit la main.

— Habituellement, vous n'êtes pas sous le coup d'une commotion cérébrale. Je veux juste vous ménager un peu.

Shakila dégagea sa main et couvrit celle de Léo.

— Je suis à l'écoute de mon corps, Léo, et je peux vous assurer que tous les signaux sont au vert.

— Si d'aventure l'un d'eux virait à l'orange, promettez-moi de vous reposer.

— Je promets.

— Très bien, concéda Léo en reprenant son agenda sur la pile de Ziang pour le tendre à Shakila. Appelez Dordor. Concernant l'objet du rendez-vous, dites-lui qu'il s'agit d'un premier bilan de fin de mission, au cas où la conversation serait écoutée.

Comme Léo se levait, Shakila désigna l'enveloppe apportée par le coursier.

— Vous ne l'ouvrez pas ?

— Curieuse !

Shakila avait raison, le nom sur l'enveloppe apportée par le coursier était singulier. Jack Ryan. Du nom de ce héros de Tom Clancy. Et le contenu n'était pas moins étrange ; un billet pour assister à une représentation des Chœurs de l'armée russe était glissé dans une feuille marquée d'une phrase saisie à l'ordinateur : « Et si vous passiez à travers le miroir pour voir à quoi ressemble le reste de la maison. » Léo fit circuler la missive.

— Une référence à *Alice au pays des merveilles* ? avança Ziang.

— À *De l'autre côté du miroir*, plus exactement, corrigea Léo.

Shakila parcourait à nouveau le billet.

— Pourquoi les Chœurs de l'armée russe ?

— Je ne sais pas.

— La représentation a lieu demain. Vous irez ?

— La vraie question est de savoir si j'ai envie de voir le reste de la maison.

— Quelle maison ?

— Oui, de quelle maison parlons-nous ? lança Léo en se dirigeant vers son bureau.

Son téléphone sonnait. Gilles Damais, le chef de sécurité de la DGSE et ami de longue date de sa famille jusqu'au moment de l'arrestation de son père pour haute trahison et intelligence avec une puissance étrangère. Damais avait compté parmi les fidèles qui se seraient fait tuer pour Pierre de Coursange ; la blessure consécutive à la trahison n'en avait été que plus douloureuse. Léo le comprenait. N'avait-elle pas eu elle-même ce ressentiment contre celui pour qui la probité, la loyauté et l'intégrité s'érigeaient en règles de vie ? Durant des mois, elle avait refusé de se laisser envahir par la désillusion. Il était son père et avait le droit de faillir, comme n'importe quel autre homme. Quels que soient ses manquements, elle devait l'aimer envers et contre tout.

Depuis ce 25 novembre, Léo avait sollicité toutes les personnes susceptibles d'interférer sur l'interdiction de rendre visite à son père, épuisant un à un tous les recours. Aucune autorisation ne lui avait été accordée. Elle n'avait cependant jamais renoncé, parce que admettre l'inéluctable annonçait un lendemain où elle se recueillerait devant un cercueil sans lui avoir jamais reparlé.

D'une phrase simple, Gilles Damais écarta cette dernière perspective.

— Vous allez rencontrer votre père.

— Quand ?

— Bientôt. Je vous rappelle.

Il raccrocha avant qu'elle puisse lui poser d'autres questions. Une lui était venue à l'esprit. Comment allait-il ? Son cœur battait à tout rompre, ses mains tremblaient. Les jambes vacillantes et le souffle altéré, elle se laissa tomber dans son fauteuil. Elle l'imaginait assis sur une couche sommaire, la tête entre les mains. Les premières semaines, elle avait ressassé les raisons de sa trahison et, comme aucune ne tenait, était restée l'idée d'une vaste manipulation orchestrée par sa propre mère et Gerbod. Elle avait lu et relu les articles dans la presse française et étrangère, visionné inlassablement les reportages, les magazines, les émissions, avait cherché, dans ce qui n'était pas dévoilé au grand public, les faisceaux convergeant vers la thèse du complot. Certains sites Internet avaient évoqué la conspiration, mais leurs arguments étaient irrecevables au regard de son expérience ou de ses convictions. Puis le doute n'avait plus été permis. Pendant des années, son père avait remis aux Russes des renseignements compromettant la sécurité nationale. Poutine avait attendu six jours avant de démentir et de s'offusquer qu'on invente toute cette histoire dans le but de discréditer la Russie. Il avait menacé de revoir les conditions de la fourniture du gaz à l'Europe, faisant aussitôt réagir Bruxelles qui avait demandé à la France de gérer ses taupes dans la sérénité et le recul imposé par ce type d'affaire. Le moment de vérité se profilait, même si elle savait par avance qu'il lui serait interdit d'aborder les questions cruciales. Elle ne pouvait compter que sur leur complicité pour comprendre les non-dits.

Précédé de Shakila, Marc Deschamps traversait l'open space, l'arrachant à ses pensées. Léo lui indiqua un fauteuil. Il s'assit et l'observa avec amusement.

— J'ai du mal à croire que je vous ai vue en chemise de nuit lors de notre première rencontre.

Elle désigna le smartphone dans la main du policier.

— Vous pouvez ranger votre téléphone, s'il vous plaît ?

— Pourquoi ?

— Simple mesure de précaution. Elle s'applique à tous les visiteurs, police comprise.

La réponse ne parut pas le convaincre, Léo insista.

— Les téléphones sont des mouchards redoutables. Ils photographient, enregistrent, filment. C'est une prudence élémentaire qui devrait être la règle.

Marc Deschamps rangea son smartphone.

— Vous ne seriez pas parano ?

— Dans mon métier, c'est un atout. Vous avez le PV ?

Il ramassa son cartable et le posa sur ses genoux.

— Comment vous faites pour être aussi blanche avec le cagnard qu'il fait dehors ?

— Je marche à l'ombre.

Une chemise en lin ouverte sur son torse hâlé, la bouche gourmande, l'œil pétillant, Marc Deschamps était un homme séduisant.

— Très astucieux, lâcha-t-il en lui tendant le PV.

Concis, bien écrit, le rapport reprenait mot pour mot les propos de Léo. Pas une faute d'accord et toutes les virgules étaient à leur place. Son air décontracté, presque goguenard, masquait l'homme cultivé. Après avoir signé le document, elle lui parla du poisson en eaux profondes.

— Pour la fouille du bureau, je vous accompagnerai.

— Pour quoi faire ?

— Vous avez oublié ? Nous enquêtons à deux, main dans la main. Plus sérieusement et selon ce qu'on va trouver, il faudra sans doute activer les écoutes téléphonique et informatique. Vous aurez besoin de moi.

Léo le considéra quelques secondes et finit par admettre qu'il était incontournable. Et puis, elle avait hâte de boucler l'opération Pluie d'été.

— Très bien, nous allons travailler ensemble sur cette affaire, mais à une condition : j'exige une confidentialité absolue tant que l'enquête n'est pas bouclée. Sans minimiser le crime de Wong Li Na, il y va aussi de la survie d'une entreprise qui est un gros employeur.

Il la dévisageait, lointain, les bras croisés et le menton dans la paume de sa main.

— Qu'est-ce qui s'est passé ? Pourquoi vous a-t-on virée de l'Agence de sécurité économique ? Il y avait quoi derrière cette histoire de taupes ?

Il se tut soudain, chassant de la main des questions qui semblaient l'avoir surpris autant que Léo, qui réalisa une nouvelle fois que son nom était à jamais lié à l'affaire politico-économique la plus sulfureuse de la décennie. L'arrivée de Dordor fit diversion. Léo se leva pour aller à sa rencontre, main tendue.

— Suivez-moi, Monsieur Dordor, je vais vous présenter quelqu'un.

Les épaules affaissées, le teint cireux, Dordor relisait le mémo.

— Si cette affaire transpire, je suis mort. Plus aucun constructeur ne voudra travailler avec nous et on a mille salariés qui vont se retrouver sur le carreau. Vous êtes absolument certaine de ce que vous avancez pour ma DRH ? dit-il en levant les yeux vers Léo.

— Non. Il ne s'agit que d'une suspicion, mais nous ne pouvons l'ignorer.

— Comment allez-vous procéder ?

— Dans un premier temps, on va simplement inspecter ses ordinateurs et son bureau.

Marc Deschamps, Léo et le DG de Calbéo étaient assis autour de la table ronde. Elle vida sa tasse de thé et proposa à nouveau du café à son client qui accepta mécaniquement.

— Elle va s'en rendre compte.

— Personne n'en saura rien. Nous vous garantissons une enquête discrète.

— Vous allez procéder comme pour Wong ?

— Sur la méthode, oui, mais avec davantage de moyens. Nous devons être totalement invisibles.

Abattu, Dordor se renversa contre son dossier.

— Françoise ne peut pas travailler pour les Chinois, c'est impossible. Je n'y crois pas une minute, pas après son parcours dans la maison. Vous verrez que vos recherches ne mèneront à rien.

Léo aurait presque abondé dans son sens mais l'expérience lui avait appris que les plus insoupçonnables pouvaient franchir la ligne blanche. Léo et Marc Deschamps le laissaient parler, Dordor reprit son monologue.

— Et pourquoi nous aurait-elle trahi ? Elle n'a aucune raison. Elle est propriétaire de son appartement, j'ai signé la caution bancaire pour le prêt moi-même.

— Il y a longtemps ?

— Pas loin de vingt ans, maintenant. Elle roule en Clio. Pas de bijoux, pas de fourrures, pas de fringues de luxe. Son salaire lui suffit amplement.

— Il n'y a pas que l'argent qui peut motiver un salarié à céder les secrets de son entreprise.

— Quoi d'autre ? s'étonna Dordor.

— La frustration, la vengeance, la mégalomanie, le besoin de reconnaissance, l'idéologie, énuméra Léo. C'est plus subtil qu'on ne le croit. Françoise Calistrio est mariée ?

Dordor eut un petit rire teinté de mépris, ou peut-être de condescendance, Léo ne sut le définir. Il secoua la tête.

— Françoise est le prototype de la vieille fille maniaque. Il n'y a jamais eu de place dans sa vie pour un homme.

— Vous allez parfois chez elle ?

— Une fois par an. À la mi-décembre, elle nous invite à dîner. Toute la direction, avec nos épouses. Cest toujours très raffiné, elle met les petits plats dans les grands pour l'occasion. Ça a un petit côté *Festin de Babette* si je peux me permettre cette analogie. À mon avis, c'est le seul dîner qu'elle organise dans l'année.

— Elle vit donc seule ?

— Non, pas depuis quelques mois. J'ai cru comprendre qu'elle hébergeait un neveu, le temps de ses études à Paris.

— Vous voyez autre chose à nous dire ?

— Lorsque vous aurez écarté Françoise, comment allez-vous vous y prendre pour retrouver votre poisson ?

— Chaque chose en son temps, dit Léo en se levant. Ce soir, quand Françoise Calistrio quittera son bureau, vous voudrez bien nous prévenir, je vous prie.

Marc Deschamps resta assis lorsque Léo raccompagna Dordor.

— Alors ? demanda-t-il quand elle revint.

Léo fit un signe à Ziang qui les rejoignit aussitôt.

— Ziang, élargissez l'état civil aux parents, oncles et tantes, neveux et nièces, etc.

— Vous voulez un arbre généalogique ?

— Oui, mais inutile de remonter à la Révolution. Concernant les neveux, trouvez-moi ceux qui font des études à Paris.

Quand Ziang tourna les talons, Marc Deschamps remarqua qu'il aurait pu se charger de ces recherches.

— Les flics mettent parfois les pieds dans le plat. Je préfère que Ziang s'en occupe, on a l'habitude.

— Prévenez-moi dès que Dordor vous appelle, je

vous rejoindrai chez Calbéo. Je peux ? demanda-t-il en sortant son smartphone de sa poche, prêt à partir.

Léo tendit un doigt vers la porte.

— Dehors. Seulement dehors.

Un téléphone sonna. Valériane de Coursange. Léo ne lui laissa pas le temps de terminer sa phrase et raccrocha après lui avoir signifié n'avoir rien à lui dire. C'était le premier appel de sa mère depuis le 25 novembre. Elle regretta soudain son impulsivité. Et s'il y avait un rapport avec le coup de fil de Damais ? Sa mère était-elle derrière ce revirement et l'autorisation subite de voir son père ?

Léo s'ébroua. Même si c'était le cas, elle ne lui devait rien. Valériane avait bâti sa vie sur des intrigues de boudoir qui avaient conduit à la mort de son gendre, à la déchéance de son mari et de sa propre fille, à la ruine de leur vie professionnelle et personnelle, avec pour dégâts collatéraux l'emprisonnement de ceux qui comptaient le plus pour Léo. Lorsqu'elle regardait en arrière, elle se demandait comment elle tenait encore debout. Et surtout pour quoi ? Pour Ziang et Shakila ? Pour Karl qui moisissait dans une cellule, abandonné de tous sauf d'elle ? Léo était la seule à croire à son innocence, même s'il lui avait fallu un peu de temps pour admettre que l'infâme mise en scène de la chambre d'hôtel s'inscrivait dans le plan qui s'était soldé par l'implosion de l'Agence de sécurité économique. Le procureur chargé de l'affaire avait promis à Léo, davantage par lassitude que par conviction, qu'il convoquerait le garçonnet pour une nouvelle audition. Léo n'avait cessé de lui marteler que l'enfant avait été conditionné pour réciter ce qu'on lui avait dicté.

Ziang avait préparé de la viande froide avec une salade niçoise. Ils prirent le temps de déjeuner devant les infos. Léo avait rapidement imposé des repas réguliers et équilibrés, avec des fruits et des légumes, seul moyen de tenir les rythmes qui leur étaient imposés.

Retrouver Karl au parloir était chaque fois une épreuve pour Léo. Depuis son incarcération, il avait perdu une vingtaine de kilos. Ce qui faisait l'objet des boutades lors des premières visites était devenu au fil des mois un sujet d'inquiétude. Comme tous ceux qui maigrissaient rapidement, ses joues étaient devenues creuses et flasques, elles le vieillissaient prématurément. Ce déclin n'était rien à côté de ce qu'elle découvrit ce jour-là. Un large pansement taché de sang couvrait la tempe de Karl. Son œil était tuméfié et son visage griffé. Elle ne cacha pas sa stupeur.

— Qu'est-ce qui s'est passé, Karl ? Qu'est-ce qu'on t'a fait ?

Un sourire amer étira la peau clairsemée de poils gris.

— Le sort réservé aux pointeurs. On ne les aime pas trop ici.

— Je vais retourner voir le directeur, on doit t'isoler. Ce n'est pas la première fois qu'ils s'en prennent à toi, ils vont finir par te tuer.

— Tu veux que je te dise, Léo, c'est ce qui pourrait

m'arriver de mieux. Je n'en peux plus. L'enfermement, les humiliations, l'absence d'intimité, la crasse, les insultes. Et cette télé qui gueule toute la journée. Faut que je mette fin à tout ça.

Au-dessus de la table poisseuse, Léo lui saisit la main.

— J'ai vu le procureur. Il consent à auditionner à nouveau le gamin. Je l'ai convaincu que c'était toi la victime. Il faut que tu tiennes le coup, les choses vont forcément s'arranger. Karl, tu m'entends ?

Ailleurs, submergé par des souvenirs douloureux, Karl fixait Léo sans la voir.

— Même si le gamin se rétractait, ça ne suffirait pas. Il faut que Belinda revienne sur ses déclarations.

Léo masqua tant bien que mal son incapacité à convaincre l'ancienne compagne de Karl. Belinda avait fourni un témoignage impitoyable, étayé de descriptions sordides d'une grande précision. Karl les avait réfutées avec maladresse, comme s'il n'y croyait pas lui-même. Une défense médiocre à la suite d'une garde à vue éprouvante. Sale et fatigué, il s'était montré agressif envers un procureur davantage enclin à croire Belinda ; la mise impeccable et gracieuse de son ex-femme avait crédité ses arguments d'une véracité ne souffrant aucune contestation.

Le point de départ était un non-lieu dans une affaire où Karl, alors âgé de 25 ans, avait été accusé de tentative de viol sur une adolescente qui avait finalement avoué avoir tout inventé parce que Karl l'avait repoussée. Malgré le verdict, les germes du doute s'étaient installés et Belinda avait pu sans mal faire croire à tous ces petits détails qui établissaient que son mari était attiré par les enfants. De photos volées d'enfants nus sur la plage à la consultation des sites pédopornographiques en passant par les drôles de regards sur ses nièces au moment du bain. Chacun de ces témoignages, rapporté avec des mots choisis, avait alors confirmé que les photos prises dans la chambre d'hôtel n'étaient pas un montage destiné à le discréditer. Le procureur n'avait pas cru au complot et l'avait fait déférer.

— Tu as une idée de la façon dont je peux faire revenir Belinda sur ses déclarations ? demanda Léo avec précaution.

— Les sept péchés capitaux. Souviens-toi, c'est comme ça qu'on trouvait la faille de nos cibles. Belinda est vénale et son premier maître est l'argent. C'est là que tu dois creuser. Trouve comment elle a péché et oblige-la à revenir sur ses accusations. Sors-moi de là, Léo, je t'en supplie…

Karl avait murmuré les derniers mots. Léo le couvrit d'un regard tendre, consciente que son souffle ne tenait qu'à un fil.

De retour à I3S, elle sortit le dossier Couchard, du nom du directeur de la maison d'arrêt. Ziang et Shakila s'étaient mobilisés deux journées entières sur son profil quand Karl avait été brutalisé par l'un de ses codétenus, quelques semaines plus tôt. Ziang était allé jusqu'à bidouiller des images recueillies sur le Net. Mais Léo n'avait pas eu à s'en servir, Couchard lui avait assuré de prendre des mesures coercitives. Mesures demeurées cependant inopérantes malgré ses remarques régulières et ses courriers recommandés. Il ne daignait même plus prendre ses appels téléphoniques.

Avec une autorité naturelle, Léo se fit passer pour la secrétaire d'un directeur de cabinet et exigea de parler sur-le-champ à Couchard. Il faillit raccrocher quand il la reconnut.

— Dans votre intérêt, gronda Léo, écoutez-moi jusqu'au bout.

— On accuse souvent la presse d'exagérer les faits, mais vous concernant, je dois reconnaître que vous êtes à la hauteur de votre réputation. Si tout le monde…

— Je ne suis pas tout le monde, Monsieur Couchard. Je vous demande simplement d'user de tous les moyens à votre disposition pour garantir la sécurité de M. Saint-Léger.

— Je fais tout mon possible.

— Vous allez faire mieux, beaucoup mieux.

Il s'accorda un court silence avant de continuer, un léger chevrotement dans la voix.

— Vous me menacez, Madame de Coursange ?

— Je viens de vous transmettre un film qui devrait vous intéresser. Ouvrez votre messagerie.

Léo patienta en visionnant mentalement les images qui défilaient sur l'écran de son interlocuteur. Dans une douche collective, trois hommes blancs avec des tatouages nazis sur le corps en frappaient un quatrième à la peau noire. Recroquevillé sur le carrelage, il poussait des hurlements de douleur. Les trois minutes de vidéo, insoutenables, avaient été prises avec un téléphone portable.

— Oui, et alors ? finit par demander Couchard.

— Ce film va être diffusé sur YouTube dans l'heure qui vient, avec le nom de votre établissement.

— C'est de la diffamation. Vous savez aussi bien que moi que ça ne se passe pas à Fleury-Mérogis. Je le prouverai facilement.

— Compte tenu des précédents dans l'établissement que vous dirigiez auparavant, vous aurez du mal à convaincre, et l'opinion va penser que vous encouragez ce type de dérives racistes. Ce n'est pas bon pour votre avancement, vous pouvez me croire.

Léo laissa le silence s'installer sur la ligne, un léger sourire aux lèvres. Trois ans plus tôt, Couchard avait été muté suite à la mort d'un détenu d'origine malienne, tabassé par des néonazis. L'affaire avait fait grand bruit, mobilisant les associations et les politiques de tous bords. Il ne sortirait pas indemne d'une nouvelle polémique avec les mêmes ressorts, que le film soit monté ou non de toutes pièces. Couchard capitula.

— Vous voulez quoi ?

— Une cellule individuelle, une douche quotidienne, et des promenades en toute sécurité. Somme toute ce dont chaque détenu devrait pouvoir bénéficier. Mais je le demande pour M. Saint-Léger, sans délai. Sinon, vous pourrez tirer un trait sur votre carrière. Dès qu'il est installé, je veux l'entendre de sa bouche. Vous avez deux heures.

Couchard raccrocha sans un mot, laissant Léo dubitative quant aux moyens employés. Mais on ne lui laissait pas le choix.

Accéder à l'information, quelle qu'elle soit, était la garantie pour les analystes d'I3S d'obtenir les résultats escomptés et ainsi d'assurer la réussite de leurs missions. Pour y parvenir, il avait fallu compenser les moyens énormes dont ils disposaient dans les sous-sols de l'Agence de sécurité économique. Justine lui permettait d'accéder aux données gérées par la police ; en toute illégalité, un surdoué de l'informatique payé cash par Léo avait créé un logiciel qui masquait l'origine de la requête. Jade Bastiani Maltese aussi lui avait spontanément offert son aide, écœurée par ce qu'elle avait considéré comme une atteinte grave à la démocratie ; la jeune femme consultait les bases de données bancaires lorsque Léo la sollicitait. À plusieurs reprises, Jade avait mis sur le tapis le Comité Forty et Léo avait fini par organiser une réunion pour décider de son sort. Toutes les sentinelles avaient répondu à l'appel, hormis Marjorie qui fut excusée sans explication car tous la connaissaient.

Un vote unanime s'opposa à la dissolution du Comité, assorti cependant de la décision de sa mise en sommeil. Seul un sous-groupe d'une demi-douzaine de personnes piloté par Jade continuerait à assurer une veille sur l'Institut européen d'analyse et de prospective. Léo s'en était exclue avant même que les sentinelles de cette nouvelle entité ne le lui demandent.

— Je suis dans le viseur de Gerbod, s'était-elle justifiée. Si je bouge, il s'en prendra à mon père, à mes collaborateurs. Je ne prends pas ce risque.

Le nom de l'Institut européen était apparu pour la première fois juste avant Noël dans un magazine d'actualité. Selon l'article, la vocation de cet organisme, déclaré d'utilité publique et doté de fonds privés et européens, était de réfléchir au devenir de l'Europe en matière énergétique, alimentaire et environnementale. Dans les semaines suivantes, ses fondations firent l'objet de reportages dithyrambiques, d'articles élogieux mettant en lumière ses actions : financement des études de jeunes de l'Union européenne, achat de matériel destiné à la paysannerie des pays les plus pauvres, développement de projets d'énergies renouvelables.

Témoin bâillonné, Léo devinait ce que le grand public n'était pas en mesure de saisir. Perceptible par les seuls initiés, le fond sonore indiquait que l'organisation continuait à œuvrer en toute discrétion, notamment à travers la multinationale Aristee dont la prise de contrôle par des fonds européens, mais sans qu'apparaisse le véritable commanditaire, avait polarisé les médias quelques jours au début du printemps. L'émotion suscitée avait été très relative, l'opinion publique étant peu concernée par le gigantesque jeu de Monopoly où fusions et acquisitions à coups de milliards restaient une notion très abstraite. Aristee poursuivait son entreprise de conquête et absorbait un à un les semenciers, petits ou gros, partout dans le monde. Avec une grande adresse, ils créaient des sociétés écrans aux constructions juridiques élaborées et rien n'était visible du monopole qui étendait de jour en jour ses tentacules. Les quelques journaux et associations qui s'en émurent s'engluèrent aussitôt dans la machine judiciaire et renoncèrent à poursuivre une quête de vérité coûteuse, d'autant plus que se distillait dans la population, sous l'influence d'un colossal travail de lobbying, l'idée que les semences génétiquement modifiées garantissaient de procurer de la nourriture à toute l'humanité.

Un article dans *Le Monde* relatait la reculade de Bruxelles sur les essais en plein champ de riz et de blé transgéniques, une décision qui confirmait encore la sujétion des eurocrates à Aristee. Quelques pages plus loin, la tribune d'un europhile reconnu et respecté clamait l'absurdité des frontières au sein de l'espace Schengen et revendiquait la création d'un État fédéral fort de 500 millions d'habitants. Les arguments étaient habiles et, pour qui ignorait le grand dessein de l'Institut européen, il était facile d'y adhérer. Léo reposa le journal, saisie par ce qui se profilait. Tapie dans l'ombre, la bête laissait voir son museau, inoffensif et attendrissant, annonçant les prémices d'une vaste opération de communication et de manipulation où chaque mot, chaque proposition, serait pesé avant d'être lâché. Le grand cirque allait commencer.

Un téléphone sonna.

— C'est pour vous, Léo, annonça Shakila. Le Pr Perelstein. Vous prenez ?

C'est seulement en entendant sa voix que Léo reconnut le chirurgien qui avait opéré sa mère d'un cancer du sein une dizaine d'années plus tôt. En homme pressé, il attaqua sans préambule.

— Madame de Coursange, je n'ai pas pour habitude de me mêler des affaires de famille, mais il est de mon devoir de vous informer que votre mère a récidivé et qu'elle ne verra certainement pas le prochain automne.

Léo songea à cet après-midi d'octobre au-dessus de la forêt flamboyante de Fontainebleau, quand les cendres de Philippe avaient été dispersées.

— Allô ? demanda le professeur. Vous êtes là ?

— Le prochain automne ? Comment c'est possible ?

— Nous venons d'effectuer l'inventaire de l'invasion des métastases. Il y en a dans les poumons, dans le foie et jusque sur les os du bassin. Cela a démarré dans l'autre sein.

— C'est si rapide ?

— Non, les premiers ganglions sont apparus il y a plusieurs mois, mais votre mère n'a pas jugé bon venir me trouver à ce moment-là.

— Elle vous a donné une explication ?

— Plus rien ne la retient, elle estime avoir fait son temps. Je lui ai proposé une nouvelle chimiothérapie mais elle l'a refusée.

— Il y a quelques mois, elle se plaignait de douleurs dans le dos. C'était le cancer ?

— Certainement.

Dix-neuf mois s'étaient écoulés avant qu'elle ne consulte. Valériane avait attendu jusqu'à la limite du supportable, franchissant ainsi le point de non-retour. Sa mère ne connaîtrait pas un nouvel hiver. Léo remercia le professeur de l'avoir prévenue et raccrocha, la tête et le cœur vides.

Dordor en personne accueillit Ziang et Léo sur le perron de l'accueil désert. Un téléphone sonnait dans le lointain. Sans un mot, il les entraîna à l'étage de la direction. Marc Deschamps se trouvait déjà dans le bureau de Calistrio, assis devant l'ordinateur. Il leva les mains du clavier.

— Tout me paraît clean. Si vous voulez vérifier.

Ziang prit sa place tandis que Léo s'asseyait à côté de lui pour inspecter le bureau. Des tiroirs rangés, des dossiers alignés, pas une feuille de travers, des crayons taillés, Françoise Calistrio était une DRH ordonnée. Léo vida méthodiquement chaque tiroir après l'avoir photographié. Rien de personnel, hormis une trousse noire vernie au logo d'un parfumeur. Léo l'ouvrit et en sortit le contenu : un tube de paracétamol, une lime à ongles, trois dosettes contre les reflux gastriques, un déodorant bio, un vaporisateur de sac. Léo le renifla, le parfum était capiteux, sans doute du Guerlain. Elle termina l'inventaire par une tablette de comprimés sans sa boîte. La seule indication imprimée sur l'aluminium mentionnait du trèfle rouge. Léo affícha un sourire conquérant et brandit la tablette entamée.

— Oui, et alors ? demanda Marc Deschamps.

— Je sais que Françoise est migraineuse, crut bon de rajouter Dordor. Sans doute…

Léo poussa un soupir.

— Le trèfle rouge est riche en phyto-œstrogènes, Monsieur Dordor, une substance hormonale qui active l'hydratation vaginale. Rien à voir avec les migraines. Françoise Calistrio souffre de sécheresse vaginale. Et si elle prend du trèfle rouge pour y remédier, c'est qu'elle a un amant. Tout simplement.

— Françoise, un amant ? Ce n'est pas possible, on l'aurait su, elle nous en aurait parlé. À moins que ce ne soit tout récent. Pourtant, rien dans son comportement ne le laisse penser. Un amant !

Léo reconnut que la DRH n'était pas le type de femme à avoir un amant. Les cheveux tirés en chignon sur la nuque, des lunettes vieillottes, aucun maquillage, des vêtements amples aux couleurs indéfinissables, des trotteurs en cuir marron. À 58 ans, Françoise Calistrio n'était pas une coquette et portait pleinement son âge.

Ziang se tourna vers Léo.

— Je confirme, il est clean. Pas d'activité anormale de ce poste.

Son regard effleura le tiroir ouvert entre lui et Léo et s'y arrêta. Il en sortit un boîtier de quelques centimètres.

— C'est quoi ? demanda Dordor.

— Un disque dur externe, répondit Ziang en le connectant à l'ordinateur.

Léo se pencha sur l'écran. Le disque semblait vierge. Ziang pianotait sur le clavier, les sourcils froncés.

— Bizarre ! La capacité est bidon. Ce n'est pas une taille standard, on dirait qu'il est compartimenté.

— Comment ça ? demanda Dordor.

— Comme un réservoir de voiture avec un double-fond pour y mettre autre chose que du carburant.

Il déconnecta le boîtier et le retourna après avoir récupéré dans son cartable un jeu de petits tournevis. Il enleva deux vis, découvrit la carte électronique et, à l'aide d'une loupe, ausculta un composant carré aux multiples pattes.

— On dirait que le microcontrôleur n'est pas passé par un processus industriel normal, les références sont effacées. C'est du travail artisanal, de la petite série pour une fonction bien particulière.

Il compta les pattes du composant.

— Trente-deux pattes par côté. Fabrication chinoise sans aucun doute.

Il retourna le boîtier, détailla un des deux connecteurs et remit les vis.

— Je ne vois qu'une application. On peut aller dans la salle des imprimantes ? demanda-t-il à Dordor.

Au moment où Ziang le formulait, Léo comprit où il voulait en venir. Avec leur perfectionnement, les imprimantes étaient devenues un point vulnérable des entreprises. Au-delà de l'impression simple, elles scannaient, photocopiaient, faxaient, et leur disque dur gardait le souvenir de chaque document traité.

Une carte d'accès était nécessaire pour entrer dans la salle.

— C'est le RSSI qui a mis ça en place, expliqua Dordor. Pour accéder à cette salle, il faut un sésame, et un code pour récupérer les documents sur l'imprimante. Tout est contrôlé et sécurisé. On a même une caméra, dit-il un doigt pointé vers un angle du mur. Il y a deux imprimantes, la principale et celle de secours.

Les deux gros appareils étaient alignés devant les rayonnages de ramettes de papier et de consommables. Ziang jaugea l'emplacement de l'imprimante principale par rapport à la caméra, puis il introduisit un des connecteurs du disque dur externe sur le côté de la machine.

— C'est la prise de diagnostic réservée habituellement à la maintenance, déclara-t-il avant de manœuvrer sur l'écran tactile. Le disque dur de l'imprimante est nettoyé à quelle fréquence ?

Dordor haussa les épaules en signe d'ignorance.

— Vous voulez bien appeler le RSSI ? proposa Léo.

Le RSSI répondit aussitôt. Le broyage électronique des données était programmé tous les trente jours, et le prochain aurait lieu dans cinq jours. Au grand regret de Ziang, le journal des événements ne mentionnait pas les dumps éventuels.

— Il faudra revoir le protocole de sécurité de cette salle et de ses appareils, commenta froidement Léo. On peut visionner les enregistrements de la vidéosurveillance ?

— Le disque dur est nettoyé tous les trente jours. Où est le problème ? marmonna Dordor.

— C'est le vingt-neuvième jour, le problème, quand le disque est plein. Il suffit de le copier à ce moment-là.

Les images défilaient en lecture accélérée. Dordor les passait à la vitesse normale quand il identifiait Calistrio. Elle venait plusieurs fois par jour dans la salle des imprimantes.

— Pourquoi sa secrétaire ne va pas chercher les

documents comme le font celles des autres directeurs ? s'étonna Léo.

— On en avait parlé, mais Françoise prétend que c'est une occasion de se dégourdir les jambes.

Les enregistrements ne révélèrent rien d'anormal.

— Vous voyez ! s'exclama Dordor. J'avais bien raison. Françoise est hors du coup.

— Attendons le vingt-neuvième jour, Monsieur Dordor, laissa tomber Ziang. Attendons.

Dordor les raccompagna jusqu'à l'accueil. Sur le parking, Marc Deschamps proposa à Léo de visiter l'appartement de la DRH.

— Non, on va l'alerter.

— Elle n'en saura rien.

— C'est illégal.

— Ça ne devrait pas vous gêner.

Léo ne s'étendit pas sur cette dernière remarque, ne sachant si c'était une allusion aux méthodes de l'Agence de sécurité économique ou bien à sa présence quelques jours plus tôt dans l'appartement de Wong. Elle salua brièvement Deschamps et monta dans la voiture.

Elle avait choisi les locaux d'I3S pour leur seconde issue sur une rue perpendiculaire qu'on rejoignait par le patio puis le garage assez grand pour abriter deux véhicules, le sien et celui de Shakila qui évitait les transports en commun. Son portable sonna au moment où Ziang garait la voiture. Couchard se présenta d'un ton sec et lui passa Karl sans préambule.

— C'est bon, Léo, on m'a transféré dans une cellule individuelle. Je te remercie.

Le ton humble, presque résigné, masquait une

détresse qui lui vrilla les intestins. Léo soupira de soulagement, sans oublier que, si la lame s'était éloignée de la nuque de Karl, sa tête n'en demeurait pas moins sur le billot. Maintenant isolé dans une cellule, il pouvait se suicider à tout moment.

— Je te promets une chose, Karl, je vais remonter dans la vie de Belinda jusqu'à connaître la marque de ses couches-culottes. Je trouverai la faille et tu sortiras de là. Tiens le coup !

— Tu dois voir une femme, Jeanne Viborel. Son mari était l'adjoint de Belinda quand elle bossait pour…

Des éclats de voix interrompirent la conversation, Couchard commençait à s'agacer et tentait visiblement de récupérer son portable. Une injonction plutôt virulente de Karl le fit taire. Léo sourit, son ami avait encore des ressources.

— … quand elle bossait pour le laboratoire Vella, juste avant notre divorce. Tu te souviens du type que j'avais suivi ?

— Celui que tu avais à moitié massacré parce que tu croyais que c'était son amant ?

— À ma décharge, ils avaient rendez-vous dans un hôtel. En fait, ils se voyaient pour le business. Et je pense que ça avait un rapport avec le mari de Jeanne Viborel. Il avait été accusé d'avoir remis la formule d'une molécule à un concurrent. Mais l'affaire s'est brutalement terminée quand on a retrouvé son corps dans la Seine. Je suis certain que Belinda a manigancé un truc pas net.

— Tu n'avais pas bougé ?

— J'espérais encore sauver mon mariage. À l'époque, les Viborel habitaient rue de Vaugirard dans le XVe. Trouve cette femme, c'est de là qu'on va dévider la pelote. Je compte sur toi, Léo.

Elle n'eut pas le temps de lui dire que l'affaire Viborel devenait SA priorité, Couchard avait repris son téléphone.

21 heures venaient de passer, Shakila et Ziang travaillaient devant leur écran. Ziang proposa de faire un point sur l'affaire Calbéo. Léo désigna l'horloge d'un signe de tête.

— On en a assez fait pour aujourd'hui. On éteint.

— Et Karl ? demanda prudemment Shakila.

— Le film a eu le succès escompté. On a visé juste.

Comme Léo relatait leur conversation, Shakila s'activa sur son ordinateur, griffonna quelques mots sur la page d'un bloc et la tendit à Léo.

— Jeanne Viborel habite toujours rue de Vaugirard. J'ai noté son téléphone.

Léo la remercia et leur rappela à nouveau qu'il était temps de finir la journée, une recommandation dont ils s'affranchirent en replongeant le nez sur leur écran.

Un interphone contrôlait l'entrée de l'immeuble. Léo appuya sur la sonnette au nom de Viborel, attendit quelques secondes et leva instinctivement le nez vers les étages. La tête d'une femme disparut dans l'encadrement d'une fenêtre. Léo sonna à nouveau. Une voix éraillée résonna dans l'interphone.

— Qui êtes-vous ?

— Éléonore de Coursange, je souhaiterais m'entretenir avec vous à propos du laboratoire Vella et de votre mari.

Silence dans l'interphone, seul un léger grésillement signalait qu'on n'avait pas raccroché. Léo insista.

— Je sais que votre mari a été injustement accusé.

— Je n'ai rien à vous dire.

— Je vous demande juste de m'écouter.

— Ça ne le ramènera pas.

— Peut-être. Mais un innocent pourrait sortir de prison.

Un sexagénaire en costume gris clair jeta un coup d'œil suspicieux vers Léo. La conversation engagée sur le trottoir n'était pas des plus discrètes. Elle approcha ses lèvres de l'interphone.

— Je vous en prie…

Étiré de tout son long, un chat dormait sur le canapé. Jeanne Viborel proposa un fauteuil en face et s'assit à côté du matou qui ne bougea pas d'un pouce. Les boutons de sa blouse à petites fleurs bâillaient sur un t-shirt fatigué. Étudiant le visage prématurément marqué de la femme, Léo se dit qu'elle renverrait la même image si elle ne compensait pas par une coiffure soignée, un maquillage couvrant et un peu de sport dans une salle de Montreuil. Jeanne Viborel avait renoncé à ces artifices pour laisser le champ libre à la résignation.

Avec concision et des mots simples, Léo raconta la mise en scène dans la chambre d'hôtel, le témoignage de Belinda, l'arrestation de Karl, son incarcération.

— Pourquoi ?

— Une affaire d'État qui nous dépasse.

Un sourire figé déforma la bouche de la femme qui se mit à caresser le chat, l'air absent. Le temps, la vie, les paroles de Léo semblaient glisser sur elle. Un peu lasse, Léo songea au visage décharné de Karl et rassembla des mots.

— Je sais que…

— Je vous crois, trancha Jeanne Viborel. Je pense juste au moyen de coincer cette salope.

La brutalité du ton, plus que du propos, déstabilisa Léo. La femme se leva.

— Vous voulez boire quelque chose ?

Léo demanda de l'eau et la suivit à travers le salon où rien n'avait dû bouger depuis la mort de son mari.

La photo d'un homme au visage carré et au sourire enjôleur était posée sur une commode couverte d'un napperon brodé. Une autre photo, entre deux bougies en partie consumées dans leur photophore, représentait le couple en compagnie d'une mariée. Jeanne Viborel marqua un temps d'arrêt devant l'autel.

— Philippe était l'homme le plus honnête que je connaisse…

— Votre mari s'appelait Philippe, coupa Léo qui oublia un instant de quoi on parlait.

— Vous le connaissiez ?

— Non. Mon mari aussi s'appelait Philippe.

— Vous êtes divorcés ?

— Il est mort… bredouilla Léo qui soudain manqua d'air.

Jeanne Viborel tira prestement une chaise.

— Asseyez-vous. Je vais chercher à boire.

Elle rapporta un verre de jus de pomme frais que Léo but d'un trait. La salade de midi était loin, elle mit sa fatigue sur le compte d'une probable hypoglycémie.

— J'allais passer à table quand vous avez sonné. Soupe et jambon, ça vous va ?

Les convenances auraient voulu que Léo proteste un peu pour s'assurer de ne pas déranger, mais toutes deux n'attachaient plus d'importance à ces codes de bienséance. Léo s'installa tandis que Jeanne disposait un second couvert. La queue droite, le chat apparut quand elle ouvrit la porte du frigo. Jeanne souleva le couvercle d'une boîte de thon, épiée par le félin.

— Combien de temps votre ami est-il resté marié avec Belinda ?

— Une quinzaine d'années.

— Ça n'a pas dû être drôle tous les jours, commenta Jeanne davantage pour elle-même que pour Léo.

— Vous l'avez rencontrée ?

— Peu de fois à vrai dire. On se croisait sans se saluer, aux arbres de Noël ou aux repas avant les vacances. Elle faisait semblant de ne pas me reconnaître. Puis je l'ai revue à deux reprises quand Philippe a été licencié pour faute lourde. J'accompagnais mon mari parce qu'il était incapable de conduire, et surtout de l'affronter. Elle le terrorisait, même s'il refusait de l'admettre. Cette femme est diabolique, vous savez. Chaque matin que Dieu fait, je prie pour qu'un cancer de la langue l'emporte.

La rage et la haine consumaient Jeanne, rappelant à Léo qu'elle était loin d'en avoir le monopole. Jeanne raconta les circonstances de la disgrâce de son mari.

— Il travaillait dans la section recherche et développement et gérait les brevets, les dépôts de dossiers. Vella avait mis au point une molécule contre l'obésité. Des recherches top secret sur lesquelles travaillaient plusieurs laboratoires, notamment Nelky Research. Finalement, après avoir eu connaissance des avancées de Vella, Nelky a pu breveter une molécule bien plus performante. Philippe a démenti, il a affirmé qu'on avait utilisé son mot de passe et son ordinateur pour fabriquer des preuves, mais la direction, appuyée par Belinda, a toujours cru en sa culpabilité et n'a jamais voulu revenir sur son licenciement. Philippe était définitivement compromis dans le milieu de la recherche. Il s'est jeté dans la Seine.

— Belinda Saint-Léger était peut-être de bonne foi, suggéra prudemment Léo.

Une lueur assombrit le regard châtaigne de Jeanne,

un sourire morne déforma les lèvres minces engluées dans son visage empâté.

— Belinda Saint-Léger a remis la molécule à Nelky, j'en ai la preuve.

Dans le tiroir supérieur de la commode, Jeanne retira une grande enveloppe de papier kraft et la remit à Léo. Des photos de Belinda prises au téléobjectif.

— Vous avez payé les services d'un détective privé ?

— Je suis détective. Enfin je l'étais, j'avais ma propre agence. La suivre a été un jeu d'enfant. Regardez, l'homme sur le banc travaillait chez Nelky. Voyez le journal dans sa main. Là, il le pose. Puis Belinda arrive, s'assoit. Il s'en va sans le journal. Et elle repart avec.

— Il y avait quoi, dans ce journal ?

— Sans doute les modalités de la finalisation du paiement.

Léo scruta le visage de l'homme.

— Vous avez une loupe, il a quelque chose à l'œil.

— C'est un pansement sur l'arcade sourcilière. On ne distingue pas bien, mais il avait aussi un œil au beurre noir, comme s'il avait pris un coup de poing.

Aucun doute possible, c'était l'homme que Karl avait pris pour l'amant de Belinda. Ils commerçaient bien ensemble.

Les autres clichés la montraient chez un marchand d'art réputé sur la place parisienne et dont l'honnêteté n'était pas l'une des qualités premières.

— Je me suis penchée sur ses comptes, dit Jeanne en plongeant la main dans l'enveloppe pour en sortir un listing. Le jour précédant la visite de Belinda, il avait reçu un virement de cent mille euros d'une holding, qui s'est révélée être dans le giron de Nelky. Belinda a été payée en tableau. Ni vu ni connu. Cette dernière information, je l'ai obtenue après la mort de Philippe.

— Vous n'avez rien dit ?

— Si. Je l'ai appelée un matin et je lui ai expliqué que j'avais des preuves pour la confondre et réhabiliter mon mari. L'après-midi, on fracassait à coups de masse la voiture de Laura, notre fille. Dans la foulée, un type a téléphoné pour me dire qu'elle avait une jolie frimousse. Le message était clair, j'ai tout laissé tomber. J'avais un acheteur pour mon agence, je l'ai vendue. Et aujourd'hui, conclut Jeanne en caressant le grand chat, je discute avec Tino.

— Tino, pour Tino Rossi ?

— Non, pour Tarantino. Philippe adorait ses films. Je les visionne de temps à autre quand le moral est moyen. Son préféré était *Pulp Fiction* avec la scène dans la voiture où le coup part accidentellement à cause d'un prétendu nid-de-poule.

Tino ronronna.

— On était bien tous les deux...

Les souvenirs de Jeanne la renvoyaient aux siens, à son Philippe. Quand la fougue charnelle des premières années s'estompait au profit d'une tendresse et d'une complicité intime, les fous rires transformaient le sable du temps en ciment qui colmatait et prévenait de l'érosion et de l'ennui. Il fallait avoir durablement aimé pour le discerner.

Mue davantage par une intuition que par une réflexion rationnelle, Léo tendit une carte de visite à Jeanne submergée par la réminiscence d'un temps révolu.

— Vous ne reprendriez pas du service ? Je suis

à la recherche d'un opérationnel pour les actions de terrain. Vous correspondez au profil. Votre première affaire sera l'opération Nid-de-poule, une affaire de faux témoignage.

D'un geste lent, presque gracieux, Jeanne prit la carte de visite, la parcourut puis leva des yeux embués de larmes.

Sur le canapé, devant une tasse de tisane, Jeanne écouta Léo lui parler du dernier jour de l'ASE, de la machination qui avait broyé Karl, de la création du cabinet I3S, de ses collaborateurs. Léo évoqua les affaires traitées, celles en cours, puis ramena la conversation sur l'opération Nid-de-poule. Méthodiquement, elles établirent un plan d'action destiné à confondre Belinda sans lui offrir le moindre interstice où se réfugier. Il fallait identifier son correspondant chez Nelky, mettre la main sur le cahier de police du marchand d'art afin d'apprendre quel tableau lui avait été remis, s'introduire dans son appartement dans l'espoir d'y trouver la toile, la photographier. Un dossier destiné à mettre la pression sur Belinda. Jeanne s'octroya d'autorité l'intrusion chez le marchand d'art et chez l'ex-femme de Karl.

— Vous ne craignez pas de vous faire repérer ? s'inquiéta Léo.

— Malgré mon poids, je suis transparente. J'ai une dégaine banale et passe-partout, personne ne me remarque. Quand nous nous connaîtrons mieux, je vous parlerai de tous ces lieux où je suis parvenue à entrer. Vous serez surprise.

La soirée s'enfonçait dans le cœur de la nuit et l'ombre des deux femmes s'étirait sur les tapisseries défraîchies effleurées par la lumière douce des lampes aux abat-jour démodés. Il était temps de partir. Jeanne se leva et raccompagna Léo.

— À quelle heure ?

— 9 h 30, ça vous va ? J'aurai le temps de briefer l'équipe.

Au moment de franchir les marches de la clinique, Léo pensa à la première prise de contact entre Ziang, Shakila et Jeanne, qui était parvenue à faire sourire ses deux analystes. Léo avait aussitôt interprété la réticence de Shakila et lui avait assuré qu'I3S aurait les moyens de ce nouveau poste qui permettrait de prendre d'autres affaires. Ils avaient aménagé à la hâte un bureau et Léo avait convoqué son fournisseur d'informatique et de bureautique, au grand dam de Shakila qui prétendait pouvoir partager son poste de travail. Léo avait dû hausser le ton pour la convaincre.

— Encore un mot, Shakila, et je vous rétrograde au rang de comptable. Un ouvrier ne peut travailler qu'avec de bons outils, alors, nous investissons. Un point, c'est tout !

La moue sévère de l'analyste lui avait signifié qu'elle remettrait ces dépenses sur le tapis à la première occasion.

L'hôtesse de l'accueil se montra aimable et disponible, clinique privée obligeait. Elle indiqua la chambre de Valériane de Coursange, la 23, au deuxième étage.

C'était une chambre claire où prédominait un blanc lumineux atténué par des stores masquant en partie les grands arbres du parc. Un drap couvrait la silhouette frêle, un bras perfusé en dépassait. La tête droite sur l'oreiller et les paupières closes donnaient l'illusion d'un sommeil serein. Léo traversa la chambre sur la pointe des pieds et vint se poster dans l'angle de la fenêtre, sans parvenir à détacher son regard du corps figé. Le pouce de la main décharnée appuya sur le bouton-poussoir d'une petite pompe qui délivrait un flash de morphine. C'est à peine si Léo perçut le léger mouvement. Elle s'approcha du lit, esquissa un mouvement en direction du bras de sa mère mais y renonça.

— Encore ce parfum ! lança Valériane sur un ton de reproche.

— Tu souffres ?

— Tu sens la cocotte.

— Tu t'y connais peut-être en cocotte.

— Avec ton père…

Ses lèvres boudinées et bien dessinées tranchaient sur son visage émacié à la peau parcheminée. Sous les cheveux fins et un peu gras, de fines cicatrices guère plus épaisses qu'un fil couraient jusque derrière les oreilles. Tous les coups de bistouri sur cette peau maintenant desséchée auraient payé quelques mois de salaire à Jeanne.

— Philippe aimait ce parfum.

— Ah, alors si Philippe l'aimait…

Léo sourit avec amertume. La maladie affaiblissait les corps mais n'avait aucune prise sur la méchanceté. Sans doute l'accompagnerait-elle jusqu'au bout, comme une vieille amie indéfectible. Valériane ouvrit les yeux. Le bleu délavé tirait sur un gris souris, terni par la cornée devenue épaisse. Mais la lueur qui l'animait trahissait un esprit encore vivace malgré la douleur.

— Tu es bien soignée ? demanda Léo, tiraillée par l'envie de fuir.

— Soignée, c'est un grand mot. Disons que je suis maintenue... Toutes ces opérations pour expertiser mon état de pourrissement, tout ce tralala. Est-ce bien utile, je me le demande.

— Tu as besoin de quelque chose ?

— J'ai surtout besoin de paix.

Léo faillit lui demander si elle souhaitait qu'elle quitte la chambre, persuadée que Valériane aurait acquiescé. Mais elle n'était pas seulement venue parce que le Pr Perelstein le lui avait demandé.

— Tu savais depuis quand pour Papa ?

Interloquée, Valériane considéra Léo comme si elle avait proféré une grossièreté. Son regard se durcit et Léo dut faire un effort pour imaginer qu'un demi-siècle plus tôt, elle se construisait dans le ventre de cette femme.

— Je t'ai parfois demandé des choses mais tu ne m'as jamais rien donné. Aujourd'hui, je veux simplement la vérité.

Valériane contint un spasme, son pouce appuya sur la pompe. Elle souffrait au-delà du supportable, l'entretien ne pourrait être trop long. Léo insista, la mâchoire serrée pour ne pas hurler.

— Tu savais depuis quand pour Papa ? Depuis quand tu savais qu'il travaillait pour les Russes ?

— Depuis longtemps !

— Gerbod aussi ?

— Non, il l'a appris bien plus tard. Quelques jours seulement avant que ton père ne tombe.

— Comment ?

— Le carnet. Le carnet que tu as trouvé…

Léo se laissa tomber dans le fauteuil, bouleversée. Son obstination à rechercher la vérité avait déterré des squelettes.

Valériane se rua dans la brèche.

— Eh oui ma fille, c'est toi qui as passé les fers à ton père.

Léo se ressaisit.

— Pourquoi Gerbod t'en a parlé ?

— En fait, j'ai l'impression qu'il y avait peu de choses dans ce carnet. Gerbod m'a interrogée pour en savoir plus.

— Et…

— Je n'ai rien lâché. Ce n'était pas mon affaire.

— Qu'est-ce que tu n'as pas lâché ? Que sais-tu exactement ?

Les bras crispés sur le ventre, Valériane se mit à haleter, comme une parturiente qui va donner la vie dans la douleur. Le bébé qu'elle délivrerait à cet instant serait démoniaque.

— Quand Philippe était au service de sécurité de la DGSE, on l'a chargé d'une enquête. Trouver qui était Nikita Dimitrov.

— À quel moment ?

— À l'époque de votre rencontre.

— Philippe savait pour Papa quand on s'est rencontrés ?

— Non ! Laisse-moi parler, tu veux bien. Tu ressembles à un chiot qui ne cesse de quémander.

Sa mère reprit lentement.

— L'enquête de Philippe a duré des mois, des années. De rares personnes du haut commandement la suivaient. Mais elle n'a jamais abouti. En apparence du moins, car lorsque Philippe a su qui était la taupe russe, lorsqu'il en a eu les preuves, il a passé un marché avec ton père. Pierre se retirait définitivement du jeu et Philippe abandonnait la partie.

— Pourquoi ?

— Mais par amour pour toi, ma fille. Philippe a trahi par amour. Peut-être cela comblera-t-il la veuve que tu es.

Léo ignora le sarcasme, abasourdie. Elle comprenait maintenant les véritables raisons de la demande de mutation de Philippe à la DPSD et du départ à la retraite prématuré de son père.

— Et toi, qui t'en a parlé ? Papa ? Philippe ?

— Quelle importance cela a-t-il ?

La conversation devrait bientôt s'achever, Valériane était épuisée.

— Pourquoi Gerbod a-t-il révélé cette affaire au grand public ?

— Pour te faire sauter. Toi, ton agence et tes petits camarades. Pourquoi avoir fouillé du côté de l'Institut européen ? Qu'est-ce que tu en avais à faire et en quoi ça te concernait ? Il fallait en rester à l'enquête sur les Chinois, bon sang ! Pourquoi être sortie de ton territoire ? Et pourquoi n'as-tu pas accepté son offre ? Tu t'es prise pour qui, pour Dieu ?

Valériane avait égrené sa diatribe sans élever la voix et avec une telle violence que Léo se demanda comment elle avait pu y parvenir. Mais le revers fut cruel, un masque de douleur déforma ses traits. Léo se leva et posa la question dont elle connaissait la réponse par

Élisabeth Carpentier. Elle souhaitait l'entendre de la bouche de sa mère.

— Pourquoi Philippe t'a-t-il rendu visite avant sa mort ?

— Parce qu'il était sur les traces de l'Institut européen. Il voulait que je coopère, il prétendait que l'affaire allait être exposée au grand jour et que j'y laisserais des plumes, selon son expression.

Valériane eut un rire rauque.

— Toutes mes belles plumes sont maintenant éparpillées aux quatre vents…

À nouveau un spasme, elle appuya sur la pompe.

— Ce n'est pas de la morphine qu'ils me donnent, mais du tilleul. Appelle-les !

— Une dernière question, Valériane, pourquoi Papa a trahi ?

La question fut sans doute plus brutale que la souffrance car elle tourna vers Léo un regard effrayé.

— Je ne sais pas si je dois te le dire. Je ne sais pas. Je dois réfléchir encore un peu. Appelle l'infirmière s'il te plaît.

Hagarde, Léo chercha sans le trouver un bouton d'alarme et sortit prévenir une infirmière. Dans le couloir, elle crut un instant qu'on l'appelait mais ne vit personne. Ses oreilles bourdonnaient.

La température dans l'habitacle était déjà étouffante. Léo posa les mains sur le volant pour maîtriser ses tremblements. Ce jeu de dupes ne finirait donc jamais. Comment Philippe, son mari, avait-il pu lui cacher que son père avait été une taupe pour le compte des Russes. Pourquoi ? Même son amour pour elle, si grand fût-il, ne pouvait lutter contre l'un des premiers principes qui avait régi sa vie : la probité. Le ton ironique de Valériane lorsqu'elle avait évoqué cette raison cachait autre chose. Philippe n'avait rien dit pour un motif qui la dépassait et Valériane le connaissait.

Son téléphone sonna, Marc Deschamps l'attendait au domicile de Calistrio. Dordor l'avait prévenu quand elle était arrivée à son bureau.

— Et le neveu ?

— Il vient de quitter l'appartement.

Léo poussa doucement la porte, à l'écoute. La voix de Marc Deschamps la guida dans l'appartement de Françoise Calistrio. Il était au milieu du salon, un téléphone contre l'oreille. Quand Léo entra, il lui tendit une paire de gants en latex.

— Le Dr Boudali pour Marc Deschamps, il m'a laissé un message.

— …

— Je rappellerai, merci.

Léo enfilait ses gants.

— Tout va bien ? demanda-t-elle quand il eut raccroché.

— Ça pourrait aller mieux…

Il venait de tomber le masque, une inquiétude qu'il ne tentait même pas de dissimuler s'était substituée à sa moue arrogante. Il se ressaisit.

— Suivez-moi pour la visite guidée, vous allez adorer !

Dans la cuisine, il ouvrit le frigo américain. Champagne, vins blancs de grands crus, foie gras, plats cuisinés de traiteurs renommés, quelques boîtes de caviar. Les armoires de l'unique chambre recelaient des vêtements griffés, pour homme et pour femme. Léo sortit un costume, vérifia la taille, étudia la coupe. Il appartenait à un homme jeune et mince, elle le montra au policier.

— C'est au neveu, vous croyez ?

Dans la salle de bains, des parfums, des baumes et des crèmes de même facture que le contenu des armoires et du réfrigérateur.

— Vous avez trouvé des cours, des livres, qui indiquent qu'il y a un étudiant dans la maison ? demanda Léo.

— Il n'y a pas l'ombre d'une table de travail, alors de là à trouver des cours. Calistrio héberge bien un jeune homme, mais pas pour lui offrir un toit pendant ses études. Quelle salope !

— Vous êtes marrants, les hommes. Quand un type a trente ans de plus que la fille, ça choque personne, mais quand c'est l'inverse, vous criez au scandale.

La réaction de Léo, un peu vive, surprit Marc Deschamps. Il secoua la tête.

— Non, vous ne comprenez pas. Les hommes sont des salauds depuis toujours. Alors, quoi qu'ils fassent, c'est prévisible. Mais les femmes…

Léo ne s'aventura pas sur le terrain, c'était perdu d'avance. Elle ouvrit un tiroir au contenu soyeux et parfumé. Contre toute apparence, Françoise Calistrio était une femme qui aimait les hommes jeunes et qui pouvait se les offrir en les couvrant de cadeaux. Les deux questions qui prévalaient étaient comment et depuis quand.

Mains croisées sur le ventre, un technicien informatique, assis dans le fauteuil de Jeanne, surveillait l'écran animé par un sablier. Des emballages vides et des câbles cernaient le bureau. Léo balaya la salle du regard à la recherche de l'ex-détective, s'attarda sur Marc Deschamps qui lisait un journal dans le coin des télés. Quand ils avaient quitté l'appartement de la DRH, Léo l'avait invité à la suivre à I3S, ayant décliné sa proposition de le rejoindre à la PJ. Shakila leva la tête.

— Jeanne est partie.

Elle marqua un temps d'arrêt comme pour bien souligner ce qui allait suivre.

— Elle est partie avec un panier rempli des fruits que Ziang a achetés pour nous.

Aucun commentaire, aucun reproche, tout était dans l'intonation. Léo contint un sourire.

— Elle était habillée comment ?

— Comme elle est arrivée, mais avec un chapeau de vieille dame et des grosses lunettes.

Un déguisement à dix euros qui allait contribuer à faire sortir Karl, Léo s'y accrochait.

— On fait le point sur Calbéo, lança-t-elle à la cantonade.

Ils s'installèrent tous les quatre autour de la table ronde. Françoise Calistrio était évidemment à l'ordre du jour. Marc Deschamps les informa qu'une filature avait été mise en place. Une équipe la pistait vingt-quatre heures sur vingt-quatre. Il consulta des notes sur un calepin.

— Calistrio reste dix heures à son travail. 8 heures, 13 heures. 14 heures, 19 heures. Ses téléphones et son ordinateur sont sur écoute. On a sonorisé son appartement. Il nous reste à découvrir ce qu'elle fait et qui elle voit quand elle ne travaille pas. Dordor nous a dit qu'elle se rendait souvent dans le parc situé à cinq minutes des bureaux pendant son heure de table. Elle déjeune sous les arbres.

— Il y a un restaurant ?

— Non, juste une sandwicherie.

— Si elle vidange les données comme prévu, il y a des chances qu'elle remette le disque dur dans les heures qui suivent. Dès qu'on a la confirmation vidéo, inscrivez-moi sur la filature.

Un œil sur sa montre, Léo abrégea la réunion. Elle avait d'autres rendez-vous. Sitôt Marc Deschamps parti, elle demanda :

— On s'habille comment pour aller voir les Chœurs de l'armée russe ?

— Avec une chapka !

Elle ne releva pas. Juin avait battu à plusieurs reprises tous les records de chaleur depuis les premiers relevés météo. Le printemps avait été bref, coincé entre un rude hiver interminable et un été précoce. N'ayant pas quitté la capitale depuis l'automne précédent, Léo se demanda comment la nature avait encaissé le brutal changement de température. Elle relut un tract ramassé près de la caisse du marchand de presse. Une réunion organisée par les Black Green se tenait dans une salle à un jet de pierre de la rue de Paris. Dans un cybercafé, elle avait loué un ordinateur et entré le nom de l'association. Un site qui n'avait plus été réactualisé depuis plusieurs mois annonçait que les Black Green tendraient vers des actions plus radicales si Bruxelles n'appliquait pas un moratoire durable sur les OGM en Europe tant que de véritables études ne seraient pas programmées. Des articles de journaux relataient la séquestration de plusieurs députés européens qui n'avait duré que le temps de l'énoncé des revendications du groupe, les forces de l'ordre ayant rapidement délivré les parlementaires. Des militants avaient été arrêtés et, après une garde à vue de cent quarante-quatre heures sous le régime de l'antiterrorisme, mis en examen pour séquestration et participation à une association de malfaiteurs en vue de la préparation d'un acte de terrorisme. Plusieurs d'entre eux étaient encore en détention. Leur chef, Werner Kaufman, était parvenu à glisser entre les mailles du filet pour disparaître dans la nature. Les Black Green se tenaient tranquilles et il n'y avait plus eu d'actions radicales. La réunion de ce jour avait seulement pour but d'imaginer des moyens afin de réunir des fonds en vue de soutenir leurs camarades embastillés.

C'est en entrant dans la salle sombre aux fenêtres masquées par des draps noirs qu'elle comprit pourquoi le tract l'avait attirée dans cette arrière-cour à trois cents mètres du cabinet. Cette réunion n'était qu'un leurre destiné à reconstituer les troupes, l'esquisse d'un espoir auquel elle avait renoncé. Elle les écouterait simplement, pour se rassurer et se dire qu'on combattait sur d'autres fronts.

Une cinquantaine de chaises dépareillées étaient alignées devant une estrade aux planches disjointes, Léo s'installa dans la dernière rangée à côté d'un jeune en tongs et dreadlocks. Un peu en avance, elle observa les petits groupes qui arrivaient peu à peu. Une fille débraillée alluma une cigarette roulée à la main dont l'odeur caractéristique lui parvint. Soudain, le regard de Léo fut attiré par un détecteur à infrarouge dans l'angle du mur à la peinture grisâtre et écaillée face à la salle. Un rapide coup d'œil lui confirma qu'il n'y en avait pas d'autre dans les lieux. Quelque chose clochait. Pourquoi avait-on installé un seul détecteur de mouvements dans une salle aussi vaste ? L'appareil n'était pas en fonction : lorsque les gens se déplaçaient dans son faisceau, le capteur restait inerte. Pourtant, l'état du boîtier laissait croire que la pose était récente. Une installation inachevée ? Léo en doutait et devinait ce qui se profilait. La salle était sous surveillance, sans doute visuelle et sonore. Du temps de l'Agence de sécurité économique, ils avaient souvent dissimulé des caméras et des micros dans ce type de dispositif qui passait inaperçu pour le citoyen lambda. Une fille, maquillée comme un raton laveur et accompagnée d'un garçon à l'allure androgyne, marqua un temps d'arrêt pour repérer dans l'assistance des visages connus. Le couple remonta l'allée en saluant quelques personnes puis disparut derrière une porte près de l'estrade. Qui surveillait la salle ? Les organisateurs ? C'était peu crédible, pour une question de moyens, de conviction et de nécessité. Il s'agissait donc d'une surveillance extérieure. La DCRI avec une forte probabilité. Deux possibilités s'offraient à Léo : s'éclipser en toute discrétion avant qu'on finisse par l'identifier (en jean et blouson ample, elle avait tiré ses cheveux sous une casquette à longue visière mais un œil attentif la confondrait rapidement), ou prévenir les militants. Léo se décida pour cette dernière option, à l'instinct et sans raisonner. Elle remonta nonchalamment l'allée, tête baissée, contourna l'estrade puis franchit la porte par où avait disparu le couple. Elle n'avait pas frappé.

Cinq regards hostiles la dévisagèrent. Il y avait le raton laveur, l'androgyne, une femme d'une quarantaine d'années et deux hommes un peu plus jeunes. Tous vêtus de noir. Des tracts et des feuilles manuscrites étaient dispersés sur une table basse à côté d'un ordinateur portable. Un frigo, des chaises de jardin et une armoire défoncée constituaient le reste du mobilier.

— Tu veux quoi ? demanda la quarantenaire en détaillant Léo de la tête aux pieds.

Attaquer de face, sinon ils la jetteraient manu militari sur le trottoir avant qu'elle ait pu aligner deux phrases.

— Votre salle est sous surveillance. Il y a certainement une caméra et un micro dans le détecteur de mouvement à l'angle du mur à gauche de l'estrade.

— Et comment tu sais ça, toi ?

— L'œil d'un expert.

L'hostilité monta d'un cran, Léo leva aussitôt la main pour calmer les esprits.

— Attention ! Ne vous trompez pas d'ennemi. Je travaille dans le privé et je cherche moi aussi à les éviter, d'accord ?

— Pourquoi tu nous préviens ?

— Peut-être parce que nos intérêts sont liés. On pourra en parler plus tard. Pour l'instant, vous avez un problème.

Plus aussi sûrs d'eux, les cinq militants se jetaient des regards croisés. La quarantenaire, qui paraissait être la chef du groupuscule, désigna l'androgyne.

— Va jeter un coup d'œil. Eh ! Discret, hein !

L'androgyne réapparut moins d'une minute plus tard, paniqué.

— Bordel de merde ! Elle a raison. Y a sûrement une caméra, ce détecteur n'y était pas la dernière fois. Je me souviens, j'avais installé une enceinte à ce niveau.

La quarantenaire détailla Léo, visiblement partagée entre la méfiance et la reconnaissance.

— Qu'est-ce que tu nous conseilles ?

Léo se mit à parcourir les murs de la petite salle, espérant que la pièce n'était pas aussi sous surveillance. Difficile de s'en assurer sans matériel de détection.

— On peut parler ailleurs ?

Le groupe l'emmena à travers un couloir aux murs décrépis qui débouchait dans un entrepôt encombré de meubles fatigués et d'objets usuels ayant fait leur temps. La femme stoppa entre deux bahuts à l'ombre d'un large pilier et croisa les bras.

— On t'écoute.

— Qu'est-ce que vous voulez savoir ?

— Qui tu es, on verra plus tard. Qu'est-ce que tu nous conseilles pour la caméra ?

— Tout dépend de ce que vous souhaitez. Il y a plusieurs possibilités : la démonter, annuler la réunion. Ou les intoxiquer… ajouta Léo d'un air pensif.

— Les intoxiquer ?

— Donner des informations erronées, changer le discours, enfin ce que vous voulez.

— Non. Même si c'est tentant, les camarades ne vont pas comprendre.

— On n'a qu'à la démonter ! Ils verront qu'on est plus malins qu'eux.

— Ce n'est pas pour autant qu'ils vous lâcheront, opposa Léo. Ils seront plus discrets la prochaine fois.

Ils se turent, des bruits de pas résonnaient dans l'entrepôt. Une voix fluette appela.

— T'es là, Nath ?

Le « Nath » s'adressait à la quarantenaire qui s'agaça.

— Deux minutes, d'accord ? Juste deux minutes. On a un problème à régler.

Sur leur site, un article mentionnait qu'une certaine Nathalie Mélanessian avait été arrêtée puis relâchée à l'issue de sa garde à vue.

— Bon, faut prendre une décision. On annule, on continue, on démonte, on fait quoi ?

La décision serait collégiale. Le raton laveur fut la première à s'exprimer, catégorique.

— Elle a raison. Si on démonte leur putain de caméra, ils vont savoir qu'on les a repérés. On annule et on refait une réunion plus tard.

Les autres étaient d'accord.

— Je vais les prévenir, dit Nath. Je donne quoi comme excuse ?

— Dites qu'il va y avoir une descente de flics, proposa Léo, ça va distraire vos espions un moment.

Des sifflements jaillirent dès l'annonce des raisons de l'annulation. Léo resta dans le couloir, près de la porte donnant sur la pièce. Les deux trentenaires rassemblaient le matériel en silence.

Quand Nath revint, elle les entraîna d'un signe de la main vers l'entrepôt qu'ils traversèrent rapidement jusqu'à un autre couloir débouchant sur une ruelle.

— Comment on peut savoir qu'ils ne nous attendent pas de ce côté ? demanda Nath.

— Vous passez souvent par là ?

— Rarement.

— Alors le risque est limité.

Ils chuchotaient malgré eux.

— Vous allez où ? demanda Léo.

— Pas loin, il y a un squat occupé par des potes artistes. On y sera en sécurité.

— Quelqu'un reste avec moi, dit Léo. On sortira après vous, histoire de vérifier que personne ne vous suit.

Nath adressa un signe de tête à l'un des deux trentenaires. Tout en jambes et l'air un peu absent, il faisait penser à Igor.

— Max, tu restes avec elle. On se retrouve au squat.

Visiblement, personne ne les filait. Max et Léo les retrouvèrent dans un vaste hangar compartimenté en box par des tentures chamarrées. Des hommes et des femmes bavardaient, peignaient, lisaient, jouaient de la flûte ou de la cithare. Une ambiance bon enfant, entre marché artisanal et Fête de l'*Huma*, nimbée par des odeurs d'herbe mêlées à celles des épices et de viande grillée.

Au fond du hangar, deux yourtes avaient été montées l'une en face de l'autre. Nath pénétra dans l'une d'elles sans hésiter. Un coin bar. Des coussins couvraient des caisses retournées, disposées autour de fûts utilisés comme tables. Accoudés devant une bière sur un bout de comptoir en zinc, deux hommes discutaient à voix basse. Nath les embrassa et murmura quelques mots.

Le groupe s'installa autour d'un fût sur lequel atterrirent rapidement six bouteilles. Nath paya la tournée et prévint Léo que la prochaine serait pour elle. Léo trinqua, but une gorgée de la bière au nom inconnu, apprécia sa saveur et sa fraîcheur. Sur un ton très conventionnel qui dénotait avec les lieux, Nath se chargea des présentations. Le raton laveur se prénommait Niki, l'androgyne Fred, et l'autre trentenaire P'tit Loup. Pour elle, le groupe se contenta de Léo. Ils trinquèrent à nouveau et burent une longue gorgée.

Nath posa sa bière. Sa voix un peu rauque et les deux rides verticales entre ses sourcils trahissaient la baroudeuse de tous les combats et de toutes les fêtes.

— Tout à l'heure, à la salle, tu disais que nos intérêts étaient liés. Tu peux préciser ?

Sans être hostile, le ton n'était pas amical pour autant. Nath restait sur ses gardes, ce qui rassura Léo. Des airs de musique péruvienne masquaient les échos de leur conversation. Léo consulta sa montre et calcula qu'elle disposait de vingt minutes si elle ne voulait pas être en retard à son rendez-vous avec Jack Ryan. Réfléchir rapidement à ce qu'elle allait lâcher, aux enjeux, aux conséquences. Elle considéra un à un les Black Green qui attendaient qu'elle parle. La tenue de leur réunion à trois rues d'I3S était un signe, un appel à se jeter à nouveau dans la bataille et à affronter Gerbod. Il fallait simplement se montrer plus malin et agir avec prudence, intelligence et efficacité.

En dire le minimum mais assez pour appâter la tête des Black Green. La plupart de leurs lieutenants avaient été arrêtés et Nathalie Mélanessian avait profité de cette vacance brutale pour monter en grade. Léo ignorait la teneur de ses rapports avec le chef historique de la mouvance écologiste.

— Je veux rencontrer Werner Kaufman, dit simplement Léo.

À l'énoncé du nom, Niki manqua s'étouffer sur le goulot de sa bouteille. Après avoir jeté un mauvais regard en direction du raton laveur, Nath demanda d'une voix sourde :

— Et qu'est-ce qui te fait dire qu'on peut le joindre ? Avec l'arrestation de nos camarades et les sanctions pénales, dans les faits les Black Green sont dissous. Les réunions ont pour seul objet de rassembler des fonds. À part donner du fric pour payer l'avocat, en quoi nos intérêts seraient-ils liés ?

Léo contint sa satisfaction. Nath savait où était Werner Kaufman. Ou tout au moins comment le trouver. Elle n'était pas qu'une simple collectrice de fonds. Sur le terrain, elle était chargée de l'inventaire des troupes, Léo en était convaincue. Surtout ne pas la braquer car la conversation pouvait s'achever à cet instant-là. Lui en donner suffisamment pour obtenir le sésame. Léo sortit de son portefeuille vingt euros, les coinça sous le cul d'une bouteille, ce qui eut pour effet de déclencher l'arrivée d'une nouvelle tournée, puis elle déposa sa carte de visite sous les yeux de Nath.

— Je suis Éléonore de Coursange, ex-directrice de l'Agence de sécurité économique. Il y a dix-neuf mois, j'ai été arrêtée puis relâchée après une garde à vue de onze jours pendant lesquels j'ai été interrogée sans relâche. Tout comme vous, Nathalie Mélanessian. Mon meilleur ami et adjoint croupit à Fleury-Mérogis, à l'instar de vos amis. Deux de mes collaborateurs sont maintenus au secret et personne, je dis bien personne, n'a une idée de l'endroit où ils se trouvent. Je ne sais même pas s'ils sont encore vivants. Tout ça parce que nous enquêtions sur une affaire impliquant Aristee. Je ne peux pas vous en dire plus maintenant. Ce serait trop dangereux. Et pour moi, et pour vous.

Un tremblement infime agita les doigts de Nath quand elle alluma une cigarette. Le regard des quatre autres, silencieux, glissait entre les deux femmes. Sans en comprendre réellement les tenants et les aboutissants, ils pressentaient que les enjeux de la conversation les dépassaient un peu.

— Et ton père ? demanda Nath.

Léo n'était pas sûre du sens de la question, elle

l'éluda d'un revers de la main, comme pour balayer son émotion.

— Je ne l'ai pas revu.

La réponse importait peu à la militante, il s'agissait avant tout de signifier à Léo qu'elle l'avait située. Elle ramassa la carte et la glissa dans la poche arrière de son jean.

— Je vais voir ce que je peux faire. C'est moi qui te contacte.

— Attention ! Mes lignes sont sur écoute.

— On a l'habitude.

Puis, hochant le menton en direction de Max :

— Raccompagne-la !

Depuis qu'elle était sortie du squat, une femme puis un homme l'avaient suivie. Elle pila à l'angle d'une rue, sortit son portable pour simuler un appel. La femme la dépassa sans un regard, continua son chemin, puis s'arrêta devant la porte d'une maison. Elle l'ouvrit avec une clé, la claqua. Une habitante du quartier. Personne ne pistait Léo.

Un mois après l'ouverture de son cabinet I3S, Gerbod avait débarqué un matin à la première heure. Il avait visité les installations, évalué le matériel informatique et sans préambule avait déclaré :

— Écoute-moi bien Léo, ce que je vais te dire, tu ne l'entendras qu'une seule fois. Si tu te trouves aujourd'hui ici, c'est parce que je l'ai bien voulu. Cette seconde chance, c'est moi qui te l'accorde. Un seul mot tapé sur ces claviers, une seule allusion au téléphone qui aient un rapport de près ou de loin avec l'Institut européen, et dans l'heure qui suit tout ça n'existe plus. Nous sommes bien d'accord ?

Ses lèvres minces avaient détaché chaque syllabe tandis que ses pupilles l'avaient sondée au plus profond de son être. Une intrusion d'une telle violence qu'un spasme bileux avait reflué dans son œsophage, la brûlant jusqu'au larynx.

— Et si ton propre sort t'était indifférent, pense à celui de tes collaborateurs. Pense à ton père.

Léo avait ravalé sa rage, ses larmes, les mots au bord des lèvres, fixant cet homme à qui elle avait accordé sa confiance pendant près de cinquante ans. Ce jour-là, il n'avait plus représenté qu'une chose : une cible à abattre. Elle avait hoché la tête, sans doute son instinct de survie. L'air satisfait, il avait disparu.

Le chuintement de ses semelles sur le béton ciré résonnait encore dans sa tête.

Parce qu'elle avait pris la menace très au sérieux, Léo avait intimé à Ziang et à Shakila de proscrire définitivement tout ce qui pouvait se rapporter à l'organisme de Gerbod, I3S étant sur écoutes informatique et téléphonique permanentes. Même si l'actualité leur rappelait régulièrement que l'Institut européen d'analyse et de prospective continuait à œuvrer, jamais ils ne devaient se laisser aller à quelque commentaire ou interrogation sur le sujet. Le message avait été entendu.

Pour la première fois, Léo enfreignait l'accord unilatéral imposé par Gerbod. Elle devrait la jouer fine.

Une file joyeuse et exubérante cheminait vers l'entrée de la salle. Les Chœurs de l'armée russe faisaient le plein dans ce petit théâtre à deux pas de République. Derrière une longue table, des hommes en costume militaire proposaient à la vente des CD, des poupées russes et des pin's à l'effigie de Lénine ou de la faucille et du marteau, symboles de pacotille d'une époque où l'ennemi était clairement identifié. Léo avança dans l'allée à la recherche de sa place qu'elle finit par trouver, très excentrée dans la dernière rangée. Un couple de septuagénaires était assis à sa gauche. À sa droite, un siège vacant en bordure de travée. Jack Ryan n'était pas encore là.

Les lumières de la salle s'éteignirent quand celles de la scène dévoilèrent les militaires alignés sur deux rangs dont l'un était surélevé. Les premiers accords de *Kalinka* accompagnèrent un grondement sorti des entrailles des chanteurs.

La tension d'un poids sur le fauteuil libre l'alerta. Quelqu'un venait de s'y installer. Elle observa le profil d'un homme attentif à ce qui se passait sur scène.

Un léger sourire éclairait le visage méditerranéen et légèrement empâté de son voisin.

Un tonnerre d'applaudissements accompagnés de sifflets accueillit la fin de la première chanson. L'homme se pencha vers elle.

— Les temps changent.

— Pardon ? chuchota Léo, l'oreille tendue.

Le souffle de son voisin lui caressa la joue.

— À l'époque de l'Armée rouge, il n'y avait que les chœurs des hommes sans cet accompagnement musical de supermarché. C'était beaucoup plus impressionnant.

— C'est exact, répondit Léo, réalisant soudain que les voix étaient affaiblies par un fond musical trop élevé.

Tandis que démarrait *Plaine, ma plaine*, elle jeta à nouveau un bref regard vers l'homme. Rien dans son attitude n'indiquait s'il était le Jack Ryan de son rendez-vous. À la fois perplexe et vaguement amusée par l'incongruité de la situation, elle renversa la tête sur le dossier de son fauteuil et se laissa entraîner par les voix.

Ce n'est qu'à la fin de la quatrième chanson, une mélodie ukrainienne chantée par une femme en costume traditionnel, que Jack Ryan dévoila ses intentions. Il lui parlerait pendant l'entracte.

La Marche des cavaliers clôtura la première partie. Quand la lumière revint dans la salle, Jack Ryan se mit à regretter le temps où les chœurs étaient dirigés par le major-général Boris Alexandrov. Leurs genoux se touchèrent quand le couple de septuagénaires se leva pour quitter la rangée. Léo s'excusa. Le regard sombre de Ryan la scruta de longues secondes.

— Mes premières armes à l'extérieur, je les ai faites sur les décombres du bloc soviétique. J'aurais aimé être à Berlin dans les années 50. Pas vous ?

En guise de réponse, Léo haussa les épaules. Les lèvres charnues, les yeux noirs et le front haut et large, la mâchoire volontaire où une barbe naissante reprenait ses droits donnaient à ce visage une sensualité à laquelle bien des femmes avaient dû succomber. Jack Ryan n'était pas à proprement parler un bel homme mais un brin de suffisance mêlée à une animalité à fleur de peau offrait une curieuse alchimie. Consciente de ne pas être sous son meilleur jour – habillée sans élégance, les cheveux aplatis par le port de la casquette et le maquillage fuyant –, Léo se laissa dévisager sans dire un mot, lui laissant l'initiative. D'un rapide coup d'œil, il balaya les allées avant d'ouvrir la bouche.

— Votre père a trahi son pays pour protéger votre fille qui a été enlevée il y a vingt-quatre ans par les hommes du KGB. Ils se moquaient totalement des renseignements économiques que vous pouviez leur fournir, c'est votre père qu'ils voulaient. Alors ils ont enlevé sa petite-fille pour l'obliger à travailler avec eux. Le bloc soviétique était sur le point de s'effondrer, ils le savaient. Votre père était à cette époque LE spécialiste de la question soviétique et ils avaient besoin d'assurer leurs arrières. Ils ont enlevé Roxane pour s'assurer une tête de pont vers l'Occident.

Léo déglutit, ravalant des larmes.

— Elle est toujours vivante, n'est-ce pas ?

Il hocha la tête.

— Nous le pensons.

Léo soupira. C'était bien Roxane qui avait été identifiée par les caméras de reconnaissance faciale dans l'aérogare de Roissy le jour où Gerbod avait pris le contrôle de l'Agence de sécurité économique.

— Où est-elle ? demanda Léo.

— En Russie. Il semblerait qu'un dignitaire russe l'ait adoptée, on est sur sa trace.

— Pourquoi la cherchez-vous ?

— Disons que nous souhaitons vous être agréables…

— Qui, nous ?

— Israël.

— Vous êtes du Mossad ?

Il se contenta de la fixer. Léo continua.

— Vous étiez le contact d'Éric, n'est-ce pas ? C'est à vous qu'il donnait des renseignements et c'est à cause de vous qu'il est maintenu au secret ?

— Nous devons récupérer Éric Laville.

— Pourquoi ?

— C'est une question de sécurité pour mon pays.

— Vous êtes sur la piste de Roxane parce que vous pensez que je peux vous aider à faire sortir Éric.

Sous le choc, elle hoqueta.

— Vous rêvez ! Je n'ai aucun pouvoir. Je suis sous surveillance constante, dans l'œil des services français, et vous me croyez capable d'aider le Mossad à exfiltrer un agent tenu au secret dans un lieu que personne ne connaît. Vous n'êtes pas sérieux !

La mâchoire contractée de l'Israélien lui affirma le contraire.

— Vous devez rencontrer Éric Laville.

— Et comment je m'y prends ? Je vais aller trouver mon vieil ami Jean-Charles Gerbod et…

L'homme du Mossad leva la main pour l'interrompre. Il articula lentement, presque un chuchotement.

— Jean-Charles Gerbod tombera. Un jour. Et c'est vous, dit-il un doigt pointé sur sa poitrine, qui serez à l'origine de sa chute. Nous vous y aiderons.

— Pourquoi ?

— Parce qu'il y va de l'intérêt d'Israël. Non, ce n'est pas Gerbod qui va nous aider à approcher Éric Laville.

Léo nota le « nous », signe d'une alliance inéluctable. L'Israélien poursuivit.

— Ce sera Gilles Damais.

— Et pourquoi le ferait-il ?

— Parce que nous allons lui enlever une épine du pied.

Les spectateurs regagnaient leur place, les lumières baissèrent et le brouhaha s'atténua. L'agent du Mossad lui glissa un téléphone portable dans la main.

— Il est sécurisé. Utilisez-le comme bon vous semble. Très bientôt, je reprendrai contact avec vous. Restez jusqu'à la fin de la représentation, je vous prie.

Il s'écarta de Léo puis se ravisa.

— Au fait, je m'appelle Eitan, pas Jack Ryan, même si j'ai rêvé un jour de rencontrer Markus Ramius.

L'Israélien disparut et Léo ne put s'empêcher de penser à Latifa et à ses perpétuelles références cinématographiques. Même si elle n'y croyait guère, elle espérait sincèrement que, dans la solitude de sa cellule, on lui avait accordé un lecteur de DVD.

Elle s'enfonça dans son fauteuil, fixa la scène où s'égrenaient les premières notes de l'hymne national russe. Était-il devenu celui de sa fille dans cette famille qui l'avait élevée ? Parlait-elle seulement le français ? Des larmes silencieuses dévalèrent ses joues et elle ne fit rien pour les retenir. Roxane était en vie quelque part en Russie, cela seul lui importait.

Deux messages sur sa boîte vocale. Un de Jeanne qui souhaitait lui parler ; Léo pouvait passer la voir, elle lui avait gardé une assiette de soupe. L'autre message provenait de Gilles Damais. Quand elle reconnut la voix du chef de la sécurité de la DGSE, Léo eut une montée d'adrénaline. Il lui demandait de l'attendre en bas de chez elle le lendemain matin à 7 heures.

Le couvert était mis. Jeanne l'accueillit en toute simplicité et la servit avec gentillesse, comme si elle venait chaque soir. Cette fois, la soupe était à la tomate. Léo s'étonna.

— Vous avez le temps de cuisiner des soupes ?

— J'en prépare toujours d'avance et je les congèle.

— Vous ne mangez que ça ?

— Le soir, oui. Je suis bien assez ronde.

Sur la table, il y avait une carafe d'eau avec deux verres. Léo chercha malgré elle autre chose. Elle aurait volontiers bu un verre de vin. Jeanne le devina.

— Désolée, je n'ai pas de vin à la maison. Ni aucun autre alcool.

Le ton suggérait davantage l'interdiction que le libre choix. Jeanne évacua ses interrogations.

— Après la mort de Philippe, j'ai eu un mauvais passage et j'ai cru que l'alcool m'aiderait à le surmonter. J'ai cessé de boire le jour où, dans la rue, une femme m'a donné une pièce. Elle croyait que je mendiais, alors que je m'étais simplement adossée contre un mur pour rester droite. Je n'ai plus touché une goutte depuis ce jour.

Léo associait le vin à la détente. Elle aimait ce moment où le liquide se répandait sur ses papilles puis, au bout de quelques gorgées, lui montrait une autre facette de ses problèmes qu'elle finissait alors par relativiser. À quel moment devenait-on alcoolique ? Lorsqu'on buvait chaque jour, quelle que soit la quantité ? Il existait encore des journées que Léo traversait à l'eau et au thé.

Après avoir mangé un yaourt, elles s'installèrent dans une pièce aménagée en bureau. Les écrans de deux ordinateurs portables étaient en fonction. Léo jeta un regard inquiet en direction du modem ADSL. Jeanne la rassura.

— Un des deux postes n'est pas relié à Internet et je ne stocke aucune donnée sensible sur le connecté.

Elle en désigna un sur lequel s'affichait plein écran la peinture d'une ville aux labyrinthes innombrables et aux multiples tours dont certaines, inachevées, étaient couvertes d'échafaudages aériens. Les perspectives infinies renvoyaient à ces cités invisibles décrites par Italo Calvino, à la fois mystérieuses, impénétrables et irréelles, symboles d'une architecture universelle sublimée.

Jeanne lui montra d'autres toiles aux univers semblables.

— Ces peintures se trouvaient au catalogue du marchand d'art et ont disparu quelques jours après le virement de la holding détenue par Nelky. Elles sont aujourd'hui accrochées aux murs du salon de Belinda Saint-Léger.

Jeanne pressa une touche. Les mêmes représentations apparurent, prises avec du recul, ce qui permettait de situer dans quel appartement on se trouvait.

— C'est étrange, je n'aurais pas cru Belinda capable d'acquérir des toiles de ce style. C'est si éloigné d'elle.

— Il s'agit davantage d'un investissement. Ce sont des David Lefebvre. D'ici peu, sa cote aura décuplé.

Les tableaux dénotaient avec le clinquant de l'appartement de Belinda.

— Comment avez-vous fait pour entrer chez elle ? demanda Léo, épatée.

— Vous êtes mon employeur, ne devenez pas ma complice. Faudra juste rembourser les fruits que j'ai pris dans le frigo de l'agence, ils ont été un peu malmenés et j'en ai fait une compote. L'étape suivante, c'est quoi ?

— Rédigez un rapport circonstancié avec photos et documents à l'appui pour le laboratoire Vella. Avec une copie pour Belinda, je la lui remettrai en mains propres. Merci Jeanne, c'est du bon travail. Sortir Karl de prison me paraît enfin réalisable.

La berline aux vitres fumées attendait en double file devant la porte de l'immeuble, guettée du coin de l'œil par la concierge qui balayait le trottoir avec application. La portière arrière s'ouvrit quand Léo apparut.

— Je me doutais bien que c'était pour vous, commenta-t-elle d'un air entendu.

L'humeur sombre et le visage fermé, Gilles Damais patientait. Refermant la portière, Léo croisa le regard du chauffeur dans le rétroviseur. Son visage ne lui était pas inconnu.

— Gerbod est au courant ? demanda Léo.

— C'est lui qui est à l'origine de ce rendez-vous.

— Pourquoi maintenant ?

— Votre père a tenté de se suicider. Il nous a menacés de parvenir à ses fins si on ne lui permettait pas de vous voir. Avec bienveillance, M. Gerbod a accepté. Vous pouvez être assurée que si l'on avait demandé mon avis…

— Personne ici ne vous le demande ! trancha Léo, agacée par les sentiments hostiles de Gilles Damais à l'égard de son père.

Des sentiments qui lui paraissaient bien injustes aujourd'hui. Quelle force lui avait-il fallu pour renoncer à ses convictions au nom desquelles il aurait donné sa vie ? Pierre de Coursange avait trahi par amour pour sa fille et sa petite-fille. S'était-il au moins familiarisé avec les démons qui hantaient ses nuits ?

— Comment va-t-il ?

— Plutôt bien pour quelqu'un qui s'est ouvert les veines. Que les choses soient très claires, Éléonore.

Léo nota que Gilles Damais ne l'appelait plus par son surnom et pensa au projet d'Eitan de lui faire rencontrer Éric en échange de la proposition de lui « ôter une épine du pied ». Il devait s'agir au moins d'un pieu. Son agressivité n'était contenue que par l'éducation militaire du gradé qu'il était.

— Écoutez bien car les conditions que je vais énoncer ne sont pas négociables. L'entretien durera trente minutes. Pas une de plus. En aucun cas vous ne devrez évoquer l'affaire pour laquelle il est mis au secret. En aucun cas, je répète, sinon la visite sera aussitôt interrompue. Rien de ce qui concerne l'Agence de sécurité économique ne sera davantage mis sur le tapis, que ce soient les affaires traitées, votre départ de l'Agence, votre garde à vue ou tout fait, même le plus anodin, qui se rapporte à cette période. Vous vous en tiendrez strictement au registre privé. Si vous parlez de votre mère, n'évoquez pas ses relations. Vous êtes autorisée à parler de votre nouvelle vie professionnelle et de la création de votre cabinet, pas du contenu de vos dossiers. Est-ce bien clair ?

Comment aborder ce que lui avait révélé Eitan sans que l'entrevue soit aussitôt suspendue ? Comment faire comprendre à son père qu'elle savait pour Roxane ?

Leur conversation serait décryptée et chaque mot ou tournure de phrase étudié.

— Est-ce bien clair ? aboya à nouveau Damais comme si elle était un vulgaire troufion.

— Très clair ! répondit un peu fort Léo.

Prendre le temps de réfléchir avant qu'ils n'arrivent à destination. Ne plus parler et réfléchir.

Après la Porte d'Auteuil, ils avaient roulé encore une bonne heure. Léo l'avait vérifié quand Damais lui avait enlevé le bandeau posé à la sortie du bois de Boulogne. Ils traversaient une cour pavée entourée de bâtiments carrés et blancs au centre de laquelle flottait un drapeau français. La berline stoppa devant une entrée. Léo interpréta le hochement de menton de Damais comme une invitation à le suivre.

Un hall inhospitalier, des escaliers aux murs nus, un portique de sécurité. De longs néons blancs à la lumière crue, un sous-sol aux couloirs interminables, des portes closes marquées d'une lettre et de deux chiffres. Gilles Damais la laissa devant la C17 avec l'un des deux gardes en uniforme qui les avaient escortés.

Au milieu de la petite pièce, deux chaises en moleskine étaient disposées de part et d'autre d'une table en aluminium. Pas une trace de doigt, de poussière ou de saleté, n'entachait les lieux. Chaque support, chaque matériau paraissait avoir été aseptisé, signe que la moindre particule laissée par ses visiteurs serait attentivement étudiée. Deux caméras convergeaient vers la table. Léo ne voyait pas comment elle pourrait s'affranchir des conditions imposées. Le garde lui désigna une des chaises puis se posta derrière elle.

La porte s'ouvrit sur Pierre de Coursange. Voûté, amaigri, la démarche incertaine, il ouvrit les bras dès qu'il découvrit Léo. D'un bond, elle s'y réfugia, toute au bonheur de le retrouver. Refoulant des sanglots, elle se dégagea pour l'examiner. Un sourire inconnu gauchissait le visage blême, son père n'avait pas vu la lumière du jour depuis son incarcération. Même ses yeux avaient perdu leur couleur. Une larme qu'elle ne sentit pas venir dévala le long de sa joue. Elle l'essuya d'un geste vif et s'assit en face de lui. Une bande de tulle entourait les poignets de son père.

— Pourquoi ?

— Pour te revoir. Au moins une fois.

— Tu es suivi par un médecin ?

Malgré elle, son regard se posa sur le garde posté derrière son père. Une oreillette le reliait à l'extérieur de la pièce. Léo se demanda si Gerbod assistait à cette visite. Elle l'imagina, l'œil rivé devant les écrans à analyser chacune de leurs paroles, chacun de leurs gestes, et son envie de pleurer s'évapora.

— Régulièrement, ne t'inquiète pas. Parle-moi de toi. Comment vas-tu ?

La main de son père glissa sur la table et couvrit la sienne. Léo lui parla d'I3S avec Ziang et Shakila, de la maladie de sa mère, de la vie qui continuait. Tandis qu'elle bavardait, un très léger tremblement agita le majeur de son père. Un mouvement à peine perceptible que Léo mit sur le compte d'une maladie neurodégénérative. Dans le même temps, il déplaça sa main, entraînant celle de Léo. Ses yeux allaient de la caméra à leurs mains, comme s'il calculait quelque chose. Il interrompit Léo.

— Est-on certain du pronostic de Perelstein ?

Son père ne l'écoutait pas. En revenant sur le diagnostic évoqué deux minutes plus tôt, il donnait l'impression d'être à mille lieues de la conversation, en contradiction avec l'intensité de son regard. Il avait tout du gamin qui complotait. Elle se remit à parler, préoccupée par le majeur en proie à l'étrange tremblement. Seul bougeait ce doigt-là, et sa façon de pianoter paraissait presque commandée. Elle raconta les températures caniculaires, le printemps qui avait sauté son tour, la pénurie d'eau qui couvait. Des mots qu'elle alignait, attentive aux mouvements du doigt, comme un automate qui aurait appris un texte.

Le tapotement recouvra toute sa signification. C'était du morse. Son père lui parlait en morse pendant qu'il l'écoutait débiter des choses sans importance. Elle le fixa et se redressa pour dissimuler leurs mains de l'œil de la caméra. Trois longs. Un long, un court, un long. Pour OK. Elle le martela à trois reprises, Pierre de Coursange s'était immobilisé. Il hocha la tête et reprit le dialogue invisible et silencieux. Dix chiffres. Il les répéta. Un numéro de téléphone en Île-de-France. Il allait le réitérer quand les gardes leur ordonnèrent d'écarter leurs mains. L'ordre avait été donné simultanément. Elle leva la tête vers la caméra, se répétant le numéro de téléphone pour le graver dans sa mémoire. Gerbod se trouvait de l'autre côté, forcément. Il avait compris, mais trop tard. Léo consulta sa montre. Il leur restait moins de dix minutes, que son père occupa à lui prodiguer moult recommandations. Comme si elle avait 15 ans, comme s'il ne devait jamais la revoir. Ce constat lui arracha les tripes, faute de pouvoir arracher les yeux du garde quand il annonça la fin de l'entretien. Pas un moment, elle n'avait eu la possibilité d'évoquer Roxane. Il l'étreignit à lui couper le souffle après lui avoir dit « je t'aime » du bout des lèvres. La dernière vision de lui fut son clin d'œil malicieux.

Comme à son habitude, Élise partageait son repas avec quelques pigeons d'un square coincé entre l'avenue du Maine et l'agence commerciale de France Télécom où elle travaillait. La quarantaine gracieuse et tout en blondeur, Élise déjeunait à l'ombre d'un marronnier au feuillage généreux. Quand elle découvrit Léo au bout du banc, elle posa sa barquette de salade et se leva d'une détente souple pour l'entourer de ses bras.

— Léo, comme je suis heureuse de te voir. On a loupé les lapins, tu sais, lui reprocha-t-elle sur un ton un peu forcé.

Elles avaient loupé les lapins. Un rituel instauré autour de Pâques où elles s'offraient des chocolats, croqués sur le banc de ce square quel que soit le temps. Léo connaissait Élise depuis une dizaine d'années. Leur première rencontre datait de ce soir où un homme, qui était à l'époque son mari, l'avait violemment frappée au cours d'une dispute sur un trottoir non loin de l'immeuble de Léo. Alors qu'elle venait de garer sa voiture, elle en avait été le témoin involontaire et s'était interposée. Le mari avait fini par abandonner la partie après l'avoir vertement insultée et menacée. Léo avait eu peur, physiquement, et c'est ce qui l'avait décidée à soutenir Élise. Elle l'avait emmenée chez elle, avait pansé son arcade sourcilière puis l'avait écoutée. Une seule fois, Élise avait tenté de déposer une plainte mais le mari violent était gardien de la paix et l'accès aux recours légitimes lui avait été refusé par des collègues solidaires qui avaient détourné le PV. Léo avait promis de trouver une solution.

— Ne vous en mêlez pas, avait imploré Élise, il va finir par vous retrouver et il vous pourrira la vie.

Léo avait souri.

— C'est moi qui vais lui pourrir la vie.

La semaine n'était pas terminée que le fonctionnaire était muté à Ussel, au pied du plateau de Millevaches. Élise ne l'avait revu qu'au moment de leur divorce qui s'était déroulé sans heurts. Léo avait su que Gerbod avait parlé au mari violent. C'était la veille de Pâques.

— Comment tu vas ? s'inquiéta Élise. Tu as déjeuné ? Je vais aller te chercher quelque chose, tu as l'air fatiguée…

Son inquiétude n'était pas feinte.

— J'ai besoin d'un service.

— Tout ce que tu veux, Léo.

— Un nom et une adresse à trouver, j'ai juste le numéro de téléphone, il est sur liste rouge.

Léo avait été tentée d'appeler dès que le chauffeur de Gilles Damais l'avait déposée devant chez elle, mais la prudence et le bon sens l'en avaient dissuadée. Avant de téléphoner, Léo voulait savoir qui serait au bout du fil.

Elle donna le numéro à Élise qui le nota mentalement.

— Je t'appelle ?

— Non, surtout pas !

Élise ne releva pas, même si le ton paraissait l'avoir surprise. Elle avait assisté, impuissante, à la tornade qui avait englouti Léo, et se contentait de lui rappeler à intervalles réguliers qu'elle pouvait compter sur son amitié. Elle connaissait de l'histoire ce qu'avaient révélé les médias et ce qu'avait bien voulu lâcher Léo qui appréciait sa disponibilité quand elle avait besoin d'un peu de réconfort. Léo avala plusieurs morceaux de pain réservés aux pigeons et déposa un baiser sur le front de son amie. Une odeur de chèvrefeuille imprégnait ses cheveux fins.

— Ce soir, tu auras la réponse ?

— Oui. Passe à la maison, je te prépare un petit bout à grignoter. Les pigeons sont mieux nourris que toi, tu sais…

Quand Léo entra dans l'open space, Ziang attira son attention sur son écran : un relevé de compte bancaire au nom de Françoise Calistrio.

— Je suis remonté trois ans en arrière. Des dépenses courantes, par prélèvements, par carte. Elle retire même des espèces. Donc à première vue, un fonctionnement normal. Par contre, aucune trace de règlement chez les traiteurs, les parfumeurs ou les boutiques de luxe, et ce n'est pas les retraits au DAB qui peuvent les couvrir. Pas davantage de trace d'achats du festin de Babeth à la mi-décembre. Calistrio dispose forcément d'une autre source d'argent liquide. Ah ! Autre chose. Elle est fille unique. Donc pas de neveux ni de nièces. J'ai vérifié du côté de la descendance de ses oncles et tantes. Pas d'étudiant à Paris, ni ailleurs.

Le portable de Léo sonna. La voix grave et sensuelle de Marc Deschamps.

— Vous faites quoi, ce soir ?

— Je suis occupée, pourquoi ?

— J'aurais aimé vous inviter à dîner.

— En quel honneur ?

— Pour faire le point sur l'enquête.

— Vous avez du nouveau ?

— Pas vraiment. Et demain midi, vous êtes libre ?

Marc Deschamps la draguait, ouvertement. Ce constat la perturba, elle n'était pas une femme qu'on courtisait. Du reste, cela se produisait rarement. Les barrières entre elle et les hommes étaient telles qu'il aurait fallu être perchiste olympique pour les franchir. Marc Deschamps se qualifia pour les Jeux quand elle accepta un déjeuner dans une brasserie des Halles. Elle n'était pas seulement paranoïaque, elle était aussi schizophrène, car c'est une autre qui avait accepté le déjeuner pour le lendemain.

Le dossier monté par Jeanne pour confondre Belinda était remarquable. L'exposé des faits, l'argumentation concise, les documents, les photos, tout portait à croire qu'il n'avait existé que pour être un jour sorti de son tiroir.

— Il faut aller la trouver sans la prévenir, dit Jeanne, pour qu'elle n'ait pas le temps de protéger ses arrières.

Léo considéra Jeanne quelques instants, elle n'avait pas réfléchi à la manière d'aborder Belinda. Tout était allé si vite. Mais Jeanne avait un plan. Elle attendait simplement que Léo l'invite à le présenter.

— Vous voyez les choses comment, Jeanne ?

— Il faut la surprendre. Je me suis permise de poster quelqu'un devant sa résidence, on nous avisera dès qu'elle sera là. Pour la personne en planque, ne vous inquiétez pas, c'est sur mon compte. La femme de ménage vient quatre fois par semaine et part à 17 heures.

— Comment le savez-vous ?

— J'ai mes entrées dans certaines agences de placement du personnel de maison. Nous devons opérer entre 17 h 15 et 19 h 30 parce que, ensuite, Madame reçoit. Les amis, les copines, les amants.

— Pas d'amant attitré ?

— Si, trois. Mais aucun n'habite avec elle. D'ailleurs, elle a pour habitude de les virer à l'aube.

Jeanne souleva un sac molletonné et en sortit une caméra numérique.

— Nous filmerons les aveux, sinon elle va se rétracter. Vous la connaissez…

Jeanne la connaissait bien mieux que Léo qui l'avait côtoyée pendant quelques années. Elles n'étaient pas amies et ce qu'elle savait de Belinda lui venait exclusivement de Karl. L'ex-détective semblait se transformer d'heure en heure. Un teint plus rose, les cheveux plus volumineux, l'œil vif, autant d'indices d'une renaissance spontanée puisée dans le terreau de la rancœur et de la vengeance longtemps ruminées.

Le téléphone de Jeanne émit un son bref et discret, elle lut l'écran.

— Belinda vient d'arriver, elle est seule, dit-elle en empoignant les anses du sac de la caméra.

Campée solidement sur ses jambes, le sac sur l'épaule, elle attendait. Consciente des enjeux, Léo évalua les autres options. Aucune ne laissait envisager la relaxe de Karl dans les jours à venir.

— Allons-y !

Accompagné d'un fox-terrier en laisse, un septuagénaire distingué attendait sous un abribus. Jeanne le rejoignit, lui fit la bise et se baissa pour caresser le chien. Ils échangèrent quelques mots sans prendre garde à Léo. D'un signe de tête, Jeanne invita Léo à la suivre jusqu'à l'entrée de l'immeuble et composa le code d'accès. L'ascenseur les conduisit au dernier étage où deux portes donnaient sur le palier. Belinda habitait l'appartement où elle avait vécu avec Karl qui le lui avait cédé à leur divorce. Jeanne sonna à une porte et recula, laissant Léo seule dans l'encadrement. Des claquements résonnèrent des tréfonds de l'appartement. Couverte de voiles aux reflets irisés plus légers que l'air, Belinda donnait l'illusion de sortir de la brume. Le pinceau d'eye-liner dans la main dénonçait la séance de maquillage en cours. Une seule de ses paupières était fardée. Belinda avait toujours eu la main lourde. Une moue de déception déforma les lèvres impeccablement ourlées.

— Je croyais que c'était le traiteur…

Puis, dans une gestuelle fluide et aérienne, elle pivota. Ses hauts talons en plexiglas transparent martelaient le marbre du hall baigné de volutes capiteuses où ses mots se dispersèrent.

— Attends-moi au salon et sers-toi une coupe. J'en ai pour une minute.

Elle n'avait pas vu Jeanne, avait à peine survolé Léo. Seule Belinda intéressait Belinda.

Le sac coincé sur l'épaule, Jeanne s'engouffra lestement dans le hall à la suite de Léo, referma la porte et poussa le verrou.

De l'époque de Karl, il ne restait que quelques cloisons. Le changement était radical. Les meubles, les tableaux, les tentures, les bibelots, tout avait un prix et Belinda tenait à ce qu'on le sache. Sur la table basse du salon était posée une bassine en cristal où baignaient deux bouteilles de champagne dans une débauche de glaçons. Dans son ombre, deux coupes dont l'une à moitié vide. La maîtresse des lieux attendait un visiteur, il ne fallait donc pas s'attarder. Elles la suivirent dans la chambre où leurs chaussures s'enfoncèrent dans une moquette blanche aux poils soyeux qui chatouillaient les chevilles. Jeanne jaugea rapidement la pièce puis chuchota à Léo de faire venir Belinda dans le salon où elle se replia. Devant un des miroirs de la salle de bains, Belinda avait entrepris la seconde paupière.

— J'arrive. Installe-toi.

Figée dans le chambranle, Léo ne bougea pas. La salle de bains luxueuse était immense. Baignoire à remous, douche à jets massants, double vasque finement ciselée. Les étagères étaient couvertes de crèmes et de parfums, veillées par des toiles de maître insensibles à l'humidité. Léo pensa à Karl dans sa cellule.

— Comment tu fais pour avoir autant d'argent ?

— Je travaille dur ! répondit Belinda sans cesser de se farder. Très dur. Pourquoi t'es là ?

— Pour Karl.

Belinda suspendit le pinceau et fixa Léo dans le reflet du miroir.

— C'est-à-dire ?

— Tu dois revenir sur tes déclarations.

— Et pourquoi je ferais ça ?

— Parce que je ne t'en donne pas le choix. Reviens sur tes déclarations pour faire sortir Karl de prison.

Pas un instant Léo n'avait élevé le ton et Belinda semblait tendre l'oreille. Un masque d'inquiétude altérait le joli minois, Léo garda l'avantage.

— Je vais te montrer quelque chose. C'est au salon.

— Je finis de me maquiller.

— Plus tard.

Belinda se raidit, défiant Léo qui s'agaça.

— Bon, arrête ton cinéma, fit-elle en l'empoignant par le bras. Il y en a pour dix minutes, après tu pourras vaquer à tes occupations.

Belinda perdit une mule, puis l'autre, et, toujours entraînée par Léo, débarqua pieds nus dans le salon où se tenait Jeanne.

— C'est qui, elle ? demanda Belinda qui se mit à détailler Jeanne. T'es venue avec ta femme de ménage ? Ton standing a bien baissé, ma chérie.

Tout laissait croire que Belinda n'avait pas reconnu la femme de son ancien adjoint.

— Jeanne, ma collaboratrice.

Belinda remarqua soudain la caméra installée sur un trépied.

— Vous comptez filmer quoi ?

Léo fit un tour sur elle-même et contempla les villes invisibles, superbes et envoûtantes. Les toiles auraient mérité un endroit moins clinquant. Elle saisit le dossier que lui tendait Jeanne et le remit à Belinda.

— Assieds-toi et prends le temps de lire ces documents. Ils te concernent.

— Quand ? Tout de suite ?

— Maintenant.

— Je peux me servir une coupe ?

— Non, lis ! ordonna Léo, lui enfonçant le dossier dans le ventre, l'obligeant à s'asseoir dans le fauteuil face à la caméra.

Belinda parcourut les documents avec attention, s'arrêta sur les photos, les copies des transferts de fonds, revint sur certains éléments du déroulement des faits. Elle y passa plus de temps qu'il n'en fallait à un esprit aussi vif que le sien. Il était évident qu'elle cherchait à gagner du temps pour réfléchir à une stratégie. Un filet de sueur traça un sillon sur son front poudré. Léo s'en étonna, Belinda n'était pas une femme qu'on déstabilisait facilement. Elle referma le dossier sur ses genoux.

— À part moi, qui a lu ce rapport ?

— Personne encore. Un coursier est en route pour le laboratoire Vella. Il a ordre de le remettre dans… douze minutes, dit Léo en consultant sa montre.

— Stoppe-le ! ordonna Belinda d'une voix sourde.

Ni Léo ni Jeanne ne bougèrent.

— STOPPE-LE !

Léo passa un appel.

— Éléonore de Coursange. Attendez avant de livrer le paquet, la course est pour l'instant suspendue. Je vous rappelle.

Elle raccrocha au nez de Shakila. Le dossier était resté dans le coffre d'I3S.

Jeanne rapprocha la caméra, effectua quelques réglages puis fit un signe de tête à Léo qui disparut du champ. Les deux mains posées à plat sur la couverture cartonnée, Belinda leva les yeux vers Léo.

— Finissons-en !

Elle se racla la gorge.

— Moi, Belinda Saint-Léger, en pleine possession de mes moyens et n'agissant pas sous la contrainte, je déclare avoir sali la réputation de mon mari en l'accusant d'avoir eu des gestes équivoques envers des enfants. C'est faux. J'ai tout inventé. Karl Saint-Léger est incapable de tels agissements. Au cours de nos quinze années de vie commune, rien dans son comportement n'a pu indiquer un instant qu'il aurait pu se livrer à des actes pédophiles. Je suis prête à réitérer ces propos devant un tribunal.

Elle avait récité sur un ton monocorde, lentement et sans ciller. Jeanne et Léo se jetèrent un regard chargé d'interrogations. Belinda avait trop rapidement capitulé, cela cachait forcément d'autres intentions. Léo voulut approfondir.

— Pourquoi avoir fait ce faux témoignage ?

— Pour des raisons qui n'ont rien à voir avec Karl, dit Belinda en se levant.

Elle plaqua son ventre contre l'objectif.

— Arrête cette caméra, chuchota-t-elle.

Léo hésitait. Elle insista.

— Dans ton intérêt.

Léo leva la main, Jeanne appuya sur un bouton.

Belinda avait retrouvé de sa superbe et menait maintenant le débat.

— Ne cherche pas à connaître mes raisons et contente-toi de ma déclaration.

— Je ne sais pas si ça va être suffisant pour faire sortir Karl, tenta Léo.

Belinda la fixa un long moment de ses yeux bleu glace légèrement plissés. Elle ouvrit le tiroir d'un petit secrétaire en acajou, en sortit un bloc et un crayon. Elle nota quelques mots, arracha la feuille puis la donna à Léo après l'avoir pliée en deux, comme pour dissimuler un aveu mal assumé.

— Je risque gros en te donnant cette info. C'est l'adresse d'un bordel en banlieue où on prostitue des mômes. Des garçons et des filles. Le plus jeune a l'âge d'être en CP, le plus vieux n'a pas 15 ans. Vous devriez y trouver le gamin qui était sur les photos dans la chambre d'hôtel avec Karl.

— Pourquoi nous donnes-tu cette info ?

— À cause des enfants.

— Pourquoi avoir mouillé Karl de la sorte ? Il ne le méritait pas.

— L'objectif était de t'atteindre, toi.

— Pour m'empêcher d'enquêter sur l'Institut européen ?

— Je ne sais pas de quoi tu parles.

Léo hésitait, quelque chose la chiffonnait.

— Tu crains davantage Vella que Gerbod ?

— Vella est biélorusse, il règle ses problèmes au vitriol et je ne veux pas me battre contre lui. Karl est un pion qui n'a plus d'importance. Récupère-le et allez jouer dans votre cour. Mais ne vous avisez pas d'aller dans celle des grands, vous seriez piétinés.

Deux coups de sonnette mirent fin aux amabilités, Jeanne jeta un œil interrogateur vers Léo.

— Veuillez ouvrir, Jeanne, cria Belinda en retournant vers la salle de bains. C'est le traiteur. Dites-lui de tout poser dans la cuisine.

Dans la voiture, Léo composa le numéro de Justine sur le téléphone sécurisé remis par Eitan, se demandant si les Israéliens l'écoutaient. Elle lui communiqua l'adresse du bordel des enfants et ce qu'elle allait y trouver.

— Qui t'a donné l'info ?

— Peu importe, écoute-moi. Parmi eux, il y a le garçon qui a été photographié avec Karl dans la chambre d'hôtel. Isolez-le et qu'il soit le premier à être interrogé, montrez-lui les photos. Il doit dire qui l'a forcé à participer à cette mise en scène. Dès que tu as les aveux filmés, transmets-les au procureur et au JLD[1]. Préviens-moi quand tu l'auras fait. Merci Justine.

Léo raccrocha sans lui laisser le temps de poser d'autres questions. Elle se tourna vers Jeanne qui conduisait en silence. Elle n'avait pas ouvert la bouche depuis leur sortie de l'appartement de Belinda.

— Un problème, Jeanne ?

Haussement d'épaules.

1. Juge des libertés et de la détention.

— C'est sans importance.

— Laissez-moi en juger.

— Elle ne m'a pas reconnue. Elle ne sait même pas que je suis la femme de Philippe et pourquoi j'étais dans son appartement avec cette caméra.

Léo sourit.

— Bien sûr que si, elle vous a reconnue. Belinda n'oublie jamais aucun visage, aucun nom, aucun chiffre. Elle savait qui vous étiez dès le premier instant, c'est la raison pour laquelle elle vous a ignorée.

— Elle m'a traitée comme une vulgaire employée de maison.

— Votre façon de vous habiller ne vous avantage pas beaucoup, commenta Léo sans y mettre les formes.

— Je dois renouveler ma garde-robe, mais avant, il faut que je perde du poids.

— En vous nourrissant de soupes, comment pouvez-vous grossir ?

En guise de réponse, Jeanne se pencha pour ouvrir la boîte à gants. Des caramels, du nougat, des barres chocolatées dégringolèrent sur les pieds de Léo.

— Je vois…

Au milieu du petit salon, Élise avait recouvert un guéridon d'une nappe orange. Deux serviettes pliées en tissu rayé dans les mêmes tons ressemblaient à des oiseaux prêts à s'envoler. Après avoir accueilli son amie, Élise versa du vin blanc dans les hauts verres à pied.

— T'as mangé quoi, aujourd'hui ?

— Des tartines, ce matin. Et du pain.

— Tu parles de celui de mes pigeons ? Tu n'es pas raisonnable, Léo. Assieds-toi.

— Tu as trouvé à qui appartenait le numéro de téléphone ?

— Assieds-toi, j'arrive. Mange des pistaches, sinon le vin va aller direct dans le sang.

Léo se laissa tomber sur la chaise capitonnée de velours orange, couleur dominante du salon avec le jaune et le marron clair des meubles en chêne, étalant à l'envi la gaieté et la joie de vivre de son hôtesse. Élise était de ces personnes qui ne se plaignaient jamais, qui écoutaient avec une compassion sincère les amis rares et choisis, qui partageaient leur temps entre les proches et les livres. L'un d'eux était posé sur l'accoudoir du canapé. *Les Hauts du bas*, de Pascal Garnier.

— Une belle histoire, déclara Élise, deux grandes assiettes carrées couleur abricot dans les mains.

Elle les posa sur le guéridon.

— J'aimais la façon qu'avait Garnier de décrire ce que les gens ont dans la tête et dans le cœur.

— Tu aimais ?

— Il est parti un soir d'hiver en 2010. Je relis ses ouvrages comme ou retrouve un vieil ami.

De la tristesse atténua le sourire gracieux.

— C'est prêt, tu peux t'asseoir.

Léo huma les mets joliment dressés dans l'assiette.

— Saumon mariné aux herbes et noix de Saint-Jacques sur son coulis de tomates et de basilic, annonça Élise sur le ton du chef de rang d'un restaurant étoilé. C'est du surgelé mais j'aime bien.

Lorsque Léo eut largement entamé son assiette, Élise consentit à lui communiquer le fruit de ses recherches. Elle resservit du vin.

— Le numéro renvoie à une femme, Marlène Berger, rue du Pont-aux-Choux dans le IIIe. Il est inactif depuis dix-neuf mois.

Juste après l'implosion de l'Agence et l'arrestation de son père.

— L'appartement n'est plus habité ?

— Si, mais elle a une autre ligne.

— On a un historique des communications, avant cette période ?

— Oui. Seulement des appels entrants attribués à l'époque à des cabines téléphoniques. Trois numéros reviennent souvent.

— Situés où ?

— Place des Vosges, boulevard Henri-IV et place de la Bastille.

Léo connaissait bien ces endroits, pour s'y être promenée avec son père, avec Gerbod. Ils formaient un triangle au centre duquel se trouvait… l'appartement de son père, qui fut la maison familiale avant que ses parents ne se séparent. De ces trois cabines, son père appelait Marlène Berger. Un peu décontenancée par la révélation, Léo but une gorgée de vin, puis une autre, comme pour faire passer un morceau coincé dans la gorge.

— Quelle fréquence, les appels ?

— Entre un et deux par mois, jamais plus.

— Depuis combien de temps ?

— Plusieurs années. Pour des raisons que j'ignore, la durée de conservation légale n'a pas été respectée et je suis parvenue à remonter jusqu'aux années 90.

Léo était abasourdie.

— Mon père voyait une femme depuis vingt ans ?

— Je ne sais pas s'il la voyait, mais en tout cas il l'appelait.

— Les appels duraient longtemps ?

— Entre dix et vingt secondes.

— Donc il la voyait, reprit Léo. Les coups de fil, c'était pour la prévenir. Mon père avait une maîtresse et je n'en ai jamais rien su.

Elle ricana.

— Valériane n'avait pas tort quand elle prétendait qu'il avait toujours eu des maîtresses et qu'il cachait bien son jeu.

Léo se concentra sur le plat, mais le cœur n'y était plus. Un étrange sentiment l'envahissait, un sentiment rapidement identifié. La jalousie. Léo était jalouse de cette femme dont son père ne lui avait jamais parlé, pas même par allusions. Pourtant, elle n'aurait jamais révélé le secret, il ne pouvait pas l'ignorer. Il lui en avait confié tant. Elle tenta d'en faire une liste sommaire et admit que d'autres auraient pu les connaître aussi. Mais un secret partagé n'était plus un secret.

— Tu sais, Léo, qu'il t'ait caché cette liaison ne me surprend même pas. Un homme de sa stature ne pouvait se permettre d'étaler ces histoires-là.

— Alors pourquoi me le révéler maintenant ?

Élise cessa de mastiquer.

— Tu as vu ton père ? Ils t'ont laissée le voir ?

Léo lui raconta les circonstances de la rencontre, la tentative de suicide, la transmission du numéro en morse. Élise secoua la tête.

— Léo, imagine un instant qu'on puisse rassembler tous les pères avec leur fille dans les mêmes conditions. Il n'y en a que deux qui pourraient communiquer de la sorte. Seulement deux. Ton père et toi. Ce qu'il y a entre vous est unique, tu peux me croire. Quand j'étais enfant, mon père n'a jamais été foutu de retenir dans quelle classe je me trouvais. Et tu reproches au tien de t'avoir caché l'existence d'une maîtresse ?

Léo balaya les miettes autour de son assiette puis termina son verre.

— Rue du Pont-aux-Choux. Quel numéro exactement ?

Dans la pénombre d'une impasse, Léo scrutait les fenêtres ouvertes d'un appartement au-dessus d'un brocanteur. Des doubles rideaux s'échappait une lumière paisible où flottaient les notes légères d'un piano. Pas de signe de vie au deuxième étage et le troisième paraissait inoccupé. Un seul nom sous la sonnette, M. Berger, gravé en noir sur une plaque de cuivre. Léo inspira longuement puis composa le numéro de téléphone. Une sonnerie retentit quasi instantanément dans la rue déserte. Une ombre passa derrière la fenêtre un bref instant.

Une voix grave dans l'appareil.

— Oui…

— Éléonore de Coursange. Je souhaiterais vous parler, chuchota Léo.

— Quand ?

— Je suis en bas de chez vous.

Un pan de rideau s'écarta sur une femme aux cheveux tirés et à la silhouette fine, un combiné sur l'oreille. Léo avança sous le halo d'un lampadaire. La femme disparut derrière le rideau.

— Montez !

Une odeur fleurie mêlée à celle d'oignons cuisinés imprégnait la montée d'escaliers à la tapisserie rayée un peu passée. La femme l'attendait en haut des marches cirées, usées en leur milieu. Grande et plutôt distinguée, Marlène Berger lui tendit la main.

Un léger accent révélait ses origines. Ses cheveux, que Léo avait cru un moment blancs, étaient blond platine comme ses sourcils finement épilés. Son sourire était à la fois amical et retenu, mais son regard bleu pâle trahissait ses bons sentiments à l'égard de la visiteuse. Une femme que son père avait fréquentée pendant si longtemps ne pouvait être foncièrement mauvaise. La pièce, vaste, était occupée pour une large moitié par des rayonnages de livres jusqu'au plafond. Pas de vieux ouvrages poussiéreux au cuir triste mais, au contraire, des couvertures cartonnées et colorées. Marlène Berger désigna deux fauteuils club près d'une petite table basse ronde surchargée de livres indexés par des marque-pages. Face à la fenêtre, un bureau encombré de dossiers et de journaux internationaux. S'il y avait plus d'un visiteur, on pouvait s'asseoir sur des chaises cannées autour de la table rectangulaire en merisier, cirée avec le même soin que les escaliers. Malgré la douceur de la température, Marlène Berger ferma les fenêtres et tira soigneusement les rideaux. Elle se justifia en évoquant des voisins indiscrets. Après avoir apporté une bouteille d'eau minérale et deux verres, elle s'installa en face de Léo.

Assoiffée par le saumon, Léo vida son verre d'une traite et le posa sur un petit napperon brodé, un œil sur le dos des livres. La plupart traitaient de politique française, toutes sensibilités confondues. Marlène Berger pouvait avoir cinq ou six ans de plus que Léo et devait être encore en activité, comme en témoignait un cartable en cuir marron près du bureau. Léo pencha pour une universitaire, Marlène Berger en avait la bibliothèque et l'allure.

— Quel est votre métier ?

— Prof à Sciences-Po.

— Comment avez-vous connu mon père ?

— À un cocktail à l'ambassade de la RFA.

— Cela ne nous rajeunit pas.

— C'était quelques mois avant la réunification.

C'était aussi l'époque où Roxane avait été enlevée. Pierre de Coursange ne devait pas être au mieux de sa forme.

— D'où venez-vous ?

— Berlin.

— Quel quartier ?

Un petit sourire étirait les lèvres bien dessinées et sans fard de l'Allemande. Elle se prêtait au jeu avec complaisance, paraissant admettre la nécessité de cet interrogatoire.

— Tegel See. Nous habitions tout près du lac.

— Nous ?

— Mon père, ma mère et mon frère.

— Que faisaient vos parents à Berlin ?

— Ma mère était professeur et mon père policier. Ils sont à la retraite, bien sûr.

— Ils habitent toujours à Berlin ?

— Toujours.

— Et votre frère ?

— Policier. Comme Papa.

— Où ?

— À Berlin.

— Vous y retournez souvent ?

— Quelquefois. Mais ma vie est ici, vous savez.

— Mon père vous a déjà accompagnée à Berlin ?

— Jamais.

— Qui connaissait votre liaison ?

— Personne.

Léo la dévisagea longuement, en proie à un doute qui la mit mal à l'aise. Se pouvait-il que cette femme soit davantage qu'une simple maîtresse ? Son regard glissa sur les livres, s'attarda sur les meubles, les objets. Pas de bibelots inutiles, pas de photos, rien de personnel. Des piles de livres encombraient les espaces vides comme pour faire oublier l'absence des souvenirs qui jalonnent une vie. Elle et le père de Léo se connaissaient depuis l'époque de l'enlèvement de Roxane. Ce n'était pas un hasard. Marlène Berger était le coupe-circuit, le NOC[1] à la solde des Russes. Il ne pouvait en être autrement.

Marlène Berger rompit le silence.

— Vous avez vu votre père, n'est-ce pas ?

Il y avait à la fois de l'inquiétude et de l'espoir dans cette question qui n'en était pas tout à fait une.

— Qu'est-ce qui vous fait dire que je l'ai revu ?

— Vous êtes là…

Marlène prit pour argent comptant le léger hochement de tête de Léo. Elle enchaîna.

— Comment va-t-il ?

Elle l'écouta avec attention et lui posa des questions auxquelles Léo ne sut répondre. Est-ce que sa tension était toujours aussi haute ? Avait-on enfin trouvé le traitement adéquat pour la réguler ? Son mauvais cholestérol avait-il baissé ? Était-il venu à bout de

1. Non-Officiel Cover : agent clandestin.

sa sciatique ? Léo s'étonna, son père n'avait jamais évoqué ces problèmes de santé.

— Vous savez, quand il vous voyait, il était tellement heureux. Vous ennuyer avec ces soucis-là ne lui aurait même pas traversé l'esprit.

— Il vous en parlait bien, à vous.

— Je ne suis pas sa fille.

— Vous vous voyiez ici, dans cet appartement ? demanda Léo la tête tournée vers le couloir.

Marlène devança le souhait que Léo ne parvenait pas à formuler.

— Vous voulez visiter ?

Léo accepta, pour comprendre le jeu de miroirs sans se laisser aveugler. Au deuxième étage, un couloir étroit, entièrement longé d'un côté par des rayonnages de livres, desservait une première chambre, dont le style rappelait ces hôtels des années 50, et une autre chambre, spacieuse, très orientale. Le lit, deux mètres sur deux, en occupait le centre. Des pans de voile ocre, parsemés de fils dorés, tombaient d'une corolle fixée au plafond et emballaient la couche comme pour la protéger d'insectes tropicaux. Des coussins aux dégradés de marron étaient jetés sur deux fauteuils et un canapé aux pieds trapus en bois foncé. Les lampes diffusaient une lumière si basse qu'elle permettait seulement de se déplacer sans se cogner. Marlène en augmenta l'intensité. Des bouddhas peints sur des petits meubles rectangulaires de différentes hauteurs achevaient de donner de la volupté à ce lieu que seuls des amants pouvaient animer. Léo chassa de son esprit l'image de son père dans les draps de Marlène.

— Mon père a beaucoup voyagé en Asie.

— Je sais, il aimait cette pièce.

— Vous l'avez aménagée pour lui ?

— Pour nous, répliqua simplement Marlène.

Elles retournèrent dans le salon, la maîtresse de maison ne l'invita pas à regagner sa place dans le fauteuil du coin lecture. La visite était terminée. La prudence incita Léo à ne pas poser d'autres questions, Marlène Berger ne devait pas connaître ses intentions.

Son téléphone sonna. C'était Justine.

— Je suis à l'hôpital Necker, on a récupéré les mômes. Ils sont tous drogués. Une gamine est dans un sale état, un avortement qui a mal tourné, sans doute une septicémie. Merde, Léo, elle n'a pas 12 ans.

Visiblement très émue, Justine marqua un temps d'arrêt puis se reprit.

— Pratiquement tous les gamins étaient en main. On a embarqué les clients, la mère maquerelle avec. Ils vont manger, je peux te l'assurer. Le garçon des photos avec Karl a été identifié. On a pu discuter cinq minutes. Je pense qu'il parlera s'il est certain de ne pas retourner dans cet enfer. Je le laisse récupérer et je m'en occupe demain à la première heure. De toute façon, je ne bouge pas de l'hôpital. Ce sont les collègues qui se chargent des auditions. Ça vaux mieux, sinon je vais en fumer un.

— Qui est la mère maquerelle ?

— Une femme d'origine slave. Elle n'a pas encore ouvert la bouche, ça va être coton de la faire déballer. Au fait, le commissaire m'a posé des questions sur ma source, je lui ai parlé d'un appel anonyme. Je te tiens au courant, Léo.

— Préviens le proc rapidement et appelle-moi quand tu as du nouveau. Quelle que soit l'heure. Merci Justine.

Sans commenter la conversation, Marlène raccompagna sa visiteuse jusqu'au petit hall en bas des escaliers. En guise d'adieu, elle se contenta d'un sobre « Revenez me voir quand vous le souhaitez, Éléonore ». Une invitation que Léo honorerait.

Quand Léo entra dans la chambre de Valériane, une infirmière à son chevet changeait la poche d'une perfusion. Elle dormait. De petits pansements tachés de sang couvraient ses bras et le dessus de ses mains.

— Les veines sont fragiles et, malgré l'utilisation des aiguilles les plus fines, elles éclatent, expliqua l'infirmière.

— Comment va-t-elle ?

— On se concentre sur la douleur. C'est notre priorité. Pour le reste…

Son impuissance s'exprima en un soupir et un haussement d'épaules.

— Je repasserai plus tard, dit l'infirmière en refermant la porte.

Léo resta un long moment à contempler Valériane. Une fibre de coton accrochée au contour d'une narine se mouvait au gré de sa respiration pourtant très légère. Léo ne pouvait détacher son regard de cette peluche voletante, sans savoir si elle devait l'enlever ou la laisser. Les lèvres de Valériane remuèrent quelques secondes avant d'émettre les premiers sons.

— Qu'est-ce que tu fais là ?
— Je viens voir comment tu vas.
— Tu me regardes mourir ?
— Tu n'es pas encore morte.
— C'est juste une question de temps, ma fille, mais je te rassure, ce ne sera plus très long.
Valériane parlait les paupières baissées.
— Le notaire est venu, j'ai fait le nécessaire. Tu hérites de tout sauf du petit appartement de la rue Daguerre, je le lègue à Françoise.
— Tu sais qu'elle ne s'appelle pas Françoise.
— Ne m'ennuie pas avec ces détails. L'important n'est pas là.
Si, justement. Avoir affublé pendant vingt ans une employée d'un autre nom que celui attribué à sa naissance était une marque de mépris indigne. Léo voulut le crier mais elle le relégua avec toutes les autres choses dont elle aurait tant voulu lui parler. Valériane partirait sans jamais les avoir entendues.
Un spasme familier vint lui vriller l'estomac, Léo ricana intérieurement. Même mourante, Valériane parvenait à la tourmenter. Elle inspira profondément.
— Je sais pourquoi Papa a trahi.
Valériane resta impassible.
— Papa a trahi pour protéger Roxane quand elle a été enlevée par le KGB. Tu le savais ?
Léo déglutit avant de poser la question suivante.
— Est-ce que Philippe le savait ?
Tout portait à croire que Valériane s'était endormie, mais le battement rapide d'une veine sur le cou et la légère crispation des doigts sur le drap la trahirent. Léo continua son monologue à voix basse.
— J'ai l'impression que toute ma vie a été adossée

à un mur de mensonges, construit par ma propre mère. Tu n'as jamais éprouvé un minimum d'empathie à mon égard ?

Valériane eut un geste d'agacement.

— C'est quand même toi qui t'es retrouvée enceinte d'un officier soviétique alors que ton père était un officier du renseignement français. Ta conduite a été irresponsable et provocatrice. Une dinde n'aurait pas agi différemment. Et aujourd'hui tu te plains ? Ton père est enfermé pour le restant de ses jours à cause de ta légèreté, de ton inconséquence, et tu pleures sur ton sort ? Tu n'es et tu ne resteras qu'une enfant gâtée à qui on a tout donné, incapable de la reconnaissance la plus élémentaire. Comme tu as pu être décevante, ma pauvre fille.

Plus que les paroles, le ton employé, la bouche tordue, la noirceur du regard soulignaient le mépris et le dédain, donnant leur pleine signification aux mots. Léo les reçut avec une sérénité déconcertante, comme s'ils avaient toujours été là, en filigrane dans le marbre de leur relation. Elle eut soudain pitié de cette femme qui la quitterait sous peu.

— Je ne sais pas si tu as aimé beaucoup de personnes dans ta vie, Valériane. Mais as-tu au moins aimé la petite fille que tu as été, la femme que tu es devenue ? T'es-tu seulement aimée ?

Une crispation brutale déforma son visage et sa main se mit à tâtonner sur le drap, à la recherche du poussoir qui commandait le flash de morphine. Léo le lui glissa sous le pouce. La chaleur et la moiteur des doigts recroquevillés la surprirent, Valériane avait toujours eu les mains sèches et froides. Léo ne put s'empêcher de la caresser furtivement, non par tendresse mais pour s'imprégner de ce qu'elle n'avait jamais eu.

Elle fut tentée de partir mais une autre question la tenaillait.

— Tu savais que Papa avait une maîtresse ?

Valériane grimaça et Léo ne sut si c'était à cause de la douleur ou de la question.

— Ton père a toujours eu des poules.

— Là, il s'agit d'une liaison. D'une longue liaison.

Valériane tourna lentement la tête vers Léo.

— Tu parles de qui ?

— Une prof.

— À Sciences-Po ? avança prudemment Valériane.

— C'est pas vrai… murmura Léo, abasourdie, ça aussi tu savais ?

La mâchoire contractée sur sa douleur, Valériane appuya sur la pompe. Son souffle s'était accéléré. Un gémissement accompagna une longue expiration.

— Tu veux que j'aille chercher quelqu'un ?

Valériane secoua la tête.

— Tu l'as rencontrée quand ?

— Hier soir.

— Comment as-tu su ?

— Papa me l'a dit. Hier matin.

— Tu as vu ton père ?

— On m'a autorisée à lui parler trente minutes.

Une lueur d'inquiétude traversa l'iris vitreux.

— Tu sais que toute la conversation a été enregistrée.

— On a été discrets. Alors tu la connais, tu connais cette femme ?

— J'ai appris son existence.

— Quand ?

— Il y a quelques années déjà.

— Comment ?

— Ton père me l'a dit.

— Qu'est-ce qu'il t'a dit sur cette femme ?

— Qu'elle était sa maîtresse.

— C'est tout ?

L'évocation de Marlène Berger paraissait avoir affecté Valériane. Son corps décharné s'était encore un peu plus enfoncé dans le matelas. Ses paupières se baissèrent, son souffle devint si léger qu'il se délita dans la chambre blanche. Les mots s'ébauchèrent, à peine.

— Tu ne dois pas la revoir, Éléonore. Jamais…

Léo avait laissé son portable dans la voiture. Un message laconique de Justine la priait de la rappeler.

— Oui, Justine.

— C'est bon, la mère maquerelle a fini par lâcher le morceau, elle a reconnu que les photos dans la chambre d'hôtel ont été prises à l'insu de Karl. Ils l'avaient drogué au GHB, c'est pour cette raison qu'il ne se souvenait de rien. Le gamin a confirmé. Je viens de transmettre les PV d'audition au proc et au JLD. Karl devrait être libéré sous peu.

— Elle a donné le nom de son commanditaire ?

— Pas de nom, juste la vague description d'un type. Elle ne l'a vu qu'une fois. Mais je ne te cache pas qu'on ne va pas se mobiliser sur lui. Notre objectif est de faire tomber le réseau, pas d'approfondir une affaire politique. On a déjà reçu des directives dans ce sens. Tu vois ce que je veux dire, Léo…

C'était clair. Mais pour l'instant, la priorité était de faire sortir Karl de sa cellule. Elle appela le procureur pour obtenir l'autorisation de lui rendre visite. Le magistrat tenta de la convaincre de patienter, le dossier était entre les mains du JLD, c'était une question de jours, voire d'heures.

— Je vous en prie, Monsieur le procureur, je dois le voir. J'ai peur qu'il décide de sortir autrement que debout.

Assis autour de la table de réunion, Jeanne, Shakila et Ziang commentaient les rapports de filature transmis par Marc Deschamps. Il avait joint l'identité du pseudo-neveu, un certain Robin Mercier, 29 ans, sans profession, locataire d'un studio dans le XVIIIe arrondissement. Le jeune Robin avait passé une partie de la nuit dans une boîte branchée de Saint-Michel. Avant cela, il avait retrouvé Françoise Calistrio dans un restaurant de Saint-Germain. Ils s'étaient quittés sur le trottoir et Calistrio était rentrée se coucher. Le garçon l'avait rejointe vers 3 heures.

— Bien, dit Léo, j'imagine que vous avez commencé à travailler sur le profil du neveu.

Son sourire était radieux.

— Karl est sur le point d'être libéré, il est totalement disculpé. On a toutes les preuves de la manipulation.

— J'espère que les médias en parleront autant que de son arrestation, commenta Ziang. Il a été déshonoré et ils doivent maintenant le réhabiliter.

— Vous savez très bien qu'il n'en sera rien et ne pas en parler est dans l'intérêt de Karl, de nous tous.

Mais ce n'est que partie remise, je vous le promets. Jeanne, on peut se voir un moment, s'il vous plaît ?

Léo se servit un thé. La thermos et un mug étaient disposés sur une console contre le mur, Shakila veillait à son approvisionnement. Un rituel parmi d'autres hérité de l'Agence de sécurité économique. Léo en proposa à Jeanne.

— Non merci, je n'ai pas la vessie adaptée à ce genre de truc.

— C'est dommage, le thé peut vous aider à perdre du poids.

— Ce matin, j'ai donné dix kilos de bonbons aux enfants de la concierge, c'est déjà un début. Je ne serai jamais aussi mince que vous mais je suis très motivée, vous savez.

Léo n'en doutait pas. Elle considéra cette petite femme qui venait de débarquer dans sa vie en prenant aussitôt une place qui semblait lui avoir toujours été réservée.

— Marlène Berger, prof à Sciences-Po. Je veux tout connaître sur elle. Mais attention, le terrain est miné, on ne doit pas se douter que vous enquêtez sur elle, personne.

— Cela a un rapport avec…

— Mon père. Elle aurait été sa maîtresse pendant une vingtaine d'années. Voilà la partie visible, mais je veux savoir ce qu'il y a derrière.

— Que pensez-vous découvrir ?

— Je ne sais pas, Jeanne, ce sera à vous de me le dire. Vous devrez faire vos recherches dans la discrétion la plus absolue, téléphone et ordinateur sécurisés. Vous avez…

— Je les ai !

— Prenez le temps qu'il vous faut.

— Autre chose ?

— Je ne devrais pas vous demander d'effectuer ces recherches. C'est risqué pour vous, pour moi, pour I3S. Soyez prudente et avancez pas à pas.

Jeanne lui décocha un drôle de sourire. Elle aurait ajouté « Te bile pas ma poule ! » que Léo n'en aurait pas été surprise.

Une autorisation faxée par le procureur attendait Léo à l'accueil de la maison d'arrêt. Un bon quart d'heure s'écoula avant l'arrivée de Karl au parloir. Ses cheveux épars, longs et gras, rebiquaient sur le col de sa chemise à la propreté douteuse. Sa peau cireuse était parsemée de plaques rouges. L'absence totale de réaction quand il la découvrit laissait croire qu'il était sous camisole chimique.

— Qu'est-ce qu'ils t'ont donné ? s'inquiéta-t-elle.

Il se laissa tomber sur la chaise de l'autre côté de la table, la fixa sans répondre. Elle n'était même pas sûre qu'il ait entendu la question. Elle lui prit la main.

— Karl, j'ai une bonne nouvelle. Tu vas bientôt sortir.

Il retira sa main.

— Je sais. Couchard me l'a annoncé.

— C'est une question de jours, voire d'heures maintenant. Tu es bientôt libre, Karl !

Du sparadrap retenait un morceau de coton dans le creux de son bras.

— Qu'est-ce que c'est ?

— On vient de me faire une prise de sang.

— Pourquoi ?

— J'ai chopé cette saloperie de VIH, j'en aurai la confirmation dans quelques semaines.

Léo eut un geste de recul.

— Comment…

— L'un des deux types qui m'ont… agressé est séropositif.

Il sortit de sa poche une boîte de médicaments.

— Je démarre une trithérapie.

Un rire bref.

— Quelle ironie ! Tu te rends compte que, même bourré, je n'ai jamais eu de rapports sans préservatif. Jamais !

— Peut-être que…

— Rien du tout, Léo. J'ai été la pute de ce tordu pendant plusieurs nuits, tu penses bien qu'il m'a contaminé.

— On te fait une prise de sang seulement maintenant ?

— Lui-même l'ignorait. Il l'a appris il y a deux jours.

Les bonheurs, petits ou grands, tenaient parfois à un fil qu'un rien pouvait rompre dans l'instant. Le découragement, l'impuissance entamaient leur travail de sape et les armes pour les contrecarrer étaient dérisoires.

— Karl, écoute-moi bien. Tu vas sortir d'ici, te retaper, te soigner. Tu peux ensuite envisager de travailler avec nous, à ton rythme. Des millions de gens vivent avec le VIH. La trithérapie est au point.

Léo se pencha pour lui prendre la main.

— On n'a pas été épargnés, je te le concède, mais

on peut reprendre notre vie en main. On a encore un bout de chemin à parcourir, et on va garder les épaules droites et la tête haute. On le doit.

— À qui ?

— À nous-mêmes, Karl. À nous-mêmes…

Le délabrement psychique plus que physique de Karl l'avait démoralisée et c'est presque à contrecœur qu'elle se rendit à son rendez-vous avec Marc Deschamps. Il se leva pour l'accueillir. La plupart des tables étaient occupées, Léo guetta un visage connu. Personne ne leur prêtait attention.

— Un peu d'eau ? lui offrit Marc Deschamps.

— Oui. Avec un verre de vin blanc s'il vous plaît.

— Matinée difficile ?

— Au-delà de ce qu'il est humainement possible d'encaisser.

Elle se tut, sauvée par l'arrivée du serveur à qui Marc Deschamps passa sa commande. Elle se ressaisit.

— Alors, du nouveau depuis hier ? Nous sommes le vingt-huitième jour, si notre hypothèse est bonne, c'est demain qu'elle copie les données.

— Elle les copiera.

— Vous êtes bien confiant.

— Je devine l'avenir.

— Vous avez vu autre chose ?

— Oui.
— Quoi ?
Un sourire énigmatique scella ses lèvres. Elle insista.
— Quoi ?
— Je ne peux pas vous le dire, j'ai peur que ça soit trop cru pour vous.
— Essayez toujours…
— J'ai rêvé de vous. Nous étions tous les deux au bord d'une piscine. Nos corps presque nus…
Un verre de vin blanc dans la main, le serveur interrompit la prophétie. Léo but une gorgée, puis montra ses mains à Deschamps.
— J'en ai pour un instant, dit-elle comme si elle n'avait rien entendu.
Elle se les lava longuement, les savonna à plusieurs reprises. Le miroir lui renvoyait un visage défait. Ses cernes noirs, accusateurs, et ses joues creuses lui donnaient l'allure d'un vieux Sioux sur les traces d'un ennemi plus malin. Elle lissa sa peau avec de la poudre, redonna du brillant à ses lèvres et se recoiffa du bout des doigts. L'envie de plaire. Il la troublait mais ce sentiment la prenait au dépourvu. Elle refoula les corps nus au bord de la piscine.
Marc Deschamps consultait la carte. Le serveur arriva au moment où elle s'asseyait.
— Je prends comme vous, déclara Léo.
— Vous avez faim ?
— Je n'en sais rien…
— Salade de poivrons et gambas ?
— Parfait !
— Du vin ?
Elle désigna son verre.
— Ça suffira.

Marc Deschamps posa les coudes sur la table, mains sous le menton, et la dévisagea sans retenue.

— Je n'ai pas fini de vous parler de mon rêve.

— Celui de la piscine ? Oubliez-le.

Ses yeux riaient, signe qu'il n'abandonnait pas la partie.

— Je n'en reviens pas d'être assis là, en face de vous. Vous allez me trouver sans doute impertinent, mais vous appartenez à ce cercle très restreint de femmes hors du commun pour qui j'éprouve une grande admiration.

— Et que dites-vous aux autres ?

— Autre chose…

— Vous n'êtes pas marié ? demanda Léo après un bref coup d'œil en direction de son annulaire gauche.

— Je suis divorcé depuis deux ans.

— Elle vous a quitté ?

Léo se reprit aussitôt.

— Pardonnez-moi. J'ai tendance à perdre le sens de certains concepts, comme la compassion ou l'empathie.

— On ne peut pas vous en vouloir. Je connais votre histoire. Nos vies sont parfois des fardeaux…

— Et le vôtre, de fardeau ?

— Il est lourd, et je le porte jour et nuit.

Sous ses airs rigolards, Marc Deschamps traînait une détresse familière. Elle se demanda si ce n'était pas cela qui les rapprochait. Dans ce cas, leur relation ne s'annonçait pas sous les meilleurs auspices. Le terrain devenait glissant. Peu désireuse d'approfondir, elle réorienta le débat sur Karl.

— Puisque vous connaissez l'histoire, vous n'ignorez rien de ce qui est arrivé à mon ami et collaborateur Karl Saint-Léger.

Marc Deschamps opina de la tête.

— Il est toujours en préventive.

— Il n'y aura pas de jugement. On a pu prouver qu'il a été victime d'une vaste manipulation.

Elle raconta les événements de la nuit précédente sans entrer dans les détails, parla de l'inquiétude que lui inspirait l'état de Karl.

— Effectivement, on m'a parlé de cette affaire ce matin, mais je n'ai pas fait le lien. Karl ne sera plus le même. Il aura besoin de vous comme un convalescent qui n'en finit pas de se remettre.

Léo n'évoqua pas le viol, sa probable séropositivité. Un poids que son ami traînerait dans l'obscurité la plus totale.

Marc Deschamps s'égaya.

— Je dispose d'un cabanon dans la Drôme provençale du côté de Nyons, il appartient à ma tante. Prenez quelques jours avec Karl, je vous le prête si vous pensez supporter les cigales.

Vision d'oliviers, des galets blancs du lit de l'Eygues, d'une voûte indigo balayée par une brise chargée de thym et de lavande, un paysage traversé autrefois avec Philippe. Une époque où le bonheur leur était acquis.

— C'est très aimable à vous, bafouilla Léo, touchée par sa sollicitude. Je lui ferai part de votre proposition.

Ils en avaient assez dit sur eux-mêmes, ils s'observèrent un moment sans parler. Quelques fils blancs parsemaient sa chevelure souple. Les pattes-d'oie autour des yeux gris clair trahissaient le passage de la cinquantaine. Ses lèvres bien dessinées révélaient une nature gourmande et généreuse. Marc Deschamps ne lui était pas indifférent et Léo laissa ses pensées vagabonder vers des paysages lumineux écrasés de chaleur, sans autre signe de vie que la stridulation des cigales. Elle se demanda si un jour elle verrait la Drôme avec lui. Le serveur rompit le charme d'un songe d'été en apportant la note. Léo voulut régler sa part, il s'y opposa.

— La prochaine fois.

— S'il y en a une, répliqua Léo, en totale contradiction avec ce qu'elle ressentait.

Elle se leva, la main tendue. Il la garda plus que nécessaire pour un simple au revoir, en quête dans son regard de la promesse d'autres moments à deux. Léo ne lui laissa rien entrevoir. Elle quitta la fraîcheur du restaurant pour l'extérieur suffocant où des inconscients brûlaient sous un soleil blanc.

Climatisation à fond dans l'habitacle de sa voiture, elle songeait à ces instants avec Marc Deschamps. Après la mort d'Evgueni, elle avait bien eu quelques amants, mais ils n'avaient jamais réellement compté. C'est à peine si elle se souvenait de leur visage, des chambres d'hôtel furtivement occupées. Puis il y avait eu Philippe.

Léo emprunta le boulevard périphérique et sortit Porte de Bagnolet pour récupérer l'A3 qui reliait l'A1 et Roissy. Une route qu'elle parcourait régulièrement depuis l'implosion de l'Agence de sécurité économique, depuis ce jour où le logiciel de reconnaissance faciale avait isolé un visage entre mille, celui de sa fille, que Gerbod l'avait empêchée de voir. Elle conduisit comme un automate jusqu'au parking le plus proche de l'aérogare, puis se glissa dans le flot des voyageurs poussant des caddies chargés de bagages.

Le Moscou-Paris annonçait un retard d'une demi-heure. Elle se dirigea mécaniquement vers la porte d'arrivée. Presque tous les sièges de la salle d'attente étaient occupés par des gens en attente d'un proche, d'un ami, d'une relation de travail. Un groupe de femmes jacassaient en russe sans se soucier de ceux qui pouvaient comprendre leur conversation. Rien de très confidentiel dans ce qui se racontait. Des plans pour trouver des betteraves bio à mettre dans le bortsch, des combines pour acheter des chapkas en renard sauvage, l'université que le petit dernier allait intégrer à la prochaine rentrée. Les voix devinrent ronronnement et Léo se laissa aller à imaginer Roxane débarquant par ce vol. Elle était terrorisée à l'idée de ne pas reconnaître sa fille. C'était le plus sombre de ses cauchemars. Elle se rassurait chaque fois en se disant qu'une mère savait d'instinct qui était son enfant. Une croyance jamais confirmée. Les conversations s'estompèrent quand une employée vint ouvrir la porte vitrée de la salle de débarquement. Les rares passagers munis d'un unique bagage à main la franchirent d'un pas pressé. Plus loin derrière le contrôle, les autres attendaient autour du tapis roulant qui charriait les premiers sacs. Léo se concentra sur les visages des filles. L'une d'elles, une grande blonde aux cheveux courts, la démarche hésitante, examinait ceux qui attendaient. Un bref instant, son regard croisa celui de Léo puis se figea sur un homme qui courait et criait en russe « Je suis là, je suis là ! ». Le cœur de Léo battait à tout rompre, quelque chose lui criait qu'il s'agissait de Roxane même si le portrait-robot paraissait assez éloigné. La fille avait lâché ses sacs pour se laisser dévorer par le garçon qui l'embrassait à pleine bouche. Le buste raide, Léo se leva pour les suivre, les aborder. Une main la retint.

— Ce n'est pas elle.

Elle identifia la voix avant de se tourner vers lui. L'Israélien. Il répéta.

— Ce n'est pas elle.

Léo dégagea son bras et chercha le regard de l'homme dissimulé derrière des solaires.

— Comment le savez-vous ?

Il fixa un point derrière Léo.

— Une caméra, nous sommes dans le champ. Rejoignez-moi à droite au dernier rang.

Il remonta nonchalamment l'allée principale et bifurqua derrière un pilier. Léo, qui le surveillait du coin de l'œil, le retrouva une minute plus tard et s'assit à côté de lui.

— Il y a peu de chances d'être repérés parmi les millions d'images collectées, mais il vaut mieux être prudent.

Léo l'écoutait à peine et l'observait intensément. Son rythme cardiaque s'était emballé, elle ne parvenait pas à le réguler. Le couple de Russes avait disparu. Elle répéta sa question.

— Comment savez-vous que ce n'était pas ma fille ?

Il glissa la main à l'intérieur d'une serviette en cuir, attendit que passe un homme d'entretien poussant sans vitalité un large balai et sortit une photo en couleurs du visage d'une jeune fille.

— Irina Pavel, née le 22 avril 1987 à Moscou de Leonid Alexandrovitch Pavel et d'Helena Valentina Mitrokhine. Après une scolarité brillante, elle a fait des études de génie informatique à l'université Lomonosov.

Léo détaillait la photo. Un front haut, des pommettes saillantes, un nez fin et droit, une bouche en cœur un rien boudeuse. Les cheveux blonds, presque blancs, étaient courts et ébouriffés. Si tous ces points anthropométriques présentaient des similitudes avec le portrait-robot gravé en elle, il en était un, irréfutable.

Les yeux. L'iris, d'un bleu céruléen, était strié d'éclats couleur ardoise, une particularité observée dans un seul regard, celui d'Evgueni Souslov, le père de Roxane. Son souffle se dilua en une vague de chaleur qui partit du ventre et inonda sa poitrine. Des larmes troublèrent sa vue et floutèrent le visage qui pendant toutes ces années avait été réduit à quelques traits noirs sans grâce. Eitan lui tendit un mouchoir. Elle se tamponna les joues, se moucha puis contempla à nouveau la photo. Les lèvres, peintes de nacre, s'accordaient comme celle de Léo à la peau très pâle, quelle que soit la saison.

Elle leva les yeux vers Eitan.

— Elle fait quoi maintenant ?

— Évaporée depuis deux ans. Sa dernière apparition date du jour de la remise des diplômes à l'université Lomonosov. Depuis, plus rien.

— Et Leonid Pavel, qui est-ce ?

— Le colonel Pavel a longtemps été le directeur de la ligne T du KGB, une direction chargée de la collecte des informations scientifiques et technologiques. Il y est resté jusqu'en 1991, à la refonte du KGB en FSB. Ensuite il a été muté comme directeur de l'École de la forêt, à l'extérieur de Moscou. C'est l'établissement de formation des personnels opérationnels du service des renseignements extérieurs, le SVR. À l'époque soviétique, on y formait les agents du KGB.

— Est-il possible que Roxane y ait suivi une formation ?

— Peut-être, mais on n'en saura rien.

— On ne peut pas se procurer le fichier des élèves ?

Eitan sourit de sa naïveté.

— La liste des élèves de l'École de la forêt est

sans doute l'un des secrets d'État les mieux gardés en Russie. Non, bien sûr que non, personne ne l'a. Et même si c'était le cas, ils sortent de cette école avec une nouvelle identité, une légende, qui les coupe définitivement de leur passé.

Depuis l'enlèvement de Roxane, la vie de Léo avait ressemblé au mouvement d'un yo-yo. Des périodes où alternaient l'espoir, le découragement, le renoncement. Des phases qui, telles des sangsues, la vidaient de son énergie et exigeaient chaque fois davantage de temps pour récupérer. Une grande lassitude l'envahit jusqu'au bout des doigts. Ses repères s'éloignaient et se fondaient dans un avenir chaotique qu'elle ne contrôlait pas.

— Que faire, alors ? demanda-t-elle pour elle-même dans un hoquet.

— Garder l'espoir. Si elle est vivante et encore sur cette planète, nous la retrouverons. La traque est un peu notre marque de fabrique, vous ne l'ignorez pas.

Allusion à tous les nazis réfugiés en Amérique latine ou ailleurs et que les Israéliens avaient pistés un à un pour les ramener chez eux et les juger.

— Et pour quelle raison la retrouverez-vous ?

— Parce que nos intérêts sont liés bien au-delà de ce que vous pouvez imaginer. Et puisque nous en parlons, demandez un rendez-vous à Gilles Damais et dites-lui que vous avez des informations sur l'agent enlevé il y a deux mois en Somalie.

— Quel agent ?

— Le commandant Versailles de la DGSE.

— Vous savez où il est ?

— Oui. Nous donnerons sa localisation contre une rencontre entre vous et Laville.

— Si c'est comme avec mon père, je ne pourrai pas lui parler. L'entretien sera filmé et des gardes seront présents.

— Vous avez vu votre père ?

— Il y a deux jours.

— Il va bien ?

— Moyennement. Il a tenté de s'ouvrir les veines.

— Un chantage pour vous voir. Nous allons procéder de la même façon avec Éric. Nous voulons seulement savoir où il se trouve.

— Ils me banderont les yeux, je ne pourrai rien vous dire.

— On aura la trace.

— Avec un tracker ? Ils vont le découvrir.

— Il est indétectable. Mais nous en parlerons lorsque nous nous reverrons. Ah, j'allais oublier, dit Eitan sur le ton de celui qui n'avait rien oublié du tout. Si vous revoyez vos amis les Black Green, remettez-leur ceci.

Il avait sorti de sa serviette une grande enveloppe de papier kraft.

— Vous me suivez depuis quand ?

— Je suis votre ange gardien.

— Et pourquoi en aurais-je besoin d'un ?

— Parce que vous nous êtes précieuse, Éléonore. Vous êtes en mesure de mettre fin à l'existence de l'Institut européen.

— Je suis seule.

— Vous ne l'êtes plus.

Il posa l'enveloppe sur ses genoux.

— Voici la preuve que la plupart des membres de la commission d'enquête européenne qui a décidé de suspendre le moratoire sur les OGM sont à la solde d'Aristee. Chacun d'eux a perçu un demi-million d'euros pour déclarer que toutes leurs études, impartiales et approfondies, ont démontré l'innocuité totale des OGM. Tous les transferts, les numéros de banque et les noms des bienheureux destinataires sont mentionnés sur ces documents.

Léo considéra l'épaisse enveloppe avec suspicion.

— Pourquoi ne pas l'annoncer vous-mêmes ?

— Pour plusieurs raisons dont le risque d'être accusés d'intoxication. Les Black Green seront bien plus crédibles, d'autant plus qu'ils ont déjà révélé des faits incontestables.

— Leur direction a été décapitée. Ils sont un peu en ordre dispersé actuellement.

— Nous allons les aider à se reconstituer.

— En disant qui vous êtes ?

— Certainement pas dans un premier temps, notre offre serait aussitôt rejetée.

— C'est donc de la manipulation.

— Non, Léo, parce que nous poursuivons tous le même but. Il s'agit de s'unir pour être plus forts. Il faut mobiliser toutes nos ressources, réactiver tous nos réseaux. Tous VOS réseaux.

Sans doute possible, Eitan faisait allusion aux sentinelles du Comité Forty. Qu'il connaisse leur existence la sidéra. Il continua, apparemment indifférent à sa surprise.

— Nous vous offrons la logistique, les moyens techniques et électroniques, et surtout le nerf de la guerre : l'argent.

— Pourquoi ?

— Les semences appartiennent à l'humanité, elles ne peuvent pas devenir la propriété d'une hyperpuissance hégémonique.

— Pourquoi ? insista Léo, pressentant qu'il n'avait pas totalement répondu.

Eitan marqua une pause pour inspirer longuement.

— Parce que les trois banques de semences sur le territoire d'Israël ont été entièrement détruites.

— Par le *Sementis amylovora* ?

— Par le *Sementis amylovora*.

Grâce à l'épaisseur des murs et à la profondeur de la salle dépourvue d'ouvertures, il régnait une relative fraîcheur dans le cabinet. En bons petits soldats, Ziang et Shakila ne se plaignaient jamais du temps, ni d'autre chose du reste. Assis autour de la table ronde, ils étudiaient des documents.

— Ça donne quoi ? demanda Léo.

Shakila lui montra une photo d'un brun au regard ténébreux, en jean et torse nu. Une barbe de quelques jours, le teint hâlé, la posture sensuelle, Robin Mercier en surjouait. Le portrait était celui d'un professionnel.

— J'ai trouvé son book sur Internet, dit Shakila, Robin Mercier a fait quelques défilés de mode.

— Et à part ça ?

— Il est étudiant.

— À 29 ans ?

— Apparemment, il a du mal à trouver sa voie. Après un bac ES, il a fait une année en fac d'éco puis un BTS d'action commerciale. Il est retourné à la fac pour une année de psycho, suivie d'une autre en métiers du spectacle, ensuite il s'est fixé en fac de langues où il a obtenu une licence d'anglais. C'était l'année dernière.

— Il vit de quoi ?

— De chèques emploi service. Juste ce qu'il faut pour couvrir son loyer et les quelques prélèvements.

— Des chèques émis par qui ?

— Une veuve de général, une certaine Mme Cambon. Le jeune Robin s'occupe de son jardin.

— Toute l'année ?

— Elle a peut-être un jardin d'hiver, suggéra Ziang l'air de rien, le nez dans un relevé. Aucun retrait en espèces, pas de carte bancaire. Il jardine ailleurs au black.

— Bien, dit Léo. Concentrons-nous sur ces autres jardins, notamment celui de Françoise Calistrio.

Léo monta au premier étage pour appeler le JLD. Ce dernier ne savait pas encore quand Karl devait sortir. Il évoqua un ou deux jours.

— Pas deux jours, Monsieur le juge. Pas deux jours. Demain.

Elle l'entendit rire.

— Mais, Madame de Coursange, ce n'est pas vous qui décidez de l'heure de son élargissement. Il y a une procédure…

— Une procédure qui est en train de le broyer. Après l'erreur judiciaire, l'enquête bâclée, les auditions partisanes et non contradictoires, l'enfermement abusif, vous voulez ajouter le suicide ? Karl Saint-Léger a besoin de soins, rapidement. Vous savez qu'il a démarré une trithérapie ?

— Oui, et c'est regrettable…

— Regrettable ! Mon ami a été violé et contaminé, et vous trouvez cela seulement… regrettable. Je peux vous assurer que, s'il ne sort pas demain, en comparaison de ce qui vous attend, l'affaire Outreau représentera une journée à Disneyland.

— Je vous appelle demain à 8 heures pour vous indiquer l'heure de sa sortie dans la journée, répliqua le juge très contrarié. À demain Madame de Coursange.

Le message était passé, mais à quel prix. Léo était en nage. Elle ouvrit la fenêtre qu'elle referma aussitôt. La chaleur était pire à l'extérieur. Elle se servit un grand verre de jus d'orange frais et s'affala sur le canapé. Il n'y aurait jamais de seconde affaire Outreau parce que Karl s'y opposerait. Ce qu'il avait subi, il allait tenter de le gérer à sa manière et en toute discrétion. Le premier objectif de Léo était de le convaincre de se faire aider. Elle avait réfléchi à quelques noms de spécialistes et lui remettrait la liste au moment opportun.

Elle but une longue gorgée puis appela Gilles Damais de son portable sécurisé.

— Éléonore de Coursange. Nous devons nous rencontrer.

— Pourquoi ?

— Pour vous aider à vous enlever une grosse épine du pied.

— Un rapport avec votre père ?

— Non. Avec la Somalie.

Homme de décisions, Gilles Damais réfléchissait vite.

— Demain à mon bureau.

— Demain à la gare de Lyon sous le panneau des départs, côté quais bleus. À 10 heures.

— Demain à 10 heures.

Le bruit discret d'un pas précéda Jeanne d'une paire de secondes.

— Vous vous déplacez comme un chat, Jeanne. Prenez un verre de jus d'orange, il est frais.

Jeanne s'était légèrement maquillée. Une tunique noire un peu vaporeuse couvrait jusqu'à mi-cuisses un pantalon du même tissu. Ses sandales rehaussées d'un petit talon affinaient sa silhouette. Son allure était très éloignée de celle du premier soir de leur rencontre, et pas seulement dans l'apparence. Jeanne se contenta d'un grand verre d'eau du robinet. Elle le but debout, lentement, puis s'en resservit un qu'elle posa sur la table basse, le regard rivé vers la fenêtre protégée par un rideau.

— Un souci, Jeanne ?

En guise de réponse, elle désigna le plafond.

— On peut monter ?

— Oui, j'y suis allée une fois ou deux pour déposer des cartons vides. Pourquoi ?

— Je voudrais vérifier un truc.

L'escalier du second était condamné par une porte que Léo ouvrit avec précaution.

— Il y a des semaines que je n'y suis pas montée.

Ses orteils effleurèrent quelque chose. Une souris desséchée. Elle repoussa la carcasse d'un air dégoûté.

— Il faudrait que je vous amène Tino, proposa Jeanne.

— Certainement pas ! J'ai mis du poison partout.

Elles gravirent lentement les marches dans la pénombre, chassant les toiles qui leur caressaient le visage et les bras. D'autres souris mortes jalonnèrent leur progression. Deux piles de cartons obstruaient une des deux fenêtres aux vitres sales. Jeanne en déplaça un de quelques centimètres, juste de quoi ouvrir un filet de vue sur l'extérieur.

— Baissez-vous, Léo, votre tête dépasse.

Par précaution, Léo préféra reculer pour lui laisser le champ. Jeanne scruta l'immeuble d'en face pendant une bonne minute.

— J'en étais sûre !

Elle céda sa place à Léo.

— Au-dessus du kebab, entre les Coca et les Perrier.

Leur point de mire offrait une plongée dans l'appartement au premier étage, pratiquement en face du leur. Entre les piles de caisses disposées devant la fenêtre, un téléobjectif était pointé sur l'entrée d'I3S. À l'abri d'une pub de boisson gazeuse, un autre était dirigé vers les fenêtres du premier. À l'autre bout, on pouvait distinguer l'ombre d'un homme aux cheveux courts et sombres. Le second étage où elles se tenaient ne semblait pas les intéresser. Jeanne reprit son poste d'observation.

— Qui tient le kebab ?

— Une famille de Kurdes.

— Pourquoi nous espionnent-ils ?

— Je n'en sais rien.

Un homme d'origine asiatique portant deux sacs en plastique s'arrêta devant la porte qui jouxtait l'entrée du kebab, regarda à droite et à gauche et entra. Quelques secondes plus tard, l'ombre derrière l'objectif apparut dans la clarté ; on venait d'ouvrir la porte de l'appartement qui servait de réserve à la sandwicherie. Un troisième homme sortit de l'ombre et referma, plongeant à nouveau la pièce dans la pénombre.

— On dirait des Chinois, déclara Jeanne. Pourquoi des Chinois nous espionnent-ils ? Vous croyez que ça a un rapport avec Calbéo, avec la stagiaire ?

La question eut dans la tête de Léo une résonance toute particulière.

— Peut-être… ou peut-être pas. Ne bougez pas, Jeanne, je reviens.

Léo dévala les escaliers jusqu'au rez-de-chaussée, ralentit quand elle passa dans la salle d'accueil, partie visible de leur point d'observation, et referma la porte, interdisant toute surveillance de l'extérieur. Elle s'assit à la table où travaillaient les deux analystes.

— Nous sommes espionnés depuis l'autre côté de la rue.

Léo fixa Ziang avant d'ajouter :

— Sans doute des Chinois.

Ziang se leva brutalement de sa chaise, la renversant.

— Pas de panique, vous ne risquez rien ici. D'ailleurs, rien ne nous dit qu'il s'agit du Bureau 610.

Ziang n'en croyait pas un mot. Le Bureau 610 était le service secret créé en 1999 pour traquer les dissidents chinois à travers le monde. S'ils l'avaient repéré, il courait un réel danger.

— Quand je pistais Wong chez Calbéo, Calistrio a pu me signaler. Ils viennent me chercher.

Léo secoua la tête.

— Non, Ziang, personne ne vient vous chercher et certainement pas eux. Trouvez-moi les jumelles et l'appareil photo.

— Ça bouge ! cria Jeanne.

Léo grimpa les escaliers quatre à quatre. Comme elle manipulait le numérique, Jeanne avança la main.

— Donnez, j'ai l'habitude.

Léo le lui remit sans rechigner. En face, la porte s'ouvrait à nouveau dans l'appartement, révélant le visage de ses occupants. Jeanne prit plusieurs photos de la réserve et de l'homme qui sortait de l'immeuble, différent de celui entré dix minutes plus tôt.

— C'était la relève, déclara Léo. Ils ne doivent pas voir grand-chose au rez-de-chaussée. Mais au premier, quand la fenêtre est ouverte, ils nous ont nettement.

Jeanne vérifia les clichés.

— Impeccable ! On les a tous les trois.

Elle devait son œil exercé à des années de filature. Tout ce qui s'inscrivait dans le paysage était recensé dans un inventaire méticuleux.

Sur l'écran de l'ordinateur, les photos apparaissaient assez nettes malgré les fenêtres sales. Ziang pointa du doigt le Chinois qui sortait de l'immeuble.

— Wei Zicai, attaché culturel à l'ambassade de Chine à Paris. Ce sont bien les agents du Bureau 610. Ils m'ont repéré.

Tous les quatre fixaient l'écran en silence.

— Je ne vois qu'une solution, lâcha Léo après avoir passé en revue toutes les images. On va créer un incident diplomatique.

Ziang secoua énergiquement la tête.

— Hors de question, pas dans votre situation. Vous ne devez pas attirer l'attention.

— Votre abnégation est honorable, Ziang, mais faites-moi confiance.

Léo chercha un numéro dans un vieux calepin et le composa sur le téléphone sécurisé d'Eitan. Lors de leur prochaine rencontre, elle devrait lui demander de quel forfait elle disposait.

Nicolas avait toujours le même numéro de portable et son enthousiasme était plus que jamais volubile.

— Léo, quelle joie de t'entendre ! T'appelles d'où ?

— De Montreuil.

— Sérieux ? Avec tout ce qui t'est arrivé, moi j'aurais émigré dans le golfe de Yana.

— C'est peut-être une option que je me réserve s'il continue à faire aussi chaud. Toujours à la LDH ?

— Plus que jamais ! Je suis passé chef.

— Un dissident chinois traqué par le Bureau 610 sur le territoire français, t'es preneur ?

Un silence de quelques secondes occupa la ligne.

— Tu es où à Montreuil ? reprit-il sur un ton moins joyeux.

Léo attendait Nicolas dans le noir derrière la porte du garage, à l'écoute des pas sur le trottoir. Quelqu'un s'arrêta de l'autre côté, elle ouvrit d'un geste sec. Nicolas recula d'un mètre.

— Putain Léo !

Elle le saisit par le bras pour l'entraîner à l'intérieur.

— Merde, tu m'as fait peur. Je n'ai jamais suivi les entraînements des forces spéciales, moi !

— Moi non plus.

— Menteuse !

— C'était juste un stage de filature.

Ils déambulèrent dans le noir à travers le garage et la petite cour encore écrasée par la chaleur, comme si des rayons de soleil étaient restés coincés entre les murs. Elle le conduisit au fond de la salle où, allongé sur un petit canapé, Ziang regardait les écrans sans le son. Nicolas lui serra la main.

— Bonsoir, Ziang. Ne vous inquiétez pas, on prend les choses en main et on va trouver une solution pour se débarrasser d'eux très vite.

Puis il se tourna vers Léo, l'air préoccupé.

— Tu es sûre qu'ils ne vous ont pas sonorisés ?

— Non, on l'aurait repéré. Suis-moi.

Au second, Jeanne guettait derrière les piles de cartons, discrète et invisible. La lumière de la rue permettait de se déplacer sans difficulté. Jeanne serra la main tendue.

— On ne voit plus rien, c'est à peine si on distingue leur silhouette.

Elle s'écarta pour laisser passer Nicolas qui sortit de la poche de son blouson un monoculaire de vision nocturne.

— Ils ne l'élimineront pas ici, ça ferait bien trop de bruit. Ils préparent son exfiltration afin qu'il soit jugé en Chine pour haute trahison. Et vu le passé sulfureux qu'il traîne avec Léo, il est sûr d'être exécuté.

— Comment comptent-ils le sortir du pays ?

— Ils utilisent des avions d'affaires privés appartenant à des industriels chinois. Plusieurs dissidents ont disparu ces derniers mois, on a retrouvé leur trace en Chine au moment de leur procès, systématiquement soldé par la peine de mort.

— La communauté internationale ne réagit pas ?

— Chaque jour, des milliers de salariés perdent leur emploi, les partenaires économiques doivent être ménagés. Les droits de l'homme ne sont pas une priorité.

Nicolas se tut et observa un long moment la fenêtre en contrebas.

— Tu m'as dit que vous aviez pris des photos.

Ils étaient rassemblés autour d'un écran, seule source de lumière, invisible de la rue.

— Elles ne sont pas mal, pas mal du tout, apprécia Nicolas. Tu m'en fais une copie ?

Léo lui remit une carte Flash d'un geste solennel, un peu hésitant.

— On est d'accord ? À aucun moment le nom de Ziang et le mien ne sont cités. Ni celui d'I3S, n'est-ce pas ?

— Bien sûr Léo, fais-moi confiance.

— On aura bientôt des nouvelles ?

— Rapidement. En attendant, que Ziang ne bouge pas d'ici. Quel que soit le prétexte. Il est réellement en danger pendant encore quelques heures.

Quand Léo eut raccompagné Nicolas par le même chemin qu'à son arrivée, elle trouva Jeanne qui l'attendait dans le noir en bas des escaliers.

— Vous pouvez me déposer chez moi, Léo ?

Sa façon de le dire laissait entendre qu'elle voulait l'informer de ses recherches sur Marlène Berger.

— Il vous reste de la soupe ?

Jeanne insista pour qu'elles dînent avant de parler.
— Sinon je vais grignoter et ce n'est pas bon pour ma ligne, se justifia-t-elle.

Le gaspacho était rafraîchissant et Léo l'avala en ne pensant à rien d'autre. Une tranche de viande froide et un yaourt clôturèrent le repas. Elles débarrassèrent en silence puis s'installèrent dans le bureau où Jeanne connecta une clé USB à l'ordinateur.

— Bon, autant vous le dire, enquêter sur Marlène Berger est plutôt coton. On suit bien son cursus. Des études de sciences politiques à Berlin qu'elle achève par un doctorat à Paris. Puis elle enseigne à Sciences-Po, écrit des articles et donne des conférences un peu partout en Europe. Dans son domaine, notamment en politique européenne, elle est considérée comme une pro. Elle ne s'est jamais mariée, pas d'enfants et rien de privé n'a filtré pendant toutes ces années. A priori, tout paraît clean concernant cette femme. Enfin presque…

Jeanne jeta vers Léo un regard mutin, comme pour s'assurer que ses paroles retenaient toute l'attention voulue.

— La famille Berger n'a jamais occupé de petite maison à Tegel See. Ils ont toujours habité à Berlin-Est où M. Berger occupait un poste au HVA[1]. Au Département I, pour être précise, qui, comme le Département II, se consacrait à la recherche du renseignement en RFA.

Léo ne cacha pas son étonnement.

— Comment vous savez tout ça, vous ?

— Ah… soupira Jeanne avec un certain regret. J'ai toujours eu un faible pour la guerre froide. Plus jeune, j'ai voulu entrer à la DGSE mais c'était compliqué. Alors je suis devenue détective.

Une photo en noir et blanc d'hommes attablés. Jeanne pointa son doigt sur l'un d'eux.

— M. Berger entretenait d'excellentes relations avec le KGB. Regardez, on le voit en compagnie d'un Russe.

— Comment savez-vous qu'il est russe ?

— C'est écrit dans la légende.

— Ces photos, vous les avez eues comment ?

— Les archives de la Stasi sont accessibles et une partie a été numérisée. C'est incroyable ce que l'on peut trouver sur Internet. Quand on sait chercher, naturellement. Mais ce n'est pas à vous que je vais apprendre ça.

Léo fixait l'écran. Depuis toute petite, elle côtoyait ces hommes de l'ombre, elle avait même été un temps une des leurs, et aujourd'hui encore les pions continuaient à se déplacer sur l'échiquier invisible. Une partie que Léo disputait bien malgré elle.

1. *Hauptverwaltung Aufklärung*, le département d'espionnage extérieur de la Stasi.

— Est-il possible que Marlène Berger travaille pour les Russes ? demanda Léo.

— Peut-être, mais je n'ai rien trouvé qui puisse le confirmer. Pas encore…

— Alors continuez vos recherches. Étudiez ses voyages, ses conférences, ses articles, peut-être y a-t-il quelque part une piste. Côté politique, elle se situe où ?

— Nulle part. Enfin, c'est ce que j'en ai déduit en lisant ses articles. Marlène Berger n'a jamais appartenu à un parti politique.

Évidemment. Ne pas se donner de couleur pour mieux se fondre dans le paysage. Marlène Berger était forcément à la solde des Russes et c'est à elle que Pierre de Coursange remettait les documents confidentiels, qu'elle transmettait ensuite lors de ses déplacements. On ne pouvait rêver meilleure couverture. Valériane le savait, ses sous-entendus le confirmaient.

Envahie par la lassitude, Léo se laissa aller à une rafale de bâillements qui contamina Jeanne. Il était temps d'aller se coucher.

L'appel du juge des libertés et de la détention fut le premier du matin. L'élargissement de Karl était prévu pour le milieu d'après-midi.

— C'est quoi le milieu d'après-midi ? s'agaça Léo.

— Autour de 16 heures.

Un sentiment d'aise se diffusa doucement dans sa poitrine. Karl allait être libre. Elle se le répéta plusieurs fois, songeant aux premiers mots qu'elle lui dirait, à ceux qu'elle éviterait.

Les cheminées luisaient sous le soleil matinal. Pas un souffle d'air dans les rues. Pour économiser l'eau, on avait réduit les temps d'arrosage des espaces verts, et les gazons, habituellement drus, jaunissaient sur leurs bordures. Belinda l'appela.

— Je dois te voir, Léo. Ce soir.

Sa voix était à peine audible.

— Demain si tu veux, mais pas aujourd'hui, je suis occupée.

Léo ne lui en donna pas la raison, comme si Belinda avait le pouvoir d'empêcher la sortie de Karl. Elle accepta le délai à contrecœur.

— Tu sais où j'habite, je ne bouge pas. Viens seule !

Elle raccrocha sans donner d'heure. Léo considéra le téléphone avec inquiétude, priant pour que rien ne vienne compromettre la décision du juge.

Les portes d'I3S étaient fermées à double tour, même celles qui ne l'étaient pas habituellement. Ziang travaillait devant l'écran. Jeanne et Shakila n'étaient pas arrivées.

— Bien dormi, Ziang ?

— Ce sera mieux bientôt. Shakila est chez moi pour récupérer des affaires.

Sur son bureau, Léo trouva un rapport de synthèse sur une affaire bouclée le mois précédent. Elle concernait un directeur commercial qui, avant de partir pour la concurrence, avait pris soin de copier tout le fichier clients et d'en effacer les traces. Il avait nié, mais Ziang avait fini par mettre la main sur la preuve du transfert de fichier. Le P.-D.G. de l'entreprise, particulièrement satisfait de la prestation d'I3S, avait demandé à Léo quelques cartes de visite pour les distribuer lors de la prochaine réunion CGPME Val-de-Marne dont il était le vice-président. Avec Karl qui allait bientôt revenir, la perspective d'autres contrats était la bienvenue.

À deux reprises, elle monta au second étage. Les téléobjectifs étaient toujours pointés. Léo les occupa un peu en ouvrant la fenêtre du premier, donnant une pleine vision sur l'espace dévolu au repos des membres de l'équipe, chacun à ses occupations comme si de rien n'était. Shakila rangea quelques courses, Léo prépara le thé et Ziang vint manger une banane. Léo les abandonna un peu avant 9 h 30.

Beaucoup de monde à proximité du tableau d'affichage. Ils étaient assis, debout ou vautrés sur leurs bagages. Tous les sièges étaient occupés, Léo chercha Gilles Damais. Appuyé contre la rambarde en surplomb de la bouche du métro, il lisait *Le Monde*, indifférent au bruit des machines, aux annonces des haut-parleurs, à l'incessant brouhaha.

Gilles Damais replia son journal sans un regard pour Léo et, derrière ses lunettes noires, parcourut la foule dans le hall de la gare.

— Je vous écoute.

— Cela fait cinquante-quatre jours que vous n'avez plus de nouvelles du commandant Versailles qui opérait à Mogadiscio sous la couverture d'un humanitaire. Je peux vous aider à le retrouver.

N'était un léger tressaillement à la hauteur des mâchoires, Léo aurait juré qu'il ne l'avait pas entendue.

— Et comment ?

— En vous donnant l'endroit où il est détenu, quelque part près de la frontière éthiopienne.

L'homme des services secrets accusa le coup. Telle

une vigie au milieu de l'océan, il scrutait le flot des gens qui se déversaient en vagues successives.

— Qu'est-ce que vous voulez ?

— Latifa Boubaker et Éric Laville. Je veux les voir.

— Pourquoi ?

— Depuis dix-neuf mois, ils sont au secret et personne, pas même leur famille, ne sait s'ils sont encore en vie.

— Ils le sont et ils vont bien.

— Je veux m'en assurer par moi-même.

— Pourquoi ?

— Parce qu'ils sont plus que de simples collaborateurs. Je veux constater leur état de mes propres yeux, je veux entendre leur voix.

— Vous ne pouvez pas.

— On m'a bien permis de voir mon père.

Pour la première fois depuis qu'elle l'avait rejoint, il tourna la tête vers elle et l'observa derrière ses lunettes sombres.

— Qui vous a donné le renseignement ?

— Cela ne présente aucun intérêt pour la libération de votre homme.

— Comment l'avez-vous obtenu ? demanda-t-il sur un ton plus menaçant.

— Un concours de circonstances que je vous expliquerai un jour.

— Vous savez que je peux vous faire arrêter sur-le-champ pour rétention d'informations impliquant un opérationnel en territoire hostile.

— Et vous allez me torturer pour que je parle ? Il est bien plus simple de me permettre de voir un moment Éric et Latifa, vous ne croyez pas.

Il la jaugea à nouveau puis se redressa.

— Je vous appelle.

Une vague de voyageurs emporta Gilles Damais et l'engloutit quelques mètres plus loin. C'est seulement alors que Léo s'autorisa une longue expiration, aussitôt interrompue par la sonnerie de son téléphone. Marc Deschamps paraissait essoufflé.

— Léo, Dordor vient de me transmettre la dernière vidéo de la salle des imprimantes. On a vu juste. Calistrio a bien procédé au dumping des données sur le disque dur externe. Toujours d'accord pour la filature ?

Marc Deschamps l'attendait à l'entrée du parc. Il lui prit la main, lui déposa un baiser léger au coin des lèvres.

— On en a repéré deux dans le parc, ils photographient des canards. Il est beau, votre chapeau.

— Vous n'êtes pas obligé de m'embrasser.

— Faut faire semblant d'être amoureux, c'est notre couverture.

— Vous recommencez, je vous mets une claque.

— Une claque de vous, Éléonore, et ma soumission vous sera éternelle.

Il était sérieux. Léo voulut retirer sa main mais il la tenait fermement. Main dans la main, ils marchèrent le long d'une allée ombragée jusqu'à un kiosque qui vendait des sandwichs et des boissons. Derrière ses lunettes noires, Marc Deschamps inspecta les alentours et commanda un hot dog avec un Coca. Léo opta pour un sandwich au thon.

— C'est à votre tour de payer, rappela le policier.

— On mange où ?

— À l'ombre. Suivez-moi.

Ils empruntèrent un sentier qui s'éloignait de l'allée goudronnée. Sous un bosquet se trouvait un cabanon de jardinier. Marc Deschamps poussa la porte après en avoir contrôlé les abords. Une odeur de terreau stagnait. L'endroit était frais. Le policier se posta derrière une fenêtre qui donnait sur le kiosque.

— Roméo et Juliette en position.

Il ne s'adressait pas à Léo mais à des interlocuteurs invisibles. Il portait un émetteur-récepteur dissimulé sous ses cheveux.

— On fait quoi ? demanda Léo.

— On attend.

— Vous croyez qu'elle va venir ?

— Il faut qu'elle se débarrasse du disque dur. Si ce n'est pas maintenant, ce sera ce soir. Si ce n'est pas aujourd'hui, ce sera demain.

Il se redressa soudain, le bout des doigts contre l'oreille.

— Elle arrive. (Puis aux invisibles :) Roméo à Casanova, je l'ai. Quasimodo et Esmeralda, tenez-vous prêts.

Il pointa un doigt.

— Là-bas, la femme en beige avec le chapeau de paille.

Il ajusta ses jumelles.

— Barbarella achète à manger, elle s'installe sur le banc à côté du kiosque. Les touristes à canard, on en est où ?

— Ils bougent, répéta-t-il à l'intention de Léo.

Appareils photo en bandoulière, un couple apparut sur l'allée goudronnée. Ils progressaient lentement et s'arrêtaient de temps à autre pour admirer un arbre ou un massif. À cette distance, Léo ne distinguait pas leurs traits, mais leur taille moyenne et les cheveux noirs et raides qui s'échappaient de la casquette de la fille trahissaient leur origine.

— Plus touristes que ça, tu meurs, maugréa Deschamps. Ils nous prennent vraiment pour des cons.

Un sac en papier sur les genoux, Calistrio mangeait un sandwich en feuilletant un magazine. Le couple la dépassa sans paraître l'avoir remarquée et marcha en direction de la sortie du parc.

— Quoi ? répondit un peu vivement Deschamps. Ben oui, je vois bien, on a dû être repérés. Phoebus, prends le relais dehors !

— Pas sûre qu'ils nous aient repérés, dit Léo sans cesser de surveiller la DRH. Si ça se trouve, c'étaient réellement des touristes.

Calistrio mangeait lentement, jetant de temps à autre un œil indifférent sur les promeneurs qui passaient à proximité. Sitôt son déjeuner achevé, elle consulta sa montre, enfourna la bouteille vide et les emballages dans le sac en papier, le jeta dans une poubelle proche puis se dirigea vers la sortie.

— Barbarella en mouvement. Tous sur elle. La remise se fera ailleurs.

— Non, répliqua Léo. C'est inutile, elle retourne à son bureau. Surveillez la poubelle, c'est là que ça va se passer. Et vous aviez raison, les deux Chinois n'étaient pas des touristes, ils étaient là pour s'assurer qu'elle n'était pas suivie. Vous n'avez pas été repérés.

Marc Deschamps considéra Léo quelques secondes et donna le contrordre.

— On reste sur la poubelle, vous ne la quittez pas des yeux. Le premier qui y met la main, vous le serrez.

Deux trentenaires énamourés s'assirent sur le banc

que venait de quitter Calistrio. Léo tendit le menton vers le couple.

— C'est Casanova et Esmeralda ?

— Qu'est-ce qui vous le fait croire ?

— Leur attitude. Les vrais amoureux sont seuls au monde, ils ne s'intéressent pas à ce qui les entoure.

— Vous avez déjà été amoureuse ?

Surprise par la question, elle tourna la tête vers lui. Le temps où un homme, où Philippe, l'avait couverte d'un tel regard lui paraissait si lointain. Un petit pincement dans le ventre lui rappela une sensation oubliée. Elle se concentra à nouveau sur les abords du kiosque.

— Prévenez vos amoureux, ils vont avoir de la visite.

Un homme qui avait tout l'air d'un SDF avait surgi de nulle part. Il se dirigeait vers la poubelle.

— Roméo à Casanova, le SDF qui arrive. Laissez-le faire, je veux un flag.

Ce fut un beau flag. Marc et Léo accoururent dès que l'homme fut à terre. Au fond de sa poche, on récupéra le disque dur. Des vêtements usés, pas repassés mais propres, des baskets bon marché, l'homme, d'origine européenne, était rasé de près et avait les cheveux bien coupés sous sa casquette chiffonnée. Il criait et s'insurgeait contre son interpellation.

Léo se pencha vers Deschamps.

— Je ne peux pas vous accompagner, j'ai un rendez-vous, mais si vous voulez gagner du temps, conduisez-le chez un dentiste pour un bilan.

Le policier ne voyait pas où Léo voulait en venir.

— Ses implants ! Il en a pour une fortune dans la bouche. Voyez comment il les a payés. Et pour Calistrio, vous faites quoi ?

— J'envoie une équipe la récupérer.

Dans un premier temps, elle avait patienté à l'ombre d'un mur mais la chaleur était telle qu'elle avait rapidement renoncé et avait attendu dans sa voiture, climatisation à fond. De l'autre côté de l'enceinte, la température dans les bâtiments aux fenêtres grillagées devait être intolérable. Karl apprécierait la fraîcheur de l'habitacle.

La porte s'ouvrit sur une silhouette en veste et pantalon sombres, un sac-poubelle à la main, puis claqua dans son dos. L'homme resta planté là, tournant la tête à droite puis à gauche. Karl. Elle ne l'avait pas reconnu. L'impression qu'il avait rapetissé. Léo s'éjecta de son siège et courut à sa rencontre, les bras tendus.

— Karl ! Karl !

Elle le serra.

— Mon Dieu, Karl. Enfin tu es sorti. Tu m'as tellement manqué.

Des soubresauts agitèrent le corps de son ami dont elle pouvait sentit les côtes. Léo crut qu'il riait. Elle se détacha de lui, chercha son regard sous les cheveux épars collés sur son front. Des larmes dévalaient la peau terne mangée par des rougeurs et des croûtes jaunâtres. Elle ramassa le sac-poubelle et lui prit le bras.

— On rentre à la maison.

Dans l'agglomération, Karl baissa la vitre, provoquant une remontée de température d'une bonne quinzaine de degrés. Le visage tourné vers l'extérieur, il huma l'air comme un chien à la recherche d'odeurs familières. De la sueur se mit à couler sous les aisselles de Léo mais elle ne protesta pas. Il remonta la vitre et observa les gens sur les trottoirs, dans les magasins, dans les voitures. À un feu, il s'attarda sur un berger allemand qui trottinait à côté de son maître.

— Tu as déjà eu des animaux ? demanda-t-il sans quitter le chien des yeux.

— Petite, jamais. Valériane détestait les animaux. Plus tard avec Philippe, on a souhaité un chat, mais on n'a jamais pu s'entendre sur l'emplacement de sa caisse. Alors…

— Moi, je peux la mettre dans le petit cagibi avec les balais.

Léo s'engagea dans une impasse et stoppa dans la cour d'un magasin de vêtements. Karl fronça les sourcils, contrarié.

— On fait quoi ?

— On t'habille. Je ne veux plus te voir avec ces frusques. Teddy va s'occuper de toi, il est prévenu et t'a réservé un coin tranquille du magasin.

Teddy avait le visage rond, les oreilles décollées et le poil dru et brun. Il accourut dès qu'ils franchirent la porte de l'arrière-boutique restée ouverte. Sur un coin de bureau, un plateau avec de l'eau, des jus de fruits, des glaçons et une bouteille de champagne dans un manchon glacé. Une cabine en toile avait été aménagée, Léo la désigna à Karl.

— Tu vires tout ce que t'as sur le dos. Il y a des sous-vêtements sur le tabouret.

Karl s'exécuta sans broncher tandis que Teddy, un mètre-ruban autour du cou, servait de grands verres de jus de fruits. Léo ouvrit la bouteille de champagne et remplit les coupes. Elle en tendit une à Karl lorsqu'il sortit de la cabine en caleçon et marcel. Un haut-le-cœur la saisit : des plaques rouges à l'aspect granuleux s'étiraient entre les hématomes jaunes et violets et des cicatrices récentes. Elle ne fit pas de commentaire, Teddy non plus. Tous trois levèrent leur coupe et trinquèrent.

— À ton retour, Karl, dit Léo avec tendresse. À ton retour, mon ami.

En professionnel, Teddy ne se laissa pas gagner par l'émotion et papillonna autour de Karl, lui mesurant le tour du cou, de la tête, la taille, la longueur des jambes, puis il disparut avec des « bien, bien, bien ».

Elle considéra les marques sur le corps de Karl.

— Le Dr Blachon passera ce soir.

— J'ai vu un toubib hier.

— Eh bien, tu en verras un autre tout à l'heure.

Le vendeur revint en poussant un portique où étaient suspendus des chemises, des pantalons, des vestes et des polos. Et la séance démarra, orchestrée par un Teddy virevoltant et très avisé.

Docile, Karl se prêta au jeu des essayages sans rechigner, laissant souvent à Léo l'initiative du choix du modèle et de la couleur, comme une épouse indéboulonnable qui habille son mari depuis son extraction du nid maternel.

Teddy déposa sur la banquette arrière de la voiture les boîtes de vêtements qui ne nécessitaient pas de retouches pendant que Karl, en pantalon de lin et polo crème, panama sur la tête, vérifiait une dernière fois son image dans le miroir. La métamorphose était confondante, il paraissait moins voûté et en meilleure forme.

La concierge guettait leur retour. Léo l'avait briefée et surtout grassement rétribuée. Karl n'était pas un vulgaire repris de justice qui allait rabaisser le standing de l'immeuble mais un Monsieur victime d'une effroyable erreur judiciaire pour qui on ne ménagerait pas ses efforts. Amabilité et disponibilité seraient au cœur de leurs échanges à venir.

Tout sourire, elle sortit de sa loge.

— Bonjour Monsieur Saint-Léger. On est très contents de vous revoir. Croyez bien.

Avec l'air d'une conspiratrice, elle se tourna vers Léo.

— J'ai tout fait comme vous m'avez dit, Madame. À la lettre. Mais c'est vous qui jugez.

Dans l'ascenseur, Karl scrutait Léo d'un œil interrogateur. Le champagne avait coloré ses joues.

— Tu l'as menacée avec un flingue ? Je ne l'ai jamais vue aussi aimable.

— Non, juste payée. Tu sais, l'amabilité des concierges tient souvent aux étrennes et à l'attention que tu leur portes. À la rentrée, son aîné entre en fac de médecine, j'aimerais que tu me tiennes au courant.

— Elle a un fils aussi grand ?

— Il est surtout très brillant. Il a eu son bac S avec mention très bien alors qu'ils vivent à quatre dans une loge de trente mètres carrés. Ça m'impressionne.

Une odeur de javel et de cire imprégnait l'appartement. Les vitres et les miroirs étincelaient, les surfaces boisées brillaient. Les torchons repassés étaient accrochés près de l'évier, les draps sentaient le frais. Une tornade de propre avait submergé les lieux jusque dans les moindres recoins. Léo n'était pas sûre que cela dure très longtemps, Karl était loin d'être maniaque, il s'agissait juste d'estomper les images et les odeurs de l'endroit qu'il venait de quitter.

Une corbeille de fruits de saison occupait le centre de la table couverte d'une nappe cirée aux motifs provençaux, le réfrigérateur était plein, les placards nettoyés et les boîtes périmées jetées, remplacées par des paquets neufs bien alignés.

Karl ramassa un abricot dans la corbeille, le sentit puis le reposa avec délicatesse. En silence, il parcourut lentement l'appartement, ouvrit une porte, effleura un linge, le renifla, caressa un bibelot, ouvrit un livre. Léo le suivait, attentive. Il finit par se tourner vers elle, les yeux noyés de larmes.

— Je… tu…

Léo le prit dans ses bras et le berça contre son cœur.

— Tu es de retour chez toi, mon ami. Tout va bien, maintenant, tout va bien…

La première chose que souhaitait Karl était un bain. Léo le fit couler pendant qu'il se déshabillait dans la chambre. Quand elle le rejoignit, il avait soigneusement plié ses habits sur une chaise, chose qu'elle ne l'avait jamais vu faire. Le torse creusé, il paraissait bien frêle dans son peignoir. Léo consulta sa montre.

— Le Dr Blachon sera là dans trois quarts d'heure, tu as le temps.

Quand le bruit d'eau indiqua que Karl se glissait

dans son bain, Léo appela la concierge pour la remercier puis se réfugia dans la cuisine. Elle vérifia la qualité des bavettes et prépara une salade de concombres et de tomates, fit chauffer des pommes de terre surgelées cuites dans de la graisse d'oie. Une odeur persillée chassa celle de la javel. Comme Karl n'était toujours pas réapparu, elle déballa les sacs et rangea les vêtements neufs dans la penderie et sur les étagères.

Il y avait maintenant près de cinquante minutes que Karl était dans la baignoire. Devant la porte de la salle de bains, elle tendit l'oreille. Aucun bruit, pas même le clapotis de l'eau. Elle frappa deux coups discrets. Rien. Elle appela et tapa plus fort. N'obtenant pas davantage de réponse, elle ouvrit la porte. Le corps en partie dissimulé par des îlots de mousse, Karl était enfoncé sous l'eau, immobile. Elle hurla son nom et plongea les bras jusqu'aux épaules pour lui sortir la tête. Il ouvrit les yeux, la bouche et battit l'air de ses bras et de ses jambes, crachant et toussant. Des vagues d'eau se déversèrent sur le carrelage. Il se redressa en criant.

— Bordel de merde, Léo, qu'est-ce que tu fous ?

— J'ai cru…

— Quoi ? T'as cru quoi ?

Assis dans l'eau, il la fixait sans comprendre.

— Tu avais la tête sous l'eau et…

— Et tu as cru que je voulais me noyer. Non, Léo. Non. Si je devais me suicider, ça ne serait certainement pas de cette façon. Je voulais juste écouter le bruit de l'eau.

Il se mit à rire.

— Si tu savais comme c'est bon de prendre un bain, tu n'en as pas idée. Allez, va chercher une serpillière avant que ça coule chez les voisins.

Le médecin sonna au moment où Léo sortait de la salle de bains après avoir épongé. Elle l'accompagna au salon et en profita pour lui parler de Karl, des plaques sur son corps, de son amaigrissement, de sa trithérapie, de la nécessité d'effectuer des analyses, peut-être de songer à l'hospitaliser pour un check-up et vérifier si…

Il l'interrompit d'un geste de la main.

— Vous êtes docteur en médecine, Éléonore ?

— Non. Pas en médecine.

Elle s'excusa, demanda à quel moment ils sauraient s'il avait été infecté par le VIH. Le médecin ne lui répondit pas, Karl entrait dans le salon.

— Méfiez-vous, docteur, cette femme est dangereuse. Elle vient d'essayer de me noyer.

Sur la table de la cuisine, Léo avait mis le couvert et des photophores. Le jour déclinait et ce moment très particulier entre chien et loup nimbait d'un voile doré les flammes des petites bougies blanches. Le médecin était resté une heure et vingt minutes. Karl avait remis son polo neuf, laissant flotter ses jambes dans un short trop grand. Léo lui servit un verre de vin blanc frais. Il ferma les yeux et le huma.

— J'ai cru que plus jamais je ne sentirais autre chose que la merde, la transpiration ou la crasse. Même ma propre odeur, je ne la supportais plus. Je ne sais pas comment sont les prisons au Pakistan, au Gabon ou en Égypte, mais je peux t'assurer qu'on n'a pas de leçons à leur donner.

— Pour tes plaques, il a dit quoi le médecin ?

— C'est de l'eczéma. Il m'a donné une crème mais selon lui, l'exposition à l'air et au soleil sera le meilleur remède.

— Alors tu devrais vite guérir. On n'a pas vu un jour de pluie depuis deux mois.

— Soixante-six jours, rectifia Karl. Tu crois que les chats supportent la chaleur ?

Léo servit la salade, il la tripatouilla un moment avec sa fourchette. Léo s'inquiéta.

— Tu n'aimes plus les concombres ?

— Si, mais c'est beau, dit-il en salivant. C'est beau et c'est frais.

Le repas fut presque joyeux et le vin n'y était pas étranger. Karl évoqua la prison à plusieurs reprises, à travers des détails du quotidien, comiques ou sordides. Léo lui parla d'I3S, des dossiers en cours, de l'embauche de Jeanne, de son père, de Marlène Berger.

Son téléphone vibra au moment où ils terminaient leur sorbet citron framboise. Justine. Léo décrocha.

— Léo, tu es avec Karl ?

Elle paraissait essoufflée. En fond, des sirènes de police, très proches.

— On finit de dîner. Un problème ?

— Un AVP[1], quai de Bercy. Une voiture a percuté un pilier.

— On t'a mutée à la circulation ?

— J'ai les papiers de la victime, il semblerait que ce soit Belinda Saint-Léger.

— Comment ça, il semblerait ?

— Son visage est en bouillie, impossible de l'identifier. T'aurais pas un signe particulier ?

— Elle est blonde.

— Il y a un million de blondes dans Paris.

Léo jetait des regards obliques vers Karl qui tentait de décrypter la conversation.

— Je demande à Karl.

1. Accident de voie publique.

Léo expliqua. Pour toute réaction, il eut un simple haussement de sourcils.

— Elle a une tête de serpent tatouée sur le pubis. Ça doit être visible parce qu'elle s'épile entièrement. Enfin, c'était encore le cas il y a… six ans.

Léo répéta à Justine.

— Un instant, Léo, je vais le dire au médecin du SAMU.

En fond sonore, des ordres brefs, des coups de klaxon impatients, des cris. Justine reprit la conversation.

— Il n'y a pas de doute, j'ai vu la tête de serpent. Il s'agit bien de Belinda Saint-Léger, décédée à 23 h 08. Désolée, Léo, je suis désolée pour Karl. Je te rappelle.

— Attends, Justine, ça s'est passé où ?

Une chaleur sèche s'engouffrait dans l'habitacle par la vitre ouverte de Karl, qui, coude sur la portière et panama sur la tête, se laissait captiver par les noctambules.

Au loin, des flashs bleutés hachaient la nuit à la hauteur du pont National. Les voitures roulaient au pas, contenues par les policiers et les panneaux clignotants qui signalaient un accident. Léo bifurqua dans une rue perpendiculaire et se gara à cheval sur un trottoir.

Derrière un ruban jaune, quelques badauds observaient les secours s'activer. Le camion du SAMU s'éloignait lentement. La BMW, encastrée contre un pilier, avait été désossée par les pompiers et il était difficile d'apprécier ce qui relevait de l'impact ou de la désincarcération. Restait une certitude, le choc avait été effroyable.

— Elle devait rouler à cent cinquante, commenta froidement Karl. La nuit, dès que la circulation le permettait, elle roulait comme une folle, surtout sur cet axe.

— Elle le prenait souvent ?

— Toujours. Moi je préférais passer par Daumesnil. Pas Belinda, elle passait toujours de ce côté, juste pour faire des pointes. Qu'est-ce qu'on a pu s'engueuler à cause de la vitesse. J'avais même fini par refuser de monter dans sa voiture. Complètement allumée. Et voilà le résultat.

— C'est pas de sa faute ! zézaya une voix fluette.

Léo et Karl tournèrent la tête vers une petite dame appuyée sur un cabas à roulettes plein de sacs en plastique. Elle leur offrit un sourire édenté.

— C'est pas de sa faute. C'est à cause de la lumière.

— Quelle lumière ? demanda Léo.

La petite dame ferma la paume de sa main et l'ouvrit soudainement.

— C'était comme une… comme un, comme un flash, mais très fort.

Elle s'énervait de ne pouvoir trouver les mots pour traduire sa pensée.

— C'était une lumière blanche très forte. Mais alors très très forte, comme un éclair. Et après, BANG ! Dans le mur. J'ai surtout entendu le bruit parce que j'avais plein de petits points blancs dans les yeux à cause du flash.

— Il venait d'où, ce flash ?

La petite dame tendit un index vers le pont.

— De là-haut, là où il y a l'espèce de cabane.

Un abri de chantier sur le pont où des travaux étaient en cours. Léo se pencha.

— Vous l'avez dit au policier ?

— Oui, mais il s'en fout. Il m'a dit de circuler.

— Où habitez-vous ?

Elle fit un geste vague.

— Par là…

Léo sortit un billet de vingt euros et lui glissa dans la main.

— Moi, je ne m'en fous pas. Merci Madame. La journée, on peut vous trouver où ?

Elle refit le même geste.

— Par là…

Justine discutait avec un policier qui prenait des mesures sur la chaussée. Léo et Karl franchirent le cordon, un gardien de la paix les rattrapa pour les empêcher d'aller plus loin.

— La victime est l'ex-femme de Monsieur, répliqua Léo avec autorité, et je connais le capitaine Maîtrepierre, continua-t-elle en agitant les doigts en direction de Justine qui les avait aperçus.

Elle les rejoignit.

— Vraiment heureuse de te revoir, Karl. Je regrette que ce premier jour de sortie soit si tragique. Vraiment. Mais nom de Dieu, elle conduisait sacrément vite. Pas besoin d'être un expert, il suffit de voir les traces de freinage. En plus, elle roulait sans permis. Son dernier point avait été sucré au printemps.

— Il y a des témoins ? demanda Léo.

— Un taxi. Enfin, son client pour être plus précis, un commercial qui rentrait d'une soirée un peu arrosée. Mais son témoignage n'est pas cohérent.

— Parce qu'il t'a parlé d'une lumière blanche ?

Justine ne cacha pas sa stupéfaction.

— Comment tu sais ça, toi ?

— Un autre témoin. La dame, là-bas, avec le cabas à roulettes. Elle dit avoir été éblouie par un flash puissant.

— Elle est morte en princesse, dit Karl qui n'avait pas encore ouvert la bouche, l'esprit un peu ailleurs.

— En princesse ?

Justine, elle, avait saisi l'allusion.

— Comme Lady Diana !

— C'est-à-dire...

— Éblouissement du chauffeur causé par un appareil incapacitant sur une cible réputée conduire à grande vitesse et ce, afin de provoquer un accident fatal, récita Justine d'une traite.

Un bourdonnement satura quelques secondes les tympans de Léo tandis qu'une impression de déjà-vu l'envahissait, sournoise.

— Belinda m'a appelée ce matin, elle avait l'air inquiète. On devait se voir demain. C'est elle qui m'a donné l'info pour le bordel avec les enfants.

Justine composa un numéro sur son portable.

— Lolo, c'est Justine. Rappelle le client du taxi pour qu'il vienne déposer... oui, maintenant... eh bien non, il n'était peut-être pas si bourré quand il a parlé de flash au magnésium... À tout de suite.

Justine leva le nez vers le pont.

— Il serait parti d'où, ce flash ?

Il était presque 2 heures quand Léo raccompagna Karl. Distrait par la balade nocturne, il avait tout du touriste qui découvrait la capitale. Il s'extasiait, commentait, se retournait sur les gens ou les voitures, nullement affecté par la mort de son ex-femme.

Avec une jouissance non feinte, il se glissa dans les draps et les renifla avec volupté. Assise au bord du lit, Léo tentait de deviner ce que Belinda ne lui dirait jamais, analysant chacun de ses mots pour en trouver le sens caché.

— C'est tout simplement une histoire de cul, coupa

Karl, ne te prends pas le chou. Un homme qui a des couilles lui a réglé son compte. Faut pas aller chercher plus loin.

Bras et jambes écartés au milieu du lit, il contemplait le plafond.

— Si tous ses amants viennent à l'enterrement, il va y avoir du monde. De toute façon, je ne les verrai pas.

— Si Karl, tu les verras. Pour Célia.

Karl se rembrunit.

— Quand je pense que ma fille a préféré croire sa mère.

— Elle est venue te voir en prison.

— Oui, elle est venue. Mais elle a cru sa mère. Elle a cru que j'étais capable de toutes ces saloperies. Même toi Léo, tu y as cru.

— Oui, quand j'ai vu les photos. Mais au parloir, quand tu m'as dit que tout était monté, fabriqué, je t'ai soutenu dès la première minute, Karl.

Il cessa de lisser le drap avec le dos de sa main et fixa Léo, l'air grave.

— Si tu ne m'avais pas sorti de là, je l'aurais fait à ma façon avant la fin de la semaine, je te jure. Merci Léo.

La concierge astiquait les vitres du hall, elle agita son chiffon quand elle aperçut Léo.

— Ah ! Madame de Coursange, j'ai quelque chose pour vous. Un jeune est passé tout à l'heure.

— Il a laissé son nom ?

Elle entra dans la loge puis en ressortit aussitôt avec deux journaux.

— Non, il a dit que vous comprendriez.

Libération et *L'Humanité*. Nicolas les avait laissés. Leur une rapportait la même information. « Quand le Bureau 610 traque les dissidents chinois sur le sol français. » Les locataires de la réserve du restaurant kurde allaient se reconnaître sans hésitation, leur photo s'affichait en première page. Léo sourit en pensant à l'agitation qui devait régner à cette heure-ci à l'ambassade de Chine. Elle appela Ziang.

— Ziang, je vous apporte le journal.

Il se mit à rire.

— Hier soir, j'ai eu les infos en live. Il suffisait de regarder par la fenêtre.

— Vous ne m'avez pas appelée ?

— Vous étiez avec Karl. Et puis Shakila était là.

— Personne ne vous a vus ?

— Ne vous inquiétez pas, on a tout suivi du deuxième étage. Ils ont même eu droit à la télé, leur déménagement a été entièrement filmé. Montre en main, quatre minutes quarante, dit-il entre deux salves de rire. Si vous les aviez vus cavaler et tout jeter en vrac dans la voiture. Aucun respect pour le matériel.

Ziang recouvra son sérieux.

— Je vous remercie, Léo. Merci beaucoup.

— Pendant quelque temps encore, on va la jouer profil bas. Attendez avant de mettre le nez dehors, attendez qu'on arrive.

À peine avait-elle raccroché que son téléphone vibra. Numéro inconnu. Elle décrocha.

— Bien joué, Léo !

Il lui fallut trois secondes pour identifier la voix de Gerbod.

— Pardon ?

— Oui, c'est ça, prends-moi pour un con. Toute cette histoire ! Tu sais très bien qu'on aurait pu la gérer différemment.

— Et comment, je te prie ?

— Tu m'appelais, nom de Dieu ! J'envoyais une équipe là-bas, je me fendais d'un appel à l'ambassade de Chine et l'affaire était réglée. Les médias ne s'en mêlaient surtout pas.

Léo avait du mal à croire que Gerbod ignorait la planque du Bureau 610 en face d'I3S, mais elle joua son jeu.

— Ton incompétence me sidère, Gerbod. Tu n'es même pas en mesure de contrôler les agents chinois qui opèrent sur ton territoire ? Toutes mes félicitations.

— Je n'ai pas les moyens de mettre un homme derrière chaque Chinois. On n'a pas les effectifs.

— Ce n'est qu'une affaire de priorité. En ce qui me concerne, la mienne était de protéger mon analyste. C'est tout. Si tu avais fait ton travail, il n'y aurait pas eu d'incident diplomatique.

— Je te préviens, Léo. Que Ziang fasse quoi que ce soit d'illégal et je le mettrai personnellement dans l'avion d'Air China. Tu as bien compris ?

Léo avait compris mais elle n'eut pas le loisir de le lui dire car il avait raccroché. Sa menace avait fait mouche, Léo se demandait si elle avait suffisamment réfléchi aux conséquences d'une telle stratégie. Le Bureau 610 ne serait plus une menace mais il fallait maintenant compter avec le chef des services de renseignement français.

Dès son arrivée à I3S, elle s'empressa de relater sa conversation avec Gerbod. Encore sous l'excitation du tour joué aux Chinois, Ziang ne prêta qu'une attention distraite aux recommandations de Léo qui dut se fâcher.

— Que les choses soient bien claires, Ziang. Pas un pas de travers, pas même une traversée en dehors des clous, nous sommes bien d'accord ?

Les petits yeux bruns malicieux derrière les lunettes rondes évaluèrent les propos et leur clignement laissa supposer que la chose avait été entendue.

En milieu de matinée, Léo appela Karl qui trempait dans un bain tiède. Entendre sa voix au téléphone la transporta de joie.

— Tu fais quoi ?

— Je me suis fait griller du pain, j'avais oublié l'odeur. Tout à l'heure, j'appellerai à l'hôpital pour un rendez-vous, le Dr Blachon a prescrit des analyses, des contrôles. Je dois y rester trois jours, ça m'angoisse un peu d'être à nouveau enfermé.

— Il n'y aura pas de barreaux aux fenêtres et tu pourras circuler dans les couloirs.

— C'est ce que m'a dit Blachon. Je passerai ensuite vous voir à Montreuil.

— Tu prends la ligne 9 et tu descends à Croix-de-Chavaux.

— J'irai à pied, j'ai envie de marcher.

Léo se retint de le mettre en garde contre la chaleur, contre la longue marche. Karl était un grand garçon. Elle lui rappela juste de ne pas oublier son chapeau et une bouteille d'eau. Puis, étonnée de ne pas avoir eu de nouvelles de Justine, elle l'appela.

— Bonjour Justine. Ton témoin a confirmé ?

— Oui, si on veut. En fait, il ne se souvient pas de grand-chose. Juste d'une lumière blanche. Mais comme il avait pas mal picolé, il a probablement été ébloui par des phares de voiture. La thèse de l'assassinat n'est pas retenue, on en reste à celle de l'accident avec défaut de permis et conduite excessive sous l'emprise de l'alcool.

— Combien ?

— 0,58 gramme.

— C'est à peine deux coupes de champagne. Il lui fallait deux bouteilles pour commencer à être ivre.

— Ton point de vue n'est pas forcément celui des règlements en vigueur.

Le ton était distant, presque déplaisant et très éloigné de celui employé habituellement. Des voyants rouges s'allumèrent dans la tête de Léo tandis que Justine continuait avec nonchalance.

— Bref, continua Justine, pour nous c'est une affaire classée et on passe à autre chose. Au fait, je peux te rapporter ton couscoussier ? Il encombre chez moi. Ce soir, ça te va ?

— Oui, passe, il y aura certainement Karl.

— C'est moi qui régale, j'apporte du chinois.

Léo pensa au Bureau 610 et faillit lui dire qu'elle s'occupait du repas mais elle se retint : la composition du menu n'était pas sa préoccupation première, elle n'avait jamais eu de couscoussier.

Son téléphone sécurisé sonna. Jeanne.

— Bonjour Léo, je viens de lire *l'Huma*. Félicitez Ziang pour moi.

— Merci à vous, Jeanne, sans vous, ils seraient encore en face, à nous espionner au téléobjectif. C'est réconfortant de vous avoir dans notre équipe.

Elles parlèrent un moment du retour de Karl, puis Jeanne lui fit un compte rendu de l'avancée de ses recherches sur Marlène Berger, qu'elles avaient surnommée Rosamund.

— Rosamund est une femme d'habitudes, réglée comme un métronome. À chaque déplacement à l'étranger, je parle de l'Europe, d'ailleurs elle ne voyage qu'en Europe, elle descend systématiquement dans le même hôtel, fréquente le même restaurant, qui est généralement celui de l'hôtel, et… visite toujours le même musée. Le Pergame à Berlin, le musée des Beaux-Arts à Vienne, le musée d'Histoire naturelle à Berne. Idem pour Prague, Varsovie et Sofia. Elle arrive toujours la veille de la conférence et achète son billet dans ces musées le lendemain autour de 15 heures.

Léo s'étonna que Jeanne ait pu la suivre à la trace.

— Elle règle par carte ?

— Oui, mais avec une carte qui n'est pas nominative. Les Suisses proposent ce type de service à leurs clients. Elle n'est identifiable que par son numéro et est par conséquent parfaitement anonyme. Enfin, en principe, parce qu'il y a toujours quelque part un fichier qui recense les données.

— Et vous avez accès à ce fichier ? Votre carnet d'adresses doit être impressionnant.

— Je fais surtout appel à des employés obscurs et sans grade, ce sont eux les gardiens de l'information. Cela dit, je n'ai pu suivre que la piste bancaire, je n'en ai pas d'autres.

— C'est une très bonne piste, Jeanne, qui prouve qu'à chacun de ses voyages, elle rencontrait son contact dans un musée, le lendemain de la conférence vers 15 heures. Ils n'avaient même pas besoin de prendre des risques en confirmant leur rendez-vous, le contact n'avait qu'à lire la presse spécialisée annonçant la conférence. Le double jeu de Rosamund ne fait aucun doute. On doit maintenant trouver le service de renseignement auquel elle appartient même si le SVR paraît le mieux placé.

Désolée, Jeanne lui avoua que ses recherches ne lui avaient pas permis de le savoir.

— Ne vous tracassez pas, Jeanne, on finira par en avoir la confirmation.

Léo songea qu'elle aurait pu en parler à Eitan, mais c'était prématuré. Si le destin de Roxane était lié à celui de Marlène Berger, Léo ne devait pas encore abattre sa carte Rosamund, même si elle pensait que son ange gardien l'avait vue entrer rue du Pont-aux-Choux. Valériane pourrait peut-être lui en dire davantage.

Assise dans un fauteuil face à la fenêtre, Valériane fixait la cime des grands arbres du parc. Comme un chaperon qui veille au grain, la potence de perfusion dominait la silhouette tassée. Sans se retourner, Valériane demanda :

— Il fait combien dehors ?

— On en est déjà à 25°.

— À l'ombre, ce doit être agréable.

— Tu veux faire un tour dans le parc ?

— Qu'est-ce que tu racontes ! Pas coiffée, pas habillée, je vais aller m'exhiber ! Et puis je n'ai pas envie de croiser tous ces vieux machins en train d'agoniser.

Léo ouvrit la bouche pour lui dire que Karl était libre mais se ravisa, certaine que Valériane allait accueillir la nouvelle avec une réflexion fielleuse.

— J'en sais maintenant un peu plus sur Marlène Berger.

Impassible, Valériane suivait un couple de colombes autour des arbres. Le silence et l'indifférence simulée avaient toujours été ses armes de prédilection. Les bras croisés sur la poitrine, Léo s'adossa contre la fenêtre pour voir son visage.

— Depuis quand savais-tu que Marlène Berger était son coupe-circuit ?

— Depuis le jour où il lui a remis le premier document classifié. C'était il y a presque vingt-quatre ans.

— Roxane avait quelques mois.

— Et elle était vivante.

— Vous le saviez comment ?

— Ton père avait des preuves de vie.

Un coup de poing dans le ventre n'aurait pas eu plus d'effet sur Léo qui se mit à respirer bruyamment, la main sur la poitrine. Valériane s'agaça.

— Un peu de retenue, ma fille, et cesse de te donner en spectacle. C'est indécent !

La réflexion de sa mère l'électrisa, sa douleur se mua en rage froide, assassine, l'envie de lui attraper le cou et de le tordre. Des larmes de colère mouillèrent ses cils, elle les essuya.

— Tu sais quoi, Valériane ? ricana-t-elle, reconnaissant à peine sa voix. Je suis en train de me faire violence pour ne pas t'étrangler et tu ne peux pas t'imaginer à quel point.

— Mais je t'en prie, répondit Valériane sans sourciller, ne te gêne pas. Tu me rendrais un grand service, tu sais…

Valériane actionna la pompe à morphine. Elle souffrait mais n'en laissait rien paraître. Léo reprit lentement, poings fermés pour maîtriser les tremblements de ses mains.

— Que sont devenues ces preuves de vie ?

— L'Allemande les conservait.

— Qu'est-ce qui prouvait qu'il s'agissait bien de Roxane ?

— Je te rappelle que ton père a passé un mois avec vous aux États-Unis quand elle est née. Toi tu avais repris ton travail et c'est lui qui s'en occupait. Il l'a changée, baignée, nourrie, promenée pendant trente jours. C'était d'ailleurs la première fois qu'il prenait autant de vacances. Même avec toi, il ne s'est jamais comporté de cette façon. Il a toujours laissé les bonnes s'en charger.

Rien n'était jamais assez déplacé aux yeux de Valériane pour rappeler à quel point sa grossesse puis la naissance de Léo n'avait été qu'un contretemps dans sa vie bien remplie. Léo ignora la remarque et se concentra sur le sujet qui la préoccupait.

— De quand datent les dernières preuves ?

— Il a eu la dernière il y a trois ou quatre ans je crois.

— Pourtant, il ne fournissait plus aucun document.

— On va dire que c'était du service après-vente…

Léo se pencha lentement vers Valériane et lui saisit le menton pour la contraindre à la regarder droit dans les yeux. À voix basse, elle articula des mots sortis du ventre.

— Je vais te dire une chose, ma chère Maman, une chose qui me tient à cœur depuis longtemps. J'en avais d'ailleurs parlé à Papa juste avant son arrestation et je vais te le dire parce que ça va me faire un bien fou : tu n'es qu'une salope, une immonde salope. Il n'aurait pas été convenable que tu quittes ce monde sans l'entendre de ma propre bouche. Et sans présumer de ses intentions, je crois que mon père se joint à cette déclaration.

Léo scruta encore quelques secondes le regard vitreux de Valériane dans l'attente d'une réaction.

Elle en eut une seule, celle d'activer la pompe à morphine. Léo se redressa et se tourna vers le parc. Assis sur les bancs, quelques patients profitaient de l'ombre des grands arbres, deux infirmières couraient dans l'allée.

— Comment avez-vous pu me mentir pendant toutes ces années, me dissimuler que ma fille était en vie ? Comment avez-vous pu ? Toi encore, t'es capable de tout. Mais Papa…

— Ton père craignait que tu n'entreprennes quelque chose. Préserver Roxane était sa seule préoccupation, même à ce prix-là…

— Philippe savait pour Roxane ?

— Oui, ton père le lui a dit. C'est pour cette raison qu'il n'a rien révélé.

Philippe savait lui aussi. Léo se souvint de ce dîner chez Marithé où elle avait versé des larmes dans le pot-au-feu au soir du vingt-deuxième anniversaire de Roxane. Comment avait-il pu garder le silence ? Pour toute réponse s'imposa son corps désarticulé sur les pavés de la cour.

— Qui a commandité l'exécution de Philippe ? Toi ? Gerbod ?

Muette, Valériane fixait le ciel. Léo insista.

— Les médecins disent que tu ne verras pas cette année s'achever. Qu'est-ce qui t'empêche de parler ? Tu veux que tes secrets appartiennent à l'éternité ? Ils vont brûler en enfer avec toi.

Elle avait attendu que Valériane ait un genou à terre, la nuque offerte, pour employer les mêmes armes. Le procédé était contestable mais efficace. Valériane jeta son glaive.

— Le Groupe des opérations spéciales a pris sa

décision et le Grand Conseil, auquel j'appartiens, n'a aucun pouvoir sur lui.

— De quoi parles-tu ? Quel groupe ?

— Le GOS. C'est en quelque sorte le bras armé de l'Institut européen.

— Qui le dirige ?

— Gerbod.

— Donc Gerbod a commandité l'assassinat de mon mari ?

— C'était une décision collégiale. Pour ou contre, il ne pouvait pas s'y opposer. Ton mari allait réduire à néant des années de travail, des milliards d'euros d'investissement, il n'était pas question que l'Institut européen soit mis en danger. Et c'était valable pour toi aussi, ta mission aurait dû s'achever avec l'échec de la tentative de contrôle d'Aristee par la Chine. Tu étais mandatée pour ça et seulement ça. Tu avais fourni un excellent travail mais il a fallu que tu mettes ton nez dans les affaires des grands. Toute petite déjà, tu avais ce côté fouine. Combien de fois je t'ai surprise l'oreille contre la porte à écouter les conversations des adultes ? C'était plus fort que toi !

Valériane serra les mâchoires et baissa un instant les paupières comme pour reprendre le contrôle sur sa douleur.

— L'Institut européen porte de grands desseins…

— Comme celui de nourrir tous les affamés de la planète. Ne me dis pas que ça te préoccupe, j'aurais du mal à te croire. Qu'est-ce qui t'a motivée, toi, Valériane de Coursange ? L'argent ? Le pouvoir ?

Valériane gardait les lèvres serrées. Léo n'aurait pas de réponse.

— Parle-moi du Grand Conseil. Qui le compose ?

— Les membres fondateurs.

— Lesquels ?

— Je ne peux pas t'en parler.

— Gerbod en fait partie ?

— Seulement comme membre consultatif.

Valériane prit appui sur les accoudoirs pour se relever. La conversation était close.

— Aide-moi à me coucher et appelle l'infirmière, je te prie. Appelle-la tout de suite.

Pliée en deux comme un vieux cartable usé, Valériane râlait, les bras autour du ventre, le menton dans sa chemise de nuit.

Elle avait fini par trouver une place du côté de République où elle abandonna avec regret l'habitacle climatisé. Les particules de diesel semblaient s'être agglomérées dans la ville étouffante. Les arbres souffraient et leurs feuilles se recroquevillaient comme des mains qui laissaient filer les rayons brûlants entre leurs doigts crochus. Depuis le début du mois de juin, Léo ne quittait plus ses chapeaux et ses solaires, écrans dérisoires en un début d'été que tous les spécialistes s'accordaient à prévoir comme le plus chaud depuis le premier relevé des températures. Les conseils pour protéger les enfants, les personnes âgées et fragiles se répandaient dans tous les médias à coups d'annonces tonitruantes et parfois infantilisantes, occultant les autres problèmes qui ne relevaient pas de la météo. Léo appela Eitan pour rendre compte de son rendez-vous avec Gilles Damais. L'Israélien paraissait plutôt satisfait.

— Votre arrestation était une option envisagée.

— C'est aimable de me le révéler seulement maintenant.

— Mais sa probabilité était négligeable.

Le nez levé vers les fenêtres, Léo mit quelques secondes à comprendre la raison de leur nudité. L'appartement était vide, Marlène Berger avait déménagé. Elle s'y reprit à deux fois pour composer son numéro. Un message annonça qu'il n'était plus en service. Dans la turbulence de ses pensées, l'une s'imposa, plus distincte. L'espoir de découvrir enfin les preuves de vie de sa fille s'était envolé avec les doubles rideaux des fenêtres. Des coups de marteau résonnaient dans l'immeuble. Elle traversa la rue et scruta l'intérieur du magasin d'antiquités. Au fond de la boutique, une lampe était allumée. Un carillon aux notes cristallines annonça son entrée. Les coups de marteau cessèrent et un homme à la moustache blanche surgit de derrière un paravent chinois en laque noire égayée par des cerisiers en fleur. Léo tendit l'index vers le plafond.

— Bonjour Monsieur, votre voisine du dessus est partie ?

— Ma locataire, oui, l'appartement est à louer.

— Elle est partie quand ?

— Hier. Vous la connaissiez ?

— Je suis professeur à Sciences-Po avec elle, on ne m'a pas dit qu'elle déménageait. Vous avez sa nouvelle adresse ?

— Non.

— Elle vous a dit pourquoi elle partait ?

— Son père est malade, je crois, et elle doit s'occuper de sa mère.

— Elle est donc repartie pour Berlin ?

— Je ne peux pas vous dire. Elle est venue cinq

minutes au magasin, elle a payé ses trois mois de dédit puis elle est partie.

— Elle a payé comment ?

— En quoi ça vous concerne ? demanda l'homme avec méfiance.

— Elle m'a emprunté quelques livres et j'aurais souhaité les récupérer.

L'homme se radoucit.

— Je crains bien qu'ils soient partis avec elle.

— Elle les a peut-être laissés en haut.

— Il n'y a plus rien et la femme de ménage est passée ce matin.

— Il est donc à louer, cet appartement ?

L'antiquaire s'excusa de ne pouvoir l'accompagner et lui remit le trousseau de clés. Le ménage avait été fait et on avait bouché les trous dans les murs, l'enduit était encore humide. Léo traversa lentement les pièces. Le bruit de son pas rebondissait contre les parois lisses marquées de la trace plus claire des meubles et des tableaux, comme des ombres en négatif. La chambre paraissait bien plus grande sans son mobilier. Léo huma l'air à la recherche de fragrances que son père avait pu percevoir il y avait longtemps maintenant. Une vague odeur de détergent à base de pin imprégnait les lieux déserts. Un renflement gris dans un coin sous l'escalier attira son attention. Elle se baissa. Un sac-poubelle avait été oublié. Elle s'assit sur les marches et l'ouvrit délicatement, ayant perçu sous ses doigts du verre brisé. Il s'agissait d'un cadre qui contenait une photo en noir et blanc déchirée en petits morceaux. Écartant du bout d'un crayon les débris acérés, Léo récupéra un à un les morceaux de la photo et les glissa dans son agenda. La porte de la rue s'ouvrit, l'antiquaire cria. Elle repoussa le sac-poubelle sous l'escalier et descendit.

— Un bel appartement, n'est-ce pas ?

— Je vais en parler à une amie.

— Elle aussi est professeur ?

Marc Deschamps l'appela au moment où elle mettait le moteur en marche. Elle baissa la ventilation pour l'entendre.

— Bonjour Léo, je ne vous dérange pas ?

— Je suis dans ma voiture.

— Je peux rappeler.

— Je suis à l'arrêt.

Un coup de klaxon très proche la fit sursauter, un automobiliste s'impatientait pour récupérer sa place. Léo ouvrit la paume de sa main pour indiquer cinq minutes. Le chauffeur lui répondit par une salve de coups d'avertisseur.

— Marc, un instant, j'ai deux mots à dire à quelqu'un.

Léo se jeta hors de sa voiture pour s'expliquer avec l'automobiliste impatient, un ancien qui, malgré son grand âge, conduisait encore. Elle lui fit signe de descendre la vitre.

— Monsieur, vous avez survécu aux deux guerres mondiales et j'en suis ravie. Mais voyez-vous, à ce moment très précis, je ne suis pas certaine que vous terminiez la journée si vous continuez à me harceler de la sorte.

Elle lui agita son billet de stationnement sous le nez.

— Il me reste quatorze minutes et je vais en profiter jusqu'au bout. Alors si vous voulez la place, vous patientez.

Elle reprit le téléphone laissé sur le siège passager.

— Oui, Marc, je suis à vous.

Elle se mordit la lèvre à l'instant où elle le disait. Il s'engouffra dans la brèche.

— Vous me comblez, Léo ! C'était quoi, les klaxons ?

— Un centenaire que je viens de menacer de mort. Vous voulez que je vous dise, une société qui méprise ses anciens est une société vouée à disparaître.

— Avant l'Apocalypse, nous pourrions peut-être en profiter. Ce soir, vous êtes libre ? Je dois vous parler de l'enquête.

— Non, Marc, je ne suis pas libre. Mais vous pouvez m'en dire maintenant quelques mots, il me reste quatorze minutes de stationnement.

— Vous vous privez d'un grand moment mais c'est comme vous voulez. Bon, comme vous l'avez très justement suggéré, notre SDF est moins SDF que moi. Ses implants ont été payés cash : huit mille euros. C'est un magouilleur à la petite semaine, recruté par les Chinois pour des opérations ponctuelles. Ça fait plusieurs fois qu'il est chargé de récupérer le sac dans la poubelle du parc.

— Il connaissait le contenu du disque dur ?

— Non, et il n'a d'ailleurs jamais cherché à savoir. Il se contentait d'assurer la livraison.

— Il a donné un nom ?

— Seulement l'endroit où il devait laisser le paquet à un Chinois, dans un hôtel pas très loin du parc. On a nettoyé le disque puis on le lui a rendu pour qu'il le dépose à l'endroit prévu. Une équipe est à l'hôtel, on attend que le Chinois sorte de sa chambre.

— Vous avez son nom ?

— Un certain Li Tchang, mais ça n'a rien donné.

— Une photo de lui ?

— Pas encore.

— Dès que vous l'avez, transmettez-la à Ziang.

— Ce sera fait. À bientôt, Léo.

De jeunes enfants presque nus jouaient dans de grandes bassines d'eau alignées sur le trottoir. Patiemment, leurs aînés remplissaient des seaux auprès d'une bouche d'incendie qui fuyait par jets puis les vidaient sur la tête des petits qui poussaient des cris stridents quand l'eau froide se déversait sur leur corps rondouillard. Comme elle franchissait l'arche du squat, Léo fut aspergée. Elle se tamponna le visage et la nuque, ravie de cette fraîcheur inattendue. Elle remonta la travée de box aux tissus chamarrés et se faufila sous la yourte où l'avaient conduite les Black Green quelques jours plus tôt. Niki, le raton laveur, buvait une bière en compagnie d'un garçon. Sa blouse et ses doigts maculés de couleur trahissaient l'artiste peintre. Exposée sur une banquette, une toile représentait la jeune femme accoudée au zinc d'un bar devant une bière. Sous le maquillage, l'artiste avait su saisir sa fragilité. Léo contempla la toile.

— C'est plutôt réussi. Bonjour Niki.

Une mèche rebelle lui couvrait un œil, l'autre l'observait d'un air mitigé.

— J'avais cru comprendre que c'est Nath qui devait vous contacter.

— Oui, mais c'était avant que je tombe sur certains documents.

Par discrétion ou peut-être pour éviter les ennuis, le peintre s'éclipsa.

— Et alors ? demanda Niki.

— Si les Black Green veulent faire un coup d'éclat, c'est maintenant ou jamais. Je vous l'offre sur un plateau.

Léo sortit de sa poche une feuille pliée en quatre et la poussa vers la jeune écolo.

— Juste pour vous mettre en appétit. Je remettrai les autres documents à Werner Kaufman en personne.

Puis, se tournant vers la toile :

— C'est tout à fait vous.

À sa moue, il était clair que Niki ne savait comment interpréter la remarque de Léo.

Assis autour de la table ronde, Jeanne, Shakila et Ziang discutaient avec Karl en buvant des jus de fruits. Habituellement peu expansifs, les deux analystes ne boudaient pas leur joie, un sentiment partagé avec enthousiasme par Jeanne. Léo embrassa Karl avec tendresse. Son visage et ses avant-bras étaient rouges, il était venu à pied. Léo le houspilla gentiment et lui rappela qu'il devait s'appliquer une crème pour se protéger du soleil. Il lui montra ses bras.

— Tu ne trouves pas que j'ai déjà moins d'eczéma ?

— Oui, c'est mieux. On t'a montré ton poste de travail ?

Shakila secoua la tête.

— On vous attendait.

Pour insérer le bureau de Karl, ils poussèrent les autres. Ziang et Shakila s'occupèrent de l'agencement de l'open space avec efficacité comme si les tables, les armoires, les étagères avaient toujours occupé cette nouvelle place. Karl s'assit et lissa du bout des doigts le sous-main en cuir.

— J'avais un peu le même à l'Agence.

— Je sais…

Il fit l'inventaire des crayons dans son pot et celui des tiroirs encore vides. Ému, il leva les yeux vers Léo.

— Si tu savais…

Avec affection, elle lui posa une main sur l'épaule.

Face à ces visages, elle se sentit soudain plus forte, mieux armée, même si chacun d'eux était vulnérable. L'incendie de l'appartement de la Chinoise et le Bureau 610 avaient mis le groupe à l'épreuve. Il y en aurait d'autres. Sa responsabilité, écrasante, serait d'assurer la pérennité d'I3S malgré son choix de livrer une nouvelle guerre à l'Institut européen. Même si, pour ce combat à venir, elle avait des alliés de poids.

Poussant un diable chargé de cartons encombrants, le technicien informatique fit diversion. Shakila l'accompagna jusqu'au bureau de Karl et commença à vérifier les éléments sur le bon de commande. Karl laissa son fauteuil, attentif à l'installation du matériel. Une attention qui dissimulait la crainte d'avoir perdu la main.

— C'est comme le vélo, ça revient vite, le rassura Léo.

— T'as vu la gueule du vélo !

Léo fit signe à Jeanne de la rejoindre, elle sortit les fragments de photo de son agenda.

— Rosamund s'est envolée, à Berlin probablement. C'était dans un sac-poubelle.

Jeanne observa sans les toucher les morceaux étalés, alla à son bureau et revint avec une paire de gants en latex.

— La photo ne date pas d'aujourd'hui, dit-elle en posant chaque morceau sur la couverture rigide d'un dossier. Je m'en occupe.

— Dites-moi quand vous estimerez avoir atteint la limite de vos recherches sur Rosamund. On peut avoir une autre source d'information même si, à ce jour, j'hésite à la solliciter.

Le regard vif de Jeanne indiquait avoir saisi ce que Léo ne lui disait pas.

La fin d'après-midi s'étira avec quiétude, dans une ambiance ronronnante troublée par la sonnerie des téléphones. Deux appels concernaient de nouveaux clients recommandés par le vice-président de CGPME Val-de-Marne. Shakila les nota sur l'agenda de Léo avec une joie à peine contenue.

— On dirait qu'ils ont senti l'arrivée de Karl, commenta-t-elle en riant.

Léo ne put s'empêcher de penser à la jeune femme effacée, presque transparente, à l'époque de l'Agence de sécurité économique, ne parlant que si on lui posait une question. Ce temps était définitivement révolu. La création du cabinet I3S, l'incertitude des premiers mois puis l'incendie avaient scellé les termes d'une amitié particulière, précieuse, dont l'expression se résumait à des regards croisés qui s'affranchissaient des mots. Léo chassa à nouveau l'idée qu'elle pouvait compromettre cet équilibre retrouvé en se lançant sur les traces de l'Institut européen. Elle se promit que chaque pas serait mille fois pensé et pesé.

Jeanne avait reconstitué la photo. On y voyait un groupe d'une dizaine de personnes. Elle la glissa dans une enveloppe.

— Je dois faire des recherches. Ici, ce n'est pas possible. À demain Léo.

Elle salua gaiement le reste de la troupe et disparut d'un pas alerte. Son chapeau de paille et son cabas qui faisait office de cartable ne révélaient en rien la brillante détective. Une couverture entretenue avec délectation.

Léo jeta un œil vers l'horloge et donna le signal de fin de journée. Assis devant son écran d'ordinateur, Karl était devenu sourd. Ziang redescendit de l'étage avec un sac et un carton. Léo manifesta son inquiétude.

— Ce n'est pas un peu prématuré de quitter l'abri, Ziang ?

— J'ai eu des nouvelles, dit-il le sourire aux lèvres, sans préciser d'où et de qui. Il semblerait que le Bureau 610 se soit mis en congé pour quelque temps. On a observé sur Air China la présence de plusieurs de ses membres de retour au pays. Ils ont d'autres chats à fouetter, comme la rédaction du rapport circonstancié de leur fiasco. On me laissera en paix le temps du grand remaniement, c'est certain.

— Je vous dépose ?

Ziang refusa, Shakila le ramenait. Prise d'un doute, Léo se demanda si leur étroite complicité ne dissimulait pas autre chose. Elle s'en amusa puis rejeta cette idée, ce n'étaient pas ses affaires.

Ils éteignirent les ordinateurs et Léo dut insister pour que Karl lâche le sien.

— Justine va arriver, et tu en as assez fait pour aujourd'hui, crois-moi.

Dans le garage, son téléphone sonna. Gilles Damais. Comme elle répondait, Karl lui prit d'autorité les clés, elle s'installa côté passager.

— Nous avons étudié votre proposition, annonça Damais (le « nous » l'alerta et elle se demanda si Gerbod était de la partie). Vous pourrez voir Éric Laville et Latifa Boubaker. Mais attention, au moindre soupçon d'un coup tordu, on vous arrête aussitôt et vous ne serez pas près de retrouver la lumière du jour.

— Je veux seulement voir mes collaborateurs. C'est tout.

— Comme pour votre père, il sera interdit d'évoquer l'affaire pour laquelle ils sont enfermés et tout ce qui concerne l'Agence de sécurité économique. À aucun moment. Nous ferons le point avant la visite. Vous les verrez dans deux jours.

Léo appela Eitan.

— C'est pour après-demain.

L'agent du Mossad raccrocha sans dire un mot.

Comme un jeune conducteur, Karl respectait la vitesse et les distances de sécurité, un œil vigilant tour à tour sur les rétroviseurs intérieur et extérieurs. Il n'avait plus de véhicule, Léo l'avait vendu à sa demande dès son incarcération pour éviter de le laisser pourrir dans la rue. L'argent de la vente lui permettrait de s'en acheter un autre plus petit. Léo savourait en silence ce moment à ses côtés, le regard dans la même direction. À un feu rouge, il demanda.

— C'était quoi, ces deux coups de fil ?

La décision de le mettre au courant avait fait l'objet d'un long débat interne auquel elle s'était livrée en toute honnêteté et objectivité. Elle avait finalement choisi de tout lui dire non seulement pour ne pas compromettre leur confiance mutuelle mais aussi pour se garantir un garde-fou.

— Roxane est vivante.

Puis elle raconta. La rencontre avec Eitan, la révélation des vraies causes de l'enlèvement de sa fille, la trahison de Pierre de Coursange, sa maîtresse qui travaillait vraisemblablement pour les Russes, son évaporation subite, les recherches de Jeanne, la volonté des Israéliens de l'enrôler dans leur lutte contre l'Institut européen, leur projet de récupérer Éric.

— Pas Latifa ? s'étonna Karl.

— Ils veulent juste Éric.

— Négocie pour Latifa. Il faut la sortir de son trou à rats.

— Elle ira où ?

Au moment où elle posait la question, Léo réalisa que la jeune analyste pouvait être une bonne recrue. Elle parlait l'hébreu et l'arabe couramment. Peut-être même l'avaient-ils déjà envisagé sans lui en parler.

Attentif à la circulation, Karl roulait en silence.

— Je ne retournerai pas en prison, Léo. Tu le sais.

— Moi non plus, je n'irai pas. Je ne l'envisage pas une seconde. Nous allons devoir nous montrer très malins.

Chargée de sacs en plastique sur le point de s'éventrer, Justine marchait vers l'entrée de l'immeuble. Karl et Léo accoururent pour la soulager.

— Tu as prévu pour combien de personnes ? s'exclama Léo. Nous sommes trois !

— J'ai fait un assortiment. Eh, on fête le retour de Karl !

Elles s'embrassèrent avec plus d'enthousiasme que la veille.

— Et mon couscoussier ? demanda Léo sans rire.

— Il est dans la voiture mais je ne peux pas tout porter. Tu le récupéreras tout à l'heure quand tu me raccompagneras.

— Tu plaisantes ?

Avant d'entrer dans le hall, Justine jeta un coup d'œil circulaire sur les voitures en stationnement.

— Je deviens parano, j'ai l'impression qu'on me suit.

Léo ouvrit en grand les volets et les fenêtres, laissant la chaleur s'engouffrer dans l'appartement. Elle avait envie d'air et de lumière en cette période où les jours étaient les plus longs.

Elle enfila un short et un t-shirt, les rejoignit dans le salon où les verres étaient déjà remplis. Ils trinquèrent au retour de Karl.

— À Belinda, ajouta Justine en tirant de sous son chemisier une grande enveloppe pour la donner à Léo. Sa dernière action aura été salutaire. Pour les enfants qu'on a sortis de la maison de passe. Et pour toi, Karl, car elle a permis que tu sois disculpé. Je ne sais pas si c'est pour cette raison qu'on l'a exécutée mais tu lui dois une fière chandelle. À Belinda !

— C'est donc bien un assassinat ? demanda Léo.

— Il semblerait. J'ai auditionné le client du taxi, il a vu un flash d'une grande intensité, comme du magnésium qui s'enflammait. Le gars est technico-commercial pour un groupe pétrochimique, il sait de quoi il parle, même avec deux verres dans le nez. Et il a localisé la source de lumière au même endroit que celui indiqué par ta petite mémé. Belinda a perdu le contrôle de son véhicule parce qu'on l'a éblouie.

— Vous êtes allés sur le pont ?

— Une équipe de la PTS a fait des prélèvements. Quelqu'un était en planque. L'abri de chantier a été déplacé pour lui permettre de mieux se dissimuler ; les tassements dans le sable l'attestent. D'autre part, des éraflures de cuir sur le parapet et une flaque d'huile à proximité immédiate avec l'empreinte d'un pneu laissent croire qu'il s'agit d'un motard. Dans l'enveloppe, je t'ai mis le double des PV du témoin et de la PTS.

— Et l'affaire est classée !

— Ordre d'en haut. Le patron prétend que c'est du délire de lectrice de *Gala*. Il ne veut plus en entendre parler et m'a menacée de me muter aux archives. Pourtant, je t'assure, ce type de tir incapacitant n'est pas une première. Ceux qui suivent l'affaire Diana en ont entendu parler mais on a aussi observé que les braqueurs de fourgons blindés commençaient à y avoir recours. Il suffit de connaître le trajet et l'heure de passage approximative, et d'avoir une position en hauteur pour ne pas trop se faire remarquer. Mais sur ce coup-là, j'ai senti que le patron avait un peu la pression. Je te laisse les copies, t'en fais ce que tu veux mais moi je passe à autre chose. Mon frère est mort. D'autres ont été exécutés. Ton père et tes collaborateurs sont détenus je ne sais où, Ziang est passé à un cheveu du retour au pays…

— Comment tu sais qu'il s'agit de lui ?

— La photo de l'enseigne du kebab avec le numéro de ta rue, pile-poil en face d'I3S. La déduction n'était pas compliquée. Non, tu vois Léo, je viens d'avoir 40 ans et je ne suis pas suicidaire. On me dit de boucler une enquête, je boucle. Et surtout je la boucle.

Le débat sur l'affaire Belinda était clos. Ils firent réchauffer les barquettes et s'installèrent sur des coussins autour de la table basse du salon. Karl mangeait de bon cœur et s'extasiait sur chacun des plats qu'il reniflait systématiquement avant d'avaler le premier morceau. Léo et Justine le taquinèrent sur ce nouveau tic qu'elles qualifièrent de TOC.

— Vous savez que l'odorat est le sens qui a la plus grande mémoire, affirma Karl très sérieusement.

Des odeurs de l'enfance, Léo ne se souvenait que du parfum de sa mère dans le hall, lorsqu'elle quittait la maison de bonne heure.

Quand les paroles devinrent rares, chacun retranché dans ses pensées, Léo suggéra d'aller se coucher. Leurs journées étaient longues, alourdies par une chaleur contre laquelle les organismes devaient lutter. Le sommeil était leur meilleur allié dans cette bataille.

Léo accompagna Justine à sa voiture laissée dans une rue adjacente. Après avoir croisé un groupe de jeunes éméchés qui fêtaient des résultats d'examens, Léo pressa le bras de Justine. Dans l'habitacle d'un véhicule en stationnement, une cigarette rougeoyait. Nez contre nez, un homme et une femme discutaient. Ils devaient être là depuis un moment car des mégots s'éparpillaient contre le rebord grillagé du square. Nonchalamment, Léo évoqua une location en Bretagne sous les embruns.

— Bientôt on verra des champs de lavande dans le Finistère, répliqua Justine. Dieu merci, je n'aurai jamais de petits-enfants. Je me vois mal leur expliquer à quoi ressemblait la neige.

Dans la moiteur de la nuit, les voix grimpaient le long des façades tièdes et le couple, figé, ne pouvait en perdre une bribe. Elles le dépassèrent, égrenant des poncifs sur le dérèglement climatique, ressassés jusqu'à la voiture de Justine.

— Tu crois qu'ils nous surveillent ? chuchota Justine en récupérant le couscoussier dans le coffre.

Elle colla d'autorité la volumineuse marmite dans les bras de Léo.

— La prochaine fois, emprunte-moi un DVD. Où je vais mettre cet engin ?

— Ils sont là pour qui ? Pour toi ? Pour moi ?

— Ce sera vite vu. S'ils bougent, c'est pour toi. Mais je ne crois pas qu'ils bougent.

— Ça ne finira donc jamais, dit Justine en embrassant sa belle-sœur. Quand est-ce qu'on te foutra enfin la paix ?

— Quand tout sera définitivement terminé.

Justine la fixa un moment, sourcils froncés.

— Sois prudente, ma grande. Tu as déjà bien morflé. Tu n'es pas un Jedi et tes combats doivent être à la hauteur de tes moyens sinon ils t'abattront sans sourciller. Ils ont déjà eu Philippe.

Elle ouvrit la portière puis se ravisa.

— Fais gaffe à ce que tu dis dans ton appart, il a peut-être des oreilles.

— Il est clean, ne t'inquiète pas. Je vérifie régulièrement.

En la quittant, Léo se demanda si Justine n'en savait pas plus qu'il n'y paraissait. Mais pouvait-on lui reprocher de refuser d'avancer en tongs sur un terrain miné ?

Resté seul, Karl en avait profité pour remettre de l'ordre dans le salon.

— Je récupère les restes du chinois, je te connais, tu vas tout balancer.

Karl préférait rentrer à pied, il avait refusé l'offre de Justine de le ramener en dépit de l'insistance de Léo. Mais ses arguments étaient difficilement contestables.

— Marcher la nuit dans les rues est ce qui m'a le plus manqué. Que veux-tu qu'il m'arrive, qu'une superbe blonde se jette sur moi ? J'ai seulement un arrondissement à traverser.

Elle le raccompagna sur le trottoir, le couple était toujours là. Elle suivit Karl du regard pendant quelques mètres. Avec son sac, son panama et sa démarche paisible, il avait l'allure d'un retraité. La voiture ne bougea pas.

Le lendemain à 8 heures, la voiture était toujours là mais il y avait maintenant deux hommes. La relève était passée avant le matin. Au bout de la rue, un gars en roller déboula. Une besace en bandoulière, il coinçait un prospectus sous les essuie-glaces des véhicules en stationnement. Léo marcha d'un pas vif vers sa voiture garée dans la direction opposée. L'homme en roller la dépassa, puis roula en marche arrière le temps de lui remettre le flyer. Il la fixa un bref instant.

— Ne le jetez pas, Madame de Coursange !

Il en remit un autre à un passant puis continua sa distribution sur le pare-brise des voitures. C'était une publicité annonçant l'ouverture d'un nouvel espace dédié au multimédia. Au verso, on avait écrit une adresse au crayon bleu. Il y avait un E en guise de signature. Si c'était Eitan, pourquoi ne l'avait-il pas appelée sur le téléphone sécurisé ? Elle fourra le papier dans sa poche et revint subitement sur ses pas. Où qu'elle aille, les deux types la colleraient. Cette perspective l'agaça. D'un pas vif, elle entra dans le hall de son immeuble, aperçut le fils de la concierge devant la loge.

— Ah Kevin, tu tombes bien, le salua-t-elle, à la recherche de son portefeuille dans son sac. Tu vas me rendre un service.

Elle sortit un billet de cinquante euros.

— Vends-moi deux bombes de peinture, tu sais celles que tu utilises pour tagguer les murs.

Le jeune jeta un regard inquiet vers sa mère qui rangeait les poubelles dans la cour intérieure.

— Kevin, s'il te plaît ! Je sais que tu en as, je t'ai déjà vu à l'œuvre.

Le jeune s'engouffra dans la loge et en ressortit dix secondes plus tard, deux bombes à la main.

— Du noir et du rouge, ça vous va ?

La colère de Léo montait comme la pression sous le couvercle d'une cocotte-minute, il fallait laisser s'échapper la vapeur. Sans hésiter, elle marcha vers la voiture et décapuchonna une des deux bombes. Collée contre le pare-chocs avant, elle la secoua d'un geste énergique en toisant les deux types. Puis elle commença à tracer les lettres. D… C…

— Eh ! Ça va pas, gueula le conducteur qui se rua hors de l'habitacle. Qu'est-ce que vous faites ? Mais arrêtez, espèce de malade !

Tassé sur le siège avant, l'autre composait un numéro sur son portable. Comme Léo continuait son œuvre sur les portières côté trottoir, le type la saisit par le bras. Elle se dégagea et l'aspergea en grands gestes larges. Il recula en criant, les mains en protection sur le visage. Léo prit l'autre bombe, la secoua et termina le travail. Un couple d'anciens et un cycliste s'étaient arrêtés pour assister au graff.

La dame âgée demanda à son compagnon.

— DCRI, c'est quoi ?

Accusatrices, les quatre lettres s'étalaient sur toute la carrosserie. Satisfaite, Léo retourna vers l'entrée de l'immeuble d'où la concierge et son fils n'avaient rien manqué du spectacle.

Kevin était épaté.

— Waouh ! C'est trop cool, alors vraiment trop cool…

Si Léo était montée d'un cran dans l'estime du jeune, elle venait de dégringoler dans celle de la concierge, effarée.

— Ah ben bravo pour l'exemple ! Si les gens bien comme il faut commencent à faire des tags, où va-t-on ? Et qu'est-ce qu'il va me répondre, mon gamin, quand je vais l'engueuler parce qu'il barbouille les murs de la ville. Hein, vous savez ce qu'il va me répondre ?

Léo ne voulut pas savoir. Elle rendit les bombes à Kevin avec un clin d'œil. Le gamin était hilare.

Dans le rétroviseur, elle aperçut les deux types au milieu de la chaussée, les mains sur les hanches. Elle n'était même pas certaine qu'ils soient de la DCRI.

Deux rues plus loin, Léo programma l'adresse sur son GPS et suivit les instructions. En roulant, elle jetait des coups d'œil dans les rétroviseurs, amusée d'avoir osé libérer sa fureur. Philippe n'aurait certainement pas approuvé et aurait trouvé une autre solution.

Quand la voix électronique lui annonça son arrivée à destination, Léo s'arrêta. Elle se trouvait en bordure de périphérique devant un parking immense avec des remorques de camion à l'abandon. Dans le prolongement d'un bâtiment apparemment désert, un quai de déchargement envahi par les herbes folles et des palettes pourrissantes. Sur ses gardes, Léo y chercha un signe de vie. Soudain, le long portail coulissant qui condamnait l'accès aux lieux se mit en branle dans un grincement poussif puis stoppa en un soubresaut inquiétant après avoir ouvert un passage de la largeur d'une voiture. Et si c'était un piège ? Si le E de la signature n'avait rien à voir avec l'Israélien ? Elle manœuvra pour entrer par l'ouverture étroite et roula lentement vers les bâtiments. Pas une porte ne s'ouvrit et les rideaux de fer rouillés restaient baissés sur les quais. Elle progressa jusqu'au bout des installations puis amorça un demi-tour.

C'est à ce moment qu'elle aperçut le grand camion blanc dissimulé le long des remorques alignées. La porte de la cabine s'ouvrit sur un homme brun à la peau mate, vêtu d'un jean et d'un t-shirt noir. Il lui fit signe de se positionner derrière le camion. Ses gestes étaient précis et elle suivit les consignes à la lettre. Les portes arrière du camion s'ouvrirent et deux rails se positionnèrent pour permettre à un véhicule d'y monter. L'homme posa la main sur la poignée de la voiture de Léo. En vain, les portières étaient verrouillées. Elle hésitait à libérer cette ultime protection quand Eitan apparut dans la remorque. Léo déverrouilla et descendit de voiture. Elle assista au treuillage de son véhicule à l'intérieur du camion où deux hommes en combinaison noire s'affairaient à la manœuvre.

Une fois la voiture immobilisée, Eitan aida Léo à grimper dans la remorque transformée en atelier de garagiste. L'agent du Mossad considéra les légères traces rouges sur son pantalon en lin blanc, il ne put retenir un sourire.

— Ce n'étaient pas des hommes de la DCRI vous savez, mais tant mieux, ça brouille les pistes. Votre ange gardien riait tellement qu'il a dû s'y reprendre à trois fois pour m'expliquer la séance de peinture. Vous n'y êtes pas allée de main morte. On n'aurait pas fait mieux pour les empêcher de vous suivre.

— Ils appartiennent à quel service, la DGSE ?

— À l'EuroGOS. GOS pour Groupe des opérations spéciales…

— … le bras armé de l'Institut européen, coupa Léo, et piloté par notre ami Jean-Charles Gerbod. Il va pouvoir m'oublier pendant quelques heures.

— Il sait exactement à quel endroit vous vous êtes arrêtée.

— Mon téléphone ? demanda Léo en sortant son mobile pour l'éteindre.

— Pas seulement. On suspecte votre véhicule d'être équipé d'un tracker. On va le vérifier

Il tendit la main, paume ouverte.

— Le téléphone. Celui qu'on vous a donné.

— Un problème ?

— Sa sécurité est probablement compromise. On va vous en donner un autre.

Un des hommes en combinaison s'affairait sous le châssis du véhicule, assisté des deux autres devant un écran de contrôle. Ils parlaient en hébreu.

— Vous savez que Latifa Boubaker maîtrise l'hébreu et l'arabe ?

— Nous ne l'ignorons pas.

— Il faudra l'extraire en même temps qu'Éric.

— Tout dépend…

— De quoi ?

— Du déroulement du plan. Exfiltrer Laville est l'objectif n° 1. Nous exfiltrerons Boubaker seulement si cela ne compromet pas l'opération. C'est tout ce que je peux vous proposer.

Eitan ouvrit une glacière et lui tendit une bouteille d'eau.

— L'oiseau s'est envolé du nid ? reprit-il.

— Pardon ?

— Marlène Berger.

Une bouffée de chaleur lui envahit la poitrine et elle

ne sut sur quel compte le mettre, celui de la déficience d'hormones ou celui de la colère rampante.

— Les trackers, les mobiles, les écoutes, les hommes de l'EuroGOS, vous. Et le reste. Vous ne trouvez pas que ça fait beaucoup d'attention pour une seule personne ? Je vais finir par perdre mon sang-froid.

— Vous êtes trop bien éduquée, Éléonore. Mais ne méprisez pas votre ange gardien. Un jour sans doute, vous apprécierez qu'il veille sur vous.

— Pour revenir à l'oiseau, qu'est-ce que vous savez de Marlène Berger ?

— Elle enseigne à Sciences-Po.

— Un effort, Eitan. Nous avons des intérêts en commun.

— Qu'est-ce qui vous lie à cette femme ?

— C'est important que vous le sachiez ?

— Pour aller plus loin dans notre conversation, oui c'est important.

— Alors je dois y réfléchir.

Les techniciens avaient sorti un petit boîtier du pare-chocs. Ils le posèrent sur un établi équipé d'une colonne de minces tiroirs aux outils d'horloger bien alignés. Camion, matériel, logistique, les Israéliens bénéficiaient de leviers énormes. Léo pensa à la Russie.

— Vous avez des nouvelles de Roxane ?

— Nous nous y employons.

— Vous y mettez les moyens ?

Un sourire ambigu étira ses lèvres.

— Nous avons réveillé la Mangouste.

Il ne lui en dirait pas plus, mais elle savait que toutes les voies étaient exploitées pour retrouver Roxane. L'espoir devenait un concept auquel elle pouvait prétendre. Un processus était en marche et elle voulait croire qu'il aboutirait.

Un des deux hommes en combinaison montra le boîtier à Eitan qui lui posa quelques questions, puis le technicien regagna son établi.

— Comme nous le supposions, votre véhicule était bien équipé d'un mouchard. Vous étiez pistée en permanence.

— Depuis longtemps ?

— Vu l'état du boîtier, il y a quelque temps déjà.

— Si vous l'enlevez, ils vont en remettre un autre.

— On va les duper.

— Comment ?

— En vous donnant la possibilité de suspendre la géolocalisation sans qu'ils s'en rendent compte. Il suffit de le reprogrammer. Quand vous le souhaiterez, la réception GPS sera perturbée. On va vous montrer.

— Il y a longtemps que les hommes de l'EuroGOS me suivent ?

— Non, pas de chance pour eux mais la surveillance a été mise en place seulement hier. Elle est certainement consécutive à l'information sur l'agent de la DGSE enlevé en Somalie, ils veulent sans doute connaître votre source. Cela prouve que Damais est en contact permanent avec Gerbod.

— Damais connaît son rôle dans l'Institut européen ?

— Pas forcément.

À l'aide d'une télécommande, on lui expliqua comment manipuler le mouchard quand elle voudrait ne pas indiquer sa position puis, au volant du véhicule de Léo, Eitan la conduisit dans une rue proche où il se gara.

— Qu'est-ce que je suis censée faire ici ? demanda Léo, un œil sur les façades d'immeubles.

— Vous êtes en consultation chez un médecin. Venez, dit-il en l'invitant à monter dans un fourgon qui les suivait.

Deux banquettes se faisaient face à l'arrière de l'utilitaire aux parois aveugles, Eitan et Léo s'y installèrent. L'Israélien mit à profit le temps du trajet pour passer des coups de fil, lire ses mails et en envoyer d'autres de son smartphone, échangeant quelques banalités avec Léo qui n'avait aucune idée de l'endroit où on l'emmenait. Une bonne demi-heure plus tard, on coupa le moteur après une descente abrupte, le fourgon était arrivé à sa destination, un vaste souterrain où des bandes blanches en partie effacées matérialisaient les emplacements de stationnement. Quatre voitures étaient vaguement alignées près de l'ascenseur. La façade de commande n'offrait que deux possibilités : monter ou descendre. Il y avait seulement deux niveaux. Eitan appuya sur la flèche descendante.

La porte glissa sur un long couloir désert desservi par des portes fermées. Eitan ouvrit l'une d'elles. Dans une longue pièce coupée en son milieu par un mur vitré s'affairaient deux hommes revêtus de combinaison en surpression, des scaphandres utilisés généralement dans des laboratoires manipulant des agents pathogènes. Des tuyaux jaunes enroulés en spirale les reliaient au plafond. Léo s'en inquiéta aussitôt.

— Qu'est-ce qu'ils font ?

— Rien à craindre, ils travaillent sur le virus grippal H1N1.

Le bruit des filtres à air mêlé à la voix des hommes

s'exprimant en hébreu restituait une atmosphère angoissante, comme ces vieux films de science-fiction en noir et blanc sans effets spéciaux où les choses étaient davantage suggérées que montrées.

— Pourquoi le H1N1 ? Quel rapport avec notre affaire ?

— On va vous l'expliquer. C'est ici que nous avons identifié le *Sementis amylovora* ainsi que l'agent doré et d'autres organismes génétiquement modifiés. Cet endroit est surtout destiné à étudier les productions des laboratoires d'Aristee. Nous les recensons, les répertorions, les traçons afin d'établir une cartographie aussi précise que possible.

— Dans quel but ?

— Dévoiler les véritables intentions de l'Institut européen. Le coup porté devra être puissant et fatal, sinon nous serons laminés et toutes ces recherches seront caduques.

— Vous avez une idée sur la façon et le moment de les rendre publiques ?

— Il y a les Black Green, mais ce n'est pas suffisant. Nous réfléchissons au journaliste qui pourrait s'emparer de l'affaire. Quant au moment choisi, le dossier est loin d'être complet.

Eitan saisit un micro posé sur la tablette le long de la vitre. Sa voix résonna dans le laboratoire. Il échangea quelques mots avec les opérateurs.

— Ils vont nous rejoindre. Le temps de passer à la douche et de se changer, il y en a pour vingt minutes. Venez.

Il la conduisit dans une autre pièce réservée au repos. Léo refusa le café proposé par Eitan et demanda un thé. Elle l'observa remplir la bouilloire.

— Le bâtiment, l'installation du labo, l'entretien. Cela exige d'énormes moyens. Qui en assure le coût ?

— Israël, et des amis.

Eitan évoquait sans le nommer l'immense réseau d'auxiliaires juifs de la diaspora établie à travers le monde. Les sayanim, ainsi qu'on les appelait, mettaient à la disposition des agents du Mossad des ressources selon leurs moyens et leurs compétences. Les installations devaient appartenir à un sayan travaillant dans la recherche.

— Nous avons contacté les Russes, continua Eitan. Unir nos forces décuplerait nos moyens.

— Vous en êtes où ?

— À l'étape de la consolidation de la confiance, un euphémisme pour évoquer les tractations en cours sur ce que les uns et les autres vont lâcher, ou pas, en nous jaugeant mutuellement avec suspicion, persuadés que l'autre veut nous rouler dans la farine. Les enjeux ont des portées si… terrifiantes.

— Pas d'alliés parmi les pays de l'Union européenne ?

— Impossible. L'Institut européen a des ramifications dans tous les États de l'Union à un très haut niveau. Chefs d'État, de gouvernements, hauts fonctionnaires, parlementaires, ils sont partout. On ne peut pas prendre le risque de tomber sur l'un d'eux. Tant que nous ne les aurons pas identifiés, tant que nous n'aurons pas établi leur organigramme, nous naviguerons dans le brouillard.

— Mon mari s'était introduit dans la tour Boileau où il a tenté de forcer leur système. En vain.

Léo relata son intrusion avec la fille aux yeux vairons, Élisabeth Carpentier. Eitan lui posa des questions sur son identité, sa fonction.

— Vous l'avez revue ?

— Pas depuis le 25 novembre.

Eitan ne demanda pas l'année.

— Vous pouvez me donner votre carte Vitale, je vous prie ?

— Pourquoi ?

— On va en faire une copie. En ce moment, vous rendez visite au Dr Klein pour un peu de fièvre.

— Je vois habituellement le Dr Blachon.

— Klein est dans le périmètre de l'endroit où on a laissé votre voiture. On vous y ramènera tout à l'heure. Vous aurez attendu deux heures avant que le docteur ne vous reçoive, ce qui expliquera votre absence. Tenez, l'ordonnance. Tamiflu et vitamines.

Léo rangea la prescription et lui remit la carte verte. Un des deux chercheurs entra dans la salle de repos, il tenait dans le creux de sa main protégée par du latex une boîte en plastique qu'il ouvrit. Elle contenait un gros bracelet en argent orné de perles plates de couleur bleu dur et vert anis. Un style plutôt oriental. Eitan le prit délicatement et l'attacha autour du poignet de Léo. Après s'être assuré que le bijou allait bien, il lui ôta et l'étala sur la table.

Léo ne posa aucune question, sachant qu'elle n'aimerait pas la réponse. Eitan désigna une perle.

— Demain, vous le porterez lorsque vous rendrez visite à vos collaborateurs. Les deux perles vertes contiennent une solution concentrée du H1N1. En tirant sur cette petite languette, vous libérerez le virus qui se propagera dans l'air, contaminant tous les présents. Vous renouvellerez l'opération lors de la seconde visite.

— Heureusement que je suis vaccinée.

— Non, pas contre cette souche. Le virus a muté, on va vous injecter un sérum antiviral. Votre épaule, s'il vous plaît.

— Vous êtes cinglés ! Hors de question de m'inoculer un truc qui sort de vos laboratoires.

— C'est sans risque, on l'a testé sur plusieurs cobayes.

— Des souris ?

— Et aussi sur moi, sur lui, dit-il en désignant le chercheur, et sur d'autres. Aucun effet indésirable. Allez, Éléonore, faites-moi confiance. Pensez à Éric, à Latifa.

À contrecœur, Léo tira sur le col de son chemisier et lui présenta son épaule. Le chercheur ouvrit une trousse et en sortit une seringue. D'une main experte, il planta l'aiguille dans la peau. C'est à peine si elle sentit la piqûre. Eitan sourit, satisfait.

— Vous êtes protégée.

— À partir de quand ?

— Maintenant !

— Et une fois que j'aurais contaminé tout le monde, que va-t-il se passer ?

— Comme c'est une nouvelle souche, ils seront tous transférés au Val-de-Grâce. Et c'est là que nous intervenons. Pendant le transfert.

— Et comment connaîtrez-vous l'itinéraire du transfert puisque vous ignorez où ils se trouvent ?

— Nous le saurons dès que vous y serez conduite. Le bracelet est équipé d'une puce GPS, dans la perle bleue.

Sans toucher le bracelet, Léo détailla les perles, l'armature, le fermoir. Un beau bijou dont la seule fonction était de parer le poignet d'une femme. En apparence. Eitan sourit sans dissimuler une certaine fierté avant de replacer le bracelet dans sa boîte.

— Et s'ils me demandent de l'enlever ?

— C'est le risque que nous courons. Pour votre père, vous n'avez pas ôté vos bijoux ?

Léo fit non de la tête.

— Alors ils ne devraient pas vous le demander pour Éric.

— Et Latifa.

— Et Latifa, reprit Eitan.

Il lui tendit une carte sortie de la poche de poitrine de sa chemise et lui laissa le temps d'en prendre connaissance. Des chiffres et des lettres pour une longitude et une latitude.

— Les coordonnées de l'endroit où est détenu l'agent Versailles. Apprenez-les et ne les donnez à Damais que lorsque vous serez sur place et que vous les aurez vus tous les deux. J'insiste. Seulement à ce moment-là. Des questions, des observations ?

— Une requête. Sortez Latifa.

— Nous mettrons tout en œuvre, je vous le promets.

Dans une salle réservée au matériel, il lui remit un BlackBerry.

— Vous pouvez l'utiliser partout.

— Même à I3S ?

— Oui. Je vous demande seulement de ne pas l'exhiber en public, Gerbod doit ignorer son existence. Bonne chance pour demain.

La poignée de main de l'Israélien fut chaleureuse, et pour la première fois depuis le 25 novembre, l'avenir lui parut moins sombre.

Les techniciens du camion blanc raccompagnèrent Léo. Trente-cinq minutes plus tard, ils la laissaient à sa voiture. Une durée qui apportait une infime information sur la situation du labo des hommes du Mossad. Avant de repartir, ils s'assurèrent une nouvelle fois qu'elle savait manipuler la télécommande pour contrôler le mouchard. Karl l'appela alors qu'elle se glissait à la place du conducteur, abandonnée par ses accompagnateurs. Il téléphonait d'un poste de l'Agence.

— T'es où ?

— Je sors de chez le médecin, il y avait un monde fou.

— T'es malade ?

— Un peu de fièvre mais apparemment, ce n'est rien. Sans doute la fatigue.

— Tu devrais prendre des vacances.

Elle pensa au cabanon de Marc dans la Drôme.

— On va y songer, mais pas tout de suite. Peut-être au mois d'août. Rien de particulier ?

— Ziang m'explique les affaires en cours, Shakila prépare les mémos pour tes rendez-vous de cet après-midi. Jeanne vient d'arriver. Je me demande, chuchota Karl, si elle ne fait pas des ménages au black. Elle a une de ces dégaines !

Léo se mit à rire et lui rappela qu'il ne faut jamais se fier aux apparences.

Sans passer pour une mauvaise langue, on pouvait affirmer que Jeanne avait une sacrée dégaine. En baskets et chaussettes de tennis, elle portait une robe kaki boutonnée sur le devant avec des manches à ras d'épaule d'où dépassait un t-shirt orange à bandes noires. Malgré une tenue qui ne mettait pas sa silhouette en valeur, il semblait bien qu'elle avait perdu un peu de poids. Elle rejoignit Léo à peine assise. Entre ses mains, la photo reconstituée protégée par une pochette transparente.

— Je vous laisse souffler ou on en parle ?

— Allez-y, Jeanne, je vous écoute.

Elle posa la photo sous les yeux de Léo, un crayon en suspens.

— Beau document ! commença-t-elle en pointant un homme au centre, et plutôt rare parce que, contrairement aux autres départements de la Stasi dont les archives ont été conservées et placées sous le contrôle de comités de citoyens dès 1990, celles du HVA ont été détruites ou mises en lieu sûr par ses officiers. Comme le HVA a procédé lui-même à sa dissolution, il a pu effacer quasiment toutes les traces de quarante années d'activités. Lui, c'est Mischa le Lynx, le nom donné par ses admirateurs à Markus Wolf, il tient par les épaules une femme qu'il présente à un dignitaire russe de la Loubianka, Anatoli Nefedof. Vous la reconnaissez ?

Jeanne tendit à Léo une petite loupe ronde.

— Rosamund. Extraordinaire, n'est-ce pas ? s'exclama-t-elle.

Elle enchaîna.

— Oui, bien sûr, c'est une photo de trente ans mais ce qu'on peut distinguer ici, c'est la beauté de Marlène Berger. Et Markus Wolf a exploité cet atout en le combinant avec son intelligence hors du commun. Il faut savoir que le HVA restera dans l'histoire de l'espionnage comme le service secret ayant excellé dans les opérations Roméo. Ce que je n'ai pas découvert, c'est la raison pour laquelle il la présente à Nefedof. Est-ce un « prêt » ou bien s'agit-il d'introduire une taupe côté russe ? Mais ce qui est certain, c'est que les Russes vont l'utiliser quelques années plus tard avec votre père.

Léo contemplait l'ovale gracieux du visage, les yeux dans lesquels s'était perdu Pierre de Coursange, la bouche qui l'avait embrassé. Toute leur relation avait-elle été entièrement construite sur le chantage et la manipulation ou bien y avait-il eu malgré tout un peu d'amour ? La façon dont Marlène avait parlé de son père suggérait qu'ils s'étaient aimés, mais qu'en était-il vraiment ? Et qu'avait-elle fait des preuves de vie de Roxane ?

— Je vais à Berlin.

— Pour quoi faire ? s'étonna Jeanne.

— Terminer une conversation, dit Léo en rendant la photo. Trouvez-moi l'adresse de ses parents. Merci Jeanne, merci du fond du cœur.

Aussitôt Jeanne partie, Shakila lui apporta deux dossiers.

— Les mémos pour vos deux rendez-vous de cet après-midi. Allez-y en métro, c'est plus simple, je vous ai préparé les plans et les correspondances. Votre second rendez-vous est pris avec le RSSI, c'est lui le décideur.

— Merci. Vous vous souvenez de ce client à Berlin qui nous avait contactés au printemps ?

— Une affaire qu'on avait refusée parce que…

— J'ai changé d'avis. Appelez-le et obtenez-moi un rendez-vous pour vendredi en début d'après-midi. Je prendrai le premier vol du matin. Pour le retour, je m'en occuperai sur place. Ah, dit-elle en consultant sa montre, appelez Germain pour la commande de midi. Pour moi, ce sera une salade landaise avec un fondant au chocolat. Donnez la carte à Karl pour qu'il choisisse. Merci Shakila.

Chacun avait déjeuné à son bureau. Léo avait pris connaissance des mémos puis avait filé pour honorer ses rendez-vous. Professionnelle, percutante et stratégique, elle avait rassuré les dirigeants et remporté les contrats. Deux affaires somme toute banales dans le monde de l'entreprise. Un ingénieur commercial qui renseignait la concurrence et des ordinateurs vidangés malgré la vigilance du RSSI. Des contrats qui apportaient du cash à I3S. Léo les remit à Shakila qui vérifia que chaque page était bien paraphée avant d'inventorier les documents rapportés.

Karl avait passé une partie de l'après-midi à éplucher les comptes d'une société malmenée par une comptable indélicate et avait fait un détour par une animalerie avant de rentrer. Il posa une cage de transport sur la table de réunion. Léo, Shakila et Ziang se penchèrent vers la boule de poils tapie au fond. Karl y glissa la main, en ressortit un chat au long pelage fauve et le caressa. La bête se mit à ronronner, il la lâcha sur la table. La queue raccourcie et de travers, une paupière partiellement baissée sur un œil crevé, une large cicatrice sur un flanc et une autre sur le dessus de la tête, le chat était un peu esquinté. Léo le fixait, consternée.

— On te l'a donné ?

— Non, je l'ai acheté.

— Cher ?

— Cent cinquante euros.

— T'as pas l'impression de t'être fait arnaquer ?

— C'est un persan !

— Ah ! Quand même…

— Qui arrive tout droit d'Irak ? risqua Ziang.

— Cette pauvre bête a été torturée.

— À Abou Graïb ?

— Très drôle, fit Karl en prenant la bête dans ses bras. Il en a bavé, ce chat, il est un peu comme nous.

Tous firent silence. Karl alla chercher une coupelle d'eau pour son chat qui était retourné se réfugier dans le fond de la cage.

— Tu lui as donné un nom ? demanda Léo lorsqu'il revint de la cuisine.

— J'avais d'abord pensé à Émile, mais ça fait trop lyonnais. Alors je vais l'appeler Babylone. En y réfléchissant, il vient peut-être d'Irak.

Ils se remirent au travail, Babylone resta sagement dans sa cage. Léo appela Marc Deschamps pour lui demander où en était la surveillance de la chambre d'hôtel.

— Il faut qu'on en parle. Vous faites quoi, ce soir ?

Surprise par la question, Léo bafouilla une réponse peu convaincante. Il en profita pour l'inviter dans un restaurant du côté de Saint-Sulpice et raccrocha après lui avoir proposé de la prendre chez elle.

Plus tard, elle se surprit à regarder l'heure à plusieurs reprises, la tête dans son armoire pour choisir sa tenue. Elle en changea une bonne dizaine de fois.

Karl lui demanda de le raccompagner avec Babylone, il devait récupérer à l'animalerie la caisse, le sable et les croquettes.

— Si tu le veux bien, on part maintenant, fit Léo.

— Tu as rendez-vous ?

Elle lui adressa un clin d'œil avant de rappeler aux analystes qu'il était l'heure de partir.

— Alors ? demanda Karl un peu avant la Porte de Montreuil, c'est qui ce rendez-vous ?

— Marc Deschamps.

— Le flic ?

— Oui, le flic. Je crois qu'il a un petit faible pour moi.

— À la façon dont tu le dis, c'est réciproque.

— J'aime comme il me regarde, j'ai l'impression de renaître. Depuis la disparition de Philippe, je n'avais pas ressenti ça.

Elle s'ébroua.

— C'est bizarre comme les événements se sont enchaînés ces derniers jours, j'ai peur de perdre le contrôle.

Léo lui relata sa matinée avec Eitan, le labo enterré du Mossad, leurs recherches sur Aristee, l'avancée dans l'opération d'exfiltration d'Éric et de Latifa.

— S'ils tombent sur le bracelet, t'es morte !

— J'ai toujours eu des beaux et gros bracelets, et celui-ci ne devrait pas davantage attirer l'attention. On n'est plus seuls, Karl. L'occasion de faire tomber

Gerbod et l'Institut européen avec ne se présentera pas une seconde fois. Tu as envie, toi, qu'il continue à tirer les ficelles sans que personne bouge ?

— C'est quoi le plan du Mossad ?

— Pour l'instant, ils collectent les preuves et prônent l'activation des réseaux pour mobiliser les forces disponibles. Ils connaissent le comité Forty.

— Tu veux qu'on le réactive ?

Léo lui parla du comité restreint qui avait décidé de rester en alerte.

— C'est celui de Sainte-Geneviève-des-Bois, sans Marjorie. Jade la remplace.

— On a eu des nouvelles de Marjorie ?

— Les dernières datent de ma visite à la clinique, le chirurgien paraissait satisfait.

— Et Emmerich Koch, qu'est-ce qu'il est devenu ? Il travaille toujours pour Gerbod ?

— Je n'ai plus entendu parler de lui depuis qu'il a failli tuer Marjorie. Je crois que je serais capable de l'étrangler de mes propres mains.

— Il t'aura tuée avant...

Ils roulèrent en silence jusqu'à l'animalerie. Elle s'arrêta en double file devant le magasin. Karl posa la main sur la poignée.

— Ton Eitan, il a prévu le cyanure au cas où ça merderait ?

— Tu veux que je vienne avec toi pour expliquer au vendeur ce que je pense du chat qu'il t'a refilé ?

Léo avait aidé Karl à monter chez lui le chat, les sacs de sable et de croquettes. L'appartement était propre et bien rangé, et rien ne traînait, contrairement à ses mauvaises habitudes entretenues avant son incarcération. Léo lui avait fait la remarque.

— Je veux plus vivre dans la crasse et dans la merde, lui avait-il répondu la voix sourde.

Un peu fébrile, Léo mit un CD de Stacey Kent et ouvrit les volets et son armoire. Après plusieurs essayages, elle opta pour une robe noire à fines bretelles, longue et droite, qu'elle étendit sur le lit à côté d'un string en dentelle. Puis, armée d'un épilateur, d'un rasoir et d'une pince, elle s'évertua à traquer ses poils jusqu'au dernier, un combat éphémère dont elle sortit vainqueur. Le corps lisse, elle se doucha longuement sous une eau presque froide puis se passa une crème discrètement parfumée. Coiffure et maquillage lui prirent autant de temps. Revenue dans sa chambre, elle vaporisa d'un geste léger la robe et le sous-vêtement puis les enfila, le cœur adolescent.

Les feux de détresse activés, Marc Deschamps l'attendait devant un garage. Il sortit du véhicule pour l'accueillir.

— J'aime l'été pour ce qu'il permet de voir. Vous êtes superbe, Léo, dit-il en lui baisant la main.

Homme galant, il lui ouvrit la portière. En chemise blanche à col ouvert et pantalon bleu marine de bonne coupe, il avait belle allure.

Il l'emmena dîner dans un restaurant à l'atmosphère feutrée derrière Saint-Sulpice, un lieu où on le connaissait. Y emmenait-il d'autres femmes ? Tout à trac, Léo lui posa la question dès que le maître d'hôtel les eut installés. Il sourit de ses belles dents bien alignées.

— Oui, Léo, je viens ici avec d'autres femmes. Enfin, une seule et toujours la même. Ma mère.

Léo pensa à la sienne, au pourrissement de son corps dans cette clinique de Neuilly. Elle l'imagina en train d'actionner sa pompe à morphine.

— Vous vous entendez bien avec votre mère ?

Marc Deschamps était issu d'un milieu modeste. Son père était mort quelques années plus tôt d'un cancer des ganglions, pratiquement au lendemain de sa retraite. Il avait fini contremaître dans une usine de produits chimiques basée à Noisy-le-Grand. Depuis, Marc emmenait sa mère une fois par mois dans ce restaurant.

— C'est un moment privilégié où nous reconstituons le passé par petits bouts. On se souvient des moments heureux.

Léo crut discerner un voile dans son regard. Son cœur se serra.

— Que vous est-il arrivé, Marc ?

Il ouvrit la carte sans quitter les yeux de Léo, comme le rescapé d'un naufrage accroché à une bouée.

— Il y a trois ans, mon fils a été tué par un chauffard. Il était à scooter et le type en 4 × 4. Mathis est mort sur le coup. Le choc a été d'une telle violence qu'on a trouvé des morceaux du scooter sur plus de cent mètres. Il avait 17 ans.

— Le chauffard ?

— De la prison avec sursis et l'annulation de son permis. À la sortie du tribunal, j'ai tenté de le tuer avec mon arme de service, mes collègues se sont jetés sur moi. Ma femme était présente. Depuis, on a divorcé. Elle fait des séjours réguliers dans une clinique psychiatrique, je lui rends visite de temps à autre.

Le serveur vint prendre la commande.

— Vous avez des enfants, Léo ?

— Une fille, elle vit à l'étranger. Et Françoise Calistrio, ça a donné quoi ?

— Elle n'a pas ouvert la bouche, même pas pour donner son nom. Pire, elle refuse de boire et de manger. Selon les consignes liées à la canicule, on lui a laissé de l'eau dès le début de sa garde à vue mais la bouteille est toujours intacte. Elle est givrée, cette nana. Vous savez ce qu'elle a fait ? Elle s'est pissée dessus. Si elle continue à ce régime, elle va se retrouver direct à l'hosto.

— C'est peut-être ce qu'elle cherche.

— Dans quel but ? En profiter pour s'évader ? Non, elle a réellement un grain.

— Et Li Tchang ?

— Il n'a toujours pas bougé de sa chambre d'hôtel et n'a reçu aucune visite. Apparemment, il a toujours le disque.

Après le dîner, ils déambulèrent sur le boulevard Saint-Germain parmi les touristes, nombreux et bruyants. Ils s'arrêtaient devant les vitrines des boutiques et commentaient l'excentricité de la mode, ou son audace. Flâner le long des trottoirs lui apparut comme un exercice surréaliste, le sentiment d'avoir vécu de longs mois dans un univers parallèle imperméable à la vraie vie. Elle se sentit soudain éreintée.

— Marc, vous ne connaissez pas un coin tranquille où l'on pourrait se poser un moment, au frais et au calme ?

— Chez moi, j'ai une piscine. Si vous voulez…

La piscine avait la forme d'un I adapté à l'étroitesse du jardin étiré en longueur. Marc roula le rideau électrique qui la protégeait, dévoilant une eau claire et tentatrice, joliment éclairée. Léo abandonna ses mules et y plongea la main pour se mouiller la nuque.

— C'est rare une piscine privée en plein Paris.

— Je ne suis que le gardien de cette maison. Un copain me la laisse l'été quand il part dans le Sud.

Il retira un thermomètre de l'eau.

— 28°. Si vous voulez vous baigner, il y a des…

Il laissa sa phrase en suspens, Léo s'était redressée et baissait la glissière de sa robe qui échoua à ses pieds en un monticule fluide et léger qu'elle enjamba pour se positionner sur la margelle. Les bras tendus au-dessus des oreilles, elle plongea et savoura la douceur de l'eau sur sa peau moite. Sa fatigue disparut aussitôt, elle se laissa entraîner par un crawl qui la conduisit rapidement vers le bord opposé où elle marqua un bref arrêt, le temps d'apercevoir son hôte partir vers la maison, sa robe dans les bras. Dix longueurs plus tard, il revenait en slip de bain avec une pile de serviettes. La piscine était suffisamment large pour deux personnes, Léo se rapprocha d'un bord et continua à nager. Marc Deschamps la rejoignit et crawla à ses côtés, légèrement en retrait. Il adapta sa vitesse à la sienne.

Léo compta une centaine de longueurs avant de s'arrêter enfin, essoufflée. Elle sentait chacun des muscles sollicités et appréciait leur contracture. Marc Deschamps reprenait lui aussi sa respiration.

— Vous êtes une bonne nageuse.

— Merci, vous aussi.

Ils discutèrent de choses légères et mouillées pendant encore quelques minutes. La promiscuité de leurs corps presque nus troubla Léo, partagée entre l'envie de se serrer contre lui et de s'enfuir. La profondeur permettait de se tenir debout sur la pointe des pieds si l'on s'accrochait au rebord. Pour lui faire face, il l'encercla de ses bras sans la toucher. Ils étaient pratiquement nez contre nez.

— Qu'est-ce que vous voulez faire, Léo, nager encore un peu ?

— Je ne sais pas…

Il lui sourit, dégagea les mèches collées sur son front.

— Votre brushing est en vrac.

Léo repoussa à son tour les cheveux autour du visage de Marc. Elle ne put dire si elle appréciait le contact de sa main sur la peau de l'homme qui la courtisait.

— Le vôtre aussi, bredouilla-t-elle, mal à l'aise.

Il se pencha et déposa un baiser chloré sur ses lèvres. Léo l'accepta, et il ouvrit la bouche à la recherche de sa langue. Son corps plaqué contre le sien ne laissait aucun doute sur l'intensité de son désir. Un souvenir tout aussi puissant la traversa de part en part, celui du matin où Philippe l'avait poursuivie dans la cuisine et le couloir, le sexe brandi comme un étendard. C'était juste avant qu'on ne le pousse dans le vide. Léo serra les dents et tourna la tête. Puis, comme une anguille, elle se dégagea pour nager jusqu'à l'échelle.

— Désolée, Marc. Vraiment désolée, je...

Elle ne parvint pas à aller plus loin, elle ne savait que dire, la gorge serrée par des sanglots. Elle aurait vendu son âme au diable pour se retrouver dans les bras de celui qu'elle avait toujours aimé, sans faillir, sans que son désir s'éteigne jamais. Elle avait Philippe dans la peau au-delà de l'imaginable et il lui était inconcevable de faire l'amour avec un autre homme en pensant à lui.

Un sourire triste s'afficha sur le visage de Marc.

— Il n'y a pas de mal, Léo, je comprends et je saurai me montrer patient. Et peut-être un jour...

— Je ne sais pas si ce jour viendra, Marc. Je n'en sais rien. Tout ce que je viens de comprendre maintenant, c'est que je ne suis pas prête. Pas encore, et je suis incapable de dire si ça arrivera.

Elle chercha secours dans le ciel noir.

— Jamais je ne m'étais sentie aussi seule. Il me manque tant...

L'eau lui parut soudainement froide et elle se mit à grelotter. Marc la rejoignit en deux brasses et l'entraîna sur l'échelle.

— Venez, Léo. Venez. Ne restez pas dans l'eau.

D'un geste à la fois tendre et ferme, il la recouvrit d'un peignoir douillet. Il l'aida à l'enfiler, à sécher ses cheveux puis lui frictionna le dos.

— Vous ne vous mettez jamais au soleil ? Vous êtes d'une pâleur...

— Le soleil ne m'aime pas. J'ai le choix entre être pâle ou écarlate. Et j'ai choisi.

Il enfila à son tour un peignoir et l'emmena dans la maison.

— Je suis un expert en glaces. Vous voulez quoi ? Banana split, pêche melba, café liégeois…

Léo opta pour un sorbet aux fruits rouges. Ils s'installèrent dans la cuisine où elle l'observa confectionner les coupes. La chantilly, le coulis, et enfin les ornements.

— On dirait que vous avez fait ça toute votre vie, s'étonna Léo.

— C'est parce que j'adore les glaces.

Au moment où ils s'installaient sur la terrasse avec les coupes glacées, Marc reçut un appel. Quand il raccrocha, il paraissait soucieux.

— Le disque dur externe a vraisemblablement été récupéré par un autre individu d'origine asiatique qui s'est rendu dans un immeuble d'affaires à Ivry. En ce moment, l'équipe visionne les enregistrements de la surveillance interne pour savoir dans quel bureau il est allé. Vous voulez une autre glace ?

— Juste une petite et vous m'appelez un taxi.

— Négatif ! Je vous raccompagne.

Léo insista mais Marc était catégorique. Il était des heures où une femme ne circulait plus seule dans les rues. Pour la convaincre, il entreprit de lui raconter les cas d'agressions qu'il avait eus à traiter. Léo céda pour ne pas les entendre.

La rue était déserte et si elle était encore surveillée par les hommes de l'EuroGOS, c'était en toute discrétion. Pas davantage de trace de son ange gardien israélien.

Devant chez elle, Marc arrêta la voiture en double file et coupa le moteur. L'air solennel, il lui prit la main.

— Quoi qu'on en dise, Léo, notre relation a évolué. Nous nous sommes vus nus, ou presque. Vous vous êtes séchée dans mes serviettes et, dernier point non négligeable, vous avez eu le privilège de goûter à l'excellence de mes glaces. Par conséquent et sans goujaterie perverse, je peux vous demander, en cette nuit torride, d'accepter…

Léo le fixait avec méfiance, sachant par avance qu'elle n'aurait pas la force d'argumenter. Une demande déplacée et ce serait une réponse cinglante à défaut de la claque.

Il se mit à rire.

— Quel œil noir ! Waouh ! En fait, je veux juste vous proposer de se tutoyer. Non, qu'en pensez-vous ? Comme le feraient deux bons amis.

— Un dicton considère que l'on devient amis lorsqu'on a partagé un kilo de sel.

— J'aime bien ce dicton. Mais si vous le voulez bien, on va le faire en équivalent crème glacée. Et là, on n'en est pas loin !

— Je rêve ou tu fais allusion au supplément que j'ai réclamé ? dit Léo qui passa au tu avec allégresse, heureuse de pouvoir lui consentir, à défaut de son corps, une compensation sémantique peu coûteuse. C'est petit, très petit !

Leurs yeux riaient. Léo déposa un baiser sur sa joue.

— Bonne nuit Marc. Et merci pour cette soirée.

— On se voit demain ?

— Les jours qui viennent, je suis bien occupée. Lundi soir, si tu veux bien.

— Dans cinq jours !

— Oui, ce lundi-là. Celui dans cinq jours.

En le quittant, Léo ne lui dit pas qu'elle aurait préféré être avec lui plutôt que d'affronter les épreuves à venir. Lorsqu'elle poussa la lourde porte de l'entrée, il lui sembla apercevoir une ombre à travers le pare-brise d'une des voitures en stationnement.

Les rideaux du rez-de-chaussée frémissaient dans la brise matinale, le souffle ne tarderait pas à s'éteindre. Un sourire illumina le visage de Françoise quand elle ouvrit. Léo se maudit de devoir la houspiller après cet accueil chaleureux.

— À quoi sert-il de fermer la porte à double tour si les fenêtres sont grandes ouvertes sur la rue ? N'importe qui peut entrer dans la maison sans que vous vous en rendiez compte. Dans le meilleur des cas, ils volent. Ne m'obligez pas à vous décrire ce qu'ils feraient dans le pire.

— Il faut bien que j'aère !

— Ouvrez les fenêtres du premier et celles du côté jardin, c'est amplement suffisant.

Léo ferma les fenêtres du salon puis s'arrêta devant une vitrine ouverte.

— Vous faites l'argenterie ?

— C'est mon travail.

Léo considéra la silhouette un peu voûtée. Les veines bleuissaient le dessus des mains usées par les travaux ménagers. Françoise avait sans aucun doute dépassé l'âge légal de la retraite. Léo était rassurée que Valériane lui ait légué un appartement.

— Vous avez le droit de vous reposer, Françoise. Vous n'êtes pas obligée de travailler quinze heures par jour, sept jours sur sept. Valériane n'est pas là, profitez-en !

— Elle va bientôt rentrer.

— Comment ça, elle va bientôt rentrer ?

— Madame veut mourir chez elle, dans son lit.

— Et le médecin, qu'est-ce qu'il en pense ?

— Je ne sais pas, elle doit lui en parler ce matin.

Léo se demanda combien de jours et de nuits Valériane passerait encore dans cette maison. Peut-être verrait-elle les feuilles du jardin s'enflammer. Peut-être pas. L'idée saugrenue que Roxane soit au chevet de sa grand-mère au moment de sa mort lui traversa l'esprit.

— Je vais un moment dans son bureau.

Françoise la jaugea avec méfiance puis finit par lâcher à contrecœur.

— Vous connaissez la combinaison du coffre ?

— Il y a un coffre-fort dans le bureau de Valériane ?

— Oui, pour l'argent et les papiers. Derrière le tableau de la petite fille avec une balle.

— Et vous avez la combinaison ?

— Oh ! Pas depuis longtemps. Elle me l'a donnée à la clinique parce que j'avais besoin d'argent. Et puis ça m'embête d'être la seule à le savoir si jamais je perdais la boule. Ne lui dites pas que je vous en ai parlé, vous comprenez, elle m'a fait jurer. Mais quand même, vous êtes sa fille.

C'était sans doute parce qu'elle n'avait jamais elle-même bâti de famille que Françoise avait un sens aigu de ses valeurs. La famille de Coursange n'avait pourtant pas été un modèle du genre. Françoise lui donna la combinaison.

Une quiétude chahutée par le chant des oiseaux régnait dans le bureau ouvert sur le jardin au gazon ras et aux massifs bien taillés, dissimulant dans une confidentialité feutrée que la maîtresse de maison allait bientôt déserter les lieux.

La petite fille à la balle la narguait d'un sourire espiègle, Léo la fit glisser contre le mur. Elle tourna le bouton et l'immobilisa sur le premier chiffre.

Des liasses de billets de cinquante, cent et deux cents euros s'entassaient entre la paroi du coffre et une pile de dossiers. Léo sortit les documents et les posa sur la table au bois précieux, repoussant un presse-papiers, sous lequel on avait coincé des tickets de pressing, d'épicerie et autres justificatifs de paiement. Valériane aurait-elle la force de les vérifier à son retour, elle en doutait.

Pour la plupart, les dossiers étaient les actes notariés des immeubles, appartements et maisons dont Valériane était propriétaire. Elle possédait également plusieurs garages dans les VIIe et XVIe arrondissements, loués au prix de studios dans le XXe. Après avoir consulté tous les dossiers, elle reconstitua la pile pour la remettre à sa place. Dans la manœuvre, des liasses de billets s'effondrèrent. Léo les rempila avec soin, se questionnant sur l'origine d'autant d'argent liquide. Un billet était coincé dans le fond du coffre. Léo le retira pour le remettre sur une pile mais, à son grand étonnement, un coin se déchira. Intriguée, elle vida le coffre puis l'inspecta. La surface du fond avait un aspect plus granuleux et la résonance était différente. Elle promena ses doigts tout autour du montant jusqu'à trouver une petite aspérité. Elle s'y arrêta et appuya, le fond bascula sur un dossier noir dissimulé verticalement dans la double paroi. Elle le retira comme s'il s'agissait d'un morceau de cristal. Son cœur se mit à battre quand elle découvrit la première page. Il s'agissait ni plus ni moins des statuts de l'acte fondateur de l'Institut européen d'analyse et de prospective, paraphés et signés par les onze membres du Grand Conseil. Tous étaient connus. La France était représentée par Valériane et les autres signataires étaient issus de grandes familles des pays de l'Union. Des familles aux fortunes considérables dont les actifs, les participations et les avoirs se dissimulaient derrière des sociétés nationales, transnationales ou écrans lorsque leurs fondations baignaient dans les eaux turquoise. Léo parcourut le dossier, fut déçue de ne pas y trouver la mention d'Aristee, même si cela ne l'étonnait guère. Il y était surtout question de défense des intérêts de l'Europe à travers son industrie, son agriculture, à travers toute son économie dans l'objectif d'en faire la première puissance mondiale. Le rôle de l'Institut européen était de garantir l'intégrité de l'Union européenne lorsque son parlement et sa Commission se montraient défaillants. Sans ambiguïté étaient développés des concepts protectionnistes pour assurer à 500 millions d'habitants une indépendance énergétique et alimentaire pérenne, tout en bâtissant une forteresse imprenable que les affamés et les barbares ne pourraient envahir. Au même titre que les autres membres du Grand Conseil, Valériane était une souverainiste européenne, un oxymore à l'odeur de soufre brun. En annexe étaient mentionnées les modalités de la création de l'EUROGOS administré par Jean-Charles Gerbod, désigné le Superviseur.

Elle glissa le dossier dans son sac et appela Eitan.

Mme Boubaker avait vieilli de dix ans. Elle prit Léo dans ses bras, comme on retrouve une grande fille après de longues années d'absence, partagée entre la rancune et la joie. Elle en voulait à Léo de n'avoir pu empêcher l'incarcération de sa fille tout en lui étant reconnaissante d'avoir financé la meilleure défense pour Khaled qui avait fini par être relaxé. Sa mise en examen pour terrorisme n'avait pas tenu, l'avocat avait fait valoir que le jeune Khaled, cloué sur un fauteuil roulant, avait été abusé. De plus, toutes les informations qu'il avait données pour preuve de sa bonne foi avaient permis de démanteler une cellule islamiste. L'imam et plusieurs de ses sbires avaient été arrêtés.

Si dans un premier temps, Khaled n'avait pas dénoncé les protagonistes de l'attentat en préparation, il avait ensuite tout balancé pour sauver sa sœur accusée de terrorisme. En vain. Les preuves étaient incontestables. Les photos, les écoutes téléphoniques, les informations détenues sur le disque dur de Latifa, un montage fabriqué de toutes pièces qui maintenait la jeune femme en détention. Pour peu de temps encore, Léo l'espérait. Karl libéré, Éric et Latifa exfiltrés, il ne resterait que son père entre les mains de Gerbod. La pression se relâcherait.

Comme il se devait, Mme Boubaker lui offrit un thé à la menthe. Dans le fauteuil près de la fenêtre était assis M. Boubaker, le regard par-delà la ligne d'horizon barrée par les immeubles rectangulaires aux balcons bardés de paraboles. Il ne daigna pas tourner la tête quand Léo le salua. M. Boubaker avait travaillé toute sa vie pour une grande entreprise française, dans le strict respect des lois et des coutumes de sa terre d'adoption. Il était désormais un homme déshonoré par une fille ingrate ayant conspiré contre le pays qui les avait accueillis. Imperméable à la théorie du complot, il s'en tenait aux faits avérés et établis. Sa fille était une terroriste.

Léo saisit le verre de thé sur le plateau argenté et le porta à ses lèvres sans pouvoir avaler une seule gorgée tant le breuvage était brûlant. Elle le reposa.

— Ce soir, on m'autorise à voir Latifa. Voulez-vous que je lui dise quelque chose de votre part ?

L'annonce de la visite à sa fille figea Mme Boubaker une longue minute avant de libérer une parole trop longtemps contenue. Dix-neuf mois de la vie d'une grande famille dispersée entre la France et le Maroc furent évoqués par rafales dans une débauche de détails que Léo tenta de mémoriser. Elle finit par lever la main pour arrêter le flot.

— Mais vous, Madame Boubaker, qu'avez-vous envie de dire à votre fille ? Quelque chose de plus… personnel ?

Le sourire disparut et le regard s'assombrit. Elle joignit les mains.

— Dites-lui qu'elle me manque… et que je l'aime. Elle est ma fille et elle le restera toujours, parce que Latifa est une bonne fille.

L'homme assis près de la fenêtre resta impassible, M. Boubaker n'avait rien à dire à sa fille. Léo désigna le couloir.

— Khaled est dans sa chambre ?

Le frère de Latifa pianotait devant un écran d'ordinateur, un casque sur les oreilles. Il n'avait pas entendu Léo arriver dans la maison. Elle ouvrit la porte et frappa de l'intérieur. Il tourna la tête, mit quelques secondes à la reconnaître. Ils s'étaient vus seulement à deux reprises, la première quand Léo lui avait proposé l'avocat qui allait le défendre et la seconde quelques mois plus tard, quand ils avaient parlé de son projet de devenir webmaster. Léo lui avait envoyé un informaticien qui l'avait formé. Au regard des écrans, des unités centrales et du matériel dans la chambre, Khaled en avait fait un métier. Les cheveux et le visage rasés, en short et t-shirt propres, il n'avait plus rien de celui qui voulait se faire sauter dans un stade.

— Bonjour Khaled.

D'un signe, il l'invita à s'asseoir sur le lit couvert d'un drap repassé et tendu. La chambre n'était pas très grande et tout ce qui ne concernait pas son activité avait été retiré afin de réserver la place au fauteuil.

Léo s'assit au pied du lit.

— On dirait que ça marche bien pour toi.

— Je commence à être connu, le bouche à oreille fonctionne.

— Et tu as quel statut ? demanda Léo qui craignait que Khaled n'enfreigne des lois.

— J'ai créé une microsociété. Un éducateur de la

Maison pour tous me donne un coup de main pour la compta.

Un Coran était ouvert près de l'écran, Khaled perçut le regard de Léo glisser sur le livre sacré. Il sourit.

— Je travaille sur un site qui fait référence à l'islam. Je cite des sourates. Et comme je ne les connais pas par cœur… Vous avez des nouvelles de ma sœur ?

— Je la vois ce soir. Tu as quelque chose à lui dire ?

Khaled avait tant à lui dire. En témoignaient sa longue inspiration, le léger tremblement des mains quand il posa les doigts sur le clavier pour se donner une contenance. Khaled était profondément malheureux.

— Dites-lui que je regrette.

Léo faillit rétorquer « c'est tout ? » avant de réaliser que cette simple phrase était immense, elle contenait tous les regrets et les remords. La culpabilité de Khaled était abyssale et Léo savait que la construction de sa nouvelle vie était dédiée à sa sœur, pour lui prouver que son sacrifice n'avait pas été vain, pour se racheter un peu.

— Je lui dirai comment tu t'en sors, elle sera heureuse de le savoir.

Léo se leva et posa la main sur l'épaule du garçon.

— Ne perds pas espoir, Khaled. Tout n'est pas écrit et les choses peuvent changer. Tu reverras ta sœur, j'en suis certaine.

Elle aurait voulu lui parler de l'opération d'exfiltration parce qu'elle le savait capable de murer en lui un secret. Mais c'était prématuré.

Un message enjoué l'attendait sur son portable.

— Bonjour, c'est Nath. Je suis contente que tu prennes ma nièce en stage. Tu verras, c'est une super petite nana, dégourdie et brillante. Tout sa tatie. (Rires.) Si t'as le temps, on se retrouve toutes les trois pour déjeuner, histoire de mieux faire connaissance. Je te propose d'aller à la petite brasserie, tu sais, celle où on a bu une bière la dernière fois. Appelle-moi si t'as un empêchement. Allez bisou tchao.

Les Black Green étaient rompus à la clandestinité, ce qui la rassura. Le téléphone de Léo était sur écoute et Nath avait suivi ses recommandations avec un tel naturel que le message n'avait pu retenir l'attention dans le flot continu de tous ses appels. Il rejoindrait la colonne des « conversations sans intérêt ».

Jeanne avait trouvé l'adresse des parents de Marlène Berger à Berlin. La piste de sa carte bancaire confirmait qu'elle s'y trouvait, des achats avaient été enregistrés dans la ville. Shakila remit à Léo un billet d'avion, une réservation d'hôtel, l'heure et l'adresse du rendez-vous avec le Berlinois pour le lendemain en milieu d'après-midi. Cette perspective l'affola un peu, elle avait tant à faire en si peu de temps. Karl avait le nez dans un dossier, Shakila sur un écran. Un téléphone contre l'oreille, Ziang réceptionnait des documents sur son ordinateur. Il fit un signe à Léo et remercia son interlocuteur.

— C'était le capitaine Deschamps. On connaît la destination du Chinois dans l'immeuble d'affaires d'Ivry. Il est allé à l'antenne de l'agence de presse Chine nouvelle. C'est bien le Guoanbu qui est derrière l'affaire Calbéo.

Il désigna l'écran.

— Il m'a transmis quelques portraits à identifier.

Personne ne demanda à Léo où elle se rendait et à quel moment elle reviendrait lorsqu'elle les quitta à midi. Elle traversa le garage, fit quelques pas sur le trottoir, puis tourna brutalement les talons comme si elle avait oublié quelque chose à I3S. Beaucoup de monde dans la rue en dépit de la chaleur. Les lunettes de soleil et les chapeaux dissimulaient les visages. Dans l'ombre de son garage, elle appela Eitan.

— Vous êtes sûr que personne ne me suit ?

— Affirmatif, Léo ! Ils ont laissé tomber. Les écoutes doivent leur suffire. Et puis je vous le rappelle, organiser une filature nécessite du monde et de la logistique. À tout à l'heure, Léo.

Rassurée, elle rejoignit le squat où des odeurs de cuisine lui ouvrirent l'appétit. Son petit déjeuner s'était cantonné à un biscuit un peu mou récupéré au fond d'un paquet et elle était affamée.

Seulement deux personnes dans la yourte, comme si les lieux étaient réservés. Nath était en compagnie d'un homme qu'elle reconnut aussitôt même s'il avait rasé sa barbe. Werner Kaufman. Léo leur serra la main et s'assit autour de la table sur laquelle étaient posés de la charcuterie, du fromage, des tomates cerise, une baguette de pain, du vin et de l'eau. Nath poussa un verre devant Léo.

— Si tu as faim ou soif, sers-toi, dit-elle en reprenant la tartine de pâté un instant abandonnée.

Léo ne se fit pas prier, elle se confectionna un sandwich au jambon cru après avoir descendu un grand verre d'eau. Werner Kaufman l'observait, amusé.

— Je vous imaginais plus… empruntée.

Puis elle but une gorgée de vin rouge, un vin frais et jeune adapté à la saison.

— Oui, dans une autre vie, je l'étais sans doute mais les temps ont changé, je n'ai plus les moyens d'être empruntée. Le pragmatisme est devenu une règle. Tenez, dit-elle en tendant l'enveloppe d'Eitan. Cadeau !

Werner Kaufman sortit les preuves de la corruption par Aristee des membres de la commission d'enquête européenne et les parcourut avec attention, en levant de temps à autre les yeux vers Léo qui s'était attaquée à un camembert hardi.

— Comment avez-vous obtenu ça ?

— Il y a des années que je fouille les poubelles, je commence à avoir une certaine pratique de l'exercice. Mais parfois, il m'arrive de tomber sur des contenus que je ne peux exploiter pour différentes raisons.

— C'est une bombe !

— Que je vous laisse le soin d'amorcer. Ça ne peut pas mieux tomber pour vous en ce moment, n'est-ce pas ?

— Pourquoi nous ? Vous auriez pu les donner à d'autres organisations.

— D'abord parce que je connais Nath.

Cette dernière sourit, la remarque ne pouvait que la valoriser auprès de Kaufman.

— Et puis parce que vous êtes les plus authentiques et les moins pantouflards. La décapitation de votre organisation, la déstabilisation de vos troupes, le manque structurel de fonds me permettent de croire que vous utiliserez ces informations au mieux et rapidement, en évitant les tergiversations qui auraient immanquablement lieu ailleurs. Il faut agir vite et bien, Monsieur Kaufman.

— Qu'est-ce que vous avez à gagner dans la dénonciation de cette collusion entre le lobby pro-OGM et la commission ? C'est plutôt éloigné des activités d'I3S.

Que les Black Green aient enquêté sur elle, sur l'officine, la confortait dans l'idée qu'il leur restait de bonnes ressources.

— Vous savez qui détient la majorité du capital d'Aristee aujourd'hui ?

— Des Européens, à travers plusieurs fonds d'investissement. Je sais que les Chinois avaient un moment tenté de s'en emparer mais ils se sont brûlé les ailes, grâce à vous du reste, et à l'Agence de sécurité économique.

À ce moment-là, Léo prit conscience du niveau de verrouillage de l'information imposé par l'Institut européen. Elle fut sidérée qu'une organisation écologiste aussi radicale que les Black Green l'ignore. Elle ferma un moment les yeux, réfléchissant à la façon de présenter l'affaire sans passer pour une mythomane.

— Connaissez-vous l'Institut européen d'analyse et de prospective ?

Comme beaucoup de monde, Werner Kaufman connaissait cet institut aux airs de fondation qui œuvrait pour le bien-être et la prospérité des Européens. Mais, à l'inverse d'une poignée d'initiés, il n'était pas au fait de ses véritables intentions. Léo en fit une synthèse structurée et épurée, dépourvue de toute émotion et de tout commentaire subjectif et personnel. Elle conclut son exposé par ces seuls mots qui l'engageaient personnellement :

— Pour avoir enquêté sur les agissements de l'Institut européen, trois de mes collaborateurs ont été emprisonnés sous des chefs d'inculpation montés de toutes pièces, un a disparu de la circulation et d'autres sont morts, dont mon mari.

— Et votre père ?

— Mon père, c'est une autre histoire.

Léo les dévisagea tour à tour.

— Werner, ce que je viens de vous révéler vous met en danger. N'en parlez à personne, c'est encore beaucoup trop tôt. Le temps viendra où tout se saura, mais quand nous l'aurons choisi, et quand l'opinion publique sera prête. La tendance à accepter les OGM est aujourd'hui une réalité à cause du lobbying auprès des instances européennes, auprès des gouvernements à un niveau mondial. Tous les leviers ont été utilisés : l'intimidation, le chantage, la corruption, la persuasion, les mensonges et les études bidonnées. Les organisations écologistes les plus significatives sont noyautées, ou tout simplement malmenées comme la vôtre. Il faut revenir sur le terrain de la dénonciation, avec intelligence et pragmatisme. Il faut reconstituer vos bases, on vous en donnera les moyens.

— Qui, on ? demanda à nouveau Werner Kaufman. Il est évident que vous n'êtes pas seule à mener ce combat. Qui est derrière vous ?

— Vous connaissez le principe de la segmentarisation ? Nous devons l'appliquer si nous voulons agir et survivre. Un jour, toutes nos forces, dont j'ignore encore la véritable ampleur, seront rassemblées pour donner l'estocade. En attendant, nous avons un adversaire qui ne doit à aucun moment pouvoir associer nos noms. Nous devons continuer à mieux le connaître pour lui porter le coup dont il ne se relèvera pas. Sinon, c'est nous qui disparaîtrons.

Elle marqua un temps d'arrêt.

— Vous avez une idée de la façon dont vous allez utiliser ces documents ?

— L'information en ligne. À *Rue 89*, nous avons un contact. Ensuite, la presse écrite, les radios et les télés le reprendront.

— Avec les nouvelles lois, votre contact sera obligé de donner sa source.

— Je sais, dit Werner, c'est moi qui donnerai les documents. Ils ne me feront pas parler.

— Hors de question ! s'emporta Nath. Pense aux autres qui sont toujours enfermés, jamais ils ne te relâcheront. Laisse-moi y aller. Ils n'ont rien contre moi.

— Ils te feront parler, et tout le monde tombera. C'est trop risqué.

Chacun y alla de son argument qui le plaçait en meilleure position pour endosser le rôle de la chèvre. Léo leva la main.

— J'ai une meilleure idée.

Une idée simple utilisant les méthodes de l'adversaire. La chèvre serait l'un des membres de la commission, ils allaient tout simplement fabriquer et mettre en scène la fuite, photo à l'appui.

— Ce sera irréfutable, promit Léo.

Elle leur expliqua que Jeanne prendrait en charge l'opération Pampers. Qu'ils lui fassent confiance et s'en tiennent à ses consignes. Jeanne était une professionnelle.

— Dans quel monde on vit, ne put s'empêcher de marmonner Werner Kaufman quand Léo se leva pour prendre congé.

Jeanne accepta de gérer l'opération Pampers, ayant rapidement compris ce qu'on attendait d'elle. Léo lui remit le double des documents en possession de Werner Kaufman et les codes pour le joindre.

— Dans la commission, on doit pouvoir trouver quelqu'un de susceptible d'organiser une fuite au bénéfice des Black Green, dit Léo. Trouvez-le et programmez un rendez-vous. Il faut absolument qu'il apparaisse en compagnie de Werner Kaufman sur une série de photos.

— Vous prévoyez seulement des photos pour le confondre ? rétorqua Jeanne.

— Vous pensez à autre chose ?

— On peut bétonner avec une conversation téléphonique.

— Vous avez le matériel ?

— Je sais où le trouver.

Croiser le chemin de Jeanne était ce qui lui était arrivé de mieux ces derniers temps, avec la libération de Karl et sa rencontre avec son père. Elle se demanda quand aurait lieu la prochaine, et surtout s'il y en aurait une autre. Lors de sa visite, elle avait trouvé son père étrangement serein et plutôt détaché de son environnement confiné. Mais c'était peut-être à ce prix-là que l'on pouvait survivre.

Eitan l'attendait sur un banc au milieu d'un square, près d'une douzaine de jeunes SDF portant dreadlocks, treillis kaki et Doc Martens. Les chiens, les sacs et les bouteilles d'alcool ou d'eau s'éparpillaient sur la terre battue. Les jeunes mordaient dans des kebabs qui faisaient luire leur menton. Particulièrement joyeux, ils interpellèrent Léo quand elle rejoignit l'Israélien sur son banc.

— Eh M'dame, c'est vous qui payez le dessert ?

— Pourquoi ils me demandent ça ? demanda Léo sur ses gardes.

Elle avait toujours été mal à l'aise face à cette frange de la société qui par choix, et plus souvent par obligation, vivait dans la rue. Mais combien de temps encore occuperaient-ils le centre des villes ? L'Institut européen avait d'autres projets pour eux, comme celui de les stocker dans des centres de rétention contrôlés par des canons à son. Le plus absurde dans ces nouvelles dispositions était qu'elles emporteraient l'adhésion quasi unanime de l'opinion publique incapable de se projeter dans une société qui parquait ses pauvres et ses marginaux.

Eitan promena son regard animal sur Léo et au-delà des SDF exubérants.

— Je leur ai payé le kebab, ils pensent que vous allez leur offrir le dessert.

Léo s'interrogea sur les réelles motivations de sa générosité, penchant pour la jouissance d'un banc sûr dans un environnement bruyant. Elle tira de son sac le dossier noir des statuts de l'Institut européen et les posa entre eux.

— Ils s'apercevront tôt ou tard de sa disparition. Je vais être la première sur la liste des suspects.

— Sans doute, dit-il en parcourant la première page.

— C'est tout l'effet que ça vous fait ?

— Ils vont vous mettre la pression mais ils peuvent difficilement s'acharner sur vous. Vous avez rencontré notre ami Werner ?

Léo lui relata leur rencontre, l'opération Pampers en cours, sa gestion par Jeanne.

— Une excellente recrue, votre Viborel.

Le commentaire à la fois ironique et admiratif alerta Léo. Elle ne se souvenait pas lui avoir révélé son nom de famille.

— Vous la connaissez ?

— Jeanne Viborel a été pendant de longues années un honorable correspondant de la DST. Après le suicide de son mari, c'est d'ailleurs ce service qui l'a mise sur la piste de Belinda Saint-Léger. Elle n'a pas poursuivi, c'est curieux.

— Et la Mangouste, on a du nouveau ?

Eitan marqua un temps avant de répondre.

— Méfiez-vous des associations d'idées, Léo, elles peuvent vous trahir.

Léo réalisa qu'elle avait évoqué sa fille parce qu'elle

avait pensé à celle de Jeanne, aux menaces exercées sur elle par Belinda.

— Désolée. Je n'ai pas fait l'école des agents secrets et encore moins celle du Mossad. C'est vrai qu'on vous apprend à résister à la torture… en vous torturant ?

— Pour répondre à votre précédente question, la Mangouste fait pour l'instant le tour de son territoire, il s'en imprègne. Je vous dirai quand nous aurons du nouveau.

Eitan se tut un moment pour observer la rue derrière les grilles du square.

— Nous progressons avec les Russes. On a appris qu'ils ont infiltré quelqu'un dans la place.

— À la tour Boileau ?

— Oui, à la tour Boileau. Ils nous ont fait comprendre qu'ils partageraient leurs renseignements si on leur en fournissait du même niveau.

Léo désigna le dossier noir.

— Oui, c'est un bon début, fit Eitan en hochant la tête. Mais pas suffisant.

— Et vous pensez à quoi ?

— Nous devons nous aussi infiltrer quelqu'un.

— Qui ?

— Une sentinelle !

La tâche lui parut démesurée et la chaleur sèche du square n'encourageait pas à l'optimisme. Elle sortit une bouteille d'eau de son sac et but une longue gorgée. Que les Israéliens connaissent l'existence du Comité Forty la déstabilisait. Gerbod était-il également au courant ?

— Vous pensez que Gerbod…

— Non.

— Qu'est-ce qui vous en rend si certain ?

— Apprenez à me faire confiance, Éléonore, comme je le fais moi-même. Nous regardons dans la même direction. Il faut réunir les sentinelles.

— Seulement quelques-unes.

— Je suis d'accord.

Il poussa vers Léo une enveloppe contenant des photos d'Élisabeth Carpentier. La plupart étaient prises sur le parvis et dans le hall de la tour Boileau. L'une d'elles la montrait dans une voiture avec Emmerich Koch, une autre marchant à côté de lui. Léo fronça les sourcils.

— Qu'est-ce qu'elle fout avec lui ?

— Ils travaillent ensemble.

— Ce n'est pas possible !

— L'abonnement d'un de ses téléphones portables est au nom de la fondation, ainsi que sa place de parking dans la tour. Apparemment, on a perdu une alliée de poids. Élisabeth Carpentier a basculé dans l'autre camp, cela ne fait aucun doute.

— Et si elle était infiltrée ? proposa Léo qui ne croyait pas un instant au retournement d'Élisabeth.

— On doit le vérifier.

— Comment ?

— Faut voir…

— Ce sera vite vu. Vous connaissez le numéro de sa place dans le parking de la tour ?

Eitan le lui donna après un moment d'hésitation.

Le téléphone de Léo se mit à sonner. Gilles Damais.

— Bonjour, Éléonore. Nous passons vous prendre à votre domicile à 17 heures. Tenez-vous prête.

Léo répéta l'heure et raccrocha. Eitan posa la main sur la sienne. Le contact était rassurant.

— Tout se passera bien. Je le sais.

— Vous savez tant de choses, répliqua-t-elle avec un petit rire désabusé. Je me demande comment.

— À l'inverse de nombre de services de renseignements occidentaux, nous avons toujours privilégié l'humint[1] tout en restant très pointus sur les moyens électroniques. C'est ce qui fait notre force et nourrit notre connaissance.

Les chiens finissaient les restes de kebabs et léchaient les papiers d'aluminium répandus dans le square. Léo les observa en pensant à Babylone, le nouveau compagnon de Karl.

— Gilles Damais était presque aimable, c'est bien la première fois depuis longtemps.

— Il a peut-être quelque chose à se reprocher, fit Eitan un peu mécaniquement.

Léo ramassa son sac dans un long soupir.

— Je hais l'été. Vous qui savez tout, quand est-ce qu'il va pleuvoir ?

— Avant la fin du jour. Prenez un imperméable avec vous, il va y avoir de l'orage.

— Vous plaisantez ?

— Je pense au bracelet, évitez qu'il prenne l'eau.

Elle se leva et décolla le tissu humide plaqué contre ses fesses.

— Demain, je pars pour le week-end à Berlin, mon avion décolle à la première heure.

— Qu'allez-vous faire à Berlin ?

— Chercher la lumière.

— On ne voit pas la lumière, Éléonore, c'est elle qui fait voir. Bonne chance à Berlin.

1. Human intelligence.

De violentes bourrasques de vent porteuses d'un air suffocant précédèrent la pluie qui s'abattit en trombes crépitantes, enveloppant les trottoirs et les façades d'un halo vaporeux. Léo étala une serpillière pour éponger la flaque sous la fenêtre de la cuisine et scruta le ciel avant d'aller dans sa chambre choisir ses vêtements. Elle trouva un chemisier à fines rayures blanches, turquoise et noires qu'elle maria avec un pantalon en lin noir et un imperméable de la même couleur. Le bracelet était à peine visible sous les manches longues, la pluie lui facilitait les choses. Elle mit à profit les vingt minutes restantes pour préparer le sac qu'elle emporterait à Berlin.

Un véhicule aux vitres fumées attendait en double file juste devant la porte. Des cataractes se déversaient et rebondissaient sur les trottoirs luisants. La portière de la berline s'entrouvrit pour lui donner le signal de départ. Renonçant à ouvrir son parapluie, elle remonta l'imperméable au-dessus de sa tête et courut se jeter sur la banquette arrière où l'attendait Gilles Damais. Les quelques mètres sous la pluie l'avaient trempée.

Damais lui tendit une boîte de Kleenex qu'elle vida à moitié pour s'éponger le visage et le cou. Dépourvue de sac à main, elle fourra les mouchoirs déchiquetés dans la poche de son imperméable en prenant soin de dissimuler le bracelet.

— Voulez-vous qu'on mette un peu de chauffage pour vous sécher ? demanda aimablement le numéro un de la sécurité de la DGSE.

Elle ne s'était pas trompée. Même s'il le refrénait, Damais avait adopté un ton empreint de sollicitude. Sur quel compte le mettre, elle l'ignorait.

— Non, merci. Cela fait des semaines que l'on attend cette pluie, apprécions ce répit. Éric et Latifa sont prévenus de ma visite ?

— Oui. Vous avez ce que vous nous avez promis ? demanda Damais en auscultant son imperméable, visiblement à la recherche de documents cachés sur elle.

— Tout est là, dit Léo, l'index sur sa tempe. Et là, ajouta-t-elle en lui donnant une enveloppe.

L'homme l'ouvrit lentement et en sortit plusieurs clichés. L'œil averti pouvait constater qu'il s'agissait de photos prises par un drone et sur lesquelles on avait effacé les coordonnées. C'était en fait la même scène prise sous différents angles en l'espace de quelques secondes. Les pieds entravés, et encadré par trois hommes en tenue de djihadistes, un homme traversait une cour ceinte par de hauts murs de torchis. La dernière photo permettait de l'identifier. Damais fixa le visage un long moment.

— C'est Versailles, il n'y a aucun doute.

Sur le cliché qui présentait le champ le plus large, la terre aride, les vêtements des hommes et le type de bâtiment donnaient des indices quant au continent.

Mais c'était bien là la seule information sur le lieu de détention.

— Donnez-moi les coordonnées.

— Quand je les aurai vus.

— Le temps est compté pour Versailles.

— Cela fait dix-neuf mois que je compte les jours pour rencontrer mes collaborateurs. Vous me l'accordez seulement maintenant dans l'objectif de récupérer l'un des vôtres. Je comprends votre inquiétude, alors comprenez la mienne.

Damais n'insista pas. Depuis sa connaissance de l'enlèvement de l'agent de la DGSE, une interrogation la tenaillait.

— Pourquoi les médias ne se sont pas emparés de cette affaire ?

— Pour ne pas faire grimper les enchères et surtout ne pas mettre la vie de Versailles en danger. Un otage médiatisé se trouve dans une tourmente rarement maîtrisée.

— Où en sont les tractations ?

— Au point mort. Le problème est qu'on ne sait pas entre quelles mains il se trouve réellement. Il faut composer avec les intermédiaires et les différents groupes chabab qui se tirent dans les pattes et qui prétendent chacun détenir notre homme. C'est une partie de poker menteur qui n'en finit pas et on n'avance pas. L'exfiltration reste la seule option mais on ignore où il est retenu. J'espère qu'il s'y trouve encore.

— Hier, il y était.

Damais eut un sourire équivoque.

— Par moments, vous me faites penser à votre père. J'espère que vous ne suivez pas son chemin.

Léo ne fit pas de commentaire et songea aux liens

étroits qui l'unissaient désormais au Mossad, au projet de renverser une institution européenne jouissant d'une notoriété indiscutable. L'intelligence avec l'ennemi devenait une notion fluctuante sur le fil ténu des points de vue. À hauteur de la Porte d'Asnières, Damais lui tendit un bandeau. Elle le glissa sur ses paupières alors qu'ils continuaient à rouler sur le boulevard périphérique. Ils le quittèrent une bonne quinzaine de minutes plus tard si elle s'en référait à son horloge interne. Sans doute à la Porte de Saint-Ouen ou de Clignancourt.

La pluie cessa soudain de tomber et, au crissement des pneus sur le revêtement, elle devina qu'ils étaient dans un souterrain. Damais lui permit d'ôter son bandeau quand le véhicule stoppa. Sa première vision fut celle d'une demi-douzaine de 4 × 4 blindés Range Rover alignés près d'un quai ouvert sur une salle à la lumière crue. Un pan de mur était occupé par des casiers remplis de gilets pare-balles. Les battements de son cœur s'amplifièrent. S'ils découvraient ce qu'elle avait autour du poignet, elle ne sortirait jamais de cet endroit. Damais l'entraîna d'un pas alerte dans un dédale d'escaliers et de couloirs. Ils franchirent des portes dont certaines étaient contrôlées par des gardes et d'autres par des bornes biométriques. À proximité d'un portique, Damais se tourna vers Léo.

— Les coordonnées, Éléonore.

— Je veux d'abord les voir.

— Bien. Qui en premier ?

— Éric Laville.

Damais lui désigna le portique. Il sonna quand elle le franchit. Un garde en uniforme de gendarme lui demanda d'enlever son imperméable et de le lui donner. Léo s'exécuta puis traversa à nouveau le portique. L'alarme retentit une deuxième fois. Elle écarta les bras, les paumes au plafond signifiant qu'elle ne comprenait pas. Son cœur battait à tout rompre, Gilles Damais l'observait d'un drôle d'air.

— Vous transpirez, Éléonore.

Mue par une impulsion subite, elle se planta devant lui, nez contre nez et les mains sur les hanches.

— Écoutez-moi bien, Monsieur le numéro un de la sécurité à la Direction générale des services très extérieurs. Il se trouve que le passage de la cinquantaine occasionne des petits dérèglements hormonaux que je gère plutôt mal. Ils me font transpirer, me rendent irritable et accentuent mon stress dans certaines situations. Vous voulez que je vous dise, là, je suis à deux doigts de péter un câble. Alors soit vous me laissez franchir votre putain de portique, soit vous me ramenez à la maison et on remet à plus tard notre petite visite. Je suis sûre que Versailles appréciera ces quelques jours supplémentaires d'hospitalité somalienne.

Célibataire endurci, Gilles Damais était totalement imperméable aux affaires des femmes. Il crut Léo sur parole car seul un dérèglement hormonal pouvait venir à bout d'une excellente éducation. C'est en tout cas ainsi qu'elle interpréta son air effaré. Il fit signe au gendarme de passer outre et l'alarme sonna une troisième fois.

En t-shirt et pantalon blancs, Éric attendait debout devant la paroi en plexiglas d'une cellule contenant pour tout mobilier deux tabourets en aluminium.

— Je vous rappelle les consignes. Aucun contact physique et tenez-vous-en à ce que vous êtes autorisés à évoquer. Vous avez trente minutes.

La gorge serrée, Léo n'écoutait plus Damais et détaillait celui qui avait été son collaborateur pendant trois années hors du commun.

— Bonjour, Éric. Je suis heureuse de vous revoir.

Sans un mot, il lui désigna le tabouret qu'elle accepta volontiers, ses jambes ne la portaient plus. Il s'assit à son tour, affichant ce demi-sourire dont il ne s'était jamais départi. Hormis les quelques cheveux blancs et sa peau très pâle, il n'avait pas changé et avait conservé sa carrure d'athlète. Sous le t-shirt, on devinait une musculature noueuse et particulièrement développée.

— Vous faites du sport ? s'étonna Léo.

— Du sport, c'est un bien grand mot. Disons que j'ai à ma disposition un peu de matériel pour entretenir ma forme.

— Vous avez raison, il faut la conserver, dit Léo en tripotant son bracelet.

Le regard vert d'eau d'Éric l'effleura sans s'y arrêter, mais il l'avait remarqué, Léo le savait. Elle ne portait habituellement que des gros bracelets en argent, ils en avaient déjà parlé une nuit où ils étaient en planque. Sous ses doigts, elle sentit la languette et la retira d'un petit mouvement sec. Le geste pouvait être considéré comme un tic nerveux par ceux qui l'observaient derrière la caméra pointée sur eux. Léo demanda comment il allait. Éric évacua rapidement la question.

— Parlez-moi de vous, de ce que vous faites.

I3S, Ziang et Shakila alimentèrent le début de la conversation. Elle parla de Karl qui venait d'intégrer à nouveau l'équipe, de sa relaxe, sans s'appesantir, et de Babylone. Elle évoqua brièvement sa mère en train de mourir.

— Ah, au fait, je rencontre parfois votre amie, Anne. Elle s'inquiète pour vous et me demande de vos nouvelles.

Éric réagit sans ciller.

— Cette chère Anne, que devient-elle ?

— Toujours des tas de projets. C'est une dame charmante, on se retrouve de temps à autre pour bavarder. Elle monte une pièce de théâtre, c'est elle qui la met en scène. Elle aura le casting définitif d'ici trois ou quatre jours.

Léo se mit à rire.

— Elle m'a convaincue de jouer dans sa pièce et m'a réservé un petit rôle. Ça me fait du bien de travailler sur ce projet. Je pense à autre chose…

Elle se tut, comme livrée à ses pensées mais souriant intérieurement. Le message était passé, la lueur dans les pupilles d'Éric l'attestait. Il avait compris qu'il allait se passer quelque chose dans trois ou quatre jours, temps nécessaire à l'incubation du virus.

Un claquement précéda le coulissement de la porte. Les trente minutes étaient passées. Léo se leva sans cesser de fixer Éric. Ils se reverraient. Les plans les plus fous échafaudés dans le passé avaient fonctionné. Celui-ci serait une totale réussite, il ne pouvait en être autrement.

Son enthousiasme s'effondra trois couloirs plus loin quand elle se trouva face à Latifa également vêtue de blanc. La porte ne se retira qu'une fois les coordonnées révélées et Léo entra dans une cellule en tout point identique à celle d'Éric. Amaigrie, les joues creuses et les yeux vides, Latifa était sans aucun doute sous camisole chimique. Ses cheveux avaient perdu en volume et en brillance. Latifa n'était plus qu'une coquille vide. C'est à peine si elle reconnut Léo.

— Bonjour, Latifa.

Elle marmonna un bonjour inaudible. Les bras repliés sur le ventre, Léo se pencha vers son analyste, retira la languette de la seconde perle et se frotta les cheveux pour libérer la solution, donnant l'illusion qu'un bataillon de poux venait de la coloniser. Elle se lança alors dans une conversation proche du monologue. Elle lui parla de son père, de sa mère aimante, de Khaled qui se construisait une nouvelle vie. À l'évocation de son frère, une larme dévala sa joue, contournant les lèvres qui se redressèrent dans un sourire triste. Puis, ayant épuisé le sujet, Léo aborda I3S. Elle parlait lentement, dans l'espoir que des bribes s'inscrivaient dans le cerveau anesthésié de la jeune femme, naguère si brillante et vive. Léo tint les trente minutes seulement parce qu'elle s'accrochait à l'idée folle qu'Eitan la sortirait de là.

La porte s'ouvrit. D'un élan spontané, Léo souleva Latifa et la serra entre ses bras, comme pour insuffler l'énergie d'un espoir insensé dans le corps mou. Le garde les sépara et entraîna Léo.

Pareille à un automate, elle suivit Gilles Damais jusqu'à la sortie. Le portique sonna à nouveau mais personne n'y prêta attention. Moteur en marche, la berline attendait. Damais ouvrit la portière et lui tendit le bandeau.

La pluie tombait en continu. Léo renversa la tête et se laissa ballotter, emprisonnée dans ses pensées. Latifa avait renoncé à se battre, épuisée par les premières batailles. Elle n'avait su, à l'inverse d'Éric, soldat rompu à tous les combats, préserver ses forces pour mener une guerre longue.

Damais l'autorisa à enlever son bandeau un peu

avant la Porte de Clichy. Au grand étonnement de Léo, ils quittèrent le périphérique Porte Maillot.

— Où est-ce que vous m'emmenez ?

— Dans un coin tranquille. On doit parler.

Malgré elle, sa main pressa le bracelet. Ils avaient découvert son manège et Damais allait lui demander des comptes. Un raisonnement idiot aussitôt rejeté. Si tel avait été le cas, elle ne serait jamais sortie du ventre de la bête et serait déjà en salle d'interrogatoire. Ou bien alors la piste somalienne était bidon. Non, c'était encore trop tôt. Une opération d'exfiltration nécessitait un temps de préparation. Le chauffeur longeait le bois. Il s'arrêta et sortit du véhicule après avoir jeté un dernier coup d'œil à Léo. Elle le connaissait. Sans doute l'avait-elle croisé lorsque son père ou bien Philippe appartenaient encore aux services. Protégé par un parapluie, l'homme s'éloigna d'une vingtaine de mètres et alluma une cigarette.

— Il va s'enrhumer si vous le laissez sous la pluie, commenta Léo compatissante.

— Votre père est mort hier. Il s'est suicidé.

La voix de Damais lui parvint comme un écho dans le brouillard, étouffé mais distinct. Léo tourna lentement la tête vers lui.

— Pardon ?

— Pierre de Coursange s'est suicidé hier soir.

— À quelle heure ?

— Le décès a été déclaré à 21 h 58.

21 h 58. Que faisait-elle à 21 h 58 ? Ah oui, elle dînait avec Marc à Saint-Sulpice. L'idée qu'un jour les deux hommes se rencontrent lui avait traversé la tête. Une pensée venue vers ce moment-là. Son père était mort. Philippe était mort. Sa mère allait partir elle aussi.

Son visage était inondé de larmes, elle en prit conscience à leur goût salé.

— Comment est-il mort ?

— Une surdose d'analgésique. Il se plaignait de douleurs cervicales, le médecin lui en avait prescrit. On lui en donnait six par jour. En fait, il les a gardés et a avalé en une seule prise l'équivalent de plusieurs boîtes.

— C'est un truc qui existe depuis qu'on donne des médicaments aux détenus. Vous n'étiez pas censés vérifier qu'il les prenait bien ?

— Il les mettait dans sa bouche mais ne les avalait pas. Et rien ne laissait penser qu'il était candidat au suicide.

— Il s'est bien ouvert les veines.

— Personne n'a été dupe, on savait que c'était seulement pour vous voir.

Gilles Damais glissa la main derrière l'appuie-tête, se rapprochant de Léo.

— Léo, personne ne l'a vu arriver. Pierre était surveillé nuit et jour, sa cellule était régulièrement fouillée, il voyait un médecin deux fois par semaine. Je peux vous jurer que personne ne s'attendait à un suicide.

La joue plaquée contre la vitre ruisselante, Léo distinguait le bout rougeoyant de la cigarette du chauffeur. Elle sourit. Son père s'était évadé. Seul. Sans le Mossad, sans l'aide de personne. Il avait choisi son moment et s'en était allé.

— Il a souffert avant de mourir ?

— Non, l'intoxication était massive, le cœur a lâché aussitôt.

Il s'était suicidé après l'avoir vue, après lui avoir

révélé l'existence de Marlène Berger. Son secret délivré, plus rien ne le retenait. Elle voulait en avoir le cœur net.

— Pourquoi s'est-il suicidé selon vous ?

— Je ne sais pas.

— Vous avez dû y réfléchir. Je ne veux pas une explication rationnelle qui emporte l'unanimité, je veux juste votre point de vue, Gilles. D'après vous, pourquoi mon père s'est-il suicidé ?

— J'ai bien une idée mais…

— Votre avis, s'il vous plaît. Cela ne sortira pas de cette voiture.

L'attitude de Gilles Damais était redevenue celle du temps où les deux hommes étaient de grands amis, cordiale et fraternelle. Mais ce soir-là, elle était empreinte d'une profonde compassion. Si leur amitié avait connu de vifs tourments, la mort de Pierre de Coursange en avait atténué le souvenir.

— Pierre avait une résistance hors du commun. Depuis des mois, on le débriefait sans relâche.

— Un doux euphémisme pour parler d'interrogatoire.

— Non, Léo, il s'agissait vraiment de débriefing. Nous n'avons jamais employé de méthodes qui pouvaient l'asservir mentalement ou physiquement. C'étaient des discussions, longues et fatigantes parfois, mais sa dignité était toujours préservée.

— Connaissant Gerbod, permettez-moi d'être étonnée.

— Que les choses soient claires, le seul maître à bord, c'était moi, et moi seul. On utilisait mes méthodes, et pas celles préconisées par les uns et les autres, même par le grand chef des services de renseignement *himself*.

Sa voix s'était raffermie, même s'il maîtrisait mal une colère rampante.

— Était ? coupa Léo, revenant sur l'un des mots employés.

— Oui, je prends ma retraite et mon successeur est annoncé depuis début juin.

— Qui ?

— Dejoux, il vient de l'Intérieur.

— Un homme de Gerbod.

— Avec le doigt sur la couture.

— Mon père l'a su ?

— Dès que j'en ai été informé.

Léo posa sa main sur l'épaule de Damais et chercha son regard dans la pénombre d'une soirée voilée par un ciel bas.

— Qu'est-ce que mon père n'a jamais lâché ?

— Qui et pourquoi.

Il marqua un temps d'arrêt.

— Un jour ou l'autre, avec d'autres méthodes d'interrogatoire, il aurait craqué, et il le savait. C'est sans doute la raison de son suicide.

Léo se renversa contre l'appuie-tête. Son père leur avait tout donné, sauf deux choses. Le nom de son NOC et la raison pour laquelle il avait trahi. Les services ignoraient que la petite-fille de leur directeur des opérations en Russie avait été enlevée pour devenir l'objet d'un chantage qui avait perduré pendant des années. Ils ignoraient également l'existence de Marlène Berger.

— Mon père ne vous a rien dit ? ne put s'empêcher de reformuler Léo. Vous étiez pourtant son meilleur ami.

La pluie se calmait et tombait maintenant par petites gouttes intermittentes. Leur léger clapotement sur la carrosserie les isolait d'un monde mû par la fureur, la folie et la haine. Elle sentit le souffle de Damais glisser sur sa joue.

— Parce que, vous, vous savez, n'est-ce pas ?

— Je veux le voir, murmura Léo.

— Impossible. Ils ont aussitôt emmené le corps. Je m'y suis formellement opposé mais Gerbod n'a rien voulu entendre.

— Où ?

— Je ne le sais pas encore mais je vous le dirai, Léo, je vous le promets.

La jeune femme de l'accueil la reconnut et accepta qu'elle rende visite à Valériane en dépit de l'heure tardive. Quand le chauffeur était revenu sur un signe de Gilles Damais, ils avaient gardé le silence jusque chez Léo où il l'avait retenue au moment de descendre de la voiture.

— Vous pouvez compter sur moi, Léo. Appelez-moi quand vous voulez.

Les bras bien alignés le long du corps sur le drap immaculé, Valériane paraissait reposer pour l'éternité. C'était la première impression en entrant dans la chambre. Elle était tout autre lorsqu'on s'approchait du lit. Son visage portait les stigmates d'une douleur féroce qui ne lâcherait sa proie qu'après le dernier souffle. Le halo d'une veilleuse jouait avec les ombres des arcades, des pommettes et du nez, dessinant un masque mortuaire prématuré. Sans bruit, Léo porta le fauteuil près du lit. L'assise en skaï souffla lorsqu'elle s'assit. Léo contempla longuement sa mère, fouillant sa mémoire en quête de moments où, petite fille, son cœur s'était soulevé, transporté par l'affection et la tendresse d'une mère aimante. La comptabilité se révéla fastidieuse car, si l'on exceptait les résultats scolaires qui lui arrachaient de maigres compliments et des sourires de circonstance à un rythme trimestriel, il n'y avait guère eu d'instants de tendresse spontanée, du moins Léo n'en avait pas le souvenir. Elle n'avait même pas pu s'attacher à l'une des innombrables nounous qui avaient renoncé à la tâche les unes après les autres pour cause d'incompatibilité d'humeur avec la maîtresse de maison.

Le souffle rapide de Valériane exhala un léger gémissement. Léo se pencha, guettant un signe d'éveil.

— Papa est mort.

Le visage de Valériane resta figé.

— Il s'est suicidé.

Un souffle peut-être un peu plus long que les autres s'échappa de ses lèvres sèches.

— Toi aussi tu vas partir, continua Léo. Et je resterai seule…

— Nous sommes tous seuls, nous l'avons toujours été. On est seul en naissant, on l'est en mourant.

Ses paupières se soulevèrent, Valériane ricana.

— Je n'aurais jamais cru partir après lui. Où sera-t-il enterré ?

— Je ne sais pas.

— Alors maintenant la République se met à dissimuler les dépouilles de ses sujets ? Pour mon enterrement, tu n'as à t'occuper de rien, c'est le notaire qui s'en charge. Pas de fleurs, pas de messe, pas de cérémonie, rien ! Je veux juste que tu vérifies qu'ils m'enterrent du bon côté du caveau, pas celui réservé aux de Lignac.

— Tu as aimé Papa ?

— Je crois qu'on ne s'est pas aimés au même moment. Ton père était amoureux au tout début, quand nous nous sommes mariés. J'étais une femme indépendante, de caractère, à mille lieues des jeunes grues empruntées qu'il fréquentait. Je lui ai tapé dans l'œil. On a eu une belle lune de miel pendant quelques mois. Tu as été conçue dans l'amour, ma fille. Ensuite, ma vraie nature a repris le dessus et j'ai commencé à lui pourrir la vie. J'ai toujours été très douée pour ça, tu en sais quelque chose. C'est plus fort que moi, il n'y a rien à y faire. Puis les années ont passé et j'ai fini par réaliser qu'il était le seul homme susceptible de m'aimer pour ce que j'étais. Mais c'était trop tard, j'en avais trop fait, il s'était définitivement détourné de moi. J'en ai souffert, par vanité, oui, mais aussi parce que je l'aimais. Alors pour oublier, je me suis étourdie avec d'autres hommes, tandis que lui s'abandonnait auprès de femmes rencontrées dans les ministères, les cocktails d'ambassade. On a fini par se haïr en y mettant les formes.

— Et moi, là-dedans ?

— Tu faisais partie du jeu de destruction. Que je ne t'accorde aucune attention, aucune affection le rendait malade. J'en ai surjoué. Puis j'ai eu ce que je méritais, vous vous êtes ligués contre moi. Ton père était un homme droit et intègre, un homme bien, et je regrette que nous nous soyons seulement croisés.

Restait, au carrefour des routes, l'ombre d'une petite fille laissée là…

Léo s'ébroua, refoula l'envie de verser une larme sur son sort, sur ces vies gâchées. Elle abandonna le terrain des regrets inutiles et des souvenirs amers.

— Comment as-tu pu être à l'origine de la création de l'Institut européen ? Je ne comprends pas.

— J'ai passé ma vie à intriguer. J'ai bâti des carrières, j'ai propulsé des inconsistants et des mièvres à des sommets, j'ai aussi détruit des réputations. Sais-tu que je dois être à l'origine d'au moins une demi-douzaine de suicides ? Extraordinaire, n'est-ce pas ! Pour l'Institut européen, Jean-Charles m'a forcé la main. Mon carnet d'adresses, mes dossiers estampillés, tous mes petits secrets sur les uns et les autres, il voulait tout. Il m'a utilisée pour ce que j'étais et ce que je représentais.

— Tu n'étais pas obligée.

— Si. Il me tenait.

— Comment ?

Valériane leva une main lasse.

— On a tous un cadavre enfermé dans un placard.

— Comment peut-on coincer Gerbod ?

— C'est un dominateur qui aime être dominé pendant l'amour. Il a de drôles de jeux.

— Tu sais, maintenant, les déviances sexuelles ne sont plus traitées comme avant, les gens s'en moquent un peu.

— Pas s'il y a meurtre.

Valériane n'avait rien perdu de sa capacité à maintenir un auditoire en haleine. Elle s'interrompit, le temps pour Léo d'assimiler le dernier mot.

— Il y a une vingtaine d'années, on avait organisé avec Gerbod une soirée un peu spéciale dans un manoir du côté de Chartres. Les chambres étaient équipées de toutes sortes d'attirails dont certains probablement remontaient à l'Inquisition. Quelques-unes de ces chambres étaient pourvues d'une glace sans tain qui permettait d'assister aux ébats. Nous gardions les films et les photos pour nos amis les plus… respectables.

Valériane sourit à l'évocation du souvenir des temps heureux.

— Au cours de ces soirées, Gerbod aussi prenait du bon temps. Mais un soir, il était tombé sur une insolente à la langue bien pendue. Pendant la séance, il a eu un petit ramollissement dont elle s'est moquée avec indélicatesse. Bien mal lui en a pris car il l'a fouettée jusqu'au sang. La pauvre fille en est morte.

— Elle est morte sous les coups de fouet ? Mais il a dû la frapper pendant des heures !

— Non, les lanières étaient pourvues de petites boules crochetées et…

— Vous êtes des malades !

Valériane grimaça, contrôlant un spasme.

— La douleur se réveille, laisse-moi terminer, tu veux bien. Tu m'as demandé un moyen de coincer Gerbod, je t'en apporte un sur un plateau. Donc la fille est morte. Gerbod s'était tellement acharné qu'il y avait du sang partout. On a attendu que tous s'endorment puis on est allés l'enterrer derrière un bosquet. Le parc était immense, on n'a pas eu de mal à trouver un coin tranquille.

— Tu as été complice d'un meurtre !

— Que voulais-tu que je fasse, appeler la police ? Ils auraient découvert tous ces notables en latex et menottés aux montants du lit par des prostituées ramassées à Pigalle. C'était inconcevable. Et puis la fille était une paumée venue de nulle part. Sa disparition n'a même pas été signalée, pour te dire.

— Même si on retrouve le corps, qu'est-ce qui prouve que c'est Gerbod qui l'a tuée ?

Au sourire crispé de sa mère, Léo comprit qu'elle avait plus d'un tour dans sa manche.

— Alors qu'elle agonisait, il l'a violée. Il me l'a avoué au moment où j'ai trouvé le préservatif souillé quand je l'aidais à envelopper le corps.

— Et…

— Et sans qu'il s'en aperçoive, je l'ai fourré dans le vagin de la fille. Il doit s'y trouver encore.

Une salve de hoquets secoua le corps frêle de Valériane. Abasourdie, Léo contemplait cette femme qui riait du bon tour joué à son complice de toujours. Un éclair de lucidité la traversa soudain.

— Une vingtaine d'années. Quand exactement ?

Le front plissé, elle fixa Léo.

— Ah oui, je vois où tu veux en venir. Je sais que c'était en septembre, fin septembre, un de ces étés qui s'éternisaient.

— Quelle année ?

— Tu étais toujours chez Alcatel. C'est l'année où tu es partie quelques semaines à Londres.

Valériane aurait été incapable de dire quand Léo avait marché pour la première fois, mais elle connaissait avec précision toutes les étapes de sa vie scolaire, étudiante ou professionnelle, comme si les réussites de sa fille lui apportaient un supplément de reconnaissance.

— Ça fera vingt et un ans. Non, vingt, se reprit Léo. Au mois de septembre, ça fera donc vingt ans que le meurtre a été commis. Ensuite, il y aura prescription, on ne pourra plus le poursuivre. C'était quel manoir, et où dans le parc ? Où avez-vous enterré le corps ?

Jean-Charles Gerbod était un assassin avéré, et quand il ne commanditait pas ses crimes, il les commettait lui-même. Un homme puissant aux commandes du secrétariat général du Renseignement national, ainsi qu'à celles du très secret EuroGOS. Un homme dangereux n'hésitant pas à écarter de son chemin tous les gêneurs. Léo était tentée d'informer Justine mais, vu comment celle-ci avait accepté de clôturer l'affaire Belinda Saint-Léger, on pouvait penser qu'elle n'irait pas mettre son nez dans un meurtre datant d'une vingtaine d'années et, de surcroît, dans une juridiction qui n'était pas la sienne et qui impliquait un suspect de la stature de Gerbod. Autant se faire hara-kiri sur-le-champ. Le manoir était dans une zone gendarmerie, elle devait par conséquent s'adresser à une personne sûre du ministère de la Défense. Et la première à lui venir à l'esprit fut Gilles Damais. Elle lui en parlerait à son retour de Berlin.

Sur le trottoir, elle leva le nez en direction des fenêtres de Karl. Celle de sa chambre était allumée, mais rien ne garantissait qu'il était encore éveillé. Depuis sa sortie de prison, il dormait la lampe éclairée.

En caleçon et en marcel, il la guetta derrière la porte après lui avoir ouvert celle du bas. Léo laissa son bagage dans le hall et alla directement dans la chambre où plusieurs boîtes de médicaments s'empilaient sur un guéridon. Roulé en boule sur l'oreiller, Babylone ne daigna pas même ouvrir son œil valide quand elle s'assit sur lit.

— Il a vite pris ses aises.

— Ceux qui ont souffert prennent parfois des libertés avec les conventions. Tu emménages avec nous ? demanda-t-il, le doigt tendu vers le sac de voyage.

— Mon père est mort.

Sans un mot, Karl s'assit à côté d'elle et l'entoura de ses bras. Léo s'abandonna contre lui et pleura doucement, submergée par le néant qui allait se nicher au plus profond de son être. Cette sensation de vide ne l'avait jamais quittée, elle était là, rampante et permanente. Le vide l'habitait depuis l'enlèvement de Roxane, il avait pris de l'importance à la disparition de Philippe, et ce soir il prenait ses quartiers définitifs. Elle devrait accepter sa présence si elle voulait survivre. Avec cet aplomb qui caractérisait les chats, Babylone vint se vautrer entre eux en ronronnant, nullement jaloux de l'intruse qui l'arrachait à son nouveau maître. Léo se dégagea des bras de son ami, les larmes avaient mouillé son t-shirt qui sentait la lessive. Elle se moucha si fort que le chat sursauta et retourna sur son oreiller. Karl apporta un verre d'eau, lui proposa du vin ou autre chose de plus fort. Elle refusa par crainte de trop boire.

— Je dois garder les idées claires pour Berlin. Tu veux bien m'emmener demain à l'aéroport ?

Karl voulait bien. Pour la nuit, ils décidèrent de

partager le lit tous les trois. Karl déplaça l'oreiller du chat et lui en donna un avec une taie propre. Léo récupéra un t-shirt dans son sac, se changea dans la salle de bains puis se glissa sous le drap. Allongé de tout son long au milieu du lit, Babylone dormait sur le dos, le ventre offert. Caressant le chat, Léo parla des circonstances de la mort de son père, de sa visite à Éric et Latifa, du virus grippal libéré à deux reprises.

— J'espère que je ne vais pas te contaminer. Chez moi, je me suis douchée et j'ai fait plusieurs shampooings.

Une grande lassitude commençait à lui embrumer le cerveau. Elle se laissa envahir par le sommeil, sans lutter, pour ne pas compromettre une nuit déjà bien trop courte.

— Demain, je te parlerai d'un truc que Valériane m'a appris sur Gerbod.

Léo activa le réveil sur son portable avant qu'ils ne s'endorment tous les trois, la lumière allumée.

Sans être long, son sommeil avait été suffisamment profond pour être réparateur. Karl avait attendu qu'elle se réveille pour préparer le petit déjeuner.

— Il y a longtemps que tu ne dormais plus ? s'inquiéta Léo.

— J'ai un peu de mal à retrouver le sommeil.

Léo pensa à ses nuits dans la cellule avec ses deux tortionnaires, aux réveils brutaux et humiliants, aux viols, aux coups.

— Il faudra que tu songes à te faire aider, Karl, par un professionnel.

— Ou UNE professionnelle, ajouta-t-il en souriant.

Il but une gorgée de café, pensif.

— Si j'ai des rapports avec une femme, tu crois que je dois lui dire que je suis contaminé par le VIH ?

— Pour l'instant, tu n'en sais rien !

— Si, Léo, à cent pour cent. Ou alors c'est un virus pas contagieux. Tu crois que je dois lui dire ?

— Si tu portes un préservatif, je ne crois pas. En fait, je ne sais pas…

Ils se dévisagèrent avec tendresse.

— Quelle équipe d'éclopés on fait, n'est-ce pas ? fit Karl avec amertume.

Les amas de feuilles et les branches cassées rappelaient combien la pluie de la veille avait été violente. Une balayeuse municipale rôdait pour effacer les stigmates d'un intermède bien dérisoire dans une canicule qui allait reprendre ses droits. Karl conduisait avec attention dans le flot dense de la circulation.

— C'est dingue, j'ai l'impression qu'il y a encore plus de bagnoles qu'avant, maugréa-t-il en s'arrêtant au feu. Tu comptes t'y prendre de quelle façon pour éviter que Gerbod te torpille à la première tentative d'enquêter sur ce meurtre ?

— J'ai pensé à Damais.

— Tu crois qu'il va choisir ton camp ?

— Gerbod l'a viré de son poste, il en a gros sur le cœur. Je pense qu'il ne détesterait pas prendre une petite revanche. Nous devons réunir les sentinelles, celles du comité restreint. Tu veux bien t'en charger ?

Quand il la laissa le long du dépose-minute de Roissy, le cœur de Léo se serra. Elle lui caressa la joue tendrement.

— Je n'ai plus que toi, Karl. Tu es le seul qui me reste. Prends soin de toi.

— Toi aussi ma grande. N'oublie pas d'appeler I3S dès que tu sors de ton rendez-vous avec l'Allemand, histoire de donner le change aux grandes oreilles.

Ils s'étreignirent sur le trottoir comme s'ils devaient se quitter pour plusieurs mois.

Le regard à la dérive dans l'immensité azurine, Léo s'était enfin détournée du hublot pour boire le thé du plateau de petit déjeuner. Abîmée dans ses pensées, elle s'en extirpa quand l'Airbus amorça sa descente sur Berlin. La dernière vision de son père la hantait. Lors de sa visite, elle avait refoulé le sentiment de le voir pour la dernière fois. Son père, lui, avait déjà pris sa décision. Chaque minute, chaque seconde de ces derniers instants avec lui défilaient en boucle avec des arrêts sur image. Avant de s'en aller, il lui avait donné ce qu'il n'avait jamais lâché à ses geôliers, le nom de son coupe-circuit. Retrouver Marlène Berger à Berlin était la bonne décision.

Comme à Roissy, Léo scruta derrière ses lunettes noires les visages des jeunes femmes. Roxane avait-elle traversé l'aérogare de Schönefeld ? S'était-elle déjà trouvée dans cet endroit ? Y viendrait-elle un jour ?

À la fois pittoresque et hors du temps, le Honigmond Hotel était resté tel qu'elle l'avait laissé. Les fauteuils en cuir rondouillards, les peintures à l'huile, le lit à baldaquin drapé dans une mousseline vaporeuse, les oreillers volumineux arrangés en chapeau de clown s'accommodèrent à sa tristesse. La chambre donnait sur un jardin aux allures méditerranéennes. Un lapin zigzaguait entre les palmiers, les oliviers et les lauriers-roses. Elle quitta ses chaussures et s'allongea sur le lit douillet.

Le roulement d'une valise la sortit d'un rêve où Marc se baignait dans un étang dont la surface était rougie par des nappes de gasoil couvertes d'une écume irisée qui s'effilochait au gré de sa nage. À travers l'eau trouble, on pouvait distinguer des carcasses d'appareils ménagers et des pics rouillés plantés dans la vase. Léo lui hurlait de sortir de l'eau mais il ne l'entendait pas. Assise sur le lit, elle s'épongea la nuque, refoulant le paysage de désolation. Elle avait dormi une bonne heure. Une douche rapide la rafraîchit seulement le temps de se rhabiller. Il faisait aussi chaud à Berlin qu'à Paris.

À Unter den Linden, elle s'arrêta dans un restaurant climatisé où elle commanda une assiette de spätzle aux noix. Dans la perspective d'un rendez-vous qui mobiliserait toute son énergie, elle avait opté avec raison pour des sucres lents. À sa sortie du restaurant, elle balaya d'un regard panoramique l'avenue, à la recherche de son ange gardien.

Arminius Ulbricht s'était reconverti dans la mécanique de haute précision pour faire oublier que sa famille avait bâti un empire dans l'acier en pourvoyant massivement à l'effort de guerre nazi. Sa succursale à Paris lui posait un problème, il était persuadé que l'équipe dirigeante détournait des commandes et les honorait dans un circuit parallèle. Lorsque l'affaire lui avait été présentée, Léo avait refusé, tant l'Allemand lui avait paru déplaisant et ses arguments fondés sur presque rien, sinon sur une paranoïa évidente. Mais elle savait que la véritable raison de son refus avait trouvé ses racines dans l'histoire familiale des Ulbricht.

Il la reçut seul dans une salle de réunion austère où pas un fil ne dépassait. Une secrétaire d'un âge indéfini et engoncée dans un tailleur strict leur apporta une carafe d'eau avec deux grands verres qu'elle posa à portée de main de Léo, comme si la Française devait assurer le service, une tâche subalterne qui ne pouvait échoir à son patron. Léo conserva le silence et se servit un verre d'eau qu'elle but d'un trait. Arminius Ulbricht l'observait à travers le carreau épais de lunettes à monture d'écaille. Léo consulta sa montre, sortit un bloc et une trousse de son sac, nota l'heure puis leva les yeux vers l'Allemand assis de l'autre côté de la grande table en orme.

— Si vous le voulez bien, Monsieur Ulbricht, démarra-t-elle dans un allemand très correct, vous allez m'exposer dans leur chronologie la création et le fonctionnement de votre succursale à Paris.

Deux carafes d'eau plus tard, Léo descendit d'un taxi à Alexanderplatz au pied de la tour de télévision, cette gigantesque asperge de métal qui, avant de devenir l'emblème de Berlin réunifiée, avait été la fierté du régime communiste. Elle s'acheta un Currywurst qu'elle dévora, assise sur un banc, laissant naviguer son regard entre la tour et l'horloge universelle. La tête vide, épuisée par un entretien long et éprouvant mené par un homme rompu aux coups tordus, elle savourait cet instant avec une pensée pour Shakila qui serait ravie de comptabiliser un nouveau contrat particulièrement bien négocié. Elle l'appela dès sa saucisse au curry terminée. Avant que Léo n'ouvre la bouche, l'analyste exprima sa profonde sympathie à laquelle se joignait Ziang. Ils étaient tous deux sincèrement désolés de la mort de son papa et lui assuraient tout leur soutien.

— Votre sollicitude me touche beaucoup, Shakila, et je m'aperçois que je n'ai plus beaucoup de personnes sur qui vraiment compter. Je suis rassurée de savoir que vous appartenez à ces rares.

Elle lui parla du contrat allemand.

— I3S, rien de particulier ?

— Rien qui ne puisse attendre lundi.

Elle rentra à son hôtel, jeta ses vêtements sur le fauteuil puis s'effondra, la tête enfouie dans les volumineux oreillers.

Le petit déjeuner du Honigmond était à l'image de ses oreillers : plantureux. Léo se laissa tenter sans retenue, affamée après une longue nuit de sommeil. Elle revêtit un ensemble veste et pantalon de lin blanc, assorti à des mocassins et à une casquette aussi clairs. Les parents de Marlène habitaient à Friedrichshain dans une rue perpendiculaire à Karl Marx Allee, l'artère mythique reliant Alexanderplatz à Frankfurter Tor, la porte d'entrée des troupes soviétiques en 1945. Léo s'y dirigea d'un pas alerte jusqu'à ce que la température sur les trottoirs devienne insupportable et la force à héler un taxi.

La famille Berger n'avait pas encore fini de déjeuner quand Marlène ouvrit la porte. Si l'Allemande fut étonnée de sa visite, elle n'en montra rien et la laissa entrer comme une vieille connaissance. Elle présenta Léo à ses parents, des octogénaires plutôt bien portants, se contentant de l'appeler par son diminutif, sans mentionner son patronyme, un nom qui n'aurait sans doute pas échappé à l'ancien espion du HVA.

Ils en étaient au dessert, Marlène lui offrit une part

de tarte aux fraises couverte de gelée écarlate et d'une épaisse couche de crème chantilly, accompagnée d'un café très dilué.

Le père posa quelques questions de courtoisie. Léo en profita pour s'excuser de venir à l'improviste. Son rendez-vous d'affaires avait été plus court que prévu et elle disposait d'un peu de temps pour rendre visite à son amie Marlène.

La porte-fenêtre de la salle à manger donnait sur un jardin ombragé. De grands cèdres étendaient leur feuillage parfaitement immobile, ne laissant filtrer qu'au compte-gouttes une lumière qui transperçait l'ombre de longs fils dorés. Le bruit de la rue ne parvenait cependant pas à faire oublier qu'ils se trouvaient au cœur d'une agglomération.

Le père se leva en s'excusant, il était ravi de faire sa connaissance mais ils avaient prévu de passer le week-end au bord de l'eau. Léo se leva à son tour, désolée d'avoir fait irruption sans prévenir. Il lui tendit la main avec chaleur.

— Votre allemand est remarquable, c'est plutôt rare chez les Français.

— Je maîtrise votre langue parce que je l'ai apprise très tôt. Et puis, j'ai pu l'entretenir lors de mes séjours dans votre pays.

— Vous venez souvent en Allemagne ?

— Pas aussi souvent que je le souhaiterais mais il m'arrive de rencontrer régulièrement vos compatriotes. Vous êtes notre premier partenaire économique.

— Vous travaillez dans quel secteur d'activité, déjà ? demanda le père de Marlène, feignant l'avoir déjà oublié alors qu'il n'en avait été fait mention à aucun moment.

En riant, Marlène l'entraîna dans le hall. Sa mère

venait d'y débarquer avec deux petites valises. Mère et fille s'embrassèrent.

— Pardon de te laisser la table à débarrasser alors que tu as une invitée mais nous sommes terriblement en retard.

Marlène ferma la porte derrière ses parents et demanda à Léo pourquoi les retraités couraient toujours après le temps.

— Ils pensent qu'il leur est compté.

— Le temps est compté pour nous tous.

Marlène désigna la balancelle et les fauteuils en osier sous les grands arbres.

— Installez-vous, j'en ai pour deux minutes.

Un livre traitant d'agriculture européenne était posé sur un coussin, Léo le prit et s'assit dans l'un des deux fauteuils. Tout en feuilletant, elle se demanda si Marlène savait que l'Institut européen avait pris le contrôle du semencier américain. L'Allemande revint avec un pichet d'orangeade plein de glaçons. Elle remplit les verres et en tendit un à Léo qui, sans préambule, lui annonça que son père s'était suicidé. Les grands yeux clairs de Marlène la fixèrent un moment avant de s'inonder de larmes. Elle bredouilla quelques mots en allemand indéchiffrables puis se renversa sur le dossier de la balancelle, les mains sur la poitrine. Sa souffrance était palpable.

— J'ai aimé votre père dès le premier instant, même si je ne l'ai admis que bien plus tard. Mais ils n'en ont jamais rien su, je ne leur ai jamais avoué mes sentiments pour lui. Ils étaient au courant de notre relation et la voyaient comme un acte… hygiénique. Ce qui leur importait, c'était qu'il soit toujours aux rendez-vous avec les documents attendus.

La voix brisée par l'émotion, Marlène posa des questions sur les circonstances de sa mort, sur le lieu où il reposait. Léo répondit patiemment, lui livrant tous les détails. À celle de la motivation, elle répéta ce que lui avait dit Gilles Damais.

— Mon père n'a jamais révélé votre nom, il a préféré mourir au lieu de vous dénoncer.

— Me livrer impliquait de révéler les raisons de sa trahison. S'il m'a protégée, il a aussi protégé Roxane.

Entendre le prénom de sa fille dans la bouche de celle qui avait contribué à la perte de son père l'ébranla au point de refouler l'envie violente de se jeter sur elle pour la frapper et la secouer jusqu'à ce qu'elle vomisse tout ce qu'elle savait.

— Je sais ce que vous ressentez, Léo, et je le comprends, mais je peux vous assurer que j'ai toujours été du côté de votre père, malgré les apparences. Je ne renie pas mon rôle dans cette affaire navrante mais…

— Vous avez vu ma fille ?

— Jamais, ils ne me faisaient pas suffisamment confiance. Je n'avais que des photos à montrer à votre père. On peut dire qu'il l'a vue grandir.

— Que sont devenues ces photos ?

— Je les rendais, c'était leur exigence.

— Où est Roxane ?

— Je ne peux rien vous dire.

— POURQUOI ? hurla Léo.

Marlène sursauta. Elle scruta le bosquet touffu au fond du jardin et reprit dans un chuchotement.

— N'attirez pas l'attention. Si je vous disais ce que vous voulez savoir, je mettrais votre vie en danger et…

— Mais qu'est-ce que vous voulez que ça me fasse, coupa Léo, la voix étranglée par les sanglots. Mon mari est mort, mon père vient de se suicider, ma mère ne verra pas l'automne. Il ne me reste que ma fille. Ça fait vingt-quatre ans que j'attends de pouvoir la retrouver et vous, vous me dites que ma vie est en danger. Mais je mourrais aujourd'hui pour une chance de la serrer dans mes bras. Avez-vous seulement idée de ce que j'ai vécu ? Je peux vous jurer une chose, Marlène, je ne partirai pas tant que vous ne m'aurez pas dit tout ce que vous savez sur Roxane et…

Elle se tut soudainement. De sa place, elle pouvait apercevoir l'intérieur de la maison, contrairement à Marlène sur la balancelle. Des ombres venaient de traverser une pièce, elle en était certaine.

— Qu'est-ce que vous avez vu ? s'inquiéta Marlène.

— Vous attendez quelqu'un ?

— Non !

— Il y a des gens chez vous…

Marlène se leva et se dirigea d'un pas vif vers la salle à manger.

— Attendez ! cria Léo en se mettant sur ses pieds.

Avant qu'elle atteigne la porte-fenêtre, un cri étouffé accompagné de bruit de vaisselle cassée s'échappa de la maison.

— Marlène !

Elle entra au moment où deux hommes encagoulés, entièrement vêtus de noir, quittaient la pièce. Le claquement de la porte d'entrée précéda le vrombissement d'un moteur puissant. Marlène gisait sur le parquet. Dans sa chute, elle avait entraîné la nappe et les assiettes à dessert. Deux impacts rouges trouaient le polo jaune pâle à la hauteur du cœur. Léo tomba à genoux et lui souleva la nuque. Un filet de sang s'échappait au coin de sa bouche. Marlène respirait encore.

Elle secoua lentement la tête et remua les lèvres. Un son très faible en sortit.

— Écoute… écoute-moi…

— Marlène, donnez-moi le numéro des secours !

— C'est trop tard… Roxane…

Léo avait davantage déchiffré le prénom sur les lèvres ensanglantées qu'elle ne l'avait entendu.

— Quoi, Roxane ?

— Jamais tu ne récupéreras Roxane, jamais… elle est la protégée de VVP…

Marlène n'en dirait pas plus, elle venait d'exhaler son dernier souffle. Léo chercha en vain une lueur de vie dans les yeux encore ouverts, puis lui baissa les paupières. Sa nuque reposait encore au creux de sa main quand elle perçut dans son dos un froissement à peine perceptible. Un homme de type méditerranéen se tenait debout dans le chambranle de la salle à manger. Il la dévisagea un instant sans hostilité puis traversa la pièce pour vérifier le jardin. Il revint rapidement sur ses pas et s'agenouilla près de Léo. Il souleva le polo, étudia un instant les trous dans la poitrine de Marlène puis regarda rapidement Léo. Du sang maculait le pantalon blanc à la hauteur du ventre.

— Vous êtes blessée ?

— Qui êtes-vous ?

— Un ami d'Eitan, je m'appelle Ariel. Il faut partir. Venez !

— Et elle ?

— Il n'y a plus rien à faire. Venez, ordonna-t-il, la main tendue.

Il l'aida à se relever.

— Boutonnez votre veste. Où est votre sac ?

Un téléphone contre l'oreille, le réceptionniste leva à peine les yeux quand ils passèrent devant lui pour atteindre l'ascenseur. Durant la demi-heure qu'avait duré le trajet jusqu'à l'hôtel, Léo n'avait pas ouvert la bouche, son attention absorbée par la surveillance des rétroviseurs et du flux des voitures, dans l'attente de voir débouler, sirènes hurlantes, une colonne de véhicules de police. Dans la chambre seulement, elle se laissa aller à la panique, marchant de long en large.

— Le père de Marlène va m'identifier, ils vont m'arrêter à l'aéroport.

— On rentre en voiture.

— Vous connaissez l'espace Schengen ?

— Vous devez vous changer. Mettez autre chose.

Léo fouilla sa valise, jeta un pantalon en lin beige sur le lit.

— Ils vont m'accuser, je vais être condamnée…

— Impossible.

— Ah oui, et pourquoi donc ?!

L'Israélien ramassa le pantalon et le lui lança.

— Changez-vous !

Sans se préoccuper de lui, Léo quitta ses chaussures et le pantalon souillé.

— Dites-moi pourquoi je ne serai pas inquiétée ?

— Deux balles ont été tirées simultanément par deux armes aux calibres différents.

Léo remonta d'un geste sec la fermeture Éclair du pantalon propre.

— Je peux avoir un complice. Tiens, vous par exemple, vous feriez un excellent complice. On nous a peut-être vus sortir de la maison.

— L'exécution est signée, vous êtes hors du coup.

— Alors pourquoi on fuit ?

— Au cas où les services ne seraient pas les premiers sur la scène du crime.

Léo roula en boule son pantalon taché de sang et le fourra dans son sac. Ariel la rejoignit dans la salle de bains pour l'aider à rassembler ses affaires de toilettes.

— Appelez la réception et demandez qu'on prépare votre note.

— J'ai payé jusqu'à demain. Elle est signée par qui, cette exécution ?

— Le SVR.

— C'est son propre camp qui l'a éliminée ?

— Il semblerait.

Les flacons rangés à la va-vite l'empêchaient de fermer la trousse. Léo s'acharna avec colère, retardant la question dont elle ne voulait pas entendre la réponse.

— Ils l'ont tuée parce que je l'ai retrouvée à Berlin ?

L'homme lui enleva la trousse des mains et réorganisa son contenu.

— Apparemment.

Le sac de Léo dans une main, l'Israélien posa l'autre sur la poignée de la porte. Elle lui retint le bras.

— C'est qui VVP ?

— Vladimir Vladimirovitch Poutine, lâcha-t-il comme une évidence. Pourquoi ?

Léo et Ariel atteignirent Paris sous un ciel qui se teintait de mauve à l'est. Ils avaient roulé sans relâche, ne s'octroyant que de courtes pauses dans des stations-service. Léo avait conduit entre Francfort et la frontière. Elle en avait profité pour lui demander des précisions sur l'organisation de sa filature, et Ariel avait fini par admettre qu'ils étaient plusieurs à veiller sur elle, sans entrer dans les détails.

— À Berlin, vous étiez combien ?

— Deux.

— Pourquoi ?

— Pour vous protéger et voir qui s'intéresse à vous.

— Je suis si précieuse ?

— Comme Eitan vous l'a dit, on a besoin de vous pour mettre un terme aux activités de l'Institut européen.

Il s'en était tenu à ce qu'il était autorisé à aborder, Eitan étant seul maître du jeu. La conversation s'était alors éteinte et Léo l'avait laissé dormir.

Ariel fit trois fois le tour du pâté de maisons avant de la laisser devant chez elle. Les seuls à être réveillés à cette heure matinale étaient les oiseaux, ils l'accueillirent dans un concert de sifflements hardis et volubiles. Ariel ne quitta pas la voiture quand elle récupéra son sac dans le coffre. Elle l'avait remercié avant de descendre.

— J'imagine que nous nous reverrons.

— C'est probable.

Puis il était parti comme il avait débarqué, sans en dire plus qu'il ne fallait.

Sitôt dans son appartement, elle appliqua une bonne dose de détachant sur les traces de sang et enfourna dans la machine à laver tous les vêtements rapportés de Berlin, propres ou sales.

Son cœur fit soudain une embardée. Posé en évidence sur le marbre de la commode, le bracelet, insolent, s'étirait sur sa longueur. Avant de partir pour Berlin, elle l'avait caché dans une boîte à chaussures au fond de l'armoire. Léo hésita un moment avant de vérifier. Celui-ci était en tout point identique à l'autre, hormis la disparition des cavités dans les perles vertes. De la même façon, la puce GPS ne devait plus s'y trouver. Pendant son séjour en Allemagne, les Israéliens avaient procédé à l'échange, la boîte à chaussures vide le confirma. Au soulagement succéda une pointe d'agacement, son appartement ressemblait davantage à un moulin ouvert à tous les vents qu'au lieu intime que devait être tout domicile. Elle s'allongea sur le lit et s'empêtra dans une somnolence chaotique d'où émergeait par intermittence le bruit lointain des bottes des hommes de Gerbod.

Quand le soleil fut au zénith, elle appela Karl pour l'inviter à déjeuner.

— Viens, toi, lui répondit son ami, c'est dimanche

et je ne veux pas laisser Babylone seul. Je te prépare quelque chose.

Les taches de sang sur le lin blanc avaient disparu, elle pendit les vêtements au-dessus de la baignoire et programma une autre machine avant de filer chez Karl.

Ils passèrent l'après-midi à parler et à jouer avec le chat qui, sans relâche, quémandait des caresses. Léo avait du mal à se défaire du souvenir de Marlène Berger expirant dans ses bras. Une angoisse sourde la lancinait au creux de son estomac, elle était persuadée que, quelque part dans un bureau, se transmettait un ordre pour l'arrêter. Karl dut la rappeler plusieurs fois à la réalité, avec une grande tendresse, sa main sur la sienne ou sur sa joue. Puis ils préparèrent la rencontre avec les sentinelles du comité restreint. Emmy, Sophie, Louis, Bastien et Rémi seraient de la partie, ceux-là mêmes qu'elle avait réunis dix-huit mois plus tôt. Jade remplaçait Marjorie.

Léo appela Eitan et le convia à la réunion avec le comité restreint. Ils convinrent de se retrouver le lendemain en fin de journée dans la planque de Sainte-Geneviève-des-Bois.

— Ne vous inquiétez pas pour Berlin, Éléonore, le BND[1] contient l'affaire et vous n'êtes même pas sur la liste des témoins. Au fait, vous avez regardé les infos ?

— Non.

— Vous devriez…

Les Black Green avaient renoué avec la popularité. Bras croisés sur la poitrine, vêtus de noir et le visage peint en blanc, une parade imaginée par les militants

1. *Bundesnachrichtendienst*, service fédéral du renseignement.

de toutes obédiences pour contrer l'interdiction européenne du port de la cagoule, les écologistes étaient alignés en deux rangées parfaites de part et d'autre de la rue où les voitures de police déversaient, devant le Pôle financier bruxellois, les membres de la commission d'enquête qui avaient reçu d'Aristee un demi-million d'euros pour falsifier les rapports d'études sur les OGM. Un énorme scandale dont Bruxelles ne se relèverait pas, selon les journalistes qui montraient en boucle les documents bancaires des transferts de fonds délictueux. Déjà, les politiques, les députés européens joignables durant ce premier week-end de juillet, se succédaient devant les caméras pour annoncer un nouveau moratoire sur les OGM tant que des études transparentes et impartiales ne seraient pas validées. Nouvellement installée dans la capitale autrichienne, la direction d'Aristee n'avait pas souhaité s'exprimer devant la cohorte d'envoyés spéciaux venus du monde entier. Dans le flot d'images, on pouvait voir, filmé en caméra cachée dans la galerie marchande d'un hypermarché, la remise au chef historique des Black Green d'une enveloppe bourrée de documents. L'opération Pampers avait été rondement menée par Jeanne. Sur les plateaux des télés, Werner Kaufman exhortait la population à réagir contre l'intoxication, alimentaire et idéologique, que les hommes et femmes de toute la planète subissaient, endormis par une classe politique aux ordres des lobbyistes. Des rassemblements spontanés eurent lieu autour du Parlement européen à Strasbourg, devant le siège de la Commission à Bruxelles et dans le centre de quelques capitales européennes dont Berlin.

Même si, à aucun moment, l'Institut européen d'analyse et de prospective n'avait été évoqué, Léo se plut à penser que ce week-end citoyen annonçait le début d'un processus de déstabilisation. Ils n'auraient jamais trouvé meilleure entrée en matière pour reprendre leurs réunions.

Une brève information faillit ne pas retenir son attention : l'interpellation et la garde à vue d'un journaliste qu'on avait fini par relâcher quarante-huit heures plus tard. Une caméra le filmait chez lui au milieu de son appartement dévasté par les hommes de la DCRI. Le journaliste, visiblement très éprouvé, masquait l'objectif de la caméra et murmurait, au bord des larmes : « Partez, laissez-moi tranquille. »

Ce n'est pas tant l'incident qui alerta Léo. En effet, les journalistes étaient de plus en plus souvent interpellés et conduits dans les locaux de la DCRI pour y être interrogés lorsque le pouvoir estimait que leurs investigations mettaient en cause la sécurité nationale. C'est la personnalité de l'homme arrêté qui la laissa perplexe. Patrick Carbonel travaillait en free-lance et était le journaliste de référence pour les événements relatifs à l'Institut européen, à tel point qu'elle avait fini par se demander s'il n'était pas leur attaché de presse. Ce qui paraissait aujourd'hui improbable au regard des méthodes employées à son encontre. À son grand étonnement, les pages blanches en ligne lui donnèrent son adresse. Ils étaient presque voisins, le journaliste habitait à quelques rues de la sienne. Elle résista à l'envie de s'y rendre sur-le-champ, Gerbod pouvait l'avoir placé sous surveillance. Jeanne lui concocterait une approche discrète.

Son téléphone sonna, le numéro du domicile de sa mère. Françoise.

— Oui Françoise ? demanda un peu vivement Léo, craignant que la gouvernante lui annonce le pire.

— Non Éléonore, ce n'est pas ce que vous croyez. C'est juste que j'ai appelé la police parce qu'on a cambriolé Madame. Le coffre. Ils ont pris tout l'argent dans le coffre.

— Qui, ils ?

— Des voyous.

— Ils ne vous ont pas touchée ?

— Non, mais ils m'ont fait peur. Mon Dieu que j'ai eu peur…

Françoise était encore sous le choc. Assise dans l'un des fauteuils du bureau, elle triturait un torchon en répondant aux questions d'un brigadier en uniforme. Il haussa les épaules d'impuissance quand Léo se présenta.

— Il faudrait dire à votre employée de fermer les fenêtres sur la rue. Tout laisser ouvert, c'est carrément un appel au crime, surtout dans ce quartier !

— Oui mais le coffre, comment ils ont fait pour l'ouvrir ? répliqua Françoise.

— Qu'est-ce qui me dit que ça aussi, ce n'était pas grand ouvert ? cria le brigadier.

L'argent avait disparu. Le forfait était visible d'un simple coup d'œil. La pile des actes notariés avait été déplacée, on avait ouvert le double-fond. Ce n'étaient pas de simples voyous qui avaient visité le coffre.

— Ne touchez à rien, ordonna le brigadier dans son dos. On attend le gars de l'IJ[1]. Il va faire des relevés.

Dans le jardin, deux gardiens de la paix discutaient

1. Identité judiciaire.

du nombre de saucisses à acheter pour un prochain barbecue. Le brigadier les appela.

— Martel, quand tu veux, tu prends la déposition de Madame.

— Une déposition, pourquoi ? s'étonna Léo.

— Vous êtes la troisième personne à avoir la combinaison. C'est la procédure, pour les assurances et le reste.

Léo s'accroupit devant Françoise.

— Ils étaient combien ?

— Trois.

— Ils ressemblaient à quoi ?

— À des voyous.

— C'est-à-dire ?

— Ils portaient des casquettes, des lunettes noires et des blousons.

— Des jeunes ?

— Non, plus très jeunes. Entre 40 et 50 ans, peut-être.

— Vous les avez vus entrer ?

— Non, juste sortir. J'étais à l'étage depuis un moment, j'ai entendu du bruit. Je suis descendue et je les ai vus s'enfuir.

— Par la fenêtre ?

— Non, par la porte !

Léo leva la tête vers le brigadier.

— Ils ne sont pas entrés par la fenêtre.

— Ah ouais ! ricana-t-il. Et qu'est-ce qui vous fait dire ça ?

— Ils sont sortis par où ils sont entrés, par la porte. Ce sont des professionnels de la cambriole, pas des petites frappes. La preuve est qu'ils ont pu ouvrir le coffre. Même si c'est un vieux modèle, il faut être du métier pour le forcer. Il y a aussi l'histoire du double-fond. J'ignorais moi-même sa présence. Vous saviez, Françoise, qu'il y avait un double-fond dans ce coffre ?

— Quel double-fond ? demanda la gouvernante. De quoi parlez-vous ?

— Non, reprit Léo, ces types ne sont pas entrés ici par hasard.

Le brigadier était embarrassé. La théorie des voyous s'introduisant par la fenêtre l'aurait davantage arrangé que celle des truands bien renseignés. Léo savait qu'il ne s'agissait ni des uns, ni des autres. Gerbod avait tenté de récupérer l'acte fondateur.

Un gardien de la paix lui posa quelques questions puis l'équipage repartit après leur avoir demandé d'attendre le technicien de l'IJ. Il débarqua un quart d'heure plus tard avec sa poudre noire et ses morceaux de scotch, prit les empreintes des deux femmes et s'affaira à en chercher d'autres dans le périmètre du coffre. Il allait immanquablement tomber sur celles de Léo, notamment sur la surface du double-fond. Il sortit la tête du coffre en grommelant.

— Il n'y a pas grand-chose d'exploitable, et le fond est trop granuleux pour qu'on fasse des relevés. Et puis à tous les coups, ils portaient des gants. Je suis désolé Mesdames, mais je ne suis pas certain de pouvoir identifier vos voleurs. Vous savez, maintenant, avec les séries télé comme *Les Experts*, *R.I.S* et compagnie, ils deviennent plus futés. Forcément, on leur montre comment on travaille. Même moi, j'apprends des trucs. Que voulez-vous que j'vous dise, après faut pas s'étonner…

Léo et Françoise écoutaient le technicien sans paraître surprises, dans l'attente qu'il termine ses relevés.

— Comment je vais lui dire ? marmonna Françoise. Elle va m'incendier…

— Elle n'en a plus la force. Je lui en parlerai, d'accord ?

Elle leva sur Léo un regard gris fatigué.

— Vous n'avez pas besoin de ça en ce moment, ma pauvre Éléonore, je suis désolée pour votre Papa.

— Comment le savez-vous ?

— Madame me l'a dit. Je crois que sa mort lui a fait de la peine. Qui l'eût cru ? Depuis toutes ces années, c'est bien la première fois que je vois Madame avoir de la peine.

Après le départ du technicien, Léo ferma tous les volets de la maison et exigea de Françoise que plus aucune fenêtre ne soit ouverte sur la rue. La gouvernante admit préférer vivre avec l'odeur du moisi qu'avec un couteau planté entre les omoplates.

Avant de rentrer, Léo fit un crochet par la rue de Jeanne. De la lumière s'échappait du dernier étage.

— Jeanne, ce n'est pas trop tard ? demanda Léo à voix basse dans l'interphone.

Pour toute réponse, un grésillement accompagna l'ouverture de la porte.

Jeanne posa l'assiette de gaspacho devant Léo et s'assit en face, les yeux ronds, interloquée.

— Ils l'ont forcément exécutée parce que vous l'avez retrouvée. La vache ! C'est brutal.

Léo eut un sourire amer.

— Je ne suis pas sûre d'être une bonne fréquentation pour les gens autour de moi. Tous ces morts…

— Ne dites pas ça, Léo, vous êtes ce qui m'est arrivé de mieux depuis la disparition de mon mari. Travailler pour vous me redonne goût à la vie. Et je suis profondément navrée de tout ce qui vous arrive. La mort de votre papa nous a tous touchés. C'était quelqu'un de bien, comme vous. Un jour, tout ça cessera et vous pourrez trouver enfin la paix. On dirait que les Black Green ont commencé à changer la donne.

— Oui, je veux y croire, mais ne nous laissons pas griser par nos premiers succès. On a juste égratigné l'Institut européen, ce qui va rendre Gerbod très agressif.

Léo lui révéla la tenue de la réunion du lendemain, et la qualité des participants. Jeanne entendit ses craintes sur la probabilité qu'ils soient découverts à un moment ou à un autre par le tout-puissant chef des services de renseignement.

— Ziang et Shakila, ils sont au courant ?

— Les informer, c'est les compromettre.

— Ils le sont déjà. Vous devez leur en parler. Le plus tôt sera le mieux, avant qu'il y en ait un qui mette les pieds dans le plat.

— Vous avez raison. Ce sera donc demain à la première heure.

Léo lui détailla ensuite l'interpellation du journaliste Patrick Carbonel, sa garde à vue, la fouille de son appartement. Pour le rencontrer sans se faire repérer, elle demanda à Jeanne d'organiser un rendez-vous.

Jeanne débarrassa la table en silence, donna un yaourt à Léo mais retint la petite cuillère. Ses petits yeux marron incrustés dans le visage un peu lourd la sondaient avec suspicion.

— Qu'est-ce que vous me cachez, Léo ?

Léo dut avoir un mouvement de recul car Jeanne leva aussitôt une main apaisante.

— Que les choses soient claires, je suis à cent pour cent à vos côtés, je donnerais ma vie pour vous mais je dois savoir. Pas par curiosité malsaine mais seulement pour anticiper. Marlène Berger, votre père, ce que Karl, Shakila et Ziang évitent de me dire, c'est quoi votre secret ? Ce n'est pas du chantage, Léo, je veux seulement voir mon bourreau quand je mettrai la tête sur le billot.

Léo mangea son yaourt en silence. Les mains repliées sous le menton, Jeanne la fixait avec bonhomie, Léo sourit à cette femme à qui elle accordait toute sa confiance, et raconta.

Les rayons obliques frappaient les derniers étages des tours de la Défense. Un voile aux reflets orangés ouatait le ciel sans nuages, signe que l'alerte aux pics de pollution ne serait pas encore levée sur la capitale. L'absence totale de vent ne contribuait pas à assainir l'air, et, depuis quelques jours, des passants portaient des masques. Shakila aussi. La casquette, les solaires et le masque dissimulaient complètement son visage et lui permettaient d'évoluer plus facilement dans la ville. Les deux femmes avaient un jour évoqué la nécessité de nouvelles greffes mais Shakila hésitait encore, à cause de la douleur et aussi du coût de l'opération, même si Léo lui avait proposé de lui avancer les fonds.

Plus bas, sur le parvis encore dans l'ombre, de rares passants circulaient d'un pas pressé. À pied, Léo s'enfonça dans le parking de la tour Boileau. Dix-neuf mois auparavant, elle avait suivi ce chemin dans la voiture de Gerbod.

Sa place était libre, Élisabeth Carpentier n'était pas encore arrivée. Léo se dissimula derrière un pilier et attendit. Les véhicules comblaient peu à peu les cases vides et leur flux crût soudain à l'approche des 9 heures. Personne ne lui prêtait attention, pas même Élisabeth lorsqu'elle descendit de voiture. Pourtant ses phares l'avaient effleurée, un flic de sa stature ne pouvait pas ne pas l'avoir vue. Élisabeth s'éloigna rapidement. Léo courut sur ses talons.

— Élisabeth, on doit se parler.

— Je n'ai rien à vous dire, partez !

— S'il vous plaît, insista Léo avant de l'empoigner par le bras pour l'obliger à lui faire face.

Élisabeth se dégagea brutalement et pointa un doigt menaçant.

— Ne m'approchez pas ! Jamais ! Vous comprenez ?

La violence du ton, la dureté de son regard. Élisabeth Carpentier avait basculé dans l'autre camp sans doute possible. Dépitée, Léo abandonna la partie et la laissa filer.

Ils étaient tous les cinq autour de la table de réunion encombrée de thermos, de jus de fruits et d'un assortiment de viennoiseries. Léo prit sur elle pour chasser l'échec de sa tentative de parler à Élisabeth. Après avoir annoncé l'ordre du jour, elle marqua un temps d'arrêt puis se tourna vers Ziang et Shakila.

— Avant d'aborder les affaires en cours, vous devez savoir, oui je m'adresse à vous deux, que les événements d'hier à Bruxelles…

Léo s'interrompit quand Ziang appliqua son index à la verticale de ses lèvres. Il alla à son bureau récupérer un appareil, semblable à un poste de radio et le posa au centre de la table. Il manipula des boutons, déclenchant un léger gargouillis dans le ventre de l'appareil, puis se rassit d'un air satisfait.

— Un système de brouillage, artisanal mais efficace.

Léo secouait la tête avec effarement.

— Vous pensez que les locaux d'I3S sont sur écoute ?

— Nos téléphones, nos ordinateurs sont sur écoute,

on doit envisager que nos locaux le soient aussi même si on les vérifie régulièrement. Vous parliez de Bruxelles…

— Oui, nous sommes entrés dans la première phase d'un processus qui doit aboutir à la désintégration de l'Institut européen d'analyse et de prospective. Je ne voulais pas vous impliquer mais vous l'êtes de fait, alors je vous livre l'ébauche du plan de bataille. Vos observations seront les bienvenues.

Au regard oblique que se jetèrent les deux analystes, Léo comprit que l'Institut européen avait souvent été au cœur de leurs discussions. Ziang le lui confirma.

— Alors vous n'avez jamais abandonné, n'est-ce pas Léo ?

— Si, j'avais abandonné, mais des événements, des rencontres, m'ont incitée à reprendre le combat, parce que, aujourd'hui, nous ne sommes plus seuls.

— Les Black Green ?

— Et d'autres.

Léo expliqua le rôle des Israéliens.

— Ce qui veut dire que je n'aurai plus la même disponibilité pour traiter les dossiers d'I3S. Vous devrez en assumer la charge.

Une perspective qui n'inquiéta pas plus Ziang que Shakila. Léo posa sur la table le dossier rapporté de Berlin.

— Opération Siegfried. Vous trouverez une synthèse de l'affaire et des documents que Karl traduira.

Dans les grandes lignes, elle relata son entretien avec Arminius Ulbricht.

De retour à son poste de travail, Léo rappela Marc qui lui avait laissé un message langoureux à propos de leur soirée.

— Bonjour, Marc.

— Tu m'as manquée.

Elle faillit répondre par la réciproque mais se tut, parce qu'on l'écoutait. Durant le week-end, elle avait été tentée de l'appeler à plusieurs reprises, juste pour entendre sa voix.

— On ne peut pas se voir ce soir, j'ai du travail.

Il insista, parvint à lui arracher un déjeuner. Un petit restaurant ombragé vers la Croix-de-Chavaux. Après avoir raccroché, elle s'avoua qu'elle se réjouissait de le revoir.

Karl l'avait écoutée d'une oreille.

— Faudra que tu me le présentes un jour.

— Pourquoi ?

— Pour me faire une idée du bonhomme.

Le ton, sans être hostile, révélait une certaine méfiance. Karl s'était fait piéger toute sa vie par les femmes, son expérience en la matière n'était plus contestable.

— On fera un dîner tous les trois, promis.

Marc l'attendait. Il se leva et lui baisa la main comme s'ils étaient seuls au monde.

— Marc, chuchota Léo, on va croire que…

— Croire quoi ? Que je te fais la cour ? Eh bien oui, c'est le cas.

Le couple de la table voisine n'en douta pas un instant.

— Ton week-end ?

Léo n'eut pas le cœur d'aborder la mort de son père, pas maintenant.

— Et toi ?

— Samedi soir à la maison. Un repas avec un collègue et sa femme, ils avaient emmené une de leurs copines. Régulièrement, ils me font le coup.

— Ah oui ? souligna Léo un peu agacée. Jolie ?

— Une esthéticienne, la quarantaine, toute bronzée, toute… gesticulante.

— Tu lui as fait l'amour dans la piscine ?

— J'aurais dû ? demanda très sérieusement Marc.

— Désolée, je ne voulais pas te blesser, ces derniers jours ont été particulièrement difficiles et…

Elle ne put terminer sa phrase et ravala des mots mêlés de larmes. L'air lui manquait. Marc fouilla sa poche, jeta un billet sur la table puis l'entraîna hors du restaurant.

— Viens, on va prendre l'air, viens Léo.

Ils marchèrent d'un pas vif jusqu'à son véhicule garé dans un parking souterrain. Il ouvrit la portière arrière et l'aida à monter. Léo laissa sa douleur et sa peine la submerger.

— Désolée, Marc, je suis tellement désolée…

Il la prit dans ses bras et la berça avec tendresse. Elle devait lui dire, malgré les larmes, malgré la rage qui la consumait.

— On doit en rester là, Marc. Je ne vais t'apporter que des problèmes, tu comprends. Ton esthéticienne est certainement très bien, il te faut une fille comme elle. Moi, je ne serai toujours qu'une plaie, un boulet. Je ne sais pas ce qui se passe mais… mais tout autour de moi, les gens tombent, comme si… j'incarnais le mal. À mon contact…

Marc lui mit la main sur la bouche.

— Tu ne peux pas dire ça, Léo, je te l'interdis. Tu es une femme loyale, honnête, juste. Tu ne peux incarner que le bien.

— Tu ne me connais pas. Les cadavres s'alignent le long de mon chemin. Jeudi mon père s'est suicidé. La semaine dernière, on a tué la femme de Karl. Ma mère est en train de mourir.

Léo se retint d'évoquer l'exécution de Marlène Berger.

— Et puis, il y a tous les autres. Ma vie est un immense cimetière peuplé de fantômes. Il y a bientôt deux ans, on a poussé mon mari par la fenêtre du cinquième. Et tu sais de quoi est mort mon premier compagnon ?

— Je ne veux pas le savoir.

— Si, je vais te le dire, au moins tu seras prévenu. Lui aussi on l'a poussé dans le vide. Et dans les deux cas, j'étais seule avec eux dans l'appartement.

— Et alors ? Il y a certainement une explication. Tu n'es pas la cause de tout ça. C'est la fatalité, uniquement la fatalité.

— Comment peux-tu en être aussi convaincu ?

— Je le sais, c'est tout.

Léo resta un long moment dans le creux de ses bras, doucement ballottée par le mouvement de sa poitrine, apaisée par les battements réguliers de son cœur. Marc était bien vivant, elle devait le recevoir comme une accalmie dans la tempête, un abri sûr où se ressourcer pour mieux affronter les éléments.

Une sonnerie de téléphone, lointaine, la sortit de sa torpeur. Elle s'était assoupie contre lui. Jeanne l'appelait sur le téléphone sécurisé.

— Vous avez rendez-vous à 15 heures au BHV, vous y entrez côté métro Hôtel-de-Ville et vous allez direct au rayon abris de jardin au sous-sol. Il vous y attend.

Léo dit simplement merci sans mentionner son

prénom. Elle ne parvenait pas encore à faire totalement confiance à l'homme contre qui elle s'était lovée un moment pour reprendre son souffle.

— Je dois y aller.

— J'ai compris. Tu veux que je te dépose quelque part ?

— Au métro, s'il te plaît.

Assis sur un banc en bois à l'intérieur d'une maisonnette digne des *Trois Petits Cochons*, Patrick Carbonel jouait au client qui en éprouvait sa solidité. Léo s'installa à côté de lui. Dès sa descente dans le métro, elle avait appelé Eitan pour l'informer du rendez-vous avec le journaliste et organiser une contre-filature autour de lui. Ils seraient vite fixés. Léo scruta les quelques clients.

— Vous allez bien ?

— Qu'est-ce que ça peut vous faire ?

— Je sais ce qu'on ressent à la suite d'une garde à vue. De la colère, du dégoût, une immense frustration. La mienne a duré onze jours.

Ils restèrent un moment à méditer leur expérience au fond de la cabane de jardin.

— Votre femme de ménage a lourdement insisté.

— Elle est ma collaboratrice, sourit Léo, pas ma femme de ménage.

— Je me disais aussi… Qu'est-ce que vous me voulez ?

— Vous réhabiliter.

— Non merci ! répliqua-t-il sèchement en se levant.

D'un mouvement dont elle ne contrôla pas la force, Léo l'obligea à se rasseoir.

— Je sais qui se cache derrière l'Institut européen d'analyse et de prospective et quels sont ses véritables desseins.

Le journaliste s'était rapproché de Léo parce qu'elle chuchotait presque.

— J'ai parcouru vos derniers articles. Vous posez des questions fondées mais elles ne s'appuient sur rien, comme un chien qui a flairé la truffe sans l'avoir encore découverte. On vous a tapé sur le museau, normal. Une chance que vous ne connaissiez pas grand-chose, sinon vous seriez à l'isolement total, ou dans le coffre d'une voiture au fond de la Seine. Moi je vous la donne, la truffe. Elle est d'un poids hors du commun. Mais il va falloir creuser avec habileté et intelligence.

Le journaliste cessa d'observer les rares clients dans ce coin discret du magasin pour s'intéresser à elle.

— Quand vous avez été virée de l'Agence de sécurité économique, c'était quoi le vrai motif ?

— Celui-là même qui vous préoccupe aujourd'hui.

— Vous avez des preuves ?

— Quelques-unes. Mais ce n'est que l'ouverture de la chasse.

— Les autres chasseurs ?

— Des snipers avec des fusils longue portée.

Il sourit.

— On doit se revoir.

— Nous allons dans un premier temps nous assurer que vous n'êtes pas suivi. En attendant, réfléchissez à un endroit sûr pour travailler et stocker des données et des documents. À bientôt, Monsieur Carbonel. Nous prendrons l'initiative du prochain rendez-vous.

Eitan lui avait donné rendez-vous à la station de métro Palais-Royal-Musée du Louvre. Il l'attendait sur un banc de pierre en retrait du flot des usagers. L'ombre et la température inférieure d'une dizaine de degrés à celle de la surface lui donnèrent un peu de répit. Elle se laissa tomber sur le banc à côté de lui, plongea la main dans son sac pour en sortir une bouteille d'eau.

— C'est infernal cette chaleur. Vous qui savez tout, quand est-ce qu'il va repleuvoir ?

— Pas dans les jours à venir, c'est certain. Et le journaliste ?

Léo lui relata leur conversation. Eitan hochait la tête à intervalles réguliers, un œil sur les gens qui allaient et venaient.

— C'est une bonne recrue. On l'a récupéré au BHV et apparemment, il n'est pas filé. On reste sur ses basques quelques jours. Au fait, ce soir, je ne serai pas au rendez-vous.

Léo en devinait la raison. Elle jeta quelques jalons.

— C'est une réunion à laquelle vous teniez, je suis étonnée…

— Concentrez-vous sur la rencontre de Sainte-Geneviève-des-Bois, éluda Eitan. Chaque chose en son temps.

Elle avait vu juste, Eitan organisait l'exfiltration d'Éric et de Latifa. Elle aurait lieu dans les prochaines heures.

À son arrivée à I3S, Léo s'arrêta devant les écrans de télé. L'un d'eux montrait un militaire descendre d'un Airbus A400M sur l'aéroport de Villacoublay. Le ministre de la Défense marchait à sa rencontre, mains tendues. Elle augmenta le son.

— … une opération menée en Somalie par les forces spéciales du 1er RPIMa a permis l'exfiltration du commandant Versailles détenu depuis près de deux mois par un groupe de terroristes appartenant à la mouvance Al-Chabab, proche d'Al-Qaïda. Le gouvernement fédéral de transition a accordé à l'unité d'élite française l'autorisation d'opérer sur son territoire. Le commandement des opérations spéciales se félicite que la coopération…

Léo ne put s'empêcher de sourire, le retour de flamme serait à la hauteur du coup d'éclat des forces spéciales françaises. Elle décrocha le smartphone sécurisé qui venait de sonner. Eitan.

— Vous avez de la visite.

— Où ? s'étonna Léo, la tête tournée vers l'entrée déserte du cabinet.

— Dans votre garage. Élisabeth Carpentier vient de s'y introduire.

Léo traversa le patio et rejoignit le garage. Elle n'éclaira pas et laissa son regard s'adapter à la pénombre. L'endroit paraissait vide.

— Élisabeth, je sais que vous êtes là. Montrez-vous, je suis seule.

Entre la porte et le capot de sa voiture apparut une tête sous une casquette. Élisabeth se redressa. Elle avait troqué sa jupe contre un pantalon large à poches multiples.

— Comment savez-vous que je suis là ?

— Qu'est-ce que vous me voulez ?

— Parler.

— Ce matin, dans le parking…

— Trop de monde circulait, je ne pouvais pas prendre ce risque. Ma couverture est fragile.

— Votre couverture ? répéta Léo soulagée. Dieu soit loué !

Cernée par trois ventilateurs qui brassaient l'air chaud, la grand-mère de Louis regardait la télévision, son à fond, indifférente aux gens qui traversaient sa cour pour monter au studio. Les deux techniciens du Mossad aperçus quelques jours plus tôt dans le camion blanc sondaient les murs avec application. Ils répondirent poliment au salut de Léo sans lui prêter une réelle attention, comme s'ils ne l'avaient jamais vue auparavant. Karl déposa une glacière dans le coin cuisine, en sortit des bouteilles de soda, d'eau et de jus de fruits et les posa sur la table avec des gobelets en plastique.

Emmy, Louis, Sophie, Bastien, Rémi arrivèrent les uns derrière les autres dans un laps de temps de quelques minutes. Leur jeunesse élégante et leur front haut annonçaient leur ascension sociale comme une évidence. Ils étaient brillants et cela se voyait. Chacun d'eux serra la main de Léo avec la même déférence que lorsqu'elle leur dispensait les cours à l'École de guerre économique. Sophie serra Karl dans ses bras, l'air peinée.

— Karl, ce qui vous est arrivé m'a bouleversée, c'est d'une telle injustice ! Quand j'ai appris votre libération, j'ai ouvert une bouteille de champagne.

— Tu l'as su comment ?

— Un entrefilet dans *Libé*.

Ils s'installèrent autour de la table, profitant des quelques minutes libres avant l'arrivée des manquants pour parler mutation et promotion des uns et des autres. Ils s'exclamaient, admiratifs ou consternés, mais heureux de se retrouver. Jeanne observait ce petit monde avec amusement.

Superbe dans un tailleur aux motifs géométriques très colorés, Jade débarqua, telle une princesse en visite lors d'une œuvre de charité. Contrairement à ses camarades à la peau hâlée, signe d'une bonne santé tant financière que physique, Jade était d'une blancheur royale. Elle les embrassa tour à tour, dispensant sur chaque joue un seul baiser léger. Jade ne faisait qu'une seule bise et ignorait majestueusement l'autre joue tendue de celui qui se prenait à l'oublier.

— Jade ! Tu as été mutée dans un sous-sol ! Ce n'est pas possible d'être aussi blanche, on dirait une endive !

Un sourire éclatant illumina le beau visage.

— Il n'y a rien de plus ordinaire et de vulgaire que le bronzage. Ce côté Front populaire me laisse perplexe, sans parler de l'aspect toxique de la chose…

Un concert de protestations joyeuses accueillit sa remarque. Jade se prenait pour une autre parmi d'autres et elle le faisait avec une telle classe que le zéro faute s'instituait en règle. Léo ne put s'empêcher de penser à Latifa qui avait aussi cette capacité remarquable de mettre son moi en sommeil pour coller au plus près de sa légende. La poignée de main de Jade était étonnamment ferme pour son gabarit.

— Je suis sincèrement ravie de vous revoir, Léo. Ravie également de constater l'utilité de notre comité. Il y a deux pouvoirs dans ce monde, l'épée et le cerveau. Dans la durée, l'épée est toujours battue par le cerveau. Cela se vérifiera bientôt.

La jeune femme citait Napoléon, Machiavel et Sun Tzu comme la grand-mère de Louis, les dictons de *l'Almanach*. Avec conviction.

Ariel apparut, Élisabeth Carpentier dans son sillage. Eitan avait insisté pour la récupérer à I3S, Léo et elle ne devaient pas être vues ensemble. Les sentinelles se turent, examinant les intrus avec une suspicion à peine voilée.

Léo leur désigna les chaises libres. Les deux techniciens du Mossad se postèrent dans la cour, un œil sur l'entrée du studio et les différentes ouvertures. Ariel prit place à côté de Léo. Décontenancée par le nouveau rôle de l'Israélien, elle se pencha vers lui.

— Je ne risque rien, là, murmura-t-elle. Il n'y a personne derrière moi.

— Eitan m'a chargé de le représenter.

— Il faudra que vous me disiez un jour qui vous êtes réellement.

Tout comme chacun autour de la table, il ne donna que son prénom. En maître de séance, Léo consulta brièvement les quelques mots couchés sur un bloc et s'éclaircit la voix.

— Avant de commencer, je voulais vous dire combien je suis heureuse de vous retrouver ici ce soir. J'ai longtemps cru que cela ne serait plus possible. Et puis, dans cette obscurité, des éclaircies sont apparues, comme Jeanne, qui a grandement contribué à la libération de Karl, et aussi notre rencontre, pas vraiment fortuite, avec les Israéliens. Je dis « notre », car elle nous concerne tous. L'Institut européen d'analyse et de prospective est de nouveau à l'ordre du jour. Ces derniers mois, il a gagné des points en notoriété, il est crédité dans l'opinion publique d'un capital confiance qu'aucune institution n'a jamais eu. Son rôle fédérateur est indéniable et l'engouement, l'espoir formidable qu'il représente dans toutes les couches de la société, tous pays de l'Union confondus, lui donnent un poids sans commune mesure. Même les politiques de tous bords ont adopté à son égard une déférence contrite afin de ne pas paraître conservateurs ou réactionnaires. L'Institut européen est puissant pour ce qu'il incarne et aussi par ceux qui le représentent, même si ceux-là sont la face cachée de l'organisation. Nous ne savons pas qui la compose réellement. Il y a naturellement le groupe des charismatiques qui s'expriment régulièrement devant les médias. Mais les autres. Combien sont-ils ? Qui sont-ils ? Que font-ils ? J'ai découvert dernièrement les statuts de l'acte fondateur.

Ariel en sortit une copie et la fit circuler.

— À l'origine est le Grand Conseil composé des onze membres fondateurs, et pas des moindres. Vous constaterez que le représentant de la France est… Valériane de Coursange.

— Votre mère ?

— Oui, Jade. Ma mère qui se meurt d'un cancer. J'imagine qu'ils ont déjà songé à son remplacement, ajouta Léo désabusée.

Elle but une gorgée d'eau avant de poursuivre, réprimant un léger tremblement.

— Vient ensuite le bras armé de l'Institut européen : l'EuroGOS, GOS pour Groupe des opérations spéciales, supervisé par Jean-Charles Gerbod. Une arme structurée, organisée, ayant le contrôle sur tout, sur la sécurité de l'Institut européen comme sur son organigramme, ses directions financière, stratégique, politique et économique. L'EuroGOS exerce une mainmise totale, d'autant plus efficace que ses membres sont en activité dans les services de police et de renseignement de tous les pays. Un recrutement à grande échelle sans aucune défection. Élisabeth, qui connaît bien leur fonctionnement, va vous en donner la raison.

Élisabeth Carpentier se racla la gorge avant de prendre la parole.

— Tous ceux qui sont sollicités acceptent pour plusieurs raisons, par idéologie, par soif de pouvoir, par opportunisme, ou bien parce qu'on les tient. Il n'y a aucun refus. Par ailleurs, il existe une section, dépendante de la direction des ressources humaines, qui organise des missions ponctuelles et ciblées sur des candidats au recrutement. Cette section est composée majoritairement de spécialistes en sciences humaines très justement nommés les Prosélytes. La vie de chacun de ces candidats potentiels est décortiquée, étudiée et disséquée avant qu'un Prosélyte ne l'aborde. Ils connaissent tout de vous, vos points faibles, vos points forts, vos accidents de parcours. Avoir été choisi est un honneur, pour vous, pour votre pays, et le refuser serait perçu comme un acte non citoyen qui vous ferait perdre votre emploi, votre place dans la société car les élus, contrairement à ce que vous pouvez croire, ne sont pas si nombreux. Ils sont simplement choisis parmi l'élite dans un domaine d'activité bien défini. Ces sociétés, secrètes, je pèse mes mots, existent depuis l'origine des temps. Vous-même en avez constitué une, dit Élisabeth avec un regard appuyé en direction des sentinelles.

Rémi profita du silence et leva la main.

— Vous semblez bien les connaître ?

— Je suis chargée d'enquêter sur les candidats au recrutement, mais mon accès à l'information est limité car je ne suis pas placée à un poste stratégique. Jean-Charles Gerbod ne m'accorde pas une confiance totale. Et il a raison.

— Ce qui nous amène à l'objet de notre réunion, reprit Léo. Infiltrer quelqu'un à la tour Boileau. Mais avant d'aborder ce point, je souhaiterais que les choses soient claires pour tout le monde afin qu'il n'y ait pas d'ambiguïté. Toutes les actions de l'Institut européen connues du grand public sont des actions nobles. Vous les connaissez pour la plupart : développement de l'emploi des jeunes au sein de toute l'Europe, extension du tissu industriel, arrêt des délocalisations en direction des pays émergents, relocalisations massives qui ont généré des milliers d'emplois dans les pays de l'Union, accroissement exponentiel des énergies renouvelables, initiatives écologiques particulièrement percutantes, actions extrêmement positives préparant le terrain de l'indépendance alimentaire, à savoir le monopole mondial des semences. Car bientôt, d'ici quelques mois, ils l'annonceront. À leur manière, en distillant des données plus ou moins arrangées, en minimisant leur réelle implication. La guerre que nous allons leur livrer va se situer sur le champ de la communication, c'est-à-dire sur leur terrain, un terrain préparé depuis longtemps par les lobbyistes, les journalistes, les politiques et les scientifiques aux ordres. Par conséquent, chacune de nos opérations devra être un électrochoc dans l'opinion, comme celui de dimanche, en attendant la dernière offensive, décisive, qui dévoilera au grand public la face obscure de l'Institut européen. Mais avant cela, nous devons comprendre leur fonctionnement, leurs circuits financiers, et pour y parvenir, il n'y a qu'une solution, infiltrer une taupe.

Léo repassa la main à Élisabeth.

— La tour est entièrement sous contrôle du Superviseur et le *turn-over* est quasi inexistant. Les postes sont occupés par des indéboulonnables dont le profil a été soigneusement étudié pour justement éviter les infiltrations. Il va de soi qu'on n'embauche pas de stagiaires. Dans ce maillage très organisé, chacun a une place bien définie. Il existe cependant des fonctions qui nécessiteraient un remplacement immédiat afin d'assurer la bonne marche de l'ensemble. C'est l'un des revers de la restriction de l'accès à l'information, on ne sait rien du travail de son collègue de bureau, tout se transmet verticalement avec le moins d'intermédiaires possible. Parmi ces postes clés, je pense aux directions des ressources humaines, de la stratégie, des finances…

— … des finances ? coupa Léo.

— Oui, et entre autres la gestion des fonds, très complexe notamment à cause de la multitude des sociétés écrans basées dans les paradis fiscaux. C'est par exemple un poste qui serait à pourvoir rapidement à deux conditions : que son actuel occupant ne puisse plus l'assumer et que son remplaçant, un pro de la finance, soit validé par les Prosélytes et le Superviseur.

— Il peut s'agir d'une remplaçante, suggéra Jade, un brin espiègle.

Élisabeth la toisa un bref instant avant de continuer.

— Attention, quand je parle d'un professionnel, il ne s'agit pas d'un simple…

— Je suis une spécialiste en la matière. Ma thèse obtenue avec les félicitations du jury portait sur le contournement de la fiscalité des sociétés dans les paradis fiscaux. Les banques suisses et luxembourgeoises me proposent régulièrement des ponts d'or pour que je mette mes compétences à leur service.

— Vous travaillez en ce moment chez Winterhass, dit Léo. Comment pourriez-vous vous libérer ?

— Je suis quasiment libre. J'ai donné mon préavis il y a bientôt trois mois.

— Vous quittez la banque ?

— J'ai d'autres projets. Mais je veux bien les mettre en sommeil quelque temps.

— Cela représente certains risques.

— Nous en avons tous conscience, sinon aucun de nous ne serait là.

— Reste le problème de l'actuel occupant du poste, un certain Boissière, rappela Élisabeth.

— Il aura très rapidement un accident de voiture qui va l'immobiliser plusieurs mois, proposa Ariel. Nous nous en chargeons.

— Pour ma couverture ? demanda Jade.

— Elle doit coller au plus près à la réalité, prévint Élisabeth. Tout sera vérifié.

— On va faire le rapprochement entre Léo et moi à cause de ma formation à l'École de guerre économique.

— Oui, et nos rapports étaient exécrables, dit Léo. Vous aurez bien quelques griefs à mon encontre, vos camarades vont vous aider à en trouver. Élisabeth, la marche à suivre pour que la candidature de Jade atterrisse sur le bureau du Superviseur ?

Élisabeth précisa les modalités de recrutement.

— D'autres questions ?

Dans un geste gracieux, Jade leva la main.

— Tout à l'heure, nous évoquions les sociétés secrètes. Et toutes celles qui travaillent à instaurer le nouvel ordre mondial, le groupe de Bilderberg, la Commission trilatérale, le CFR, comment considèrent-elles l'Institut européen ?

— Comme un cheveu sur la soupe, répondit sans hésiter Élisabeth. Si, dans un premier temps, elles ont encouragé la création de l'Institut européen, notamment en muselant les agences de renseignement américaines, elles ont vite déchanté. La prise de contrôle d'Aristee a été un coup de maître, elles ne l'ont pas vu venir et ont sous-estimé le champ d'action du trublion qui joue maintenant dans leur cour. De plus, on a constaté pas mal de défections dans leurs rangs au profit de l'Institut européen et elles sont aujourd'hui dépassées. Il y a eu dernièrement une réunion extraordinaire à Gstaad pour réfléchir à une stratégie qui modérerait ses ambitions, mais rien n'en est sorti, les divergences étaient trop grandes.

Jade paraissait satisfaite de la réponse.

— D'autres questions, des commentaires ? demanda Léo qui fit un bref tour de table.

Plus personne ne souhaitant prendre la parole, Élisabeth poussa une enveloppe vers Léo.

— Un cadeau en preuve de ma volonté de vous aider.

Des photos de terres livrées à la végétation. Léo les fit circuler.

— À la frontière turco-syrienne, reprit Élisabeth, se trouve une longue bande de terre fertile de 200 000 hectares, un no man's land établi depuis 1954 parce que truffé de 615 000 mines. Pendant la guerre froide, la Turquie, membre de l'OTAN, et la Syrie, prosoviétique, se tenaient à bonne distance. Les champs de mines ont aussi servi à dissuader les contrebandiers et les rebelles kurdes de traverser la ligne. Aujourd'hui, les relations entre Ankara et Damas sont pacifiées et, en vertu du traité d'Ottawa signé par la Turquie, tous ces engins doivent être neutralisés dans les cinq années à venir. Or la Turquie estime qu'elle n'a ni le matériel, ni le personnel qualifié pour y parvenir, elle a donc décidé de confier le travail de déminage à une compagnie internationale en échange d'un usufruit de la zone pendant quarante-quatre ans. Évidemment, cela a déclenché une levée de boucliers de l'opposition turque qui refuse la cession de ces terres, fertiles et vierges de tout engrais, et estime que la zone doit revenir aux paysans turcs pour y développer une agriculture biologique. Après une bataille de plusieurs mois, un consensus a été trouvé. C'est l'Institut européen qui a obtenu les terres contre l'engagement de réserver la production à la population turque lorsqu'elles seront nettoyées.

— Qui se charge du chantier de déminage ?

— Un sous-traitant privé dans lequel l'Institut européen a des parts. Son projet de récupérer les terres a pour premier but d'éviter leur conversion en zone destinée à l'agriculture biologique, comme il s'y est engagé, et, bien au contraire, de les réserver aux OGM.

— Le gouvernement turc réagira !

— Peu de chances. Ils veulent avant tout déminer la frontière et nourrir leur peuple. Que l'agriculture soit GM ou pas, ils s'en moquent. Mais ce que le gouvernement turc ne prévoit pas, et qu'a pourtant planifié l'Institut européen, c'est que, sur le long terme, toute la zone sera contaminée. De la mer Noire au désert irakien, plus aucune culture traditionnelle et encore moins biologique ne pourra être envisagée. Les paysans turcs et tous ceux de la région sont condamnés à n'utiliser bientôt que des semences Aristee.

Élisabeth s'interrompit pour s'assurer que son message était passé.

— Je crois que vous pouvez confier cette information aux Black Green, elle aura le même impact que celle de ce week-end.

— Merci Élisabeth, reprit Léo. Inutile de vous rappeler de garder un silence total et absolu, les conséquences pour nous tous seraient dramatiques et irréversibles. Il y a déjà eu assez de morts.

À l'image du jour qui déclinait, la réunion filait doucement vers sa fin. Sur un signe de tête de Léo, Ariel distribua à chacun un smartphone sécurisé. Les sentinelles l'encerclèrent, toutes à leur nouveau jouet. L'Israélien leur donna les consignes d'utilisation. Élisabeth tira un dossier de son cartable et le remit à Léo.

— Le compte rendu de vos écoutes. Tous vos postes, informatiques compris, sont surveillés. Mais vous le saviez, n'est-ce pas ?

— Gerbod m'avait prévenue. Vous pensez qu'I3S est sonorisé ?

— Je ne sais pas, Léo, mais faites comme si. Gerbod vous a dans le collimateur et n'en a pas fini avec vous.

— Il me file ?

— Parfois, mais vous le savez, suivre quelqu'un nécessite du monde et il n'a pas toujours les effectifs car vous n'êtes pas sa seule cible.

Elle se mit à rire.

— Vous y êtes allée fort la semaine dernière avec la voiture barbouillée de peinture.

Depuis qu'Élisabeth avait révélé son infiltration dans la tour Boileau, une question taraudait Léo.

— Comment ont-ils pu vous recruter alors que vous avez travaillé avec Philippe ?

— J'ai bricolé deux trois choses dans mon dossier.

— Comme…

— Entre autres, des éléments qui laissent croire que j'ai été sa maîtresse. Gerbod pense que je vous déteste cordialement.

— Ce qui pourrait être le cas.

— Effectivement. Mais ça ne l'est pas. J'étais bien trop amoureuse de Philippe pour détester quelqu'un qu'il a profondément aimé. C'est un sentiment que je n'ai pas toujours eu, je vous l'avoue.

Ariel s'isola dans le coin cuisine pour répondre au téléphone. Les commentaires volubiles des sentinelles qui s'apprêtaient à se quitter masquaient la conversation à voix basse. À deux reprises, il jeta un œil en direction de Léo qui avait suspendu son souffle. Élisabeth n'avait rien perdu de l'échange muet.

— Qu'est-ce qui se passe, Léo ?

— Je ne peux rien vous dire, mais j'imagine que vous saurez sous peu.

Ariel se dirigeait vers Léo.

— Nous partons.

— Qui, nous ?

— Vous et moi. Venez !

Léo donna rapidement les dernières consignes à Karl tandis qu'Ariel convenait d'un rendez-vous avec Élisabeth pour qu'elle lui remette le dossier de Boissière, l'expert en finances de la tour Boileau.

Le pointillé lumineux des pistes traçait des lignes droites entrecoupées. Ariel dépassa les aérogares réservées au trafic des passagers et longea des avenues fréquentées par quelques camions de fret roulant à très vive allure. Des hangars violemment éclairés découpaient en cubes le halo orangé. Ariel s'arrêta devant l'un d'eux ; l'accès était contrôlé par un agent de sécurité qui actionna l'ouverture d'un portail coulissant après s'être assuré que le nom d'Ariel figurait sur une courte liste. L'agent du Mossad connaissait bien les lieux, une compagnie d'aviation privée. Il contourna le hangar et s'arrêta sur le tarmac, à quelques mètres d'un Embraer sur le point de décoller. En haut de la passerelle, il remit à Léo un masque de protection et entra dans l'appareil.

Elle marqua un temps d'arrêt avant de pénétrer dans la carlingue de l'avion d'affaires transformé en transport sanitaire. Des hommes en blouse blanche, gantés et masqués, circulaient entre des paravents de toile blanche tendus entre de confortables fauteuils en cuir gris. Le haut des potences émergeait des compartiments ainsi reconstitués. Il y en avait deux de part et d'autre de l'allée, en décalé, pour faciliter la circulation de ces passagers particuliers. La tête d'Eitan émergea de l'un des compartiments.

— Approchez, Éléonore, approchez.

Allongé sur un brancard, Éric respirait sous un masque à oxygène, une aiguille de perfusion plantée dans le bras. Un pansement taché de sang lui entourait la tête.

— Il est blessé ? demanda Léo avec inquiétude.

Alerté par sa voix, Éric enleva son masque.

— C'étaient pas des tendres, en face, on a dû passer en force.

Léo ne put s'empêcher de sourciller.

— Comment vous sentez-vous ?

— Un peu groggy, mais je crois qu'ils ont mis la dose. Peut-être un truc pour me faire parler pendant mon sommeil. Allez savoir de quoi ils sont capables, ces Israéliens.

Les longs mois de captivité l'avaient à peine égratigné. Seulement la pâleur de sa peau qu'elle ne lui avait jamais connue. Autant mentalement que physiquement, Éric avait été façonné dans le granit et cette épreuve supplémentaire le renforçait. Il appartenait à cette catégorie d'hommes qui combattaient l'adversité avec une carapace en acier. Léo aurait souhaité en être aussi pourvue.

— Il a l'air plutôt en forme pour un grippé, dit-elle à Eitan.

— Une sacrée constitution. On a du mal à le maintenir couché mais les médecins vont en venir à bout.

— Vous avez pu aussi…

— Oui, la rassura Eitan. Elle n'est pas très en forme, je vous l'avoue.

Les cheveux collés sur son front en sueur, Latifa avait la peau sur les os. Des cernes noirs creusaient ses orbites, son teint était blafard. Léo en eut mal au ventre. Elle saisit la main d'Eitan.

— Vous allez me la retaper, n'est-ce pas ?

— À coups de falafels et de houmous, je ne connais rien de mieux. Ma sœur va s'en occuper, elle habite une petite maison au bord de la mer à Jaffa. Latifa s'y refera une santé.

Un grognement s'échappa de dessous le masque, Latifa ouvrit les yeux. Ses lèvres remuaient, Léo approcha son oreille de sa bouche et caressa son front moite.

— Khaled… dites-lui que je viendrai le chercher… bientôt…

— Je lui dirai, Latifa, je lui dirai. Reposez-vous. Vous êtes entre de bonnes mains.

Léo tourna la tête vers Eitan et scruta de longues secondes les iris mordorés.

— Je ne sais pas avec qui j'ai pactisé, mais pour ce que vous avez fait ce soir, ma reconnaissance vous sera éternelle.

— Je saurai vous le rappeler le moment venu, dit-il en l'entraînant doucement vers la sortie.

Il éleva la voix quand les réacteurs vrombirent.

— L'interception ne s'est pas faite sans violence, il y a eu échange de coups de feu. Deux de leurs hommes ont été touchés, un plus gravement, je crois. Il est dans l'ordre des choses qu'ils vous interrogent, vous devez vous y préparer. Ils sont peut-être chez vous à cette heure-ci. Vous vous sentez capable d'y faire face ?

— Plus que jamais, Eitan, plus que jamais.

Un taxi s'arrêta en bas de la passerelle.

— Il vous ramène, dit l'Israélien. C'est un des nôtres, il vous déposera à deux rues de chez vous. Donnez-moi le smartphone sécurisé, ils vont fouiller votre sac. Je vous le rendrai plus tard. Ah, tenez, un billet de l'exposition de Courbet, vous y êtes allée en nocturne. C'est une exposition que vous connaissez bien, je crois. Pendant huit minutes, l'alarme a sonné et toutes les issues ont été bloquées. C'était une fausse alerte, tout s'est passé dans le calme.

— S'ils vérifient la vidéosurveillance, ils verront que je n'y étais pas.

— Ce serait juste si le système avait bien fonctionné ce soir, mais ce n'est pas le cas, comme souvent. Vous saviez que le modèle qui pose pour *L'Origine du monde* était enceinte de son premier enfant ?

Ils étaient quatre à l'attendre, deux dans le hall de l'immeuble et deux dans l'appartement qui avait été fouillé. Elle posa son sac sur le bureau et fixa les deux hommes silencieux, plutôt à l'aise au milieu de son salon. Les deux autres, qui l'avaient accompagnée en haut des escaliers, avaient disparu. Sur le point d'ouvrir la bouche, elle se ravisa quand elle entendit un bruit de chasse d'eau suivi d'un pas reconnaissable entre tous. Gerbod.

— Qu'est-ce que tu fais ici ?

— À ton avis ?

— Tu veux quoi ?

— Tu étais où ?

— En quoi ça te regarde ?

Aussi grande que lui, Léo le toisait avec arrogance. Il fit un signe de tête en direction du sac. Un des sbires le retourna sur le bureau.

Eitan avait bien anticipé la fouille. Le petit sourire de Léo n'échappa pas au Superviseur.

— Qu'est-ce qui t'amuse ?

— Ton côté fouille-merde. T'as jamais pu t'empêcher.

— T'étais où ce soir ?

— Va te faire foutre !

Sa stupeur n'était pas feinte, la grossièreté de Léo le décontenança, surtout devant ses hommes. Le nervi lui tendit le téléphone portable de Léo, il écouta les messages. Elle faillit lui jeter qu'il en aurait bientôt les retranscriptions mais se retint.

— Il fait quoi dans la vie, ton Marc ? demanda Gerbod qui le savait parfaitement.

— Il vend des pralines à Paris-Plage, sa saison va bientôt démarrer.

L'air navré, il secoua la tête.

Un léger coup de sonnette retentit, un des hommes alla ouvrir. Une jeune femme en blanc et chaussée de sabots de personnel médical débarqua dans le salon, un cartable à la main.

— On va te faire une prise de sang. Quelque chose à vérifier.

Dans un réflexe incontrôlable, Léo croisa fermement ses bras sur la poitrine. Il secoua la tête.

— Je te le déconseille : si tu refuses, on va devoir t'emmener. Tu as eu de la fièvre ces derniers temps ?

— T'es médecin ?

— Réponds-moi. Pourquoi tu as vu le Dr Klein, il y a une semaine ?

— J'avais un peu de fièvre.

— Qu'est-ce qu'il a diagnostiqué ?

— Une grosse fatigue. Il m'a prescrit du Tamiflu et des vitamines.

— Quel con ! Assieds-toi !

Léo s'assit sur le canapé et exposa l'intérieur de son avant-bras à l'infirmière. Pendant la piqûre, Gerbod continua l'inventaire du sac.

— Tiens, l'exposition Courbet. Tu y es allée… aujourd'hui !

— Ce soir, il y avait une nocturne.

Un des hommes lui chuchota quelque chose à l'oreille pendant que l'infirmière s'éclipsait dans la plus totale discrétion.

— C'était bien cette nocturne ?

— Va faire un tour, tu jugeras par toi-même.

— Et tout s'est bien passé ?

— Oui.

— Rien à signaler lors de ta visite ?

Il avait la tête du braconnier sur le point de coincer un lapin dans un piège grossier. Mais le lapin se montra plus malin. Léo éclata de rire.

— En vieillissant tu deviens lourd, Gerbod. Très lourd. Si tu veux parler de l'alarme qui a sonné pendant une dizaine de minutes, oui, je le signale.

Il ravala son dépit et sortit de sa poche le bracelet israélien. L'armature était démontée et les perles avaient été éventrées.

— Tu l'as acheté où ?

— C'est un cadeau.

— De qui ?

— Un homme raffiné, élégant, à la carrure d'athlète et qui baise comme un dieu, si tu as une idée du type d'homme dont je veux parler. Il me l'a acheté dans une boutique du Quartier latin après notre après-midi coquin. Ne me demande pas laquelle, j'étais un peu… hors de tout.

— C'est qui ?

— Je ne sais pas. Il m'a draguée et je l'ai suivi.

Gerbod paraissait sincèrement outré.

— Tu couches avec des types que tu ne connais pas ?

— Ce qui ne peut pas t'arriver, à toi. Il faut que tu ailles d'abord fouiner dans la vie de ta proie avant de la dévorer, histoire de voir qui elle est, hein Gerbod ! C'est ainsi que procèdent les grands pervers.

Elle se leva, écrasa les mots entre ses dents.

— Tu es l'être le plus abject que je connaisse et je pense que tu as atteint ce degré d'ignominie parce que tu n'es qu'un inconsistant. Sors de chez moi.

Les deux nervis qui en avaient assez entendu attendaient dans le hall en discutant à voix basse, moins par discrétion que pour s'éviter les foudres de leur patron après un échange verbal où il n'avait pas eu le dessus.

Aussitôt prévenu de la visite de Léo, Gilles Damais sortit de son bureau, précédé de trois hommes. Il écourtait une réunion pour la recevoir. Sa chemise froissée et son visage mangé par une barbe naissante témoignaient d'une nuit mouvementée. D'un geste sec, il l'enjoignit à le suivre.

— C'est quoi ce bordel ? Qu'est-ce que vous avez manigancé, Léo ?

Léo s'assit sans y avoir été invitée.

— De quoi parlez-vous, Gilles ? Ça a un rapport avec la perquisition de Gerbod hier soir chez moi ? Que s'est-il passé ? Dans quoi suis-je impliquée sans le savoir ?

Il plissa les yeux comme pour évaluer son degré de sincérité. Elle enfonça le clou.

— Vous savez, depuis des mois je suis épiée, surveillée, traquée, menacée par Gerbod alors que je n'aspire qu'à une chose, reconstruire un semblant de vie. J'ai perdu mon mari, mon père, des êtres chers. Chaque matin, je m'étonne de pouvoir encore me lever. Je suis fatiguée, au bout du rouleau. N'en rajoutez pas, s'il vous plaît. Dites-moi simplement ce qui s'est passé.

Gilles Damais avait dû être convaincu par sa complainte parce qu'elle le fut elle-même.

— On était en train de transporter Laville et Boubaker à l'hôpital…

— Pourquoi ?

— La grippe A. Mais je reviendrai sur ce point, laissez-moi continuer je vous prie. Comme on les conduisait au Val-de-Grâce, leur convoi a été attaqué par un commando puissamment armé. Et quand je dis puissamment, je pèse mes mots. Ils étaient une dizaine, bien organisés, l'interception a duré quelques minutes. Ils ont enlevé Boubaker et Laville, et mes hommes n'ont rien vu venir. Il y a un mort et un blessé dans nos rangs. C'est une opération réglée au millimètre.

Léo se redressa vivement.

— Éric et Latifa enlevés ! Mais par qui ?

— Des Arabes, certainement.

— Qu'est-ce qui vous permet de le croire ?

— Le peu de paroles échangées étaient en arabe. Il y avait un arabisant parmi les hommes de l'escorte, il est formel.

— Une mouvance islamiste ?

— Pour l'instant, aucune revendication. Alors on se tourne naturellement vers la piste Boubaker.

Sans simulation cette fois-ci, Léo se tendit.

— Comment ça, la piste Boubaker ?

— Le fils. Khaled Boubaker, webmaster.

— Il exerce son métier en toute légalité.

— Oui, absolument. Tout est clean de ce côté-là. Ce qui l'est moins, ce sont ses clients, et les sites qu'ils lui demandent de créer. On n'est plus franchement dans la légalité et on serait plutôt du côté de l'incitation au terrorisme. Finalement, Gerbod avait peut-être raison quand il affirmait que les intentions de Latifa Boubaker étaient plus obscures qu'il n'y paraissait.

La tournure des événements mettait Léo mal à l'aise. Les Israéliens avaient orchestré l'enlèvement de telle façon que les soupçons se portent sur la piste arabe. L'extraction de Latifa faisait partie du plan. Elle en voulait à Eitan et s'agaça contre Damais.

— À ce que je sache, elle n'a rien avoué. Vous n'avez rien contre elle, je me trompe ?

— Peut-être nous a-t-elle bernés ? Sa déchéance, sa dépression, son envie de mourir, tout était simulé.

Le souvenir de Latifa allongée dans l'Embraer s'imposa.

— Vous dites n'importe quoi et vous le savez. Latifa est une brillante analyste avec d'excellents résultats...

— Notamment lorsqu'elle travaillait sous légende. Cent pour cent de réussite. Oui, je vous le concède, elle est brillante pour berner son monde. Même les plus affûtés se sont laissé prendre à son jeu.

Eitan avait bien joué, jamais les Israéliens ne seraient soupçonnés de les avoir exfiltrés.

— Selon Gerbod, vous êtes dans le coup. Il pense que le bracelet...

— Qu'il a complètement détruit sans rien trouver.

— Il pense que le bracelet a permis au commando de tracer le lieu de détention, reprit Damais sans tenir compte de sa remarque. Il pense aussi qu'il aurait pu contenir une solution grippale concentrée. Une dizaine de personnes ont été contaminées après votre passage.

— N'importe qui d'autre aurait pu être porteur du virus.

— Oui, oui, bien sûr...

Une grande lassitude venait de s'abattre sur les

épaules de Damais, on pouvait presque la toucher du doigt.

— Vous savez, Léo, j'ai consacré ma vie aux services et je n'ai vécu que pour mon travail, et là, sur le point de partir, je réalise que dans cette affaire, certaines choses m'ont échappé. Défaut d'intuition, de vigilance, de perspicacité. Peut-être est-ce le début de la vieillesse, tout simplement…

Il leva la main pour signifier à Léo de le laisser continuer.

— Oui, ce matin je suis en colère, parce que cette opération donne raison à Gerbod qui me retire du jeu, mais au fond de moi, je suis soulagé que vos deux analystes ne soient plus entre nos mains. Laville et Boubaker peuvent bien être en Afghanistan ou au Pakistan, tant mieux pour eux. Pour les faire parler, Gerbod allait user de méthodes que je désapprouve, et ils ne seraient jamais ressortis. On parle des prisons secrètes de la CIA mais notre indéboulonnable Secret Défense nous couvre bien. Laville n'a jamais rien lâché. Il est accusé d'intelligence avec une puissance étrangère, peut-être les Israéliens, mais il n'a pas avoué. Et voyez-vous, ce qui me gêne dans cette histoire, Léo, ce n'est pas tant ce que les uns ou les autres ont pu faire mais plutôt de connaître leur place sur le grand échiquier. Il y a beaucoup de pions, je n'en doute pas, comme vous, comme moi. Mais au bout du compte, qui mène le jeu ? J'ai été berné, manipulé sans le deviner un seul instant. C'est un sentiment qui me hantera jusqu'à la fin de mes jours.

Il eut un petit rire désenchanté.

— Je vais avoir maintenant de longues journées pour y songer…

— Et si je pouvais vous aider à répondre à certaines de vos questions ?

Gilles Damais n'était pas un homme qui s'engageait à la légère. Chaque chose devait être pensée, pesée, expertisée. Il se frotta la barbe et ouvrit un tiroir pour en ressortir un rasoir électrique et un flacon, puis il se rasa devant un miroir pendu près de la fenêtre.

Le bourdonnement cessa au bout de sept ou huit minutes. Il tamponna ses joues de lotion et repoussa le tiroir où il avait rangé le nécessaire de rasage.

— Qu'est-ce que vous avez à me proposer ? demanda-t-il enfin.

— Un assassin que vous connaissez bien. Et vous pouvez le confondre.

Telle que Valériane la lui avait racontée, Léo expliqua l'affaire du manoir, de la prostituée sur laquelle s'était acharné Gerbod, de l'enfouissement du corps dans le parc. Elle lui donna son emplacement et la commune à laquelle appartenait la bâtisse.

— Il faut retrouver ce corps avant la fin de l'été sinon il y aura prescription et on ne pourra plus le poursuivre.

Gilles Damais hocha longuement la tête en caressant ses joues fraîchement rasées.

— C'est tout ?

— Non, bien sûr que non. Trouvez le corps, Gilles, faites ouvrir une information et je peux vous assurer que vous ne serez pas déçu.

Il plia la feuille sur laquelle il avait noté les coordonnées du manoir, la glissa dans sa poche de poitrine après en avoir sorti une autre qu'il poussa vers Léo.

— C'est le lieu où votre père a été inhumé, le gardien est prévenu.

Elle déplia la feuille. Un numéro de tombe et une adresse en Seine-et-Marne non loin de la forêt de Fontainebleau. Peut-être des cendres du corps de Philippe s'étaient-elles mêlées à la terre qui avait enseveli le cercueil de son père. Peut-être…

Sur le trottoir, Léo ralluma son portable. Un message. Marin Pélissier de la DCRI lui demandait de le rappeler. Elle s'inquiéta que le lieutenant de la section antiterroriste souhaite lui parler.

Il décrocha à la première sonnerie.

— C'est une information que je ne devrais pas vous donner, mais on vient de découvrir le corps de Khaled Boubaker au pied de son immeuble.

Léo vacilla, s'adossa contre un mur pour reprendre son souffle.

— Quand ?

— Ce matin. Les premières constatations laissent penser qu'on l'a poussé. C'est tout ce que je peux vous dire.

Léo raccrocha. Marin Pélissier ne pouvait ignorer que son téléphone était sur écoute. De deux choses l'une, soit le lieutenant allait se faire taper sur les doigts pour divulgation d'informations confidentielles, soit c'était une manœuvre de Gerbod pour lui faire connaître sa réponse à l'exfiltration de Latifa et d'Éric. Dans les deux cas, le message était reçu cinq sur cinq. Elle marcha jusqu'au bout de la rue à la recherche de sa voiture. Impossible de se souvenir de l'endroit où elle l'avait garée. Elle revint sur ses pas, marcha dans la direction opposée, tourna dans une rue, en parcourut un tronçon puis bifurqua sur un autre axe. Le long des arcades d'un immeuble, une main la happa et l'entraîna dans l'ombre. Un inconnu lui faisait face. Sa peau mate et ses grands yeux sombres ne laissaient aucun doute sur son origine. Il lui tendit un smartphone.

— Vous devez appeler Eitan. Et si vous cherchez votre voiture, elle est garée dans la rue perpendiculaire à celle-ci, à droite.

— Dites à Eitan…

— Dites-lui vous-même, vous avez un téléphone.

Il l'abandonna dans l'ombre des arcades et disparut. Elle renonça à appeler Eitan sur-le-champ, sa colère réduirait l'impact de ce qu'elle avait sur le cœur. Pour l'heure, elle avait plus important à faire.

Des cars de CRS étaient alignés en périphérie de la cité des Boubaker. Les habitants étaient aux fenêtres et des petits groupes de jeunes ou de femmes se formaient à l'ombre des arbres chétifs. Léo laissa sa voiture à une centaine de mètres. Les véhicules de secours avaient déserté les lieux, restait un attroupement autour de la forme d'un corps matérialisé par un trait de peinture blanche. Des commentaires s'échangeaient, des têtes se levaient à intervalles réguliers vers le haut de l'immeuble. Les mains en visière, Léo scruta le toit une douzaine d'étages plus haut puis s'approcha de la silhouette tracée au sol. Du sang encore humide noircissait le bitume. Elle ne put s'empêcher de penser au corps désarticulé de Philippe sur le pavé de la cour intérieure. La concierge avait brossé le sang jusqu'à ce qu'il n'en reste aucune trace, sans doute par souci de ne pas effrayer les autres locataires autant que par réelle compassion pour Léo.

L'appartement était plein de monde. Léo se fraya un chemin jusqu'au canapé du salon où des femmes consolaient Mme Boubaker qui hurlait son désespoir.

Elles s'écartèrent en silence pour la laisser passer. Une des femmes qui soutenaient Mme Boubaker lui chuchota quelque chose à l'oreille, la mère de Latifa leva un visage inondé de larmes. Léo posa un genou à terre.

— Madame Boubaker, je suis effondrée par ce malheur qui vient de vous frapper. Khaled était un bon garçon et…

— Ne parlez pas de mon fils, je vous l'interdis. Tout le malheur vient de vous, de vous et de ceux de votre monde. Soyez tous maudits !

Une main agrippa le bras de Léo et les regards se détournèrent, sa présence était indésirable dans l'appartement du défunt.

— Partez ! ordonna une femme. Vous n'avez rien à faire ici. Partez !

Le pas hésitant, l'impression d'être saoule, elle marcha en direction de sa voiture. Un garçon était assis sur le capot. Le cœur dans la bouche, Léo n'eut pas le courage de lui dire de s'enlever, il le ferait quand elle mettrait le contact. Comme elle actionnait le bip d'ouverture des portes, il lui barra le chemin.

— On s'connaît ! fit-il sur un ton agressif.

— C'est possible, dit Léo en essuyant une larme. Je suis venue quelquefois voir la famille Boubaker. Vous êtes ?

— Le cousin de Khaled.

— Khaled était quelqu'un de bien, comme sa sœur. Latifa était ma collaboratrice.

— Je sais, je vous ai vue à la télé. Pourquoi vous êtes là ?

— J'avais un message pour Khaled.

— De qui ?

— De Latifa.
— C'était quoi ?
— Je ne peux pas te le dire.
— Pourquoi ?
— Parce que j'ai mes raisons.

Le garçon jeta un regard vers les fenêtres de l'immeuble. Il avait quelque chose sur le cœur, Léo l'encouragea.

— Tu en penses quoi de cette histoire ?
— Que ça va encore mythoner grave, c'est sûr. Ils vont raconter n'importe quoi.
— Parce que toi, tu connais la vérité ?

Les yeux bruns ourlés de longs cils l'examinèrent un instant.

— C'est les keufs qui l'ont balancé du toit.
— Tu as l'air sûr de toi.
— Ouais, j'suis sûr de moi.
— Tu en as la preuve ? avança prudemment Léo.
— Peut-être…

Soudain, un bruit d'explosion. Assez proche. La terre vibra sous leurs pieds.

— Ça va péter grave, affirma le jeune avant de sautiller d'une jambe sur l'autre.

Léo crut qu'il allait filer. Elle insista.

— C'est quoi, tes preuves ?
— C'était quoi le message pour Khaled ?
— Si je te le dis, je mets la vie de Latifa en danger.
— Si je vous donne mes preuves, c'est ma peau que je risque.

Léo inspira longuement tout en jaugeant le garçon.

— Tu fais quoi dans la vie ?
— J'ai passé le bac, j'attends les résultats.
— Quelle section ?

— ES.
— Tu penses l'avoir ?
— Mouais, c'était pas difficile.
— Tu veux faire quoi, après ?
— Une fac d'éco-gestion, même si j'ai peu de chances de trouver du boulot. Mais bon, j'ai pas envie de glander comme les autres. Autant que j'aille à la fac.
Sa nonchalance, sa franchise désinvolte, ce garçon lui plaisait. Elle se jeta à l'eau.
— Je ne peux pas te raconter les détails, mais Latifa n'est plus en prison. Un commando l'a libérée et à l'heure qu'il est, elle se trouve dans un autre pays. Je pense que la mort de Khaled a un rapport avec son… évasion.
Un petit sourire écorcha le visage juvénile.
— Elle est mortelle, cette meuf ! Latifa, elle a toujours été plus maligne que tout le monde.
Il sortit un portable de sa poche, le lui fourra dans la main.
— Les preuves ! Donnez-les à la télé. En mémoire de Khaled.
Comme il s'éloignait, Léo l'appela.
— Hé, c'est quoi ton nom ?
— Momo ! Momo Boubaker.
— Momo, quand tu rentres en fac, viens me voir à Montreuil, rue de Paris, au cabinet I3S. Je peux te filer un coup de main pour trouver un job ou autre chose.
Il trottina quelques mètres à reculons puis fila en zigzaguant quand retentit une deuxième explosion. Un nuage de fumée noire s'éleva entre les arbres.

En toute autre circonstance, Léo aurait trouvé le coin charmant. De hauts platanes ombrageaient un parking de quelques places. À cinq ou six cents mètres, un clocher au milieu de maisonnettes entourées de jardins fleuris et verdoyants perçait le bleu dur d'un ciel épargné par la pollution. Un coq claironna dans la campagne bercée par le chant des oiseaux. Il ne semblait y avoir personne, elle se demanda si le cimetière était ouvert. Un vélo près de l'entrée la rassura. Le mur de pierres ceinturait un vaste espace herbeux d'où émergeaient des stèles rectangulaires parfaitement alignées. Le gardien n'avait de militaire qu'un bas de treillis. Son t-shirt et sa coupe étaient loin d'être réglementaires. Courbé en deux, l'homme arrachait des mauvaises herbes le long d'une allée. Alerté par le grincement de la grille, il se releva et attendit que Léo le rejoigne. Elle le salua et lui montra le bout de papier sur lequel Gilles Damais avait inscrit un numéro. Sans hésiter, il lui désigna un coin du cimetière à l'ombre des arbres.

— C'est celle du bout, la dernière.

Puis, les jambes raides et écartées, il replongea vers le sol.

Elle marcha lentement le long des tombes. Un numéro à cinq chiffres était gravé sur chaque stèle. Étaient-ils tous des traîtres à la patrie comme son père ? Pourquoi ne les avait-on pas rendus à leur famille ? Par peur que leur dépouille ne révèle des secrets estampillés Secret Défense ?

Il n'y avait pas d'herbe sur la dernière tombe. Un léger duvet vert anis couvrait la terre meuble soigneusement ratissée. Une feuille de platane s'était échouée au milieu du rectangle, elle l'enleva puis vérifia le numéro sur la stèle. La posture droite, les bras le long du corps, elle visualisa le cercueil à quelques dizaines de centimètres sous ses pieds. Le coq se fit à nouveau entendre, comme pour honorer son père d'un hommage que les hommes dans leur grande ingratitude n'avaient pas consenti à lui accorder. Léo songea au dernier coq au vin qu'il avait cuisiné, à leurs nombreux tête-à-tête dans la cuisine joliment décorée. Parce qu'il y passait du temps, il en avait fait un lieu où l'on aimait s'attarder en dégustant un vin dont il décrivait les saveurs avec des métaphores improbables. Combien de fois Léo s'était-elle esclaffée !

— Papa, rassure-moi, quand tu dînes avec les ambassadeurs ou les directeurs de cabinet, tu ne leur dis pas ces choses-là, n'est-ce pas ?

— Mais pourquoi ?

— Mais parce qu'ils se moqueraient de toi !

— On ne se moque pas des poètes.

— Mais tu n'es pas un poète. Tu ne l'as jamais été. Tu es un homme qui compile des secrets pour les enfouir je ne sais où.

Puis elle reprenait son sérieux.

— Papa, que vas-tu faire de tous tes secrets ?

Léo ramassa un petit caillou blanc dans l'herbe naissante et le fit rouler au creux de sa paume. Elle déglutit avant de murmurer.

— Ils t'ont arraché tes secrets, Papa. Mais pas tous, il y en a un au moins qu'ils n'ont pas eu…

Sous un appentis, le gardien arrosait de jeunes pousses dans des barquettes à la terre noire. Elle entra et cala un billet entre deux pots.

— Prenez soin de lui, Monsieur. Je vous remercie.

Une seconde voiture était garée près de la sienne. Assis sur un banc, Eitan mangeait un sandwich. Il poussa une glacière souple à l'effigie d'une chaîne de magasins de surgelés.

— Servez-vous ! Vous n'avez pas encore mangé, aujourd'hui. Je me demande si vous n'avez pas maigri ces derniers temps. Déjà que vous n'êtes pas bien grosse…

— À force de compter les cadavres, on en perd un peu l'appétit, voyez-vous.

Elle le toisa de toute sa hauteur.

— Bien vu, la piste arabe. La sanction n'a pas traîné. Vous êtes fiers de vous ? C'est en dégommant des Arabes innocents que vous faites votre guerre. Gaza, ça ne vous suffit plus, il faut que vous veniez faire assassiner des gamins dans les banlieues de France. Vous ne valez pas mieux que Gerbod, dans le fond.

— On se serait fait passer pour des Vikings qu'ils auraient quand même exécuté le jeune Boubaker. Ils cherchaient à vous atteindre vous, Léo. Ça ne vous a pas effleurée une minute que Gerbod appliquerait des représailles immédiates ? Non ? Nous, nous les avons évaluées et cette mort était le pire scénario.

— Vous auriez pu m'en parler.

— Ça aurait changé quelque chose ? Nos médecins ont examiné Latifa. Elle n'aurait pas tenu encore bien longtemps.

— Comment va-t-elle ?

— Mal. Elle lutte contre une forte fièvre qu'ils font descendre avec des bains à température ambiante. Son état est stationnaire.

— Éric ?

— On a dû l'enchaîner à son lit. Il sera très vite sur pied.

Léo s'assit à côté d'Eitan et fouilla dans la glacière réfrigérée. Elle prit un sandwich de pain de mie au poulet et vérifia sa composition.

— Rien ne vous fait peur, dit-elle en déchirant le cellophane.

— La Mangouste a découvert où était Roxane pendant ces deux dernières années.

Léo suspendit son coup de dents. L'Israélien s'essuya la bouche avec un mouchoir en papier.

— Elle était bien à l'école, à l'École de la forêt.

— L'école du SVR. Avec son père adoptif qui en est le directeur, il n'y a rien de surprenant.

— Détrompez-vous, cette école est réservée à l'élite. Roxane doit avoir des compétences et des capacités hors du commun.

— Ma fille est un agent russe protégé par VVP. Sa mère bosse avec le Mossad, son grand-père était un informateur du KGB, quelle famille !

— C'est Marlène Berger qui vous a dit qu'elle était la protégée de VVP ?

— Juste avant de mourir. Au-delà de ce que je peux imaginer, qu'est-ce que cela implique d'être sous l'aile de Poutine ?

— Qu'elle fait partie de la crème des agents. Multilingues, formés à toutes les nouvelles technologies, adeptes du sambo, surentraînés, ce sont des machines de guerre capables de se fondre dans le paysage urbain. Retrouver physiquement Roxane n'est plus aujourd'hui un objectif inaccessible. C'est retrouver la petite fille qui sera compliqué.

— J'en ai conscience, murmura Léo.

— La fourmi ! s'écria Eitan alors qu'elle allait mordre dans le pain de mie.

— Quoi, la fourmi ?

— Il y a une fourmi sur votre sandwich.

Englué dans la mayonnaise, un minuscule insecte. Léo considéra Eitan avec un rien de scepticisme.

— Comment avez-vous fait pour la voir ?

Son estomac se réveilla dès la première bouchée, elle était affamée.

— La Mangouste a fait une autre découverte, annonça Eitan.

— Je vous écoute.

— Igor Sokolov travaille à l'École de la forêt, il enseigne le piratage informatique.

— IGOR ? Igor travaille pour les Russes ?

— Depuis dix-huit mois.

— Alors, c'est eux qui l'ont fait disparaître le 25 novembre ?

— Oui.

— Ce qui veut dire qu'il était déjà en contact avec eux avant ce jour-là. Pourquoi ?

— D'après vous ?

Eitan la poussait vers un endroit où elle ne voulait pas aller, tant le non-dit était énorme.

— Ce n'est pas possible.

— Bien sûr que si.

— Igor était loyal.

— Comme votre père.

— Mais ça n'a rien à voir ! Mon père travaillait pour les Russes parce qu'on le faisait chanter.

— On a tous une bonne raison quand on change de camp. Igor Sokolov devait avoir la sienne. Et puis je vous rappelle ses origines.

— Igor à Moscou…

Elle s'était parfois demandé dans quelle contrée avait disparu son informaticien. Avec un père diplomate, les possibilités de refuge étaient vastes. Mais Igor était en Russie, au cœur d'un dispositif où l'accès à l'information lui était facilité.

— Vous croyez qu'il m'aiderait à retrouver Roxane ?

— Je ne crois pas, Igor ne retournera pas sa veste une nouvelle fois.

— Qu'est-ce qui vous en rend si sûr ?

— Il n'a rien à y gagner. D'autant plus que là-bas, il s'est construit une nouvelle vie. Il s'est marié dans l'hiver et sa femme attend un bébé.

— Igor papa ! Comment est-ce possible ? s'exclama Léo stupéfaite.

Elle l'avait toujours cru incapable de s'intéresser à autre chose qu'à ses ordinateurs.

— Je dois lui parler, insista-t-elle.

— Tous les agents qui sortent de cette école ont une nouvelle identité. De longs mois ont été nécessaires pour leur bâtir une légende. La révéler peut être considéré comme un crime d'État. Igor ne vous la livrera pas.

Léo s'essuya la bouche, elle n'avait plus très faim.

— Eitan, nous parlons de ma fille et Igor connaît mon histoire. Il m'aidera forcément. Je vous en prie, je dois lui parler.

Effronté, un moineau se percha sur le banc, picora les miettes. Un morceau un peu plus important était tombé sur le pantalon de Léo, il le piqua et s'enfuit à tire-d'aile. Le culot avait toujours payé.

— Je dois parler à Igor.

Eitan souffla, contrarié.

— On va voir comment on peut organiser la chose, on va voir, Éléonore…

Élisabeth Carpentier l'attendait au fond de la vaste brasserie. La plupart des clients avaient préféré l'intérieur climatisé à la terrasse, pourtant à l'ombre à cette heure de l'après-midi. Elles se firent la bise comme deux bonnes copines et attendirent que le garçon revienne avec les consommations.

— J'ai revu Ariel, commença Élisabeth, je lui ai remis les informations sur Boissière. J'ai dû les apprendre par cœur car, dans la tour, tous les supports sont tracés, qu'ils soient papier ou numérique. J'ai aussi pris connaissance du CV de Jade, impressionnant ! Son recrutement ne devrait pas poser de problème. Dès que Boissière est hors circuit, sa candidature est dans les tuyaux.

Elles étaient côte à côte, dos au mur. Sous la table, Léo lui glissa le portable de Momo.

— Il contient une vidéo du meurtre de Khaled Boubaker. On voit nettement les deux types d'origine maghrébine qui le poussent dans le vide, et on en voit un autre en retrait, un blanc qui ne fait pas franchement couleur locale. Vous pourriez les identifier ?

Le téléphone disparut dans la poche d'Élisabeth.

— J'ai entendu parler du meurtre. On raconte que le garçon s'est fait tuer parce qu'on a su qu'il travaillait pour nous.

— C'est le cas ? s'écria Léo, abasourdie.

— Oui, c'était l'une des conditions de sa relaxe, la clémence du juge a été négociée. Il devait rendre compte de la température du quartier. Vous avez un peu facilité la tâche des collègues en le formant au métier de webmaster. Du coup, il avait accès à des informations de première main.

Léo avait contribué à ce que Khaled soit une proie plus facile, cette nouvelle la consterna. Mme Boubaker ne s'était guère trompée quand elle l'avait accusée d'être la cause de leur malheur.

— Il y a de drôles de choses qui circulent chez nous. Il paraît qu'un commando aurait enlevé Latifa Boubaker et Éric Laville pendant leur transfert au Val-de-Grâce. C'est vrai ?

— Oui.

— La DGSE est totalement hermétique sur le sujet, tout est verrouillé. Vous savez ce qu'ils sont devenus ?

En terrasse, trois femmes se vaporisaient de l'eau minérale sur le visage et les bras en riant. Léo envia leur insouciance.

— Il y a un rapport avec les Israéliens ? insista Élisabeth.

— Je ne sais pas, et même si je le savais, je ne pourrais pas vous en parler. Vous en devinez aisément les raisons.

Élisabeth Carpentier tapota la poche où se trouvait le téléphone.

— Si je parviens à les identifier, qu'allez-vous faire de l'information ?

— Rien pour l'instant. C'est juste une pièce de plus à verser au dossier Gerbod.

Assise à côté de Werner Kaufman, Nath commentait des chiffres sur un listing. Le leader les approuvait d'un hochement de tête satisfait. Un téléphone contre l'oreille, Niki prenait des notes et Fred parlementait avec un interlocuteur tenace.

— Désolé, mais où il se trouve, on ne peut pas le joindre. Rappelle. Rappelle s'il te plaît. Allez, faut que j'te laisse.

Quant à Max et P'tit Loup, ils avaient été relégués à la surveillance. Leur position devant l'entrée de la yourte leur donnait une vue d'ensemble sur les occupants du squat. Max avait salué Léo d'un index sur la tempe avant de l'autoriser à entrer. Werner Kaufman était visiblement ravi de la retrouver.

— Entrez, Léo, entrez. Installez-vous.

Nath approcha un tabouret de la table encombrée de documents, de cendriers pleins, de paquets de tabac largement entamés. Kaufman se roula une cigarette, l'œil amusé.

— Ce n'est pas un pavé qu'on a jeté dans la mare, mais une enclume. Du coup, les affaires reprennent.

Elles reprennent si bien qu'on est un peu débordés par la base. Il a fallu briefer tous les nôtres pour organiser de nouvelles cellules. Lyon, Marseille, Nantes, Le Havre, un peu partout en province et aussi en Europe. Berlin, Vienne, Rome, Dublin, et…

Le téléphone sonna. Nath s'éloigna pour répondre.

— … et presque dans toutes les capitales européennes. On a un peu de soucis à Athènes où Lutte révolutionnaire tente de nous noyauter. L'extrême gauche en Grèce est trop radicale pour nous, ils font sauter des McDo et mitraillent les bâtiments administratifs. Ce ne sont pas nos méthodes.

Nath se rassit à la table.

— C'est la banque, elle voulait te proposer des placements très intéressants.

— Quelle bande de charognards ! se désola Werner. Quand on était dans la merde, ils voulaient me virer et aujourd'hui, ils me lèchent les pompes. Qu'ils crèvent ! Mais passons, vous vouliez nous voir, Léo ?

Léo sortit de son sac une épaisse enveloppe de papier kraft et la lui tendit.

— Vous avez récupéré l'information sur un site d'opposants turcs, récita-t-elle. Elle y est restée quelques minutes. Vous allez la diffuser sur votre site et elle sera vite relayée par la presse. Enfin, c'est ce que nous vous proposons.

Il prit connaissance des documents, des photos.

— Qui vous a donné ça ?

— Un ami bien placé. Nous avons des alliés, Werner.

— Le problème, c'est que je ne les connais pas. Cela m'ennuie beaucoup, vous savez.

— De quoi avez-vous peur ?

— D'être récupérés par je ne sais qui…

— Pour l'instant, c'est vous qui récupérez, non ?

Il parcourut à nouveau les feuillets, l'air embêté.

— L'Institut européen est puissant et on a encore des camarades sous les verrous.

— Ici, il ne s'agit pas d'aller détruire leurs locaux.

— Ce n'était pas nous, vous le savez. On n'a jamais rien détruit. C'était de la provoc.

— Oui je sais, Werner. Mais là, il s'agit juste de donner une information. Vous vous en tenez aux faits, à ce qui a été décidé dans l'antichambre du gouvernement turc, la cession des 200 000 hectares de terres à l'Institut européen. C'est tout. Vous n'avez pas à parler de l'utilisation qu'ils comptent en faire. C'est trop tôt. On le révélera plus tard. J'ai aussi autre chose pour vous, dit Léo, une autre enveloppe dans les mains. La liste de tous les lobbyistes à la solde d'Aristee, ceux basés au Parlement européen, au Parlement français et dans tous les pays où il est question d'agriculture OGM, avec leur marge de manœuvre en matière de cadeaux en tout genre comme les croisières, les palaces, les ordinateurs, etc. Vous aurez plus tard un état chiffré. Vous avez aussi la liste des magazines et des journaux, professionnels ou non, qui font preuve de grande complaisance à l'égard d'Aristee. Il y a les noms de quelques journalistes soi-disant scientifiques qui travaillent sous différents pseudos et servent la même soupe. Naturellement, ces informations seront démenties, on va même vous poursuivre pour diffamation mais vous ne risquez rien car, pour chacun des noms, les preuves sont irréfutables.

Elle poussa vers eux le volumineux cabas qu'elle avait apporté. Nath en sortit quelques feuilles.

— Comment avez-vous obtenu tous ces renseignements ?

— Chercher l'information est mon métier, Werner. Et puis, comme je vous le disais, nous avons des alliés.

— Des alliés très bien renseignés…

— Nous poursuivons tous le même objectif. Vous imaginez ce monde où seule une poignée de semences génétiquement modifiées serait cultivée sur des millions d'hectares. Deux ou trois variétés de riz, de blé, de maïs ou de soja, des champs à perte de vue dans une campagne immense et silencieuse. Plus un insecte, plus un ver, plus une abeille, plus un oiseau dans une infinité verte ou bien dorée, où le seul bruit serait celui des avions épandant leurs pesticides. C'est ce que l'Institut européen nous offre pour demain. Alors, qui que soient nos alliés contre cette apocalypse programmée, nous allons nous unir. En attendant, nous préparons l'opinion, nous attaquons Aristee de front. Après tout, c'est un combat que vous menez depuis au moins deux décennies. Quant à l'Institut européen, nous y allons en douceur parce qu'il jouit d'une réputation très favorable auprès du public. Nous nous contentons d'exposer au grand jour des projets qu'ils ne nous dévoilent pas. C'est tout. Sans animosité, sans préjugé, nous exposons simplement les faits. Et vous êtes ce porte-voix-là parce que vous êtes crédible, et c'est vous qui serez encore là quand l'Institut européen va se découvrir pour protéger son bébé, le bébé mangeur d'hommes qu'est Aristee.

Le message était passé même si Léo avait prêché des convertis. Juste une mise au point pour achever de lever toute ambiguïté sur les motivations des uns et des autres. Elle consulta sa montre et se leva.

— À bientôt, Werner.

Léo avait apporté son maillot de bain, elle l'enfila dans l'une des deux cabines du pool house. En prolongement, une petite cuisine d'été et un bar où étaient préparés des couverts et des assiettes, un feu couvait dans le barbecue.

Marc considéra le maillot une pièce quand elle sortit de la cabine.

— T'as pas peur d'avoir chaud ? demanda-t-il sans rire.

Une allusion au simple string de sa première baignade. Elle l'ignora et s'avança vers la piscine.

— Tu l'aimes comment, l'agneau ?

— Comme toi ! cria-t-elle en plongeant.

À cette heure du jour où le soleil n'effleurait plus que les toits, la douceur de l'eau était égale à celle de l'air, en velours. Ne penser qu'à ses mouvements de crawl, à sa respiration, écouter ce corps malmené par des blessures intimes et profondes. La mort de Khaled planait à la surface. Tout au fond, le cercueil de son père. Nager pour oublier. Nager pour stimuler ses muscles. Nager jusqu'à l'épuisement. Quand elle basculait au bout du bassin, elle apercevait Marc tout à ses occupations, d'abord dans la cuisine du pool house, puis au bord de la piscine lorsqu'il dressa la table et enfin assis sur le transat, un téléphone contre l'oreille. La nuit s'accentua soudain lorsqu'il alluma les lumières du bassin, les torches de l'allée puis les bougies sur la table. Il fallut cinq bonnes minutes à Léo pour reprendre son souffle. Un peignoir à la main, Marc l'accueillit en haut de l'échelle.

— C'est impressionnant de te voir nager, on jurerait que tu es poursuivie par des requins. Viens t'asseoir, tu dois être crevée.

Elle le suivit jusqu'à la table, se laissa tomber sur la chaise offerte avec une galanterie un peu désuète qui lui rappela celle de son père, contrairement à Philippe qui lui avait toujours opposé l'égalité revendiquée. Il lui servit un verre de vin.

— On a identifié un des hommes de l'Agence de presse Chine nouvelle. C'est le fils de l'ambassadeur de Chine en France.

— Vous êtes sûrs ?

— Ziang l'a confirmé.

Léo souffla de dépit.

— Affaire classée ! C'est ce que va t'annoncer demain ta hiérarchie. Et Calistrio, qu'est-ce qu'elle a lâché ?

— À nous, rien. Elle en dira peut-être plus à la DCRI. Une équipe de la sous-direction des affaires économiques est en route pour la récupérer.

Léo pensa à Gerbod, à ses méthodes d'interrogatoire, au sort qu'il réservait à ceux qui le gênaient.

— Avec eux, elle ne fera pas un pli.

— Qu'est-ce que tu insinues ?

— Rien.

Marc insista, Léo éluda et changea de sujet.

Le vin, la salade, la viande, tout était léger et savoureux. Elle se laissa aller à ce bien-être un peu grisant, envahie peu à peu par une douce lassitude. Quand il lui proposa une coupe glacée, elle demanda à la prendre sur le canapé du salon, une petite fatigue, elle avait besoin de s'allonger. Elle était en fait épuisée et n'aspirait qu'à dormir. Attendre sa glace releva de la prouesse. Elle l'avala goulûment avant de se pelotonner dans son peignoir douillet, la tête enfouie dans les coussins. Le sommeil la terrassa sans délai.

Elle en sortit au matin comme elle y était entrée, d'un coup. Marc s'était endormi dans un fauteuil, un livre ouvert sur le ventre. Abandonné, avec ses cheveux en bataille et sa chemise ouverte sur son torse hâlé, il était séduisant et elle le contempla quelques instants, attendrie. La fraîcheur de ce nouveau jour la surprit comme si cela n'avait plus été possible. Dans un arbre au fond du jardin, un oiseau siffla quelques notes sur fond de ciel rosissant. Un deuxième lui répondit. Ils jouèrent ainsi en duo le temps que les autres affûtent leur voix. Puis ce fut le concert.

Elle laissa son peignoir sur la margelle et fendit l'eau d'un plongeon souple, presque silencieux. La piscine avait perdu quelques degrés mais Léo l'ignora, anticipant la sensation de fièvre qui monterait au diapason de la température tout au long de la journée. Elle parcourut une cinquantaine de longueurs et frissonna de plaisir en sortant de l'eau.

Marc avait eu le temps de mettre le café en route et de prendre une douche. Dans le four gonflaient des viennoiseries surgelées, leur odeur douceâtre la mit en appétit. Elle se prépara un thé. Ils prirent leur petit déjeuner devant la baie du salon, le regard tourné vers l'horizon qui flamboyait davantage de minute en minute. Ensorcelés par le spectacle, ils mangeaient en silence. Il lui tendit la corbeille de pain.

— Je descends dans la Drôme ce week-end, tu n'as pas envie de m'accompagner ?

— Ce n'est pas à côté.

— Moins de trois heures de TGV et on loue une voiture sur place.

La proposition était tentante. Cigales, lavande, oliviers, paysage de carte postale pour un break de quelques heures. Pas pour oublier, juste pour donner un peu de couleurs à la palette des gris de son décor.

— Tu n'es pas obligée de te décider maintenant, je prends deux billets pour le premier train de samedi à 7 h 50. On s'arrête à Montélimar, Nyons est à quarante minutes.

— Je vais y réfléchir.

— Ah, au fait. Il y a plusieurs chambres dans mon cabanon. Tu ne seras pas obligée de dormir sur le canapé, même si tu as l'air de t'en accommoder.

Marc était un homme reposant avec qui la vie semblait facile. Faire un bout de chemin avec lui serait peut-être envisageable. Plus tard. Quand le grand cirque aurait couché son chapiteau.

L'immeuble était accessible par trois entrées ouvertes sur des rues différentes. Ses quatre colonnes d'ascenseurs desservaient une douzaine d'étages dont les appartements étaient pour la plupart occupés par des médecins, des avocats, des conseillers matrimoniaux ou financiers.

Léo emprunta l'entrée et l'ascenseur indiqués par le journaliste. Dans le couloir, à gauche du cabinet d'un ostéopathe, elle donna deux brefs coups de sonnette. La porte, anonyme, s'ouvrit presque instantanément sur Patrick Carbonel.

— Vous êtes à l'heure. C'est bien. L'exactitude facilite le travail.

Il inspecta le couloir avant de refermer. Deux portes closes, une cuisine et un bureau donnaient sur le petit hall. Une planche sur tréteaux, deux chaises et des étagères presque vides constituaient l'essentiel du mobilier de la pièce de travail. La décoration des murs se limitait à un plan de Paris, une carte de France et une mappemonde, sans doute accrochés par Carbonel. Les stores de l'unique fenêtre étaient baissés. Léo poussa un smartphone vers lui.

— Continuez à utiliser votre téléphone pour les conversations anodines. Même si vous n'êtes pas suivi, vous êtes certainement sur écoute. Ce matériel est réservé pour notre affaire et nos communications.

Il l'alluma et explora le contenu.

— Durci par les Israéliens ?

— Ils sont nos partenaires.

— Vous n'avez pas peur d'être accusée d'intelligence avec une puissance étrangère ?

— Bien sûr que si, mais nous n'avons pas le choix. Je vous ai apporté une copie du texte fondateur de l'Institut européen d'analyse et de prospective. L'impression est de qualité moyenne car elle avait pour support initial du papier Secure. Nos amis sont cependant parvenus à le reproduire, d'où cette légère altération. Je vous laisse le découvrir. Je peux aller me servir un verre d'eau ? demanda-t-elle, un doigt pointé derrière elle.

Absorbé dans la lecture du document, il ne répondit pas. Léo, assoiffée d'avoir déjà trop couru, se rendit à la cuisine.

Elle était passée chez elle en coup de vent. La concierge lui avait décoché un regard réprobateur quand elle l'avait vu débarquer échevelée et démaquillée dans sa robe froissée.

Elle n'avait pas voulu que Marc l'accompagne jusqu'à sa voiture, ils s'étaient quittés sous la tonnelle. Avant qu'elle ne l'anticipe, il avait déposé sur ses lèvres un tendre baiser qui l'avait électrisée, renouant avec cette sensation vive et fugace, synonyme de désir. Son ventre n'était pas devenu de bois mort comme elle s'en était persuadée. Cette appétence pour la chose sexuelle existait toujours, latente, tapie au fond de ses entrailles, dans l'attente que son esprit se libère.

Le journaliste ne commenta pas le fait que sa mère était l'un des onze membres du Grand Conseil. Il referma le document, le mit de côté et tira vers lui un magnétophone.

— Si vous le permettez, nous allons passer en revue la chronologie des événements et de vos découvertes concernant Aristee et l'Institut européen. On ne parlera que de ça. Que je prenne connaissance d'une seule et unique affaire classifiée Cristal Défense me vaudra peut-être la clémence de mes juges.

Ce n'était pas une boutade, Patrick Carbonel était sérieux. Il posa un petit micro devant Léo.

— S'il vous plaît, veuillez ôter vos bracelets, à cause du bruit.

Il manipula l'appareil, ajusta le micro puis consulta ses notes.

— Quand vous a-t-on pour la première fois exposé le dossier Aristee ?

Eitan lui avait donné rendez-vous dans une agence de voyages à deux pas de l'Opéra, il l'avait appelée pendant sa séance avec Patrick Carbonel. L'entretien avec le journaliste avait duré trois heures, rythmé par un enchaînement de questions cohérent et synthétique. Rien n'avait été laissé de côté. Sans jamais se laisser aller à des commentaires personnels ou subjectifs, il reprenait des éléments de réponses, les creusait ou les croisait avec d'autres. Quand il avait libéré Léo, il n'avait pas caché sa satisfaction ni son inquiétude.

— Nous devrons fournir des preuves pour chacun des faits mentionnés, sinon nous allons être broyés.

L'agence de voyages proposait des croisières dans les fjords. Le poster d'un bateau sur l'eau noire à l'ombre des falaises plantées dans une verticale vertigineuse la laissa rêveuse quelques secondes. Elle poussa la porte.

Une femme derrière le comptoir leva un bref instant le nez vers elle sans lui adresser un mot, la gestion de la visiteuse n'entrait pas dans ses attributions. Léo le comprit comme tel et attendit patiemment qu'Ariel vienne la chercher et l'entraîne dans l'arrière-boutique.

Des cartons de brochures de voyages, des panneaux publicitaires et des portiques vides encombraient la réserve. Ils la traversèrent, empruntèrent un couloir desservant les toilettes et une autre pièce, sombre et aveugle, où se trouvait Eitan. Le matériel informatique contrastait avec la vétusté des lieux. Écrans LCD, lames de serveurs et baies de stockage étaient installés en L le long du mur.

Eitan était en visio avec une brune aux longs cheveux. Sous son débardeur noir saillaient des muscles longilignes, renforçant une sensualité féline. Une trentenaire conquérante qui n'avait pas froid aux yeux. Leur conversation était en hébreu. Sans quitter la fille des yeux, Eitan désigna à Léo un fauteuil à côté du sien. Il régla l'orientation de la caméra quand apparut le visage d'Igor. Surprise, Léo lâcha un cri. Igor lui sourit.

— Bonjour, Léo.

— Bonjour, Igor.

Il avait la gorge serrée, Léo aussi. Elle surmonta son émotion.

— Je me demandais si j'allais vous revoir un jour, c'est… étrange que ça se fasse dans ces conditions.

Prise d'un doute, Léo se tourna vers Eitan.

— Je peux parler librement ?

— La ligne est sécurisée, parlez de ce que vous voulez. Vous avez quelques minutes.

Léo fixa à nouveau l'écran.

— On m'a dit que vous allez être papa.

Un sourire illumina son visage. Il avait pris du poids et n'avait plus cette tête d'halluciné.

— Oui. D'une petite fille.

— Qui aurait cru que vous seriez papa d'une petite fille, russe de surcroît.

Elle se jeta à l'eau.

— Comment vous êtes-vous volatilisé le 25 novembre ? Toute l'équipe a été arrêtée sauf vous, pourquoi ?

— J'étais sur le parking quand les forces spéciales sont arrivées, j'ai eu le temps de m'enfuir.

— Seul ?

— On m'a aidé.

— Qui ?

— Les Russes.

— Vous étiez en contact avec les Russes ?

— Avec le SVR, oui. Depuis quelque temps.

— Pourquoi ?

Le visage d'Igor se ferma, il tourna la tête vers l'Israélienne. Léo crut qu'elle allait le perdre.

— Igor, je veux juste savoir ce qui s'est passé. Pas vous juger, ni vous blâmer, mais seulement comprendre. Pourquoi étiez-vous en contact avec le SVR ?

— Ils m'y ont contraint.

— Que leur avez-vous livré ?

— Ils voulaient des renseignements sur Aristee, sur ses relations avec l'Institut européen.

— Et…

— Et je leur ai transmis les renseignements que nous avions.

— Tous ?

— Tous. Je suis désolé Léo.

Léo songea à cette fois où, alors qu'elle était assise devant les écrans d'Igor, le boîtier du graveur s'était activé. C'était quelques jours à peine avant le 25 novembre.

— Finalement, tout ça n'a plus d'importance, Igor. Un jour ou l'autre, nous l'aurions découvert et vous seriez maintenant au fond d'une cellule.

— Comme Éric et Latifa.

Léo se retint de jeter un coup d'œil vers Eitan.

— Oui, comme Éric et Latifa, et vous ne seriez pas sur le point d'être papa.

Elle prit une profonde inspiration.

— Roxane a fait l'École du SVR sous le nom d'Irina Pavel. Vous l'avez certainement croisée. Elle est la fille adoptive de Leonid Pavel, le directeur de l'école.

Si on avait appliqué une large bande de collant sur la bouche d'Igor, la fermeture de ses mâchoires n'aurait pas été plus hermétique. Elle continua, au prix d'un effort surhumain pour contrôler le flux de ses paroles, la tonalité de sa voix.

— Igor, on parle de ma fille, pas d'un agent d'une puissance étrangère mais de ma fille. Il y a bientôt vingt-quatre ans que je suis à sa recherche, vous le savez. J'ai fini par apprendre qu'elle avait passé tout ce temps en Russie, dans une famille qui n'était pas la sienne. Je suis si près du but, Igor, vous ne pouvez pas ne pas entendre mon appel. Igor, je vous en supplie, aidez-moi…

Visiblement embarrassé, il baissa la tête. L'Israélienne échangea quelques mots avec Eitan puis ébaucha un mouvement sur le clavier. Igor leva subitement la main et le nez vers la caméra.

— Une salle de sport. Vercors Gym à Neuilly. C'est tout ce que je peux vous dire et c'est beaucoup trop. Nous ne parlerons plus jamais de Roxane, Léo, et je sais que vous pouvez le comprendre. Bonne chance !

Après la transmission avec Igor, Léo écouta patiemment Eitan. Il lui relata l'entretien d'embauche de Jade à la tour Boileau dans la matinée.

— Et Boissière ? demanda Léo.

— Une jambe brisée, un enfoncement thoracique, la mâchoire fracturée et un traumatisme crânien. Dans quelques mois, il sera sur pied.

— Un homme chanceux ! commenta-t-elle sur un ton faussement joyeux.

Eitan la fixa par en dessous, comme chaque fois qu'il paraissait ne pas la comprendre.

— Bon, vous savez où me trouver, fit-elle sans rire après lui avoir tapé sur l'épaule.

Elle se leva, il la retint par le bras.

— Soyez prudente avec Irina Pavel.

— Roxane. Ma fille s'appelle Roxane Souslov. Ne vous inquiétez pas, Eitan, j'ose espérer que les liens biologiques seront les plus forts.

— Après son passage à l'École de la forêt, j'émets des réserves. Allez-y en douceur, Éléonore. Je n'ai pas envie de vous perdre maintenant.

La mise en garde de l'agent du Mossad lui avait gâché son enthousiasme. Dans une brasserie, elle commanda une eau minérale et un sandwich au jambon puis, à l'abri des regards, elle chercha l'adresse de Vercors Gym sur son smartphone.

Vercors Gym se trouvait à deux rues de la station Pont-de-Neuilly. La façade en bois rappelait les installations de haute montagne et avait une allure un peu décalée dans cette rue bordée par des immeubles de verre et d'acier. Des fenêtres basses donnaient sur une vaste salle où se côtoyaient vélos, tapis roulants, rameurs et appareils de musculation. Peu d'utilisateurs en ce début d'après-midi. Une retraitée pédalait en feuilletant un magazine, une brunette courait sur un tapis, un jeune soulevait de la fonte. Derrière le guichet, un homme tout en muscles, crâne rasé et regard bleu azur, buvait un liquide protéiné.

Quand Léo lui annonça qu'elle souhaitait s'inscrire, il libéra la gâche du portillon en bois pour la laisser entrer dans l'espace réservé aux adhérents. Ils s'installèrent autour d'une table de jardin et, prospectus à l'appui, il lui décrivit le contenu des cours collectifs et les conditions d'accès aux installations. Il lui montra les douches, les vestiaires ainsi que la grande salle lambrissée des séances en commun.

Léo s'inscrivit pour trois mois et régla en espèces

après avoir rempli une fiche de renseignements. À la rubrique emploi, elle écrivit directrice d'agence. Il lut la fiche.

— Vous êtes dans quel secteur d'activité ?

— Dans le service aux entreprises.

Sa question relevait davantage de la courtoisie que d'un réel intérêt, il n'insista pas. Elle le suivit jusqu'à la banque d'accueil où il lui demanda de présenter son visage à un objectif.

— C'est pour la machine, tout le fichier est informatisé.

Il entra les données sur l'ordinateur puis lui remit sa carte d'accès. Léo le remercia.

— Il y a beaucoup d'adhérents dans ce club ?

— Près de mille deux cents.

Léo fixa l'écran où s'affichaient son visage et son état civil. Quelque part dans la mémoire de l'ordinateur se trouvait la fausse identité de Roxane. Léo avait donné son mail. L'ordinateur était raccordé à Internet, le fichier pouvait être accessible par le réseau. Elle ramassa sa carte d'accès, le double de son contrat d'inscription et se dirigea vers la sortie.

Gilles Damais l'appela sur son smartphone sécurisé, elle lui avait laissé son numéro lorsqu'il avait accepté de faire des recherches sur la prostituée du manoir.

— Vous êtes où ?

— À Neuilly.

— On peut se voir maintenant ?

— Le temps de prendre le métro.

— Descendez à Franklin-Roosevelt, côté Montaigne. Je vous y attends.

Arrivée à une dizaine de mètres de la voiture, elle vit le chauffeur, toujours le même, descendre pour lui ouvrir la portière arrière puis s'éloigner en direction de la contre-allée ombragée où il alluma une cigarette. Il avait laissé le moteur en marche avec la climatisation. Damais examinait des photos couleurs, format A4. Il lui en donna une.

— Bonjour Léo. Vos indications étaient justes, on a retrouvé le corps. L'identifier va être une autre paire de manches.

Du corps, il ne restait qu'un squelette reposant sur une terre sombre et grasse. Léo considéra les éclats ivoire à fleur de sol.

— Vous n'avez pas retrouvé le préservatif, n'est-ce pas ?

— Quelques lambeaux épars. Entre les insectes et la végétation qui a poussé à travers le corps, il n'y a rien de récupérable. En tout cas, les techniciens n'y croient guère. Naturellement ils vont vérifier, mais à mon avis on ne pourra pas compter là-dessus pour confondre l'assassin de cette fille.

Il s'interrompit pour donner du poids à son propos.

— Votre mère a couvert un crime.

— Si elle n'avait couvert que ça… Vous allez pouvoir retrouver l'identité de la fille ?

— On a fait venir un médecin spécialisé en anatomo-pathologie et médecine légale. Il devrait nous en dire plus.

— Pas de risque que Gerbod mette son nez dedans ?

— Non, seule une poignée d'hommes sûrs savent où le corps a été exhumé. Pour les autres, on l'a retrouvé dans le parc d'un château de la Loire. Quand le spécialiste nous aura livré une première expertise, on fera des comparaisons avec le fichier des personnes disparues. Mais de là à remonter jusqu'à Gerbod…

Léo étudia attentivement toutes les photos puis les rendit à Gilles Damais.

— Le corps sera au moins rendu à sa famille.

— Si on la retrouve.

La tête protégée par un chapeau de paille à large bord, un couple longea la berline. En riant, ils léchaient une glace dégoulinante. Léo pensa à sa soirée de la veille avec Marc et à leur prochain tête-à-tête.

— Hier, j'ai rendu visite à mon père. Je vous remercie de me l'avoir permis. Qui sont les autres ?

— Des âmes en peine. Mais nous en parlerons une autre fois si vous le voulez bien.

Quand elle arriva à I3S, Karl se coiffait de son panama.

— Je vais dans la Vallée, tu m'accompagnes ?

La Vallée désignait le quartier de la Défense, une façon de ne pas attirer l'attention lorsqu'ils l'évoquaient.

— J'ai une bonne raison de m'y rendre ?

— Ça vaut le détour, tu peux me croire, et puis on pourra bavarder un peu en chemin.

Léo proposa de prendre son véhicule et lui tendit son trousseau de clés.

— Je te retrouve au garage, j'ai mon sac de sport à récupérer.

Quand elle le jeta dans le coffre, Karl s'étonna. La salle à Montreuil était à deux pas du cabinet et Léo s'y rendait toujours à pied.

— Tu changes de salle ?

— Je me suis inscrite à Neuilly, répondit-elle après avoir déprogrammé la géolocalisation.

Il écouta le compte rendu de ses dernières heures.

— Je n'en reviens pas pour Igor. Le petit salopard !

Il travaille pour les Russes. Merde ! fit-il en tapant du plat de la main sur le volant. Remarque, on travaille bien pour les Israéliens.

— Avec ! rétorqua Léo, on travaille AVEC les Israéliens, et c'est une sacrée nuance.

— Tu n'as pas peur de te retrouver nez à nez avec Roxane ? Comment tu vas l'aborder ?

— Je ne sais pas encore. Une chose est sûre, ce sera en douceur. Je ne veux pas risquer de la perdre à nouveau.

Puis ils parlèrent du recrutement de Jade. Élisabeth Carpentier avait manœuvré de telle sorte que sa candidature avait été proposée par deux autres Prosélytes et acceptée après les vérifications d'usage. Des recoupements sur son parcours professionnel et personnel étaient encore en cours.

— Une sentinelle a introduit dans son dossier de l'EGE des observations sur vos mauvaises relations. On écarte de fait toute suspicion de collusion. À l'heure qu'il est, Jade prend connaissance du système de financement de l'Institut européen. J'espère qu'elle pourra rapidement en sortir des données.

— Qui seront traitées où ?

— Tu vas voir…

La barrière levée, Karl remit la carte magnétique dans sa poche de poitrine et roula dans le parking souterrain.

— Tu as pu avoir une place ? s'étonna Léo.

— Avec eux, tout est possible. À mon avis, le Père Noël a une base arrière en Israël.

Toutes les places étaient prises, sauf une, au fond, à côté d'un utilitaire gris anthracite estampillé du logo d'un organisme de formation. Karl arrêta le moteur.

— Bouge pas, je te préviens quand tu peux sortir.

Il laissa passer une voiture avant de descendre et contourna la leur, entre le mur et le capot. Il frappa deux coups discrets sur la carrosserie de l'utilitaire. La portière latérale s'ouvrit sur Eitan qui leur fit signe de monter.

Des petits écrans tapissaient les deux tiers de la longueur du véhicule, le reste des équipements était composé d'ordinateurs portables et autres appareils électroniques. Assis sagement devant le mur d'images, Sophie et Rémi surveillaient des flux de personnes dans des halls, des couloirs et des ascenseurs. À intervalles réguliers, des visages étaient capturés.

— On a pris le contrôle du système de vidéosurveillance de la tour Boileau, expliqua Eitan, sauf celui des étages qui nous intéressent. C'est impossible ! Tout est verrouillé. Alors on procède par élimination. Tous ceux qui ne vont pas dans les étages inférieurs sont supposés se rendre à l'Institut européen. On les stocke alors dans le fichier.

Les sentinelles étaient captivées par leur mission.

— Vous ne travaillez pas ? s'inquiéta Léo.

— On a pu avancer nos congés, répondit Sophie. Pareil pour Emmy et Bastien. Louis sera libre la semaine prochaine.

Rémi montra un écran. Les cheveux tirés en un chignon coquet et le corps moulé dans un tailleur seyant, Jade sortait de l'ascenseur. Sa taille fine et ses longues jambes attiraient les regards. Parvenue à la hauteur d'un vigile, elle lui souffla quelque chose à l'oreille qui le fit rire aux éclats.

— Elle n'en fait pas un peu trop ? s'inquiéta Karl.

— Jade est quelqu'un qu'on remarque, elle en joue avec brio. Ne t'inquiète pas, c'est sa stratégie.

La jeune femme traversa le hall, passa un portique gardé par d'autres vigiles puis emprunta un ascenseur. Une nouvelle caméra prit le relais jusqu'au sous-sol où elle disparut. Quelques secondes plus tard résonna le claquement de talons aiguilles. Jade approchait.

Eitan la guetta sur l'écran d'une mini-caméra fixée sur le toit de l'utilitaire et tira la portière. Dès sa montée dans le véhicule, Jade appliqua un index sur ses lèvres, attrapa un bloc et un crayon, puis écrivit avant même d'être assise. Sans lever le nez, elle noircit ainsi plusieurs pages pendant une dizaine de minutes. Sa respiration paraissait suspendue aux chiffres et aux mots retranscrits. Léo, Karl et Eitan l'observaient debout, en silence, quand un souffle trop longtemps contenu s'échappa de la poitrine de la jeune femme. Un rictus de contrariété déforma sa bouche peinte d'un rose fuchsia assorti à son tailleur et à ses chaussures.

— C'est Fort Knox cette tour. Rien n'entre, rien ne sort. Comme nous le disait Élisabeth, tous les supports sont tracés. Impossible de photocopier, de scanner, de faxer. Aucun port sur les ordinateurs, aucun périphérique. Même dans l'éventualité où j'introduirais dans la place une clé USB ou une carte Flash, je ne pourrais pas m'en servir.

— Et avec un appareil photo miniature ?

— Impossible, il y a des caméras partout. Je n'ai jamais vu de pareilles protections. Vous non plus, Léo. Si toutes les entreprises adoptaient de telles mesures, l'espionnage industriel serait réservé aux dieux et aux génies.

Jade coinça entre ses ongles peints une poussière accrochée à sa jupe.

— Si je dois tout apprendre par cœur, j'y suis jusqu'à la retraite.

Léo désigna le bloc.

— Des informations intéressantes ?

— Le circuit de l'argent. Ici on ne parle plus d'opacité mais d'éthérisation, si vous voyez ce que je veux dire.

— Il consiste en quoi, ton travail ? demanda Rémi qui écoutait d'une oreille.

— À répartir les flux dans de nouvelles sociétés écrans. Je n'en ai bien sûr qu'une vision partielle mais l'Institut européen dispose d'un trésor de guerre colossal.

— Tu as la possibilité d'aller dans les autres services, comme celui qui gère EuroGOS ?

— Uniquement si je suis autorisée ou accompagnée. J'ai fait une tentative dans un bureau près du mien, la porte est restée fermée. Les seules qui s'ouvrent sont celles de mon bureau et des toilettes. Je précise que les portes sont vitrées et glissent sur un rail quand l'accès est autorisé.

Eitan tendit la main.

— Montrez-moi votre carte d'accès ?

Un sourire mutin au coin des lèvres, elle se leva pour enlever sa veste. Un pansement taché d'un peu de sang était collé au creux de son bras. Elle l'arracha d'un geste sec, découvrant une petite coupure. Tous comprirent sans explication. Une puce RFID, greffée sous sa peau. Délicatement, Eitan effleura la coupure avec son majeur.

— On va devoir examiner cette puce.

— Je m'en doutais un peu, soupira Jade.

À cette heure-ci, beaucoup de monde à Vercors Gym et la plupart des appareils étaient utilisés. Comme Léo fouillait son sac à la recherche de sa carte d'accès, un couple la dépassa et interpella gaiement le gérant qui l'avait reçue quelques heures plus tôt. Il s'appelait Stéphane.

— Bonsoir, Stéphane.

— Bonsoir, Madame. Alors, en forme pour cette première séance ?

Une dizaine de femmes dans le vestiaire. Des quinquagénaires se changeaient tout en bavardant, elles répondirent au salut de Léo sans lui prêter attention. Deux filles d'une vingtaine d'années laçaient leurs baskets. Léo quitta son pantalon et les dévisagea rapidement. Aucune d'elles n'était Roxane.

Dans le couloir, elle croisa un couple, sac sur l'épaule. Ils se séparèrent pour gagner leur vestiaire respectif. Léo eut un coup au cœur quand elle vit la fille. Grande et élancée, des cheveux blonds presque blancs qui dépassaient de sa casquette. Son regard était dissimulé derrière des solaires mais le nez, la bouche et les pommettes la trahirent. La fille qui venait de la croiser ne pouvait être que Roxane. D'abord tentée de revenir sur ses pas, Léo se ravisa et suivit les quinquas dans la salle des cours collectifs. Sans réfléchir, elle les imita, récupéra un tapis de sol, un step, une paire d'haltères et s'installa au fond de la salle. Sa place lui offrait une vue sur tous les participants, des femmes pour l'essentiel. Souriante et pétillante, une blonde au corps sculpté répondant au nom de Lindsay ajusta un casque-micro sur sa tête et glissa un CD dans un lecteur. Elle allait fermer la porte quand une retardataire arriva. Roxane. Cette dernière étala à la hâte tapis et step puis attrapa les haltères dans un bac à moins d'un mètre de Léo. Aucune odeur dans son sillage. Ses épaules d'athlète sous son débardeur soulignaient une nature sportive. La glace murale renvoya la silhouette d'une jeune femme en forme, bourrée d'énergie et de vitalité. La ressemblance avec Evgueni était si troublante que Léo remercia le ciel qu'elle ne lui ait pas ressemblé à ce point, elles auraient été démasquées sur-le-champ. À l'écoute des ordres de Lindsay et au rythme de la musique, Léo cala ses mouvements sur ceux des participants, se contraignant à ne jeter que des regards très brefs dans la direction de sa fille.

Qu'ils sollicitent la force ou le souffle, tous les enchaînements ne paraissaient être pour Roxane qu'une formalité alors qu'ils laissaient Léo en sueur, malgré l'entraînement régulier auquel elle s'astreignait. Son rythme cardiaque trop élevé altérait son souffle. Les efforts fournis n'en étaient pas la cause principale, la défaillance du contrôle de ses émotions était totale. Retrouver sa fille aussi soudainement et dans de telles conditions l'anéantissait, elle n'y était pas préparée.

Elle avait envie que la musique s'arrête, que les gens cessent de gesticuler, elle voulait hurler le prénom de celle qui depuis vingt-quatre ans occupait son cœur et ses pensées.

Plus tard, après le dernier enchaînement d'abdominaux, la musique baissa de quelques décibels. Respiration ventrale, étirements des muscles sollicités. Un moment de relaxation dont Léo ne profita pas pleinement, incapable de se concentrer sur son corps tendu et courbaturé. Dès les remerciements de Lindsay clôturant la séance, Roxane disparut après avoir rapidement rangé son matériel.

Léo l'aperçut sur le plateau de musculation où elle avait rejoint le garçon qui l'accompagnait. Il paraissait un peu plus jeune. Ses cheveux blonds coupés court, moins clairs que ceux de Roxane, encadraient un visage agréable qui peinait à se débarrasser des dernières traces d'une adolescence dont il avait gardé une moue arrogante. Son t-shirt très échancré sur les épaules dévoilait sans pudeur un joli détaché musculaire. Ils formaient un beau couple. Pas tant pour leur blondeur et la grâce de leurs traits qui laissaient croire à la même fratrie, mais davantage pour leur complicité harmonieuse. Léo s'installa sur un rameur et laissa planer un regard indifférent sur la salle, effleurant les silhouettes. Du côté des appareils de musculation, tous étaient focalisés sur les poids soulevés. Chez certains, un râle accompagnait l'effort, contrairement à Roxane et à son compagnon qui exécutaient dans une chorégraphie bien rodée des enchaînements silencieux, s'échangeant des mots rares et murmurés du bout des lèvres. Ils passèrent ainsi d'appareil en appareil, alternant et s'aidant mutuellement lorsque la difficulté de l'exercice l'exigeait. Léo fixa le cadran de son rameur. Son regard venait à nouveau de croiser celui du garçon, attentif à son environnement. Sa façon de balayer l'espace à intervalles réguliers lui rappelait celle d'Eitan dans les lieux publics. Sans aucun doute, une pratique universelle enseignée dans les écoles d'espions. Une série d'étirements rapides annonça la fin de la session qu'ils conclurent en buvant au goulot d'une grande bouteille d'eau colorée. Ils longèrent le plateau cardio-training et passèrent à moins de deux mètres de Léo qui, concentrée sur l'affichage digital de son cadran, réprimait une envie de lever la tête. Elle rama encore trois minutes avant de rejoindre les vestiaires.

Une serviette autour du corps, Roxane en sortit, le nez dans sa trousse de toilette. Elle l'avait frôlée sans la voir. Léo prit son sac et fit mine de le fouiller, en quête de l'endroit où Roxane avait laissé ses affaires. Elle repéra la casquette de toile et le blouson blanc accrochés à une patère. Un sac de sport était posé sur le banc. Léo était seule dans les vestiaires et le sac à portée de main, il n'y avait qu'à tirer la glissière. Elle tendit le bras quand une sonnerie retentit. Léo se laissa tomber sur le banc, le cœur battant. Quelle cruche ! Il ne s'agissait que d'un téléphone oublié au fond d'une poche. Sur le point de réitérer sa tentative, elle dut renoncer car deux femmes entraient. Léo se déshabilla, se drapa dans une serviette et alla aux douches. Plusieurs cabines étaient occupées, elle prit la première libre, à l'écoute. Un sifflotement d'homme, des bruits d'eau, des habitués qui s'interpellaient, rien de significatif. Elle n'avait pas encore entendu le son de sa voix.

Quand elle regagna les vestiaires, Roxane enfilait sa casquette sur ses cheveux humides. Léo la contourna et rangea lentement ses affaires de toilette. Une pudeur irraisonnée l'empêchait de se retrouver en slip et soutien-gorge devant sa fille. Le cœur lourd, elle attendit que celle-ci sorte pour s'habiller. Elles n'avaient pas échangé un seul regard.

À contrecœur, Léo refusa l'assiette de soupe.

— Merci Jeanne, mais je dois passer à la clinique, je dînerai plus tard.

Jeanne n'insista pas et écouta. Entrer dans la base de données de Vercors Gym ne lui poserait pas de problème particulier. Elle contempla la photo de Roxane.

— Elle ne vous ressemble pas vraiment.

— Tout le portrait de son père, c'est incroyable. Comme si le destin voulait réparer son injustice.

Du bout des doigts, Léo caressa le visage figé sur papier glacé. Deux ans s'étaient écoulés depuis la prise de cette photo. Deux longues années qui avaient modelé ses traits et lui avaient façonné un masque d'où rien ne transparaissait. Son visage s'était durci et sa mâchoire paraissait plus contractée, plus volontaire, peut-être à force de serrer les dents. Curieusement, Léo songea aux réplicants de *Blade Runner*. Des machines plus que des êtres humains, conçues par des ingénieurs, pour qui la question d'humanité était reléguée à un détail encombrant et inutile. Son cœur battrait-il à nouveau contre le sien, comme lors de ces moments bien trop brefs où, bébé, elle l'avait tenue dans ses bras ?

La fille de l'accueil avisa l'horloge murale quand Léo franchit le sas d'entrée de la clinique. Elle ignora le reproche muet et s'éloigna à pas feutrés dans le couloir où flottait une odeur indéfinissable et vaguement écœurante.

Les deux bras allongés le long du corps et la pompe soudée au creux de sa main, Valériane semblait guetter le moment où la mort l'emporterait. Léo avança le fauteuil près du lit. Le pouce actionna le poussoir de la pompe, Valériane ne dormait pas mais gardait les paupières baissées, comme pour économiser chacun de ses mouvements, même les plus dérisoires. Ou bien peut-être s'agissait-il de s'acclimater à cette obscurité qui serait sous peu son véritable linceul.

— Bonsoir, Valériane.

— Tu n'es pas venue depuis une semaine, j'aurais pu être morte.

— Ce soir, j'ai vu Roxane.

— Pourquoi tu ne m'as pas prévenue qu'on m'avait cambriolée ? C'est le minimum.

— Elle était à portée de main, j'aurais presque pu la prendre dans mes bras.

— Ils ont vidé le coffre, tu te rends compte ? Et tu n'as même pas eu la décence de venir me l'annoncer toi-même. J'ai dû tirer les vers du nez de cette pauvre Françoise. Entre nous, je me demande ce qu'elle va faire sans moi.

— Elle est belle, tu sais. Elle est aussi grande que moi, et blonde comme son père. Mais je n'ai pas vu ses yeux. Demain, peut-être…

— Il faut que tu parles au Pr Perelstein, je veux rentrer chez moi. Appelle-le.

Léo sortit de son sac la photo de Roxane et la montra à sa mère.

— Ouvre les yeux et regarde.

— Tu l'appelleras ?

— Oui, je l'appellerai. Ouvre les yeux et regarde ta petite-fille.

Ses paupières se soulevèrent d'un coup, comme un mort pris de remords qui détalerait devant la Grande Faucheuse. Sans la toucher, Valériane scruta la photo.

— Elle a bien une tête de Russe !

Elle tourna son visage vers Léo.

— Jean-Charles est venu me voir. Il s'inquiétait pour les documents contenus dans le coffre, notamment les statuts de l'Institut européen. Je lui ai dit qu'ils étaient en lieu sûr chez mon notaire.

— Et c'est le cas ?

— Je suis mourante mais pas encore demeurée, s'agaça Valériane. S'il m'a demandé ce que j'en ai fait, c'est qu'il a vérifié par lui-même qu'ils n'étaient plus dans le coffre. Lui seul savait où ils se trouvaient, je pense qu'il a voulu les récupérer. C'est lui qui a organisé le cambriolage, c'est évident. Vous êtes tous des malotrus ! Qu'est-ce que tu en as fait ?

Décontenancée, Léo laissa filer deux paires de secondes.

— Pourquoi veux-tu que ce soit moi ?

— Sois aimable, je te prie, de respecter les derniers jours d'une mourante qui en l'occurrence se trouve être ta mère. Françoise t'a donné la combinaison du coffre, elle l'a reconnu, et tu en as lâchement profité. Je répète la question, qu'as-tu fait des statuts ?

Affaiblie et diminuée, Valériane conservait cette extraordinaire capacité à l'intimider, même si la terreur que lui inspirait autrefois sa mère était aujourd'hui bien loin. Léo étouffa la petite voix qui lui suggérait d'abandonner le terrain et de tout avouer.

— Je ne vois pas de quoi tu parles. Françoise m'a donné la combinaison parce que ça la rassurait, c'est tout. Et je me contrefous de tes secrets peu reluisants planqués dans ton coffre ou ailleurs.

— Je ne sais pas ce que tu manigances mais ne sous-estime pas Jean-Charles. C'est un homme qui n'a jamais perdu le contrôle, jamais tu m'entends, et quand il a quelqu'un dans le collimateur, on peut considérer qu'il est déjà mort, comme ce cher Gilles Damais qui a été remercié. Remarque, lui, il s'en tire plutôt bien. On m'a rapporté que tu l'avais rencontré à plusieurs reprises ces derniers temps.

Léo se souvint où elle avait aperçu le chauffeur de Damais. Elle ne l'avait pas croisé dans un quelconque bureau d'un ministère ou d'un cabinet mais dans le hall d'entrée de Valériane.

— Ton rapporteur est bien avisé. Oui, j'ai vu Gilles Damais.

— Mets-le en garde contre sa secrétaire, une certaine Martine Dulac. Elle le surveille pour le compte de Jean-Charles. Ce serait dommage que notre ami Gilles ne profite pas de sa retraite.

Contrairement à son habitude, la menace était clairement exposée, une nécessité due sans doute à l'immuable compte à rebours au tic-tac assourdissant.

Valériane actionna la pompe et baissa les paupières, signe que la visite devait prendre fin. Un drôle de sourire tendit les rides autour des lèvres incolores.

— Tu crois que je la verrai avant de mourir ?

— Qui ? demanda un peu vivement Léo.

— Roxane, pardi !

Son questionnement était si inattendu, si imprévisible que la gorge de Léo se serra. Se pouvait-il qu'à l'approche de la mort des émotions nouvelles la traversent et l'attendrissent ?

— Je ne sais pas, dit Léo en se levant. Je ne sais pas mais cette éventualité n'est plus aussi éloignée. Demain, j'appelle le Pr Perelstein pour organiser ton retour à la maison. Bonne nuit Valériane.

Une chape grise et opaque retenait la touffeur de l'air immobile. Des grondements lointains accompagnés d'éclairs fissuraient le ciel sans parvenir à le déchirer. Sur le parking de la clinique, Léo se demanda si, une fois de plus, la pluie tant espérée ne serait qu'une promesse non tenue. Elle devait parler à Gilles Damais ailleurs qu'à son bureau. Il habitait dans une rue tranquille à deux pas de l'ambassade de l'Inde, elle décida de s'y rendre malgré l'heure tardive.

Aucune place dans la rue de ce quartier du XVIe arrondissement. Elle gara son véhicule le long du portail. Une caméra surveillait l'entrée, elle sonna, le visage vers l'objectif. Les notes légères d'un piano s'échappaient d'une fenêtre ouverte.

Gilles Damais rompit le charme quand il baissa le son de la chaîne. Un journal sur le cuir patiné d'un Chesterfield et un verre de whisky à portée de main dénonçaient un rare moment de détente pour le directeur du service de sécurité de la DGSE.

— Je suis désolée de vous déranger, Gilles, mais je devais vous parler ailleurs qu'à votre bureau.

Une chemise décontractée sur un pantalon de lin froissé lui donnait un air plus jeune et moins austère. Il lui indiqua un fauteuil.

— Ça tombe bien, moi aussi. Whisky ?

— Plutôt un verre de vin.

— Blanc ou rouge ?

— Peu importe, ce qui vous tombe sous la main, cria-t-elle car il avait déjà disparu.

Le bureau lui rappelait celui de son père. Le cuir et le bois valorisaient les livres alignés sur les étagères d'une bibliothèque aux montants sculptés dans le noyer. L'ordinateur en veille était l'un des rares objets sur le bureau. Léo se laissa aller contre le dossier et songea à sa mère, au nombre de fois où elle la reverrait encore. L'idée de ne pas lui consacrer suffisamment de temps la taraudait même si ses excuses étaient recevables, même s'il lui semblait qu'elles s'étaient déjà tout dit. Chaque visite était une épreuve et il en avait toujours été ainsi, d'autant plus quand Valériane était bien portante. Ses remarques assassines l'atteignaient sans coup férir, transperçant la carapace fendillée de toutes parts. Valériane était la seule personne au monde à l'avoir ainsi malmenée et son unique parade consistait à espacer ses visites afin d'éviter des souffrances inutiles. Cependant, une des raisons qui l'incitait à persévérer était liée à l'espoir insensé d'entendre sa mère dire qu'elle l'aimait avant d'être happée par la mort.

Gilles Damais revint avec un verre à pied et une bouteille dans un seau réfrigéré. Il servit Léo, se reversa du whisky puis se cala dans son fauteuil.

— Quel bon vent vous amène, Éléonore ? Celui de la pluie ?

— Martine Dulac vous surveille pour le compte de Gerbod. Soyez prudent !

Sa moue laissa croire qu'il adhérait sans conteste à cette assertion.

— Oui, et elle le fait avec une certaine maladresse.

— Votre secrétaire n'a sans doute pas fait l'école des espions.

Un petit sourire teinté d'ironie s'afficha sur ses lèvres.

— Ce qui n'est pas votre cas.

— Ah si, protesta Léo. Même si des passerelles sont parfois jetées entre nos deux mondes, il n'en demeure pas moins que nos méthodes divergent sur bien des points.

— Je tempérerais ces propos. Les faits sont là pour prouver le contraire.

— Pardon ?

— Nous avons les résultats de vos analyses sanguines. Vos anticorps indiquent une grippe sévère ; que vous vous soyez sentie seulement « un peu fiévreuse », pour reprendre votre expression, nous étonne un peu.

— Il y a des tas de gens qui ont contracté la grippe A sans s'en rendre compte.

Gilles Damais ignora sa remarque et continua.

— Ou bien alors, il existe une autre possibilité. Avant de rendre visite à Laville et Boubaker, on vous a injecté un sérum antiviral adapté au virus qui allait les frapper. Si c'est le cas, c'est que vous saviez donc que le risque de contamination était élevé. Curieux, n'est-ce pas ! Avant même que la maladie ne se déclare, vous le saviez. Et vous n'ignoriez pas non plus que ce type de virus mutant, totalement nouveau, ne pouvait être traité sur place et nécessitait un transfert des contaminés au Val-de-Grâce.

— Gerbod est arrivé également à ces conclusions ? avança prudemment Léo.

— Il me les a communiquées.

— Et il ne bouge pas ?

— Ce ne sont pour l'instant que des suppositions, il n'a pas de preuves. Pas encore… Pour tout vous dire, je sens notre ami préoccupé par d'autres affaires. Il n'est pas souvent à son bureau, il n'assiste pas à toutes les réunions, il délègue à tour de bras, ce qui n'est pas franchement dans ses habitudes. Il agit comme s'il était… ou s'il avait…

— Un autre job !

Damais fit tournoyer un long moment les glaçons dans le liquide ambré avant de poursuivre.

— Que se passe-t-il, Léo ? J'ai l'impression qu'un serpent de mer creuse d'immenses galeries sous nos pieds et que sous peu, la terre va s'effondrer pour nous engloutir. Que me cache-t-on ?

Il but une gorgée et posa son verre sur la table basse avant de reprendre.

— J'ai l'impression de devenir… paranoïaque. Non, ne souriez pas, ça complote dans mon dos. Des agents cessent de parler quand je passe, on ouvre mon coffre à mon insu, on furète dans mes dossiers, on écoute mes conversations téléphoniques. Et il n'y a pas que Martine Dulac, croyez-moi. Vous vous rendez compte, j'en suis arrivé à compter les jours jusqu'à ma retraite. Une chose impensable il y a encore quelques semaines. Et ce n'est pas seulement dans mon service. J'en ai parlé à un ami de la DCRI, il éprouve le même sentiment, c'est à devenir dingue !

— Vous n'êtes ni dingue, ni paranoïaque, Gilles. Vous avez de l'expérience, vous saisissez certaines choses à travers des attitudes, des non-dits, et vous avez raison. Un énorme serpent de mer est en train de creuser sous les fondations, mais pas pour que tout s'écroule, non, bien au contraire, il veut juste prendre possession de la maison, en devenir le maître.

— Qui ?

— Je risque ma vie et celle d'autres si je vous le dis.

— Et si je vous donnais un gage de ma sincérité ?

Léo restait sur ses gardes. Il la considéra un moment puis se leva pour aller à son bureau. D'un tiroir, il sortit un rapport d'analyse biologique.

— Dans le cadre de Piratox, tous nos bâtiments sont équipés de capteurs qui détectent les attaques NRBC[1]. À la suite de votre passage, on a noté un niveau de contamination anormalement élevé par le virus H1N1. Le seul moyen pour vous de transporter le virus était le bracelet que vous portiez ce jour-là, comme l'attestent nos vidéos. D'ailleurs, nous les avons visionnées à plusieurs reprises et le doute n'est plus permis.

— Gerbod a vu ce rapport ?

— Non, pas encore. C'est l'unique preuve de votre forfaiture. Il n'y en a pas d'autres et je vous la donne.

Léo hocha la tête, déchira le rapport avec application et le fourra dans son sac.

— À partir de cet instant, vous n'avez plus d'amis, plus de fidèles collaborateurs, plus d'hommes de confiance, dit Léo. Personne. Vos seuls alliés seront ceux que je vous propose de rencontrer bientôt, ils mènent une guerre contre le serpent de mer.

1. Nucléaires, radiologiques, bactériologiques et chimiques.

Elle marqua une pause.

— Contre l'Institut européen d'analyse et de prospective.

Ils discutèrent jusqu'au milieu de la nuit, le temps nécessaire pour que Léo aligne toutes les cartes sur la table. Gilles Damais en avait aussi quelques-unes dans sa manche, comme le nom de certains de ses collaborateurs soupçonnés de rouler pour l'Institut européen. Il avait surtout accès, pendant quelques semaines encore, à des dossiers, des fichiers, des bases de données. Il la raccompagna à sa voiture après qu'ils furent convenus des modalités de contact. Elle reviendrait le lendemain quand elle aurait parlé aux Israéliens. Gilles Damais n'avait pu s'empêcher de tiquer à l'évocation des hommes du Mossad. Léo avait dû lui rappeler les enjeux.

— Il ne s'agit pas de livrer un quelconque secret d'État, Gilles, mais de sauvegarder l'intégrité de nos institutions.

— De vieux réflexes. J'ai passé ma vie à pourchasser les taupes, collaborer avec le Mossad risque de me perturber.

La chaleur, les journées bien trop longues, cette guerre de l'ombre et surtout le fait d'avoir revu sa fille sans pouvoir lui parler consommaient une énergie renflouée à coups de vitamines et de compléments nutritifs de toutes sortes. Léo se traîna jusqu'à la salle de bains et alluma la radio au moment de l'annonce des titres du journal. Les incendies, alimentés par un vent violent, progressaient sans relâche sur la Côte d'Azur. Elle tendit l'oreille quand les Black Green furent évoqués. L'organisation écologiste était à nouveau sur le devant de la scène avec l'affaire Aristee ; était exposé un sévère état des lieux de la collusion entre ses lobbyistes et de nombreux parlementaires européens et nationaux. Aristee encore avec les pseudo-journalistes scientifiques qui inondaient les journaux d'articles bidonnés dictés par le premier fabricant de semences génétiquement modifiées. En Moselle, la police avait chargé contre des syndicalistes qui menaçaient de faire sauter leur entreprise, un mort et deux blessés graves étaient à déplorer. Et enfin, la dernière information avant les résultats sportifs, la cession à l'Institut européen de 200 000 hectares en Turquie en échange du déminage des terres. Déjà des voix s'élevaient contre ce marchandage qui dépouillait les paysans turcs.

Une fois de plus, les Black Green avaient su exploiter des renseignements pour les transformer en bombes dans le paysage audiovisuel. L'organisation allait reprendre ses lettres de noblesse et dans son sillage, toutes les autres tenteraient de rivaliser en s'alignant sur ses positions. La bataille contre les OGM paraissait sérieusement relancée, il faudrait un travail acharné et de longue haleine aux lobbyistes pour regagner le terrain perdu.

À I3S, l'ambiance était à l'image de l'humeur de Léo, gaie et confiante. Aucun commentaire, aucune allusion, seulement des sourires complices. Karl l'embrassa.

— Bonjour ma grande, quelle tête ! T'as fait quoi cette nuit ?

— J'étais chez Damais. On en parle quand j'ai terminé avec Shakila. J'ai vu Roxane, ajouta-t-elle à voix basse.

Un énorme parapheur dans les bras, l'analyste attendait à côté du bureau de Léo, déterminée à ne céder sa place à quiconque. Karl s'inclina et Léo entreprit d'apposer sa signature sur les différents documents.

— Karl peut signer aussi, suggéra gentiment Léo. Il a la procuration.

— Je sais, mais c'est une façon de vous informer. C'est vous la patronne et la délégation a ses limites. Si elle est mal gérée, elle se traduit par une perte de pouvoir et une désorganisation dans l'entreprise.

Léo fixa intensément Shakila, se remémorant ce que

Damais lui avait dit la veille à propos de Gerbod sur la délégation à outrance. Le numéro un des services perdait de son pouvoir. Gênée, l'analyste baissa les yeux.

— Pardon Léo, je ne voulais pas vous offenser.

— Non, non, pas du tout. Votre jugement est très pertinent et vous avez entièrement raison.

Elle parcourut un document.

— Un nouveau contrat ?

— Trois autres, pour être précise.

— Vous allez pouvoir les gérer ?

— Jeanne nous simplifie la vie sur certaines recherches.

Shakila chuchota.

— Elle se charge des informations noires, mais c'est juste pour nous aider à comprendre les dossiers, on affine nos recherches en partant des siennes qui n'apparaissent nulle part, je vous le promets.

Léo renouvela ses conseils de prudence. I3S était dans le collimateur de Gerbod, il ne les épargnerait pas s'ils franchissaient la ligne blanche. Elle rendit le parapheur au moment où Jeanne débarquait sous les sifflets de Ziang et de Karl. Vêtue d'une jupe longue bleu marine et d'un chemisier en soie écru, elle s'était coiffée et maquillée. Des sandales à talons hauts, un collier de perles et des boucles d'oreilles assorties complétaient son élégante tenue. Léo se leva pour la regarder traverser la salle.

— Vous avez perdu combien de kilos, Jeanne ? Attention, ne maigrissez pas trop vite sinon c'est la perte musculaire.

Jeanne la rassura, seule la chasse au gras était ouverte. Elle sortit son ordinateur d'un gros sac en cuir et ouvrit le capot. Son cou et ses joues s'étaient désépaissis et la naissance de ses seins généreux dans l'échancrure du chemisier lui donnait un air sexy. De son bureau, Karl la détaillait béatement des pieds à la tête.

— Votre nouveau look est bluffant, toutes mes félicitations ! C'est pour quelqu'un en particulier ? demanda Léo, saisie d'un doute.

— J'ai des vues sur Karl, vous croyez que je lui plais ?

Léo dut faire une drôle de tête car Jeanne éclata de rire.

— Arrêtez, je déconne ! La petite m'a demandé des renseignements sur une boutique de luxe dans le VIIe. Il faut que j'aille repérer sur place. Mais je vous préviens, je remets les baskets dès que je reviens. Je suis sûre qu'on a inventé les talons aiguilles au temps de l'Inquisition. Mais cessons de parler chiffons et revenons à notre affaire. J'ai vos infos sur la salle de gym.

— Déjà !

— Leurs protections ne sont pas franchement musclées. J'y suis entrée comme dans un moulin. Regardez !

Jeanne lui présenta l'écran de l'ordinateur portable. La photo de Roxane accompagnée de quelques renseignements d'état civil. Kristina Piskarskas, née le 12 mars 1985 à Vilnius, étudiante, demeurant impasse des Acacias dans le XIIe. Rien d'autre. Sa légende la vieillissait, rien de surprenant dans la mesure où elle paraissait plus âgée. Une attitude, une posture trahissant un parcours bien éloigné de celui des jeunes gens de son âge. Jeanne avait aussi trouvé la fiche de son compagnon. Aleksander Kubilius, né le 20 septembre 1986 à Vilnius, étudiant, même adresse.

— Qu'est-ce qu'ils font à Paris avec une couverture lituanienne ? s'interrogea Léo à voix basse.

— Qui dit étudiant européen dit Erasmus. J'ai cherché dans leur base de données, ils étudient la mécatronique. Oui, je vois… vous non plus vous ne savez pas. Alors selon Wikipédia, la mécatronique est la combinaison synergique et systémique de la mécanique, de l'électronique et de l'informatique en temps réel. On trouve des applications dans l'aéronautique, l'automobile, les machines-outils, les disques durs, etc. Des étudiants à la tête bien remplie qui ont fait leurs études à l'université de Vilnius. Je vous rappelle que la Lituanie était autrefois la Silicon Valley de l'URSS. Nos deux jeunes ont signé un partenariat avec le projet européen Eumechapro qui a pour mission d'élaborer des feuilles de route pour l'industrie et la recherche.

— Et l'adresse, ça donne quoi ?

— Fausse. Il n'y a pas d'impasse ; une place et une rue des Acacias existent bel et bien à Paris, mais c'est dans le XVIIe. Naturellement, j'ai vérifié et ils ne s'y trouvent pas. Ah ! Ils ont la tête bien pleine mais ils ont aussi un corps sain. J'ai contrôlé la fréquence de leur entraînement à Vercors Gym, ils y vont pratiquement tous les jours vers 18-18 h 30.

— Et la journée, ils sont en cours ?

— S'ils le sont, je n'en ai pas trouvé la trace, j'ai vérifié dans toutes les écoles d'ingénieurs, même celles qui n'étudient pas cette discipline. Je ne sais pas ce qu'ils font la journée.

— Pourquoi ont-ils donc une couverture lituanienne ? Une russe aurait été aussi crédible.

— Oui, mais ils n'auraient pas été intégrés dans le dispositif Erasmus et le projet européen Eumechapro.

La Lituanie fait partie de l'Union européenne, pas la Russie.

La réponse émergea brutalement quand Jeanne énonça cette dernière évidence. La Lituanie faisait partie de l'Union européenne, pas la Russie. Son sang se glaça. Se pouvait-il… non, c'était impossible ! Pourtant, il y avait aussi la salle de gym à une station de métro de la Défense. Elle appela Eitan et le prévint qu'elle se rendait avec Jeanne et Karl au soum de la tour Boileau. Ariel s'y trouvait avec deux sentinelles, Eitan les y rejoignait.

Le facteur entra au moment où ils partaient, Léo regarda rapidement le courrier avant de le remettre à Shakila, prélevant au passage une enveloppe manuscrite à son nom, envoyée des États-Unis.

Elle l'ouvrit dans la voiture. Il s'agissait d'une invitation d'un fabricant américain de tenues NRBC présent à Security, un salon mondial de la sécurité intérieure et privée qui se tenait depuis la veille au parc des expositions Porte de Versailles. Le rendez-vous noté à la main était fixé pour le lendemain. La signature composée de deux initiales l'intrigua.

— Karl, un fabricant américain de tenues NRBC m'invite à Security. C'est signé CS, ça te parle ?

Karl réfléchit quelques secondes et secoua la tête.

— Non, je ne vois pas. Remarque, on ferait bien de se renseigner, avec ce qu'on respire en ce moment.

Léo fourra l'invitation dans son sac et leur raconta sa visite chez Gilles Damais.

— T'es sûre qu'il est fiable et qu'il ne va pas se déballonner à la première occasion ? s'inquiéta Karl.

— Il est réglo. Le double jeu de Gerbod le pousse à bout et terminer sa carrière sur un coup d'éclat ne lui déplairait pas. Ce sera sa revanche. Et puis, il semble avoir une certaine affection pour moi.

— Il ne l'a pas trop montrée quand ton père était au secret.

— Justement, je crois qu'il veut aussi se rattraper en étant des nôtres.

Léo évoqua également sa séance à Vercors Gym, à la fois éprouvante et pleine de promesses, elle avait tellement hâte de pouvoir lui parler. Avec retenue, Jeanne suggéra de ne pas forcer le destin, d'y aller en douceur. Si pendant toutes ces années Léo avait capitalisé sur Roxane et sur l'espoir de la retrouver, il n'en était rien pour la jeune femme qui ignorait jusqu'à son existence.

Concentré sur la circulation, Karl ne disait rien. À un feu rouge, il se manifesta.

— Conrad Sears !

— Pardon ?

— Les initiales du carton d'invitation. CS pour Conrad Sears. Il reprend contact.

— Pourquoi maintenant, après tous ces mois ?

— Il sent le vent tourner.

Le lanceur d'alerte licencié de chez Aristee reprenait contact. Ce n'était pas une simple visite de courtoisie, Léo en était certaine.

Elle appela le Pr Perelstein pour organiser le rapatriement de Valériane à son domicile. Il lui donna le numéro de téléphone d'une infirmière que Léo composa aussitôt. Rendez-vous était pris pour le lendemain.

Le soum était toujours à la même place, mais il n'attirait pas l'attention dans ce vaste parking réservé à une multitude de sociétés de services. Comme la première fois, la place voisine était libre.

Ariel, Eitan, Emmy et Bastien s'affairaient devant les écrans. Les sentinelles paraissaient ravies de se retrouver en planque au lieu de profiter de leurs congés sur une plage de La Baule ou dans un club des îles. Jeanne montra les fiches de renseignements extraites de la base de données de Vercors Gym. Eitan sourit et pianota sur un clavier. Des visages défilèrent sur l'écran, Eitan sélectionna une première photo, celle de Roxane.

— Je l'ai repérée en début de matinée, j'allais vous appeler.

Le visage du Lituanien apparut bientôt dans la seconde moitié de l'écran.

— Kristina Piskarskas et Aleksander Kubilius, Lituaniens, annonça Léo. C'est eux que les Russes ont infiltrés dans la tour. Il serait peut-être temps de croiser nos informations, non ?

— Peut-être… ou peut-être pas. Ne faut-il pas plutôt attendre de voir ce que Jade va nous sortir, histoire d'avoir un peu plus de billes pour négocier avec eux ? Laissons-lui encore quelques jours.

— Jusqu'à quand ?

— Elle travaille tout le week-end, attendons lundi.

Eitan appuya sur une touche pour faire disparaître les visages.

— Léo, si je peux me permettre, soyez discrète à la salle de sport. L'impatience n'est pas la meilleure des conseillères et ce n'est pas à une professionnelle comme vous que je vais l'apprendre.

La remarque l'agaça.

— Occupez-vous des affaires qui vous concernent, Eitan, et laissez-moi le reste. Je suis une grande fille.

— Mais je n'en doute pas un instant. Et votre soirée avec Gilles Damais ?

— On a une nouvelle recrue !

Elle lui parla de la découverte par Damais de la véritable fonction du bracelet.

— Vous avez sous-estimé les services français, conclut-elle, ils sont plus malins que vous ne l'imaginiez.

— C'est une option que nous avions envisagée mais le risque était faible.

— Comme pour Khaled Boubaker. Il faudra revoir vos probabilités et faire preuve d'un peu moins d'optimisme, ou bien les dégâts collatéraux ne seront plus gérables.

— Le risque zéro n'a jamais existé.

Léo allait répliquer quand un visage sur l'écran de Bastien attira son attention.

— Revenez en arrière, Bastien. Le dégarni à lunettes rondes, je veux le revoir.

Bastien s'exécuta, la photo d'un quadragénaire au front haut et partiellement chauve se figea. Son visage poupin aux traits mous lui donnait un air de gratte-papier résigné.

— Dominique Chastaing. Ne vous y trompez pas, il est brillant et d'une intelligence redoutable. Un analyste financier de premier plan. Sa candidature était en très bonne position à l'Agence de sécurité économique, il a été à deux doigts de l'intégrer.

— Mais…

— Pusillanime et individualiste, il représentait un risque pour l'équipe. Je le croyais à Genève. Aux dernières nouvelles, il était trader de *soft commodities*[1].

1. Matières premières agricoles.

Un sourire carnassier découvrit la dentition d'Eitan.

— Intéressant…

Léo intercepta le regard d'Eitan vers Ariel qui hocha la tête. Elle agréa la suggestion muette des Israéliens.

— C'est une bonne idée, on peut tenter de le retourner. Assurez-vous qu'Ariel fasse partie du plan d'approche. Il est beau garçon, Dominique sera sous le charme.

— Il est gay ?

— Refoulé. Ah, pour vous aider, c'est un collectionneur.

— De quoi ?

— De pin's.

À la façon dont Ariel et Eitan la fixaient, ils ignoraient ce qu'était un pin's.

— Mais si, vous savez, ce sont ces petits symboles, ces logos ou autres qu'on accroche au revers d'une veste comme une punaise, c'était très à la mode dans les années 80. Vous devez bien en avoir du Mossad, du Shin Beth, de Tsahal, enfin de ce que vous voulez. Faudrait juste que ça sorte de l'ordinaire. Autant que je me souvienne, il possédait à l'époque plus de dix mille pièces dans sa collection.

— Le Mossad n'a jamais eu de pin's à son effigie, affirma Eitan avec mépris.

— Alors fabriquez-en un. Ce sera un collector.

Elle revint à l'écran.

— Bastien, vous pouvez nous passer le trombinoscope au ralenti ?

Les autres visages capturés sur la vidéosurveillance interne leur étaient inconnus. Léo demanda deux copies, une pour Gilles Damais et l'autre pour Élisabeth Carpentier avec qui elle avait rendez-vous pour déjeuner. Avant de partir, Eitan lui remit un téléphone destiné à Damais. En aparté, elle demanda des nouvelles de Latifa.

— La fièvre baisse.

Une réponse laconique dont elle se contenta.

Dans la voiture, Marc lui passa un coup de fil.

— Ce week-end, tu m'accompagnes à Nyons ?

— Je ne sais pas encore.

— La météo sera bonne.

— Il va pleuvoir ? demanda gaiement Léo.

— En fait, c'est fort probable, dit Marc en se rattrapant aux branches.

Il venait de réaliser que le grand soleil n'était pas un critère de bonne météo pour Léo.

— Je vais y réfléchir.

Il lui rappela l'heure de départ du train avant de la laisser.

— Alors ? demanda Karl avec bonhomie.

— Il me propose un week-end dans la Drôme.

— Vas-y, c'est une bonne idée.

Élisabeth Carpentier lui avait donné rendez-vous dans un hôtel de passe. L'odeur de cuisine dans la réception feutrée était engageante, à l'image de la jeune femme aux rondeurs bien disposées qui l'accueillit. Elle guida Léo dans un corridor dont certaines portes fermées étouffaient des gloussements et des soupirs. Élisabeth l'attendait en feuilletant un magazine people dans un salon où l'unique table avait été dressée pour deux couverts. La moquette rouge, les tentures fleuries, le canapé de velours couvert de coussins brodés, un endroit évoquant sans ambiguïté l'amour charnel et sa ronde de plaisirs. La première question qui vint à l'esprit de Léo fut celle de savoir si Philippe s'était déjà trouvé avec elle dans cet endroit. Elle la formula sans ambages dès que l'hôtesse les eut laissées seules. Élisabeth eut un mouvement de recul, comme pour accuser le coup.

— Vos questions sont parfois déconcertantes, Léo…

— Je ne m'encombre pas la tête d'interrogations que je peux évacuer sur-le-champ.

— Non, Philippe n'est jamais venu ici, pas avec moi en tout cas. Je connais cet endroit depuis que je suis à la DCRI, il est bien pratique pour rencontrer certaines personnes. En échange, je décharge la patronne de démarches administratives un peu fastidieuses. Le menu du jour, c'est tarte aux cèpes et veau avec ses petits légumes vapeur. Ça vous va ?

Léo accompagna son repas de beaucoup d'eau. L'endroit n'était pas climatisé et le soleil au zénith enfiévrait l'atmosphère. Malgré la chaleur, elle apprécia la finesse des mets. Élisabeth avait identifié les tueurs de Khaled, deux petites frappes d'une cité voisine qui dealaient et tabassaient à l'occasion. L'homme en retrait était un nervi de l'équipe restreinte des exécuteurs des basses œuvres de Gerbod.

— Que fait-on de ces informations ? demanda Léo avec une pensée pour la famille Boubaker et le cousin Momo.

— Rien pour l'instant, sinon on va mettre le bin's dans le poulailler et le renard va se méfier. On réglera ce problème plus tard.

— Une pièce à charge supplémentaire à mettre au dossier, lâcha Léo d'un air blasé. Quand je pense que c'est lui qui m'a raconté ma première histoire.

— C'était quoi ?

— *Le Petit Chaperon rouge*. Pour excuser le loup d'avoir dévoré la grand-mère, il m'assurait qu'elle avait forcément mérité son sort. Je me souviens, il avait dressé tout un inventaire des crasses qu'elle avait pu faire. Depuis toujours, ce type n'est pas net.

Après l'île flottante à la pistache, Léo lui montra les premiers portraits saisis dans la tour Boileau. Élisabeth repéra ceux qu'elle avait elle-même recrutés ou déjà vus dans les locaux, s'étonna que d'autres y figurent. Elle pointa l'index sur l'un d'eux.

— Lui, c'est Victor Petrello, un collègue de mon service. J'ignorais qu'il en faisait partie. C'est vrai qu'on se parle peu, il est souvent en mission et ne rend compte qu'à Bellier, le chef de la sous-direction des affaires économiques. Ce qui veut dire que Bellier aussi est membre de l'Institut européen. C'est dingue ! La DCRI est bien plus noyautée que je ne l'imaginais. C'est ça leur force, tout cloisonner et donner à chacun des missions très précises connues seulement de l'exécutant et du donneur d'ordre. Je garde le trombinoscope ?

Léo remit le fichier à Élisabeth qui s'engagea à leur fournir rapidement le profil de ceux qu'elle pourrait identifier. Elle ne cacha pas son scepticisme.

— Et pour les autres, ceux qui ne se rendent pas à la tour, comment va-t-on faire ? Jade n'y aura pas accès. Leur système de contrôle est incontournable, leurs protections inviolables, on n'y arrivera jamais.

— Aucun système n'est éternellement inviolable, les faits l'ont prouvé.

— Et si c'était l'exception qui confirmait la règle ?

— On trouvera une solution.

Léo fixa un long moment Élisabeth. Ne pas lui en

parler paraissait inconcevable et même risqué pour Roxane, pour toute l'opération. Elle se jeta à l'eau.

— Les Russes ont infiltré deux de leurs agents dans la tour.

— Et vous ne me le disiez pas ? s'étonna le commandant de la DCRI.

— J'allais y venir.

— Ils sont dans le fichier ?

— Non, fit Léo en pianotant.

Les portraits des Lituaniens se partagèrent l'écran de son smartphone.

— Ils sont jeunes, commenta Élisabeth, ce doit être la nouvelle élite du SVR. La fille est d'une beauté glaçante. Je peux faire des recherches approfondies…

— Surtout pas !

Léo l'avait interrompue si abruptement qu'elle sursauta. Les yeux vairons se posèrent sur elle, interrogatifs. Léo insista.

— N'attirez pas l'attention sur eux. Des recherches à partir de vos bases de données peuvent compromettre leur couverture.

— Ils sont si précieux ?

Léo ne se résolvait pas à parler, même si elle était consciente qu'à ce stade de la discussion, la révélation s'imposait.

— Je suis votre alliée, Léo, bien au-delà de ce que vous pouvez imaginer. Parlez !

— La véritable identité de Kristina Piskarskas est Roxane Souslov. Ma fille.

Élisabeth la considéra de longues secondes, paraissant anticiper les implications qui pouvaient découler de cette nouvelle donne.

— La dernière pièce du puzzle Nikita Dimitrov, murmura-t-elle.

— Je ne sais pas si c'est la dernière.

Léo posa la main sur la sienne.

— J'insiste, Élisabeth, pas de recherches. Si Gerbod découvre que la DCRI est sur leurs traces, il risque de s'y intéresser et Roxane peut disparaître à nouveau.

Élisabeth promit. Il était temps d'abréger la conversation, Léo avait rendez-vous avec Patrick Carbonel.

Elle arriva une minute avant l'heure. Comme pour leur première rencontre, il lui ouvrit aussitôt et vérifia le couloir.

Le bureau était un peu plus encombré et les cartes sur le mur avaient été regroupées pour libérer tout un pan sur lequel étaient punaisées des petites fiches bristols découpées en carré. Des dates, des noms, des abréviations. L'historique de l'affaire Aristee. Sur la table entre les deux ordinateurs, la une du *Monde* titrait sur le premier semencier mondial. En page six, un long article était consacré à la cession des terres de la frontière turco-syrienne. Patrick Carbonel désigna le journal.

— Belle orchestration ! Je trouve que notre affaire démarre plutôt bien, non ?

— Mais nous ne sommes pas encore au bout de nos peines, on est loin d'avoir percé les secrets de la tour Boileau.

Le journaliste ramassa une chemise contenant quelques feuillets.

— Pour l'instant, soyons concrets et tenons-nous-en aux faits. Nous allons reprendre certains points sur la tentative de prise de contrôle d'Aristee par les Chinois, j'ai des blancs. Puis nous aborderons les derniers événements, notamment ceux qui se sont produits depuis hier matin, et je terminerai par quelques photos. Des noms à mettre sur des têtes. Nous disposons de deux heures alors ne perdons pas de temps.

Léo appréciait son efficacité et son professionnalisme, elle prit place en face de lui et enleva ses bracelets.

Son rythme cardiaque augmenta lorsqu'elle franchit le sas de Vercors Gym. Stéphane, le gérant de la salle, discutait avec un autre type tout en muscles. Il lui adressa un petit signe de la main quand elle posa son sac à main dans un casier réservé aux objets de valeur. La salle des cours collectifs était éclairée et des tapis déjà disposés. Léo mit le sien à la même place que la veille et fila dans les vestiaires. Elle manqua défaillir quand elle aperçut Roxane en slip et soutien-gorge. Ses muscles longilignes dessinaient gracieusement ses cuisses et juste ce qu'il fallait de rondeur sur ses fesses. Contre toute attente, un sentiment de fierté l'envahit et la fit sourire. Elle le réprima et s'installa de l'autre côté où elle put observer Roxane à travers les lamelles de bois du vestiaire central. Sa fille enfila un top rose pâle qui collait aux courbes de sa poitrine menue, découvrant ses épaules de nageuse. Léo se demanda quels sports elle pratiquait en Russie. La natation sans aucun doute, mais encore ? Le sambo ? Tout comme Éric. D'autres sports de combat ? Elle le souhaitait vivement. Ses missions la confronteraient à des situations périlleuses qui pourraient compromettre son intégrité tant physique que mentale. Le cœur battant, elle refoula aussitôt ses inquiétudes. Une superstition idiote voulait que le seul fait de penser à des événements négatifs puisse les provoquer. Troublée, Léo s'habilla machinalement. Une femme lui fit remarquer que son t-shirt était à l'envers, ce qui fit tourner la tête de Roxane dans sa direction. Pour la première fois, leurs regards se croisèrent et Léo se laissa envahir par l'émotion. Dieu qu'elle était belle !

Le vestiaire se vida pendant que Léo laçait ses baskets. Sa décision fut prise avant la fermeture complète de la porte. Elle contourna le vestiaire central, s'assit à côté du sac de Roxane et y plongea la main. Sa trousse de toilette se résumait à un flacon de gel douche, un peigne et un gant. Aucun cheveu sur le peigne. Rien dans le sac ne paraissait exploitable pour une recherche ADN sans prendre le risque de contaminer le prélèvement. Tout au fond, elle finit par trouver un rasoir jetable. Quelques poils blonds étaient collés sur la lame. Elle enveloppa son butin dans un mouchoir en papier et le cala soigneusement dans la petite poche intérieure de son sac de sport. Galvanisée par son audace, elle rejoignit au pas de course la salle où la séance venait de commencer.

Comme la veille, Roxane rejoignit ensuite Aleksander sur le plateau de musculation où ils s'entraînèrent en silence. Léo s'installa au rameur mais n'y resta qu'une dizaine de minutes avant de retourner aux vestiaires prendre sa douche. À peine sortie de la salle, elle appela Eitan.

— Eitan, dites à mon ange gardien de suivre les Lituaniens.

— Non, Léo. Il est là pour vous. On doit être certains que vous n'êtes pas filée par Gerbod. Vos contacts seraient grillés et toute l'opération compromise.

— Je vais maintenant chez Gilles Damais, il n'a qu'à me récupérer là-bas.

— Non, Léo.

— Ce n'est pas grave, je vais le faire moi-même.

— Ne dites pas d'âneries, vous seriez repérée avant même d'avoir franchi le bout de la rue.

Comme ils parlaient, un doute s'immisça. Elle scruta lentement la rue.

— Il y a déjà une équipe sur eux, n'est-ce pas ?

Le silence qui suivit valut approbation. Léo s'énerva.

— Bon sang, Eitan ! Comment voulez-vous qu'on travaille main dans la main si vous me cachez la moitié des choses !

— Je ne vous cache rien. L'information ne vous a pas encore été délivrée, c'est tout.

Léo se retint de lui donner son point de vue sur la question et se recentra.

— Bien. Vous les avez donc logés.

— Pas encore. Hier, on les a perdus. On a revu l'organisation, notamment en doublant les effectifs.

— C'est si compliqué de les suivre ? Ils ont les cheveux blonds comme les blés et ils dépassent la foule d'une tête.

Au même moment, Léo comprit que le problème était ailleurs. Elle rectifia le tir.

— Pardon Eitan, c'est vrai qu'il y a la contre-filature. Bon, je quitte les lieux et me rends chez Damais. J'ai récupéré des éléments pour une analyse ADN, je vous les remettrai demain.

— Vous avez un doute sur la filiation ?

— En ce qui me concerne, aucun, mais c'est elle que je vais devoir convaincre. À demain, Eitan.

Gilles Damais l'accueillit sans cesser de mastiquer, elle le suivit dans la cuisine. Un saucisson sur une planche en bois et une bouteille de vin rouge composaient son repas du soir. Elle haussa un sourcil réprobateur.

— Ce n'est pas très bon pour le cholestérol.

— Vous en voulez un morceau, le pain est frais ?

En totale contradiction avec sa remarque, elle accepta. Damais lui servit un verre de vin et justifia ses dérives alimentaires.

— Il fait trop chaud pour cuisiner. Si vous voulez des légumes, j'ai des cornichons.

Renonçant à des explications fastidieuses, elle accepta.

— Vous qui êtes au cœur des secrets, c'est quoi la météo de ce week-end ?

— Un front orageux du nord au massif alpin.

Marc avait raison, il y aurait de la pluie à Nyons et les cigales ne seraient pas au rendez-vous. Elle se souvint de ces dimanches pluvieux où elle restait au lit avec Philippe. Ils faisaient l'amour, somnolaient, lisaient. Des journées étirées en longueur où chaque minute tournait au ralenti. Ce temps était si loin. Gilles Damais lui tendit le bocal.

— On a identifié la prostituée du manoir.

— Déjà ?

— Grâce à des calculs dans le rein. La victime s'appelait Véronique Martinet, elle souffrait de coliques néphrétiques. À l'époque, sa grand-mère avait signalé sa disparition et mentionné sa maladie. Elle hébergeait sa petite-fille.

— Et le lien avec Gerbod ?

— Deux gendarmes de la brigade de recherches enquêtent actuellement dans le secteur où elle tapinait, mais la distance dans le temps ne facilite pas les choses.

— Gerbod est un assassin et il a bien d'autres meurtres à son actif. C'est lui qui a commandité l'assassinat de Khaled Boubaker. Un de ses nervis était sur le toit de l'immeuble.

De la main, Léo balaya quelques miettes sur le bois massif de la table, posa le smartphone et chargea le trombinoscope de la tour Boileau.

— Nous avons une première série de portraits. Tous travaillent a priori pour l'Institut européen. Quelques-uns ont été identifiés.

Gilles Damais se concentra sur les visages qui défilaient. Il ne fit pas de commentaires au premier passage et se manifesta au second. Il sélectionna le portrait de deux hommes sur l'écran.

— Ils appartiennent à la direction technique de la DGSE, qui recherche, et exploite les renseignements d'origine technique, comme son nom l'indique. Ils ont accès notamment au système Frenchelon, le système d'espionnage des télécommunications opéré par la France. Grâce à eux, maintenant l'Institut européen a accès à toutes les communications électroniques même celles qui sont chiffrées, comme les messages diplomatiques, militaires, ceux échangés avec les grandes entreprises. C'est un détournement sans précédent.

— Et à l'échelle européenne. Ce qui se passe en France est vrai pour tous les autres pays de l'Union.

Damais eut un sourire désabusé.

— Cette communauté du renseignement avait été un

temps évoquée mais les chefs des différentes agences de l'Union, la DGSE, le MI-6, le BND, le SISMI, ont posé de telles conditions au nom de l'intérêt national que cela ne s'est jamais fait. Chaque service voulait garder ses petits secrets, ne rien partager. Gerbod est passé outre en les noyautant, et apparemment c'est un succès. Il est parvenu à contrôler l'information.

— Je vous laisse le trombinoscope. Attention de ne pas attirer l'attention si vous le comparez à vos bases de données, il a placé des pions aux niveaux les plus stratégiques.

— Prenez garde, Léo. J'ignore pourquoi il ne s'en est jamais pris directement à vous et s'est contenté, si je peux m'exprimer ainsi, d'anéantir un à un tous ceux qui comptaient dans votre vie. Mais, au regard des enjeux, vous éliminer ne sera pas un problème si vous interférez dans ses projets. Soyez prudente.

Comme un voile de deuil, la pénombre masquait les traits de leur visage et ne révélait que leur contour. Gilles Damais s'approcha de la fenêtre, resta en retrait dans l'angle du mur pour épier la rue, la maison d'en face partiellement dissimulée derrière un rideau d'arbres.

— Vous êtes sûre que vous n'êtes pas filée ?

— J'ai un ange gardien, répondit Léo en se levant à son tour. Ne vous inquiétez pas.

Durant toutes les années où Damais avait fréquenté son père, Léo ne lui avait prêté qu'une attention polie. Il ne l'avait jamais vraiment intéressée. Mais ce soir-là, dans la moiteur de la nuit, elle eut le sentiment d'être passée à côté d'un homme bien. Son père aurait aimé le savoir. Elle songea à son corps qui se décomposait dans le cercueil du petit cimetière d'anonymes au milieu de nulle part.

Gilles Damais la raccompagna au portail, une main sur son épaule. Il examina la rue avant de la laisser sortir.

— Prenez soin de vous, Léo.

La force et la puissance de l'ennemi l'inquiétaient, et Léo savait que la nature de leurs alliés ne lui poserait bientôt plus de cas de conscience.

Beaucoup de monde sur les trottoirs et les terrasses des brasseries, une revanche sur ces journées suffocantes où l'on devait se terrer dans les bâtiments. La circulation était dense, Léo roulait à son rythme, s'arrêtant parfois sur des amoureux nez contre nez, le menton dans la chantilly d'une coupe glacée, ou sur des gens hilares autour d'une bière. L'écho de leurs rires l'accompagna jusque sur l'oreiller où elle se laissa tomber, la tête vide.

L'infirmière attendait dans le boudoir devant une tasse de café et une coupelle de cookies. L'amabilité de Françoise annonçait la couleur : « Soignez-la bien et moi, je saurai m'occuper de vous deux. »

Le visage rond et lisse, les cheveux très courts grisonnants, elle était sans âge. Sa robe blanche, impeccable, et ses mules en cuir blanc révélaient la vocation plus que le métier. Valentine Gaspard consacrait sa vie à soigner les gens, aisés de préférence comme l'indiquaient son CV et ses lettres de recommandation. Léo en survola quelques-unes, davantage par curiosité que pour s'assurer véritablement des compétences de Valentine Gaspard. L'infirmière habitait la proche banlieue mais accepta spontanément la proposition de Léo de loger sur place. Elle ouvrit un porte-documents et en sortit la liste du matériel nécessaire à l'assistance médicale de Valériane. La liste, saisie à l'ordinateur, était longue et certains mots aux consonances barbares étaient inconnus à Léo.

— On a réellement besoin de toutes ces choses ? ne put-elle s'empêcher de demander.

— Absolument.

La réponse laconique sans justification plut à Léo. Elle considéra un moment cette femme à la constitution robuste qui serait sans aucun doute à la hauteur de la tâche.

— On procède de quelle façon pour acquérir ce matériel ?

— Je commande et ils vous envoient la facture. Je connais les fournisseurs.

— Bien. Et pour le reste ?

— Le Pr Perelstein m'a donné les consignes. On peut raisonnablement prévoir le retour de Mme de Coursange lundi. Tout sera prêt pour la recevoir dans les meilleures conditions.

Un mouvement dans le hall attira l'attention de Léo. Tout sourire, Françoise hochait énergiquement la tête en signe de consentement.

Léo lui donna ses téléphones, celui de Karl, de l'Agence. Valentine Gaspard lut la carte de visite avec attention.

— Je peux vous envoyer des messages à cette adresse mail ?

— Euh… oui, répondit Léo, prise de court.

— C'est pour les rapports que je transmettrai au Pr Perelstein, je vous en adresserai une copie. Si vous le souhaitez, naturellement.

Léo avait passé sa vie à écrire des rapports, des mémos, des synthèses, des analyses, des conclusions, convaincue que cette pratique s'imposait dans certains domaines d'activité tandis que d'autres étaient épargnés. Il s'agissait seulement d'une vue de l'esprit.

— Ce sera avec plaisir, dit-elle en souriant intérieurement.

Contrairement à tous les gens au service de Valériane, Valentine Gaspard ne se laisserait pas intimider et conduirait les soins à sa manière. Son côté Kathy Bates dans *Misery* lui plaisait, sa mère serait entre de bonnes mains.

Plus de vingt mille mètres carrés dédiés à la sécurité intérieure des États et à la sécurité privée. Les visiteurs qui parcouraient les allées moquettées de bleu ou de rouge étaient exclusivement des hommes en chemise et cravate ou en tenue de GI Joe. Au nom de la lutte antiterroriste, de la sécurité des lieux publics, portuaire, aéroportuaire, routière et bancaire, au nom de la protection des sites industriels et sensibles, au nom de la guerre contre le trafic organisé, des hommes concevaient des matériels sans cesse plus innovants, plus performants, dans un large spectre couvrant tous les secteurs, l'électronique, l'informatique, l'optique, l'optronique, les textiles, les armements, les munitions, les équipements spéciaux, les technologies spécifiques telles le déminage, le blindage ou le matériel de laboratoire. Un marché en pleine expansion qui progressait chaque année de 15 %. Gilets pare-balles, hachettes et couteaux tactiques, fusils d'assaut, cibles réalistes, viseurs holographiques, protection balistique, armes non létales, lampes sublétales, véhicules d'assaut, même les sous-vêtements devenaient techniques :

une performance conçue pour un confort optimal. Elle considéra le boxer dit de compression, lut la longue notice sous l'œil méfiant d'un vendeur. Le temps du slip kangourou était définitivement révolu.

Pourquoi courir ?... vous mourrez fatigué. Le trait d'humour, attribué aux tireurs d'élite, était cité sur une affichette vantant une lunette à visée nocturne.

Une lecture récente lui traversa l'esprit : « Le paradoxe du matériel ». Les forces de l'ordre déployées dans les zones sensibles étaient dotées d'un tel attirail qu'il en devenait inutilisable parce que disproportionné face à celui des jeunes qui provoquaient les échauffourées. Il apparaissait alors nécessaire de renforcer les équipements de protection de la police pour que la résistance reste passive et ainsi ne pas véhiculer une image trop répressive.

Comme elle déambulait dans les allées, un sentiment de malaise parti du ventre se diffusa insidieusement dans sa poitrine. Roxane était familiarisée avec la plupart de ces matériels. Devant le stand Beretta, une conversation en russe l'alerta. Deux hommes lookés mercenaires s'essayaient à la manipulation d'un fusil d'assaut lance-grenade. Le geste sûr, l'attitude juste, ils en connaissaient autant que le vendeur. Elle continua son chemin et, au détour d'un simulateur de tir, tomba nez à nez avec un mannequin revêtu d'une combinaison NRBC. Le logo suspendu au-dessus du stand était celui de son carton d'invitation. Un homme leva les yeux vers elle puis disparut aussitôt derrière une porte. Portant barbe, casquette et lunettes fumées jaunes, Conrad Sears apparut. Après avoir contrôlé l'allée du regard, il l'entraîna dans le box, un endroit exigu où étaient stockés quelques outils de précision, une machine à café et un peu de vaisselle sur un mini-réfrigérateur. L'Américain déplia deux chaises, l'invita à s'asseoir et ouvrit le capot d'un ordinateur portable. Leurs genoux se touchaient, il cala l'appareil de biais sur leurs cuisses pour que l'écran soit visible par eux deux. Elle l'observait s'affairer.

— Je suis heureuse de vous revoir, Conrad. Je me suis parfois demandé si vous comptiez parmi ces personnes que je ne recroiserais plus jamais.

— Vous vous posez souvent ces questions ?

— Chaque fois que je quitte quelqu'un que je ne suis pas censée revoir avant longtemps.

— Cela ne vous rend pas malheureuse ?

— Mélancolique serait plus juste.

— C'est une attitude… française ?

— Je ne crois pas.

Il la considéra derrière ses lunettes qui lui ambraient les pupilles.

— Après ce que je vais vous montrer, et selon ce que vous allez en faire, nous pourrions nous revoir pour une petite fête.

— Pour célébrer quoi ?

— La chute d'Aristee, dit-il en pressant une touche. Ou si on ne se revoit pas, c'est que nous aurons été broyés.

Un dessin d'animation en trois dimensions, beaucoup de vert et de bleu, des champs de maïs à l'infini sous un ciel sans nuages. Un œil subjectif les survolait à grande vitesse.

— Nous sommes en Campanie, à l'est de Paestum en Italie, sur une terre de mille hectares.

L'œil subjectif s'éloigna à la manière d'une résolution satellite. L'immense champ était ceinturé par un chemin de ronde protégé par une double clôture. Au centre, un carré blanc entouré de rectangles plus petits aux extrémités arrondies. À certains endroits, le vert était plus sombre. L'œil plongea à une vitesse vertigineuse sur ce vert-là.

— C'est du soja, précisa Conrad.

Puis il se déplaça pour atteindre le milieu. Le carré blanc symbolisait un bâtiment et les rectangles, des serres. Il pointa un doigt.

— Les expérimentations dans ce gigantesque laboratoire sont totalement réprouvées par Bruxelles et les conventions internationales. Le maïs et le soja ont poussé à partir des semences Liquidator, la fameuse Attis. Sous les serres sont mises au point les Attis de blé et de riz. Tout cela en vue d'une fabrication à grande échelle. Bientôt, dans dix ans, peut-être moins, tous les paysans du monde cultiveront les mêmes variétés de blé, de riz, de soja et de maïs sans aucune possibilité de garder des semences pour la récolte suivante, à la merci d'un semencier auprès duquel ils auront l'obligation de se fournir, récolte après récolte avec la mort pour seul horizon. Je précise que dans les sous-sols du bâtiment est ajusté le *Sementis amylovora*.

— L'Italie est un pays de l'Union, pas une zone de non-droit. Comment peut-elle autoriser ces cultures ?

— Parce qu'il s'agit justement d'une zone de non-droit, contrôlée par la mafia, la Camorra pour être précis.

— Il faut alerter les autorités, envoyer des experts pour le faire constater.

Conrad enfonça une touche. Sur le toit du bâtiment, un carré se dessinait en pointillé. L'œil se plaça à sa verticale puis descendit à sa hauteur, révélant un hangar abritant des machines insectes reconnaissables sans mal.

— Des drones bourrés d'agent doré, confirma Conrad. À la moindre alerte, les cultures dans les champs et les serres sont détruites. Il ne restera aucune preuve. Et ils recommenceront ailleurs, dans des pays plus difficiles d'accès. J'ai entendu dire que le Kazakhstan était preneur, des accords ont été conclus.

Léo le fixa soudain, effarée.

— Que pensez-vous que je puisse faire pour empêcher ça ? Je n'ai plus aucun pouvoir, Conrad. L'Institut européen est aux commandes. Nos institutions, nos services secrets sont infiltrés. Tout est verrouillé.

— Les Black Green !

— Quoi les Black Green ? Entre balancer une info dans les médias et investir des champs contrôlés par la mafia, il y a un monde !

Conrad Sears eut un sourire mutin.

— Vous êtes donc en contact avec les Black Green, je n'osais y croire à cent pour cent. Qui d'autre est avec vous ? ajouta-t-il avec nonchalance.

— Si je vous le disais, vous ne me croiriez pas. Attendez, Conrad, remettons les choses à plat. Qu'avez-vous imaginé ?

— Un commando !

Il leva aussitôt les mains en signe d'apaisement.

— On n'a pas besoin d'une armée.

Elle apprécia le « on ».

— Juste quelques hommes bien entraînés, continua-t-il. Les militants des Black Green ont tous reçu une formation. Vous vous infiltrez, vous prenez des photos, des échantillons que vous faites ensuite expertiser, et vous rendez la chose publique. C'est là que le scandale éclate. Un énorme scandale, je peux vous l'assurer, et qui sera largement relayé aux États-Unis. L'opinion publique a déjà été échaudée par les révélations sur les malversations d'Aristee : les experts achetés, les hommes politiques corrompus, les études et les articles scientifiques bidonnés, les lobbyistes. L'opinion est prête, Éléonore.

— En supposant qu'on parvienne à aller au bout de cette opération complètement insensée, comment fera-t-on le lien entre Aristee et l'Institut européen, parce qu'il faudra bien qu'il tombe avec ?

L'Américain afficha une moue dubitative.

— C'est juste, il faudra aussi régler cet aspect de la question. Vous devrez réunir les preuves dans l'intervalle, pour que l'Institut européen tombe en même temps.

Léo avisa l'écran, les sourcils froncés.

— Qui vous a donné ces renseignements ?

— On a quelqu'un dans la place en Campanie.

— Vous communiquez comment ?

— Via Internet selon un code convenu. Les camorristes ont des grosses mitraillettes mais ils ne sont pas très au fait de certaines technologies. On arrive à les berner.

— Et le film ?

— La NSA, lâcha Conrad avec une pointe de regret.

— Cette animation est donc faite à partir de données satellite ?

— Absolument ! Vous souhaitez la visionner ?

— Je rêve, vous avez la NSA avec vous et vous ne bronchez pas ?

— Au nom d'intérêts qui nous échappent, nos agences gouvernementales ont eu ordre de ne pas bouger quand elles pouvaient encore le faire. Aujourd'hui, c'est trop tard et Aristee n'est plus une entreprise américaine. Mais dans les rangs de ces agences, notamment la CIA et la NSA, vous avez des alliés qui veulent bien vous aider, notamment en fournissant ces images satellite. Vos amis apprécieront.

Léo crut défaillir.

— Vous voulez bien être plus précis, Conrad, chuchota-t-elle.

Il adopta le même ton, ses paroles étaient à peine audibles.

— Nous savons que les Israéliens vous donnent un coup de main.

Sears transféra sur le smartphone de Léo le film d'animation et les images satellite, ainsi que le protocole pour contacter Jimmy, le scientifique dans la place qui avait transmis des informations. Une cinquantaine de gardes se relayaient à la surveillance du site, répartis entre le bâtiment principal et le chemin de ronde à bord de Hummer équipés d'armes lourdes. La clôture n'était pas électrifiée mais consistait en une double protection de trois mètres de haut. La salle des gardes se trouvait à une volée de marches sous le hangar des minidrones. À la moindre alerte de niveau trois, c'est-à-dire celle qui prévoyait la destruction des cultures, ils sortaient les drones, quatre au total, et les activaient dans la minute. Au dernier exercice, l'activation n'avait pas pris plus de cinquante secondes. Les drones étaient pilotés du poste de garde. La plupart des hommes avaient été formés à leur manipulation et au moins quatre d'entre eux se trouvaient dans le poste par tour de veille. Il existait néanmoins une faille dans cette surveillance : en cette saison, la hauteur du maïs permettait de progresser dans les cultures sans être vu. S'ils parvenaient dans le périmètre du bâtiment et des serres, ils auraient seulement à neutraliser les caméras. La nuit, entre 2 et 5 heures, était le moment le plus favorable pour s'introduire dans le site. L'effectif était réduit à son minimum, il se renforçait à la relève qui avait lieu à 6 heures. La nuit, le labo et les serres étaient vides, les scientifiques et les techniciens étaient transférés chaque soir vers un autre endroit.

Léo l'avait écouté, consternée.

— J'ai l'impression que vous me décrivez un endroit au fin fond de la Colombie, je n'arrive pas à croire qu'il s'agit d'un coin en Italie à quelques centaines de kilomètres de Nice.

— Nous sommes en Campanie. Dans cette région, des travailleurs clandestins exploités par des propriétaires terriens sont séquestrés et réduits à l'esclavage. Ils travaillent douze heures par jour, sept jours sur sept sous des serres saturées de pesticides et surveillées par des hommes de main de la Camorra. Personne ne s'en inquiète, pas plus en Italie qu'en Europe, alors ce n'est pas quelques plants de maïs qui vont les préoccuper davantage.

Lorsqu'ils se quittèrent, Conrad Sears lui serra longuement la main.

— Ne soyez pas mélancolique, Éléonore, nous nous reverrons un jour et je vous emmènerai manger du maïs mexicain, garanti sans OGM.

Jade débarqua dans le soum pratiquement en même temps que Léo. La sentinelle se jeta sur un bloc et déversa les informations retenues dans la matinée. Ariel les rejoignit quelques minutes plus tard. Sans doute était-il l'ange gardien du jour. Eitan, Isser, l'un des techniciens du camion blanc, et deux sentinelles y étaient déjà. Un peu à l'étroit, ils s'installèrent comme ils purent. Isser les alerta soudain, le doigt sur un écran.

— Silence !

Dans le champ de la caméra de surveillance du soum surgit la silhouette d'un homme qui marchait dans leur direction. Le souffle en suspens, ils le regardèrent s'approcher et s'arrêter à quelques mètres seulement. L'homme ouvrit le coffre d'une voiture, en sortit une bouteille d'eau puis s'installa au volant. Ils attendirent qu'il s'éloigne avant de se remettre à parler. Léo leur montra le film d'animation et les images satellite, répétant mot pour mot les propos de Conrad Sears.

— La NSA a fourni les images. Les Américains savent que vous êtes sur le coup.

— Ils ne bougent pas ?

— Décision politique. Et puis la bannière européenne flotte désormais sur Aristee.

En bonus, ils trouvèrent un plan précis du bâtiment, la disposition des caméras, l'équipement de la salle des gardes et le schéma technique d'un drone.

— Un beau bijou de technologie, déclara Eitan tout sourire. C'est un I-View. Fabrication israélienne !

— Un avantage pour nous ?

— Pour les neutraliser, oui.

Isser, Ariel et Eitan se mirent à parler en hébreu. La conversation était vive et dura plusieurs minutes. Ils finirent par tomber d'accord. Eitan se gratta la tempe, comme pour ordonner ses pensées.

— C'est une grosse opération, attaqua-t-il en préambule. Une opération dans laquelle l'État d'Israël ne peut apparaître en première ligne, pour plusieurs raisons dont celle d'ingérence dans les affaires européennes…

— … et vous croyez, coupa Léo, qu'on va…

— Laissez-moi continuer. On ne sera pas absents pour autant. Nous vous fournirons la logistique, l'assistance technique et nous coordonnerons l'opération. Conrad Sears a raison, ce raid doit être mené par les Black Green. En cas de réussite, ils crédibiliseront les résultats et l'impact médiatique sera d'autant plus important.

— Vous devez donc les informer de votre implication.

D'un geste las, Eitan désigna les cultures sur l'écran.

— Quand ils verront les images, leurs résistances tomberont, vous pouvez me croire. Ariel fera partie du commando, on va lui bâtir une légende de militant.

— Vous pensez à combien de personnes pour le commando ?

— Cinq, pas plus. Quatre Black Green et Ariel.

— Et moi, dit Léo.

— Certainement pas !

— Il faut quelqu'un pour les ordinateurs du labo. Ariel a comme moi les compétences informatiques, mais il aura certainement d'autres chats à fouetter. Les Black Green aussi avec les prélèvements dans les serres et en pleine terre. On doit impérativement récupérer toutes les données de leurs recherches, c'est un job pour moi.

Pesant le pour et le contre, Eitan la fixait sans la voir.

— Je dois y réfléchir.

— C'est tout réfléchi, Eitan. Je ferai partie de l'opération. D'ailleurs, je lui ai trouvé un nom, ce sera l'opération Bugs Bunny.

Personne n'en demanda la raison, estimant peut-être que Léo en avait une excellente. Latifa aurait apprécié cet intitulé. Il faisait référence au lapin retrouvé mourant, le corps calciné jusqu'à la cage thoracique, en bordure du champ défolié à l'agent doré où le Black Green Sam Gates avait été carbonisé. Très choquée, Latifa en avait parlé longuement à Léo, décrivant les derniers instants du petit animal avant qu'Éric ne lui donne le coup de grâce. Abattu d'une balle par un sniper, Sam Gates n'avait pas eu le temps d'agoniser et son corps avait été réduit en cendres en quelques secondes à peine. Léo était plus que jamais décidée à se rendre en Campanie.

Un véhicule se gara non loin du soum, ils attendirent que son occupant s'en éloigne avant de continuer. Léo proposa d'aller rendre visite à Werner Kaufman pour lui montrer le film. Ensuite, s'il le voulait, l'écologiste rencontrerait Eitan. Les Israéliens envoyaient une équipe en Campanie pour les repérages.

Jade relisait les notes couchées à la hâte.

— Ce matin, j'ai vu passer un virement de cinq millions d'euros au profit de l'IRRI aux Philippines. Ça vous dit quelque chose ?

— Il s'agit de l'Institut international de recherches sur le riz, précisa Léo. Il est basé à Manille. Des dizaines de milliers de variétés originelles de riz qui n'ont été l'objet d'aucun croisement sont conservées dans des chambres froides protégées contre les risques sismiques. Le loup vient d'entrer dans la bergerie.

— Quelles peuvent être les conséquences de cette mainmise sur l'IRRI ?

— La confiscation des semences traditionnelles au profit des hybrides et des GM. Sans parler du risque que les semences abritées dans cette génébanque soient victimes du *Sementis amylovora*, ce qui constituerait un dommage irréversible. Concernant le fonds Poséidon, vous y voyez plus clair ?

Découragée, Jade jeta le bloc sur une tablette.

— On a des pistes, mais ça va nous prendre un temps fou pour les remonter. Il serait si simple d'aller chercher les données là où elles se trouvent, fit-elle le pouce pointé vers le plafond. Tout est archi-verrouillé, je n'ai jamais vu un tel système de sécurité informatique. Si on parvenait à faire sauter ces verrous, on aurait toute la répartition des fonds, société par société. Je n'ai accès qu'à des informations parcellaires et j'ai besoin d'une vision globale. Je ne vous cache pas que j'ai un doute sur ma capacité à forcer le système, un gros doute. Il faudrait un méga pro de l'informatique. Tiens, Léo, comme celui que vous aviez à l'Agence de sécurité économique, Boris Machinlov.

— Igor Sokolov, reprit Léo, un œil en direction d'Eitan. Effectivement, ce serait la meilleure recrue. Vous avez maintenant accès aux autres bureaux ?

Elle tapota le creux de son bras, là où la puce RFID était implantée. Isser l'avait reprogrammée.

— J'ai fait un test, ma puce autorise tous les accès, mais cela ne sert pas à grand-chose : même si la personne s'absente, je serai repérée par les caméras. En revanche, de nuit, je pourrais circuler partout sans déclencher l'alarme. Vous êtes un magicien, Isser, s'exclama Jade en lui pinçant affectueusement la pommette.

Les joues du technicien s'empourprèrent légèrement, Isser était sous le charme.

— Je crois savoir où se trouvent les Lituaniens, reprit Jade. Je les ai vus s'arrêter à l'étage d'EuroGOS.

— Ils ont donc accès à la base de données des agents travaillant pour l'Institut européen ? demanda Léo.

Eitan secoua la tête.

— C'est probable, mais comme pour Jade, ils n'ont qu'une information partielle.

— Eux aussi piétinent, alors ?

— Il y a des chances.

Le silence s'abattit dans l'utilitaire espion, couvert quelques secondes par un moteur.

— Il n'y a pas trente-six solutions, reprit Léo. Il faut entrer dans la tour. De nuit. Et avec Igor.

— On n'a pas grand-chose pour appâter les Russes, fit remarquer Eitan.

Léo désigna les plants de maïs sur l'écran.

— On a la Campanie.

— Trop tôt pour leur parler de l'opération Bugs Bunny. On va se mettre à poil et eux vont garder leur chemise. Je connais les Russes.

— Moi aussi Eitan, je les connais. Ils ont le sang chaud et savent fonctionner à la confiance. Con-fi-an-ce, articula Léo, c'est un mot qui vous parle ?

Eitan haussa un sourcil perplexe, elle insista.

— En Russie se trouve la plus grande réserve de terres cultivables, si on fait abstraction de l'Amazonie et du bassin du Congo. Ils ne veulent certainement pas être à la botte d'un seul fournisseur de semences qui, en échange, exigerait des compensations en gaz et en pétrole. L'opération Bugs Bunny, le sort d'Aristee et de l'Institut européen, ils sont concernés au premier chef et ils ont besoin de vous, de moi, des sentinelles, des Black Green, de Gilles Damais, d'Élisabeth. Ils ont besoin de nous pour inverser la vapeur. Et puis nous avons un joker d'avance.

— Lequel ?

— Patrick Carbonel. Je vous promets que le Watergate, à côté de ce qu'il nous prépare, sera relégué à une dépêche AFP.

Un bruit de papier détourna leur attention, Jade attaquait une barre chocolatée.

— Désolée, mais je dois remonter. La pause est terminée.

— J'y vais moi aussi, dit Léo en sortant une grande enveloppe de son sac.

S'y trouvaient le rasoir récupéré dans le sac de

Roxane et un bâtonnet imprégné de sa propre salive. Elle tendit l'enveloppe à Eitan.

— Les prélèvements pour la comparaison ADN. Vous avez une idée de l'endroit où Werner Kaufman peut vous rencontrer ?

En route vers Montreuil, Léo appela Nath. Elle la retrouverait au squat avec Werner. Dans un drive, elle prit un hamburger accompagné d'un coca glacé qu'elle consomma au volant, puis elle laissa son véhicule dans le garage d'I3S.

Une rumeur inhabituelle altérait le ronronnement de la circulation. Elle accéléra le pas. Une déflagration éclata soudain. Au bout de la rue, des gens couraient au milieu des véhicules arrêtés dans un concert de klaxons. Deuxième déflagration. Des cris retentirent. Sirènes hurlantes, deux voitures de police la dépassèrent en trombe. À l'intersection au bout de la rue, des gens s'agglutinaient, la tête tournée vers le squat. De l'autre côté, des camions déversaient des forces de l'ordre, casquées et sanglées dans leur tenue de protection. Quelque chose était arrivé au squat. À l'approche du carrefour, elle ralentit et avança prudemment. Plus loin, à la hauteur du bâtiment désaffecté auréolé d'une fumée blanche, des femmes et des enfants étaient bousculés dans la plus grande confusion. Des hommes tentaient de s'interposer mais leurs mains nues étaient bien dérisoires face aux tonfas qui s'abattaient sur eux. Les hurlements d'enfants lui vrillèrent les tympans. Tétanisée, Léo observait ces hommes et ces femmes inoffensifs se faire embarquer sans ménagement dans de grands camions noirs. Une nouvelle déflagration se fit entendre. Un homme tomba à genoux, les mains sur le visage. Du sang se mit à couler entre ses doigts. Deux fonctionnaires le ramassèrent et le traînèrent. Une escouade courait maintenant au pas de charge vers le groupe où se trouvait Léo. Les bruits de leurs bottes résonnaient sur le macadam. Des ordres inaudibles furent jetés par un gradé. Une femme devant Léo pivota vivement tandis que l'escouade progressait, matraques et boucliers en avant.

— Putain, on va y avoir droit, cria-t-elle en détalant.

Une main saisit le bras de Léo. Nath l'entraînait.

— Bouge ! Bouge-toi, on va s'en prendre plein la gueule !

La dernière vision de Léo fut celle de l'escouade fondant sur des gens à quelques mètres seulement. Elle se mit à courir dans la foulée de Nath, son sac serré contre sa poitrine. Elles cavalèrent ainsi jusqu'à la première intersection où elles bifurquèrent. Une centaine de mètres plus loin, Nath la poussa dans une entrée. La porte refermée, Léo reconnut les lieux. Le couloir conduisait à la salle de réunion où elle les avait rencontrés pour la première fois. La fumée d'une cigarette lui chatouilla les narines, Werner Kaufman attendait derrière une pile de cartons dans l'entrepôt. Léo se laissa tomber sur une caisse en bois. Sa gorge était sèche, elle sortit une bouteille d'eau, en but une longue gorgée puis la tendit à Nath. Ses yeux lui piquaient, les gaz l'avaient atteinte.

— Que s'est-il passé ? demanda Léo en essuyant des larmes.

Nath donna un coup de poing dans un carton.

— Putain d'enfoirés d'enculés de flics !

L'empreinte de ses phalanges se dessinait dans le carton enfoncé. Werner répondit.

— Ils ont évacué le squat.

— Pourquoi ?

— La plupart sont des militants d'extrême gauche, ils dérangent.

La voix de Werner était étonnamment paisible et dénotait par rapport à Nath, en proie à une grande nervosité. Il lui prit le visage entre les mains.

— Calme-toi, Nath. Calme-toi.

— Merde, Werner, ils ont gazé des bébés, ils ont frappé des femmes, mais dans quel pays on vit ?

Des larmes coulaient sur les joues de Nath, il les essuya d'un revers de pouce.

— Ne fais pas leur jeu, nous avons aussi les moyens de lutter. Mais nous devons être forts, forts en dedans, là et là, dit-il en frappant successivement sa tête et sa poitrine.

Il posa ses lèvres sur les siennes. Le baiser était léger mais il suffit à lui arracher un sourire.

— Tu as raison, Werner, tu as raison. Mettons-nous au travail. Léo a quelque chose à nous montrer. Mais tu veux que je te dise, ces putains d'enfoirés d'enculés de flics, ils le paieront un jour !

Léo agréa malgré elle cette perspective peu probable.

Assis sur deux chaises de jardin, Nath et Werner fixaient l'écran stabilisé sur une image satellite du vaste carré de cultures avec en son centre le bâtiment blanc entouré de serres. Au fur et à mesure du visionnage du film, de la lecture des images satellite et des annexes commentées sobrement par Léo, leur visage s'était fermé, leur esprit à présent bien loin de l'évacuation mouvementée du squat.

— Comment as-tu pu avoir ces infos ? demanda Werner, méfiant.

— Un lanceur d'alerte américain. Il a exercé plusieurs années chez Aristee avant de se faire virer pour avoir travaillé contre les intérêts de l'entreprise.

— Il a accès aux images de la NSA ?

— Il semblerait qu'on ne soit plus tout seuls sur l'affaire.

— Ce qui veut dire que les Américains vont bouger ?

— Non, ils se contentent de fournir les images, c'est tout. En attendant de voir…

— Voir quoi ?

— L'opération qu'on va mener. L'opération Bugs Bunny.

— Comment ça, ON ?

— Les Black Green, moi… L'objectif est de s'introduire sur le site pour prélever des plants issus des semences Liquidator, et récupérer des échantillons de l'agent doré et du *Sementis amylovora*. Toute l'opération sera filmée par l'un de nous, un film que nous montrerons quand nos échantillons auront été expertisés et validés.

— Mouais…

— Ce n'est pas la première fois que les Black Green pénétreront sur un site protégé. Vous êtes plutôt bien entraînés pour ce type d'action offensive, non ?

— Oui, tu as raison, si on oublie que nous avions en face de nous des agriculteurs armés de fourches et parfois d'un fusil, mais certainement pas de mitrailleuses, de fusils d'assaut et de drones.

Werner se leva, mains sur les hanches. Son ton n'était plus très zen.

— T'as pas l'air de réaliser de quoi tu parles. C'est bien le reflet d'une mentalité de gratte-papier qui a passé sa vie derrière des écrans d'ordinateur à donner des ordres. Tu as déjà été sur le terrain pour de vrai ?

Léo ne répondit pas, Werner suivait le chemin tracé. Il continua.

— En théorie, ton plan fonctionne et on est OK pour y aller. Mais on a besoin d'équipement. Il nous faut des véhicules, des armes et des tas d'autres choses. Une opération pareille face à cinquante types armés, ça ne s'improvise pas. Il faudra des semaines pour réunir le matériel, faire des repérages, organiser la logistique. Et la neutralisation des minidrones, on fait comment ? On n'aura pas passé l'enceinte qu'on sera déjà tous carbonisés. Moi je veux bien conduire toutes les opérations que tu veux mais sur ce coup-là, on est un peu short, crois-en mon expérience.

Découragé, il se rassit en secouant la tête.

— L'opération Bugs Bunny, tu parles ! Apporte-moi une caisse de carottes et on en discute.

Werner était en colère, contre lui-même, contre son impuissance, son incapacité à agir. Ses poings serrés, la lueur au fond de ses pupilles, le battement de l'artère le long de son cou, tout dans son attitude trahissait le besoin d'en découdre en admettant ne pas en avoir les moyens.

— Et si je t'apportais un container de carottes, fit doucement Léo. Avec l'assistance, la logistique, l'organisation.

— Faut voir…

— On peut voir maintenant, si tu veux.

Werner Kaufman avait bien voulu. Léo avait appelé Eitan. Il les attendait à l'agence de voyages près de l'Opéra. Léo et les Black Green s'étaient séparés sur le trottoir, ils se retrouvaient sur place.

La fille de l'accueil leur fit un léger signe de tête quand ils passèrent devant le comptoir pour se rendre dans l'arrière-boutique. Dans la pièce sombre bardée de matériel électronique et informatique, Léo présenta Ariel et Eitan par leur prénom, ce qui eut l'effet d'un électrochoc sur Werner.

— Putain, je le crois pas ! Le Mossad ! Merde Léo, c'est pas réglo ! C'est pas réglo du tout !

Comme dans l'entrepôt, il tourna à nouveau sur lui-même les mains sur les hanches.

— Je ne travaille pas pour le Mossad. Hors de question !

— C'est pourtant déjà fait, corrigea Léo avec calme. Les renseignements que je t'ai donnés ont été fournis par le Mossad et je te rappelle que tu n'as pas été très regardant sur leur provenance. Tu as su les exploiter, très intelligemment il faut l'admettre, et ton mouvement est en train de renaître. Comme autrefois, on reconnaît à nouveau en toi un leader incontesté en matière de lutte contre les OGM, tu as redoré ton blason. Et c'est grâce au Mossad. Aujourd'hui, ils veulent bien t'assister dans une opération délicate qui mettra à genoux le premier semencier mondial. Ça vaut bien de mettre un mouchoir sur quelques principes, non ? Cela dit, rien ne t'empêche de dire ce que t'as sur le cœur.

Léo évoquait son engagement propalestinien pendant ses longues années de militantisme. Eitan ne l'ignorait pas. L'écologiste défia l'agent israélien durant de longues secondes, mettant certainement dans la balance les enjeux et l'intérêt des Black Green à aller au bout d'une telle opération. Le changement de posture de Werner annonça sa décision avant qu'il la formule.

— Vous voyez les choses comment ?

Ils y passèrent l'après-midi. L'équipe de Campanie leur avait envoyé les premières images. Tout autour du site, c'était la pampa. À pied ou en véhicule, personne ne pouvait approcher sans risquer d'être vu. Sauf par l'ouest, couvert par un grand bois de chênes et de conifères qui mourait à quelques mètres du chemin de ronde longé par l'enceinte et où patrouillaient les Hummer. Werner ne fit pas obstacle à ce qu'Ariel dirige l'opération, admettant son expérience, à la condition que sa propre parole soit prise en compte lorsque surgiraient des problèmes. Eitan proposa qu'ils se retrouvent le lundi suivant.

— Il est probable que je me rende dans la Drôme ce week-end, dit Léo en consultant sa montre. Je vais à la salle de sport, vous les avez logés depuis hier ?

— Leur quartier est localisé, ils habitent dans un ensemble d'immeubles. On vérifie les appartements. Ils sont très malins, Léo, et ils ont déjà pu vous repérer. Soyez discrète.

Être discrète n'était pas dans l'intention de Léo. Bien au contraire. Entendre la voix de sa fille était devenu une priorité, presque une obsession, et pour cela elle avait un plan. Un plan astucieux et Pouchkine l'aiderait. À condition d'arriver juste après Roxane.

Elle s'installa dans le bar d'une rue perpendiculaire qui offrait une vue à la fois sur l'entrée de Vercors Gym et sur la bouche de métro. Elle avait à peine terminé sa consommation que les têtes blondes coiffées de casquettes émergèrent du métro. Elle les laissa entrer dans la salle de sport et examina les gens qui les suivaient. Une femme et un enfant, un jeune avec un skate sous le bras, un couple d'anciens, un homme en bras de chemise et chapeau de paille avec un sac à l'enseigne d'un marchand de vin. Ils continuèrent leur chemin comme si de rien n'était. Léo n'avait même pas pu localiser son ange gardien malgré sa position stratégique. Elle ramassa son sac de sport et fila en direction de la salle.

Dans le vestiaire, moins de monde que les autres jours. Sans doute la proximité du week-end. Roxane était au fond, dans l'angle du mur. Après avoir lancé un bonjour à la cantonade, Léo s'assit non loin de sa fille. Seulement un mètre les séparait mais elle ne lui jeta pas un regard, concentrée sur l'ouverture de son sac. D'un geste un peu brusque, elle en sortit sa tenue de sport, entraînant dans la manœuvre un livre qui tomba pratiquement sur les pieds de Roxane. Les caractères cyrilliques du titre se détachaient sur la couverture ornée du portrait du grand dramaturge russe. Comme Léo esquissait un geste pour le ramasser, Roxane le saisit, l'ouvrit un bref instant puis le tendit à Léo. Sa voix aux intonations un peu basses et légèrement rauques résonna en russe.

— La Russie sans Pouchkine, comme c'est étrange.

Léo saisit le livre, répondit machinalement merci dans la même langue, incapable d'articuler autre chose tant son cœur battait. Sans cesser de la fixer, Roxane se leva et sortit du vestiaire.

La démarche un peu raide, Léo gagna la salle des cours collectifs. La séance était sur le point de commencer, Lindsay ajustait son casque-micro. Léo attrapa un tapis et le posa dans le coin opposé à la diagonale de Roxane malgré d'autres places bien plus proches. Cuisses-abdos-fessiers était l'entraînement du moment, Léo suivit docilement les instructions jusqu'à la fin du cours, attentive à chacun de ses mouvements. Pas une seule fois elle ne tourna la tête vers Roxane ou vers son reflet dans le miroir mural. Un malaise alimenté par le sentiment d'avoir commis une faute irréversible s'insinuait peu à peu. Elle avait merdé. Gravement. Roxane avait lu en elle comme dans un livre imprimé en gros caractères. Une erreur qu'elle eut soudain peur de payer au prix fort.

Elle prit une douche rapide et quitta la salle toutes voiles dehors. Comme elle filait vers le parking, son téléphone sécurisé sonna. Eitan.

— Vous êtes contente ?

— Quoi ?

— Surtout ne vous retournez pas. Le Lituanien est sur vos traces, il vous file.

— Il ne va pas aller bien loin, j'arrive au parking.

Léo bifurqua soudain dans une allée pavée desservant des maisons cossues.

— Je ne peux pas aller à ma voiture, il va relever le numéro et saura qui je suis, où j'habite…

Eitan se mit à rire. Un rire forcé, ironique.

— Vous pouvez y aller sans problème. À l'heure

qu'il est, votre visage est dans la mémoire de l'un de leurs téléphones et vous serez identifiée dans moins d'une heure. Non, vous récupérez votre voiture et vous rentrez. Qu'est-ce que vous avez fabriqué pour qu'ils vous repèrent ?

— C'est à cause de Pouchkine. Elle a cité Gogol. « La Russie sans Pouchkine, comme c'est étrange », répéta Léo en russe.

— Et elle va rentrer au pays. Mais ça, ce n'est pas étrange parce que c'était prévu. On vous l'avait dit, Léo, il ne fallait pas vous faire remarquer. Jamais les Russes ne la lâcheront.

— Vous les voyez quand ?

— Lundi matin.

— Je veux y être.

— Je ne sais pas si…

— Si, vous savez. Vous savez que j'ai atteint mes limites. Je refuse d'avancer d'un pas si on ne discute pas sérieusement autour d'une table. Roxane est ma seule et unique priorité, tout le reste passe au second plan, même ce que mes petits-enfants pourraient trouver dans leur assiette en 2020. Là, tout de suite, je m'en contrefous. Nous devons trouver une solution. Et cette solution passe par les Russes. Je veux les voir.

Léo était arrivée à son véhicule. Elle s'installa au volant et verrouilla les portes, un œil dans le rétroviseur, les abords. Le parking souterrain était désert.

— Allez vous mettre au vert dans la Drôme ces deux jours, nous en reparlerons lundi.

— On en parle tout de suite. Je veux la garantie de rencontrer les Russes lundi.

— …

— Sinon, j'arrête tout !

— OK. Léo. OK. Vous les verrez lundi. Demain, à quelle heure part votre train ?

De bonne grâce, Léo lui donna les horaires. Son seul ange gardien du week-end serait Marc Deschamps, les Israéliens la récupéreraient à la gare de Lyon le dimanche soir.

— Prenez du bon temps ce week-end, Léo. Profitez-en car nous ne savons pas ce que nous réservent les prochains jours. Appelez-moi au moindre problème, au moindre doute.

Léo promit et prit la direction du XIVe arrondissement. La beauté froide, un peu intimidante, de Roxane l'accompagna jusqu'à son appartement où elle mit une machine en route, ayant rejeté toutes les autres images, satellitaires ou pas.

Marc l'attendait sous le panneau d'affichage. Sa chemise et son pantalon en lin blanc sur un léger bronzage lui donnaient ce charme viril, un peu exotique, propre au temps des vacances. Deux femmes encombrées de valises griffées ne s'y trompèrent pas quand elles le dépassèrent. Léo le surprit dans son dos.

— Je n'ai pas rêvé, tu te fais draguer !

Un sourire joyeux collé aux lèvres, il déposa un baiser léger sur sa joue. Léo aussi était habillée de lin blanc. Un spencer sur une jupe longue ajustée sur les hanches et un peu évasée sur le bas lui allongeait la silhouette et lui donnait l'inaccessibilité des voyageuses de la Compagnie des Indes. Philippe le lui avait dit très sérieusement lorsqu'elle avait porté cet ensemble pour la première fois. Marc se contenta d'un « Tu es superbe ! ». Il lui prit le bras et l'entraîna vers le quai où leur train était annoncé. Ils montèrent dans la première rame et s'installèrent sur deux fauteuils face à face. En galant homme, il lui avait proposé celui du sens de la marche après s'être chargé des bagages. Les haut-parleurs de la rame déversèrent des annonces puis le train glissa sur les rails.

Depuis son arrivée dans la gare, un sentiment la prenait au dépourvu. Une excitation retenue mêlée à la sensation d'être désirable. Elle l'avait éprouvée quelquefois lors de ses premiers rendez-vous avec les hommes qui avaient compté, comme Evgueni et Philippe, et avec d'autres qui n'avaient fait que traverser sa vie. Qu'elle puisse encore le ressentir aujourd'hui l'enchantait et l'inquiétait à la fois. La protection de sa cuirasse n'était qu'apparente, de nombreuses entailles laissaient son flanc à découvert. Elle osait croire que l'homme qui l'accompagnait lui permettrait de réparer certaines d'entre elles, même si les cicatrices restaient visibles. Dès la sortie de la gare, le soleil envahit la rame et les stores se baissèrent un à un. Marc avait emporté plusieurs magazines, sans doute en prévision d'un voyage solitaire. Une couverture attira l'attention de Léo. Sur fond de culture de maïs, Werner Kaufman tout de noir vêtu, un bandana autour du front. La photo datait de quelques années et avait été reprise pour expliquer les derniers événements secouant le premier semencier mondial. Léo parcourut l'article, rien de ce qui était écrit ne lui était inconnu. Forcément. Marc lui souriait.

— Tout à l'heure, on ira au marché et on t'achètera un chapeau.

— Oui c'est une bonne idée. On achètera un chapeau et des olives.

Ils rirent, bêtement, seulement parce qu'ils étaient heureux d'être ensemble. Léo reposa le magazine et ferma les yeux, confiante. Avec lui, il ne pouvait rien lui arriver.

Elle somnola jusqu'à Valence et se réveilla dans l'ombre des hautes structures en béton. L'architecture avait un côté orwellien qui la rendait à la fois perplexe et admirative. Marc posa le magazine qu'il lisait.

— Tu veux que j'aille te chercher un thé, ou autre chose ?

Elle le remercia et attrapa une bouteille d'eau dans son sac. Le soleil, plus haut, leur permit de relever le store sans être éblouis. Au loin, un halo diffus dévalait les contreforts du Vercors qui, à cette heure du jour, avaient la couleur de l'ardoise. Les vergers disputaient la campagne aux champs de blé et de maïs. Des images de la Campanie se substituèrent au paysage drômois. Elle les chassa d'un mouvement d'épaule qui n'échappa pas à Marc.

— Tu vas bien ?

— Quand tu m'auras acheté le chapeau, on s'offrira un verre de vin blanc avec des olives en terrasse.

La sensation d'avoir parcouru des milliers de kilomètres la saisit quand ils abordèrent le marché. Le spectacle offert était si éloigné de son quotidien qu'elle se demanda comment un lieu pareil pouvait se trouver à moins de trois heures de Paris. Ils avaient laissé les bagages dans le coffre de la voiture de location et déambulaient maintenant au milieu des étals chargés de tissus colorés, de savonnettes odorantes, d'objets façonnés dans l'olivier, de vaisselle en faïence agrémentée de cigales et de tout ce que peut recéler la Provence. Et bien sûr, il y avait les olives. Ils achetèrent des noires un peu fripées et un panier en osier pour les transporter. Un vendeur de biscuits lui proposa de goûter des navettes à la fleur d'oranger, elle en prit un gros sac, prévoyant d'emporter le reste à I3S, maigre témoignage des effluves et des couleurs qui baignaient généreusement la place entourée par des arcades ombrageuses. Nyons était une petite ville où le bonheur paraissait à portée de main. Un bonheur simple et sans prétention pour qui savait le conjuguer.

Trouver un chapeau à sa taille se révéla être l'activité la plus compliquée de la matinée. Léo avait une grosse tête. Marc le lui dit après qu'elle eut essayé une dizaine de modèles, y compris ceux des années 70 avec les pivoines rouges. Chaque essayage déclenchait des rires qui intriguèrent la marchande, ne sachant visiblement sur quel compte le mettre.

— C'est bien des Parisiens, ça. C'est sûr que chez vous, des chapeaux, vous ne pouvez pas en mettre. Avé le masque pour pas respirer la pollution, c'est pas très gracieux.

Marc la rassura aussitôt.

— Non, non, Madame, on ne rit pas de vos chapeaux. Mais vous ne trouvez pas qu'elle a une grosse tête ?

— Sûrement qu'elle est bien pleine, lâcha la marchande soudain rassurée.

Elle se mit à fouiller des cartons pour en trouver un autre qu'elle lui enfonça sur le crâne.

— Mais c'est vrai qu'elle a une grosse tête, la dame. À mon avis, il n'y a plus que les chapeaux pour ces messieurs qui peuvent aller, conclut-elle.

Elle alla lui chercher un Stetson en paille naturelle avec un ruban noir.

— Boudiou qu'elle est grande ! Vous avez été nourrie aux maïs OGM, vous ! s'écria-t-elle avec un clin d'œil à sa voisine d'étal qui assistait à l'essayage.

Léo lui rappela gentiment qu'il n'y en avait pas à son époque.

— Peuchère, elle a raison la dame. Nos pauvres gamins, avec quoi on va les nourrir maintenant, fit-elle en prenant à nouveau sa voisine pour témoin. T'as vu les tomates d'Espagne ? Elles ont la grosseur de la tomate, la couleur de la tomate mais pas le goût. Les tomates d'Espagne, elles n'ont aucun goût. C'est la faute des Parisiens. Je dis pas ça pour vous, Messieurs Dames, mais les autres, ils veulent des tomates toute l'année, alors forcément, c'est plus des tomates. Moi des tomates, j'en mange deux mois par an et le reste du temps, je les regarde pousser dans mon jardin. Et les fraises, vous voulez que j'vous dise pour les fraises ?

Ils ne voulurent pas savoir pour les fraises, Marc paya le Stetson et ils s'en furent, bras dessus bras dessous. Léo acheta de l'huile d'olive et du miel puis ils s'installèrent à la terrasse d'un café à l'ombre des arcades. Derrière ses solaires, Marc l'observait avec amusement.

— Tu sais à qui tu me fais penser ?

N'obtenant pas de réponse, il continua.

— À C.J. Cregg dans *The West Wing*.

— Tu connais cette série ? s'étonna Léo qui avait visionné les sept saisons, 155 épisodes qui mettaient en scène la vie quotidienne d'un président démocrate des États-Unis et de son équipe de collaborateurs installée dans l'aile ouest de la Maison Blanche.

— Oui, je l'ai regardée trois fois, avoua Marc.

Inspirés par un vin blanc nyonsais bien frais, ils décortiquèrent les scènes cultes, se remémorant des séquences oubliées et d'autres, inoubliables. Les olives donnèrent à leur conversation une tournure estivale et insouciante qui égaya Léo. Il y avait si longtemps qu'elle n'avait ressenti cet état d'esprit, il l'étourdit autant que le vin. Heureux de partager une passion commune, ils en explorèrent tous les tenants avant de traverser la place pour s'installer sous les arcades opposées qui abritaient un restaurant au menu très provençal. Le marché tirait à sa fin. Dégustant des toasts de tapenade, ils observaient les forains ranger leur matériel. Au dessert, le silence et la chaleur avaient succédé au remue-ménage bon enfant. Léo les accueillit avec un brin d'amertume, sachant que dans les heures à venir, cette place serait réduite à l'état de souvenir. Elle refusa le café.

— J'ai plutôt envie d'une douche.

— Avant ou après la piscine ?

La piscine bordait la maison en U, composée de trois ailes de plain-pied au milieu des champs d'oliviers à perte de vue. Pour y accéder, ils avaient longé un chemin étroit, par endroits si étranglé que Léo avait fermé les yeux pour ne pas voir la voiture frôler l'accotement sans garde-fou au-dessus de l'Eygues une trentaine de mètres plus bas.

— Jamais personne ne s'écrase en bas ? avait-elle demandé d'une voix blanche.

— Quelquefois. Disons qu'il faut être sobre pour franchir cette partie du chemin.

Elle s'était refusée à comptabiliser le vin blanc bu à l'apéritif et le rouge qui avait accompagné leur repas. Son appréhension n'avait pas échappé à Marc.

— Encore cent mètres et on sera au milieu des champs. Tu entends les cigales ?

Il était difficile d'en faire abstraction. Leur grincement assourdissant emplissait l'air sec et léger, surchargé de senteurs indéfinissables qui évoluaient au gré du chemin pierreux. La luminosité était telle qu'on clignait des yeux, malgré les lunettes de soleil.

Léo s'accroupit au bord de l'eau et trempa la main.

— Viens, dit doucement Marc dans son dos, je vais te montrer ta chambre.

La pièce aux murs de crépi blanc et aux tommettes vermillon était plongée dans une pénombre garante de fraîcheur. Marc la traversa et poussa les volets de la porte-fenêtre qui donnait sur une oliveraie sans fin. Léo huma l'air parfaitement respirable malgré la chaleur. Celui de la capitale l'empoisonnait à petit feu.

— Tout appartient à ta tante ? demanda Léo, un index en direction des arbres.

— Seulement jusqu'au niveau de l'olivier avec un gros tronc biscornu. Après, c'est aux voisins.

— Il n'y a pas de mur de séparation ?

— Pour quoi faire ?

La chambre était agréable et la décoration de bon goût, en harmonie avec la sobriété de l'endroit.

— Ma chambre est de l'autre côté du salon, si par hasard tu la cherches cette nuit, ajouta-t-il avec malice. Si tu veux te reposer, te baigner, lire, dispose de la maison comme tu l'entends. Tu es chez toi, Léo.

Ils se tenaient de part et d'autre du lit, un peu figés, un peu gauches, dans ce lieu où personne ne viendrait troubler leur intimité. Léo le remercia.

— Tu me trouveras dans la piscine, dit-il avant de sortir.

Une corbeille d'abricots et d'amandes était disposée sur un guéridon en prolongement d'une armoire aux dessins naïfs. Elle s'assit sur le lit couvert d'une mince couette. Il devait faire bon, la nuit dans le Nyonsais. Elle tira les volets, autant pour conserver la relative fraîcheur de la chambre que pour protéger sa nudité, puis elle se déshabilla.

Marc nageait. Elle se mouilla la nuque et plongea à ses côtés, calquant son rythme sur le sien, tranquille. Il s'arrêta au bout d'une vingtaine de longueurs, Léo en parcourut encore quelques dizaines. Assis sur le rebord, les pieds dans l'eau, il applaudit la performance en toute sincérité.

— Bravo ! Quelle nageuse ! Et quel style !

— Plus jeune, j'ai fait de la plongée, expliqua Léo en se hissant sur la margelle. J'en ai gardé une certaine résistance.

Le bras tendu, il lui indiqua un matelas à l'ombre d'un grand parasol carré de couleur jaune.

— Les serviettes et un peignoir.

En marchant, elle sentit son regard dévaler ses reins. Marc ne cachait pas son attirance pour elle. Il la convoitait avec une patience doublée d'une certaine fatalité, comme un gosse attendant que sa mère accède enfin à sa demande. Une demande latente et silencieuse, dépourvue de cette insistance qui pourrait agacer. Il patientait. Tout simplement. Elle se sécha les cheveux, s'enroula dans une serviette et s'allongea dans l'ombre du parasol.

— Tu as arrêté la plongée ? demanda-t-il en venant s'asseoir à ses pieds.

— À la dernière sortie il y a six ans, l'amie avec qui je plongeais n'est jamais remontée. On était dans une grotte accrochée à un îlot au large du Viêtnam. Il faisait sombre, je l'ai perdue de vue quelques secondes.

— Qu'est-ce qui s'est passé ?

— Le légiste a diagnostiqué un accident de décompression. Elle a sauté un palier pour une raison indéterminée, je ne sais pas pourquoi. Mina était une plongeuse expérimentée, de meilleur niveau que moi.

Léo était rentrée seule du Viêtnam, la mort dans l'âme, passant ses nuits et ses jours à se demander à quel moment elle avait failli. Philippe était parvenu à lui faire admettre qu'elle ne pouvait porter la responsabilité des accidents, des morts qui émaillaient son chemin. Le visage volontaire de Khaled s'imposa, celui de Sam Gates, de Marius Bertillon, de Belinda, de Marlène Berger, d'Edgar Lasserre, de Marc Peyrat, de Miranda, ajoutés à celui des hommes qui avaient compté, son père, Philippe ou Evgueni. Non, certes, elle ne les avait pas tués, mais seraient-ils encore en vie si leur route n'avait pas croisé la sienne ? Une question souvent posée à laquelle elle répondait invariablement : sans aucun doute.

Attentif au trouble qui commençait à emmurer Léo, Marc se rappela à elle et dégagea de son front une mèche humide. Il proposa d'aller leur chercher de l'eau fraîche.

Une sensation de brûlure sur le pied la sortit de ce songe étrange où Marc nageait dans l'étang saturé de gasoil, la surface de l'eau crevée par des pics métalliques rouillés. Le soleil s'était invité sous le parasol, elle avait dû dormir un bon moment. Aucun bruit de moteur, aucun ronronnement, même lointain, seulement le crépitement des cigales. Une bouteille d'eau et un verre se réchauffaient sur un tabouret en tek à côté de son transat. Elle but l'eau tiède au goulot en observant Marc dériver sur un matelas au milieu de la piscine. Sa peau s'était cuivrée sous le soleil, il paraissait dormir. Elle se leva et, sans bruit, se glissa dans l'eau. Le bain acheva de la réveiller, elle le reçut comme l'un de ces petits bonheurs qui enjolivaient sa journée depuis le matin. Alors qu'elle contournait le matelas, il plongea la main dans l'eau et tenta de la saisir. Ses doigts ne firent que glisser sur sa peau, un geste un peu plus vif le fit chavirer. Léo s'échappa et crawla jusqu'au bord. Il la rejoignit en quelques brasses mais resta à une distance respectable, sans doute le souvenir de leur premier bain à Paris.

— Que veux-tu faire ce soir ? Soit on dîne en ville, soit ici. Si tu veux rester, j'ai tout prévu.

— Quelqu'un t'a fait les courses ?

— Une voisine charmante. Elle a préparé quelques spécialités.

L'idée de franchir à nouveau le grand canyon de la mort emporta sa décision.

— On est bien ici.

Ils nagèrent encore puis sortirent de l'eau quand les ombres s'étirèrent. Le soleil s'inclinait derrière le rideau de pins et d'oliviers. De retour dans sa chambre, elle sentit ce tiraillement dans les cuisses et les bras, prix de l'effort fourni.

Dans le jour déclinant, les feuilles des oliviers avaient perdu leur reflet argenté et l'herbe ses dorures. Le loquet du volet de la porte-fenêtre avait glissé et les battants s'étaient écartés. Elle scruta l'oliveraie, à l'affût d'un signe de vie. Rien, sauf les cigales qui revendiquaient haut et fort leur occupation des lieux. Léo s'enferma dans la salle de bains et en ressortit aussitôt pour récupérer sa trousse de maquillage oubliée dans son sac. Elle se figea quand elle l'aperçut. Il n'était pas dans la position où elle l'avait laissé, c'était une certitude. Une seule des deux anses était coincée contre le mur. Son sac avait été déplacé. Elle jeta un œil à l'extérieur puis vérifia son contenu.

Portefeuille et téléphones s'y trouvaient toujours. Pour accéder au smartphone sécurisé, il fallait un code et toute tentative d'intrusion était détectée. Elle le contrôla. Personne n'avait tenté de l'utiliser. Se pouvait-il que Marc ait fouillé son sac pendant son assoupissement au bord de la piscine ? C'était peu probable. La charmante voisine désirait-elle connaître une rivale potentielle ? Un visiteur aurait emporté son portefeuille et les objets de valeur. Ou peut-être bien que dans l'euphorie de son arrivée sur ce site idyllique, elle avait tout simplement oublié ses petites habitudes sécuritaires. Léo avait depuis toujours celle de regrouper les deux anses de son sac contre un mur, un pied de bureau ou autre.

Assise sur le lit, elle contemplait le paysage avec l'attention d'un amateur devant une toile. Depuis quelque temps, la pression à laquelle elle était soumise générait de fréquents états de stress et d'angoisse. Les palpitations, les mains moites, la bouche sèche, les légers tremblements, autant de signes trahissant ses limites. Des symptômes qui dévoilaient des dérives mentales comme la paranoïa dont elle était la proie à ce moment très précis. L'assumant jusqu'au bout, elle s'enferma dans la salle de bains avec son sac.

Quand elle rejoignit Marc dans le coin cuisine ouvert sur le salon, une dame d'un certain âge expliquait à quelle température on saisissait les poivrons au four pour pouvoir les peler facilement. Un panier ventru avec des choses emballées dans du papier d'aluminium trônait sur la table. Marc présenta la dame.

— Mélanie, la voisine dont je t'ai parlé.

Un sourire chaleureux éclaira son visage buriné par

des années de soleil. Sa peau sillonnée par de fines rides avait la texture d'une pomme reinette oubliée dans un placard. Elle serra la main de Léo avec vigueur, visiblement ravie de faire sa connaissance. Il était évident que la voisine n'était pas venue fouiller son sac. Mélanie accepta le verre de porto que lui offrit Marc et énuméra les plats cuisinés par ses soins : beignets d'aubergine à l'anchois frais, concassé de tomates, pissaladière, confit de poivrons, gratin de sardines aux herbes potagères et soupe de pêches à la verveine. Et bien sûr de la tapenade noire et verte. Léo était épatée et le manifesta en toute sincérité.

— Je ne vois pas souvent Marc, et ça me fait plaisir de lui faire plaisir, surtout s'il est en bonne compagnie, ajouta Mélanie, taquine.

— Et il l'est souvent ?

Décontenancée, la dame plongea le nez dans son verre et le vida d'un trait. Léo éclata de rire.

— Je plaisantais, Mélanie. C'est un jeu entre Marc et moi.

Pas très au fait des règles de ce jeu curieux, elle accepta un second porto pour se remettre et s'éclipsa dès son verre avalé. Comme elle disparaissait derrière la maison, Marc lui cria son remerciement.

Le regard tourné vers l'horizon embrasé, ils étaient debout sur la terrasse. Le silence écrasait la campagne pétrifiée.

— Elles sont passées où, les cigales ? demanda Léo à voix basse.

— Elles se couchent avec le soleil.

Marc avait l'air soucieux.

— On dirait qu'il va y avoir de l'orage.

Comme pour accréditer sa prédiction, des branches

se mirent à bruisser, titillant le silence crépusculaire. Marc estima préférable de dîner à l'intérieur. Il allait fermer les volets de la maison quand il aperçut le sac de Léo en bandoulière sur son épaule. Sa main se posa sur l'anse.

— Laisse-le dans ta chambre.

— Non, je préfère le garder avec moi.

Il ne lui en demanda pas la raison et disparut dans le couloir. Léo posa son sac sur le canapé et attendit qu'il revienne, le regard vers l'horizon qui s'obscurcissait. Une bande nuageuse s'était mise à grignoter le doré du ciel par l'ouest et ternissait sa luminosité.

La baie vitrée était encore ouverte quand ils mordirent dans le premier toast de tapenade. Des feuilles couraient sur la bâche de la piscine, d'autres tourbillonnaient au-dessus des dalles ocre, annonciatrices d'agitation et de colère. Des ombres inquiétantes s'étaient substituées à la douceur tranquille des lieux et s'aventuraient jusqu'au seuil. Une plus hardie lécha leurs pieds, avec dans son sillage un souffle chargé de débris végétaux. Des grondements succédèrent aux éclairs qui entaillaient le ciel de toutes parts. Marc tira la baie vitrée, alluma des bougies et mit un CD. Les notes de jazz adoucirent la plainte lugubre du vent. Léo finit par le tolérer, aidée par le vin et les mets aux saveurs délectables. Les premières gouttes s'écrasèrent sur les vitres au moment des pêches, témoignages juteux d'une soirée d'été malmenée. Marc baissa les volets électriques, un sourire contrit sur les lèvres.

— Désolé, mais nous allons devoir nous confiner. Je te propose un film, une partie de scrabble, une séance d'épouillage, un strip-poker, ce que tu veux.

Ils avaient passé la soirée à parler du fils disparu

avec qui il passait ses congés d'été dans cette maison, de son métier de policier, de ses enquêtes, de tout et de rien. De rien surtout en ce qui concernait Léo car elle n'avait pu lui faire part de ce qui lui tenait le plus à cœur, sa fille retrouvée. Le secret lourd et encombrant lui pesait et elle s'était concentrée sur la souffrance de Marc pour étouffer la sienne. Elle avait envie de se vider la tête en visionnant un film. La vidéothèque composée d'incontournables était très éclectique. Après avoir hésité, elle préleva un film de Spielberg et le lui montra dans la cuisine où il rangeait au frais les plats de Mélanie.

— *Munich* ! Quelle idée ! T'as pas envie de quelque chose de plus drôle ?

— Comme *Les Bronzés* ou *La Vache et le Prisonnier* ? Non, je préfère *Munich* même si je l'ai déjà vu.

— Avec ton mari ?

Oui, avec Philippe un dimanche soir. Après la séance, ils avaient dîné dans une pizzeria où ils en avaient discuté, confrontant leurs convictions et leurs points de vue. Combien lui manquaient leurs conversations à bâtons rompus. Ses seuls secrets concernaient alors certains dossiers Cristal Défense, mais tout ce qui la touchait d'une manière très personnelle, elle le lui livrait en toute confiance parce qu'il était alors la seule personne dont la justesse de jugement lui apportait apaisement et tranquillité d'esprit. L'amour que l'on portait à un homme était unique et irremplaçable, et, même si ce sentiment présentait des similitudes universelles, il était différent d'une personne à l'autre, irrémédiablement différent. Ce qu'elle ressentait ce soir-là pour Marc n'était pas de l'amour, seulement un embryon d'amitié mâtiné d'affection et d'abandon.

Si, par moments, elle éprouvait pour lui une attirance qui partait du ventre, elle craignait que le souvenir des effusions très charnelles avec son mari tant aimé obscurcisse son désir et asservisse sa libido.

La tête posée sur un coussin contre les cuisses de Marc, elle suivit le film en savourant un beaumes-de-venise accompagné de quelques calissons. Ses papilles étaient à la fête et elle se demanda si sa gourmandise ne suppléait pas son déficit d'appétence sexuelle. Seul Philippe aurait pu répondre à pareille interrogation.

— Tu as aimé ? demanda Marc quand il arrêta le lecteur de DVD à la fin du générique.

— Oui, même si c'est totalement irréaliste.

Il haussa un sourcil.

— Le film est tiré d'une histoire vraie.

— Certes, mais il n'est pas du tout fidèle aux faits. Le Mossad ne procède pas de cette façon, il est beaucoup plus structuré. Dans le film, on ne voit qu'une équipe, mais en réalité, il y en avait plusieurs : l'équipe des contrefaçons, celle des explosifs basée à Tel-Aviv, une autre qui créait des boîtes aux lettres mortes dans une douzaine de capitales européennes pour recevoir les messages des informateurs. Il y avait celle chargée des planques pour les réunions secrètes, et aussi les yalomin, l'unité de communication du Mossad qui s'occupait d'installer les écoutes chez les terroristes. Rien à voir avec le film. Et puis Spielberg est ambigu sur le Kidon.

— Le Kidon ? coupa Marc.

— L'unité d'élite qui procède aux éliminations. Contrairement aux personnages du film, les kidonim n'ont pas eu d'état d'âme, ni de doute sur la moralité de leurs actes. À la fin de l'opération, ils n'ont montré aucun signe de trouble personnel comme dans le film. Pour eux, ce n'était qu'une mission soutenue légalement par l'État d'Israël, qui traque et abat les terroristes quand il est impossible de les arrêter selon les méthodes habituelles pour les conduire devant un tribunal.

Sur le point d'ajouter autre chose, Léo s'abstint car Marc la regardait d'un drôle d'air.

— D'où tu sais tout ça, toi ? demanda-t-il.

Un puissant coup de tonnerre amplifié par la vigueur du relief les fit sursauter. Tout aussi tonitruants, d'autres suivirent, accompagnés d'une pluie diluvienne battue par les vents. Elle le fixa avec inquiétude. Il la rassura :

— On ne risque rien, c'est beaucoup de bruit pour pas grand-chose, tu peux me croire. Viens, dit-il la main tendue, je vais te montrer où est ma chambre.

— Pourquoi veux-tu que je vienne dans ta chambre ?

— On ne sait jamais, Léo.

Face à sa moue dubitative il se justifia, l'air faussement humble.

— Je suis un homme attirant, en pleine force de l'âge, très désireux de…

Prise d'un fou rire, elle lui plaqua la main sur les lèvres.

— Je refuse d'entendre tes obscénités, je suis une fille bien éduquée et…

Elle se tut, il lui embrassait la main goulûment, comme s'il allait la dévorer. Léo se dégagea, le sternum comprimé par les rires. Des larmes lui troublaient la vue. Elle les essuya d'un revers de main et détala en direction de sa chambre.

Il ne l'avait pas suivie. Le dos contre la porte, elle haletait, incertaine de ce qu'elle désirait vraiment. Elle fut un moment tentée d'aller le retrouver mais elle se ravisa. Plus tard. La journée avait débuté comme elle s'était achevée, délicieuse et charmante. Elle n'était pas sûre de vouloir y ajouter autre chose.

Les coups de tonnerre avaient perturbé son premier sommeil, puis la fatigue avait eu raison de sa résistance et elle avait fini par succomber.

Ce n'est pas le bruit qui l'alerta mais l'odeur. Une odeur de chien mouillé venait d'envahir sa chambre. Elle ouvrit les yeux et chercha un point de repère dans l'obscurité. Il lui fallut plusieurs secondes avant de se souvenir où elle se trouvait. À Paris, sa chambre n'était jamais totalement dans le noir en dépit des volets fermés et des rideaux tirés, les lumières de la ville parvenaient à s'infiltrer dans les interstices. La lampe était à sa droite, il suffisait de tendre le bras pour allumer mais elle ne parvenait à s'y résoudre, l'odeur de chien mouillé l'en empêchait. Tout proche, elle crut entendre un froissement, étouffé par la pluie qui tombait dru. Soudain, un éclair illumina la nuit et un rai de lumière transperça les ténèbres. Le faisceau buta contre un obstacle entre la fenêtre et le lit. Quelqu'un était dans sa chambre. Un coup de tonnerre fracassant couvrit le hurlement de Léo qui s'éjecta hors du lit. Elle s'affala sur son sac qu'elle saisit d'un geste mécanique et s'enfuit en criant. La maison était plongée dans le noir. Elle rebondit contre un mur, renversa une chaise, heurta le canapé. Les contours des choses apparurent alors dans un halo provenant de la chambre de Marc. Visiblement tiré d'un sommeil profond, il appuya sur un interrupteur, éclairant les parties communes. Léo se jeta dans ses bras, en proie à une terreur qui convulsait son corps. Leurs voix se mêlaient, chacun essayait de comprendre et d'expliquer. Il l'entraîna vers l'évier, lui remplit un verre sous le robinet. Léo tremblait tant que l'eau se répandit sur sa chemise de nuit. Il la serra contre lui, lui murmura des mots qu'elle entendait mal, les tympans assourdis par les battements de son cœur. Dans la douceur rassurante de ses bras, elle réussit à articuler des bribes de phrases.

— … quelqu'un dans ma chambre.

Il lui prit le visage entre les mains.

— Tu es sûre ?

— Je l'ai senti, il y avait quelqu'un dans ma chambre.

Dans le couloir, le claquement d'une porte les fit sursauter. Cette manifestation matérielle l'électrisa, lui redonna une confiance hargneuse.

— Tu vois !

Elle n'était pas folle, quelqu'un était entré pendant qu'elle dormait.

Au fond d'un tiroir, Marc récupéra un pistolet. Léo saisit un tisonnier dans la cheminée et le suivit.

La porte de sa chambre avait claqué sous l'effet d'un courant d'air, les battants des volets étaient grands ouverts sur les tommettes battues par la pluie. La pièce était vide, le visiteur nocturne s'était enfui. Léo esquissa un pas, Marc l'empêcha d'avancer.

— Attends, je vérifie un truc.

Il longea l'armoire pour ne pas piétiner les traces sur le sol, ouvrit de la pointe du canon la porte de la salle de bains, s'assura qu'elle était bien vide, alla fermer les volets puis s'accroupit sur le sol. Des empreintes de pas encore humides et légèrement sableuses se détachaient sur la terre cuite. D'après leur pointure, elles appartenaient à un homme. Léo se baissa, fit rouler les minuscules grains de sable entre ses doigts.

— Je vais chercher une torche, dit Marc. Bouge pas !

Quand il revint, elle réalisa qu'il portait seulement un slip.

— T'as pas peur d'attraper froid ?

— Tu m'as vu en maillot de bain tout l'après-midi.

— Mais là, t'es en slip.

— T'es bien en chemise de nuit !

La puissance de l'émotion lui avait mis les nerfs à vif, modifiant ses perceptions, amplifiant un désir qui la dépassait. Vêtu d'un simple slip, Marc était terriblement sexy. Il se leva et suivit les traces.

— Il venait de l'intérieur. Il s'est enfui par la fenêtre mais il venait de l'intérieur de la maison.

La porte de la chambre était dépourvue de clé. Cela l'avait gênée dans un premier temps mais elle avait dû admettre qu'elle était en sécurité.

Dans le couloir, le relief des empreintes était plus accentué. Ils les suivirent jusqu'à une porte qui, à l'instar de la chambre, donnait sur l'oliveraie. Il appuya sur la poignée, la porte n'était pas verrouillée. Le coup d'œil désapprobateur de Léo l'obligea à se justifier.

— Je ne comprends pas, c'est toujours fermé à clé.

— Mélanie passe par là ?

— Non, par-devant, comme moi. C'est plus pratique.

Marc se pencha, balaya de sa torche le sol détrempé qu'il effleura brièvement. Les grains de sable crissèrent entre ses doigts. Il referma la porte et donna un tour de clé.

— Un type est entré ici, pourquoi ?

— Cette odeur de chien mouillé… marmonna Léo.

Marc fureta dans le salon, ouvrit des placards. Tout était à sa place. Assise sur le canapé, Léo l'observait. Dans l'après-midi, son sac avait été déplacé. Et si c'était par le visiteur nocturne ? Et pourquoi ne l'avait-il pas emporté à ce moment-là ? S'agissait-il alors d'un repérage ? Qu'était-il venu chercher ? Ou faire ? L'avait-elle surpris alors qu'il s'apprêtait à l'éliminer ? Dans ce cas, le type n'était pas un professionnel, sinon son compte aurait déjà été réglé à cette heure-ci.

Marc s'assit à côté d'elle et lui prit la main.

— Tu veux que j'appelle la gendarmerie ?

— Pour dire quoi ?

— Il y a ses empreintes, il doit encore être dans les parages.

— Non, il a filé. Ce n'est peut-être qu'un rôdeur.

L'idée de prévenir Eitan la traversa mais elle y renonça aussitôt.

Marc lui proposa à boire. Ses paupières un peu affaissées sur l'extérieur lui donnaient un air de chien battu et renforçaient sa consternation. Elle se blottit contre son torse.

— On va se recoucher mais je ne dors pas dans cette chambre. Ni dans une autre d'ailleurs.

— Tu veux qu'on dorme ici, sur le canapé ?

Le grand canapé en L était confortable pour visionner un film, pas pour y passer la nuit. Très égoïstement, elle pensa à la semaine à venir pour justifier intérieurement sa décision avec une mauvaise foi évidente.

— Non, il faut qu'on récupère, autant toi que moi. Il est grand, ton lit ?

— 1,80 m.

— Bon, tu vas me faire une petite place.

Les battements du cœur de Marc s'accélèrent. Elle se releva vivement, pointa un index menaçant.

— Tu mets un short et un t-shirt, d'accord ?

— Inutile, crois-moi, avec ta chemise de nuit Damart, t'es imbaisable.

Léo considéra le coton fleuri qui lui tombait sur les pieds.

— Comment tu sais que c'est Damart ?

— Ma mère porte les mêmes, dit-il en l'entraînant vers sa chambre.

Au passage, il vérifia que la porte sur l'arrière était bien verrouillée.

Une douce pénombre ouatait la chambre silencieuse seulement troublée par la respiration régulière de Marc. Dehors, le chant des oiseaux n'était pas encore couvert par le vacarme des cigales. Sans doute avaient-elles fort à faire pour sécher leur habitat. La luminosité très particulière promettait un ciel bleu, c'est ainsi qu'elle se l'imagina. Le torse de Marc contre son dos se mouvait au rythme de son souffle, elle avait dormi entre ses bras. Quand ils s'étaient couchés, chacun s'était allongé au plus près de son bord, laissant un espace tel que deux autres personnes y auraient trouvé leur place. Mais le sommeil les avait rapprochés. À travers le tissu fin de sa chemise, elle sentait la tiédeur de son corps. Quelle heure pouvait-il être ? Il y avait bien un réveil sur le chevet mais elle ne voyait pas le cadran. Une faible extension du cou lui permettrait de le lire. Avant même qu'elle tente de bouger, les bras vigoureux se refermèrent autour d'elle, l'emprisonnant davantage. Le ventre de Marc était maintenant totalement plaqué contre ses reins, ce contact déclencha chez le dormeur une tension que le slip ne retint pas.

Contre toute attente, une décharge électrique parcourut le ventre de Léo, accompagnée d'un tressaillement qui sortit Marc de sa somnolence. Les battements mêlés de leurs cœurs s'amplifièrent et leurs souffles se raccourcirent. Brutal, le désir la submergea quand la main de Marc se glissa sous la chemise de nuit, remontant sur l'intérieur de sa cuisse, sur l'aine. Ses doigts effleurèrent son pubis, elle se mit sur le dos et laissa la bouche avide parcourir sa peau. Avec des gestes fébriles et désordonnés, il lui arracha sa chemise de nuit. Ses reins se cambrèrent et elle s'offrit dans une rage animale.

Le corps de Marc sur elle pesait maintenant une tonne et elle s'en extirpa en riant, ivre et repue. Une lumière chatoyante s'immisçait entre les rainures du volet électrique, dévoilant sans pudeur leurs corps nus. Léo tira le drap et s'enroula dedans. Sa chemise de nuit était déchirée, elle la chiffonna et la jeta vers Marc qui gisait sur le ventre en travers du lit.

— Espèce de brute ! Tu l'as mise en lambeaux.

— J'en piquerai une à ma mère, grogna-t-il, une molletonnée. C'est très sexy. Tu fais quoi ?

— Je vais prendre une douche pendant que tu prépares le thé, dit Léo, la main sur son sac resté près du lit.

Il se dressa sur les coudes.

— Il y a quoi dans ton sac pour que tu le trimballes tout le temps avec toi ?

— Tu veux vraiment savoir ?

Il hocha la tête. Elle balaya les murs du regard comme s'ils avaient des oreilles puis murmura.

— Des briques !

Il n'en demanda pas plus, il savait qu'elle allait sortir une énorme ânerie en dépit de son air très sérieux.

— C'est une arme d'autodéfense pour les femmes. Un peu encombrante mais radicale.

Elle avait accompagné son explication en mimant des deux mains un écrasement vertical. Marc secoua la tête, consterné, et la laissa filer sans un mot.

Vêtue d'une robe longue chamarrée à fines bretelles, elle réapparut dans le salon, sac sur l'épaule. Marc avait eu le temps de prendre une douche, de débâcher la piscine, de préparer du café, du thé, du pain grillé et de disposer le tout sur une nappe fraîche et colorée. Les confitures de cerise et de myrtilles étaient maison, de même que la compote d'abricots. Sur une assiette étaient étalées des tranches de fromage et de coppa. Il déposa un baiser sur sa main.

— Tu es magnifique !

La lueur dans ses pupilles s'était intensifiée et le désir qu'il lui manifestait ce matin-là n'avait plus la retenue de la chose non accomplie. Le contact de ses lèvres sur sa peau aiguillonna les entrailles de Léo. Son désir pour lui n'était pas éteint et elle s'en détourna en trempant un doigt dans la confiture. Une diversion qui n'eut pas l'effet escompté, il lui prit le doigt avant qu'elle ne le porte à sa bouche et le lécha avec application, puis il embrassa son cou, ses épaules, la naissance de ses seins, étirant le tissu soyeux. Elle était nue sous sa robe, il le découvrit quand ses mains la parcoururent, quand son corps se colla contre le sien. Avec une fougue d'adolescent, il la renversa sur le canapé.

La deuxième tentative pour accéder à la table du

petit déjeuner fut la bonne. Le thé était un peu tiède mais adapté à la température ambiante. Elle but une gorgée et tituba jusqu'à la piscine. Les cigales s'étaient réveillées pendant leur effusion, enrobant les gémissements. Un tact qui les honorait.

Elle plongea, résolue à se dégriser par un traitement de choc. La température de l'eau avait baissé de quelques degrés mais son contact n'en était que plus vivifiant. Elle nagea quelques longueurs, éprouvant encore ses muscles, comme pour se rappeler qu'elle était en vie. Posté près de l'échelle, il la couvrit d'un peignoir et la frictionna.

— Je suis amoureux de toi, Léo, quoi que tu puisses penser, maintenant ou plus tard.

Il ne lui laissa pas le temps de méditer sa déclaration et l'entraîna dans la maison.

Le reste de la journée s'étira, rythmé par des bains et des corps à corps qui les laissaient pantelants et dont ils émergeaient en sueur, les chairs meurtries. Ils reprenaient des forces à l'ombre du parasol où ils terminèrent un à un tous les plats préparés par Mélanie.

Un doux baiser la sortit d'un songe où l'eau était omniprésente. Marc lui caressait les cheveux avec tendresse, une expression chagrinée dans le regard.

— Réveille-toi, ma belle, nous devons nous préparer.

Du bout des doigts, elle effleura son visage.

— Tu m'as offert deux merveilleuses journées, je ne les oublierai jamais.

Une mélancolie doucereuse l'envahit, semblable à celle ressentie lorsqu'elle quittait des êtres pour un long moment. Elle trouva ce sentiment absurde et le mit sur le compte de l'intensité des heures passées face à face ou l'un sur l'autre. Ils reviendraient à Nyons et avant, ils se retrouveraient à Paris pour nager, sortir, dîner et dormir ensemble. Il ne pouvait en être autrement. Leur rencontre augurait bien d'autres moments dont la solitude et l'ennui seraient exclus. Léo voulait le croire.

Dans le train du retour, leurs fauteuils étaient côte à côte. Léo passa une grande partie du voyage la tête contre son épaule, sa main dans la sienne. Les cris et les exclamations d'une fratrie de quatre mômes derrière eux, particulièrement remuants et bruyants, troublèrent leur tranquillité. Ce n'est pas tant la turbulence joyeuse des enfants qui l'agacèrent mais davantage celle du père qui passa son temps à les menacer sur un ton sentencieux sans aucun effet sur sa progéniture. Quant à la mère, probablement sourde, elle ne leva pas le nez du magazine *Psychologies* dans lequel elle s'était plongée avec une concentration proche de la béatitude.

Lorsque le train arriva à destination, Léo interpella discrètement le père de famille dépourvu d'autorité. Elle le dépassait d'une tête.

— Monsieur, vos menaces n'ont aucun impact sur vos enfants parce qu'elles ne remettent jamais en cause les fondements mêmes de leur confort primitif. De plus, je suis certaine que vous n'en mettez aucune à exécution. Montrez-vous plus ferme. Commencez par en tuer un, le plus petit de préférence. L'effet sur les autres sera immédiat, je vous le garantis.

Le père de famille chercha de l'aide dans le regard de Marc, persuadé d'être défié par une psychopathe. Marc lui tapota l'épaule.

— C'est un bon conseil. Suivez-le.

Sur le quai, il lui passa le bras autour du cou après l'avoir embrassée entre deux rires. Dans la foule compacte qui ondulait se trouvait son ange gardien. Marc avait laissé sa voiture dans le parking souterrain. Sans y croire vraiment, il lui proposa un dernier bain que Léo refusa sans hésiter. Quand la voiture s'arrêta devant son immeuble, il lui demanda s'ils se verraient le lendemain.

Léo secoua la tête.

— Les jours qui viennent vont être difficiles.

— Difficiles comment ? demanda-t-il avec inquiétude.

Elle affecta de s'intéresser à un couple d'hommes sur le trottoir, main dans la main. Il insista.

— Que se passe-t-il Léo ? Tu es sur quelle affaire ? Calbéo, c'est quasi bouclé. Tu travailles sur quoi ? La semaine dernière, on s'est à peine vus. Ces deux jours, on a pratiquement parlé que de moi. Tu ne me dis rien.

— C'est un reproche ? Parce qu'on a couché ensemble, tu te crois permis de contrôler mon temps et ma vie ?

— Tu sais parfaitement qu'il ne s'agit pas de ça, tu es bien trop intelligente pour l'avoir compris dans ce sens. Je suis inquiet, Léo. C'est tout.

Léo se ferma. Quoi qu'elle dise, sa parole ne serait pas valide. Elle posa la main sur la poignée de la portière.

Il la retint et lui souleva le menton pour la contraindre à le regarder.

— Tu as des ennemis tapis dans l'ombre. Ils sont puissants et je ne te suis d'aucune aide.

Elle ressentit son amertume comme une menace implicite, comme si lui aussi était soumis au secret.

— De quoi parles-tu, Marc ?

Il ne répondit pas, son téléphone sonnait. Il écouta

une longue minute puis raccrocha. Son regard n'annonçait rien de bon.

— Françoise Calistrio s'est jetée par la fenêtre de sa chambre d'hôpital.

— Pourquoi était-elle à l'hôpital ?

— Elle a fait un malaise à la DCRI. Elle refusait toujours de boire et de manger. À l'hôpital, ils l'ont mise sous perf.

— Elle n'était pas gardée ?

— Si, mais il y a eu une altercation à l'étage. Les hommes l'ont laissée quelques minutes pour régler le problème, et quand ils sont revenus…

— Et tu y crois ? demanda Léo qui contenait une colère froide.

— Tu penses que les Chinois…

— Ou peut-être d'autres, trancha Léo.

— Qui ?

— Tu connais Jean-Charles Gerbod ?

La question le surprit.

— Oui, comme tout le monde.

— Je veux dire, personnellement.

— Non, bien sûr que non, je ne suis qu'un capitaine de PJ. Pourquoi veux-tu que je le connaisse ?

Il continua à voix basse.

— Tu crois qu'il est pour quelque chose dans l'accident ? C'est insensé !

Léo balaya l'air d'un geste las.

— Laisse tomber, je dis n'importe quoi !

Elle l'embrassa.

— Je t'appelle.

— Quand, Léo ? Quand ?

Sa supplique ne fit qu'accentuer le malaise qui l'avait saisie.

La rencontre était prévue dans l'arrière-salle d'un restaurant grec de la rue Mouffetard. Léo, Eitan et Ariel arrivèrent les premiers. Sans leur demander leur avis, le patron leur servit un café puis tira avec soin le rideau aux couleurs passées censé les isoler. Deux congélateurs et un large réfrigérateur en aluminium ronronnaient bruyamment. S'ils parlaient à voix basse, leur conversation ne franchirait pas la toile raidie par les graisses de cuisine. Eitan poussa une chemise en plastique vers elle.

— Les résultats de la comparaison ADN.

Fébrile, Léo parcourut la double feuille, les résultats étaient positifs. À la bouffée de joie succéda une onde de colère. Combien de temps encore avant que Roxane le sache ?

Quand elle referma la chemise, Eitan en poussa une autre vers elle.

— Un très grand collectionneur, votre trader.

— Vous avez rencontré Dominique Chastaing ?

— Il a beaucoup aimé le pin's collector du Mossad et il s'est montré très coopératif.

Léo ne voulait pas en savoir plus sur les méthodes qui l'avaient amené à coopérer.

— Et…

— Chastaing a été prolixe et particulièrement précis sur les réunions auxquelles il participe en tant qu'expert des soft commodities. Il y en a eu une ce week-end, édifiante. Gerbod a convaincu les Chinois d'annoncer qu'ils cessaient d'exporter leur riz au faux prétexte que les récoltes étaient insuffisantes. Une décision qui va inciter les autres pays de la zone comme la Thaïlande, le Vietnam et la Birmanie à mettre sous embargo eux aussi leurs exportations de riz, et il va en résulter une contraction sur toute la planète, notamment en Afrique qui ne trouvera plus de riz sur le marché pour nourrir ses populations, ou bien, quand elle en trouvera, n'aura pas les moyens de les payer car les prix vont décupler.

— Ce qui va entraîner de nouvelles émeutes de la faim, comme en 2008.

— Oui, avec un risque de violence accru.

— Quel est l'intérêt de l'Institut européen ?

— Convaincre les États africains de leur céder leurs meilleures terres pour y cultiver le riz d'Aristee afin de ne plus être à la merci des exportateurs asiatiques.

— Qu'est-ce que Gerbod a offert aux Chinois en échange ?

— L'accès aux gisements de cobalt, de nickel et de manganèse au Cameroun. Et autre chose que vous n'allez pas aimer.

— Quoi ?

— L'arrêt de l'enquête sur l'incendie où vous avez failli laisser votre peau et, de fait, sur Calbéo. L'élimination de Françoise Calistrio, un témoin gênant, est un gage de la bonne foi de Gerbod. Nous avons…

Eitan se tut, les deux Russes attendus venaient de glisser la tête à travers le rideau.

Lunettes de vue sur le nez, visage lisse, chemise froissée et pantalon gris, une insignifiance passe-partout pour celui qui s'en tenait à ce premier examen. Youri et Sacha furent les prénoms qu'ils donnèrent quand ils tendirent la main. Retenant celle de Léo, Sacha la sonda, à la recherche d'une faille. Elle ferma toutes les écoutilles et lui offrit une expression froide, sans aspérités. Youri avait une attitude plus débonnaire mais elle ne se fiait plus aux apparences depuis longtemps.

Le patron apporta deux autres cafés et disparut après s'être ostensiblement assuré que le rideau était bien tiré. Ses faux airs de Jean Dujardin dans *Le Caire, nid d'espions* attestaient le caractère très secret de la réunion.

À l'origine de la rencontre, Eitan donna rapidement le ton. Ils étaient des agents de services de renseignement qui appelaient un chat, un chat, quelle que soit sa couleur. Il retroussa les babines dans un simulacre de sourire.

— Je vous remercie, Sacha, d'avoir bien voulu répondre à notre invitation.

Il l'avait dit dans la langue de Pouchkine et continua après une brève pause.

— Nous sommes réunis ce matin dans la perspective d'unir nos forces et nos moyens pour mener à bien l'opération que nous conduisons chacun de notre côté. Avant de l'aborder plus précisément, j'ai accédé à la demande, très pressante, de Mme de Coursange qui est, et vous n'êtes pas sans le savoir, une pièce maîtresse de notre affaire. Elle souhaite vous parler de l'un de vos agents opérant à la tour Boileau sous l'identité de Kristina Piskarskas.

La transition, brutale, surprit Léo qui se ressaisit aussitôt, comprenant qu'elle était destinée à signifier aux Russes que cet aspect de la question n'était pas sous le contrôle des Israéliens mais qu'il s'agissait bien au contraire d'une requête très personnelle d'un individu étranger au sérail, afin qu'ils n'en tiennent pas compte dans les tractations à venir. À la manière d'Eitan, Léo entre dans le vif du sujet.

— Kristina Piskarskas, commença-t-elle en russe, Irina Pavel, Roxane Souslov, trois identités pour la même jeune femme. J'imagine qu'elle en aura d'autres mais une seule est la sienne véritablement : Roxane Souslov, du nom de son père, un citoyen soviétique. Roxane est ma fille et vous le savez. Vous connaissez également toutes les circonstances de cette situation. Il y a vingt-quatre ans, vous l'avez enlevée pour contraindre mon père, un haut fonctionnaire de la DGSE, à vous fournir des renseignements. Il a fini par être arrêté, on l'a mis au secret, et il y a une dizaine de jours, il s'est échappé de sa prison en se donnant la mort.

Le tressaillement à peine perceptible qui saisit les Russes suggérait qu'ils ignoraient le suicide de son père. Elle continua.

— Pendant vingt-quatre ans, vous m'avez privée de ma fille. Vous l'avez confiée à une famille qui a eu le bonheur de vivre avec elle, de la voir grandir, de profiter de son affection et de son amour. Mais cette famille n'est pas la sienne et je veux, j'exige que vous lui appreniez enfin qui sont ses véritables parents. Je veux qu'elle sache que je suis sa mère. Je veux lui dire combien elle m'a manqué et combien je l'aime. Je veux qu'elle le sache et vous ne pourrez pas m'en empêcher. Ce matin, je vous donne la possibilité de décider de la méthode à employer pour que cette… révélation ait lieu dans les meilleures conditions, pour Roxane, pour la mission en cours que je veux bien intégrer dans ce processus de réhabilitation. Mon seul objectif : Roxane doit rapidement savoir qui je suis.

Si Sacha évoluait avec assurance dans le monde de l'ombre, il était loin d'avoir cette aisance avec les affaires de cœur. La déclaration de Léo l'avait déstabilisé même si les Russes savaient qu'avant de participer à cette réunion elle avait tenté une première approche. Les deux mains posées à plat sur la table, Sacha réfléchissait à ce qu'il allait dire, les yeux dans le vide. Le ronflement des frigos couvrait les rumeurs de la rue.

— Madame de Coursange, je vous rappelle que cette affaire trouve son origine au temps du régime soviétique…

— … et a perduré après l'effondrement du bloc, ajouta Léo, consciente qu'il allait tenter de relativiser.

Sacha montra sa paume en signe d'apaisement.

— Oui, et elle a perduré bien après, je suis d'accord. C'est regrettable et je vous comprends.

— Vous avez des enfants ? coupa une nouvelle fois Léo, excédée par le ton faussement compatissant.

— Non, mon travail…

— Alors, vous ne pouvez pas comprendre. Je ne veux pas d'explications, je veux seulement que vous me disiez où et quand je vais être présentée à Roxane comme sa véritable mère. Elle doit savoir que les Pavel ne sont pas ses vrais parents.

— Elle le sait !

Le choc fut tel qu'il désarçonna Léo.

— C'est-à-dire…

— Au cours de travaux dirigés en biologie, les techniques de comparaison ADN avaient été étudiées. Des prélèvements avaient été faits sur quelques élèves dans le cadre d'un exercice pratique. Il y avait celui d'Irina…

— … de Roxane !

— De Roxane, reprit Sacha conciliant, et des autres. Et parmi eux, deux qui appartenaient aux Pavel. Roxane les avait substitués, et c'est ainsi qu'elle a su que les Pavel n'étaient pas ses parents biologiques.

La douleur qu'avait dû ressentir Roxane à ce moment-là bouleversa Léo.

— Comment a-t-elle réagi ?

— Froidement.

— Et qu'avez-vous trouvé comme explication ?

— On l'a emmenée sur deux tombes dans un petit cimetière de la région de Smolensk. Un pilote d'hélicoptère mort au combat juste avant sa naissance et sa femme décédée quelques mois plus tard à la suite d'un cancer du sein. On a dit qu'il s'agissait de son père et de sa mère. Elle est restée un moment devant les sépultures puis elle a demandé à rentrer chez ses parents, les Pavel.

— C'est tout ?

— C'est tout. Et elle n'en a plus jamais reparlé.

— Et vous pensez que l'affaire est réglée pour autant ?

— Bien sûr que non. Irina fait partie de l'élite des agents du SVR, ses capacités sont inouïes pour une fille de son âge. C'est un agent hors du commun promis à un bel avenir dans nos services. Cependant, cette découverte l'a perturbée, nous le savons, même si elle refuse de l'admettre. Elle a tout de même accepté de suivre une thérapie avec un psychologue.

— Une thérapie fondée sur le mensonge ! Comment croyez-vous qu'elle réagira quand elle va apprendre que vous lui avez menti une fois de plus ?

— Justement, elle ne doit pas l'apprendre maintenant. Vous connaissez aussi bien que nous les enjeux de cette opération, c'est d'ailleurs pour cette raison que nous sommes réunis ici.

Léo ravala son immense frustration afin de garder un ton calme et pondéré. Une crampe tenailla ses intestins. Le souvenir de Roxane dans la salle de sport la détendit brièvement.

— Bien… et selon vous, quel sera le meilleur moment pour lui dévoiler sa véritable origine ?

— Quand tout sera terminé.

— Qu'est-ce qui me dit que vous n'allez pas mettre Roxane dans le premier avion pour Moscou avant qu'on ait eu le temps de se parler ?

— Vous aurez le temps nécessaire, je vous le promets.

Léo se pencha au-dessus de la table et articula lentement.

— Si vous rompez votre promesse, Sacha, vous êtes mort. J'ai quelques relations dans le milieu tchétchène, et ils vous auront forcément un jour dans leur ligne de mire. À un feu rouge, à la sortie d'un restaurant, sur un trottoir. Quel que soit l'endroit dans le monde. J'y mettrai le prix, je vous le jure.

À sa façon de cligner des yeux, Léo sut que Sacha l'avait crue sur parole. Elle se tourna vers Eitan et lui adressa un sourire reconnaissant. Il pouvait continuer. L'Israélien hocha la tête, une expression indéfinissable sur le visage. Il consulta sa montre et reprit le fil.

— Toutes nos réponses se trouvent dans la tour Boileau. Vous avez infiltré deux de vos agents et nous, l'un des nôtres.

— Un de vos agents ? s'étonna Sacha.

— Par l'un des nôtres, j'entends l'une de nos ressources.

— Qui ?

— Jade Bastiani Maltese.

— Une jolie brune avec un chignon et à la peau très pâle.

— Vous l'avez repérée ?

— Aleksander pensait lui plaire et il l'avait mise sur la liste des cibles potentiellement retournables. Elle est dans quel service ?

— Gestion du fonds Poséidon et de toutes les sociétés écrans.

— Qu'a-t-elle découvert ?

— Le circuit de l'argent.

— Elle en a la preuve ?

— Tout comme moi, vous savez qu'on ne peut rien sortir de la tour, que ce soit des supports informatique ou papier. En revanche, nous avons un exemplaire des statuts fondateurs de l'Institut européen.

Eitan en poussa une copie vers le Russe qui le lut rapidement.

— Et vous ? demanda Eitan. Qu'avez-vous ?

— Nous avons les noms des agents doubles des services de renseignement européens. Pas un pays de votre Union n'est épargné, ils sont infiltrés dans chaque État.

Sacha affecta un air ennuyé avant de poursuivre.

— Lorsque vous avez pris contact, vous avez laissé entendre avoir des informations de premier ordre, mais force est de constater qu'au regard des nôtres vos renseignements sont très minces. Je ne vois pas comment nous pourrions collaborer sur la base de ce déficit.

Eitan ouvrit le capot de son ordinateur et le tourna vers les Russes. L'animation du site en Campanie s'afficha sur l'écran. Eitan commenta les images.

Grâce à Igor, les Russes connaissaient l'avancée des recherches sur l'agent doré, le *Sementis amylovora* et la semence Attis. Poussés par Eitan, ils admirent avoir localisé et investi en Roumanie une zone de cultures en plein champ, une opération au cours de laquelle deux de leurs hommes avaient été carbonisés par l'agent doré. Mais la surface de ces parcelles était bien inférieure à celle du site italien. Aristee délaissait l'expérimentation au profit de la fabrication à grande échelle. D'autres sites se trouvaient certainement ailleurs et seuls les ordinateurs de la tour Boileau pourraient les révéler.

— Pour la Campanie, vous avez un plan ? demanda Sacha.

Eitan dévoila dans les grandes lignes les différents points de l'opération Bugs Bunny. Léo apportait des précisions supplémentaires quand Eitan se montrait avare.

— Qui fera partie du commando ? demanda Sacha.

— Des militants du mouvement Black Green, Ariel et Mme de Coursange.

— Ce n'est pas un peu risqué pour vous ?

— Pourquoi ça serait davantage risqué pour moi que pour les autres ? rétorqua Léo. Parce que j'ai 50 ans ?

Je cours encore vite, vous savez, et j'ai une excellente condition physique. J'y vais pour m'assurer que l'intégralité des données scientifiques sur les disques durs sera récupérée.

Sacha désigna Ariel d'un signe de tête.

— Il faut un autre agent expérimenté pour encadrer les Black Green.

— Non, dit Eitan, catégorique. Un second Israélien en Campanie et Bugs Bunny devient une opération conduite par l'État israélien. On ne peut pas prendre ce risque.

— Intégrez un Russe ! proposa Sacha en souriant. Je veux bien vous accompagner.

— Je ne sais pas si…

— C'est une excellente idée, coupa Léo. Sacha doit faire partie du commando.

— Bien, reprit Eitan après avoir baissé le capot du portable. Ce point étant évacué, on peut aborder celui de l'intrusion dans la tour Boileau.

Les Russes ne voyaient pas non plus comment obtenir les renseignements qui concernaient l'Institut européen autrement qu'en forçant leur système informatique de l'intérieur. Ils admirent également qu'un seul pouvait y parvenir : Igor Sokolov. Ils finirent par décider que l'opération Bugs Bunny devait précéder l'intrusion, qui aurait lieu dans la foulée afin de ne pas laisser le temps à l'Institut européen de renforcer ses mesures de sécurité déjà élevées.

— Qui participera à l'opération d'intrusion dans la tour ? demanda Léo avec une certaine appréhension sachant que Roxane serait du nombre.

— Les trois déjà dans la place, répondit Sacha. J'imagine que vous avez également reprogrammé la puce RFID de votre agent. Igor et moi-même. Et chez vous ? demanda-t-il à Eitan.

— Ariel, Élisabeth…

— Et moi, dit Léo avant qu'Eitan ne l'oublie.

— Qui est Élisabeth ?

— Quelqu'un qui connaît bien les lieux.

Atteindre le dix-neuvième étage ne présentait pas de difficulté majeure puisque l'accès était autorisé aux Lituaniens, à Jade et à Élisabeth. Le problème était d'emprunter les ascenseurs à partir du rez-de-chaussée, niveau contrôlé par les agents d'une société de surveillance. Et il n'y avait qu'une option : leur neutralisation.

— Il faudra les prendre par surprise avant qu'ils ne donnent l'alerte, dit Léo.

— On va utiliser un pistolet incapacitant, proposa Sacha, des fléchettes hypodermiques, elles devront être tirées simultanément.

— Qui s'en chargera ?

— Quelqu'un ayant accès à la tour et rompu à ce type d'exercice.

Sans être nommés, les Lituaniens avaient été désignés. Ils se chargeraient des vigiles pour permettre au groupe d'accéder aux ascenseurs.

— Ils vont être identifiés par les caméras du hall, s'inquiéta Léo.

— On les effacera. Et tout le monde portera une cagoule.

— La reconnaissance biométrique de l'iris et les RFID vont signaler qui est entré et à quel moment.

— On prendra la main sur le contrôle d'accès pour effacer ces informations. Personne ne doit être reconnu. Aucun d'entre nous.

Igor arriverait en France dans les prochaines heures. D'ici là, les Lituaniens et Jade devraient se concentrer sur le contrôle d'accès et la localisation des gros systèmes. Tous les acteurs du raid dans la tour Boileau se réuniraient le lendemain.

— Vous serez présentée dans votre fonction et rien d'autre, nous sommes bien d'accord, Madame de Coursange ? poursuivit Sacha. Cela dit, ils savent qui vous êtes à la suite de votre tentative de vendredi pour entrer en contact avec Irina. Nous les avons débriefés, ils connaissaient déjà votre histoire. Irina a fait le lien quand elle a ramassé le livre de Pouchkine, elle vous a reconnue. La création puis la fin prématurée de l'Agence de sécurité économique française sont devenues un cas d'école enseigné dans notre académie.

Léo ne se laissa pas distraire.

— Bien, dit-elle. Les cartes sont presque toutes sur la table. Il manque la vôtre, Sacha. Quelle est la liste des agents doubles ?

— C'est peut-être un peu tôt pour…

— C'est le moment et nous avons joué franc-jeu. La liste, sinon nous partons sans vous en Campanie. C'est dommage, vous ne pourrez pas profiter des données que nous allons rapporter.

Le Russe fit une dernière tentative.

— Nous n'avons pas la liste avec nous.

— Si, vous l'avez.

Léo tendit la main. Le Russe décrocha un trousseau de clés de sa ceinture, dévissa un petit porte-clés et le posa sur la table avec une mauvaise grâce évidente.

Eitan chargea les données sur son ordinateur, Léo sur son smartphone, puis elle enfourna la clé dans sa poche. Elle la remettrait à Gilles Damais après en avoir fait une copie pour Élisabeth.

— Elle n'est pas exhaustive, précisa Sacha. Les noms qui y figurent sont ceux qui ont fourni des rapports de situation sur la période correspondant à la présence de nos agents dans la tour. En plus de l'Intérieur et de la Défense, vous y trouverez aussi le nom des fonctionnaires d'autres administrations comme l'Économie, les Affaires étrangères, la Santé, l'Enseignement supérieur, l'Écologie, l'Agriculture. La plupart des ministères des États européens sont infiltrés.

— Et sur l'organigramme de l'Institut européen ?

— Jean-Charles Gerbod est identifié en tant que Superviseur de l'EuroGOS. On a maintenant le nom des membres du Grand Conseil mais, concernant les autres, la liste est incomplète.

Léo roulait en direction de Montreuil où elle avait prévu de passer un moment avec son équipe quand Élisabeth Carpentier l'appela pour lui proposer un déjeuner chez « les copines » où elle avait réservé le même petit salon. Léo suggéra de la retrouver en début d'après-midi.

— J'insiste, Léo, on doit se voir tout de suite, c'est important.

L'hôtesse était celle de la première fois, vêtue d'une robe longue tout aussi vaporeuse mais un peu plus transparente. Léo aurait juré qu'elle ne portait pas de sous-vêtements. Elle pensa à la veille, à sa robe de soie froissée sur le canapé de la maison dans la Drôme. Tous les replis intimes de sa chair se souvenaient des étreintes de son amant, et elle n'avait su décider lesquelles de ses courbatures étaient dues à la natation ou à leurs ardents corps à corps.

Élisabeth n'était pas encore arrivée, Léo copia la liste de Sacha sur une carte Flash.

Que le Russe ait subordonné l'aveu de la filiation à l'accomplissement de l'opération ne la contrariait pas vraiment. Au contraire, elle lui accordait un répit pour réfléchir au choix des mots, à la forme qu'elle leur donnerait. Déjà des bribes de phrases repassaient en boucle dans sa tête : « Roxane, tu es ma fille. »

Essoufflée et en sueur, Élisabeth débarqua dans le salon, l'air contrariée.

— Pardon pour mon retard, Léo, mais j'ai dû louvoyer pour venir jusqu'ici. Je crois bien qu'on a tenté de me suivre. Peut-être que Gerbod a un doute. À moins que je ne me fasse des idées, je deviens parano.

L'hôtesse leur apporta les cartes et une carafe d'eau. L'assiette du jour était un râble de lapereau aux olives accompagné d'un carpaccio de légumes. Elles le choisirent sans hésiter et l'hôtesse repartit avec ses cartes sous le bras. Élisabeth attendit qu'elle referme la porte avant de poursuivre.

— Oh Léo, je suis consternée par ce que je vais vous révéler. Fin de semaine dernière, Eitan m'a transmis la photo et l'identité de Marc Deschamps et…

— Pardon ? s'écria Léo. Eitan vous a transmis la photo de l'homme avec qui je sors ? C'est strictement personnel et ça ne regarde que moi.

— Eh bien justement, je crois que votre liaison concerne maintenant un peu tout le monde. Jeudi, Marc Deschamps était à la DCRI, un des hommes d'Eitan le filait et l'a vu entrer chez nous.

— Il peut y venir pour n'importe quoi, c'est un flic.

— C'est bien ce qu'on s'est dit avec Eitan. Mais j'ai vérifié sur les caméras en interne. On l'a conduit dans un bureau, Gerbod y est entré cinq minutes après et en est ressorti quarante-sept minutes plus tard avec lui. Votre ami n'avait pas l'air à la fête, je vous assure. C'est clair que cet entretien était lié à votre relation.

— À quel moment avez-vous visionné les films de la surveillance interne ?

— Seulement hier dans l'après-midi. C'était dimanche et il y avait peu de monde dans les bureaux. La procédure d'accès à la vidéosurveillance est contraignante, je devais attendre un moment propice.

— Vous avez prévenu Eitan ?

— Pas encore. Je voulais que vous le sachiez avant que je l'informe.

Trois jours après avoir parlé près d'une heure avec Gerbod, Marc Deschamps lui avait soutenu ne pas le connaître personnellement. Des pièces du puzzle se remettaient en place. Le visiteur nocturne, les paroles ambiguës de Marc. Les événements du week-end trouvaient leur signification.

— Je sais ce que lui a demandé Gerbod.

— Quoi ?

— Gerbod veut savoir si je possède du matériel sécurisé, il a flairé un lézard. Ils ont sans doute compris que je les menais en bateau avec le mouchard sur mon véhicule. J'ai un moyen pour désactiver la géolocalisation dès que je me rends dans un lieu qui ne les regarde pas. D'autre part, je n'ai pas souvent été à I3S ces derniers temps, l'équipe assume tout le boulot. Les écoutes téléphoniques et informatiques en rendent compte. Il a senti que je suis sur autre chose et il a demandé à Marc de fouiller mon sac. Il l'a fait pendant que j'étais à la piscine puis il leur a donné l'information. Dans la nuit, un type est entré dans ma chambre. C'est mon sac qu'il voulait.

— Deschamps n'était pas avec vous dans la chambre ?

— Non. Pas encore…

Marc l'avait trahie. Ce qu'elle retenait de toute cette histoire, c'est qu'il l'avait trahie. Elle s'était donnée à un homme qui l'avait vendue à Gerbod. Sans y prendre garde, elle serra les poings jusqu'à s'en blanchir les jointures. Élisabeth lui prit la main.

— Je suis désolée, Léo, tellement désolée.

Léo eut un sourire désabusé.

— Je ne sais pas quels actes j'ai commis dans une autre vie mais ils doivent être effroyables pour que je paye aujourd'hui une addition aussi lourde.

— Ne vous trompez pas de cible. Ce n'est pas Marc Deschamps qui est en cause, mais Gerbod. Il a su le manipuler et…

— Jamais je ne l'aurais trahi, trancha Léo en colère. Jamais !

— Comment pouvez-vous en être aussi sûre ? Tout est une question d'enjeux, Léo. Rien d'autre.

L'hôtesse leur apporta les plats, Léo mangea du bout des lèvres. Au prix d'un effort colossal, elle se concentra sur les opérations en cours et en rapporta le déroulement. Élisabeth proposa de transmettre dans la journée un mémo recensant ses informations sur la sécurité physique et électronique de la tour.

Ils étaient tous les quatre installés à leur poste de travail, le nez sur l'écran ou dans un dossier. Shakila lui adressa un large sourire et récupéra un parapheur ventru sur un bureau. Léo leva la main.

— Dix minutes, Shakila, et je suis à vous. Bonjour Jeanne, vous avez remis vos baskets ?

— Celles qui courent vite.

— On vous poursuit ?

— Karl, de ses assiduités.

Il leva les bras au plafond.

— J'ai juste proposé à Jeanne de l'emmener au cinéma.

— Pour voir un film pornographique, cria Jeanne sans lever le nez.

— *In The Mood for Love*, un film pornographique ? Mais c'est n'importe quoi !

Karl se tut et dévisagea Léo.

— Tu as avalé une murène ?

— Et toi, un clown ?

— Il t'a mal baisée ce week-end ?

— Il m'a vendue à Gerbod.

— Décidément, toi et les hommes…

— Merci, Karl, pour ton soutien.

Il balaya la réplique d'un geste mou.

— Pour le reste, vous en êtes où ?

Léo résuma les événements des derniers jours et lui raconta dans les grandes lignes les opérations prévues pour frapper un grand coup. Hormis un moment de joie très sincère quand elle avait évoqué les perspectives avec Roxane, le visage de Karl s'assombrit au fur et à mesure de l'énoncé du programme des deux raids. Lorsqu'elle se tut, il promena sa main sur son visage, faisant crisser sa peau malgré le rasage matinal, un tic lorsqu'il réfléchissait.

— Tu auras besoin de moi, finit-il par lâcher.

— Où ?

— Pas en Campanie, je ne suis pas taillé pour, mais dans la tour. On aura peu de temps une fois qu'Igor aura grugé le système. Vous risquez de passer à côté de données essentielles. Je veux en être.

— C'est risqué, Karl.

— Ce type d'intrusions, on l'a fait au moins trois dizaines de fois et jamais je n'ai perdu mon sang-froid.

— Je sais, c'est juste…

— Je suis séropositif, pas handicapé !

— Tu as eu tes résultats ?

— C'est encore trop tôt.

— Et ton traitement ?

— C'est lourd, très lourd. De toute ma vie, je n'avais pris que des aspirines quand j'avais la gueule de bois. Là, je suis servi…

Ses plaques d'eczéma avaient complètement disparu et ses joues étaient moins creuses. Il paraissait relativement en forme. Léo admit que sa présence dans la tour serait un atout supplémentaire. Elle le proposerait à Eitan.

— On a une réunion demain avec les Russes, histoire de faire connaissance. Ce serait bien que tu y sois.

— Il y aura Roxane ?

— Oui.

— C'est incroyable. Je te revois encore à l'Agence devant tes écrans de reconnaissance faciale, à la recherche de son visage dans la foule. Il y a longtemps que je n'y croyais plus.

— Je sais, mais tu m'as toujours soutenue, et toutes les fois où je perdais pied, tu étais là, à mes côtés, solide. Quand toute cette histoire sera terminée, on prendra quelques jours, tous les deux, le temps de se poser, de parler un peu.

— Sois prudente, Léo. S'il t'arrivait quelque chose, je ne m'en remettrais pas…

Elle déglutit et lui offrit son plus beau sourire.

— Au fait, comment s'acclimate Babylone ?

— C'est un super chat ! Affectueux et intelligent. Son nouveau truc, c'est jouer avec la chasse d'eau. Il a trouvé comment ça marche. Si je ne ferme pas la porte des WC, il joue des heures. Je ne te raconte pas la flotte que je consomme. Regarde, dit-il en lui montrant les exploits du chat sur son portable.

Léo prit un fou rire. On y voyait le chat appuyer sur le bouton de la chasse d'eau, se pencher sur la cuvette quand l'eau bouillonnait, puis recommencer. Karl rangea son portable.

— Shakila t'attend.

Droite comme un i, Shakila leur tournait le dos, par discrétion. Elle posa le parapheur devant Léo, l'ouvrit à la première page et commenta le courrier.

Malgré la concision de ses explications, il leur fallut quarante minutes pour évacuer toutes les pages du parapheur et les questions relatives aux nouvelles missions confiées à I3S. L'équipe les gérait avec efficacité, déployant ses compétences et son temps sans compter. L'officine gardait son rythme de croisière malgré l'absence de Léo. Elle leur exprima sa reconnaissance.

— L'horizon devrait s'éclaircir dans quelques jours, on en profitera pour souffler un peu.

— On tient le rythme, Léo, ne vous inquiétez pas pour nous. Et vous, de votre côté ?

— On est sur le point de se jeter au cœur de la bataille.

— Si vous avez besoin de renforts…

— Je sais, Shakila.

Dans l'intervalle, Valentine Gaspard l'appela brièvement pour lui dire que Valériane était sortie de l'hôpital. Son retour à la maison s'était bien déroulé et elle avait demandé de ses nouvelles.

— De mes nouvelles ! s'exclama Léo.

— Mme de Coursange s'inquiète de savoir quand vous allez passer.

Françoise l'accueillit presque en chuchotant.

— Bonjour, Éléonore. Madame est dans la chambre bleue.

— Pourquoi pas sa chambre ?

— Elle la retrouvera après son dernier souffle.

Vêtue d'une blouse blanche, Valentine Gaspard l'attendait en haut des escaliers. Léo lui serra la main.

— Comment est-elle ?

— Je viens de lui administrer de la morphine à cause de la douleur.

— Je peux lui parler ?

— Elle est parfaitement lucide, Mme de Coursange a l'esprit vif.

Léo n'approfondit pas le sous-entendu qu'elle déchiffrait parfaitement. Valentine Gaspard avait les recours pour faire face à Valériane. Léo marqua un temps d'arrêt quand elle eut poussé la porte.

La chambre bleue n'avait plus de bleu que les murs et les tentures. Tout le reste avait été déménagé, tapis compris, et remplacé par un mobilier médical et fonctionnel adapté aux soins de la malade. La pièce donnait sur le jardin qui, à cette heure du jour, se trouvait dans l'ombre. Valériane paraissait encore plus décharnée, plus livide que la dernière fois où elle lui avait rendu visite. Léo s'installa dans le fauteuil à côté du lit-cage et considéra le visage cireux. Ses paupières étaient baissées et ses lèvres desséchées légèrement entrouvertes, comme si elle dormait. Il n'en était rien.

— Elle est là ?

— Qui ?

— L'autre !

— Quelle autre ?

— Celle qui se prétend infirmière.

— Si tu veux parler de Mme Gaspard, elle est quelque part dans la maison. Tu veux que je l'appelle ?

— Certainement pas. Tu lui fais son compte et elle s'en va. Sur-le-champ !

— Pour quelle raison ?

— C'est une usurpatrice, elle n'est pas infirmière.

— J'ai vu ses diplômes, ses lettres de recommandation. Il n'y a aucun doute sur ses qualifications. Je te rappelle que le Pr Perelstein nous l'a chaudement recommandée.

— Parce qu'il couche avec !

Léo chassa l'image de Valentine en blouse blanche se faisant trousser par le professeur. La chose était tellement improbable. Léo souffla de découragement.

— Que lui reproches-tu ?

— Mille choses !

— Cite-m'en deux ou trois, pour que je me fasse une idée.

— Le ton qu'elle emploie pour me parler. Il est inconvenant.

— Et puis ?

— La façon qu'elle a de m'attraper comme si j'étais un vulgaire sac de linge.

— Elle t'a fait mal ?

— Non. Enfin pas encore…

— Un autre grief ?

— Quand je lui demande quelque chose, elle ne me répond pas. Je suis obligée de répéter.

— Tu le demandes poliment ?

— Comment ça poliment, mais qu'est-ce que tu me chantes ? C'est une employée, non ?

— Pas tout à fait comme les autres, Valériane. Elle prend soin de ton corps malade, elle va te consacrer son temps, son énergie pour rendre tes derniers jours le plus supportables possible. Alors je te prie d'être très aimable avec elle parce que si elle devait partir à cause de ta méchanceté rédhibitoire, je t'envoie direct à la Pitié-Salpêtrière. C'est compris ?

Valériane serra les mâchoires de dépit, Léo continua.

— Une fois, juste une fois dans ta vie, je te demande d'être respectueuse envers une personne à ton service. Ce sera bien pour tout le monde, et pour toi en particulier.

Valériane finit par ouvrir les yeux et tourna la tête vers sa fille. La cornée s'était encore opacifiée, délavant davantage l'iris.

— Tu es bien arrogante, ma fille. Mais prends garde ! Si avec moi tu ne risques rien, ce n'est pas le cas avec d'autres.

— Qu'est-ce que tu insinues ?

— Hier, Jean-Charles m'a rendu visite. Tous les deux jours, il a cette amabilité. Et pourtant, lui aussi a bien du travail.

— Il a parlé de moi ?

— Je lui ai dit que tu venais rarement.

— Je ne suis pas certaine que tu aies vraiment envie de me voir. Qu'est-ce qu'il a dit ?

— Que tu jouais un jeu dangereux.

Léo se remémora les rares confidences faites à sa mère.

— Et toi, que lui as-tu dit ?

— Rien ! Juste que les rares fois où tu venais, tu ne me parlais de rien.

— Toi aussi, tu as peur de lui ?

Sa main se recroquevilla sur la manche de Léo, l'obligeant à se pencher. Son haleine terreuse lui effleura les narines.

— Il est puissant et dangereux, et son pouvoir s'étend bien au-delà de ce que l'on peut imaginer.

— Je connais l'étendue de son pouvoir.

— Tu ne devrais pas.

— Il a fait de ma vie un charnier, je ne vois pas comment il pourrait encore m'atteindre.

— Tu as encore des amis. Et ta fille est quelque part…

Léo lui saisit la main. Elle pouvait sentir sous la peau pellucide les os dépourvus de chair.

— Tu lui as parlé de Roxane ?

— La seule chose qu'il semble ignorer pour l'instant est bien celle-ci. Mais un jour ou l'autre, il saura.

Léo relâcha délicatement la main de sa mère et l'accompagna sur le drap. Elle se pencha un peu plus, jusqu'à ce que se mêlent leurs souffles.

— Si je représente une menace, pourquoi ne m'élimine-t-il pas purement et simplement ?

— Il t'a toujours considérée comme sa fille, et tu es la seule, l'unique personne à lui avoir donné un peu d'affection. Je ne sais pas ce que tu manigances contre lui mais sois prudente. Si tu le frappes, fais en sorte qu'il ne se relève pas sinon il ne t'épargnera pas.

Les derniers mots étaient à peine audibles, la conversation l'avait épuisée. D'un geste las, Valériane lui montra un récipient avec de l'eau sur la table roulante en formica blanc. Léo lui souleva la nuque et glissa la paille entre ses lèvres. Elle en avala juste une gorgée.

— Quel est son nom, à l'infirmière ?

— Valentine.

— Tu veux bien l'appeler, je te prie.

Gilles Damais n'était pas encore rentré chez lui, Léo l'attendit dans sa voiture. L'assiduité de Gerbod au chevet de sa mère la troublait, la compassion pour une amie malade ne pouvait en être la seule raison. Que lui voulait-il ? Seulement intimider Léo par son biais ? Ou bien cherchait-il à lui arracher des révélations retenues malgré la souffrance ? En haut de la rue, une silhouette apparut sur le trottoir désert. La démarche rigide et droite trahissait le militaire. Léo alla à sa rencontre. Ils se parlèrent seulement dans la maison. Elle lui remit la liste des agents infiltrés. Il la chargea sur son ordinateur. Après l'avoir lue, il affecta un air grave.

— Vous l'avez eue comment ?

— Les Russes.

— De mieux en mieux ! Vous êtes sûre que ce n'est pas de l'intox ?

— Non, Gilles. S'intoxiquer mutuellement conduirait à l'asphyxie. Chacun de nous en est conscient.

Il lut des noms, secoua la tête.

— L'amiral Beltram, le général Carver, et Bertrand

Achard. Même lui ! Tous à des postes clés du renseignement. Comment ont-ils pu retourner leur veste ?

— Selon eux, ils ne l'ont pas retournée, loin de là. Chacun est convaincu d'être investi d'une mission qui aura sa justification à moyen terme. Il veulent créer une Europe plus forte, plus indépendante, plus audacieuse pour lutter contre la Chine, la Russie, les États-Unis et tous les autres. Une conception élargie du patriotisme. Avant tout, ils sont européens. Ils sont en train de faire de l'Europe un État fédéral, ils construisent la plus grande nation capable d'assurer son indépendance alimentaire et sa sécurité énergétique. Après tout, c'est peut-être nous qui sommes les traîtres en nous alliant avec l'ennemi pour fomenter un putsch.

Les yeux écarquillés, il la fixait.

— Vous n'êtes pas sérieuse, Léo. Abattre ce mégalomane est tout sauf un putsch.

— Seule l'histoire le dira.

— Je ne sais pas ce que l'histoire dira sur Gerbod mais un lien a été fait entre lui et la prostituée du manoir.

— Comment ?

— Un témoignage.

— De qui ?

— C'est un peu là le problème. Une entremetteuse qui monnaie ses derniers charmes contre du whisky bon marché. Elle se souvient bien de la soirée du manoir. C'est elle-même qui avait présenté Véronique Martinet à Gerbod. Elle se le rappelle d'autant plus que, dans la soirée, la fille était parvenue à s'échapper quelques minutes. Elle avait supplié l'entremetteuse de lui donner un autre client parce que Gerbod était, je cite, « un pervers sadique complètement frappé ». Mais elle a refusé et a renvoyé la fille dans ses pattes. Et à dater de ce jour, elle ne l'a plus revue. Des bruits avaient couru qu'elle était retournée dans le Nord chez sa grand-mère. Le témoignage est sérieux.

— Et qu'en fait-on ? demanda Léo.

— Si on s'en tient à la loi, je dois informer le procureur.

— Pas tout de suite, objecta-t-elle. Les opérations en cours pourraient être compromises et on s'écarterait de l'objectif initial. Nous donnerons l'affaire au proc quand tout sera terminé. Pas avant. C'est une question de quelques jours.

Le téléphone de Léo sonna. C'était Marc. Elle ne répondit pas. Sa boîte vocale lui signala un message. À nouveau le téléphone, Léo le prit, agacée. Karl. Sa voix d'outre-tombe l'alarma.

— Il faut que tu viennes, Léo, tout de suite.

— Où ?

— Chez moi.

— Karl, tu vas bien ?

— Oui, mais viens tout de suite.

Il raccrocha avant qu'elle n'ait pu lui demander des explications.

— Un problème ? s'inquiéta Gilles Damais.

— Je crois, oui... C'était Karl.

— Vous voulez que je vous accompagne ?

— On risque de nous voir ensemble, ce n'est pas prudent. Je vous tiens au courant.

La porte d'entrée était entrouverte, Karl prostré sur le fauteuil du salon. Léo se jeta à ses pieds.

— Karl !

— La cuisine…

Une chaise, une casserole, des ustensiles étaient renversés sur le carrelage au milieu des croquettes éparpillées. Une odeur métallique la saisit soudain, elle leva les yeux et retint un cri. Un couteau de cuisine était planté dans la porte du placard, sa lame transperçait le petit corps cabossé de Babylone.

Une vague de rage dévastatrice partit des tripes de Léo et remonta dans sa gorge, charriant une bile acide qu'elle déversa au-dessus de l'évier dans un râle. L'envie furieuse d'aller clouer Gerbod sur la porte de sa maison avec une flèche lui apparut soudain comme une nécessité salvatrice, comme la dernière option qu'elle seule pourrait assumer. Elle lutta contre cette pulsion féroce et appela Justine.

Équipée de gants en latex et d'une pince, Justine retira une photo coincée dans le dos du petit animal.

On y voyait Léo en compagnie de Karl, attablée dans un restaurant devant un gâteau d'anniversaire au milieu d'inconnus qui applaudissaient, le sourire aux lèvres. Le genre d'événements dont Léo ne raffolait pas mais qui amusaient Karl. Le technicien de l'Identité judiciaire prit plusieurs photos puis laissa Justine continuer l'examen de l'animal. Du bout de la pince, elle souleva l'une des pattes avant, scrutant le dessous des griffes.

— Le type qui a fait ça a été esquinté, il y a de la chair sous les griffes. Si Karl le veut bien, j'emporte le chat au labo.

— Tu as de quoi faire un prélèvement ADN ici ?

— Pourquoi ? demanda Justine vaguement déconcertée.

— Au cas où on t'imposerait de boucler l'affaire avant même d'avoir eu les résultats des analyses.

— Je comprends, concéda-t-elle.

Le générique de la série *Dallas* retentit dans la cuisine, le technicien répondit à un appel. Léo en profita.

— Tu n'y es pour rien, Justine. Si on te dit de stopper l'enquête, tu stoppes sans poser de questions, parce que c'est certainement ce qui va arriver. Ce message m'est destiné. Il me dit clairement que Karl est visé. Je ne veux pas qu'il lui arrive quelque chose, ni à toi, ni aux quelques personnes qui me restent.

— C'est Gerbod qui est derrière ce… cette saloperie ?

— Oui.

Justine effectua un prélèvement et le glissa dans une petite enveloppe cristal qu'elle remit à Léo.

— Bonne chance, Léo. Je me sens si impuissante que je m'interroge sur ma lâcheté. J'aimerais tant pouvoir t'aider.

— Ne t'en fais pas, bientôt tout sera terminé. Pour de bon.

Justine hocha la tête, les lèvres serrées. Cette affaire la dépassait parce qu'elle prenait ses racines bien avant la mort de son frère. C'est ainsi que Léo interpréta son attitude résignée.

— Va voir Karl, dit-elle à Léo. Je m'occupe du chat.

Profondément accablé, Karl s'était retranché dans une torpeur qui bornait sa souffrance. Léo s'assit sur l'accoudoir du fauteuil et se pencha pour l'entourer de ses bras. Des hoquets le secouèrent et il sanglota contre sa poitrine. Un peu plus tard, il leva vers elle un visage ruisselant.

— C'était un chat incroyable, tu sais. C'est vrai qu'il n'était pas beau, c'est vrai aussi que je m'étais fait avoir, dit-il en riant à travers ses larmes, mais qu'est-ce qu'il était sympa. C'est la première fois que j'avais un animal et ces quelques jours avec lui ont été de bons moments. Il va me manquer.

— Il s'est défendu comme un lion. Le type qui l'a eu a été sévèrement griffé. On finira par le retrouver.

Karl haussa les épaules.

— Babylone n'était qu'un chat, Léo. Tu as perdu ton mari, ton père, et ta mère est en train de mourir. Préserve-toi pour Roxane, mobilise toutes tes forces pour que vous puissiez enfin vous retrouver. C'est tout ce qui importe.

Il essuya ses larmes d'un revers de manche et se moucha.

— Tu veux bien m'apporter un verre de vin ? Il y en a dans le frigo. Je ne peux pas aller à la cuisine.

Justine avait décroché le chat et l'avait enveloppé

dans des torchons propres avant de le mettre dans un sac-poubelle. Le technicien terminait le relevé d'empreintes. Léo apporta au salon une bouteille de vin blanc et des verres puis entreprit de nettoyer la cuisine. Justine lui donna un coup de main. Quand elles eurent terminé, elles rejoignirent Karl qui leur montra le film de la chasse d'eau. Tous trois convinrent que Babylone était un sacré chat.

— À la prochaine facture d'eau, je penserai à lui, conclut Karl avec tristesse.

Après le départ de Justine, Léo remplit à nouveau les verres et alla chercher quelque chose à manger dans le réfrigérateur. Au passage, elle essuya les deux petits bols de Babylone et les rangea au fond d'un placard. L'entaille dans le bois était profonde, elle ne trouva rien pour la dissimuler.

Ils ouvrirent une deuxième bouteille de vin et parlèrent jusqu'au milieu de la nuit. Fatigués et un peu ivres, ils s'endormirent habillés sur le lit de Karl.

Léo resta une bonne partie de la journée du lendemain à I3S. Elle envoya des mails, passa des appels, de quoi alimenter les écoutes et indiquer que le message était compris. Gerbod ne serait pas dupe mais cette stratégie lui permettait de perturber momentanément le compteur du temps. Toute l'équipe redoubla d'attention envers Karl qui traînait sa mélancolie. Jeanne lui parla à plusieurs reprises en aparté. L'ex-détective s'était métamorphosée depuis cette soirée où Léo avait sonné à sa porte, et surtout depuis l'apparition de Karl à I3S. Ses vêtements mettaient en valeur ses rondeurs et lui donnaient cette vénusté un peu surannée qui pouvait séduire Karl.

Léo appela Nath pour lui confirmer que la réunion destinée à préparer l'opération en Campanie se tiendrait en fin de journée à la planque de Sainte-Geneviève-des-Bois, elle était chargée de les récupérer à 17 heures à la sortie du RER d'Épinay-sur-Orge. Puis elle appela sur la ligne de l'officine un coiffeur dans la galerie marchande d'un hypermarché de cette ville pour prendre un rendez-vous à la même heure, histoire de justifier son déplacement.

On ne pouvait pas les manquer. Tout de noir vêtus et lunettes de soleil sur le nez, les quatre Black Green attendaient sur le trottoir. Il y avait Nath, Werner et un couple qu'elle ne connaissait pas. Aussi grands que Werner, les épaules larges, ils pouvaient avoir une quarantaine d'années. Léo freina à leur hauteur.

Werner présenta le couple, Hans et Monika, tous deux originaires de Berlin. Léo les salua en allemand et se glissa dans le flot de la circulation. La fille, aux cheveux courts d'un noir bleuté, avait une balafre qui prenait naissance derrière l'oreille et lui traversait la joue. Personne ne dit un mot jusqu'à la planque où deux berlines stationnaient déjà dans la cour. Ariel referma les battants du portail métallique derrière Léo.

Toujours figée devant sa télé cernée par des ventilateurs, la grand-mère de Louis ne leur prêta aucune attention quand, l'un derrière l'autre, ils gravirent la vingtaine de marches menant au studio. La chaleur y était étouffante, ce qui ne semblait pas perturber Sacha plongé dans un magazine d'informatique. Eitan ouvrit les fenêtres et tira les volets, provoquant un léger courant d'air qui abaissa la température de quelques degrés.

Sacha fit un signe de tête en guise de bonjour et informa Léo qu'Igor était arrivé dans l'après-midi. Tous les membres de l'opération de la tour Boileau devaient se retrouver dans la soirée à Ivry à une adresse qu'il lui chuchota à l'oreille. Léo prévint Karl.

Sur l'invitation d'Eitan, tous s'assirent autour de la table. Épaule contre épaule, les Black Green dévisageaient en silence les autres participants. Leur attitude, froide et impassible, indiquait que les agents du

Mossad et du SVR ne les impressionnaient pas. Léo en fut rassurée, admettant pour la première fois que la mission avec eux tous était jouable. Après s'être enquis auprès de chacun des langues parlées, Eitan décréta que le français serait la langue adoptée pour la réunion qui démarra aussitôt. Il enfonça une touche de son ordinateur, la photo d'un village s'afficha.

— Nous serons basés à Casernola, un village à six kilomètres du site. On vous déposera avec le matériel dans une clairière du bois qui longe les cultures par l'ouest. Vous aurez sept cents mètres à parcourir jusqu'au chemin de ronde. La nuit, les patrouilles sont rares et facilement repérables grâce aux phares. Vous aurez le temps de vous planquer si l'une d'elles se pointe. Le point de passage sera au pied d'une petite tour ronde en ruine et partiellement effondrée. Une ouverture aura été découpée un peu avant. L'enceinte passée, il vous faudra ensuite franchir les maïs en file indienne. Pour les plus grands, vous devrez avancer courbés car votre tête va dépasser. Nath, vous mesurez combien ?

— 1,62 m.

— Un conseil, ne lâchez pas le groupe car vous n'aurez aucune possibilité de vous repérer et vous vous perdrez. Les plants font dans les 1,70 m, ce qui ne devrait pas poser de problème pour les autres, dit Eitan après avoir jaugé les Allemands. Une fois les champs traversés, vous devrez mettre HS une des caméras sans qu'ils s'en rendent compte. Avec un pistolet de paint-ball, un tireur projettera sur l'objectif une capsule de vernis gluant qui floutera suffisamment l'image pour masquer l'intrusion dans le périmètre. Le plus gros morceau : neutraliser la dizaine de gardes. À cette heure de la nuit, ils se trouvent dans la salle des écrans de contrôle située sous le hangar des minidrones.

— Par neutraliser, vous entendez quoi ? demanda Werner.

— Vous adaptez votre riposte à l'attaque. S'ils sont armés, vous tirez. Qui ici n'a jamais utilisé une arme ?

Personne ne leva la main. Eitan jeta un œil interrogatif en direction de Léo qui ne se justifia pas. Il n'avait pas spécifié le type d'arme. Son arc ferait parfaitement l'affaire.

Eitan leur signala qu'ils auraient deux jours pour s'adapter aux armes et au matériel. Il continua sur les aspects techniques et logistiques de l'opération. Quelqu'un filmerait tout. L'un des Black Green devrait s'en charger. Les trois Allemands tournèrent la tête vers Nath, désignée d'office sans concertation préalable. Eitan ramassa une sacoche rectangulaire rembourrée et la poussa vers Nath qui en sortit un caméscope HD. Ses gestes précis indiquaient sa pratique de ce type d'appareil. Elle toucha plusieurs boutons, regarda dans l'objectif et sourit.

— Du bon matos ! Pas de problème pour l'utilisation. Je le garde ?

Il hocha la tête.

— Entraînez-vous à l'avoir bien en main, il n'y aura pas de prise d'essai. Dès la sortie des maïs, vous filmez tout sans interruption, ce qui veut dire que vous aurez l'autre œil ouvert sur ce qui se passe autour.

— Je l'ai déjà fait. J'ai tourné la plupart des films accessibles sur notre site.

Eitan parut approuver le travail et conclut par ce que tous attendaient. La révélation du jour J.

— L'opération est prévue pour la nuit de samedi

à dimanche, soit dans cinq jours. Nous quittons Paris jeudi soir. Des questions ?

Il y en eut plusieurs. Les Black Green se détendirent partiellement quand Eitan leur confirma qu'à aucun moment les Russes ou les Israéliens n'apparaîtraient. C'était une opération 100 % Black Green. Tout le bénéfice leur serait crédité.

— Et si ça tourne mal ? demanda Nath.

— Ce qui restera de vos cadavres ne remplira pas un bol. Alors…

Après la réunion, Léo donna à Eitan l'enveloppe cristal qui contenait les fragments de chair prélevés sous les griffes de Babylone et lui décrivit le meurtre de l'animal.

— Le prochain sur la liste est Karl, dit Léo.

— Ce chat était la dernière victime. Gerbod ne sera bientôt plus nuisible, on va le réduire en poussière.

— J'y croirai quand je le constaterai de mes propres yeux. Mais ne le sous-estimez pas, il a des ressources.

Elle lui parla du témoignage dans l'affaire de la prostituée du manoir. Eitan approuva.

— On doit le cerner de toutes parts : même si on parvient à porter un coup fatal à l'Institut européen, il peut s'en relever. Les affaires au pénal devraient l'en empêcher.

Léo désigna la pochette cristal.

— Je suis certaine que celui qui a tué le chat a également participé à l'assassinat de Khaled, on doit aussi le démontrer.

Léo laissa les Black Green là où elle les avait récupérés. Pas plus qu'à l'aller, ils n'avaient ouvert la bouche. Seule Nath se fendit d'un sourire.

— Merci Léo.

À la sortie d'Épinay-sur-Orge, en pleine zone commerciale, elle réactiva la géolocalisation et la désactiva quelques kilomètres plus loin sur le parking d'une autre zone.

Ils avaient rendez-vous dans un hôtel sans étoiles. Assis sur le dossier d'un fauteuil élimé de la réception, Ariel l'accueillit et la conduisit dans une salle qui avait connu des jours plus fastes, comme l'attestait une photo jaunie accrochée au mur. Eitan discutait à voix basse avec Karl, Jade et Élisabeth. Les Russes n'étaient pas encore arrivés.

À travers les rideaux décolorés par le soleil, on pouvait voir Youri en faction dans un renfoncement de l'autre côté de la rue, un téléphone contre l'oreille. Léo se laissa tomber sur une chaise. Elle commençait à en avoir assez de traverser les miroirs et aspirait à des paysages à perte de vue. La Bretagne s'imposa comme une évidence, avec la pensée un peu folle d'y emmener Roxane. Sa fille ne connaissait sans doute pas cette région. Elle s'imagina fouler le sable humide à ses côtés, le regard tourné vers la ligne d'horizon où le ciel et la mer fusionnaient. Mais il y avait encore du chemin à parcourir d'ici là : plantée sur le seuil de la salle, Roxane l'observait, froide et distante. Elle jeta un œil derrière son épaule et entra, suivie d'Aleksander, de Sacha et d'Igor. Léo en renversa sa chaise quand elle se leva.

— Igor !

Un sourire illumina son visage aux lignes anguleuses, il tendit les bras vers Léo.

— Igor, comme je suis heureuse de vous revoir.

Elle se dégagea de l'étreinte pour le détailler et l'entraîna à l'écart.

— On dirait que la cuisine russe vous profite, vous vous êtes remplumé, c'est bien.

— Vous devriez y faire un séjour parce que c'est loin d'être votre cas, Léo. Vous ressemblez à un anchois.

— Quand je pense que vous allez être papa ! Je parie qu'elle connaîtra le langage binaire avant de savoir parler.

Igor adopta soudain un air gêné.

— À propos de ma défection, je…

— Laissez tomber, Igor, si les Russes ne vous avaient pas récupéré, vous seriez encore entre les mains de Gerbod. Et puis, voyez où nous en sommes aujourd'hui, et avec qui ! On va dire que vous avez seulement anticipé les événements. Et on reprend là où on s'est arrêtés ce matin du 25 novembre.

L'informaticien hocha la tête, les yeux rieurs. Ils étaient heureux de se retrouver.

Eitan les invita à s'asseoir autour de deux tables rectangulaires rapprochées pour en constituer une seule. Roxane était assise juste en face d'elle, à côté de son inséparable. Karl à sa gauche dans l'alignement, et Eitan à droite dans la perpendiculaire. Tous fixèrent l'Israélien quand il se mit à parler en français, rappelant que l'intrusion dans la tour Boileau était à l'ordre du jour. Il fit circuler plusieurs exemplaires d'un document destinés à chacun des participants, un mémo rassemblant toutes les données fournies par les uns et les autres, une synthèse technique qui devait les éclairer sur la façon de prendre la main sur les différents systèmes de contrôle. Après la lecture du document, la conversation se mua en brainstorming où chacun alla de son commentaire, qu'Igor contestait ou valorisait avec force arguments concis et imparables. Au grand étonnement de Léo, Roxane parlait avec une aisance d'académicienne un français sans accent. L'entendre relevait du pur bonheur et Léo se contraignit à poser son regard sur elle seulement quand elle s'exprimait. C'est finalement Igor qui eut le dernier mot. Il décrivit en quelques lignes une procédure d'intrusion qui devait leur permettre de prendre les commandes du réseau informatique. La réactivité du système était une inconnue et les estimations les plus optimistes leur laissaient quelques dizaines de minutes pour se saisir des données. La répartition des uns et des autres dans les différents bureaux repérés par Jade et les Lituaniens devait être calculée à la minute près. Comme pour la Campanie, il n'y aurait pas de ballon d'essai. Le jour J était prévu pour la nuit du dimanche au lundi, juste après la Campanie.

— On aura moins de vingt-quatre heures entre les deux opérations ?

— Oui, Léo. Vous et Ariel devrez récupérer dans la journée de dimanche, un avion vous rapatriera dès l'aube. De la quasi-simultanéité des deux opérations dépend la réussite globale. Le raid en Campanie va créer un mouvement de panique. Et pour des questions évidentes d'organisation, ils ne pourront pas rassembler leurs troupes avant lundi. Nous devons frapper dans l'intervalle. Puis nous retrancher jusqu'à ce que l'affaire éclate. Selon vous, Canari sera prêt à quel moment ?

Canari était le nom de code attribué à Patrick Carbonel.

— Pas avant la fin de la semaine prochaine, le temps que les analyses des prélèvements opérés en Campanie soient validées, les données étudiées, les images montées et dupliquées. Nous devrons être dans une planque sûre et introuvable entre l'intrusion dans la tour et la révélation publique, parce que Gerbod va lâcher ses chiens.

— Tout est prévu. La planque est prête.

— Ils vont mettre à sac I3S.

— On y a pensé, Léo, ils ne le pourront pas. Des journalistes et une équipe de télé seront à proximité de votre cabinet. Ces derniers temps, la brutalité policière a été montrée du doigt à Montreuil, ils ne peuvent pas se permettre une autre affaire comme celle du squat évacué. Les dégâts devraient être limités.

Léo pensa à sa mère qui pouvait mourir sans qu'elle l'ait revue une dernière fois. Son regard croisa celui de sa fille, vif et attentif. Son intelligence était étonnamment perceptible. Sortait-elle avec Aleksander ? Elle en doutait. Leur façon de se comporter donnait l'impression qu'ils s'aimaient comme frère et sœur et non comme des amants. Son père aurait été si heureux de les voir toutes deux à la même table. Le jour déclinait et personne n'avait éclairé la grande salle. Eitan leva la séance après les avoir remerciés. Rendez-vous était pris pour le dimanche quelques heures avant d'investir la tour. Léo retrouverait sa fille à ce moment-là. Si la Campanie la relâchait indemne…

L'Embraer se posa en douceur sur la piste de l'aéroport de Naples, dépassa l'aérogare et roula jusqu'à un hangar éclairé. Les hautes portes latérales glissèrent sur leur rail et l'appareil fut tracté. Le vol de plus de deux heures avait été agréable dans cet avion d'affaires aux équipements confortables. Léo avait échangé quelques mots sur Roxane avec Sacha qui s'était montré plutôt laconique, ne lâchant que des informations très générales. Comme elle s'agaçait, le Russe lui avait rappelé qu'il respecterait sa promesse et que sous peu, elle pourrait parler à sa fille. Leur conversation avait pris fin quand Eitan leur avait distribué un plateau-repas froid. Peu de mots avaient été échangés avec les Black Green, restés tous les quatre à l'écart. En début de vol, Eitan avait confirmé à Léo que la chair récupérée sous les griffes du chat appartenait bien à l'un des hommes de main de Gerbod. Il avait pu la comparer avec le fichier d'empreintes génétiques.

Les portes du hangar étaient partiellement refermées et deux hommes s'affairaient autour de l'avion. Tous les quatre en treillis et blouson de toile noire, les Black

Green, rangers aux pieds, paraissaient déjà au cœur de la mission, une allure bien éloignée de celle de Léo en jean, chemisette et baskets de toile. Même si, lors de son passage à l'Agence de sécurité économique, elle avait mis au point des opérations délicates et souvent risquées, Léo n'était pas une femme de terrain. Dans le sillage des éco-combattants, des agents israéliens et de Sacha, elle se demanda si elle n'avait pas présumé de ses capacités. Les hommes chargèrent les bagages à l'arrière de deux microbus noirs aux vitres fumées dans lesquels l'équipe se répartit.

L'aéroport de Naples ne fut bientôt plus qu'une ombre parée d'une traîne de petites lumières. Les microbus prirent la direction de l'ouest et, très vite, l'obscurité les avala. Ils traversèrent quelques villages endormis dans une campagne où surgissait parfois la silhouette imposante d'un massif. Une heure plus tard, le chauffeur ralentit à la sortie d'un bourg et bifurqua sur un chemin de terre. Il roula encore quatre ou cinq cents mètres avant de s'arrêter dans la cour d'une grande bâtisse à l'abandon, comme en témoignaient les fenêtres poussiéreuses dépourvues de rideaux qui apparurent dans le faisceau des phares. Une odeur âcre la saisit avant même de descendre du véhicule.

— C'est quoi cette odeur ? Elle est infecte !

— Il y a une décharge à trois cents mètres, ils font cramer des déchets toxiques.

— On ne risque pas de s'empoisonner ?

— Pas en deux jours, mais il ne faudrait peut-être pas rester plus longtemps. C'est le prix à payer pour notre tranquillité.

Chacun récupéra son sac et avança en direction du bâtiment éclairé au rez-de-chaussée. La porte d'entrée donnait sur une vaste pièce meublée d'une longue table au bois patiné, de deux bancs, d'une armoire et d'un bahut. Contre un mur s'empilaient une demi-douzaine de grosses cantines métalliques et de volumineux sacs noirs à côté desquels ils posèrent les leurs. Eitan les invita à prendre place autour de la table lorsqu'une porte s'ouvrit sur trois hommes. Léo identifia aussitôt l'un d'eux.

— Éric, je rêve !

Elle le rejoignit, lui prit les mains et l'examina à la lumière du plafonnier. Sa peau était hâlée et il paraissait en bonne forme. Son éternel petit sourire sarcastique déformait un coin de sa bouche.

— Bonjour Léo.

Elle se tourna vers Eitan, rayonnante.

— Vous êtes un cachottier Eitan, vous auriez pu me le dire.

— Hier encore, sa présence était discutée. C'est lui qui a insisté pour venir.

— Quand j'ai su que vous étiez du commando… se justifia Éric.

Les Black Green l'observaient, intrigués.

Il était vrai que l'ex-agent de terrain de la DGSE en imposait. Pas seulement par sa stature, aussi par son attitude. Sa façon d'évoluer dans l'espace et de l'occuper promettait une recrue de poids. Ils se saluèrent d'un signe de tête et s'assirent autour de la table. Léo était heureuse de le trouver là. L'intégration d'Éric dans le groupe accroîtrait de manière significative leurs chances de réussite.

Eitan présenta Éric et les deux inconnus : Simon et Noah, l'équipe de repérage. Eitan résuma ensuite l'organisation des deux jours. Ils allaient d'abord se reposer quelques heures puis la matinée serait consacrée à l'inventaire du matériel et à sa répartition. Ensuite, ils verraient point par point le déroulement de l'intrusion sur le site et la neutralisation des gardes. Dans le sous-sol, ils avaient sommairement reproduit le local de surveillance, ce qui leur permettrait de mieux le visualiser. Le reste du temps serait réservé au maniement des armes et des différents matériels. Le briefing dura moins d'un quart d'heure et tous, munis de leurs sacs, montèrent à l'étage. Éric porta celui de Léo jusque dans un dortoir occupé par une dizaine de lits superposés. Les garçons et les filles s'étaient séparés en haut des escaliers. Des draps et des couvertures emballés dans des sacs de pressing étaient posés sur trois lits du bas à même les matelas au tissu douteux. Éric s'arrêta devant l'un d'eux, posa le sac sur le plancher mité et éclata de rire quand il découvrit la mimique de dégoût de Léo.

— Eh oui, Léo, ce n'est pas le Carlton. Comme vous pouvez le constater, c'est une ancienne colonie de vacances. Mais entre nous, pour ce que vous allez y dormir…

En bons petits soldats, Monika et Nath commençaient déjà à déplier un drap, l'air nullement préoccupées par l'état de la literie. Léo en attrapa un et arracha le plastique.

— Merci Éric, j'espère que demain, on aura un moment pour parler un peu.

— On le trouvera, dit-il en l'aidant à étirer le drap sur le matelas.

Il se mit à chuchoter.

— Je sais ce que vous avez fait pour moi, pour

Latifa, et les risques que vous avez pris. On ne vous remerciera jamais assez.

— Vous avez pu voir Latifa ?

— Hier, avant qu'elle ne parte pour Jaffa. Elle s'en est sortie, mais de justesse. Eitan n'a pas voulu vous alarmer mais on a bien cru qu'elle allait y passer. Son corps, son esprit avaient cessé de lutter. J'ai eu très peur…

Un sentiment sans doute ressenti par Éric dans des situations extrêmes, mais bien éloigné de sa peur de perdre Latifa. Il avait toujours gardé un œil sur elle, comme un grand frère attentif et vigilant. Léo se souvint de ce jour quand ils avaient repéré Latifa, agitant son pull à travers la meurtrière de l'usine désaffectée où elle avait été à deux doigts de se faire dévorer par les chiens de Lasserre. Assis à côté de Léo dans le convoi des forces spéciales, il lui avait serré le bras avec une telle force qu'elle en avait gardé un bleu plusieurs jours. Elle imagina aisément son inquiétude pendant toutes ces heures passées à la veiller.

Éric lui montra le coin des sanitaires. Les douches se réduisaient à des pommeaux fixés dans le carrelage, les uns à la suite des autres sans aucune séparation. Son intimité allait être malmenée. Un nouvel éclat de rire secoua Éric.

— Loin de moi l'idée de me moquer, mais la tête que vous faites, Léo, c'est rien de le dire !

Il voulut la rasséréner en lui annonçant qu'il y avait de l'eau chaude si on voulait bien se montrer patient.

Léo se déshabilla dans le noir et se glissa sous le drap, rapidement happée par un sommeil sans rêves.

Le ronronnement continu de gros moteurs la réveilla. Les filles étaient déjà prêtes, elle ne les avait pas entendues. Monika lui adressa un bonjour presque amical auquel Léo répondit avant d'aller se poster derrière la fenêtre.

Une file de camions longeait la bâtisse par l'arrière et s'enfonçait trois cents mètres plus loin dans une brume orangée. La décharge brûlait. Monika la rejoignit.

— Ils balancent tout : déchets de fonderie, restes de mazout, colles, compost contaminé, engrais avec des substances empoisonnées. Les déchets de l'Italie échouent en Campanie. Toute la région déborde d'ordures. Un trafic très lucratif pour la Camorra.

Léo suivit des yeux les chauffeurs dans les cabines des camions.

— Ils ont l'air jeune.

— Les chauffeurs routiers ne veulent plus transporter les chargements jusqu'à la décharge, ils s'arrêtent avant et les gamins les remplacent contre quelques euros. Et dans dix ans, ils auront un cancer du foie ou du pancréas. Mais qui cela intéresse-t-il vraiment ? demanda Monika dans un geste d'impuissance.

Tous étaient assis autour de la table du petit déjeuner, les Black Green regroupés à une extrémité. Éric coupait du pain, il posa trois tranches devant la tasse de Léo, poussa le beurre et la confiture.

— Bien dormi ?

Oui, Léo avait bien dormi, en dépit du matelas et de l'étroitesse du lit. Le petit déjeuner terminé, Noah et Simon ouvrirent les cantines et les alignèrent le long du mur, indiquant le début de l'inventaire. Eitan demanda sa pointure à Léo puis donna un ordre en hébreu à Simon. Ce dernier ramassa un sac et le lui tendit. Eitan le fouilla, il en sortit plusieurs paires de rangers qu'il retourna une à une. Il tendit une paire à Léo, les chaussures étaient usées.

— Ne faites pas la moue, dit Eitan. Si ces chaussures ont déjà été portées, c'est pour éviter d'abîmer vos jolis pieds, et surtout, vous courrez mieux.

Il sortit aussi du sac un treillis bleu marine et un blouson assorti.

— C'est un peu grand mais vous serez à l'aise.

Comme tous les autres étaient déjà équipés de treillis sombres, Eitan enchaîna avec le matériel destiné au transport des différents échantillons. Tous porteraient un sac à dos contenant des boîtes métalliques de différentes grandeurs. À Léo, il tendit un sac un peu différent de celui des autres, et plus lourd.

— En plus des disques durs, c'est vous Léo qui serez chargée des prélèvements dans le laboratoire. Le sac est plus lourd parce qu'il est blindé. Il ne faudrait pas qu'une balle perdue le transperce pendant que vous transporterez l'agent doré.

— Je vais devoir le manipuler ?

— Oui. Éric vous accompagnera jusque dans le laboratoire pour surveiller vos arrières mais vous seule assurerez la manipulation de l'agent doré stocké en bidons de cinq litres dans une salle spéciale du labo. Notre homme nous a dit que si vous suiviez avec exactitude la marche à suivre pour le transvasement, il n'y a aucun risque.

Aux pieds de Sacha, une mallette carrée en métal mat. Il la posa sur une cantine et l'ouvrit.

— Nous avons conçu cette valise pour transporter des produits hautement toxiques.

— Il est vrai que vous êtes des spécialistes de la question, souligna Eitan, offrant au Russe son sourire carnassier.

— Chacun nos spécialités, reconnut Sacha avec une fausse pudeur.

Il tendit à Léo une paire de gants en cotte de mailles métallique très fine.

— Essayez-les.

Avec précaution, Léo enfila les gants dont la texture était étonnamment fluide. Ils étaient un peu grands mais elle put sans difficulté saisir le crayon que lui donna Sacha et écrire sur un bloc.

— Avec ces gants, vous serez protégée et vous transvaserez directement l'agent doré dans ce flacon.

Il sortit d'une alvéole une bouteille ventrue, en verre épais, équipée d'un bouchon au dispositif complexe.

— Grâce à ce système, il n'y aura pas de reflux et la manipulation se fera en toute sécurité.

Les Israéliens détaillaient le contenu de la mallette avec un intérêt soutenu. Sacha récupéra les gants et la referma, signe qu'ils en avaient assez vu. Il la glissa ensuite dans le sac à dos pour vérifier qu'elle s'adaptait bien à son volume. Satisfait, il tapota le sac.

— Une petite contribution de la Russie !

Eitan fit un signe de tête à Simon et à Noah. Ils soulevèrent une lourde cantine et Eitan invita le groupe à les suivre. Ils franchirent un long corridor et descendirent un escalier étroit qui s'enfonçait dans les entrailles du bâtiment. Après avoir traversé ce qui avait été une lingerie et une cave à vin, ils parvinrent dans une longue salle au fond de laquelle on avait accroché une demi-douzaine de cibles.

Noah ouvrit la cantine qui contenait des pistolets,

des fusils d'assaut et des munitions. Léo prévint Eitan qu'elle revenait dans cinq minutes. Elle courut jusqu'au dortoir, enfila son treillis, attrapa une valise-housse et retourna au stand de tir. Les armes avaient été distribuées, Eitan tendit un pistolet à Léo.

— Un Beretta, vous l'aurez vite en main.

Léo lui montra la valise-housse.

— J'ai mieux et bien moins bruyant.

Elle accrocha un carquois à sa ceinture, y glissa des flèches et sortit l'arc en trois morceaux qu'elle reconstitua rapidement d'une main experte.

Un sourire à la fois curieux et moqueur s'afficha sur la plupart des lèvres, sauf celles d'Éric. Eitan paraissait ennuyé.

— Léo, j'ai bien peur…

— De quoi ? coupa Léo qui positionna une flèche.

— Je ne sais pas si…

Léo arma, visa et lâcha. Tous les regards se tournèrent vers la cible. Plus personne ne souriait. Sauf Éric. La flèche était plantée au cœur de la cible.

— Qu'est-ce que vous ne savez pas ? reprit Léo.

— Vous avez raison, c'est bien moins bruyant.

Eitan obtint malgré tout que Léo tire quelques balles avec le Beretta, il fut impressionné par sa maîtrise et sa précision. Elle finit par lui rendre le pistolet.

— Je n'aime pas les armes à feu, Eitan. J'espère ne pas avoir à m'en servir.

Après l'entraînement au tir, ils passèrent dans une autre salle du souterrain où avait été reproduite la salle des gardes. Les pupitres des drones, les écrans de contrôle, l'armurerie, le mobilier, les deux accès : celui des toits avec le hangar des drones et l'autre montant du rez-de-chaussée. Pour que l'effet de surprise soit total, ils devraient surgir simultanément des deux côtés. L'arrivée par les toits était réservée à Éric et Ariel, ils l'atteindraient à l'aide de filins électriques. Les Black Green et Sacha investiraient la place par le bas. Ils répétèrent la prise de contrôle de la salle à plusieurs reprises, jusqu'à ce qu'Eitan décrète qu'ils étaient prêts. Ils achevèrent l'entraînement par l'apprentissage de la neutralisation des pupitres des drones.

L'après-midi était bien entamé quand ils rejoignirent la salle à manger où Simon avait préparé un repas composé de salades, de crudités et de viande froide. Ils mangèrent fenêtres et volets fermés à cause de l'odeur et du bruit des camions. Les véhicules étaient à l'abri dans les hangars, rien n'indiquait que le centre de vacances était occupé.

Une fois le repas terminé, ils passèrent le reste de l'après-midi autour du plan du site étalé sur la table, répétant inlassablement le rôle et le timing de chacun.

Les camions cessèrent de circuler à la fin du jour. Restait l'odeur, incommodante et irritante.

La discussion dégénéra au petit déjeuner quand Werner, qui avait écouté les infos, s'emporta contre la construction dans Jérusalem-Est de nouveaux immeubles destinés à être occupés par des colons juifs.

Léo abandonna rapidement le terrain et se réfugia dans un petit salon aux deux canapés défoncés où Éric la retrouva quelques minutes plus tard.

— Vous n'avez pas d'opinion sur la question ?

— Si, bien sûr, mais à quoi ça sert d'en débattre, chacun restera sur ses positions.

Des éclats de voix leur parvenaient.

— Eitan m'a expliqué pour Roxane. C'est incroyable !

— Oui… et si inattendu. De toute ma vie, c'est la situation la plus difficile et la plus délicate que j'ai eue à gérer. Pour Roxane, je suis une étrangère. Comment va-t-elle réagir lorsqu'elle saura ? Comment…

Elle se renversa contre le dossier du canapé délavé, souleva ses cheveux sur sa nuque moite.

— Dieu que c'est compliqué, Éric. Toute cette énergie qu'il faut déployer jour après jour. Vous croyez que l'on sortira de la Campanie sans dommages ?

Une porte claqua violemment.

— On devrait, si chacun s'en tient à ce qu'il doit faire et s'ils ne s'entre-tuent pas avant. Compte tenu du peu de temps dont nous avons disposé, je trouve l'opération plutôt bien préparée.

Léo se redressa.

— Et après, Éric ? Et après, quels sont vos projets ?

— Je vais travailler pour l'Institut.

Elle sourit. Il était déjà l'un des leurs. L'Institut était le terme employé par les agents israéliens pour désigner le Mossad.

— Nouveau visage, nouvelle identité. Un nouveau jeu commence.

— Et Latifa ?

— Pour elle aussi, c'est un nouveau jeu qui commence. Pour nous deux, il n'y a pas d'alternative.

— Gerbod va tomber, vous pouvez retrouver votre place dans une agence française.

— Non, je ne crois pas. Je ne crois plus en mon pays, je n'y ai plus ma place. En Israël, je sais au moins à quoi m'en tenir.

— Vous êtes un bel homme, j'espère qu'ils ne vont pas vous défigurer.

— Ce n'est pas l'avis de Latifa, elle a préparé toute une liste pour le chirurgien plasticien.

Il se leva et lui tendit une main.

— Venez, on a encore du travail.

La journée fut une répétition de la veille. Après avoir vérifié une dernière fois leur matériel, Eitan leur donna quartier libre.

— Allez vous reposer, la nuit va être longue.

Un croissant de lune égratignait la nuit sans pour autant la dévêtir. Les microbus déversèrent les silhouettes sombres au cœur d'une clairière. Un rapace cria avant de s'envoler à tire-d'aile. Tous retinrent leur souffle quelques instants, à l'affût d'autres bruits, puis ils s'enfoncèrent sous les bois en file indienne. La végétation clairsemée facilitait leur progression, accompagnée du craquement assourdi des herbes sèches sous leurs rangers.

Ils atteignirent sans encombres la tour effondrée en bordure du chemin de ronde. Léo en fut presque étonnée. Docile et confiante, elle avait suivi le groupe sans se préoccuper de l'orientation. L'air était doux, à peine altéré par l'odeur âcre des décharges. Ils repérèrent le passage percé dans la double enceinte puis la franchirent pour se réfugier dans les maïs. Les plus hauts plants effleuraient les bonnets, tous avaient les cheveux dissimulés par le fin coton noir. Un émetteur-récepteur au creux de l'oreille les reliait les uns aux autres. Pour l'heure, rien d'audible dans la HF. Ils s'étaient mutuellement noirci le visage et Léo avait pris peur quand elle avait vu son reflet dans un miroir, songeant à ce qu'en aurait dit Philippe. La traversée des maïs était laborieuse, Léo marchait tête baissée sur les talons d'Éric. Ils s'arrêtèrent à la lisière du champ, attendant que Sacha et Ariel neutralisent la caméra de vidéosurveillance.

Ariel vint les récupérer.

— Faut faire vite. L'image est altérée et ils vont finir par se rendre compte que la caméra est myope.

Au signal, ils se faufilèrent entre les serres jusqu'au pied du bâtiment. Le sifflement aigu des filins troubla brièvement la nuit. Tandis qu'Éric et Ariel étaient tractés le long du mur, les autres s'engouffrèrent dans la montée d'escaliers.

Comme convenu, Léo resta en bas, avec pour mission d'empêcher quiconque de monter ou de s'enfuir. Elle sortit une flèche de son carquois et la positionna sur son arc.

Le temps semblait s'être arrêté, aucun bruit ne filtrait. À se demander ce qu'ils étaient tous devenus. Léo sursauta, des rafales et des coups de feu résonnaient dans le bâtiment. Par les fenêtres de l'étage, des éclats de lumière dénonçaient le feu nourri dans la salle des gardes. Cavalcade dans l'escalier. Léo recula et banda son arc, flèche pointée vers la porte qui s'ouvrit à la volée sur un homme, armé d'un pistolet et d'un téléphone sur lequel il pianotait, jurant en italien. Léo lâcha la flèche. Le téléphone toucha le sol deux secondes avant l'homme. Hébétée, elle s'approcha du corps inerte, les jambes molles et les oreilles bourdonnantes. Une main se posa sur son épaule. Éric. Il glissa deux doigts sur le cou de l'Italien puis ramassa le téléphone.

— Il n'a pas eu le temps de donner l'alerte.

— Il est mort ? demanda Léo.

— Sans aucun doute, dit Éric en arrachant la flèche.

Il l'essuya sur la chemise de l'Italien et la rendit à Léo qui refusa de la prendre. Éric l'enfonça dans le carquois.

— Inutile de laisser votre carte de visite.

Elle se ressaisit.

— Et là-haut ?

— Le site est sous contrôle.

— Vous les avez tous tués ?

— Il y a aussi des prisonniers. Venez, je vous emmène au labo.

Un Uzi en protection, Éric conduisit Léo jusqu'au sous-sol. Des plantes, des graines, des jeunes pousses s'étalaient dans les vitrines du vaste laboratoire aux équipements sophistiqués. Avec un pass magnétique, Éric déverrouilla une porte qui condamnait une salle hermétique et Léo s'attela à la manœuvre la plus délicate : le transvasement de l'agent doré dans le récipient fourni par les Russes, un geste répété à plusieurs reprises sous le contrôle de Sacha. Les mains isolées par les gants métalliques, elle exécuta l'opération sans hésiter.

Prêt à intervenir, Éric veillait. Elle replaça le flacon dans la mallette, puis la mallette dans son sac à dos. Dans une banque réfrigérée, plusieurs bidons d'agent doré étaient alignés.

— On en fait quoi ? demanda-t-elle.

— Rien ! On ne prend pas de risque avec ça. On se concentre sur les ordinateurs.

Son chargement sur le dos, Léo s'approcha d'un SAN[1], retira les disques durs et les rangea dans un sac vide que lui donna Éric.

1. Storage Area Network, réseau de stockage.

Caméra à l'épaule, Nath débarqua dans le labo et commença par un long panoramique. Dans son oreillette, Léo entendait les autres Black Green se donner des consignes pour effectuer les prélèvements dans les serres. Ariel et Sacha envoyaient à intervalles réguliers les comptes rendus sur la surveillance des lieux. Devant un vivarium, Léo s'arrêta, intriguée. Le thorax brun foncé, une guêpe de bonne taille était collée contre la vitre. Dans le prolongement de son abdomen, un dard acéré.

— Nath, viens voir. Faut que tu filmes un truc.

L'écologiste examina l'insecte.

— C'est un frelon asiatique, un prédateur des abeilles. Mais c'est bizarre, celui-ci est plus gros, mieux… armé.

— Tu crois que….

— Ouais, ça m'en a tout l'air. Ils travaillent aussi sur la manipulation génétique des prédateurs de l'abeille.

Elle approcha l'œilleton de la caméra contre la vitre du vivarium et filma.

— Bordel de merde ! Toutes ces saloperies qu'ils mettent au point, ça ne leur suffit pas ? Ils veulent en plus éradiquer les abeilles ! C'est insensé…

— On va l'emporter, proposa Léo.

— Fais gaffe ! Si elle te pique, t'es morte !

Léo rassura Nath et récupéra un bocal, puis les gants métalliques dans son sac. Le frelon menacé piqua le fin maillage sans pouvoir le transpercer. Enfermé dans le bocal, il bourdonna avec fureur, son dard en érection. Nath prit encore des images de l'insecte puis remonta.

Avant de sortir, Léo ramassa quelques graines sur une paillasse tandis qu'Éric annonçait leur sortie du labo.

— Dans les serres, vous en êtes où ?

La voix conquérante de Werner dans l'oreillette.

— C'est emballé !

— Ariel et Sacha ? continua Éric.

— On est sur le toit.

— Qu'est-ce que vous faites là-haut ?

— On a un problème.

— Quel problème ?

— Il manque un drone. Un drone a disparu.

La voix de Sacha retentit soudain dans les oreillettes.

— Du monde en approche.

— Un, deux, trois. Trois Hummer, continua Ariel. Trois Hummer équipés de mitrailleuses. On se replie au pas de charge ! Tous au point delta. Je répète, tous au point delta.

Le point delta était l'endroit d'où ils avaient émergé à la lisière des maïs derrière les serres. Éric et Léo rejoignirent les Black Green camouflés derrière les premières rangées. Ariel et Sacha couraient à reculons, armes pointées vers l'entrée du site où des phares blancs trouaient la nuit.

— Tout le monde est là ? demanda Ariel.

Il s'arrêta sur Nath.

— Werner, prends la caméra, elle courra plus vite ! Allez, on se suit jusqu'au point alpha.

Sacha en tête, Ariel et Éric fermaient la course. Ils s'enfoncèrent dans les maïs, les bras en protection devant eux. Les feuilles leur griffaient le visage et les mains. Dans l'oreillette, la voix d'Ariel les encourageait à avancer encore plus vite. La silhouette de Sacha les guidait, et quand il les distançait, ils levaient la tête en direction de l'ouest où se profilait la tour. Des rafales crépitèrent, Léo se courba instinctivement.

— On est hors d'atteinte, précisa Ariel. Accélérez, accélérez !

Enfin, les derniers plants s'écartèrent sur Sacha. Toujours dans son sillage, Léo courut vers la première clôture, Éric sur ses pas. Comme ils s'apprêtaient à la franchir, la voix essoufflée de Nath s'éleva.

— Vous êtes où ? Je vous vois plus ! Où vous êtes ?

Un rapide contrôle des silhouettes noires confirma que Nath était encore dans les maïs. De l'autre côté des plantations, la façade du bâtiment éclairée par des phares. Les feux des voitures se déplacèrent.

— Ils arrivent.

— Partez ! lança Werner.

Il alluma sa torche, la dirigea sur les plants et cria.

— Nath, dirige-toi vers la lumière. Tu dois la voir.

Ariel lui arracha la torche et l'éteignit.

— Non, pas de lumière. Ils vont nous repérer.

— Trop tard, lâcha Éric, le nez en l'air.

Un bourdonnement leur parvint.

— Le drone ! cria Sacha qui attendait au milieu du chemin de ronde.

Il franchit la clôture puis disparut dans le bois. Éric empoigna Léo.

— Faut y aller, dit-il en l'entraînant.

Werner profita de la confusion pour arracher la torche des mains d'Ariel et balayer les plants.

— Nath, tu ne dois plus être loin, tu vois la lumière ?

— Je ne vois rien, pleura Nath. Je ne vois rien, je suis perdue.

— Non, tu n'es pas perdue. Je suis là. Tourne lentement sur toi-même et cherche la lumière. Tu dois la voir.

Au moment de franchir le premier grillage, Léo s'y accrocha et se retourna. Le bourdonnement se rapprochait. On ne distinguait plus les phares des Hummer et une chaleur compacte opacifiait l'air. Éric l'attrapa.

— On s'arrache Léo, on s'arrache ! On va se faire carboniser !

Dans l'oreillette, le cri rauque de Nath.

— La lumière ! Je la vois !

Werner hurla.

— Cours, Nath ! Cours.

Fermement entraînée par Éric, Léo ne voyait rien. Elle entendait seulement les cris de Nath, de Werner, notamment quand il ordonna au couple de Berlinois de s'enfuir. Léo et Éric dépassèrent la tour, franchirent la lisière du bois. Ils couraient maintenant entre les arbres, guidés par Sacha qui les précédait de quelques mètres.

Soudain, un hurlement perça la nuit, aussitôt couvert par celui de Werner. Léo et Éric stoppèrent leur course. À travers les arbres leur parvenaient des bribes de lumière et des cris. La confusion était totale. L'allemand se mêlait au français. Monika et Hans tentaient de convaincre Werner de les suivre, lui criant que c'était fini, qu'il devait continuer. Continuer pour Nath.

Ariel voulut ajouter quelque chose. Werner l'insulta en allemand. La voix d'Ariel dans l'oreillette.

— Tous au point zebra. Je répète, tous au point zebra. Départ dans dix minutes.

Un silence. Puis à nouveau la voix d'Ariel.

— Hummer en mouvement. Mettez-vous à couvert.

Éric pressa l'épaule de Léo.

— On y va, Léo. Faut sortir de ce merdier.

Lointains, des tirs d'armes automatiques. La HF resta silencieuse.

Eitan les attendait au microbus, il aida Léo à enlever son sac à dos. Des courbatures dorsales lui rappelèrent son poids. Elle se massa le bas des reins, focalisée sur sa douleur physique pour oublier l'autre, plus pernicieuse.

Sans un mot, Eitan l'aida à monter sur la banquette arrière. Rien de ce qui venait de se jouer ne lui avait échappé. Éric prit Eitan à part. Léo ne chercha pas à savoir ce qu'ils se racontaient, elle était si lasse.

Du mouvement dans la clairière. Des silhouettes hautes et carrées. Léo guetta la lisière du bois, avec l'espoir de voir surgir Nath. Il s'éteignit quand s'ébranlèrent les véhicules.

Les premiers rayons de soleil atteignirent la carlingue quand les roues lâchèrent la piste. Sur le fauteuil vide, la caméra. Léo la fixa un moment avant de poser un regard triste sur Werner, retranché dans ses pensées. Les Berlinois paraissaient dormir. À l'écart, Ariel et Eitan discutaient à voix basse. Éric était resté en Campanie pour quelques heures encore, un avion l'emmènerait plus tard vers une autre destination. Avant de la quitter, il l'avait longuement serrée dans ses bras.

— Nous nous reverrons, Léo, il ne peut en être autrement. Prenez soin de vous.

Le murmure de ses derniers mots, apaisant, résonnait encore dans son oreille et l'enfonçait dans une morosité qui promettait de ne plus la quitter.

Une torpeur maussade enveloppait les passagers du jet. Léo enchaîna de profondes inspirations. Se vider la tête et ne plus penser. Oublier pour quelques instants celle qui était tombée sur le champ de bataille. Combien de cadavres encore d'ici à la fin de la guerre ?

Le souvenir de l'Italien transpercé par sa flèche se superposa à l'image du corps sans vie de Gerbod.

L'abattre devenait une obsession. Pour qu'enfin cesse l'hécatombe. Eitan baissa les stores du côté est, plongeant la cabine dans la pénombre. Prendre un peu de repos avant les dernières épreuves.

Une voiture récupéra les Black Green dès qu'ils eurent mis pied à terre. Tous étaient encore vêtus de leur treillis froissé et poussiéreux, ils avaient enlevé à la hâte le noir de leur visage. Restaient des ombres qui durcissaient leurs traits. Eitan ouvrit la portière d'un autre véhicule pour Léo. Assise à l'arrière, elle assista au déchargement de la précieuse cargaison. Les disques durs, la mallette de l'agent doré, les échantillons récupérés dans le labo et les prélèvements des plants furent chargés dans un utilitaire qui démarra aussitôt les portes fermées.

La caméra dans les bras, Eitan s'assit à côté de Léo, Ariel se mit au volant.

— Où sont mes affaires ? demanda Léo, songeant à son arc.

— Dans le coffre.

Une organisation sans faille qui pourtant n'avait su éviter que l'un d'eux tombe. Imaginer que d'autres puissent encore mourir la terrifiait. Parce que Roxane était potentiellement sur la liste. Elle s'ébroua et se tourna vers Eitan, défiguré par la fatigue.

— Où allons-nous ?

— Prendre un peu de repos. La nuit a été difficile et la prochaine le sera plus encore.

Pas de défaitisme dans l'intonation, seulement une ombre de fatalisme.

Un sayan avait mis à leur disposition une maison à deux niveaux au fond d'une impasse. Portant son sac et son arc, Ariel accompagna Léo dans une chambre. Elle le remercia d'un signe de tête et s'enferma dans la salle de bains attenante. Son reflet dans le miroir lui donna des palpitations, c'est à peine si elle se reconnut. Les yeux enfoncés dans les orbites, les cernes noirs, les traits marqués, un coup de vieux de dix ans. Jamais Philippe ne l'avait vue avec un tel masque. Elle se doucha longuement et enfila un t-shirt et la dernière culotte propre. L'odeur âcre de la Campanie imprégnait ses vêtements. Elle ramassa ses affaires sales et débarqua dans la cuisine où Ariel et Eitan prenaient un café. Personne ne parut remarquer ses jambes nues. Léo montra ses vêtements, Ariel l'accompagna dans une pièce aveugle où machine à laver et sèche-linge se côtoyaient. Ariel mit l'appareil en route, à l'aise avec son fonctionnement. Les Israéliens connaissaient bien les lieux.

Elle refusa le café, but un grand verre d'eau puis retourna dans sa chambre en mangeant une banane. Dormir. C'était la seule action qui ne lui paraissait pas une entreprise démesurée.

Elle se réveilla au cœur de l'après-midi, frissonnante, la climatisation l'avait refroidie. Sur une chaise près de la porte, on avait déposé ses vêtements sommairement pliés. Elle préleva un pantalon de toile et l'enfila. Le sommeil avait atténué les marques de fatigue, elle se maquilla un peu pour camoufler les récalcitrantes.

Ariel sommeillait sur un canapé. Sur la pointe des pieds, elle traversa le salon et gagna la cuisine où Eitan s'affairait devant une gazinière, remuant des morceaux de viande dans une poêle. L'odeur d'oignons la mit en appétit. Il désigna un couvert sur la table.

— Asseyez-vous ! C'est prêt.

Sans lui demander son avis, il servit la viande avec du riz et un mélange de poivrons et de courgettes grillés. Léo goûta.

— C'est délicieux, Eitan. Rassurez-moi, il y a des choses que vous ne savez pas faire, n'est-ce pas ?

— Je vous donnerai le numéro de mon ex-femme, elle vous communiquera une longue liste.

— Vous avez divorcé il y a longtemps ?

— Quelques mois seulement.

— Désolée.

— Non, ne le soyez pas, personne ne l'est. Il était temps que nos chemins se séparent.

Eitan ne questionna pas Léo sur sa vie sentimentale. Et pour cause, il la connaissait. Elle se recentra sur les heures à venir.

— C'est quoi le programme ?

— Dans deux heures, nous avons rendez-vous avec les Russes.

— Où ?

— Dans une de leurs planques à Neuilly.

— Roxane y sera ?

— Oui.

Il la considéra de longues secondes avant de lâcher avec retenue.

— Vous êtes une femme exceptionnelle, Léo, et je suis impressionné par votre courage.

— Je ne sais pas si c'est du courage. Il s'agit simplement d'avancer, ou bien de mourir.

La planque des Russes était une maison bourgeoise un peu délabrée dans un quartier calme de Neuilly. La végétation touffue du jardin abandonné masquait les ouvertures du bas, garante discrète du va-et-vient de ses occupants. Ariel descendit la pente raide d'un garage souterrain et rangea le véhicule à côté de deux Vito gris aux vitres fumées. Portant des sacs volumineux, Léo, Eitan et Ariel gravirent un escalier intérieur aboutissant dans le hall.

Sagement assis sur un canapé en cuir râpé, Roxane, Aleksander et Igor écoutaient Sacha leur donner des consignes, l'index pointé sur un plan de la tour Boileau accroché au mur. Sacha s'interrompit et les invita à s'asseoir. Sur la table basse s'alignaient des armes avec leurs munitions.

C'est à peine si Roxane s'intéressa aux nouveaux venus, concentrée sur le plan. Léo retint un sourire. Tout comme elle, sa fille n'était pas de caractère facile. Cette révélation l'amusa.

Des bruits dans le cœur de la maison. Précédés par

Youri, Karl, Jade et Élisabeth entrèrent dans le salon. Léo se leva pour embrasser Karl. Il la dévisagea.

— C'est quoi ces griffures ?

— Souvenir de Campanie.

Sacha attendit patiemment que tous s'assoient et pointa un doigt sur la partie du plan qui représentait le rez-de-chaussée.

— Ce soir à 11 heures, Aleksander et Kristina entreront dans la tour…

Kristina. Combien d'autres noms portera-t-elle encore ? Ne laissera-t-elle pas dans toutes ces légendes un peu de son âme ? L'appelleront-ils un jour Roxane Souslov ?

Léo se fit violence pour écouter l'enchaînement de l'opération. Elle contrôla son pouls, son cœur battait bien trop vite. La fatigue, la peur, l'angoisse de perdre définitivement sa fille. Gerbod était d'une intelligence redoutable et il avait forcément tout envisagé, tout prévu, même une intrusion dans la tour. Ils allaient y laisser des plumes.

Après l'exposé de l'opération et du rôle de chacun, il y eut la distribution des armes. Quand Sacha lui présenta le Beretta, Léo protesta. Le Russe lui plaqua l'arme dans la main.

— Nous ne sommes plus dans la forêt de Sherwood, Madame de Coursange, et nous devons optimiser notre défense, dans l'intérêt de tous, et de toutes…

Le message était clair, elle accepta le pistolet et le considéra avec une moue dédaigneuse. Youri leur indiqua des chambres où ils pouvaient se changer. Karl et Léo s'enfermèrent dans l'une d'elles avec leur sac. Pas de miroir dans la pièce, ils ajustèrent mutuellement leurs vêtements. Karl la détaillait avec curiosité.

— Tu es incroyablement sexy en commando.

D'un geste machinal, elle lissa sa veste, sceptique.

— Après ça, je m'abonne à *Rustica* et je me mets au tricot. Ce n'est plus de mon âge, ces conneries.

— Promets-moi une chose, Léo, fit-il avec gravité.

— Oui…

— Ne me tricote jamais rien.

Seuls Roxane et Aleksander avaient conservé leurs vêtements de ville, ils enfileraient leur treillis après avoir mis les vigiles hors de combat. Tous s'installèrent autour d'une table sur laquelle on avait étalé des petits sandwichs au pain noir et deux bocaux de gros cornichons. Viande fumée et saumon sauvage étaient au menu, accompagnés de bières russes.

Sans être joyeuse, l'ambiance était sereine quoique laconique. À plusieurs reprises, le regard de Roxane croisa celui de Léo. Elle n'y lut que de l'indifférence.

Dès la table débarrassée, on leur remit des cagoules et des émetteurs-récepteurs HF.

Restés dans les Vito à proximité d'un ascenseur du parking vide, ils attendaient le signal. Roxane le donna d'une voix sèche.

— Go !

Tous descendirent des véhicules et s'engouffrèrent dans la cabine.

Le hall était désert, nulle trace des vigiles. Selon le plan, ils étaient saucissonnés et enfermés dans une salle derrière l'accueil. Ils attendirent à l'abri des piliers pendant qu'Igor effaçait les traces de la neutralisation des agents de sécurité sur la vidéosurveillance. La manœuvre l'occupa moins de trois minutes, temps qu'il fallut aux Lituaniens pour se changer et réapparaître en treillis et encagoulés.

Ils se répartirent entre les deux ascenseurs, après avoir vaporisé de peinture noire l'objectif des caméras. La reconnaissance biométrique de l'iris d'Élisabeth et de Jade avait permis leur accès. Plaquée contre la paroi de la cabine, Léo retenait son souffle, dans la crainte qu'une alarme se déclenche à tout moment.

La porte glissa, Sacha désigna le couloir.

— Chacun sait ce qu'il a à faire. Allez-y !

Léo et Karl suivirent Igor dans une salle informatique. Il leur indiqua deux écrans.

— Asseyez-vous ! ordonna Igor en s'immobilisant devant un pupitre.

Pistolet-mitrailleur dans les mains, Ariel fit le tour de la salle, vérifia les issues et ressortit. Igor pianotait, des lignes défilaient sur les écrans. Il leva les mains du clavier.

— C'est bon, tous les postes sont sous contrôle. À vous ! On a quarante-cinq minutes pour piller les données. Débranchez les disques durs.

Ils s'exécutèrent puis laissèrent Igor pour rejoindre le vingtième étage où Jade s'activait devant une armoire. Elle consultait des dossiers, prélevait des documents.

— On ne peut pas tout prendre, je garde les pièces maîtresses. Karl, dans le bureau d'en face, il y a les comptes offshore, voyez ce qui nous intéresse, dit-elle avant de lui jeter un sac.

Léo scrutait le couloir, indécise. Elle ne reconnaissait pas les lieux. Jade tendit le bras.

— Au fond du couloir, Léo. Son bureau est au fond.

Léo était chargée du bureau de Gerbod. Comme les autres, la porte était déverrouillée. Elle la repoussa sur son rail et la cala avec une chaise. La consigne était d'empêcher les portes de se refermer complètement en cas de perte de la main sur le contrôle d'accès.

Un simple cadenas à six chiffres sur la porte de l'armoire. Elle le considéra, perplexe. En dépit d'un système anti-intrusif sophistiqué, Gerbod avait conservé son vieux cadenas à code. Elle aligna six chiffres. Rien. Puis six autres. La date de naissance de Léo inscrite à l'anglo-saxonne. Le cadenas céda. Il était tellement prévisible.

Des boîtes d'archives noires s'alignaient sur les étagères. Des lettres et des chiffres les différenciaient. Une vingtaine de boîtes étiquetées L suivies de quatre chiffres occupaient deux étagères. Quelques secondes lui suffirent pour comprendre qu'il s'agissait de l'initiale de son surnom, et de l'année suivie du mois. Dix-neuf boîtes pour les dix-neuf mois depuis l'implosion de l'Agence de sécurité économique. Elle ouvrit la première. Des transcriptions téléphoniques et informatiques, des photos, des comptes rendus de filature. Le même contenu dans les suivantes. En texte et en images, Léo assistait au flash-back de la création de son cabinet I3S avec Ziang et Shakila. Fébrile, elle ouvrit la dernière boîte et constata avec soulagement qu'il n'y avait que deux photos, une de Marc Deschamps et une autre de Jeanne. Étaient retranscrites les conversations avec Couchard, le directeur de la maison d'arrêt, avec le juge des libertés et de la détention, avec Belinda. Ses derniers mots la mirent mal à l'aise, son appel au secours était flagrant et elle n'en avait pas tenu compte.

Les filatures avaient cessé au printemps, Gerbod n'avait alors pas jugé bon de les poursuivre. C'était quelques semaines avant sa rencontre avec Eitan et sa décision de reprendre le flambeau. Gerbod avait baissé sa garde trop tôt en ne se contentant que des écoutes et de la géolocalisation de son véhicule.

Elle ouvrit une boîte marquée d'un seul L. Son cœur bondit quand elle découvrit le carnet à la couverture de cuir bronze, le carnet de Philippe. Elle huma l'intérieur de ses pages, heureuse de le retrouver.

Dans la même boîte, quatre DVD sans aucune inscription. Elle en glissa un dans le lecteur sur le bureau. Quelques secondes lui furent nécessaires pour reconnaître les lieux familiers. Et pour cause, la caméra juste au-dessus du lit déformait les volumes. On la voyait dormir. Le livre sur la moquette et le pyjama de Philippe indiquaient que les images dataient de trois ou quatre jours avant la mort de son mari.

— Qu'est-ce que tu fais ? demanda Karl, un sac ventru à bout de bras.

— Regarde ! dit Léo, tournant l'écran dans la direction de son ami.

Il approcha.

— Putain ! T'avais bien raison pour la microcaméra dans l'ampoule. Qu'est-ce que tu as trouvé d'autre ?

— Ma vie. Tout est consigné là-dedans depuis que j'ai quitté l'Agence.

— Toute l'armoire !

— Désolée, je n'ai pas vu les autres.

Une demi-heure avait filé sans qu'elle s'en rende compte. Les autres boîtes contenaient des fragments de vie appartenant à des capitaines d'industrie, des élus, des hauts fonctionnaires. Des hommes et des femmes chez qui Gerbod avait décelé des failles et qui avaient rejoint l'Institut européen non par idéologie mais sous la contrainte.

— Il les tient par les couilles. Dans une autre vie, il a dû bosser pour la Stasi. C'est à gerber ! Qu'est-ce qu'on va faire de tout ça ?

— Faut tout brûler ! proposa Léo.

— L'alarme incendie va se déclencher.

— Non, Igor l'a inhibée.

Léo récupéra un caisson à roulettes. Ils y jetèrent

le contenu de chaque boîte, celles de Léo en premier. Elle ne conserva que les films et le carnet. Comme ils poussaient le caisson dans le couloir, Ariel se manifesta dans la HF.

— On se replie ! À tous, on se replie. Rendez-vous devant l'ascenseur du dix-neuvième.

— Il se passe quoi ? demanda Élisabeth.

— Notre intrusion a été détectée, répondit Igor. C'était imparable. Désolé !

Dans le local de nettoyage, Léo trouva une bouteille d'alcool à brûler et la vida sur les documents jetés en vrac dans le caisson.

— T'as du feu ? demanda Léo.

— Tu sais bien que non.

Elle explora les étagères du local de nettoyage. Rien, pas de briquet, pas une pochette d'allumettes. Paniquée, elle chercha dans un bureau, puis dans un autre. Ariel les rejoignit.

— Qu'est-ce que vous faites ?

— On empêche Gerbod de nuire. Vous avez du feu ? demanda Léo, le bras tendu vers le caisson.

Ariel sortit son arme et tira, déclenchant instantanément une flambée.

La voix de Sacha dans la HF.

— Qui a tiré ?

Ariel informa le Russe et attrapa le lourd sac de Karl avant de gagner l'ascenseur au pas de charge, suivi de Léo et Karl. Les autres avaient filé. Comme ils descendaient, des détonations leur parvinrent, étouffées.

— Où est Roxane ? s'écria Léo.

— Dans le hall, avec les autres.

Au rez-de-chaussée, ils sortirent de la cabine, courbés, et se réfugièrent dans un coin de mur. Pistolets à bout de bras, les Russes et Élisabeth étaient répartis derrière des piliers. Les armes se turent. Deux corps gisaient près de l'entrée, un troisième était en travers du tourniquet, bloquant son ouverture. Sur le parvis, les silhouettes noires des forces spéciales. L'une d'elles tira une rafale contre la vitre. Les impacts tracèrent une ligne en arc de cercle sans la briser. Le verre était blindé. Ariel s'éjecta du pilier et courut vers les cabines qui conduisaient au sous-sol.

— Au parking ! cria Ariel. Tous au parking !

Léo courut sur les pas de Roxane qui traînait un gros sac. Elle attrapa une anse pour l'aider.

— C'est bien lourd ! s'exclama Léo.

— Les disques durs, on a vidé les baies de stockage.

Igor portait un sac encore plus volumineux.

Le temps que s'ouvrent les portes de l'ascenseur, Karl les avait rejoints. Livide et en sueur, il s'adossa contre la paroi, la bouche ouverte. Son souffle était rapide. Léo lui pressa le bras.

— Oh ! Karl, ça va ?

— Manque d'exercice… pas l'habitude…

Le parking était plongé dans le noir. À l'aide de leur torche, Ariel et Sacha balayèrent les abords des Vito avant que tous quittent la cabine. Léo empoigna le sac de Roxane qui le lui laissa pour aider Igor un peu à la traîne avec son lourd chargement. À mi-chemin entre la cabine et les Vito, Léo s'immobilisa, alertée par un bruit métallique provenant de derrière les voitures. Ariel réagit le premier et lâcha plusieurs rafales. Des armes répliquèrent. Élisabeth projeta Léo sur le sol et se mit à tirer. Protégée par une voiture, Léo leva la tête. À deux mètres de la cabine, Roxane était couchée sur Igor et tirait. Sacha, Ariel et Aleksander se défendaient sur l'autre flanc. Un homme des forces spéciales tomba. Léo sortit le Beretta, l'arma et le pointa sans trop savoir où tirer, elle ne distinguait pas les assaillants qui les encerclaient. Inatteignable, Karl était encore dans la cabine, plaqué contre le fond, son arme dans la main. Soudain, le pistolet-mitrailleur de Roxane vola et glissa sur le béton, elle était touchée. Elle sortit un pistolet de sa ceinture et continua à tirer. Du sang coulait le long de son bras. Léo tenta de quitter son abri mais les balles sifflèrent au-dessus de sa tête. De l'autre côté, Sacha et Ariel défendaient leurs positions. Aleksander continuait de tirer, un œil vers Roxane. Lui non plus ne pouvait pas bouger sans risquer d'être aussitôt abattu. Un homme cria de douleur, les rafales s'espacèrent. Roxane avait épuisé ses deux chargeurs. Les dents serrées, elle rampa vers son pistolet-mitrailleur. Igor se réfugia sous une voiture, les mains sur la tête. Une ranger écrasa la main de Roxane au moment où elle la posait sur la crosse. En treillis noir, l'homme qui la chaussait n'avait ni casque ni cagoule. Une tête reconnaissable entre mille. Emmerich Koch. Il pointait le canon sur la tête de Roxane. Léo braqua son Beretta et tira. La balle l'atteignit, le fit à peine vaciller. Son gilet pare-balles l'avait protégé. Comme il tendait à nouveau le bras vers Roxane, Karl se rua hors de la cabine. Koch pivota instantanément et tira, en même temps que Léo. Karl s'effondra le premier, une seconde avant Koch qui tomba sur lui. Léo l'avait atteint à la tête. Elle se leva d'une détente, courut vers Roxane et se mit à la palper.

— Tu es blessée ? Où ? Montre-moi.

Roxane la repoussa, considéra les corps tombés à côté d'elle.

— Rien de grave, Léo. Rien de grave…

La balle avait perforé la tempe de Koch, avachi de tout son long sur Karl. Aidée de Roxane, Léo l'écarta puis se jeta sur Karl qui la fixait, les yeux exorbités. Il ouvrit la bouche. Aucun son n'en sortait. Léo palpa la veste noire, retira immédiatement ses mains, couvertes de sang. Roxane dégrafa la veste, souleva le t-shirt écarlate. Une balle lui avait déchiqueté la poitrine côté cœur. Des éclats d'os se mêlaient au sang.

— Une balle explosive ! s'écria Roxane.

Léo souleva la tête de son ami, implora sa fille.

— Appelle les secours !

Les balles s'étaient tues. Roxane ne bougeait pas.

— Appelle les secours ! répéta Léo.

Karl leva les yeux vers Léo, puis Roxane. Ses lèvres s'arrondirent.

— Ro… xane. Roxane.

Sa tête retomba sur le côté, une ébauche de sourire collée aux lèvres. Léo fondit en larmes. Un cri lui déchira la poitrine.

— Karl, ne me laisse pas. Je t'en prie, Karl. Reviens ! Reviens…

Des bras la soulevèrent et l'entraînèrent vers un Vito, moteur en marche, portière ouverte. Roxane l'aida à monter, s'assit à côté d'elle.

Tandis que les véhicules fonçaient vers la surface, Roxane saisit le bras de Léo.

— J'ai cru que j'allais mourir, il m'a sauvé la vie. Il m'a sauvé la vie et il est mort. Je sais qu'il était votre ami. Je suis désolée, tellement désolée.

Les yeux voilés par les larmes, Léo s'était plongée dans le regard de sa fille, dans celui d'Evgueni. Il ne lui restait plus qu'elle. Cette révélation l'anéantit.

Sa joue lui chauffait, comme si elle dormait près d'un feu. Elle souleva les paupières et les referma aussitôt, éblouie par le soleil. La lumière disparut, Roxane avait tiré le rideau. Un bandage couvrait son bras droit sur quelques centimètres. Elle s'assit sur le lit et offrit un sourire chagriné à Léo.

— Comment te sens-tu ?

Léo se redressa sur un coude et observa sa fille, intriguée. Le doute n'était pas permis, elle savait.

— J'ai dormi combien de temps ?

— Vingt-neuf heures, répondit Roxane après avoir vérifié à sa montre.

— Comment est-ce possible ?

— Eitan t'a un peu aidée.

Le comprimé. Eitan lui avait donné un comprimé dès leur arrivée au refuge, quand elle s'était écroulée, en pleine crise de nerfs. Elle avait pleuré tout le long du trajet qui les avait conduits au sud de Paris. Karl. Karl était mort. Elle déglutit un sanglot.

— Où est Karl ?

— À la morgue.

— On doit l'enterrer.

— Je crois que c'est prévu pour la semaine prochaine, quand tout sera terminé.

Un soleil généreux s'immisçait de part et d'autre des doubles rideaux, dardant des pics de lumière dans laquelle des poussières virevoltaient.

— Où est-ce qu'on est ?

— Dans une forêt qui ressemble aux nôtres.

Il lui fallut quelques secondes pour comprendre que Roxane évoquait la Russie.

— Je sais qui tu es, continua-t-elle. Tu es ma mère.

— Qui te l'a dit ?

— Sacha. Quand je lui ai demandé pourquoi Karl m'avait appelée Roxane.

— J'aurais préféré te l'apprendre.

— Sacha a estimé que nous avons peu de temps.

— Peu de temps…

— Notre avion décolle ce soir.

Les mots la giflèrent, cinglants et cruels. Elle ravala son dépit, se leva et ouvrit en grand les rideaux et les fenêtres. Pour se donner une contenance, pour ne pas s'effondrer. Léo se recentra sur ce qui s'offrait à sa vue. Une vaste pelouse verte et grasse mourait à la lisière d'une forêt qui les encerclait. Dans le prolongement d'une aile de la demeure, l'eau scintillante d'une piscine couverte.

— Tu sais nager ? demanda Léo.

— Je me défends…

Quand ses bras entrouvrirent l'eau limpide, Léo eut le sentiment de renaître. Elle se concentra sur ses muscles endormis, endoloris et nagea lentement. Roxane prit rapidement de l'avance, son crawl était puissant et soutenu. Léo se laissa distancer, on ne rattrapait pas un chien fou.

Elles nagèrent longtemps, très longtemps. Leurs regards s'accrochaient parfois lorsqu'elles se croisaient. Eitan fut le premier à venir sous le dôme. Resté debout le temps de quelques longueurs, il finit par s'asseoir. Puis il y eut Ariel, Sacha, Jade, Élisabeth et Aleksander. Combien de longueurs avaient-elles déjà parcourues ? Cent cinquante, peut-être deux cents. Ses muscles devenaient douloureux mais lui signifiaient qu'elle était vivante. Profondément triste mais vivante. Roxane ralentit le rythme, Léo la rejoignit. Elles parcoururent encore une dizaine de longueurs, côte à côte, dans une parfaite synchronisation.

Lorsque, à bout de souffle, elles s'arrêtèrent, un formidable éclat de rire saisit Roxane, gagnant rapidement Léo malgré son épuisement, et les autres sur la margelle. Des rires volubiles et sonores qui résonnaient sous la voûte de plexiglas. Les larmes vinrent s'y mêler. Roxane saisit Léo par les épaules.

— Viens en Russie, Léo. Chez nous, il y a des piscines olympiques, des rivières, des lacs, pas des bassines d'eau chaude comme ici. Viens avec nous, tu aimeras la Russie.

Léo. Roxane l'avait appelée par son prénom. Elle s'ébroua. Qu'espérait-elle ? Que sa fille l'appelle maman en lui déclarant qu'elle l'attendait depuis toujours. Non, c'était ridicule. Elle évalua la proposition et laissa son imagination construire un futur dont elle avait souvent rêvé, même si les lieux étaient différents. Pour toute réponse, Léo lui rendit un sourire, pas aussi généreux que le sien, elle en était incapable.

— Qui sait ! Peut-être qu'un jour, nous nagerons dans la Moskova.

La mort dans l'âme, elle alla s'habiller. Ses vêtements en lin étaient chiffonnés, elle préféra le treillis marine avec un t-shirt blanc. On l'avait lavé du sang de Karl.

Un copieux petit déjeuner était servi. Elle prit sur elle pour faire bonne figure et s'assit en face de Roxane qui avait enroulé une serviette sur son maillot de bain. Sa beauté, sa force et sa vitalité l'impressionnaient. Les Pavel l'avaient indéniablement bien soignée. Roxane entreprit d'étaler des copeaux de comté sur une tartine beurrée. Sans lever les yeux, elle demanda.

— Parle-moi de mon père. Comment vous êtes-vous connus ?

Léo but une gorgée de thé et reposa sa tasse, le cœur serré. Elle inspira profondément.

— Nous nous sommes rencontrés à l'ambassade de

France à Washington, au cours d'une soirée organisée dans le cadre d'échanges culturels avec la Russie.

Léo déglutit. C'était la première fois qu'elle racontait sa rencontre avec Evgueni Souslov. Seulement dans ses rêves les plus fous, elle s'était imaginée conter cette soirée à leur fille.

Personne ne troubla leur tête-à-tête qui s'étira sur toute la matinée. Roxane l'interrogea sans relâche, jusque dans les détails les plus insignifiants. Avide de reconstituer son passé, elle ne lui épargna aucune question. L'une d'elles tomba brutalement.

— Qui a tué mon père ?

— La police a conclu à un suicide.

— Il ne s'est pas suicidé. Qui l'a tué ?

— Je ne sais pas Roxane, je n'ai jamais su.

— Les Russes ?

Léo haussa les épaules d'impuissance, attentive à la façon dont sa fille recevait les fragments d'un passé dont elle occupait le centre.

Un long silence s'installa dans la salle à manger d'où le soleil s'était totalement retiré. Des éclats de voix leur parvenaient du jardin. Plongée dans ses pensées, Roxane triturait une mie de pain. Elle leva soudainement la tête.

— Tu croyais que j'étais morte ?

Les larmes trop longtemps contenues dévalèrent les joues de Léo. Elle plaqua la main contre sa bouche pour maîtriser un sanglot.

— Mon Dieu ! Non, Roxane.

Elle se frappa la poitrine.

— Tu étais là, vivante, et jamais un seul instant, tu n'as quitté mes pensées.

— Alors pourquoi tu ne m'as pas cherchée ?

— Te chercher où ? Je ne savais pas où tu étais.

Les traits de Roxane se durcirent.

— Pourquoi on m'a enlevée ? Tu le sais.

— Oui, maintenant je le sais. Depuis peu de temps.

Et Léo raconta. L'enlèvement par les Russes, ce qu'ils avaient exigé en échange de sa vie.

— Jamais ils ne m'auraient fait du mal. Ton père a trahi son pays pour rien.

Glacés et cruels, les mots claquèrent dans la chaleur du zénith.

— Comment l'aurait-il su ? Oui, ton grand-père a trahi, mais pour te protéger, et il s'est suicidé pour ne rien révéler. Tu es bien placée pour savoir ce que ça représente. Tu as été enlevée pour servir de monnaie d'échange.

— C'était nécessaire.

— Comment, nécessaire ? demanda Léo, interdite.

— À cette époque, mon pays était au bord du chaos, je suis fière d'avoir contribué à le servir. Même à ce prix-là…

Les derniers mots furent murmurés et Léo sut que Roxane avait entendu tout ce qu'elle voulait savoir. Comme sa fille esquissait un geste pour se lever, Léo l'en empêcha.

— Et toi, raconte-moi. Parle-moi de ton enfance, des Pavel, de… ton métier.

Une main levée accompagna sa réponse.

— Je ne peux rien te dire sur mon travail mais je veux bien te parler des Pavel. Ils ont été adorables avec moi, tu peux le croire. J'étais leur fille unique et ils m'ont tout donné.

Tous se mirent à la préparation du repas. Exécuter des tâches simples permit à Léo de dissimuler son malaise. Si elle avait retrouvé Roxane physiquement, elle n'avait pas retrouvé sa fille. Ce constat l'accablait.

La proximité de la forêt fluidifiait l'air. À Paris, la chaleur devait être suffocante. Ils déjeunèrent à l'intérieur où les murs épais conservaient la fraîcheur.

Après le repas, il ne resta que Léo et Eitan dans la grande salle. Les autres profitaient de la piscine. Léo avait décliné l'invitation de Roxane de se joindre à eux. Eitan lui tendit un thé froid et s'assit à côté d'elle sur l'un des canapés du coin salon, l'air dépité.

— Cela ne se passe pas comme vous le souhaitiez, n'est-ce pas ?

— Non Eitan, ce n'est pas ce que j'avais imaginé.

— Peut-être qu'avec le temps…

— Je ne crois pas. Elle est russe, profondément russe, et je ne fais pas partie de sa vie. Je n'en ferai d'ailleurs jamais partie. Tant de choses nous séparent. Tout à l'heure, elle va retourner chez elle et dans quelques semaines, je ne serai plus qu'un vague souvenir. Ils décollent d'où, ce soir ?

— Melun-Villaroche. C'est à trois quarts d'heure d'ici.

— Je pourrai les accompagner ?

— Ce n'est pas très prudent. Gerbod a dû déployer toutes ses ressources pour nous retrouver et…

— Il n'a aucune idée de l'endroit où nous sommes. On peut être n'importe où, en France ou à l'étranger. S'il vous plaît, Eitan.

Le gros soupir de l'Israélien annonça sa reddition. Léo lui pressa la main.

— Trouvez-moi un iPod, je souhaiterais télécharger une chanson.

La sonnerie d'un des téléphones d'Eitan interrompit la conversation. Il écouta son interlocuteur, sourcils froncés.

— Amenez-le. Vous récupérez tout le matériel et vous l'amenez ici.

Soucieux, il raccrocha.

— Canari est repéré. Des hommes de Gerbod ont questionné le concierge.

— Comment le savez-vous ?

— Le concierge est l'un des nôtres.

Drapée d'éponge et la peau.humide, Roxane se laissa tomber dans un fauteuil. Eitan se leva.

— Je vais voir où on installe Canari.

— Il vient ici ? s'étonna Roxane.

— Sa planque est grillée.

Puis il les laissa seules. Léo proposa un thé à sa fille qui demanda sans préambule :

— Sacha m'a dit pour ton mari, il est mort comme mon père. C'est étrange, non ?

Pas d'ambiguïté dans sa remarque, ni de sous-entendu. Seulement de la surprise.

— La défenestration est un mode opératoire qui permet de laisser croire au suicide. C'est ce qui s'est passé pour ton père et pour Philippe.

— Tu l'aimais ?

— Qui ?

— Mon père ?

— Oui, je l'ai aimé passionnément.

— Pourquoi tu n'as pas eu d'autres enfants ?

Léo sourit et se livra. Sa vie, l'impossibilité d'enfanter à nouveau, les différents postes dans les multinationales, sa rencontre avec Philippe, l'affection pour son père, sa disparition.

— Et ta mère ?

— Ma mère…

Les yeux écarquillés, Roxane l'écouta. Comme Léo parlait à voix basse, elle la rejoignit sur le canapé, se pelotonnant contre les coussins, les bras autour de ses longues jambes repliées. Quand Léo se tut, Roxane hocha pensivement la tête.

— C'est une drôle de grand-mère que j'ai là. Je ne sais pas si je l'aurais aimée.

— À l'heure qu'il est, elle est peut-être morte.

Depuis leur départ pour la Campanie, tout lien avait été rompu. Avec I3S, avec Valentine et Françoise. Eitan avait été intransigeant. Tenter d'entrer en contact pouvait compromettre toute l'opération.

— J'aurais cependant souhaité que tu la voies avant qu'elle ne s'en aille, murmura Léo.

Roxane ignora son vœu, l'esprit ailleurs.

— Tu as eu une drôle de vie, je trouve, et ça n'a pas dû être facile tous les jours.

Pour la première fois, Léo perçut dans les grands yeux limpides une émotion sincère qui la bouleversa.

— Je t'aime tant, Roxane. Toutes ces années, je les ai vécues dans l'attente de ce moment et je suis profondément heureuse de te retrouver, de pouvoir te parler, te regarder. Tu es une belle femme, intelligente, équilibrée, et je te reçois comme un cadeau du ciel.

Une expression de désolation traversa les iris striés de fils d'ardoise.

— Non, laisse-moi continuer. Il faut que tu saches que je ne te demande rien. Ta vie est là-bas, avec ta famille, tes amis, tes collègues. Si tu es heureuse en Russie avec eux, alors je le serai moi aussi.

Une larme dévala la joue de Léo. Roxane la recueillit avec douceur et fixa ses doigts un long moment. Quand elle releva la tête, ses yeux étaient humides et un joli sourire étirait sa bouche en cœur.

— *Spassiba*[1]…

Léo crut un instant qu'elle allait rajouter Maman, mais Roxane répéta *spassiba*. Elle prit le visage de sa fille entre ses mains et déposa un baiser sur son front.

— Si tu veux bien, garde au fond de ton cœur une petite place pour moi et souviens-toi que je serai toujours là, quoi qu'il arrive.

1. Merci.

Précédé de deux hommes portant des sacs lourds, Patrick Carbonel très en colère débarqua dans la demeure bourgeoise.

— Ah, Léo, vous êtes là. C'est quand même dingue cette histoire. Je sors une heure, une toute petite heure pour rendre visite à ma mère, et je suis repéré. Mais dans quel pays on vit ? En Corée du Nord ?

Léo le débarrassa d'un carton.

— Bonjour, Patrick. Je suis contente de vous voir. Vous avez avancé ?

— Avancé ? Vous plaisantez. J'en suis encore à trier les documents de la tour Boileau. Nous devons extraire la substantifique moelle et vous allez m'y aider.

— Moi ?

— Oui, et les autres aussi.

On installa le journaliste au sous-sol dans une salle lambrissée qui abritait un bar et un billard. Après qu'on eut recouvert d'un drap le tapis vert, le journaliste répartit en piles les documents que lui tendait Léo un à un. Jade et Élisabeth attendaient leur tour, une pile dans les bras. Tout en dispatchant les dossiers, Patrick Carbonel déversait un flot continu de paroles.

— C'est de la nitroglycérine, ces infos. De la bombe ! Si Gerbod nous met la main dessus avant leur publication, on est morts. Tous morts ! Nom de Dieu ! Comment a-t-il pu rallier autant de monde ?

— En les tenant par les couilles, dit froidement Élisabeth. Il avait des dossiers sur des tas de personnes, Léo les a trouvés.

Le journaliste interrompit son classement.

— Vous en avez fait quoi ?

— On les a détruits.

— C'est une bonne décision. On patauge assez dans la merde comme ça.

Jade lui tendit un épais dossier.

— Les comptes offshore.

— Ah ! Les fameux comptes ! Avant d'y comprendre quelque chose, il me faudra des mois.

— Je peux vous aider, proposa Jade.

— Si vous avez un BEP compta, ça va être juste.

— Jade a un doctorat en finances internationales, précisa Léo.

— Alors dans ce cas…

Dans l'ombre de la terrasse, Ariel et Sacha scrutaient à la jumelle la forêt qui les entourait. Eitan parlait en hébreu au téléphone. Ses yeux de loup en chasse balayaient les environs. Il raccrocha.

— Le film de la Campanie est monté. Quand on aura rédigé les rapports, on enverra le tout aux médias.

— Lesquels ?

— Tous ! Partout dans le monde. On a mis en place une équipe de traducteurs pour les rédactions étrangères.

De la terrasse, Léo observait Roxane ranger du matériel dans un sac.

— À quelle heure décollent-ils ?

— 20 h 45.

Les sacs des Russes étaient alignés dans le grand hall carrelé de blanc et noir comme un échiquier. Le roi devrait être échec et mat avant la semaine prochaine.

Deux Mercedes break, conduits par Ariel et Isser, s'immobilisèrent devant le Learjet 85 transformé pour la circonstance en avion sanitaire. Ils avaient emprunté des départementales peu fréquentées pour se rendre à l'aérodrome. Rapidement et en silence, les Russes vidèrent les coffres des voitures. Un sac aussi gros qu'elle sur l'épaule, Roxane était plantée devant sa mère. Elle jeta un coup d'œil en direction de Sacha qui venait de gravir les trois marches pour monter dans l'avion puis offrit à Léo un sourire malicieux.

— Tu viendras me voir à Moscou ?

— Certainement, maintenant que je t'ai retrouvée. Tiens, dit Léo en sortant l'iPod de sa poche.

Elle le fourra dans la main de Roxane.

— C'est une chanson, ton père l'adorait. Quand je te portais, il posait ses lèvres sur mon ventre et il la fredonnait pour que tu l'entendes. Il te l'a chantée des dizaines et des dizaines de fois. Nous avons très peu de souvenirs tous les trois ensemble mais celui-ci est le plus fort.

Léo lui caressa la joue puis la serra contre elle.

— Prends soin de toi, ma fille. Et n'oublie pas que je t'aime.

Roxane s'arracha de l'étreinte, murmura qu'elle n'oublierait pas. Dans l'encadrement de la porte du

Learjet, elle lui adressa un bref signe de la main et s'engouffra dans l'appareil. La porte se referma aussitôt. Les réacteurs sifflèrent et l'avion roula sur le taxiway. À travers le hublot, Léo aperçut Roxane s'enfoncer un écouteur de l'iPod dans l'oreille.

Roxane, you don't have tu put on the red light
Those days are over...

La demeure paraissait bien vide sans les Russes, sans Roxane. Léo estompa son chagrin en se jetant corps et âme dans la moisson des informations de la tour. Il y en avait tant qu'ils se demandèrent un moment s'il n'était pas plus pertinent de publier l'affaire en deux ou trois fois. Patrick Carbonel s'y opposa catégoriquement.

— Écrire un feuilleton à la Eugène Sue et on est désintégrés avant le deuxième épisode. Non, faut tout balancer d'un coup. Soyons concis et percutants.

Dans le sous-sol, les jours tombaient sans qu'ils y prennent garde. Eitan les interrompait, pour les inviter à monter se restaurer ou bien recharger le bar en boissons. Il donnait son avis quand on le lui demandait. La sécurité du site était assurée par des silhouettes que Léo apercevait parfois dans l'ombre des arbres de la propriété. Que ce soit sur la Campanie, l'intrusion dans la tour ou la fusillade du parking, rien n'avait filtré, ni dans les médias, ni sur internet. Tout avait été verrouillé. Ce qui ne rassurait pas pour autant Léo. Elle connaissait le pouvoir de Gerbod et savait qu'il avait déployé de gigantesques moyens pour les retrouver. De temps à autre, un hélicoptère en maraude survolait la forêt. Ils se dissimulaient le temps de son passage.

Le sort de Ziang, Shakila et Jeanne l'inquiétait, Eitan la rassura. Une perquisition avait bien eu lieu dans les locaux d'I3S mais avait rapidement tourné court quand les caméras avaient saisi les premières images, exposant une nouvelle fois les brutalités policières dans une ville déjà durement éprouvée.

Il fallut six jours pour finaliser le document destiné à la presse. Dans le même temps, des laboratoires indépendants avaient établi le lien entre le *Sementis amylovora* et la destruction des banques de semences. Les analyses biologiques avaient confirmé que la fabrication de la semence Attis avait été entreprise à grande échelle. Les films l'attestaient. Grâce aux documents trouvés dans la tour, l'implication de l'Institut européen d'analyse et de prospective dans la prise de contrôle de tous les semenciers à travers Aristee était clairement démontrée, ainsi que sa volonté de faire de l'Europe une forteresse qui asservirait le reste du monde.

La longue liste des noms adhérant au projet resta en suspens et fit l'objet d'une discussion animée. Jade, Léo et Élisabeth étaient contre leur diffusion exhaustive, arguant que nombre d'entre eux avaient été retournés sous la contrainte. Carbonel céda. Seuls les membres fondateurs et Gerbod seraient mentionnés.

Tous les documents non exploités et non divulgués seraient à la disposition des commissions d'enquête nationales, européennes ou internationales, qui ne manqueraient pas de se constituer. Le clic d'envoi fut effectué le lundi à 11 h 02.

Eitan ouvrit deux bouteilles de condrieu Georges Vernay de 2004 et remplit des verres. Il les distribua puis leva le sien.

— À nous tous !

— À ceux que nous avons laissés, ajouta Léo.

La déflagration fut à la hauteur de la charge : fracassante. Télés, radios, journaux, internet, on ne parlait que de ça. Les Black Green, devenus des héros planétaires, commentaient à longueur de journée le plan qu'ils avaient déjoué. Werner Kaufman apparaissait en sauveur du monde et, déjà, des t-shirts et des casquettes à son effigie étaient arborés.

Il fallut une bonne heure à Léo pour admettre que le nom de Gerbod ne figurait nulle part. Une colère sourde la saisit jusqu'à la nausée. Elle partit à la recherche d'Eitan qui téléphonait à l'ombre des glycines. Léo se figea devant lui, il raccrocha aussitôt.

— Oui, Léo ?

— Gerbod, il n'est nulle part. On l'a effacé.

— Je sais.

— Vous avez une explication ?

— Aucune ! Je ne comprends pas.

— On fait quoi ?

— Comment, on fait quoi ? L'Institut européen, ses grands projets, Aristee, tout a été pulvérisé. Gerbod n'est plus rien, l'objectif est atteint !

— Il reste le numéro un du renseignement national.

— Pour peu de temps encore, je peux vous le certifier.

— Et…

— Et c'est tout ! Ça ne vous suffit pas ?

— Non, Eitan. Le compte est loin d'être bon. On va sortir les squelettes du placard. Quand rentrons-nous à Paris ?

— Demain à la première heure.

Eitan le lui avait proposé avant qu'elle n'en fasse la demande.

— Vous devez aller voir votre mère, Léo.

— Elle est…

— Hier, un prêtre est passé.

— Si elle confesse tous ses péchés, il leur faudra des jours.

Une pagaille anormale régnait dans la rue habituellement peu fréquentée. Des voitures étaient garées sur les trottoirs interdits au stationnement. Un jeune gardien de la paix tentait d'imposer un semblant d'ordre aux véhicules qui allaient et venaient. Eitan la laissa au coin de la rue.

Perché sur un escabeau, un homme en costume sombre accrochait un drap de velours noir au fronton de la porte restée ouverte. Des gens discutaient dans le hall, le boudoir, le salon où un serveur circulait, un plateau à la main.

Toute de noir vêtue, Françoise avait quitté son tablier. Les bras tendus, elle marcha vers Léo et la serra contre elle.

— Quand ? demanda Léo.

— Cette nuit.

— Elle a souffert ?

— Elle était à bout.

— Où est-elle ?

— Dans sa chambre, avec Valentine.

Valériane avait regagné sa chambre. Penchée sur son corps allongé au milieu du lit, Valentine lui poudrait le nez et les joues à la manière d'une maquilleuse avant le défilé. Habillée et chaussée, sa mère était prête. Le tailleur au drap épais n'était pas de saison mais présentait l'avantage d'étoffer son corps squelettique. Valentine se redressa et recula pour la laisser se recueillir. Léo était bluffée, il y avait longtemps qu'elle n'avait pas connu à sa mère un tel visage, lisse et serein, dépourvu de toute trace de souffrance. La mort ne pouvait en être l'unique raison.

— Son visage… murmura Léo.

— Ne parvenant pas à vous joindre, j'ai pris la liberté de faire venir un thanatopracteur, votre mère me l'avait demandé. Pour reprendre ses propres termes, elle ne voulait pas avoir une tête de hippie quand on viendrait lui rendre sa dernière visite.

— Vous avez bien fait, Valentine. Qui l'a accompagnée dans ses derniers instants ?

— Françoise et moi, on ne l'a pas quittée. On était là jusqu'à la fin.

— J'aurais voulu…

— Vous aviez certainement de bonnes raisons, si j'en crois tout ce qui se passe depuis deux jours.

Léo dévisagea Valentine. Les cernes noirs, les traits tirés et les lèvres sèches témoignaient de son abnégation des derniers temps.

— Elle a dit quelque chose ? demanda Léo.

— Deux fois, elle a répété de ne pas se tromper de côté quand on la mettrait dans le caveau.

— Autre chose ?

— Non. Je suis désolée.

Valériane était morte sans l'avoir réclamée, sans même lui avoir laissé de message. Elle était morte sans un mot pour elle. Léo ravala un sanglot et fixa celle qui, pas une fois, pas une seule fois, ne lui avait dit « je t'aime ».

Le pas lourd, elle quitta la chambre, traversa le couloir et alla se réfugier dans les toilettes où elle pleura doucement.

Gilles Damais sortit de la salle de réunion aussitôt que Léo fut annoncée.

— Suivez-moi ! dit-il en l'entraînant dans une petite pièce noire pourvue d'une table et de deux chaises.

Il referma la porte, chuchota presque.

— C'est de la folie, ici. La chasse aux sorcières est ouverte, le gouvernement va pouvoir atteindre son objectif de réduction du nombre des fonctionnaires. Vos amis du Mossad ont fait parvenir la liste des taupes à tous les services de renseignement européens. Enfin, une liste, autant dire un annuaire. On ne pourra pas virer tout le monde sans mettre en péril le fonctionnement de nos institutions.

— Si je comprends bien, votre retraite anticipée n'est plus à l'ordre du jour ?

— Loin de là, répondit Damais avec gravité. Je viens d'être nommé secrétaire général du Renseignement national.

— C'est vous qui remplacez Gerbod ? Toutes mes félicitations !

— Merci, Léo. Et j'ai de grands projets, notamment pour vous.

Léo ne fit pas cas de son enthousiasme, une chose l'obnubilait.

— Et Gerbod, que va-t-il devenir ?

— Ce qu'il a toujours craint : il va plonger dans l'oubli. Sa retraite est en cours de notification.

— C'est tout ?

— Il n'y aura rien d'autre, Léo. On a peur de lui, à tous les niveaux. Le procès serait politique et embarrasserait bien trop de monde. Gerbod sort par la petite porte et il n'y aura pas de vagues.

— Et pour tous ceux qu'il a tués ou fait exécuter, quelle réparation ?

Gilles Damais haussa les épaules d'impuissance.

— Aucune, Léo, et j'en suis profondément désolé.

Le coup d'œil discret qu'il jeta à sa montre n'échappa pas à Léo. Elle pensa à Philippe, à Miranda, à Karl, à Khaled, à Belinda. À toutes ces vies gâchées.

— Il ne peut pas s'en tirer comme ça, c'est trop facile ! Pas après ce qu'il a fait. L'enquête de la prostituée du manoir, on en est où ? Il y avait un témoin…

— Si vous parlez de l'entremetteuse, on l'a retrouvée noyée dans sa voiture au fond d'un étang du côté de Versailles avec quatre grammes dans le sang.

— Les restes du préservatif ?

— Leur dégradation n'a pas permis de reconstituer l'ADN.

— Qui le sait ?

— Le laborantin, vous et moi.

— Si on récolte les aveux de Gerbod ?

— On pourra le poursuivre au pénal mais je doute que quelqu'un puisse le piéger.

— Moi, je peux, affirma Léo. Personne ne le connaît mieux que moi. Vous pouvez me remettre le dossier d'enquête ?

— Léo, comme je vous le disais, j'ai de grands projets pour vous. Votre réintégration à la tête de l'Agence de sécurité économique…

— Gilles, s'il vous plaît. Le dossier.

Léo reconnut sans mal le nervi qui lui ouvrit la porte du domicile de Gerbod. Râblé, le crâne rasé, c'était celui qui s'était trouvé sur le toit d'où était tombé Khaled, celui-là même qui avait poignardé Babylone. Il la conduisit dans une pièce attenante et lui tendit une panière en plastique pour y déposer tout le matériel électronique.

— N'oubliez pas vos clés de voiture.

Délestée, Léo accepta docilement de passer sous un portique, priant qu'Eitan n'ait pas surestimé les capacités de leur micro-récepteur dernière génération encore à l'état de prototype. Les Israéliens l'avaient cousu dans la doublure de sa veste. Il était indétectable et insensible au brouillage.

Gerbod était un homme de l'ombre qui voyait la vie en blanc. Les murs, les sols, les meubles, les rares tapis, les canapés, jusqu'aux objets les plus usuels, tout était blanc. Des lys et des arums plantés dans un vase en cristal tentaient d'égayer les lieux aseptisés et climatisés. Gerbod avait toujours été maniaque, une obsession aggravée par le temps.

Il l'attendait debout devant la baie vitrée qui donnait sur la piscine écrasée de chaleur. Le nervi la laissa. Elle avança jusqu'au centre de la pièce, laissant entre eux une distance équivalente à ce qui les séparait désormais. Le contre-jour atténuait sans la dissimuler une colère rageuse qui n'avait pas dû le quitter depuis le raid en Campanie. D'un signe de tête, elle indiqua le jardin.

— L'érable n'y est plus.

— Je l'ai fait abattre, il devenait gênant.

Elle ne put s'empêcher de sourire. Un an et demi auparavant, elle l'avait menacé de lui tirer une flèche dans le cœur du haut de cet arbre. La tête tournée vers le jardin, il continua d'une voix rauque.

— Ce que tu as fait relève de la haute trahison. Tu devrais mourir pour ça.

— Ne te gêne pas. Tu as transformé ma vie en cimetière et je suis la dernière debout.

— L'histoire aurait pu s'écrire autrement…

— Oui, une histoire dont tu sors vivant et libre malgré tous tes crimes.

— Tu as toujours été romanesque. Ça a pu contribuer à ton charme, mais aujourd'hui, ça te donne l'air idiote. J'avais foi en toi, Léo, je vois que j'ai misé sur le mauvais cheval.

Tant de haine et de hargne dans ses propos, Léo en était médusée.

— Tu ressembles à ma mère, dit Léo sans émotion. Vous êtes comme des jumeaux, dévorés par des rêves de puissance et de pouvoir. Retourne-toi. Que reste-t-il de vos ambitions ? Ma mère est morte et toi, tu n'es plus rien.

Il n'y eut plus que le ronronnement lointain de la

climatisation. S'il n'avait pas été debout, elle aurait pu croire qu'il s'était endormi tant il était immobile. La fraîcheur des lieux presque glaciale l'indisposa. Elle retint une envie de détaler à toutes jambes, il fallait en terminer.

— Tu n'es plus rien et je veux que tu sois encore moins que rien. Tu vas passer aux assises.

— Aux assises ! s'étonna sincèrement Gerbod. Et pour quel crime, je te prie ?

— Pour la prostituée que tu as frappée à mort et violée avant de l'enterrer dans le parc du manoir Beauval il y a exactement dix-neuf ans, dix mois et six jours. Le rapport d'enquête est sur le bureau du procureur. Tu vas être mis en examen dans les heures qui viennent, je voulais te l'annoncer moi-même.

Il se retourna si brusquement que Léo fit un pas en arrière, accrochant le canapé. Il la détailla des pieds à la tête, la fixa longuement. Un rictus déforma sa bouche.

— De quoi tu parles, Léo ?

Elle s'approcha d'une longue table en verre, posa son sac et en sortit un dossier dont elle tira un à un photos et documents qu'elle jeta vers lui.

— Véronique Martinet quelques semaines avant de mourir, le manoir, la liste des invités, le massif où tu as enterré la fille, la déclaration de la mère maquerelle que tu as fait exécuter. Là, dit Léo en pointant des fragments de latex, ton sperme ! On l'a retrouvé sur la dépouille de la victime et la comparaison ADN est formelle.

Elle lui tendit les résultats d'analyse. Gerbod saisit la feuille, la lut avec intérêt puis la retourna. Il prit un stylo dans la poche de poitrine de sa chemise et se mit à écrire.

— Tout a été inventé, lâcha-t-il sans cesser d'écrire. Tu sais très bien que tout a été inventé et que je n'ai jamais eu de sang sur les mains. Ta prétendue mise en examen ne tiendra pas jusqu'à demain. Je suis serein et confiant.

Il lui montra la feuille. Léo lut les mots griffonnés. *Oui, j'ai cogné cette pétasse jusqu'à la faire crever mais tu n'as rien contre moi. TU BLUFFES !*

La dernière phrase était soulignée trois fois. Au-dessus d'une poubelle en aluminium, il enflamma la confession puis il tendit un bras en direction de la porte.

— Sors de chez moi, Léo, et ne reviens jamais. C'est le dernier conseil que je veux bien te donner.

Tout n'était que verdure. Les feuillages avaient retrouvé leur vigueur, il était aisé de se dissimuler dans leur ombre. Avec une ponctualité de chef de gare, Gerbod apparut au sommet d'un monticule, accompagné de son nervi. Seulement deux golfeurs sur le green, Léo avait vérifié. Ce matin-là, ils étaient les seuls joueurs. Vêtue d'un treillis kaki et d'une casquette, elle se fondait dans le sous-bois odorant qui bordait le terrain de golf sur sa largeur. Un des trous était à une cinquantaine de mètres de l'endroit où elle se tenait. Les deux hommes y seraient bientôt.

En silence, elle accrocha le carquois à sa ceinture, sortit l'arc de son étui et le monta sans quitter des yeux les deux hommes. Puis elle prépara une flèche.

Soudain, dans son dos, un craquement à peine audible. Elle se retourna vivement et scruta la végétation. Des buissons touffus limitaient son horizon. À quelques mètres, un lapin détala. Elle sourit et observa à nouveau les hommes sur le green. Courbé au-dessus de la balle, Gerbod se préparait à la frapper. Ce serait son dernier coup.

À nouveau un bruissement, très proche. Elle manqua défaillir. Une jeune femme menue, la trentaine, pas très grande, l'observait à quelques mètres en souriant, un fusil à lunettes entre les mains, le canon tourné vers le green.

— Bonjour, Léo.

La voix, les boucles brunes qui s'échappaient du bonnet en coton, il n'y avait aucun doute même si les traits du visage avaient été modifiés.

— Latifa ? s'écria Léo. C'est vous, Latifa. Votre visage…

Elle se toucha le nez.

— Vous ne trouvez pas qu'ils l'ont raté ? Mais le chirurgien m'a assuré qu'on pouvait le reprendre.

— Qu'est-ce que vous faites là ?

— Je viens vous empêcher de faire une connerie.

— Je me fous de ce qui peut m'arriver. Gerbod est un assassin qui continue de nuire. Quelqu'un doit le neutraliser. Définitivement.

— Oui, je suis bien d'accord. Nous sommes tous d'accord mais on ne peut pas vous laisser vous en charger.

— Pourquoi ?

— Parce que vous êtes à nouveau directrice de l'Agence de sécurité économique.

Latifa promena un regard sur le golf. Sa façon de tourner lentement la tête et de plisser les paupières lui rappelait celle d'Eitan.

— Ils arrivent, souffla Latifa. Rangez votre arc et partez.

Avec souplesse, elle posa un genou à terre, déplia le bipied sur lequel reposait désormais le fusil. Elle s'allongea, l'œil dans la lunette, et engagea la première balle. Ses gestes étaient sûrs, précis. Léo était à la fois stupéfaite et consternée. Gerbod, puis les Israéliens avaient fait de Latifa une machine à tuer. Léo regarda les deux hommes marcher vers elles. La jeune femme ne pouvait seule endosser ces deux exécutions. La flèche était toujours positionnée sur son arc.

— Latifa, je…

Latifa ne l'écoutait pas. L'œil dans la lunette, son doigt s'enfonçait lentement sur la détente. Un léger claquement sous les feuillages, suivi aussitôt d'un autre. Latifa glissa son doigt sur le pontet sans lever la tête.

— D.D., lâcha sobrement la jeune femme.

Sur le green, deux corps inertes, face contre terre.

— *Dust* et *done*, répéta Léo d'une voix rauque.

Latifa se releva.

— Faut pas traîner, Léo. Rangez votre arc.

— Seulement neuf mois que vous êtes avec eux, dit Léo en désignant les corps sur la pelouse. Comment est-ce possible ?

— J'apprends vite, vous êtes bien placée pour le savoir.

Latifa tendit la main, sa poigne était ferme. Léo s'enfonça dans son regard sombre.

— Prenez garde à la face cachée des miroirs, Latifa. Ce n'est pas un jeu.

— Si, ça l'est. Et je suis prête à jouer, fit-elle en reculant de quelques pas, un œil vers le green.

— Alors, faites attention à vous…

— Adieu, Léo ! Vous me manquez déjà. Mais je sais qu'on se reverra.

Elle pivota et d'une foulée souple disparut dans le sous-bois. Au loin, des cris d'hommes. Léo rangea son arc et s'éloigna, la démarche tranquille.

Les acteurs

Agence de sécurité économique

Éléonore de Coursange : ex-directrice.
Karl Saint-Léger : détenu à Fleury-Mérogis.
Éric Laville : mis au secret.
Latifa Boubaker : mise au secret.
Igor Sokolov : disparu.

Famille de Léo

Philippe Maîtrepierre : mari de Léo. Mort par défenestration.
Pierre de Coursange : père de Léo. Mis au secret.
Valériane de Coursange : mère de Léo.

Sentinelles du Comité Forty

Le Comité Forty, une assemblée secrète dont l'existence n'est connue que de Léo et de Karl, est constitué d'une quarantaine de cadres supérieurs, tous salariés des entreprises du CAC 40. Ils ont pour mission d'alerter le Comité lorsqu'ils détectent une faille dans leur entreprise. Depuis l'affaire Aristee, leur mission a été élargie à d'autres objectifs.

Marjorie Alvaresse
Jade Bastiani Maltese
Emmy Karsenty
Louis Feldman
Sophie Desbruères
Bastien Mallet
Rémi Garraud

Autres acteurs par ordre d'apparition

Justine Maîtrepierre : sœur du mari de Léo. Capitaine à la PJ.

Françoise : gouvernante de Valeriane.

Élisabeth Carpentier : capitaine à la sous-direction des affaires internationales de la DCRI.

Emmerich Koch : lieutenant des basses œuvres de Gerbod.

Sources

Pour écrire cette fiction, je me suis inspirée du monde dans lequel je vis en m'appuyant sur nombre de documents et d'essais traitant de renseignement d'État, d'intelligence économique, d'espionnage industriel et naturellement d'OGM et d'agriculture mondiale.

Compte tenu de leur abondance, je ne peux citer toutes mes sources et je m'en tiendrai donc à quelques-unes.

Les informations sur le terrain miné en Turquie sont tirées de l'article paru dans *Le Monde*, « À la frontière turco-syrienne, on rêve de vergers et non plus de champs de mines », signé Guillaume Perrier. Les commentaires sur le film *Munich* de Steven Spielberg sont inspirés de l'ouvrage *Mossad, Les nouveaux défis* de Gordon Thomas. J'ai puisé les informations sur le riz dans le document *Main basse sur le riz* de Jean-Pierre Boris. Enfin, le chapitre traitant du trafic de déchets en Campanie fait référence à l'excellent *Gomorra* de Roberto Saviano.

CAMINO 999

Catherine Fradier

Secrets de famille

En intégrant la police, Carla Montalban imaginait tourner le dos à sa riche famille. Mais une enquête sur deux assassinats récents, où se mêlent espionnage industriel, Opus Dei et détournement de fonds, va l'amener à fouiner dans les secrets des siens…

POCKET N° 13687

CRISTAL DÉFENSE

Catherine Fradier

OGM et crise économique

Depuis quinze ans, l'Agence de sécurité économique favorise les entreprises françaises. Mais l'affaire Aristee n'est pas qu'une simple histoire de chantage et le défi est de taille : protéger le leader mondial des OGM et pesticides. L'Agence n'en ressortira pas indemne…

POCKET N° 14368

LA COLÈRE DES ENFANTS DÉCHUS

Catherine Fradier

Vendetta dans les réseaux pédophiles

Kara a enquêté sur les réseaux pédophiles. La parution de son livre a fait grand bruit mais n'a pas eu l'effet escompté. Pourtant, quelqu'un semble avoir décidé de punir les coupables. Et les tortionnaires deviennent victimes...

POCKET N° 13751

LA FEMME QUE J'AIMAIS

Franck Hériot

Un coupable idéal

Il n'a rien vu, rien entendu. Sa femme a été assassinée alors qu'il dormait à ses côtés. Ses enfants ont disparu sans laisser la moindre trace. Tout l'accable, et pourtant il ne cesse de clamer son innocence. Les gens sans histoires n'existent pas. Et nul n'est à l'abri de la folie des autres...

POCKET N° 14768

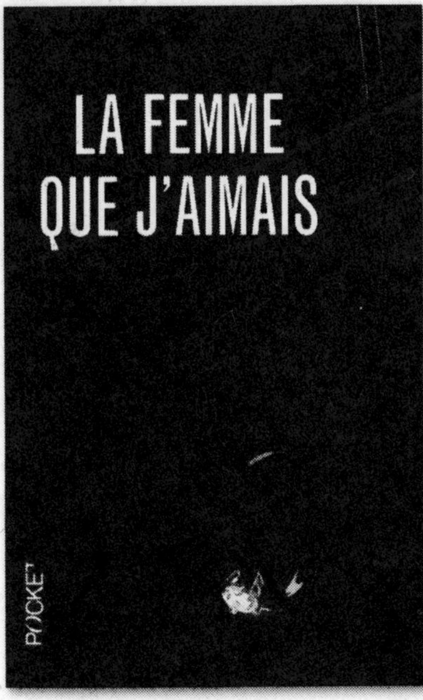

J'ATTRAPERAI TA MORT

Hervé Commère

À louer : maison de gangster inoccupée

Paul Serinen est un Arsène Lupin des temps modernes. Solitaire, discret et audacieux, il a réalisé un coup de maître. Il laisse derrière lui un diamantaire piqué au vif et un butin dissimulé sous sa véranda. Depuis, sa demeure a changé de propriétaire. Mais le passé n'est pas fait pour rester enterré...

POCKET N° 14152

LES MOTS QUI TUENT

Martha Grimes

L'ombre d'Edgar Allan Poe

L'assassinat d'une étudiante dans le cimetière de Baltimore conduit les détectives Plant et Jury sur la piste d'un mystérieux manuscrit d'Edgar Allan Poe.

POCKET N° 10551

LA MORT A SES HABITUDES

Susan Hill

Le retour du commissaire Simon Serrailler

Un tireur d'élite terrorise les jeunes femmes de Lafferton. Déjà quatre assassinats et aucune piste sérieuse pour le commissaire Serrailler. Deux grandes cérémonies approchent, et le tueur menace...

POCKET N° 14430

CUISINE SANGLANTE

Minette Walters

Erreur judiciaire ou manipulation ?

Olive Martin, un mètre cinquante-cinq, cent vingt kilos. Un jour, sans raison, elle a découpé sa mère et sa sœur en morceaux. Rosalind Leigh a accepté d'écrire un livre sur la meurtrière. Dès leur première rencontre, elle est convaincue de son innocence.

POCKET N° 10007

Composé par Nord Compo
à Villeneuve-d'Ascq (Nord)

Imprimé en France par

MAURY-IMPRIMEUR
à Malesherbes (Loiret)
en novembre 2012

POCKET – 12, avenue d'Italie – 75627 Paris Cedex 13

N° d'impression : 178284
Dépôt légal : décembre 2012
S20249/01